U0756087

中國古典文學基本叢書

曹植集校注

上册

〔三國魏〕曹　植　著
趙幼文　校注

中華書局

圖書在版編目(CIP)數據

曹植集校注:全二册/(三國魏)曹植著;趙幼文校注.
—北京:中華書局,2016.10(2024.4重印)
(中國古典文學基本叢書)
ISBN 978-7-101-12084-4

Ⅰ.曹… Ⅱ.①曹…②趙… Ⅲ.曹植(192~232)-文集 Ⅳ.I213.612

中國版本圖書館CIP數據核字(2016)第200089號

責任編輯:朱兆虎
責任印製:陳麗娜

中國古典文學基本叢書
曹植集校注
(全二册)
〔三國魏〕曹 植 著
趙幼文 校注

*

中 華 書 局 出 版 發 行
(北京市豐臺區太平橋西里38號 100073)
http://www.zhbc.com.cn
E-mail:zhbc@zhbc.com.cn
大廠回族自治縣彩虹印刷有限公司印刷

*

850×1168毫米 1/32・27¾印張・5插頁・530千字
2016年10月第1版 2024年4月第4次印刷
印數:10001-10900册 定價:98.00元

ISBN 978-7-101-12084-4

《洛神賦圖》局部

曹集銓評卷一　　　淮安山陽丁晏纂

賦

東征賦 有序○御覽三百三十六作征東賦

建安十九年王師東征吳寇余典禁兵衛宫張作省然神武一舉東夷必克想見振旅之盛故作賦一宫篇藝文五十九○程作二

登城隅之飛觀兮望六師之所營幡旗轉而心異兮舟楫動而傷情顧身微而任顯兮愧責藝文○程張作任重而命輕嗟我愁其何爲兮心遥思而懸旌師旅憑皇穹之靈佑兮亮

清同治十一年金陵書局本《曹集銓評》

前言

曹植在我國中古建安時代是具有卓越成就的文學家。他繼承先秦《詩》《騷》的優秀傳統，又從兩漢詞賦民歌中吸取營養，兼收並蓄，從而豐富了詩賦的内容與形式，這就爲六朝隋唐文學開闢了前進的道路，影響所及，無疑是較爲深遠的。

《曹植集》，曹魏王朝中葉，產生兩種集本，一是曹植手自編次的；另一是景初中明帝曹叡下令編輯的。由於史料缺乏，很難了解兩種集本的具體内容。但根據景初編輯的，計賦、頌、詩、銘、雜論凡百餘篇；曹植所寫的《前録自序》所載，賦是七十八篇，兩相比勘，顯然已存在詳略的差異。再就《晉書·曹志傳》司馬炎查詢《六代論》作者這一史實考察，不難審知，如果景初輯本已包括曹植全部作品，而付藏内外，司馬炎欲知作者，即命人檢查中祕所藏《曹集》，便可判斷，又何須等待曹志反家查核曹植手訂目録之後，才能解決作品屬誰寫作的問題。因此，景初所録，或屬於選本的範疇；曹植手自編次的，可稱之爲全集了。

唐初所編《隋書·經籍志》史部雜傳著録曹植《列女傳頌》一卷。集部别集有《陳思王曹植集》三十卷，而總集中，又著録曹植《畫贊》五卷。唐初所見曹植作品，合計三十六卷。後晉劉昫《唐書·經籍志》録魏《陳思王集》二十卷，又三十卷。歐陽修《新唐書·藝文志》依據劉志也著録二種集本。《四庫全書提要》指出，三十卷是隋唐舊本，二十卷本是後來合併編定的，實無二本。宋人實未見隋唐舊本，疑散佚於五代兵燹之中了。劉昫是據開元存目而著録，他所見到的《曹集》，只有二十卷本。《隋志》所載的《列女傳頌》、《畫贊》劉志未録，似已編入二十卷本之中。陳振孫《直齋書録解題》説：「二十卷有「采《御覽》、《書抄》、《類聚》諸書中所有者，意皆後人附益。」那麽，這種集本，已不是劉昫所見的二十卷本。馬端臨《文獻通考》著録之十卷本，可能是陳氏二十卷本再度合併的。今存常熟瞿氏鐵琴銅劍樓所藏南宋寧宗時刊本，或即馬氏著録之十卷本，還保存宋人從類書中輯録的原始面貌。考瞿氏藏本，計有賦四十四篇，詩、樂府七十四篇，其他文體九十一篇，共二百十篇。《列女傳頌》僅存《母儀》、《明賢》二篇，《畫贊》三十六贊，已合併於集裏，絶非隋唐所録的原式了。

曹植作品，有散見於隋唐舊籍而今本失載的，如《文心雕龍·定勢篇》所引植文：「世之作者，或好繁文博采，深沈其旨者；或好離言辨白，分毫析釐者。所習不同，所務各異，言勢殊也。」《隋書·李德林傳》：「魏武相漢，曹植云：如虞翼唐。」都是宋本所失載。《詩經·東山篇》《正義》引曹植《螢火論》，《封氏聞見記》引植《誥紂文》，《藝文類聚》卷九十一引楊修《孔雀賦序》說曹植曾寫此賦，都溢出於宋本之外，可以知宋人輯録之疏略了。

宋代刻書，北宋刊本較爲精密，但蘇軾已摘其失。時至南宋，國力衰弱，致校讎文字多誤（詳見校注）。明代《曹集》有休陽程氏刊本。程本雖出自宋刊，但明人刻書，不按舊式，文字輒多臆改（詳見校注）。婁東張氏本，也存在同樣的缺點。清代有汪士賢本，《密韻樓叢書》覆宋本，《四部叢刊》影寫江安傅氏雙鑑樓藏明活字本，文字亦有衍訛。朱緒曾《曹集撰異》，丁晏《曹集銓評》，多據舊本及類書檢校，矜慎詳密，號稱善本。今取金陵書局《曹集銓評》作底本。丁氏未見宋刊，因以瞿氏藏宋本匯聚各本，參伍勘正。又據宋、明刊刻的類書覆校。復取嚴可均《全三國文》，丁福保《全三國詩》覈對。即發見謬誤，不逕易原文，但附校語於下。如宋刊已訛，類書未録，而前人校訂未及的，依準清儒校讎通例，以發疑正誤。如：

一、依據文中徵引的古籍：卷一《班婕妤贊》：「在晉正接。」各本都作「正接」，句意不可理解。按上句：「在夷貞艱。」夷即《周易》之《明夷》，《明夷》爻辭：「明夷，利艱貞。」正用爻辭。疑「晉」亦《周易》卦名，「正接」亦應是《晉》卦的爻辭。考《晉》卦爻辭：「康侯用，錫馬蕃庶，晝日三接。」此「正接」必係「三接」之形誤，且與班婕妤史實相符，事見《漢書·外戚傳》。

二、比勘集中前後用字：《文心雕龍·練字篇》説：「魏代綴藻，字有常檢。」這説明魏代作者遣詞用字具有一定的標準。據此原則考核，如卷一《大暑賦》：「緩神育靈。」卷二《毁鄄城故殿令》：「綏神育靈。」考《詩經·桓篇》鄭箋：「綏，安也。」仲長統《樂志論》有安神一詞。綏神即安神，此「緩」字當是「綏」字傳鈔之誤。

三、探索上下詞句涵意：卷一《叙愁賦》：「誦六列之篇章。」按六列一詞於此不可解，疑字有誤。詳究下文：「觀圖畫之遺形，竊庶幾乎英皇。」六列或爲列女二字之乙誤。《列女傳》古代附圖，故卷二《精微篇》有「辨義在列圖」之句，列圖即《列女傳圖》的簡稱，英、皇即舜妃娥皇、女英，見《列女傳》。綜上所述，六列實爲列女之誤，列女篇章即謂《列女傳》。

四、依據他書的舊刊：卷三《陳審舉表》：「及其見舉於湯武周文。」案汲古閣本《魏志》湯武作武湯，作「武湯」是。因傳寫者習見湯武聯文而妄乙，致有此誤。《詩經·玄鳥篇》:「古帝命武湯。」武湯即成湯。《史記·殷本紀》:「湯曰吾甚武,號曰武王。」按下文:「殷、周二王是矣。」更可證明曹植作武湯。若作湯、武、周文是三王,和下句殷周二王句意不相承應了。

《曹集》舊注,《隋書·經籍志》著録孫壑《洛神賦注》一卷,李善《文選注》引佚名《九詠注》,都已散佚。今存舊注,僅李善所注十餘篇而已。近代有黄晦聞、古層冰二家注、箋,黄注較勝,然僅及於詩,其他文章則未見注釋。今選録前賢研究成果,并附己意,爲全集作注。其注例:

一、文中徵引史實,必查對原書,掇録舊文,注明篇卷。減除覆檢的煩勞,希求省覽的便易,進而探求作品的内藴。

二、語言文字乃傳達人類思想感情的工具。由於社會的發展,字義也隨着社會進程而發生變化。有些舊義在演進中逐漸趨於消亡了,而新意也就不斷孳生了。因之,爲古人文章作注,必須探究作者當時流行之字義,才有助於作品的理解。今爲《曹集》注釋,以漢魏字書及古注爲依據,下限訖止於唐代,每字釋義,注明出處,消除望文生義的弊病。如卷二《種葛篇》:「往古皆歡遇。」案「遇」即《感婚賦》之「媾」

字，媾遘古通。《詩經·草蟲篇》鄭箋：「遘，遇也。」《正義》：「謂之遇者，男女精氣相覯遇。」如果取今義釋之，就不能密合原意了。

三、舊注錯誤，取證舊籍以資訂正。如卷三《桂之樹行》：「仙教爾服食日精。」丁晏引《埤雅》：「菊，日精，謂餐菊延齡也。」按此篇曹植援用方術之士的言論，據《道藏》《九真華記》：「日者霞之實，霞者日之精。」日精指霞。證以本集，如「餐霞漱沆瀣。」《遠游篇》：「仰首吸朝霞。」丁氏説疑誤。

四、漢魏作者，多用謰語。而謰語之形成，是以聲音爲其關鍵，不涉及字體的異同。因此根據聲韻通轉的原則，解釋涵義。卷三《感節賦》的「涔濦」，即是潘岳《閑居賦》之「瀺灂」。卷二《九愁賦》之「荒悴」，也就是《詩經·出車篇》的「況瘁」，都在注中作了必要的説明。

《曹植集》舊本的編次，是據文體異同彙爲十卷的。《曹植集校注》，依據作品創作時期的先後分爲建安、黄初、太和三卷。這樣則有助於理解作者思想感情的變化歷程，從而對作品取得較深的認識。由於有關曹植史料貧乏，而作品又殘缺太甚，企圖確定每一作品的時代，顯然存在困難，或不可能避免編年的錯誤，還有待於進一步探索。有些文章無從推測創作時間，彙於卷四。有非曹植所製，前人誤編入集的，詳録昔賢考辨，附爲卷五，以資參證。

在校注過程中，承中國社會科學院歷史研究所尹達同志予以巨大的支持，人民文學出版社古典文學編輯室戴鴻森同志，不吝寶貴的時間，校閱全稿，提出極有教益的意見，於此謹申衷心的感謝！

繕寫畢事，實懷蚊負蚷馳之慚。自審識見寡陋，謬誤實多。我誠懇地期待嚴肅的批評，以利改正補充，謹以十分興奮的心情企盼着。

一九七九年十月重訂於成都

目録

曹植集校注卷二黄初

曹植集校注卷三太和

曹植集校注卷四時期未定者

曹植集校注卷一 建安

鬬雞

遊目極妙伎〔一〕，清聽厭宫商〔二〕。主人寂無爲〔三〕，衆賓進樂方〔四〕。長筵坐戲客〔五〕，鬬雞觀閒房〔六〕。羣雄正翕赫〔七〕，雙翹自飛揚〔八〕。揮羽邀清風〔九〕，悍目發朱光〔一〇〕。觜落輕毛散，嚴距往往傷〔一一〕。長鳴入青雲〔一二〕，扇翼獨翱翔〔一三〕。願蒙狸膏助〔一四〕，長得擅此場〔一五〕。

〔一〕遊目，遊、流古通用，《禮記·射義》鄭注：「流，猶放也。」則遊目即放目縱觀之意。極，窮竟。妙伎，優美舞伎。

〔二〕厭，《後漢書·獻帝紀》章懷注：「厭，倦也。」宫商，謂音樂。

〔三〕無爲，意謂無所事事。

〔四〕樂方，娱樂方式。

〔五〕筵，竹席。《周禮・司几筵》《正義》：「初在地者一重即謂之筵，重在上者即謂之席。」古人席地而坐，筵長席短，故曰長筵。

〔六〕觀閒，丁晏《曹集銓評》（以後簡稱《銓評》）：「《藝文》九十一作閒觀。」宋刊本《曹子建文集》閒作問。案問爲閒之俗體，字應作閒。閒房，《七啓》：「即閒房。」宋刊本作閑，閒閑古通。閒，静也。

〔七〕《文選・甘泉賦》李注：「翕赫，盛貌。」案形容氣勢凶猛之狀。

〔八〕翹，《銓評》：「《藝文》作翅。」《説文》：「翹，尾長毛也。」

〔九〕揮，《國語・周語》韋注：「振也。」羽，《左》隱五年傳杜注：「鳥翼長毛謂之爲羽。」激清，《銓評》：「《藝文》作激流。」案《初學記》卷三十引與《藝文》同。《漢書・揚雄傳》顏注：「激，發也。」流風猶急風。

〔一〇〕《荀子・王制篇》楊注：「悍，凶暴也。」劉楨《鬭雞》詩：「瞋目含火光。」與此意同。

〔一一〕嚴，《楚辭・國殤》王注：「壯也。」即强有力之義。距，《漢書・五行志》顏注：「距，雞附足骨，鬭時所用刺之。」《左》昭二十五年傳：「季、郈之雞鬭：季氏介其雞，郈氏爲之金距。」《吕氏春秋・先識覽》高注：「以利鐵作鍛距，沓其距上。」往往，《文選・甘泉賦》李注：「言非一也。」

〔一二〕《尸子》：「戰如鬭雞，勝者先鳴。」《左》襄二十一年傳杜注：「雞鬭勝則先鳴。」入青雲，形容鳴聲高亢。

〔一三〕翱翔，《詩經・載驅篇》毛傳：「猶彷徉也。」

〔四〕貍膏，《銓評》：「《事類賦注》引《莊子》逸篇：『羊溝之雞，時以勝人者，以貍膏塗其頭也。』」蓋雞畏貍，聞貍膏即退避故。

〔五〕擅此場，《文選·東京賦》：「秦政利嘴長距，終得擅場。」薛注：「利喙長距者終擅一場也。」《説文》：「擅，專也。」謂在搏鬭場中，勝算獨操。

《銓評》：「《鄴都故事》：魏明帝太和中築鬭雞臺。此篇樂府屬雜曲歌辭，程列于詩類未合，依張移正。」朱緒曾《曹集考異》：「劉楨、應瑒俱有《鬭雞詩》（見《藝文》卷九十一），蓋建安中同作。山陽丁晏作年譜，引《鄴都故事》明帝太和中築鬭雞臺，謂作於太和中。然考其時，應、劉早卒矣。」黄節《曹子建詩注》：「山陽丁晏以此篇爲作於明帝太和中，殆未悟應瑒詩：兄弟游戲場，命駕迎衆賓二語，乃子桓未即帝位時，與子建游戲鬭雞之作。若在明帝時，則不得言兄弟矣，朱氏駁之是也。」案瑒詩稱曹丕、曹植爲兄弟，與《侍五官中郎將建章臺集詩》稱丕爲公子有别，疑此篇或作於曹丕未任五官中郎將之前，即建安十六年之前也。

送應氏二首

步登北邙阪〔一〕，遥望洛陽山〔二〕。洛陽何寂寞！宫室盡燒焚〔三〕。垣牆皆頓擗〔四〕，荆棘上參天。不見舊耆老，但覩新少年。側足無行逕，荒疇不復田。游子久不歸，不識陌與阡〔五〕。中野何蕭條〔六〕，千里無人煙。念我平生親〔七〕，氣結不能言〔八〕。

〔一〕邙，《銓評》：「《文選》二十作芒。」案宋刊本《曹子建文集》作邙。北邙在洛陽縣北，接偃師、鞏、孟津三縣界。郭緣生《述征記》：「洛陽北芒嶺，靡迤長阜，自滎陽山，連嶺修亘，暨於東垣。」

〔二〕洛陽山，《水經·洛水注》：「謂之大石山，在洛陽東南四十里。」自北芒望之，故曰遥望。

〔三〕《魏志·董卓傳》：「後漢初平元年二月，董卓徙獻帝（劉協）都長安，縱兵焚燒洛陽宫殿。」

〔四〕頓擗，《漢書·嚴助傳》顔注：「壞也。」《一切經音義》引《廣雅》：「擗，分也。」

〔五〕陌阡，東西曰陌，南北曰阡。即今所謂田塍。

〔六〕中野，即野中。何，語中助詞。蕭條，《淮南·齊俗訓》高注：「深静也。」

〔七〕生親，《銓評》：「《文選》作常居。」案五臣本《文選》作「平生親」，宋刊本《曹子建文集》作「平生居」。案疑作平生親者是。蘇武詩：「叙此平生親。」或即曹植所本。

〔八〕李善注：「《古詩》曰：悲與親友别，氣結不能言。」蓋哽咽氣塞於喉，不能出聲也。

其二

清時難屢得〔一〕，嘉會不可常〔二〕。天地無終極〔三〕，人命若朝霜〔四〕。願得展嬿婉〔五〕，我友之朔方〔六〕。親昵並集送〔七〕，置酒此河陽〔八〕。中饋豈獨薄〔九〕，賓飲不盡觴〔一〇〕。愛至望苦深〔一一〕，豈不愧中腸。山川阻且遠〔一二〕，别促會日長〔一三〕。願爲比翼鳥〔一四〕，施翮起高翔〔一五〕。

〔一〕清時，太平之時。

〔二〕李注：「李陵詩：嘉會難再逢。」（案《文選》雜詩李陵《與蘇武》詩逢作遇。）《爾雅·釋詁》：「嘉，美也。」

〔三〕終極，猶窮盡。

〔四〕朝霜，李注：「《漢書》：李陵謂蘇武曰：人生如朝露。」朝露易乾，以喻壽命之短促。此作朝霜，蓋以協韻易字。

〔五〕展，申也。即今表達之義。嬿婉，《後漢書·文苑·邊讓傳》：「展中情之嬿婉。」章懷注：「嬿婉，安也。」張銑注：「嬿婉，歡樂也。」

〔六〕我友，謂應瑒。《爾雅·釋詁》：「之，往也。」

〔七〕親昵，李注：「昵，近也。」謂朋友。

〔八〕河陽，謂孟津渡。今河南省孟縣南。

〔九〕中饋，《後漢書·王符傳》章懷注：「中饋，酒食也。」

〔一〇〕觴，《國策·秦策》高注：「觴，酒爵也。」

〔一一〕愛至，《儀禮·聘禮記》鄭注：「至，極也。」李注：「言恩愛至情之極，所望悲苦愈深也。」

〔一二〕阻，《銓評》：「《藝文》二十九作迴。」案李注引毛詩：「道阻且長。」足知李所見本作阻。阻，險隘也。作阻是。

〔一三〕促，《廣雅·釋詁三》：「近也。」長，《呂氏春秋·長見》高注：「遠也。」

〔一四〕比翼鳥，《爾雅·釋地》：「南方有比翼鳥焉，不比不飛，其名謂之鶼鶼。」郭注：「似鳧，青赤色，一目一翼，相得乃飛。」

〔一五〕《史記·范雎蔡澤傳》《正義》：「施，猶展也。」則施翮即展翅。

《銓評》：「《文選》六臣注良曰：送應璩瑒兄弟，時董卓遷獻帝於西京，洛陽被燒，故多言荒蕪之事。」劉履曰：「子建爲平原侯，瑒爲庶子，送别而作。」朱緒曾曰：「劉説非是。按詩首章云，遥望洛陽山。次章云，置酒此河陽。又云我友之朔方。朔方者，冀州，指鄴而言。此應瑒辟爲丞相掾屬，子建在洛陽餞别而作。魏武自領冀州牧，雖四方征伐，而掾屬常留鄴，不必盡從。若爲平原侯庶子，則朝夕相依，即偶爾遣使到鄴，何必氣結而傷别促會長也。」黄節曰：「朱説亦末是。應瑒《侍五官中郎將建章臺集詩》以朝雁自喻曰，問子游何鄉？戢翼正徘徊……往春翔北土，今冬客南淮。遠行蒙霜雪，毛羽日摧頹。建章臺集不知何年。然考《魏志》，子桓於建安十六年爲五官中郎將，二十二年立爲魏太子。應詩題曰侍五官中郎將，則是建安十六年至二十一年事。而其詩曰往春翔北土，正與此詩我友之朔方相合。應詩是述客游，非赴官之語，故其詩又曰良遇不可值，伸眉路何階！是朱氏所云此應瑒辟爲丞相掾屬之説非也。又考《魏志》，子建於建安十六年封平原侯，是年從操西征馬超，見本集《離思賦序》，殆由鄴而西，道過洛陽，故本集有《洛陽賦》逸句，是此詩之作，蓋在其時。」古直曰：「《文選》六臣注云云，按卓遷獻帝在初平元年，時子建尚未生，六臣注非也。考《魏志》應瑒辟丞相掾屬轉平原侯庶子，而子建以建安十六年封平原侯，《送應氏》詩當作於此際。」案晦聞先生謂應瑒詩中「翔北土」與子建詩之「之朔方」相合，更申言瑒詩是述客游而非補官，精審可從！但是定此詩作於建安十六年，似有可商。考子建封平原侯，時在建安十六年正月，曹操給諸子封侯者高選官屬。歷史紀載：邢顒爲平原侯家丞，劉楨爲庶子。瑒之爲子建庶子之職，或許在劉楨之後。瑒詩有飄淪憂傷死生莫測之悲痛情緒，而子建詩具自愧無力止瑒遠行，償其所願的情感內容，此《送應氏》詩似不能指的寫於建安十六年。況瑒任庶子，朝夕相見，怎有「別促會日長」的悲歎呢！十六年秋，曹操西征，子建從行，曾發出「欲畢命於旌麾」之誓言，又那有可能願爲比翼和瑒同去呢？如上所述，《送應氏》詩似作於建安十六年之前，子建時在洛陽，瑒將北行，故爲之餞別而賦詩送行，則與當時環境情事相合，故不從十六年創寫之説，而移於其前。惜史料殘佚，無從取證，粗陳所疑而已。

七啓有序

昔枚乘作《七發》〔一〕，傅毅作《七激》〔二〕，張衡作《七辯》〔三〕，崔駰作《七依》〔四〕，辭各美麗，余有慕之焉！遂作《七啓》，並命王粲作焉〔五〕。

玄微子隱居大荒之庭〔六〕，飛遯離俗〔七〕，澄神定靈〔八〕，輕禄傲貴〔九〕，與物無營〔一〇〕，耽虚好静〔一一〕，羡此永生〔一二〕。獨馳思乎天雲之際〔一三〕，無物象而能傾〔一四〕。於是鏡機子聞而將往説焉：駕超野之駟〔一五〕，乘追風之輿〔一六〕，經迥漠〔一七〕，出幽墟，入乎泱漭之野〔一八〕，遂届玄微子之所居。其居也：左激水〔一九〕，右高岑〔二〇〕，背洞壑〔二一〕，對芳林。冠皮弁〔二二〕，被文裘〔二三〕。出山岫之潛穴〔二四〕，倚峻崖而嬉游〔二五〕。志飄飄焉，嶢嶢焉，似若狹六合而隘九州〔二六〕，若將飛而未逝，若舉翼而中（流）〔留〕〔二七〕。於是鏡機子攀葛藟而登，距巖而立〔二八〕，順風而稱曰：「予聞君子不遯（俗）〔世〕而遺名〔二九〕，智士不背世而滅勳〔三〇〕。今吾子棄道藝之華〔三一〕，遺仁義之英〔三二〕，耗精神乎虚廓，廢人事之紀經〔三三〕。譬若畫形於無象，造響於無聲〔三四〕，未之思乎？何所規之不通也。」玄微子俯而應之曰：「譆〔三五〕！有是言乎？夫太極之初，混沌未分〔三六〕，萬物紛錯〔三七〕，與道俱（隆）〔運〕〔三八〕。蓋有形必朽，有（迹）〔端〕必窮〔三九〕，茫茫元氣〔四〇〕，誰知其終。名穢我身，位累我躬〔四一〕，竊慕古人之所志，仰老莊之遺風〔四二〕，假靈龜以托喻，寧掉尾於塗中〔四三〕。」

鏡機子曰：「夫辯言之艷〔四四〕，能使窮澤生流〔四五〕，枯木發榮，庶感靈而激神〔四六〕，況近在乎人情。僕將爲（君）〔吾〕子說游觀之至娛，演聲色之妖靡〔四七〕，論變化之至妙，敷道德之弘麗，願聞之乎？」玄微子曰：「吾子整身倦世〔四八〕，探隱拯沈〔四九〕，不遠遐路〔五〇〕，幸見光臨〔五一〕，將敬滌耳，以聽玉音〔五二〕。」

鏡機子曰：「芳菰精粺〔五三〕，霜蓄露葵〔五四〕，玄熊素膚〔五五〕，肥豢膿肌〔五六〕。蟬翼之割〔五七〕，剖纖析微；累如疊縠〔五八〕，離若散雪，輕隨風飛，刃不轉切〔五九〕。山鵽斥鷃〔六〇〕，珠翠之珍〔六一〕。寒芳蓮之巢龜〔六二〕，膾西海之飛鱗〔六三〕，臛江東之潛鼉〔六四〕，臇漢南之鳴鶉〔六五〕。糅以芳酸〔六六〕，甘和既醇〔六七〕。玄冥適鹹〔六八〕，蓐收調辛〔六九〕。紫蘭丹椒，施和必節〔七〇〕，滋味既殊，遺芳射越〔七一〕。乃有春清縹酒〔七二〕，康狄所營〔七三〕，應化則變〔七四〕，感氣而成〔七五〕，彈徵則苦發〔七六〕，叩宮則甘生〔七七〕。於是盛以翠樽〔七八〕，酌以雕觴〔七九〕，浮蟻鼎沸〔八〇〕，酷烈馨香〔八一〕，可以和神〔八二〕，可以娛腸〔八三〕。此肴饌之妙也，子能從我而食之乎？」玄微子曰：「予甘藜藿〔八四〕，未暇此食也。」

鏡機子曰：「步光之劍〔八五〕，華藻繁縟〔八六〕，飾以文犀〔八七〕，雕以翠緑〔八八〕，綴以驪龍之珠〔八九〕，錯以荆山之玉〔九〇〕。陸斷犀象，未足稱雋〔九一〕；隨波截鴻，水不漸刃〔九二〕。九旒之冕〔九三〕，散曜垂文〔九四〕。華組之纓，從風紛紜〔九五〕。佩則結緑懸黎〔九六〕，寶之妙微〔九七〕，符采照爛〔九八〕，流景揚輝〔九九〕。黼黻之服〔一〇〇〕，紗縠之裳〔一〇一〕，金華之舄〔一〇二〕，動趾遺光〔一〇三〕。繁飾參差，微鮮若霜〔一〇四〕。（緄）〔琨〕佩綢繆〔一〇五〕，或彫或錯，薰以幽若〔一〇六〕，流芳肆布〔一〇七〕。雍容閒步〔一〇八〕，周旋馳曜〔一〇九〕。南威爲之解顔〔一一〇〕，西施爲之巧笑。此容飾之妙也，子能從我而服之乎？」玄微子曰：「予好毛褐〔一一一〕，未暇此服也。」

鏡機子曰：「馳騁足用蕩思〔一一二〕，游獵可以娱情。僕將爲吾子駕雲龍之飛駟〔一一三〕，飾玉輅之繁纓〔一一四〕。垂宛虹之長緌〔一一五〕，抗招摇之華旍〔一一六〕。插忘歸之矢〔一一七〕，秉繁弱之弓〔一一八〕。忽躡景而輕騖〔一一九〕，逸奔驥而超遺風〔一二〇〕。於是磎填谷塞，榛藪平夷〔一二一〕。緣山置罝〔一二二〕，彌野張罘〔一二三〕。下無漏迹〔一二四〕，上無逸飛〔一二五〕。鳥集獸屯，然後會圍〔一二六〕。獠徒雲布〔一二七〕，武騎霧散。丹旗燿野，戈殳晧旰〔一二八〕。曳文狐，掩狡兔，捎鷫鷞〔一二九〕，拂振鷺〔一三〇〕。當軌見藉〔一三一〕，值足遇踐。飛軒電逝〔一三二〕，獸隨輪轉〔一三三〕。翼不暇張，足不及騰，動觸飛鋒〔一三四〕，舉挂輕罾〔一三五〕。搜林索險，探薄窮阻〔一三六〕，騰山赴壑，風厲（猋）〔焱〕舉〔一三七〕。機不虚發，中必飲羽〔一三八〕。於是人稠網密，地逼勢脇〔一三九〕。哮闞之獸〔一四〇〕，張牙奮鬣，志在觸突，猛氣不慴〔一四一〕。

乃使北宮、東郭之儔〔一四二〕，生抽豹尾，分裂貙肩〔一四三〕，形不抗手，骨不隱拳〔一四四〕。批熊碎掌〔一四五〕，拉虎摧斑〔一四六〕。野無毛類〔一四七〕，林無羽群。積獸如陵，飛翮成雲〔一四八〕。於是駴鍾鳴鼓〔一四九〕，收旌弛旆〔一五〇〕，頓（綱）〔網〕縱（網）〔綱〕〔一五一〕，（羆）〔罷〕獠回邁〔一五二〕，駿騄齊驤〔一五三〕，揚鑾飛沫〔一五四〕，俯倚金較〔一五五〕，仰撫翠蓋，雍容暇豫〔一五六〕，娱志方外。此羽獵之妙也〔一五七〕，子能從我而觀之乎？」玄微子曰：「予性樂恬静，未暇此觀也。」

鏡機子曰：「閒宮顯敞〔一五八〕，雲屋（晧旰）〔浩汗〕〔一五九〕，崇景山之高基〔一六〇〕，迎清風而立觀〔一六一〕。彤軒紫柱〔一六二〕，文榱華梁〔一六三〕，綺井含葩〔一六四〕，金墀玉箱〔一六五〕。温房則冬服絺綌〔一六六〕，清室則中夏含霜〔一六七〕。華閣緣雲〔一六八〕，飛陛凌虚〔一六九〕，俯（眺）〔視〕流星〔一七〇〕，仰觀八隅〔一七一〕，升龍攀而不逮，眇天際而高居〔一七二〕。繁巧神怪，變（名）〔容〕異形〔一七三〕，班輸無所措其斧斤〔一七四〕，離婁爲之失（晴）〔睛〕〔一七五〕。麗草交植〔一七六〕，殊品詭類〔一七七〕，緑葉朱榮，熙天曜日〔一七八〕。素水盈沼，叢木成林，飛翮陵高〔一七九〕，鱗甲隱深。於是逍遥暇豫，忽若忘歸。乃使任子垂釣〔一八〇〕，魏氏發機〔一八一〕。芳餌沈水，輕繳弋飛〔一八二〕。落翳雲之翔鳥，援九淵之靈龜。然後采菱華，擢水蘋〔一八三〕，弄珠蜯，戲鮫人〔一八四〕。諷《漢廣》之所詠，覿游女於水濱〔一八五〕。燿神景於中沚〔一八六〕，被輕縠之纖羅〔一八七〕，遺芳烈而静步〔一八八〕，抗皓手而清歌〔一八九〕。歌曰：望雲際兮有好仇〔一九〇〕，天路長兮往無由〔一九一〕，佩蘭蕙兮爲誰脩〔一九二〕，嬿婉絶兮我心愁。此宮館之妙也〔一九三〕，子能從我而居之乎？」玄微子曰：「予耽巖穴〔一九四〕，未暇此居也。」

鏡機子曰：「既游觀中原，逍遥閒宮，情放志蕩，淫樂未終。亦將有才人妙妓，遺世越俗〔一九五〕，揚北里之流聲〔一九六〕，紹陽阿之妙曲〔一九七〕。爾乃御文軒〔一九八〕，臨洞庭〔一九九〕，琴瑟交揮〔二〇〇〕，左篪右笙〔二〇一〕，鐘鼓俱振〔二〇二〕，簫管齊鳴。然後姣人乃被文縠之華袿，振輕綺之飄飄〔二〇三〕，戴金搖之熠燿〔二〇四〕，揚翠羽之雙翹〔二〇五〕。揮流芳〔二〇六〕，耀飛文〔二〇七〕，歷盤鼓，焕繽紛〔二〇八〕。長（裾）〔袖〕隨風〔二〇九〕，悲歌入雲。蹻捷若飛〔二一〇〕，蹈虚遠蹠〔二一一〕，陵躍超驤〔二一二〕，蜿蟬揮霍〔二一三〕，翔爾鴻翥〔二一四〕，濈然鳧没〔二一五〕。縱輕體以迅赴〔二一六〕，景追形而不逮〔二一七〕。飛聲激塵〔二一八〕，依威厲響〔二一九〕，才捷若神，形難爲象〔二二〇〕。於是爲歡未渫〔二二一〕，白日西頹，散樂變飾〔二二二〕，微步中閨〔二二三〕。玄眉弛兮鉛花落〔二二四〕，收亂髮兮拂蘭澤〔二二五〕，形媠服兮揚幽若〔二二六〕。紅顔宜笑〔二二七〕，睇眄流光〔二二八〕。時與吾子，攜手同行。踐飛除，即閒房〔二二九〕，華燭爛〔二三〇〕，幄幕張〔二三一〕。動朱脣，發清商〔二三二〕，揚羅袂，振華裳，九秋之夕，爲歡未央〔二三三〕。此聲色之妙也，子能從我而遊之乎？」玄微子曰：「予願清虚，未暇（及）此遊也〔二三四〕。」

鏡機子曰：「予聞君子樂奮節以顯義〔二三五〕，烈士甘危軀以成仁〔二三六〕。是以雄俊之徒〔二三七〕，交黨結倫〔二三八〕，重氣輕命〔二三九〕，感分遺身〔二四〇〕。故田光伏劍於北燕〔二四一〕，公叔畢命於西秦〔二四二〕。果毅輕斷〔二四三〕，虎步谷風〔二四四〕。威慴萬乘〔二四五〕，華夏稱雄」，詞未及終，而玄微子曰：「善！」鏡機子曰：「此乃游俠之徒耳，未足稱妙也。若夫田文、無忌之儔〔二四六〕，乃上古之俊公子也〔二四七〕，皆飛仁揚義〔二四八〕，騰躍道藝〔二四九〕，游心無方〔二五〇〕，抗志雲際〔二五一〕，陵轢諸侯〔二五二〕，驅馳當世〔二五三〕，揮袂則九野生風〔二五四〕，慷慨則氣成虹蜺。吾子若當此之時，能從我而友之乎？」玄微子曰：「予亮願焉〔二五五〕，然方於大道有累〔二五六〕，如何？」

鏡機子曰：「世有聖宰〔二五七〕，翼帝霸世〔二五八〕，同量乾坤〔二五九〕，等曜日月〔二六〇〕，玄化參神〔二六一〕，與靈合契〔二六二〕。惠澤播於黎苗〔二六三〕，威靈振乎無外〔二六四〕，超隆平於殷周〔二六五〕，踵羲（皇）〔農〕而齊泰〔二六六〕。顯朝惟清〔二六七〕，（王）〔皇〕道遐均〔二六八〕，民望如草〔二六九〕，我澤如春〔二七〇〕。河濱無洗耳之士〔二七一〕，喬嶽無巢居之民〔二七二〕。是以俊乂來仕，觀國之光，舉不遺材，進各異方〔二七三〕。讚典禮於辟雍〔二七四〕，講文德於明堂〔二七五〕，正流俗之華說〔二七六〕，綜孔氏之舊章〔二七七〕。散樂移風〔二七八〕，國富民康，神應休徵〔二七九〕，屢獲嘉祥。故甘露紛而晨降〔二八〇〕，景星宵而舒光〔二八一〕。觀游龍於神淵〔二八二〕，聆鳴鳳於高岡〔二八三〕。此霸道之至隆〔二八四〕，而雍熙之盛際〔二八五〕。然主上猶尚以沉恩之未廣〔二八六〕，懼聲教之未厲〔二八七〕，采英奇於仄陋〔二八八〕，宣皇明於巖穴〔二八九〕，此甯子商歌之秋〔二九〇〕，而吕望所以投綸而逝也〔二九一〕。吾子爲太和之民，不欲仕陶唐之世乎？」於是玄微子攘袂而興曰〔二九二〕：「偉哉言乎！近者吾子所述華淫〔二九三〕，欲以厲我〔二九四〕，祇攪予心〔二九五〕。至聞天下穆清〔二九六〕，明君莅國〔二九七〕，覽盈虛之正義〔二九八〕，知頑素之迷惑〔二九九〕。（令）〔今〕予廓爾〔三〇〇〕，身輕若飛，願反初服〔三〇一〕，從子而歸。」

〔一〕枚乘，西漢武帝劉徹時人。《漢書》有傳。《七發》見《昭明文選》。

〔二〕傅毅，東漢章帝劉炟時人。《後漢書》有傳。《七激》見嚴可均《全後漢文》。

〔三〕張衡，東漢安帝劉祜時人。《後漢書》有傳。《七辯》亦見《全後漢文》。

〔四〕崔駰，與傅毅同時人。《後漢書》亦有傳。《七依》亦見《全後漢文》。《文心雕龍・雜文》：「自《七發》以下，作者繼踵：觀枚氏首唱，信獨拔而偉麗矣！及傅毅《七激》，會清要之工；崔駰《七依》，入博雅之巧；張衡《七辯》，結采綿靡；崔瑗《七厲》，植義純正；陳思《七啓》，取美於宏壯；仲宣《七釋》，致辨於事理。」葉樹藩曰：「晁无咎見子瞻，子瞻爲稱枚叔《七發》、曹植《七啓》之文，引物連類，能究情狀，于是擬之爲《七述》，是體宋文人猶知貴之。」

〔五〕《銓評》：「晏案：王粲所作名《七釋》，見《藝文》五十七。」

〔六〕玄微子，曹假設道家之流隱士。居，《銓評》：「《藝文》作於。」《文選》仍作居。李注：「玄微，幽玄精微也。《山海經》曰：大荒之中有山，名曰大荒之山，日月所入，是謂大荒之野中也。」

〔七〕飛遯，即肥遁。《易・遁》爻辭：「肥遁最在卦上，居無位之地，不爲物所累，矰繳所不及，遁之最美，故名肥遁。」離俗，脱離社會。

〔八〕《淮南・原道訓》：「其魂不躁，其神不嬈。」高注：「精神定矣。」意謂心靈恬静，不爲外物所干擾。

〔九〕傲貴，《離騷》王注：「侮慢曰傲。」

〔一〇〕營，李注：「蔡邕《釋誨》曰：安貧樂賤，與世無營也。」案物，萬物也。營，《楚辭·天問》王注：「爲也。」

〔一一〕眈虛，《淮南·原道訓》：「嗜欲不載，虛之至也。」好静，意謂重視恬静之人生哲理。

〔一二〕永生，即長生。

〔一三〕乎，《銓評》：「《文選》三十四作於。」天雲之際，象徵最高境界。

〔一四〕物象，李注：「《左氏傳》韓簡曰：物生而後有象。」案《正義》：「象者，物初生之形。」傾，《漢書·田蚡傳》顔注：「傾，謂踰越而勝之也。」

〔一五〕李注：「超野、追風，言疾也。」

〔一六〕追風之輿，《晉書·輿服志》：「追鋒車——去小平蓋，加通幰，如軺車，駕二馬。」《宣帝紀》敘此車一日一夜可行四百餘里，追風疑即追鋒也。

〔一七〕迥，遠也。漠，沙漠。

〔一八〕泱漭，案《上林賦》：「過乎泱漭之壄。」郭注：「張揖曰：《山海經》所謂大荒之野。如淳曰：大貌也。」

〔一九〕激水，湍急河流。

〔二〇〕高岑，《爾雅·釋山》：「山小而高，岑。」謂孤峰獨秀。

〔二一〕《銓評》：「壑，《文選》作溪。」案傅毅《七激》：「背洞壑，臨絶溪。」疑爲曹植所本。

〔二二〕皮弁，李注：「鄭玄《儀禮注》：皮弁者，白鹿皮爲冠，象上古也。」

〔二三〕文裘，李注：「文狐之裘也。」

〔二四〕岫，李注：「《爾雅》曰：山有穴曰岫。」潛，幽深貌。

〔二五〕峻崖，《銓評》：「《書鈔》一百五十八崖作岑。」案宋刊本《曹子建文集》作巖，《文選》作崖，疑作崖字是。

〔二六〕似，《銓評》：「程作以，從《文選》。」案作似字是。宋刊本《曹子建文集》與《文選》同，丁校是。

〔二七〕流，《銓評》：「《文選》作留。」案作留字是。宋刊本及《密韻樓叢書·曹子建文集》正作留。留，止也。

〔二八〕李注：「孔安國《尚書傳》曰：距，至也。」

〔二九〕順風而稱，《荀子·勸學篇》：「順風而呼，聲非加疾也，而聞者彰。」《禮記·射義》鄭注：「稱，猶言也。」俗，《銓評》：「《藝文》作世。」案作世字疑是。李注：「《周易》曰：遯世無悶。」疑李所見本作世，故引《易》文以證。而，《銓評》：「《藝文》作以。」遺名，李注：「鄭玄《毛詩箋》曰：遺，忘也。又《禮記注》曰：名，令聞也。」案《史記·魯仲連鄒陽傳》《索隱》：「遺，棄也。」

〔三〇〕世，《銓評》：「《藝文》作時。」《楚辭·惜誦》王注：「背，違也。」滅勳，《小爾雅·廣詁》：「滅，没也。」

〔三一〕道藝，《周禮·天官·宫正》鄭司農注：「道，謂先王所以教道民者。藝，謂禮、樂、射、御、書、數。」

〔三二〕仁義，《老子》：「絶仁棄義。」王注：「仁義，人之善也。」愛人及物謂之仁，而義謂等貴賤，明尊卑。

〔三三〕人事，指親戚朋友交往之道。紀經，猶言綱領。

〔三四〕若，《銓評》：「《藝文》作猶。」若、猶義同。畫形無象二句，李注：「言像因形生，響隨聲發，今欲無聲而造響，圖像而無形，豈有得哉！」

〔三五〕譆，李注：「鄭玄《禮記注》曰：譆，悲恨之聲也。」案《史記·廉藺列傳》《索隱》：「驚而怒之辭也。」

〔三六〕混沌，《銓評》：「張作混混。」案《文選》混字作渾。《白虎通·天地》：「始起先有太極，後有太始，形兆既成，名曰太素。混沌相連，視之不見，聽之不聞。」則混沌形容陰陽未分之貌。

〔三七〕紛錯，《銓評》：「《御覽》一作純純。」案紛錯，雜亂貌。

〔三八〕隆，《銓評》：「《御覽》作運。」胡紹煐《文選箋證》曰：「作運是也，與上句分爲韻。後人誤以下窮、終、躬、風韻，故易爲隆。」案胡説是。《廣雅·釋詁四》：「運，轉也。」言萬物隨自然運轉之規律而發生變化。

〔三九〕迹，《銓評》：「《御覽》作端。」疑作端字是。《家語·禮運》王注：「端，始也。」

〔四〇〕茫茫，廣大貌。元氣，天氣也。此謂宇宙。

〔四一〕《廣雅·釋言》：「累，拘也。」

〔四二〕仰，《詩經·車舝篇》《正義》：「心慕之辭。」遺風，李注：「如淳《漢書》注曰：遺，餘也。」

〔四三〕李注：「《莊子》曰：楚王使大夫往聘莊子。莊子曰：吾聞楚有神龜，死已三千歲矣！王巾笥而藏之於廟堂之上。此龜者，寧其死爲留骨而貴乎？寧其生而曳尾塗中乎？二大夫曰：寧生曳尾塗中。莊子曰：往矣！吾將曳尾於塗中也。」

〔四四〕艷，《穀梁序》《正義》：「艷者，文辭爲美之稱也。」

〔四五〕窮澤，猶言涸乾之湖泊。

〔四六〕激，《楚辭·招魂》王注：「感也。」

〔四七〕君子，《銓評》：「《文選》君作吾。」疑作吾子是，下文「吾子整身倦世」可證。演，李注：「《小雅》曰：演，廣也。」案《左》昭二年傳《正義》：「演謂爲其辭而演説之。」妖靡，妖，美也，形容色；靡，好也，形容聲。

〔四八〕整身，整飭行爲。倦世，李注：「倦于人間之世也。」案勤勞於人間之事。

〔四九〕探，《説文》：「遠取之也。」朱駿聲曰：「遠取猶探取。」隱，謂隱居之士。拯沈，《廣雅·釋詁一》：「拯，舉也。」沈，謂沈于下位之人。

〔五〇〕句意謂不以遐路爲遠。

〔五一〕光臨，謂人來之敬詞。

〔五二〕玉音，李注：「《尚書大傳》曰：天下諸侯受命於周，莫不玉音金聲。」案蓋君子比德於玉，故玉音亦即德音，玉是贊美之詞。李注似迂。

〔五三〕菰，生水邊，芽嫩可食，其實如米，曰雕胡。俗名茭，中臺如小兒臂曰茭手，可食（見朱駿聲《説文通訓定聲》）。精粺，程瑶田曰：「人謂此爲野稗，謂之精者，修辭家之美稱。《説文》稗，黍屬，音卑。」（《九穀考》）程説誤。《説文》米部粺字段注云：「粺，謂禾黍米」是也。

〔五四〕霜蓄，李注：「《毛詩》曰：我行其野，言采其蓫。鄭玄曰：蓫，牛頽。蓫與蓄音義通也。」胡紹煐曰：「陸璣疏：揚州人謂之馬蹄，幽州人謂之蓫，是蓫非可食之菜。覩蓄與葵對舉，則蓄非蓫矣。《邶·谷風》：我有旨蓄。箋：蓄聚美菜。《廣韻》：蓄，冬菜。蓄爲冬菜，故謂之霜蓄。蓄即今人家蔓菁菜，霜後味尤甘美，蓋其一種。《急就篇》：老菁蘘荷冬日蓄是也。」露葵，《本草綱目》：「古人採葵，必待露解，故曰露葵。今人呼爲滑菜，言其性也。」

〔五五〕玄熊，黑熊。素膚，白肉。

〔五六〕肥豢，李注：「鄭玄《周禮注》：犬豕曰豢。」膿肌，李注：「膿，肥貌也。」案宋刊本《曹子建文集》膿作穠，疑作膿字是。膿肌即肥肉。

〔五七〕蟬翼，李注：「言薄也。」

〔五八〕疊縠，如重疊之薄綢，形容薄。

〔五九〕轉，謂移動也。

〔六〇〕山鷄，羽毛淺黄色，花紋如母雉，萊陽呼爲山雞。朱駿聲曰：《爾雅》郭注：「鵽大如鴿，似雌雉，鼠足，無後指，岐尾，爲鳥憨急群飛，出北方沙漠地也。肉美，俗名突厥雀，生蒿萊之間。」

〔六一〕李注：「珠翠，珠柱也。《南方異物記》曰：採珠人以珠肉作鮓也。」案《臨海水土物志》：「玉珧似蚌，長二寸，廣五寸，上大下小，其殼中柱炙之，味似酒。」（《御覽》卷九百四十三引）翠通作臎。《玉篇》：「臎，鳥尾肉。」考江珧肉柱在體後部者粗大，殆位於殼之中央，在前部者甚小，附著於殼頂之下部，如鳥類之尾肉，故亦名曰翠，李善釋爲珠柱是也。葉樹藩謂珠柱似即江瑶柱（見海緑軒本《文選》）。

〔六二〕寒，《銓評》：「程張作搴，從《文選》。」李注：「寒，今胚肉也。《鹽鐵論》曰：煎魚切肝，羊淹雞寒。劉熙《釋名》曰：韓雞本出韓國所爲。寒與韓同。」朱珔《文選集釋》：「案胚與鯖同，醬類也。……醬稱寒者，《廣雅》：䣼，醬也。䣼與涼通。」案寒似即今人所謂之醃。蓮，《銓評》：「《文選》作苓，苓古蓮字。」李注：「苓與蓮同。」巢龜，李注：「《史記》曰：有神龜在江南嘉林中，常巢於芳蓮之上。」曹植《龜賦》：「赴芳蓮而巢居。」

〔六三〕膾，《釋名・釋飲食》：「膾，細切肉，令散分其赤白異切之，已，乃會合和之也。」西海之飛鱗，飛鱗即文鰩魚，又名飛魚。李注：「《山海經》曰：泰器之山，濩水出焉，是多鰩魚，常行西海，而游于東海，夜飛而行。」

〔六四〕臛，李注：「《説文》曰：臛，肉羹也。」朱駿聲曰：「臛，羹之實於豆者，不以菜芼之，其質較乾。」江東，《銓評》：「《御覽》八百六十一東作界。」宋刊本《曹子建文集》仍作東。潛鼉，陸璣《詩疏》：「鼉形似水蜥蜴，四足，長丈餘，生卵大如鵝卵，甲如鎧甲。」案俗稱豬婆龍，生長江中。

〔六五〕臇，李注：「《蒼頡解詁》曰：少汁臛也。」

〔六六〕糅，李注：「鄭玄《禮記注》曰：雜也。」

〔六七〕醇，《廣雅·釋詁三》：「厚也。」

〔六八〕李注：「《禮記》曰：北方，其神玄冥。北方，水也。《尚書》曰：水曰潤下，潤下作鹹。」

〔六九〕李注：「《禮記》曰：西方，其神蓐收。西方，金也。《尚書》曰：金曰從革，從革作辛。」

〔七〇〕和，《周禮·食醫》鄭注：「調也。」謂調味之品。必節，《釋名·釋形體》：「節，有限節也。」

〔七一〕射越，李注：「《上林賦》曰：衆香發越。郭璞曰：香氣射散也。」

〔七二〕李注：「《毛詩》曰：爲此春酒。鄭玄《禮記注》曰：清酒，今之中山，冬釀接夏而成也。縹，緑色而微白也。」

〔七三〕康、狄，杜康、儀狄，皆古之善釀者。李注：「《博物志》曰：杜康作酒。《戰國策》曰：梁王請爲魯君舉觴。魯君曰：昔帝女儀狄作酒而美，進之於禹。禹飲而甘之。遂疏儀狄，乃絶旨酒。」

〔七四〕李注：「《淮南子》曰：物類之相應，故東風至而酒汎溢。高誘曰：東風木風也。其味酸，入酒故酢而汎者沸，蓋非類相感也。」

〔七五〕氣，謂氣候。李注：「《春秋説題辭》曰：黍爲酒，陽援陰乃能動，故以麥黍爲酒。宋衷曰：麥，陰也。先漬麯，黍後入，故曰陽援陰，相得而沸，是其動也。」

〔七六〕李注：「《禮記》曰：季夏之月，其音徵，其味苦。」

〔七七〕李注：「《禮記》曰：中央土，其音宫，其味甘。」案《禮記·月令》鄭注：「六月十八日已後，土王氣至，則黄鐘之宫應之。」

〔七八〕《銓評》：「《書鈔》一百四十八盛作酌。」案《文選》作盛。疑作盛字是。翠樽，翠玉製之酒器。《尚書·分器序》《正義》：「盛酒者爲樽。」

〔七九〕酌，《銓評》：「《書鈔》作盛。」案《文選》作酌，疑《書鈔》誤。觴，爵也，即酒杯。

〔八〇〕浮蟻，李注：「《釋名》曰：酒有汎齊，浮蟻在上，汎汎然。」蓋謂酒糟浮於酒上如蟻然。鼎沸，《銓評》：「《書鈔》鼎作歊。」《文選》作鼎沸，謂如鼎之沸也。《書鈔》作歊非是。

〔八一〕酷烈，李注：「《上林賦》曰：酷烈淑郁。郭注：香氣盛也。」

〔八二〕和神，謂精神恬適。

〔八三〕娱腸，謂腸胃舒暢。

〔八四〕《韓非子·五蠹篇》：「藜藿之羹。」《史記·太史公自序》《正義》：「藜似藿而表赤。藿，豆葉也。」《文選》六臣劉良曰：「藜藿賤菜，布衣之所食。」

〔八五〕步光，李注：「《越絶書》曰：孔子從弟子七十人往奏。勾踐乃身被賜夷之甲，帶步光之劍。」

〔八六〕華，《銓評》：「《藝文》作采。」案《文選·思玄賦》：「昭采藻與琱琭兮。」舊注：「采，文采也；藻，華藻也。」繁縟，李注：「《説文》曰：縟，繁采飾也。」

〔八七〕文犀，案文犀即通天犀。葛洪《抱朴子·登涉》：「通天犀角有一赤（《事類賦》引無一字，赤作白）理如綖，有（《事類賦》引無）自本徹末（《事類賦》引有者字），以角盛米，置群雞中，雞欲啄之，未至數寸，即驚却，故南人或名通天犀爲駭雞犀。」

〔八八〕翠緑，案曹植《樂府歌詞》：「通犀文玉間碧璵，翡翠飾雞璧。」疑翠、緑即翡翠與碧璵，皆美玉之名。

〔八九〕驪龍之珠，謂驪龍頷下之珠。李注：「《莊子》曰：千金之珠，在九重之淵，而驪龍頷下。」

〔九〇〕錯，《廣雅·釋器》：「鏤謂之錯。」荆山之玉，李注：「韓子曰：楚人和氏得璞玉於楚山之中也。」

〔九一〕雋，《左》宣十五年傳杜注：「絶異也。」

〔九二〕李注：「《廣雅》曰：漸，漬也。」謂刃上不留一絲水痕，言劍之鋒利也。

〔九三〕九旒，李注：「應劭《漢官儀》曰：冕，公侯九斿者也。」旒即冕前所懸系之珠串。天子十二，諸侯九也。

〔九四〕李注：「劉梁《七舉》曰：九旒之冕，散耀垂文。」散曜，謂散發晶瑩之光輝。垂文，《漢書·司馬相如傳》顔注引張揖：「垂，懸也。」文謂文采。

〔九五〕華組，冠上花帶。纓，李注：「冠系也。」從風，言隨風。紛紜，飄動之貌。

〔九六〕結緑、懸黎，李注：「《戰國策》：應侯謂秦王曰：梁有懸黎，宋有結緑，而爲天下名器也。」

〔九七〕妙，美也。妙微，精美之極也。

〔九八〕符采，李注：「劉淵林《蜀都賦》注曰：符采，玉之横文也。」照爛，《銓評》：「照《藝文》作焕。」案《文選》作照。照或作炤。《廣雅·釋詁四》：「炤，明也。」照爛，謂光澤鮮明之貌。

〔九九〕景，光也。流景，即流光。

〔一〇〇〕黼黻，《尚書·益稷》孫炎注：「黼文如斧形，蓋半白半黑似斧刃白而身黑。黻謂兩已相背，謂刺繡爲已字，兩已字相背也。」

〔一〇一〕紗縠，《銓評》：「紗，《藝文》作羅。」案《釋名·釋采帛》：「羅，文羅疏也。」縠，陳鱣《對策》六：「即今之漏地紗也。」曹丕《典論》：「雒陽郭珍居財巨億，每暑夏召客，侍婢數十，盛裝飾，披羅縠，使之進酒。」（《御覽》四百七十二引）

〔一〇二〕金華，李注：「劉欣期《交州記》曰：金華出珠崖。」舄，崔豹《古今注》：「舄以木置履下，乾蠟不畏泥溼也。」

〔一〇三〕李注：「言以金華飾舄，故動足而有餘光也。」

〔一〇四〕微，《廣雅·釋詁四》：「明也。」《後漢書·班彪傳》章懷注：「鮮，潔也。」言明潔如霜之潔白也。

〔一〇五〕緄佩，李注：「緄，織成帶也。」案緄蓋琨字之形誤，字當作琨。《白虎通》：「能本道德則佩琨。」曹植《平原懿公主誄》：「琨佩惟鮮。」琨，美玉，故下文曰「或雕或錯」也。若從李注所釋爲織成帶，則與彫錯之義不相承應矣。李注似未確。綢繆，《吴都賦》劉注：「花采密貌。」

〔一〇六〕薰，《文選·雪賦》李注：「火煙上出也。」薰、熏古通用。幽若，李注：「若，杜若也。」若稱幽若，猶蘭曰幽蘭也。」案幽疑當如曹植《迭迷香賦》：「遂幽殺以增芳」之幽，《後漢書·張衡傳》章懷注：「幽，閉也。」謂密閉。

〔一〇七〕肆布，猶散布。《左》昭卅二年傳杜注：「肆，展放也。」

〔一〇八〕雍容，《文選·兩都賦》序六臣吕向注：「雍和，容緩。」即舒緩之貌。閒步，謂徐行。

〔一〇九〕馳曜，猶流光。謂光輝閃灼散布也。

〔一一〇〕南威，李注：「《戰國策》曰：晉文公得南威，三日不聽朝。遂推而遠之，曰：後必有以色亡其國者。」

〔一一一〕毛褐，李注：「鄭玄《毛詩箋》曰：褐，毛布也。」

〔一一二〕蕩，摇也。謂摇蕩性情。

〔一一三〕雲龍，李注：「馬有龍稱，而雲從龍，故曰雲龍也。《周禮》曰：凡馬八尺已上爲龍。」飛駟，謂四馬。馳如飛，故曰飛駟。

〔二四〕玉輅，《文選·東京賦》薛注：「謂玉飾之也。」繁纓，李注：「繁與鞶古字通。鄭玄曰：謂今之馬大帶也。」即馬腹下之帶。李注：「纓，今馬鞅。」《釋名·釋車》：「鞅，嬰也。喉下稱嬰，言纓絡之也。」

〔二五〕宛，屈也。宛虹，謂宛屈如虹。長緌，《銓評》：「《藝文》緌作綏。」李注：「《禮記》曰：天子殺則下大綏。鄭玄曰：綏當爲緌。緌，有虞氏之旌旗也。」案《上林賦》：「拖蜺旌。」張揖曰：「析羽毛，染以五采，綴以縷爲旌，有似虹蜺之氣也。」與此意近。

〔二六〕抗，舉也。招摇，《西京賦》：「樹招摇。」薛注：「招摇（北斗）第九星名，爲盾，今鹵簿中畫之於旗，建樹之以前驅。」華旍，《銓評》：「旍，《藝文》作旌。」案《爾雅·釋天》《釋文》：「旌，本又作旍。」是旌、旍同。華旌謂旌上畫有招摇星之形，故稱之曰華旌。

〔二七〕插，《文選》作捷。李注：「《儀禮》曰：司射搢三挾一箇。鄭玄曰：搢，插也。」案插與捷古通用。《儀禮·士冠禮》《釋文》：「捷，本作插。」是其證。忘歸之矢，謂迅急。

〔二八〕繁弱，李注：「《新序》：楚王載繁弱之弓，忘歸之矢，以射隨兕於夢也。」

〔二九〕躡景，李注：「景，日景也。躡之言急也。」案躡景，秦始皇良馬之名，見崔豹《古今注》。輕騖，猶言疾馳。

〔三〇〕遺風，《吕氏春秋·本味篇》：「馬之美者，遺風之乘。」高注：「行迅謂之遺風。」

〔三一〕司馬相如《上林賦》：「填阬滿谷，掩平彌澤。」蓋曹植句意所本。榛，灌木林。

〔二二〕罝，獸網。

〔二三〕彌，李注：「鄭玄《周禮注》：彌，遍也。」罘，鳥網。

〔二四〕漏，《銓評》：「《文選》作滿。」案宋刊本《曹子建文集》作漏，作漏字是。漏迹與逸飛語正相儷，一謂獸，另一指鳥也。

〔二五〕逸，逃也。《西京賦》：「上無逸飛，下無遺走。」

〔二六〕屯，李注：「《廣雅》曰：屯，聚也。」會圍即合圍。

〔二七〕獠徒，李注：「《說文》曰：獠，獵也。《封禪書（文）》曰：雲布霧散。」案雲布、霧散俱形容布置密集。

〔二八〕戈殳，戈戟也。《華嚴經音義》引《論語圖》：「戈形傍出一刃也。」殳，《方言》：「三刃枝其柄，自關而西謂之柲，或謂之殳。」晧旰，《說文》段注：「潔白光明之貌。」

〔二九〕鷫鷞，《淮南·原道訓》高注：「鷫鷞，鳥名也。長頸緑身，其形似雁。」

〔三〇〕振鷺，《詩經·振鷺篇》《正義》：「此鳥名鷺而已。振與鷺連，即言于飛，《魯頌》之言振振鷺，故知振振群飛貌也。」案鷺即鷺鷥。

〔三一〕《西京賦》：「當足見蹍，值輪被轢。」與此句意同。見藉，謂被車所轥。

〔三二〕飛軒，即飛車。電逝，形容車行迅疾，如電光之逝去也。

〔三三〕隨，《銓評》：「《御覽》七百七十五引作逐。」案《文選》作隨。逐，從也，與隨義同。

〔三四〕飛鋒，謂箭。

〔三五〕舉，高飛。罾，空中張布之網。

〔三六〕探薄，李注：「《廣雅》曰：草藂生曰薄。」案《廣雅·釋邱》：「阻，險也。」窮阻即窮險。

〔三七〕猋舉，李注：「王逸注：猋，去疾貌。《説文》曰：猋，火華也。」《説文》段注：「古書猋與焱二字多互譌，李注合而爲一，誤。」猋舉，謂如火熛之飛射也。

〔三八〕飲羽，李注：「《吕氏春秋》曰：養由基射兕中石，矢飲羽。高誘曰：飲羽，飲矢至羽也。」謂箭射入獸體深，至於箭榦附羽之處。

〔三九〕勢脇，即勢迫。

〔四〇〕哮闞之獸，《詩經·常武篇》：「闞如虓虎。」《後漢書·馮緄傳》章懷注：「虓，虎怒聲也。」《漢書·叙傳》《音義》引《字林》：「虓音哮。」故李注謂哮與虓同也。哮闞之獸謂虎豹。

〔四一〕慴，懼也。

〔四二〕北宫，李注：「北宫黝之養勇也，不膚撓，不目逃，思以一毫挫於人，若撻於市朝。趙岐曰：北宫姓，黝名也。」東郭，李注：「《吕氏春秋》曰：齊有好勇者，一人居東郭，一人居西郭，卒然相遇於塗，曰：姑相飲乎？觴數行，曰：姑求肉乎？一人曰：子，肉也；我，肉也。因抽刀而相噉也。」

〔四三〕《爾雅·釋獸》：「貙似貍。」《集韻》：「貙，虎之大者。」

〔一四四〕李注：「《小雅》曰：抗，禦也。服虔《漢書注》曰：隱，築也。」意謂獸骨不禁武士之拳擊而粉碎。

〔一四五〕批，側手擊。熊有力在掌，碎掌，形容武士壯健多力。

〔一四六〕斑，《銓評》：「程作班，從《文選》。」案斑爲本字，班爲借字。《文選·上林賦》李注：「班文，虎豹之皮也。」摧，《廣雅·釋詁一》：「折也。」

〔一四七〕毛類，《銓評》：「類，張作數。」案宋刊本《曹子建文集》正作類，《文選》同。張作數誤。毛類，即獸類。

〔一四八〕飛翮，謂鳥羽飛於空中。如雲，言多也。

〔一四九〕駴鍾，李注：「《周禮》曰：鼓皆駴。鄭玄曰：雷擊鼓曰駭，駴古駭字。」駴鍾，即擊鍾。

〔一五〇〕弛旆，李注：「杜預《左氏傳》注曰：弛，解也。」

〔一五一〕頓綱縱綱，案宋刊本《曹子建文集》作「頓綱縱綱」，疑是。《文選·七命》：「於是撤圍頓罔。」李注：「頓，捨也。」縱綱，謂放開網上之粗繩。

〔一五二〕羆獠，案《文選考異》：「案羆當作罷。」考宋刊本《曹子建文集》羆正作罷，作罷字是。《論語·子罕篇》皇疏：「罷，猶罷息也。」獠，《文選·蜀都賦》劉注：「獵也。」邁，《説文》：「遠行也。」即本集《孟冬篇》「罷役解徒」意同。

〔一五三〕李注：「《南都賦》曰：驤騄齊鑣。」駿騄皆良馬。齊驤，齊馳也。

〔一五四〕揚鑾，《後漢書・明帝紀》章懷注：「鑾，鈴也，在鑣。」則揚鑾與傅毅《舞賦》「揚鑣」義同。飛沫，《文選・舞賦》李注：「馬舉首而横走，動鑣則飛馬口之沫也。」

〔一五五〕金較，李注：「《東京賦》曰：戴翠冒，倚金較。」較，車箱上横木，製作龍形，而飾以金，故曰金較。

〔一五六〕暇豫，李注：「韋昭曰：暇，閑也。豫，樂也。」

〔一五七〕羽獵，服虔曰：「士卒負羽也。」李奇曰：「羽林騎士。」則羽獵之義謂武士田獵也。

〔一五八〕閒宫，《楚辭・招魂》王注：「空寬曰閒。」顯敞，《蒼頡篇》曰：「敞，高顯也。」

〔一五九〕雲屋，李注：「言高如雲也。」皓旰，疑當作浩汗，浩汗或作浩瀚。《淮南・俶真訓》高注：「廣大貌也。」

〔一六〇〕景山，案即《洛神賦》之景山。李善《洛神賦》注：「《河南郡圖經》曰：景山，緱氏縣南七里。」高基，李注：「基若景山，言極高也。」毛萇《詩傳》曰：「崇，立也。」

〔一六一〕迎，面向。立觀，李注：「《地理書》曰：迎風觀在鄴也。」案《贈徐幹》詩：「迎風高中天」，亦指此觀而言。

〔一六二〕彤軒，紅漆欄檻。紫柱，紫色殿柱。

〔一六三〕文榱，繪有圖案之瓦桷。華梁，謂梁亦飾以彩繪。

〔一六四〕綺井，謂以板作井形，飾以丹青如綺也。刻作荷藻水物，所以厭火也（《風俗通》）。楊慎《丹鉛外集》：「綺井謂之斗八。又曰：今之天花板也。」含葩，指繪有荷藻之屬。

〔一六五〕金墀，《銓評》：「《御覽》一百八十八墀作壁。」李注：「金墀，猶金戺也。《西京賦》曰：金戺玉階。」案戺即門限，用銅沓冒，黄金塗，謂之金戺。玉箱，李注：「玉箱猶玉房也。」孫炎《爾雅注》：「箱，夾室前堂也。」

〔一六六〕絺綌，《國語·越語》韋注：「絺，葛也。精曰絺，麤曰綌。」冬服絺綌，極意形容温室之暖也。

〔一六七〕清，《呂氏春秋·有度》高注：「清，寒也。」清室，寒房。中夏，謂盛暑之時。含霜，謂藏霜。

〔一六八〕閣，即閣道。華閣，謂施之以彩繪者。緣雲，猶臨雲，形容高峻。

〔一六九〕飛陛，謂閣道階除，凌空直上，不在於地，故稱曰飛陛。

〔一七〇〕俯眺，《銓評》：「眺，《藝文》作視。」案宋刊本《曹子建文集》與《藝文》同。《文選·魯靈光殿賦》：「頫視流星。」此或曹植句所本，應據以校正。句意形容殿宇巍峨之狀。

〔一七一〕八隅，即八方。

〔一七二〕眇，《文選·東京賦》：「眇天末以遠期。」薛注：「視也。」天際，猶天末。

〔一七三〕變名，案宋刊本《曹子建文集》「名」作「容」。疑作容字是。變容，謂不同於尋常之容貌。

〔一七四〕班輸，李注：「鄭玄《禮記注》曰：公輸若，匠師也。般，若之族，多技巧者也。」措，置也。

〔一七五〕晴，案《文選》作睛。宋刊本《曹子建文集》作精。晴當爲睛之形誤。李注：「《孟子》曰：離婁之明。趙岐曰：古之明目者也，蓋黄帝時人。」《文選·魯靈光殿賦》：「雖離朱之至精，猶眩曜而不能昭晰也。」與此句意同。精、晴古通用。

〔一六〕交植，俱植也。

〔一七〕詭類，異類。

〔一八〕熙天，李注：「熙，光也。」

〔一九〕飛翮，指鳥類。陵高，升高空。

〔八〇〕任子垂釣，《莊子·外物》：「任公子爲大鉤巨緇，五十犗以爲餌，蹲乎會稽，投竿東海，旦旦而釣，期年不得魚。已而大魚食之，牽巨鉤陷没而下，鶩揚而奮鬐，白波若山。」

〔八一〕魏氏，李注：「《吴越春秋》曰：越王欲伐吴，范蠡進善射者陳音。越王問其射所起焉，音曰：黄帝作弓以備四方，後有楚狐父以其道傳羿，羿傳逢蒙，逢蒙傳楚琴氏，琴氏傳大魏，大魏傳楚三侯：麋侯、翼侯、魏侯也。」

〔八二〕輕繳，古人獵取鳥類，將絲繩繫於箭末，及射中鳥，則收繩而取鳥，名之曰繳。弋，《楚辭·惜誦》：「矰弋機而在上兮。」王注：「弋，射也。」飛，謂鳥類。是弋飛猶言射鳥，與下文「落翳雲之翔鳥」義正相承。

〔八三〕李注：「許慎《淮南子注》曰：擢引也。」

〔八四〕鮫人，李注：「劉淵林《吴都賦》注曰：鮫人，水底居也。」

〔八五〕《漢廣》，李注：「《韓詩序》曰：《漢廣》，悦人也。《詩》曰：漢有游女，不可求思。薛君曰：游女，謂漢神也。」覿，遇見。

〔一八六〕燿，《釋名·釋天》：「曜，燿也，光明照燿也。」神景，即《洛神賦》之神光。中沚，《爾雅·釋水》：「水中可居者曰洲，小洲曰渚，小渚曰沚。」《詩經·蒹葭篇》：「宛在水中沚。」

〔一八七〕之，王引之《經傳釋詞》：「之猶與也。」

〔一八八〕静步，《銓評》：「静《藝文》作靖。」案静、靖古通用。静，安也。安猶徐也。静步即徐行。遺，留也。芳烈，謂馥郁之馨香。

〔一八九〕李注：「《廣雅》曰：抗，舉也。」清歌，猶悲歌。

〔一九〇〕《詩經·兔罝篇》：「公侯好仇。」《爾雅·釋詁》孫注：「仇，相求之匹也。」猶今言配偶。

〔一九一〕無由，無從也。

〔一九二〕脩，李注：「王逸注曰：脩，飾也。」

〔一九三〕宫館，《銓評》：「館，《藝文》作觀。」案《文選·雪賦》李注：「觀，宫觀也。」是宫觀連文可證。

〔一九四〕巖穴，李注：「隱者所居。」

〔一九五〕遺世，李注：「《廣雅》曰：遺，離也。」案離有絶義，見《國策·秦策》高注。則遺世猶言絶世。越，《銓評》：「《藝文》作超。」案超、越義同。

〔一九六〕北里，李注：「《史記》曰：紂使師涓作新淫之聲，北里之舞，靡靡之樂。」案北里地名，女倡所居。流聲，《禮記·樂記》鄭注：「流，猶淫放也。」流聲，即淫放之聲。

〔一九七〕陽阿，李注：《淮南子》曰：「夫歌采菱，發陽阿，鄭人聽之，不若延靈之和。」（《考異》：「陳云鄭，鄙誤；靈，露誤是也。」）案《淮南・俶真訓》高注：「陽阿，古之名倡也。」

〔一九八〕文軒，《文選・西京賦》薛注：「檻，蘭也，皆刻畫。又以大板廣四五尺，加漆澤焉，重置中間蘭上，名曰軒。」李注：「文，畫飾也。軒，殿檻也。」

〔一九九〕洞庭，李注：「洞庭，廣庭也。」《銓評》：「洞，《藝文》作彤。」案宋刊本及《密韻樓叢書・曹子建文集》洞俱作彤。《文選・西都賦》：「後宮則有掖庭椒房、后妃之室……於是玄墀釦砌，玉階彤庭。」《漢書・外戚傳》：「其中庭彤朱。」是曰彤庭。《文選》作洞，或所見本異也。王粲《七釋》：「七盤陳于廣庭。」則李注是也。

〔二〇〇〕交揮，《銓評》：「揮，《藝文》作彈。」案《密韻樓叢書・曹子建文集》亦作彈，與《藝文》同。

〔二〇一〕篪，管樂。《呂氏春秋・仲夏紀》高注：「篪以竹，大二寸，長尺二寸，七孔，一孔上伏，横吹之。」

〔二〇二〕振，案《初學記》十五作震。案振、震古通用。李注：「《廣雅》曰：振，動也。」《史記・禮書》《索隱》：「振，擊也。」

〔二〇三〕袿，李注：「《釋文》曰：婦人上服謂之袿。」振，《銓評》：「《藝文》作衣。」飄飄形容長裾飄動之貌。

〔二〇四〕金摇，頭上飾物。用金製鳳皇形，下懸五色玉，行動則玉摇蕩，或名曰步摇。熠燿，案宋刊本《曹子建文集》作燿爍。皆形容光輝燦爛之貌。

〔二〇五〕翠羽雙翹，謂舞伎頭上插有兩支緑色之長翎。

〔二〇六〕揮，李注：「韓康伯《周易注》曰：揮，散也。」

〔二〇七〕謂舞伎身珮帶之飾物，動時發出閃灼之光彩。

〔二〇八〕盤鼓，漢魏《七盤舞》。地上放置七盤，鼓置於舞伎足下，足踏鼓，鼓聲以作舞蹈時之節拍。王仲殊《沂南石刻畫像中的七盤舞》：「在地面上有七個盤，分爲二排，一排三個，一排四個，都係倒覆在地上。它們的大小形狀和紋飾，看來都是一致的。」李善《舞賦》注：「般鼓之舞，載籍無文。以諸賦言之，似舞人更遞蹈之而爲舞節。張衡《七盤舞賦》曰：歷七盤而屣躡。又曰：般鼓煥以駢羅。王粲《七釋》曰：七盤陳於廣庭，疇人儼其齊俟。揄皓袖而振策，竦并足而軒跱。邪睨鼓下，伉音赴節。安翹足以徐擊，馺頓身而傾折。卞蘭《許昌宮賦》曰：振華足以却蹈，若將絶而復連，鼓震動而不亂，足相續而不并。婉轉鼓側，蜲蛇丹庭。與七盤其遞奏，覩輕捷之翾翾。義並同也。」

〔二〇九〕長裾，案宋刊本《曹子建文集》裾作袖，作袖字是。傅毅《舞賦》：「長袖交横。」據畫像舞伎身着長袖舞衣。隨風，形容舞時長袖飄動之狀。

〔二一〇〕描寫舞伎舞姿輕盈敏捷。

〔二一一〕形容舞伎在七盤左右跳躍如風之疾，彷彿足不踏地，跨步極長之貌。

〔二一二〕超驤，案《初學記》十五驤作騰。驤、騰義同。

〔二三〕蜿蟬，猶蜿蜒。形容轉折回旋之舞態。揮霍，迅急之貌。

〔二四〕翔，《銓評》：「《藝文》作翻。」案《初學記》十五與《藝文》同。宋刊本《曹子建文集》亦作翻。翻，飛貌。鴻翥，《説文》：「翥，飛舉也。」

〔二五〕潗然，《銓評》：「《初學記》十五然作爾。」李注：「潗，疾貌。」鳧没，如鳧没入水中。案上句描繪仰身向上飛躍之態，此句則形容俯身下伏之舞姿。如傅毅《舞賦》：「浮騰累跪，跗蹋摩跌」也。

〔二六〕體，《銓評》：「《藝文》作軀。」

〔二七〕不逮，李注：「言疾也。」形容動作至爲迅捷，達於高妙之境。

〔二八〕激塵，李注：「《七略》曰：漢興，善歌者魯人虞公發聲動梁上塵。」形容高亢歌聲。

〔二九〕依威，案宋刊本《曹子建文集》威作違。《文選》作違。李注：「依違，猶徘徊也。」依威、依違俱疊韻謰語，形容歌聲婉轉蕩漾之詞。厲，疾也。

〔三〇〕意謂其形態極難作出具體之描繪。

〔三一〕未渫，李注：「《東都賦》曰：士怒未渫。《方言》曰：渫，歇也。」

〔三二〕散樂，《銓評》：「《藝文》作樂散。」案宋刊本《曹子建文集》同。樂散，謂樂隊解散。變飾，更易裝飾。

〔三三〕微步，猶細步。

〔二四〕玄眉，《釋名·釋首飾》：「黛，代也，滅眉毛去之，以此畫代其處也。」黛，青黑色，故曰玄眉。弛，案宋刊本《曹子建文集》作施。弛、施古通用。《後漢書·光武紀》章懷注：「弛，解脱也。」鉛花，案《文選》花作華。宋刊本《曹子建文集》亦作華。鉛華，李注：「粉也。」

〔二五〕蘭澤，李注：「用蘭浸油澤以塗頭。」

〔二六〕婧服，李注：「《説文》曰：婧，南楚之外謂好也。」形婧服，謂現露出美麗之衣服。

〔二七〕宜笑，《銓評》：「《藝文》宜作既。」李注：「《楚辭》曰：「既含睇兮又宜笑。」」則李所見本固作宜也。王注：「又好口齒而宜笑。」作宜笑是。

〔二八〕睇盼，《銓評》：「盼，《文選》作眄。」案宋刊本《曹子建文集》亦作眄。李注：「王逸曰：睇，微眄貌。」《一切經音義》引《蒼頡篇》：「傍視曰眄。」即斜視之貌。流光，謂眼光瑩瑩如波之流也。形容嬌羞之態。

〔二九〕閒房，案宋刊本《曹子建文集》閒作閑。閒、閑古通用。閑，静也。

〔三〇〕爛，燦爛光明之貌。

〔三一〕幄幕，《銓評》：「《藝文》作羅幬。」羅幬，即羅帷。張，《楚辭·招魂》：「羅幬張些。」王注：「張，施也。」

〔三二〕清商，《楚辭·惜誓》：「余因稱乎清商。」王注：「清商，歌曲也。」

〔三三〕九秋之夕，李注：「言其長也。」九秋，猶深秋，謂夜長。未央，《廣雅·釋詁一》：「央，盡也。」

〔三四〕及，《銓評》：「張脱及。」案宋刊本及《密韻樓叢書·曹子建文集》無及字，《文選》亦無，張本是，丁氏補及字誤也，當删去。

〔三五〕奮節，激揚品德。顯義，即明義。

〔三六〕李注：「《論語》：子曰：志士仁人，有殺身以成仁。」成仁，焦循曰：「爲百姓禦大災、捍大患謂之仁。犧牲生命以完成曰成仁。」（見《雕菰樓文集》）

〔三七〕雄俊，謂才能出衆。

〔三八〕交黨結倫，李注：「《西京賦》：結黨連群。」謂聯絡意氣相同之人。

〔三九〕重氣輕命，李注：「《西京賦》：輕死重氣。」謂重義氣，輕生命。

〔四〇〕感分，李注：「分，分義也。」案分猶志也。志猶言感情。遺身，《銓評》：「遺《藝文》作忘。」案遺忘義同。

〔四一〕李注：「《史記》：燕太子丹謂田光曰：丹所言者，國大事也，願先生勿泄也。光曰：諾。退見荆軻曰：吾聞長者爲行，不使人疑己。今太子疑光，非節俠也！欲自殺以激荆軻，遂自剄。」

〔四二〕公叔，李注：「公叔未詳。」劉良曰：「公叔，荆軻之字。」（見《文選》五臣注）北燕，燕在中國北部地區，故曰北燕。

〔四三〕果毅，《論語·泰伯篇》皇疏：「謂能强果斷也。」輕斷，謂草率作出決定。

〔四四〕李注：「《春秋元命苞》曰：猛虎嘯而谷風起。」象徵勇猛無畏之狀。

〔二四五〕慴，懼也。萬乘，李注：「《漢書》曰：天子畿方千里，出兵車萬乘，故稱萬乘之主。」

〔二四六〕田文，齊孟嘗君之姓名。孟嘗君名文，姓田氏。孟嘗君在薛，招致諸侯賓客，食客數千人。無忌，魏公子名，魏安釐王之弟也。安釐王封公子爲信陵君，致食客三千（詳見《史記》孟嘗、信陵君列傳）。

〔二四七〕俊，《孟子·公孫丑篇》趙注：「俊，美才出衆。」

〔二四八〕句意仁愛之心與正義之感皆傳播極廣。

〔二四九〕騰躍，卓越之意。

〔二五〇〕無方，李注：「晉灼《漢書注》曰：方，常也。」猶言涉獵廣泛。

〔二五一〕抗，舉也。雲際，比喻極高。

〔二五二〕陵轢，《銓評》：「《韻補》四陵作凌。」案陵、凌古通用。陵轢，《後漢書·朱浮傳》章懷注：「陵轢，猶欺蔑也。」

〔二五三〕驅馳，《銓評》：「《韻補》作馳驅。」案驅馳猶今言驅使。謂使當世之人，爲之奔走。

〔二五四〕李注：「《説文》曰：揮，奮也。《淮南子》曰：所謂一者，上通九天，下貫九野。劉邵《趙郡賦》曰：煦氣成虹蜺，揮袖起風塵，文與此同，未詳其本也。」

〔二五五〕亮願，李注：「《爾雅》曰：亮，信也。」

〔二五六〕方，《文選·東京賦》薛注：「將也。」累，《呂氏春秋·審分》高注：「累，猶負也。」猶今語妨害之意。

〔二五七〕世，《銓評》：「《藝文》作時。」聖宰，指曹操。曹操於建安十三年夏六月爲丞相，故植譽稱曰聖宰。

〔二五八〕翼帝，謂輔佐漢獻帝劉協。霸世，《論語·憲問》《正義》引鄭注：「天子衰，諸侯興，故曰霸。霸者把也，言把持王者之政教。」

〔二五九〕同量乾坤，謂同天地無私之準則。

〔二六〇〕曜，《銓評》：「《藝文》作明。」案《文選》作明。曜、明意同。句謂與日月同其明也。

〔二六一〕神，《銓評》：「《藝文》作辰。」案參神謂擬於神，作辰疑誤。玄化，謂深厚教化。

〔二六二〕合契，《銓評》：「契程作氣，從《文選》。」案宋刊本《曹子建文集》亦作契，程本誤。合契，《文選·劇秦美新》李注：「言應録而王。」

〔二六三〕黎苗，案宋刊本《曹子建文集》苗作蒸。《後漢書·班固傳》章懷注：「黎、蒸皆衆也。」《廣雅·釋詁三》：「苗，衆也。」是黎苗、黎蒸義同。

〔二六四〕振，《銓評》：「《文選》作震。」案振、震古通用。振震皆訓動。無外，猶言無限際。

〔二六五〕超，《銓評》：「《藝文》作越。」隆平，《禮記·樂記》鄭注：「隆猶盛也。」是隆平即太平盛世。

〔二六六〕《文選》李注：「《東京賦》薛注：踵，繼也。」羲皇，《銓評》：「皇《藝文》作濃，係農誤。」羲農，伏羲、神農。《東京賦》：「踵二皇之遐武。」薛注：「二皇，伏羲神農也。」則作農字是，丁校甚確。泰，《論語·泰伯篇》皇疏：「善大之稱也。」

〔二六七〕顯朝，《爾雅·釋詁》：「顯，光也。」惟清，清，静也。

〔二六八〕王，《銓評》：「《藝文》作皇。」疑作皇字是。皇謂漢帝。遐，遠；均，同也。

〔二六九〕李注：「《漢書·文紀述》曰：我德如風，民應如草。」望，《廣雅·釋詁一》：「視也。」

〔二七〇〕澤，潤澤。如春，謂如春之長育萬物。

〔二七一〕洗耳，《銓評》：「《書鈔》作折輿，折乃接誤。」案作洗耳爲是。洗耳與巢居語正相儷，若作接輿，與河濱詞義不相承，《書鈔》誤，丁校亦不確。李注：「洗耳，許由也。《琴操》曰：堯大許由之志，禪爲天子。由以其不善，乃臨河而洗耳。」

〔二七二〕喬嶽，高山。李注：「巢居，巢父也。皇甫謐《逸士傳》曰：巢父者，堯時隱人，常山居，以樹爲巢，而寢其上，時人號曰巢父也。」

〔二七三〕進，謂入仕。方，《文選·東京賦》薛注：「道也。」

〔二七四〕讚，《釋名·釋典藝》：「稱人之美曰讚，讚者纂也，纂集其美而叙之也。」辟雍，《白虎通》曰：「天子立辟雍者，所以行禮樂，宣教化。」

〔二七五〕講，論也。見《廣雅·釋詁二》。明堂，古代皇帝朝諸侯、明政教之所。《淮南子·本經訓》高注：「明堂，王者布政之堂，上圓下方，堂四出，各有左右房謂之个，凡十二所。王者月居其房，告朔朝曆，頒宣其令，謂之明堂。」

〔二七六〕流俗，《禮記·射義》鄭注：「失俗也。」華説，謂華而不實之言論。

〔二七〕綜，李注：「王肅《周易注》曰：理事也。」舊章，《銓評》：「張另列《七略》一則，即采此四句。惟讚作續，説作談，正作删，餘同，今删。」案舊章，謂舊日之典章制度。

〔二八〕《孝經》：「移風易俗，莫善於樂。」句意擴大音樂之感化作用，以轉變社會之風尚。

〔二九〕應，《國語·晉語》韋注：「答也。」休徵，吉祥信驗。

〔三〇〕甘露，《銓評》：「露，《文選》作靈。」案宋刊本《曹子建文集》仍作露。甘露、景星皆吉祥之徵兆，似以作露爲允。

〔三一〕景星，李注：「《史記》曰：天精明時，有赤方氣與青方氣相連。赤方中有兩黄星，青方中有一黄星，凡三星合爲景星，其狀無常，出於有道之國也。」

〔三二〕覿，《義門讀書記》：「覿當作覲。」《文選·思玄賦》：「覿天皇於瓊宫。」舊注：「見也。」

〔三三〕《詩經·卷阿篇》：「鳳皇鳴矣，于彼高岡。」

〔三四〕霸道，謂曹操削平群雄而尊王室，謂其行爲曰霸道。至隆，即最高之意。

〔三五〕雍熙，《文選·東京賦》薛注：「上下咸悦，故能雍和而廣也。」盛際，至盛境界。

〔三六〕主上，謂漢獻帝劉協。沉恩，深恩。

〔三七〕聲教，《尚書·禹貢》《正義》：「謂聲威文教。」厲，李注：「《廣雅》曰：厲，高也。」

〔三八〕仄陋，李注：「邊讓《章華臺賦》曰：舉英奇於側陋。」案《尚書·舜典》《正義》：「不在朝廷謂之側。居處褊隘故言陋。」仄、側古通用。《魏志·武帝紀》建安十五年令：「二三子其佐我明揚仄陋，唯才是舉，吾得而用之。」此植文所本。

〔二八九〕皇明，《詩經・烈文篇》毛傳：「皇，美也。」《爾雅・釋詁》：「明，成也。」

〔二九〇〕甯子商歌之秋，李注：「《淮南子》曰：甯戚商歌車下，而桓公慨然而悟。秋，猶時也。」案《荀子・王制篇》楊注：「商，謂商聲哀思之音。」則商歌猶言悲歌也。

〔二九一〕呂望投綸而逝，李注：「《尚書中候》曰：王至磻溪之水，呂尚釣崖下，趨拜，尚立變名曰望。」案《詩經・采緑篇》鄭箋：「綸，釣繳也。」投，棄也。

〔二九二〕攘袂，卷袖，形容激動之態。興，起也。

〔二九三〕偉，《銓評》：「《文選》作韡。」案偉，《莊子・大宗師篇》《釋文》引向注：「美也。」韡，《廣雅・釋詁一》：「盛也。」則偉、韡義近。華淫，猶言不實際而浮夸。

〔二九四〕厲，李注：「杜預《左氏傳注》曰：勸勵也。」案《漢書・儒林傳》顏注：「厲，勸勉之也。」

〔二九五〕《詩經・何人斯篇》：「祇攪我心。」毛傳：「攪，亂也。」

〔二九六〕穆清，《史記・自序》《正義》：「穆，美也，言天子有美德而教化清也。」案穆清謂社會安静之世。

〔二九七〕莅，李注：「毛萇《詩傳》曰：莅，臨也。」案《穀梁》哀七年傳范注：「臨者，撫有之也。」

〔二九八〕盈虚，謂盛衰。正義，謂正道。

〔二九九〕素，李注：「薛君《韓詩章句》曰：素，質也。言人但有質樸，無治人之才也。」案《廣雅・釋詁一》：「頑，愚也。」

〔三〇〕令，《銓評》：「《文選》作今。」疑作今字是。廓爾，《銓評》：「爾，《藝文》作然。」《文選・長楊賦》：「廓然已昭矣。」李注：「廓，除貌。」

〔三一〕初，《爾雅・釋詁一》：「始也。」服，事也。見《爾雅・釋詁》。

曹操消滅袁紹，統治冀州，復取荆州。爲了進一步發展統一事業，必需爭取士族與之合作。針對這一客觀現實，便在建安十五年宣佈《求賢令》，提出「唯才是舉」的徵用原則，藉以網羅散居在野的士族，充實曹魏政權的統治力量。曹植以統治集團成員立場，熱烈歌頌求賢措施的必要性，而且極力闡述國家對此的決心。並借獻帝劉協的號召，期求鼓舞在野士族參加政治之積極情結，從而創建國富民康的理想社會。通過玄微、鏡機問答，更深刻指出不願爲當前政治服務的思想，是錯誤的，這就配合曹操政治意圖作了有力的宣傳，顯示文學與政治具着密切的聯繫性。文中稱曹操爲聖宰，是在操任丞相時。故疑此文作於《求賢令》之後，即建安十五年左右。

贈王粲

端坐苦愁思〔一〕，攬衣起西遊〔二〕。樹木發春華，清池激長流〔三〕。中有孤鴛鴦，哀鳴求匹儔〔四〕。我願執此鳥〔五〕，惜哉無輕舟〔六〕！欲歸忘古道〔七〕，顧望但懷愁。悲風鳴我側，羲和逝不留〔八〕。重陰潤萬物〔九〕，何懼澤不周〔一〇〕？誰令君多念〔一一〕，遂使懷百憂〔一二〕。

〔一〕端坐，《漢書·賈誼傳》顔注：「端，正也，直也。」端坐即正坐。苦，厭苦。

〔二〕攬，《廣雅·釋詁三》：「持也。」西遊，西謂西園。西園在鄴城西，故曰西遊。王粲《雜詩》：「日暮遊西園，冀寫憂思情。」曹植此篇，蓋答粲詩而作。

〔三〕清池，劉淵林《魏都賦》注：「玄武池在鄴城西苑中，有魚梁，釣臺，竹園，蒲桃諸果。」《水經·洹水注》：「魏武玄武苑，舊有玄武池，以肄舟師。有漁梁、釣臺，竹木灌叢。今池林絶滅，略無遺跡。」

〔四〕李注：「鴛鴦，喻粲也。」匹儔，同義辭。王粲雜詩：「上有特棲鳥，懷春向我鳴。」

〔五〕執，朱駿聲《説文通訓定聲》：「執借爲接。」執有接近之意。

〔六〕李注：「言願執鳥，而無輕舟，以喻己之思粲，而無良會也。」

〔七〕古道，《銓評》：「《文選》二十八作故。」案宋刊本《曹子建文集》與《文選》同。故道即舊路。

〔八〕李注：「王逸曰：羲和，日御也。」句謂時日易去。

〔九〕重陰，李注：「重陰以喻太祖。蔡邕《月令章句》：陰者，密雲也。」案《春秋繁露·基義》：「臣爲陰。」操時爲丞相，故曰重陰。

〔一〇〕周，《廣雅·釋詁二》：「徧也。」

〔二〕君，指王粲。念，《爾雅·釋詁》：「思也。」

〔三〕遂，《銓評》：「《文選》作自。」案宋刊本《曹子建文集》仍作遂。《廣雅·釋詁三》：「遂，竟也。」

王粲初歸曹操，未任顯職，對當時政治待遇抱着悒鬱不滿之悲思，欲見曹植申訴而無機會，故寫詩藉以傾訴自己的願望。曹植答以「重陰潤萬物，何懼澤不周」，而勸慰之。考《魏志·杜襲傳》：「魏國初建，爲侍中，與王粲、和洽並用。粲彊識博聞，故太祖游觀，出入多得參乘，至其見敬，不及洽、襲。襲嘗獨見，至於夜半。粲性躁競，起坐曰：不知公對杜襲道何等也？洽笑答曰：天下事豈有盡耶！卿晝侍可矣！悒悒於此，欲兼之乎！」據此史實考查，它反映了曹操對於王粲的政治態度，同樣也展示王粲之躁競性格。王粲已任侍中尚且如此，那麽在此已前的思想狀況下，寫此詩篇，自然更容易理解了。

感婚賦〔一〕

陽氣動兮淑清〔二〕，百卉鬱兮含英〔三〕。春風起兮蕭條〔四〕，蟄蟲出兮悲鳴〔五〕。顧有懷兮妖嬈〔六〕，用搔首兮屏營〔七〕。登清臺以蕩志〔八〕，伏高軒而遊情〔九〕。悲良媒之不顧〔一〇〕，懼歡媾之不成〔一一〕。慨仰首而太息〔一二〕，風飄飄以動纓〔一三〕。

〔一〕張華《感婚賦序》：「彩麗之觀，相繼於路；嫁娶之會，不乏於目，乃作《感婚賦》。」

〔二〕陽氣，《文選·東京賦》薛注：「陽，暖也。」淑清，《説文》：「淑，清湛也。」淑清，謂氣候温煦。

〔三〕百卉，即百草。鬱，茂盛之貌。含英，謂已生蓓蕾。

〔四〕蕭條，已見《送應氏》詩注。

〔五〕蟄蟲出，《吕氏春秋·孟春紀》：「蟄蟲始振蘇。」《説文》：「蟄，藏也。」

〔六〕懷，念也。妖嬈，《銓評》：「《藝文》四十嬈作人。」案宋刊本《曹子建文集》作饒。疑饒或係嬈字之形誤。朱駿聲曰：「《説文》：嬈，一曰嫽也。此後人所用妖嬈字。」（《説文通訓定聲》）案《説文》：「嫽，直好貌。」《廣雅·釋詁一》：「嫽，好貌。」此蓋借嫽爲嬈。妖嬈，謂美好之女。

〔七〕用，《一切經音義》引《蒼頡》：「以也。」以，因也。搔首，《銓評》：「程張搔作騷，從《藝文》。」案宋刊本《曹子建文集》亦作搔。《詩經·静女篇》：「搔首踟躕。」謂人有煩急，用手搔頭。屏營，即彷徨，與踟躕義同。

〔八〕清臺，《文選·思玄賦》舊注：「清，静也。」蕩志，《古詩》：「蕩滌放情志，何爲自結束。」蕩，動也。

〔九〕遊情，《吕氏春秋·貴直篇》高注：「游，樂也。」

〔一〇〕良媒，《詩經·氓篇》：「匪我愆期，子無良媒。」顧，視也。

〔一〕媾，《易經·屯卦》：「求婚媾。」《釋文》引鄭注：「媾，會也。」是歡媾猶歡會，喻婚也。

〔二〕慨與愾同。《尚書大傳·洛誥》：「愾然必有聞乎其嘆息之聲。」太息，《史記·蘇秦傳》《索隱》：「謂久蓄氣而大吁也。」太息即嘆息。

〔三〕飄飄，《銓評》：「《藝文》作飄颻。」案《白帖》引亦作飄颻，或唐人所見本如此。纓，冠上繩。

案賦句佚落過甚，就其殘存部分探索，似爲曹植青年時期，有所戀慕而志不遂，發爲篇章，以抒寫内心苦悶情緒之作。

愍志賦有序

或人有好鄰人之女者〔一〕，時無良媒〔二〕，禮不成焉〔三〕！彼女遂行適人〔四〕。有言之於予者，予心感焉！乃作賦曰：

竊托音於往昔，迄來春之不從。思同遊而無路，情壅隔而靡通〔五〕。哀莫哀於永絶〔六〕，悲莫悲於生離〔七〕。豈良時之難俟〔八〕，痛予質之日虧〔九〕。登高樓以臨下，望所歡之攸居〔一〇〕。去君子之清宇〔一一〕，歸小人之蓬廬〔一二〕。欲輕飛而從之，迫禮防之我拘〔一三〕。

妾穢宗之陋女，蒙日月之餘輝。委薄軀於貴戚，奉君子之裳衣《書鈔》卷八十四引《愍志賦》。

此疑篇首脱文。

〔一〕好，《楚辭·惜誦》王注：「愛也。」

〔二〕媒，《説文》：「媒，謀也。謀合二姓。」《詩經·南山篇》：「娶妻如之何？匪媒不得。」

〔三〕禮，謂聘禮。

〔四〕遂，《廣雅·釋詁三》：「竟也。」適人，《爾雅·釋詁》：「適，往也。」適人猶言嫁人。

〔五〕壅隔，《廣雅·釋詁一》：「壅，隔也。」壅隔複義詞，猶言阻塞。

〔六〕永絶，猶永久斷絶。

〔七〕《古辭》：「悲莫悲兮生別離。」

〔八〕良時，喻婚期。俟，《詩經·静女篇》毛傳：「待也。」

〔九〕痛，《廣雅·釋詁二》：「傷也。」質，《易·繫辭》王注：「體也。」虧，《小爾雅·廣言》：「損也。」

〔一〇〕所歡，謂所愛戀之男子。攸居，即所居。《爾雅·釋言》：「攸，所也。」

〔一一〕清宇，清，尊敬之飾詞；宇，屋宇。

〔一二〕蓬廬，猶言茅屋，含輕蔑之意。

〔一三〕禮防，《禮記·坊記》：「夫禮坊民所淫，章民之別，使民无嫌，以爲民紀者也。故男女無媒不交，無幣不相見，恐男女之無别也。以此坊民，民猶有自獻其身。」坊與防通，《國語·周語》韋注：「防，障也。」拘，《銓評》：「程作居，《藝文》三十作拘。」案作拘字是。《後漢書·王霸傳》章懷注：「拘猶限也。」

案賦有殘缺。曹植對於封建禮制束縛着男女婚姻的自由，深深地感到憤慨。通過描述，寫出女子純真的情操，欲突破禮防而有所顧忌，流露着悲恨的複雜心緒，進而顯示渴慕自由之高尚情懷。

棄婦篇[一]

石榴植前庭，緑葉摇縹青[二]。丹華灼烈烈[三]，璀采有光榮[四]。光榮曄流離[五]，可以處淑靈[六]。(有)[翠]鳥飛來集[七]，拊翼以悲鳴[八]。悲鳴夫何爲？丹華實不成[九]。拊心長歎息，無子當歸寧[一〇]。有子月經天[一一]，無子若流星。天月相終始，流星没無精[一二]。棲遲失所宜[一三]，下與瓦石并[一四]。憂懷從中來[一五]，歎息通雞鳴[一六]。反側不能寐[一七]，逍遥於前庭。踟躕還入房[一八]，肅肅帷幕聲[一九]。褰帷更攝帶[二〇]，撫絃調鳴箏[二一]。慷慨有餘音[二二]，要妙悲且清[二三]。收淚長歎息[二四]，何以負神靈？招摇待霜露[二五]，何必春夏成[二六]。晚穫爲良實〔一七〕，願君安且寧。

〔一〕《銓評》：「程缺。」

〔二〕石榴葉面深緑色，葉背青白色。縹，《説文》：「帛，青白色也。」葉片爲風吹動，呈現青白葉背。蔡邕《翠鳥詩》：「動摇揚縹青。」或此句所本。

〔三〕《詩經・桃夭篇》毛傳：「灼灼，華之盛也。」烈烈，形容榴花赤紅如火之盛。

〔四〕璀采，即璀璨，光彩鮮明之貌。

〔五〕流離，火齊珠，色黄赤，此借喻榴花之色。曄，光也。謂光采如流離也。

〔六〕淑靈，淑，善也；靈，神也。古謂鸞鳳爲神靈之精，故淑靈指鳥而言，與下文「有鳥飛來集」意正相承。

〔七〕有，《銓評》：「《御覽》九百七十作翠。」疑作翠字是。蔡邕《翠鳥詩》：「翠鳥時來集。」或此句所本。

〔八〕拊翼，《左》襄二十五傳《釋文》：「拊，拍也。」以猶而也。

〔九〕實，借喻子。

〔一〇〕歸寧，《詩經・葛覃篇》：「歸寧父母。」女子回反母家曰歸寧。女不生子，封建社會構成離異之條件，故《儀禮・喪服》出妻《正義》：「七出者，無子一也。」

〔一一〕經，《孟子・盡心篇》趙注：「行也。」

〔三〕没，《小爾雅·廣詁》：「滅也。」精，《淮南·本經訓》高注：「光明也。」

〔三〕棲遲，《詩經·衡門篇》：「可以棲遲。」毛傳：「棲遲，遊息也。」

〔四〕瓦石，比喻微賤。并，《漢書·李廣傳》顔注：「合也。」

〔五〕憂懷，即憂思。中，《史記·樂書》《正義》：「中猶心也。」

〔六〕通，《國語·晉語》韋注：「至也。」

〔七〕《詩經·何人斯篇》鄭箋：「反側，展轉也。」

〔八〕踟蹰，猶徘徊也。

〔九〕肅肅，帷幕之聲。

〔一〇〕搴，《楚辭·湘君》王注：「手取也。」攝，《莊子·胠篋篇》《釋文》引李注：「結也。」

〔一一〕《銓評》：「調，《玉臺》作彈。」案調謂和聲。撫、彈義複，疑作調字爲得。《古詩》：「丈人且安坐，調絲方未央。」亦此意。箏，樂器名，形如瑟，以木爲之，十二絃。

〔一二〕慷慨，《後漢書·楊賜傳》章懷注：「悲歎。」此謂悲壯之音色。

〔一三〕要妙，猶飄眇。《文選·嘯賦》李注：「聲清長貌。」

〔一四〕歎息，《銓評》：「張脱息，從《玉臺》補。」

〔一五〕招摇，喻桂。《山海經·南山經》：「鵲山，其首曰招摇，臨於西海之上，多桂。」

〔一六〕《銓評》：「春夏下張衍息，删。」

〔二七〕良實，古代傳説：桂子冬天成熟，實大如棗，食之可以長生，故稱之曰良實。且具大器晚成之意。

考《玉臺新詠》：「王宋者，平虜將軍劉勳妻也。入門二十餘年，後勳悦山陽司馬氏女，以宋無子出之。」曹植此篇，蓋諷劉勳藉無子出妻而作，故詩有「晚穫爲良實，願君安且寧」以勸慰之。劉勳於建安五年爲孫策所敗，遂降曹操。曹操封魏公，勳列名勸進，後伏誅。則此詩之作，或在建安十六年前也，故列於此。

出婦賦

妾十五而束帶〔一〕，辭父母而適人〔二〕。以才薄（之陋質）〔而質陋〕〔三〕，奉君子之清塵〔四〕。承顔色而接意〔五〕，恐疏賤而不親。悦新婚而忘妾，哀愛惠之中零〔六〕。遂摧頽而失望〔七〕，退幽屏（於）〔之〕下庭〔八〕。痛一旦而見棄〔九〕，心忉忉以悲驚〔一〇〕。衣入門之初服〔一一〕，背牀室而出征〔一二〕。攀僕御而登車，左右悲而失聲。嗟冤結而無訴〔一三〕，乃愁苦以長窮〔一四〕。恨無愆而見棄，悼君施之不終〔一五〕。

〔一〕十五，《家語·本命解》：「女子年十五歲，笄而字，即可以適人也。」束帶，《尚書·秦誓》《正義》引《論語》孔注：「束帶修飾。」

〔二〕妾十五兩句，《銓評》：「此二句程、張脱，依《書鈔》八十四補。」

〔三〕之，《銓評》：「《書鈔》作而。」陋質，《銓評》：「《藝文》三十作質陋。」案之字作而，陋質作質陋是。質陋，姿色不美。

〔四〕君子，指丈夫。清塵，《文選》盧諶《贈劉琨詩》李注：「人行必塵起，不敢指斥尊者，故假塵以言之。言清，尊之也。」

〔五〕承，《禮記·孔子閒居》鄭注：「承，奉承不失墜也。」接，《廣雅·釋詁二》：「合也。」

〔六〕中零，中落。

〔七〕摧頹，《銓評》：「摧程作隨，從《藝文》。」案宋刊本《曹子建文集》亦作摧。《易林》：「中復摧頹，常恐衰微。」摧頹，疊韻謰語，挫折之意。

〔八〕幽屏，即《漢書·食貨志》之隱屏。本集卷三《謝入覲表》：「出幽屏之城。」與此意同。謂幽暗僻静。於字疑當作之字。下庭，疑指婢妾所居。

〔九〕旦，《吕氏春秋·順民》高注：「朝也。」一旦猶一朝。見，《詩經·褰裳篇》序《正義》：「見者自彼加己之辭。」見棄，猶今云被遺棄。

〔一〇〕忉忉，《銓評》：「《藝文》作忉怛。」案宋刊本《曹子建文集》與《藝文》同。《文選·登樓賦》：

「意切怛而憯惻。」切怛，憂痛之貌。悲，《銓評》：「程作非，從《藝文》。」案非當係悲字之殘脱而誤。

〔二〕入門，謂嫁時。

〔三〕背，《荀子·解蔽》楊注：「棄去也。」征，《爾雅·釋言》：「行也。」

〔三〕寃結，即菀結。情感鬱悒不舒之貌。

〔四〕長窮，猶長終，言無止境。

〔五〕悼，痛心。施，《國語·晉語》韋注：「惠也。」終，《論語·衛靈公篇》皇疏：「猶竟也。」

此賦疑非全，或有佚句。

静思賦

夫何美女之嫺妖〔一〕，紅顔曄而流光。卓特出而無匹〔二〕，呈才好其莫當〔三〕。性通暢以聰惠〔四〕，行（孊）〔靡〕密而妍詳〔五〕。蔭高岑以翳日〔六〕，臨緑水之清流〔七〕。秋風起於中林，離鳥鳴而相求〔八〕。愁慘慘以增傷悲〔九〕，予安能乎淹留〔一〇〕。

〔一〕嫺，《銓評》：「程、張作爛，從《藝文》十八。」案作嫺字是。本集《美女篇》：「美女妖且嫺。」《後漢書・北海靖王興傳》章懷注：「嫺，雅也。」嫺雅，猶言沈静。妖，謂容色美麗。

〔二〕《論語・子罕篇》皇疏：「卓，高遠貌也。」特，《廣雅・釋詁三》：「獨也。」匹，《禮記・三年問》鄭注：「偶也。」

〔三〕呈，《文選・洛神賦》李注：「見也。」當，《國策・秦策》高注：「敵也。」

〔四〕惠慧古通。聰惠即聰慧。以，猶而也。

〔五〕嬚密，《説文》無嬚字，疑當作靡，靡密雙聲謰語，舒緩之意。妍詳即安詳，《説文》：「妍，一曰安也。」

〔六〕《爾雅・釋山》：「山小而高，岑。」

〔七〕綠，《銓評》：「《藝文》作渌。」《説文》漉或從录作渌，是渌爲綠字之借。

〔八〕離鳥，《淮南・精神訓》高注：「離，散也。」離鳥謂分散之鳥。

〔九〕案賦俱以六字成句，而此共七字，疑悲傷二字，當衍其一。

〔一〇〕淹留，即久留。《爾雅・釋詁》：「淹，久也。」

九華扇賦有序

昔吾先君常侍〔一〕，得(幸)〔奉〕漢桓帝〔二〕，時賜尚方竹扇〔三〕。其扇不方不圓〔四〕，其中結成文，名曰九華（扇）〔五〕。故爲賦〔六〕。其辭曰：

有神區之名竹〔七〕，生不周之高岑〔八〕。對緑水之素波〔九〕，背玄澗之重深〔一〇〕。體虚暢以立幹〔一一〕，播翠葉以成林〔一二〕。形五離而九（華）〔析〕〔一三〕，篾氂解而縷分〔一四〕。效虬龍之蜿蟬〔一五〕，法虹霓之氤氳〔一六〕。攄微妙以歷時〔一七〕，〔結〕九層之華文〔一八〕。爾乃浸以芷若〔一九〕，拂以江蘺〔二〇〕，摇〔以〕五香〔二一〕，濯以蘭池〔二二〕。因形致好，不常厥儀〔二三〕。方不應矩，圓不中規〔二四〕。隨皓腕以徐轉〔二五〕，發惠風之微寒〔二六〕。時清氣以方厲〔二七〕，紛飄動（兮）〔乎〕綺紈〔二八〕。

〔一〕先君常侍，謂曹植曾祖父中常侍曹騰。

〔二〕幸，《銓評》：「《白帖》十四作奉。」疑作奉字是。奉，供事之意。漢桓帝，《銓評》：「《藝文》六十九有帝。」漢桓帝名志。《魏志·武帝紀》：「桓帝世，曹騰爲中常侍，大長秋。」裴注引司馬彪《續漢書》：「桓帝即位，以騰先帝舊臣，忠孝彰著，封費亭侯，加位特進。」

〔三〕時，《銓評》：「程、張脱時，《御覽》七百二作得，《白帖》作時。」案作時字是。當以帝字斷句，時字屬下讀。尚方，《銓評》：「尚，《白帖》作上。」案尚、上古通用。尚方，爲皇帝製造御用器物之官。賜尚方竹扇，《銓評》：「程脱尚、竹，張脱竹，從《藝文》增。」案宋刊本《曹子建文集》有尚、竹二字，丁校補是。

〔四〕其扇，《銓評》：「程、張脱此二字，《白帖》有。」不方不圓，《銓評》：「《白帖》方圓互倒。」

〔五〕九華扇，《銓評》：「程、張脱扇，《白帖》有。」案扇字疑衍。

〔六〕故爲賦，《銓評》：「程、張脱此三字，《書鈔》一百三十四有。」

〔七〕神區，神人所居之地。

〔八〕不周，山名。《淮南·原道訓》：「上古之時，共工與顓頊争，共工怒，以首觸不周之山。」高注：「在昆侖西北。」

〔九〕對，面向。緑，《銓評》：「《藝文》作淥。」説見《静思賦》注。

〔一〇〕背，猶後也。玄澗，《後漢書·張衡傳贊》章懷注：「玄猶深也。」玄澗即深澗。句當云背重深之玄澗，以叶韻倒。

〔一一〕王褒《洞簫賦》：「洞條暢而罕節兮。」李注：「條暢，條直通暢也。」此言虚暢，謂竹榦中空而通，語意相同。立，《廣雅·釋詁三》：「成也。」

〔一二〕播，《尚書·舜典》孔傳：「布也。」

〔一三〕離，分也。九華，《銓評》：「《藝文》華作折，《御覽》作析。」案作析字是。析，《聲類》：「劈也。」五離、九析謂將竹剖分成片。

〔一四〕氂，《銓評》：「程作氂，從《御覽》。」案宋刊本《曹子建文集》作犛。氂、犛古通。《廣雅·釋器》：「氂，毛也。」縷，《説文》：「綫也。」氂解、縷分謂將竹篾再次剖分爲極細之篾絲。

〔一五〕效，《銓評》：「《御覽》作放。」《廣雅·釋詁三》：「放，效也。」是放效義同。虬龍，《楚辭·天問》王注：「無角曰虯，有角曰龍。」蜿蟬，《銓評》：「《藝文》蟬作蜒。」案蜿蟬、蜿蜒俱疊韻謰語。《楚辭·守志》王注：「蜿蟬，群蛟之形也。」形容竹篾彎曲之狀。

〔一六〕虹霓，《銓評》：「虹《書鈔》作雲。」氤氳，形容氣體濛濛之狀。

〔一七〕攄，《廣雅·釋詁四》：「舒也。」微妙，《荀子·議兵篇》楊注：「精盡也。」《文選·西京賦》薛注：「經，歷也。」經時猶歷時。

〔一八〕九上《銓評》脱一字，據嚴輯《全三國文》作結。結，《文選》陶淵明《雜詩》李注：「猶構也。」

〔一九〕芷若，謂白芷、杜若，皆香草名。

〔二〇〕拂，朱駿聲《説文通訓定聲》：「隨擊隨過，蘇俗語謂之拍也，與拭略同。」江蘺即川芎。

〔二一〕摇下《銓評》脱一字。嚴輯《全三國文》作以字，似應據補。五香，即青木香。或曰：五香一株五根，一莖五枝，一枝五葉，葉間五節，故名五香，燒之能上徹九天（見《三洞珠囊》）。

〔二二〕《銓評》：「以上六句，程、張脱，依《書鈔》補。」

〔二三〕不常厥儀當作厥儀不常，言扇形式不常見也，今倒句以叶韻耳。

〔二四〕《銓評》：「應，《白帖》作中。」此兩句即賦序所云不方不圓之意。

〔二五〕徐轉，緩緩摇動。

〔二六〕之，《銓評》：「《白帖》作以。」案作之字是。微寒，《銓評》：「程作寒微，從《藝文》。」猶微寒之惠風。

〔二七〕清氣，《莊子·人間世》《釋文》：「清，涼也。」清氣即涼氣。方，《銓評》：「《藝文》方作芳。」案作方字是。方，《廣雅·釋詁一》：「始也。」厲，急也。

〔二八〕兮，《銓評》：「《藝文》作乎。」案疑當從《藝文》作乎。《吕氏春秋·貴信》高注：「乎，於也。」綺紈，《銓評》：「程作紈綺，從《藝文》。」案《藝文》是。寒、紈協韻，若從程本作微、綺，則失其韻矣，疑非。綺，《説文》：「文繒也。」《漢書·地理志》顔注：「即今細綾也。」紈，《説文》：「素也。」今之細生絹也。

案此賦疑有佚句。

離思賦有序

建安十六年，大軍西討馬超，（太）〔世〕子留監國〔一〕，植時從焉。意有憶戀〔二〕，遂作離思賦云〔三〕。

在肇秋之嘉月〔四〕，將曜師而西旗〔五〕。余抱疾以賓從〔六〕，扶衡軫而不怡〔七〕。慮征期之方至，傷無階以告辭〔八〕。念慈君之光惠〔九〕，庶没命而不疑〔一〇〕。欲畢力於旌麾〔一一〕，將何心而遠之〔一二〕！顧我君之自愛〔一三〕，爲皇朝而寶己〔一四〕。水重深而魚悦，林修茂而鳥喜〔一五〕。

〔一〕曹丕《感離賦序》：「建安十六年，上西征，余居守，老母諸弟皆從，不勝思慕！」案《魏志·武帝紀》：「建安十六年春正月，天子命公世子丕爲五官中郎將。」序作太子，疑當從《武紀》作世子爲是。《禮記·曲禮》《正義》：「世子謂諸侯之適子也。」監國，《左》閔二年傳：「君行則守，有守則從。從曰撫軍，守曰監國，古之制也。」《國語·晉語》韋注：「監，察也。」

〔二〕憶，《銓評》：「《藝文》二十一作懷。」《爾雅·釋詁》：「懷，思也。」

〔三〕賦云，《銓評》：「《藝文》作之賦。」案《密韻樓叢書·曹子建文集》作賦之，或誤乙。

〔四〕肇，《爾雅·釋詁》：「始也。」《魏志·武帝紀》：「建安十六年，秋七月，公西征。」

〔五〕曜師，案《文選·東京賦》：「曜威中原。」薛注：「曜威謂治兵也。」曜師、曜威義同。西旗，《公羊》莊卅一年傳何注：「旗，軍幟名，各有色，與金鼓俱舉，使士卒望而爲陳者。」西，指向西。

〔六〕抱疾，猶言負疴。賓從，《文選·吴都賦》：「儐從奕奕。」賓從即儐從。《列子·黄帝》《釋文》：「賓當作儐。」《廣雅·釋詁三》：「導也。」

〔七〕衡，轅前横木。軫，車後横木（見《説文》）。不怡，《爾雅·釋詁》：「怡，樂也。」

〔八〕階，《小爾雅·廣詁》：「因也。」

〔九〕慈，《銓評》：「程作兹，從《藝文》。」案慈君，父之代稱。謂曹操。光惠，《詩經·皇矣篇》毛傳：「光，大也。」

〔一〇〕没命，《詩經·漸漸之石篇》毛傳：「没，盡也。」没命即盡命。疑，《周書·王佩》孔注：「猶豫不果也。」

〔一一〕旌麾，旌，《説文》：「所以精進士卒。」麾，《文選·思玄賦》舊注：「麾，執旄以指撝也。」則旌麾謂在戰鬥之中。

〔一二〕遠之，《吕氏春秋·不苟論》：「臣聞忠臣畢其忠，而不敢遠其死。」或曹植此句所本。

〔一三〕我君，蓋謂曹操。

〔一四〕皇朝指漢朝。寶己，珍重自己。

〔一五〕《吕氏春秋·仲春紀·功名》：「水泉深則魚鼈歸之，樹木盛則飛鳥歸之，庶草茂則禽獸歸之，人主賢則豪傑歸之。」

案賦有佚句，非足篇。

贈徐幹

驚風飄白日，忽然歸西山〔一〕。圓景光未滿，衆星粲以繁〔二〕。志士營世業〔三〕，小人亦不閒〔四〕。聊且夜行游，游彼雙闕閒〔五〕。文昌鬱雲興〔六〕，迎風高中天〔七〕。春鳩鳴飛棟〔八〕，流猋激檽軒〔九〕。顧念蓬室士〔一〇〕，貧賤誠足憐。薇藿弗充虛〔一一〕，皮褐猶不全〔一二〕。慷慨有悲心〔一三〕，興文自成篇〔一四〕。寶棄怨何人？和氏有其愆〔一五〕。彈冠俟知己〔一六〕，知己誰不然。良田無晚歲，膏澤多豐年〔一七〕。亮懷璵璠美〔一八〕，積久德愈宣〔一九〕。親交義在敦〔二〇〕，申章復何言〔二一〕！

〔一〕李注：「夫日麗於天，風生乎地，而言飄者，夫浮景駿奔，倏焉西邁，餘光杳杳，似若飄然。」

〔二〕圓景，李注：「月也。」光未滿謂弦月。粲，李注：「《廣雅》曰：粲，明也。」繁，《廣雅·釋詁三》：「多也。」

〔三〕志士，《孟子·滕文公篇》趙注：「守義者也。」世業，李注：「《孔叢子》曰：世業不替。」案《左》桓九年經《正義》：「古者大之與世義相通。」疑世業猶大業也。

〔四〕《左》昭五年傳杜注：「閒，暇也。」

〔五〕雙闕，《文選·魏都賦》：「巖巖北闕，南端逌遵，竦峭雙碣，方駕比輪。」則雙闕在文昌殿外，端門左右。

〔六〕文昌，《銓評》：「《文選》二十四李善注引劉淵林曰：文昌，正殿名也。」案《魏都賦》：「造文昌之廣殿，極棟宇之弘規。」鬱雲興，李注：「《廣雅》曰：鬱，出也。」案《文選·江賦》李注：「鬱，盛貌。」形容文昌殿鬱鬱然如雲之升起。《魏都賦》：「髣若玄雲舒蜺以高垂」亦此意。

〔七〕迎風，李注：「《地理書》曰：迎風觀在鄴。」案即《登臺賦》之華觀。中天，李注：「《列子》曰：周穆王築臺，號中天之臺。」案《列子·力命篇》張注：「中，半也。」則中天猶半天，謂其高也。

〔八〕棟，屋梁。飛形容高。

〔九〕猋，李注：「《爾雅》曰：扶摇謂之飆。郭璞曰：暴風從上下者。猋與飆同。」櫺，《文選》江文通《雜體·許徵君詩》：「曲櫺激鮮飆。」李注：「櫺，窗間孔也。」軒，李注：「長廊之有窗也。」

〔一〇〕顧念，李注：「《蒼頡篇》曰：顧，旋也。」案《詩經·那篇》鄭箋：「顧猶念也。」顧念複義詞。蓬室，貧者以蓬爲門，故稱之曰蓬室。蓬室士，李注：「謂徐幹也。」

〔一一〕薇藿，《説文》：「薇，菜也，似藿。」陸璣《毛詩草木疏》：「薇，山菜也。」朱駿聲曰：「山厓水濱皆生之，即山碗豆也。」《廣雅·釋草》：「豆角謂之莢，其葉謂之藿。」因薇藿相似，故連類而言。充虚，李注：「《墨子》曰：古之人其爲食也，足以增氣充虚而已。鄭玄《周禮注》曰：充，足也。」

〔一二〕皮褐，李注：「《淮南子》曰：貧人冬則羊裘短褐，不掩形也。」案《雜詩》：「毛褐不掩形，薇藿常不充。」與此意同。《中論》序：「環堵之牆，以庇妻子。并日而食，不以爲慼。」（見傅增湘藏明刊本《中論》）

〔一三〕慷慨，《銓評》：「慷，《文選》作忼。」案忼慷古同。李注：「《説文》曰：忼慨，壯士不得志於心也。」

〔一四〕興文，李注：「鄭玄《考工記注》曰：興，發也。」謂創作文章。成篇，曹丕《與吴質書》：「著《中論》二十餘篇，成一家之言，辭義典雅，足傳於後，此子爲不朽矣！」

〔一五〕寶，李注：「寶以喻幹。和氏喻知己也。」《韓非子·和氏篇》：「楚人和氏得玉璞楚山中，奉而獻之厲王，厲王使玉人相之。玉人曰：石也。王以和爲誑，而刖其左足。及厲王薨，武王即位，和又奉其璞而獻之武王。武王使玉人相之，又曰：石也。王又以和爲誑，而刖其右足。武王薨，文王即位，和乃抱其璞而哭於楚山之下，三日三夜，泪盡而繼之以血。王聞之，使人問其故，曰：天下之刖者多矣，子哭之悲也！和曰：吾非悲刖也，悲寶玉而題之以石，貞士而名之以誑，此吾所以悲也。王乃使玉人理其璞而得寶焉，遂名曰和氏之璧。」句意謂才能之士，不爲世用，識之者莫爲之薦舉，使其沈淪，則識之者之過失也。

〔一六〕彈冠，《漢書·王吉傳》：「吉與貢禹爲友，世稱：王陽在位，貢公彈冠，言其取舍同也。」顏注：「彈冠者，且入仕也。」李注：「言欲彈冠以俟知己，知己誰不同於棄寶而能相萬（《考異》作薦）乎！」

〔一七〕李注：「良田、膏澤喻有德也。無晚歲、多豐年喻必榮也。」

〔一八〕亮懷，李注：「《爾雅》曰：亮，信也。《蒼頡篇》曰：懷，抱也。」璵璠，《銓評》：「張作璠璵。」李注：「杜預曰：璵璠，美玉，君所佩也。」案美玉比德君子，此喻徐幹德行卓越。《魏志·王粲傳》裴注引《先賢行狀》：「幹清玄體道，六行修備，聰識洽聞，操翰成章，輕官忽禄，不耽世榮。」

〔一九〕愈，《銓評》：「《文選》作逾。」《小爾雅·廣詁》：「愈，益也。」《淮南·原道訓》高注：「逾，益也。」是愈逾同義。宣，《詩經·淇奧》《釋文》引韓詩：「顯也。」句謂修飭德行，積久不懈，則愈能彰明顯著。

〔二〇〕親交，親近之友。義，謂友誼。敦，李注：「孔安國《尚書傳》曰：敦，厚也。」

〔二一〕申，李注：「申，重也。」

案《魏志·王粲傳》：幹爲司空軍謀祭酒掾屬，官職卑微，阮瑀、陳琳並任司空軍謀祭酒管記室，而幹位居其下，故植寫詩慰勉。但幹「少無宦情，有箕潁之心事，故仕世多素辭」（謝靈運《擬魏太子鄴中集詩序》）。其不樂仕宦，恬淡寡欲，植見幹生活困苦，而勸出仕，且表示願爲薦引，流露着深厚之友情。

登臺賦

從明后〔之〕〔而〕嬉遊兮〔一〕，（聊登）〔登層〕臺以娱情〔二〕。見天府之廣開兮〔三〕，觀聖德之所營〔四〕。建高（殿）〔門〕之嵯峨兮〔五〕，浮雙闕乎太清〔六〕。立（冲）〔中〕天之華觀兮〔七〕，連飛閣乎西城〔八〕。臨漳川之長流兮〔九〕，望（衆）〔園〕果之滋榮〔一〇〕。仰春風之和穆兮〔一一〕，聽百鳥之悲鳴。天功(恒)〔坦〕其既立兮〔一二〕，家願得而獲(呈)〔逞〕〔一三〕。揚仁化於宇内兮〔一四〕，盡肅恭於上京〔一五〕。雖桓文之爲盛兮〔一六〕，豈足方乎聖明〔一七〕。休矣美矣！惠澤遠揚〔一八〕。翼佐我皇家兮〔一九〕，寧彼四方〔二〇〕。同天地之矩量兮〔二一〕，齊日月之輝光〔二二〕。永貴尊而無極兮，等年壽於東王〔二三〕。

〔一〕明后，明，尊敬之詞；后，君也。謂曹操。《魏志·陳思王植傳》：「時鄴銅爵臺新成，太祖悉將諸子登臺，使各爲賦。」之，《銓評》：「《魏志》本傳注作而。」案作而字是。嬉遊，《文選·思玄賦》李注：「嬉，樂也。」嬉遊，即樂遊。

〔二〕聊登，《銓評》：「《志注》作登層。」案《楚辭·招魂》：「層臺累榭。」王注：「層，重也。」作層臺是。層臺謂銅爵臺。《鄴中記》：「銅爵臺因城爲基址，高一十丈，有屋一百二十間，周圍彌覆其上。」

〔三〕天，《銓評》：「《志注》作太。」府，宫府。太府即大府。開，《銓評》：「張作閉。」疑誤。《爾雅·釋言》：「開，闢也。」

〔四〕聖，謂曹操。營，《廣雅·釋詁一》：「度也。」左思《魏都賦》所謂「經始之制，牢籠百王」也。

〔五〕高殿，《銓評》：「《志注》殿作門。」案《鄴中記》：「鄴宫南面三門，西鳳陽門，高二十五丈，上六層反宇。向陽下開二門，未到鄴臺七八里，遥望此門。」據此似應依《志注》作門爲得。作殿，疑爲後人所改，蓋因見文昌殿之高而以意易之也。嵯峨，高峻貌。

〔六〕雙闕，已見《贈徐幹》詩注。太清，《後漢書·蔡邕傳》章懷注：「太清，謂天也。」謂雙闕高聳，如浮於天也。

〔七〕冲天，《銓評》：「《志注》冲作中。」案冲當作中。即《贈徐幹》詩：「迎風高中天」可證。華觀，即迎風觀。華，謂彩飾也。

〔八〕西城，潘眉《三國志考證》：「鄴二城：東西六里，南北八里六十步者，鄴之南城（見《河朔訪古記》）；東西七里，南北五里者，鄴之北城（見《水經注》）。魏銅爵臺在鄴都北城西北隅，鄴無西城。所謂西城者，北城之西面也。臺在北城西北隅，與城西北樓閣相接，故曰連飛閣乎西城。」案閣，謂閣道，飛，謂跨空而建也。

〔九〕川，《銓評》：「《志注》作水。」《水經·穀水注》：「武帝引漳流自鄴城西，東入逕銅爵臺下，伏流入城東注，謂之長明溝也。」

〔一〇〕衆果，《銓評》：「《志注》衆作園。」案疑作園字是。園，謂銅爵園。滋榮，猶茂盛。

〔一一〕仰，《荀子·議兵篇》楊注：「下託上曰仰。」和穆，温暖之意。

〔一二〕功，《銓評》：「《志注》作雲，《藝文》六十二作工。」案工、功義同。《尚書·皋陶謨》：「天工人其代之。」《小爾雅·廣詁》：「功，事也。」《後漢書·張奮傳》章懷注：「功謂王業。」天功與家願正相儷。恒，《銓評》：「張作恒，《志注》作垣，《藝文》作坦，程作怛。」案恒疑當作坦。坦，

《文選·東京賦》薛注：「大也。」怛、恒、垣於此無義，或皆坦字之形誤。

〔一三〕願，《銓評》：「程作顛，從《志注》。」案顛蓋爲願字之形誤。家願，謂曹氏願望。呈，《銓評》：「《志注》作逞。」梁章鉅《三國志旁證》：「曹子建集逞作呈，與上下韻，是也，此逞字恐誤。」沈家本曰：「古韻不分平仄，論文義逞字爲長。」案張衡《思玄賦》，逞與禎、鳴、榮協韻。章懷注：「逞，協韻，音丑貞切。」則逞字是。曹集作呈，或後人所改，蓋未知漢魏音固協也。逞，《廣雅·釋詁二》：「快也。」

〔一四〕仁化猶仁恩。宇内，《銓評》：「《初學記》二十四内作宙。」案作内字是。宇内，區宇之内也。

〔一五〕肅恭，謂敬事尊上。上京，謂許，漢獻帝劉協所居。今河南許昌縣。

〔一六〕雖，《銓評》：「《志注》作惟。」桓、文，春秋時齊桓公、晉文公。曹操《明本志令》：「齊桓、晉文之所以垂稱至今日者，以其兵勢廣大，猶能奉事周室也。」

〔一七〕方，《吕氏春秋·安死篇》高注：「比也。」聖明，謂曹操。

〔一八〕揚，《方言》注：「揚謂播揚也。」

〔一九〕翼佐，輔助。我，《銓評》：「程、張脱我，從《志注》補。」皇家謂劉協。

〔二〇〕寧，《爾雅·釋詁》：「安也。」彼，語中助詞。

〔二一〕矩量，《銓評》：「《志注》矩作規。」矩量，猶度量。《淮南子·本經訓》高注：「矩，度也。」即天無私覆，地無私載之義。

〔三二〕猶日月無私照之意。

〔三三〕東王，《銓評》：「此二句程脱，依《志注》補。又賦中各兮字程亦脱，均依《志注》補。」按東王即東王父。《十洲記》：扶桑有太帝宫，太真東王父所居。與《遠游篇》之東父同，詳彼注。

《銓評》：「《魏志》本傳，時鄴銅雀臺新成，太祖悉將諸子登臺，使各爲賦，植援筆立成，可觀。太祖甚異之。晏案《武帝紀》建安十五年冬作銅雀臺，時子建甫十九歲。」案丁晏《曹子建年譜》列此賦於建安十五年，謂是曹植十九歲所作。考曹丕《登臺賦序》：「建安十七年春，上游西園，登銅爵臺，命余兄弟並作。」則作賦時期，當在十七年春，與賦中所述景物相合。如丁晏考訂作於十五年冬，則與所述景物抵觸了，顯然是錯誤的。《魏志》裴注引陰澹《魏紀》録此賦，於東王句下贅云云兩字，是此賦係節録而非全文。

娱賓賦

感夏日之炎景兮〔一〕，游曲觀之清涼〔二〕。遂衍賓而高會兮〔三〕，丹幃曄以四張〔四〕。辦中厨之豐膳兮〔五〕，作齊鄭之妍倡〔六〕。文人騁其妙説兮〔七〕，飛輕翰而成章〔八〕。談在昔之清風兮〔九〕，總賢聖之紀綱〔一〇〕。欣公子之高義兮〔一一〕，德芬芳其若蘭〔一二〕。揚仁恩於白屋兮，踰周公之棄餐〔一三〕。聽仁風以忘憂兮〔一四〕，美酒清而肴（甘）〔乾〕〔一五〕。

〔一〕炎景，毒熱之日光。

〔二〕曲觀清涼，即清涼曲觀。以協韻倒。案此二句，《銓評》脱，《初學記》卷十引有，今據嚴輯《全三國文》補入。

〔三〕衎，《爾雅·釋詁》：「樂也。」高，《國策·秦策》高注：「大也。」

〔四〕曄，光明之貌。張，《廣雅·釋詁三》：「施也。」即設置之義。

〔五〕辦，《考工記總目》鄭注：「猶具也。」中厨即内厨。

〔六〕作，《周禮·司士》鄭注：「使之也。」齊、鄭，今山東、河南。妍倡，《廣雅·釋詁一》：「妍，好也。」倡，《一切經音義》引《字林》：「優樂也。」

〔七〕妙説，妙，美善也；説，謂言論。曹丕《與吴質書》：「每至觴酌流行，絲竹並奏，酒酣耳熱，仰而賦詩。」可證。

〔八〕形容快速故曰飛。翰，筆也。章，《禮記·緇衣篇》鄭注：「章，文章也。」

〔九〕清風，《詩經·烝民篇》：「吉甫作頌，穆如清風。」《正義》：「以清微之風化養萬物，故以比清美之詩。」

〔一〇〕總，《文選·東京賦》薛注：「總，猶括也。」聖賢紀綱，曹丕《與朝歌令吴質書》所謂「既妙思六經，逍遥百氏。」即此意。

〔二〕公子，謂曹丕。高義，高尚行爲。

〔三〕若蘭，《易經·繫辭》：「同心之言，其臭如蘭。」此賦句所本。

〔三〕白屋，《韓詩外傳》：「周公踐天子之位，七年，成王封伯禽於魯。周公誡之曰：無以魯國驕士。吾文王之子，武王之弟，成王叔父也，又相天下，吾於天下亦不輕矣！然一沐三握髮，一飯三吐哺，猶恐失天下之士也。」貧士以茅蓋屋，故曰白屋，以貧士所居，故以喻貧士。

〔四〕風，《詩經·國風》《釋文》：「風者諸侯之詩也。」仁風猶言仁惠之言。

〔五〕甘，《銓評》：「程作乾，從張本。」案宋刊本及《密韻樓叢書·曹子建文集》甘俱作乾。《禮記·聘義》：「酒清而人不敢飲，肴乾而人不敢食。」蓋賦句所本。丁氏從張本改乾爲甘，乾、餐、蘭韻，作甘則韻不協，丁校或非。

案賦句殘佚，然此可藉以考見建安中葉貴冑子弟之生活片段。

公　宴

公子〔愛敬〕〔敬愛〕客〔一〕，終宴不知疲〔二〕。清夜游西園〔三〕，飛蓋相追隨〔四〕。明月澄清景〔五〕，列宿正參差〔六〕。秋蘭被長坂，朱華冒緑池〔七〕。潛魚躍清波，好鳥鳴高枝。神飆接丹轂〔八〕，輕輦隨風移〔九〕。飄颻放志意〔一〇〕，千秋長若斯〔一一〕！

〔一〕李注：「公子謂文帝。時武帝在，謂五官中郎（將）也。」愛敬，《銓評》：「《文選》二十作敬愛。」案宋刊本及《密韻樓叢書·曹子建文集》俱作敬愛。應瑒《侍五官中郎將建章臺集詩》：「公子敬愛客，樂飲不知疲。」可證作敬愛是。

〔二〕終宴，《銓評》：「《御覽》八百二十四宴作夜。」案謝靈運《鄴中集詩序》李注引作讌。宴、讌古通，作宴字是。《御覽》作夜或非。終宴，謂宴會告終。

〔三〕清夜，寂静之夜。西園，已見前注。曹丕《與朝歌令吴質書》：「白日既匿，繼以朗月，同乘並載，以游後園。」蓋一時事也。

〔四〕蓋，《釋名·釋車》：「蓋在上覆蓋人也。」飛蓋猶羽蓋。此謂文學賓從之車。

〔五〕澄，李注：「《字書》曰：澄，湛也。《説文》曰：景，光也。」案《禮記·内則》鄭注：「湛亦漬也。」

〔六〕參差，不齊貌，形容疏疏落落之狀。

〔七〕《文選·東京賦》：「芙蓉覆水，秋蘭被涯。」薛注：「秋蘭，香草，生水邊，秋時盛也。」李注：「朱華，芙蓉也。毛萇《詩傳》曰：冒猶覆也。」

〔八〕飆，《爾雅·釋天》孫注：「回風從下上曰猋。」接，《説文》：「交也。」丹轂，轂，車輪中心圓木，以丹塗飾曰丹轂，王或太子所乘之車，乃有此飾。

〔九〕輦，《文選·東京賦》薛注：「輦，人挽車。」

〔一〇〕飄颻如消摇，疊韻謰語。《莊子·逍遥游篇》《釋文》：「逍遥游者，義取閒放不拘，怡適自得。」

放，放蕩。志意，感情思想。

〔一一〕千秋，《銓評》：「秋，張作古。」案作秋字是。千秋猶千年。長，《廣雅·釋詁一》：「常也。」考曹丕《與朝歌令吴質書》：「樂往哀來，愴然傷懷。余顧而言，斯樂難常，足下之徒，咸以爲然。」曹植詩末二句，《義門讀書記》：「結到譏，亦以頌終之。」

案丁氏《年譜》列此詩於建安十六年。據《魏志·武帝紀》，建安十六年秋七月，曹操西征馬超，植從行，見本卷《離思賦》序，似植不得有此詩也，丁譜或未確。此篇疑和曹丕《芙蓉池詩》而作。反映建安中葉文章之士，在丕、植招邀之下，游觀苑囿，流連詩酒，享受逸豫的創作生活。植詩遣詞屬句，如秋蘭四句，不僅詞性密切相儷，而點染精工，且其組織形式已孕育着後代之律體。結句復具着爽朗之情調，則異於曹丕詩保已終百年的抑沈憂傷之思，顯然與作者的處境及其人生觀緊密聯繫的。

光禄大夫荀侯誄〔一〕

如冰之清〔二〕，如玉之潔〔三〕；法而不威〔四〕，和而不褻〔五〕。百寮欷歔〔六〕，天子霑纓〔七〕。機女投杼〔八〕，農夫輟耕。輪結（輒）〔轍〕而不轉〔九〕，馬悲鳴而倚衡〔一〇〕。

〔一〕《銓評》：「《魏志·荀彧傳》：建安十七年，彧以侍中光禄大夫持節參丞相軍事。彧疾，留壽春，以憂薨，謚曰敬侯。」

〔二〕《典略》：「其在臺閣，不以私欲撓意。彧有群從一人，才行實薄。或謂彧曰：以君當事，不可不以某爲議郎耶？彧笑曰：官者所以表才也，若如來言，衆人其謂我何邪！其持心平正皆類此。」

〔三〕《魏志·荀彧傳》：「彧謙沖節儉，禄賜散之宗族知舊，家無餘財。」

〔四〕句意謂遵守法度而不以勢服人。

〔五〕《銓評》：「褻，程、張作爇，從《藝文》四十九。」案從《藝文》作褻是，爇爲褻之形誤。《廣雅·釋言》：「褻，狎也。」謂待人和藹而不狎媟。

〔六〕寮，《爾雅·釋詁》：「官也。」欷歔，《銓評》：「《藝文》作士庶。」案宋刊本《曹子建文集》作欷歔。《文選·閑居賦》李注引《蒼頡》:「欷歔,泣餘聲也。」

〔七〕天子,《銓評》:「《藝文》作欷歔。」案宋刊本《曹子建文集》作天子。天子謂漢獻帝劉協。《後漢書·荀彧傳》:「(彧)飲藥而卒,時年五十,帝哀惜之。祖日,爲之廢讌樂。」霑纓,謂淚落霑冠纓也。疑《藝文》所引或非,當據宋本《子建集》訂正。

〔八〕機女即織婦。投,《詩經·抑篇》鄭箋:「猶擲也。」杼,《説文》:「機之持緯者。」今謂之梭。

〔九〕輒,《銓評》:「程作徹。」案宋刊本《曹子建文集》輒作轍。《漢書·賈誼傳》顔注:「車跡曰轍。」徹轍古通。《銓評》作輒,或非。結,《文選·閑居賦》李注引張揖:「猶屈也。」結轍言屈軌不行也。

〔一〇〕倚衡,馬不前行也。

誄殘脱太甚,文意不具。

釋思賦有序

家弟出養族父郎中〔一〕,伊予以兄弟之愛〔二〕,心有戀然,作此賦以贈之。

彼〔翔〕〔朋〕友之離别〔三〕,猶求思乎白駒〔四〕。況同生之義絶〔五〕,重背親而爲疏〔六〕。樂鴛鴦之同池〔七〕，羨比翼之共林〔八〕。亮根異其何戚〔九〕，痛別榦（之）〔而〕傷心〔一〇〕。

〔一〕《銓評》：「《魏志·武文世王公傳》：武皇帝二十五男鄖戴公子整，奉從叔父郎中紹後。建安二十二年封鄖侯。」族父，宋刊本《曹子建文集》作旋父，旋或族字之形誤，疑作族父是，旋父不詞。

〔二〕伊，發語詞。

〔三〕翔，《銓評》：「《藝文》二十一作朋。」案作朋字是，朋，《後漢書·張衡傳》章懷注：「朋猶侶也。」翔友不詞。

〔四〕白駒，《詩經》篇名。詩曰：「皎皎白駒，在彼空谷。生芻一束，其人如玉。無金玉爾音，而有遐心。」毛傳謂不能用賢，與賦意不合，疑曹植本諸韓詩。

〔五〕同生，同父所生。義絶謂理絶。

〔六〕背親爲疏，古代宗法制度：出嗣叔父，則稱本生父爲伯父，而稱叔爲父。《漢晉春秋》載審配獻書於（袁）譚曰：「昔先公廢絀將軍以續賢兄，立我將軍以爲適嗣，上告祖靈，下書譜牒。先公謂將軍爲兄子，將軍謂先公爲叔父。」此其證。背，違也。

〔七〕鴛鴦，水鳥名。《詩經·鴛鴦篇》鄭箋：「言其止則相偶，飛則爲雙。」

〔八〕比翼，已見《送應氏》詩注。

〔九〕根，本根，比喻同族。異，《廣雅·釋詁一》：「分也。」其，語中助詞。戚，《廣雅·釋詁三》：

「悲也。」

〔一〇〕　斡，比喻父。之字疑當作而。

此賦殘佚。

愁霖賦二首〔一〕

迎朔風而爰邁兮〔二〕，雨微微而逮行〔三〕。悼朝陽之隱曜兮〔四〕，怨北辰之潛精〔五〕。車結轍以盤桓兮〔六〕，馬躑躅以悲鳴〔七〕。攀扶桑而仰觀兮，假九日於天皇〔八〕。瞻沈雲之泱漭兮〔九〕，哀吾願之不將〔一〇〕。

〔一〕《銓評》：「二首，程作一首，然前云朔風，後云季秋，時序不同，張析爲二首是也。今從張。」嚴可均曰：「案前明刻《子建集》既載前賦，復載一賦云夫何季秋之淫雨兮凡六句，張溥本亦如此，蓋據《類聚》連載兩賦也。考《文選》曹植《美女篇》注、張協《雜詩》注知第二賦爲蔡邕作，《類聚》誤編耳，今删。」（見《全三國文》）案嚴説甚允，今從之删，僅存一首。

〔二〕　爰，《文選·思玄賦》舊注：「於是也。」《廣雅·釋詁》：「邁，往也。」

〔三〕　微微，形容細雨濛濛之狀。逮，《爾雅·釋言》：「及也。」

〔四〕隱曜，謂日光隱没不見。

〔五〕北辰，北斗也。潛精，《説文》：「潛，一曰藏也。」精，光明也。《天文要集》：「北斗者，不欲雲覆之；有黑雲覆之，天大雨。」（見《御覽》卷八引）

〔六〕車，《銓評》：「程作神，從《藝文》二。」案作車字是。結轍，已見《荀彧誄》注。沈濤《銅熨斗齋隨筆》：「《史記·孝文紀》《索隱》引司馬彪云：結（沈云當脱轍字）謂車轍回旋錯結之也。」盤桓，《文選·西京賦》薛注：「便旋也。」《海賦》李注：「旋遶也。」盤桓，疊韻謰語。

〔七〕躑躅即彳亍。《文選·射雉賦》：「彳亍中輟。」注：「止貌也。」猶今語踏步不前之意。

〔八〕九日，《山海東經》：「黑齒國有湯谷，湯谷上有扶桑，十日所浴，在黑齒北居水中。有大木，九日居上枝，一日居下枝。」

〔九〕沈雲，《文選·登廬山香鑪峰詩》李注引蔡邕《月令章句》：「沈者，雲之重也。」泱漭，《西京賦》薛注：「無限域之貌。」

〔一〇〕不將，《漢書·禮樂志》顔注：「將，從也。」

案《藝文》卷二載曹丕、應瑒《愁霖賦》。丕賦句云：「脂余車而秣馬，將言旋乎鄴都。」丕不稱鄴爲魏都或魏京而稱鄴都，似在曹操尚未爲魏公時。魏公已後，便稱鄴爲魏都或魏京了，觀《朔風詩》、《王仲宣誄》可證。則此賦之創作時期，必在建安十九年之前可以推知。考《魏志·武帝紀》十七年冬十月，曹操東征孫權。據曹丕《臨渦賦序》，丕、植隨行。十八年夏四月反鄴。

因由南而北，故賦有迎朔風而爰邁之句，可以設想，賦當作於十八年反鄴途中。賦句多佚失，惟存此數句。

離　友有序　二首〔一〕

鄉人有夏侯威者〔二〕，少有成人之風〔三〕。余尚其爲人〔四〕，與之昵好〔五〕。王師振旅〔六〕，送予於魏邦〔七〕，心有眷然〔八〕，爲之隕涕〔九〕。乃作離友之詩。其辭曰：

王旅旋兮背故鄉〔一〇〕，彼君子兮篤人綱〔一一〕，媵予行兮歸朔方〔一二〕。馳原隰兮尋舊疆〔一三〕，車載奔兮馬繁驤〔一四〕。涉浮濟兮汎輕航〔一五〕，迄魏都兮息蘭房〔一六〕，展宴好兮惟樂康〔一七〕。

〔一〕《銓評》：「第二首，程缺。」

〔二〕夏侯威字季權，譙人，魏將夏侯淵之子。曹植亦譙人，故稱威曰鄉人（《魏志·夏侯淵傳》裴注引《世語》）。

〔三〕成人之風，謂成年人之風度。

〔四〕尚，《廣雅·釋詁四》：「高也。」

〔五〕昵好，《爾雅·釋詁》孫注：「昵，親近也。」《詩經·遵大路篇》鄭箋：「好，猶善也。」

〔六〕師，《銓評》：「程作歸，從《藝文》二十一。」案程本誤，《藝文》作師字是。王師，王者之軍。振旅，《左》隱五年傳：「入而振旅。」杜注：「振，整也。」

〔七〕魏邦，《魏志·武帝紀》：「天子使御史大夫郗慮持節策命公爲魏公。……今以冀州之河東、河內、魏郡、趙國、中山、常山、鉅鹿、安平、甘陵、平原凡十郡，封君爲魏公。」魏邦，即魏國。

〔八〕眷，戀也。

〔九〕隕，落也。

〔一〇〕王旅，即王師。《魏志·武帝紀》：「建安十八年，春正月，乃引軍還。夏四月，至鄴。」旋，《銓評》：「程、張作遊，從《御覽》四百十。」案旋，反也，作旋字是。背，《荀子·解蔽篇》楊注：「棄去也。」故鄉謂譙。

〔一一〕彼君子，謂夏侯威。篤，厚也。人綱，指人之倫理準則，此謂友誼。

〔一二〕滕予，《銓評》：「《御覽》作騰駕。」案作滕予是。滕，《爾雅·釋言》：「送也。」朔方指鄴。鄴在譙之北，故稱爲朔方。

〔一三〕原隰，《爾雅·釋地》：「廣平曰原，下濕曰隰。」尋，《漢書·郊祀志》顏注引晉灼：「遂往之義也。」或尋緣字之義。

〔一四〕車載，《銓評》：「程作載車，從《藝文》。」案作車載是。載，句中助詞。繁，《廣雅·釋詁三》：「多也。」驤，飛馳。

〔一五〕濟，今河南省濟源縣王屋山，有東西二池，合流至温縣，東南入河。浮濟，順流曰浮。輕航，猶言輕舟。

〔一六〕魏都謂鄴。蘭房猶蘭室。

〔一七〕宴好，《國語·周語》韋注：「宴好，所以通情結好也。」康，安樂。

案曹丕《臨渦賦序》：「上建安十八年至譙，余兄弟從上拜墳墓，遂乘馬游觀。」（《初學記》卷九引）則植此詩，作於建安十八年反鄴後也。

其二

涼風肅兮白霧滋〔一〕，木感氣兮（柔）〔條〕葉辭〔二〕。臨淥水兮登重基〔三〕，折秋華兮采靈芝〔四〕，尋永歸兮贈所思〔五〕。感離隔兮會無期，伊鬱悒兮情不怡〔六〕！日匿景兮天微陰，經迴路兮造北林《銓評》：張本。見《初學記》十八。張既雜入遺句，又注前詩下。今删移。

〔一〕肅，《管子·幼官篇》尹注：「寒也。」滋，盛也。

〔二〕柔，《銓評》：「《藝文》二十九作條。」案作條字是。條葉辭即葉辭條，以協韻倒。謂木葉已落，時入秋令。

〔三〕重基，《銓評》：「《詩紀》重作崇。」案《春秋運斗樞》：「山爲地之基。」崇，高也，則崇基猶言高山。

〔四〕秋華，疑謂菊。

〔五〕所思，謂懷念之人。

〔六〕伊，發語詞，鬱悒即於邑。內心悶塞，情緒不能發舒之貌。

案《魏志·武帝紀》：「建安十八年夏四月至鄴。」而此篇所述皆秋日景物，疑與前作異，似非懷念夏侯威者。未能考其寫作歲月，姑附於此，且志所疑。

歸思賦

背故鄉而遷徂〔一〕，將遥憩乎（他）〔北〕濱〔二〕。經平常之舊居〔三〕，感荒壞而莫振〔四〕。城邑寂以空虚〔五〕，草木穢而荊蓁〔六〕。嗟喬木之無陰〔七〕，處原野其何爲〔八〕！信樂土之足慕〔九〕，忽並日（之）〔而〕載馳〔一〇〕。

〔一〕背，違也。故鄉謂譙。遷，去也。徂，往也。

〔二〕遥憩，遠息。他濱，《銓評》：「他《藝文》三十作北。」案作北字是。濱，厓也。由譙歸鄴向北行，故曰遥憩北濱。

〔三〕平常，錢大昕曰：「猶云常時也。」（《恒言録》）

〔四〕振，《説文》：「振，舉救也。」

〔五〕寂，荒涼清静。

〔六〕穢，《後漢書・班彪傳》章懷注：「謂榛蕪之林，虎兕之所居也。」荆蓁，《文選・東征賦》：「睹蒲城之丘墟兮，生荆棘之榛榛。」蓁榛古通，植賦句本之。王粲《從軍詩》：「四望無煙火，但見林與丘。城郭生榛棘，蹊徑無所由。」與植所見略同。

〔七〕無陰，《銓評》：「《藝文》陰作蔭。」案陰、蔭古通。《詩經・桑柔篇》《釋文》：「陰，謂覆蔭也。」謂喬木無有枝葉，以蔭蔽也。

〔八〕爲，猶用也。何爲，即何用。

〔九〕樂土，謂鄴。慕，懷念。

〔一〇〕之，《銓評》：「《藝文》作而。」案作而字是。並日載馳，猶言兼程前進。

案《魏志・武帝紀》：「建安七年春正月，公軍譙。令曰：吾起義兵爲天下除暴亂，舊土人民，死喪略盡，國中終日行不見所識，使吾悽愴傷懷……。」譙國在豪强武裝混戰之中，人民死亡慘重，土地大量荒蕪，遭受嚴重的破壞。至建安十八年，還呈現荒涼殘破的景象，可見兵燹之慘烈。此賦僅存數句。

鸚鵡賦

美中州之令鳥〔一〕，越衆類（之）〔而〕殊名〔二〕。感陽和而振翼〔三〕，遁太陰以存形〔四〕。遇旅人之嚴網〔五〕，殘六翮之無遺〔六〕。身挂滯於重籠〔七〕，孤雌鳴而獨歸。豈予身之足惜，憐衆雛之未飛〔八〕。分糜軀以潤鑊〔九〕，何全濟之敢希。蒙含育之厚德〔一〇〕，奉君子之光輝〔一一〕。怨身輕而施重〔一二〕，恐往惠之中虧〔一三〕。常戢心以懷懼〔一四〕，雖處安其若危〔一五〕。永哀鳴（其）〔以〕報德〔一六〕，庶終來而不疲〔一七〕。

〔一〕中州，《銓評》：「《藝文》九十一作洲中。」案宋刊本《曹子建文集》亦作洲中。《爾雅·釋水》：「水中可居止曰洲。」

〔二〕越，《銓評》：「《藝文》作超。」超越義同。之，《銓評》：「《初學記》三十作而。」作而字是。殊名，異名。我國鳥類，多屬單名，鸚鵡則複名，故曰殊名。

〔三〕陽和，《文選·東京賦》：「春日載陽。」薛注：「陽，暖也。」陽和，暖和，謂春日。

〔四〕太陰，《後漢書·張衡傳》章懷注：「太陰，北方極陰之地也。」案《家語·本命篇》王注：「陰爲冬也。」疑釋爲冬義是。與上句言春正相應成文。存形，猶言存身。

〔五〕旅人，《儀禮・公食大夫禮》注：「旅人，饔人之屬，旅食者也。」

〔六〕殘，《銓評》：「程、張作殊。從《初學記》。」案作殘字是。《華嚴經音義》引《蒼頡》：「殘，傷也。」之，《銓評》：「《藝文》作而。」案《初學記》卷三十亦作而。無遺，無餘。

〔七〕籠，《銓評》：「《藝文》作緤。」案宋刊本《曹子建文集》作緤，當是緤字之形誤。緤，網之繩。考禰衡《鸚鵡賦》：「閉以雕籠，翦其翅羽。」此上已云遇嚴網，下不得云挂網，疑當作籠是。

〔八〕禰衡《鸚鵡賦》：「匪餘年之足惜，慜衆雛之無知。」或植賦句所本。

〔九〕分，《文選・應詔詩》李注：「分，甘愜也。」鑊，《漢書・刑法志》顏注：「鼎大而無足曰鑊，煮食物者。」

〔一〇〕含育，《銓評》：「《初學記》作育養。」案《國策・秦策》高注：「含，懷也。」《廣雅・釋詁一》：「育，生也。」

〔一一〕禰衡《鸚鵡賦》：「侍君子之光儀。」

〔一二〕施重即恩重。

〔一三〕往惠，《銓評》：「往，《初學記》作佳。」案《文選・寡婦賦》李注引仍作往。往惠猶言舊恩。中虧，《小爾雅・廣言》：「虧，損也。」

〔一四〕戢心，《詩經・鴛鴦篇》鄭箋：「戢，斂也。」

〔一五〕其，《銓評》：「《初學記》作而。」

〔一六〕永，《初學記》卷三十作求。疑作永字是。《詩經·白駒篇》鄭箋：「永，久也。」禰衡《鸚鵡賦》：「期守死以報德。」其，《銓評》：「《藝文》作以。」案宋刊本《曹子建文集》同。作以字是。

〔一七〕來，疑當訓爲勤。《爾雅·釋詁》：「來，勤也。」與下疲字義相應。禰衡《鸚鵡賦》：「庶彌久而不渝。」與此句義近。

案王粲、陳琳、應瑒、阮瑀，俱作《鸚鵡賦》，見《藝文類聚》。瑀死於建安十七年，植賦當作於瑀死之前也。

橘　賦〔一〕

有朱橘之珍樹，于鶉火之遐鄉〔二〕。禀太陽之烈氣〔三〕，嘉杲日之休光〔四〕。體天然之素分〔五〕，不遷徙於殊方〔六〕。播萬里而遥植〔七〕，列銅爵之園庭〔八〕。背（山川）〔江州〕之暖氣〔九〕，處玄朔之肅清〔一〇〕。邦换壤别〔一一〕，爰用喪生〔一二〕。處彼不凋〔一三〕，在此先零〔一四〕。朱實不卸〔一五〕，焉得素榮〔一六〕！惜寒暑之不均〔一七〕，嗟華實之永乖〔一八〕。仰凱風以傾葉〔一九〕，冀炎氣之（所）〔可〕懷〔二〇〕。颺鳴條以流響〔二一〕，希越鳥之來栖〔二二〕。夫靈德之所感〔二三〕，物無微而不和〔二四〕。神蓋幽而易激〔二五〕，信天道之不訛〔二六〕。既萌根而弗幹，諒結葉而不華〔二七〕。漸玄化而弗變〔二八〕，非彰德於邦家〔二九〕。（附）〔拊〕微條以歎息〔三〇〕，哀草木之難化。

〔一〕《銓評》：「程張作《植橘賦》。《藝文》八十六、《初學記》二十八、《御覽》九百六十六皆無植字，係誤合標題連寫也，今删。」案丁校是。

〔二〕鶉火，星名。朱駿聲曰：「《周語》：歲在鶉火。按南方七宿星，七星形如鳥伸項，故得鶉名。若統七宿言，則井當爲咮，鬼柳爲項，星張爲胸腹，翼軫爲尾，象鳥棲也。故其次有鶉首、鶉火、鶉尾之名。」（《説文通訓定聲》）或曰：徐陵《廣州刺史歐陽頠德政碑》：「岳領龍蟠，星懸鶉火。」則鶉火指粤地，故下文云「播萬里而遥植」也。遐，遠也。

〔三〕烈，《漢書·鼂錯傳》顔注：「猛火曰烈。」烈氣即炎熱之氣。

〔四〕嘉，《禮記·禮運》鄭注：「樂也。」杲日，《詩經·伯兮篇》：「杲杲出日。」杲，明也。

〔五〕體，《管子·君臣》尹注：「猶依也。」素，《廣雅·釋詁三》：「本也。」分，《文選》盧諶《贈劉琨詩》李注：「謂己所當得。」

〔六〕《楚辭·橘頌》：「受命不遷，生南國兮；深固難徙，更壹其志。」

〔七〕播，流移之義（見《左》襄廿五年傳杜注）。

〔八〕銅爵園庭，已見前注。

〔九〕山川，《銓評》：「《初學記》二十八作江洲，《藝文》八十六作江川。」案《文選》趙景真《與嵇茂齊書》李注引曹植《橘賦》作江洲，與《初學記》同。宋刊本《曹子建文集》與《藝文》同。疑川或州字之形誤，州爲洲字之本字。江州，如崔琦《七蠲》之江罣。《七蠲》：「于斯江罣，實産橘柚。」罣或作臯。《漢書·賈山傳》：「江臯河瀕。」顔注引李奇：「臯，水邊淤地也。」江洲、江臯義近，蓋謂南國水瀕之區。

〔一〇〕玄朔，《銓評》：「朔程作翔，從《藝文》。」案《文選》趙景真《與嵇茂齊書》李注引作朔，作朔字是。玄朔謂北方，此指鄴城。肅清，《銓評》：「《初學記》清作霜。」案《文選》嵇康《琴賦》：「冬夜肅清。」疑霜字誤。清與生協韻，作霜則失韻矣。肅清，謂寒也。

〔一一〕壤別，《銓評》：「別，《藝文》作殊。」

〔一二〕爰用，《銓評》：「用，張作幾。」案《密韻樓叢書·曹子建文集》仍作用，作用字是，用，以也。以，因也。

〔一三〕彼，指江洲。

〔一四〕此，謂鄴。零，落也。

〔一五〕不卹，《銓評》：「卹程作御，《初學記》作萌，又作凋，張作啣。」案宋刊本《曹子建文集》卹作彫，嚴輯《全三國文》作銜。案啣爲銜之俗體，字當作銜。銜，含也。

〔一六〕素榮，橘花白色，故曰素榮。

〔一七〕均，《詩經·皇皇者華篇》毛傳：「調也。」

〔一八〕乖，《説文》：「戾也。」

〔一九〕凱風，南風。傾，《説文》：「仄也。」

〔二〇〕所懷，《銓評》：「《藝文》所作可。」案作可字是。懷，《爾雅・釋詁》：「至也。」

〔二一〕颺，《漢書・楊雄傳》顔注：「颺古揚字。」《列子・黄帝》《釋文》：「揚，猶颺，物從風也。」鳴條，謂橘枝摇動發出音響。流，蕩散之意。

〔二二〕希，《銓評》：「《藝文》作睎。」案宋刊本《曹子建文集》與《藝文》同。考《説文》「睎，乾也」，於此無義，疑字當作睎。《廣雅・釋詁一》：「睎，望也。」

〔二三〕靈德，象徵曹操恩德。

〔二四〕和，《淮南・俶真訓》高注：「適也。」

〔二五〕激，《銓評》：「《莊子注》：明也。」

〔二六〕訛，《詩經・沔水篇》鄭箋：「僞也。」

〔二七〕諒，信也。

〔二八〕漸，《漢書・董仲舒傳》顔注：「浸潤也。」

〔二九〕彰，《廣雅・釋詁四》：「明也。」

〔三〇〕附疑當作拊。拊與撫同義。《釋名・釋姿容》：「撫，敷也，敷手以拍之也。」

案徐幹作《橘賦》，見曹丕《典論・論文》。

叙愁賦有序

時家二女弟〔一〕，故漢皇帝聘以爲貴人〔二〕。家母見二弟愁思〔三〕，故令予作賦。曰：

嗟妾身之微薄〔四〕，信未達乎義方〔五〕。遭母氏之聖善〔六〕，奉恩化之彌長〔七〕。迄盛年而始立〔八〕，修女職於衣裳〔九〕。承師保之明訓〔一〇〕，誦（六）〔女〕列之篇章〔一一〕。觀圖象之遺形〔一二〕，竊庶幾乎英皇〔一三〕。委微軀於帝室〔一四〕，充末列於椒房〔一五〕。荷印紱之令服〔一六〕，非陋才之所望〔一七〕。對牀帳而太息，慕二親以（憎）〔增〕傷〔一八〕。揚羅袖而掩涕〔一九〕，起出户而彷徨〔二〇〕。顧堂宇之舊處〔二一〕，悲一别（之）〔而〕異鄉〔二二〕。

〔一〕《銓評》：「《魏志·武帝紀》：建安十八年，天子聘魏公三女爲貴人，少者待年于國。故賦序云二女弟。時子建二十二歲。」案裴注引《獻帝起居注》：「使使持節行太常大司農安陽亭侯王邑，齎璧、帛、玄纁、絹五萬匹之鄴納聘，介者五人，皆以議郎行大夫事，副介一人。」二女弟，《後漢書·獻穆皇后傳》：一名憲，一名節，一名華。華以待年於國，故惟憲與節二人，賦稱二女弟即謂憲與節也。

〔二〕漢皇帝謂獻帝劉協。

〔三〕家母，謂曹操妻卞氏。

〔四〕微薄，謂資質低下。

〔五〕達，通曉。義方，《管子·心術》：「君臣父子人間之事謂之義。」方，《國語·周語》韋注：「方，道也。」

〔六〕《詩經·凱風篇》：「母氏聖善。」毛傳：「聖，叡也。」聖善，謂品德明智而愛敬。

〔七〕奉，承受。恩化，撫養教育。彌，久也。

〔八〕盛年，古人謂男子弱冠至壯曰盛年。女子則指及笄已後，即十五歲至二十歲。立，《禮記·冠義》鄭注：「立猶成也。」

〔九〕女職，即曹大家《女誡》之婦功。《孔雀東南飛篇》：「十三能織素，十四學裁衣。」可資參證。

〔一〇〕師保，《禮記·文王世子篇》：「入則有保，出則有師，是以教喻而德成也。師也者，教之以事而喻諸德者也。保也者，慎其身以輔翼之而歸諸道者也。」

〔一一〕六列，意難理解。疑六爲女字之形誤而乙。列女篇章，謂劉向所作《列女傳》也。《列女傳》有圖，《精微篇》所謂「辯義在列圖」是也。下句「觀圖畫之遺形」，正承此而言。

〔一二〕遺形，《史記·孝文紀》《索隱》：「遺，猶留也。」言遺留之形象。

〔一三〕竊，《廣雅·釋詁四》：「私也。」庶幾，劉淇《助字辨略》：「冀幸之詞。」英皇，《銓評》：「《藝文》三十五作皇英。」案宋刊本《曹子建文集》亦作皇英，與《藝文》同。皇、英即堯之二女娥皇與女英。堯以二女與舜，舜即帝位，娥皇爲后，女英爲妃。見《列女傳》。

〔一四〕委，《左》成二年傳杜注：「屬也。」微軀猶賤軀，謙抑之詞。帝謂劉協。

〔一五〕末列，《國語·周語》韋注：「列，位次也。」末列猶下位。椒房，《漢官儀》：「皇后稱椒房，取其蕃實之義也。」（《後漢書·獻帝伏皇后紀》引）《弟五倫傳》章懷注：「后妃以椒塗壁，取其蕃衍多子，故曰椒房。」

〔一六〕荷，承當。印紱，曹操《内誡令》：「今貴人位爲貴人，金印藍紱，女人爵位之極。」（《御覽》六百九十一）令，善也。

〔一七〕陋才，女子謙詞。望，《説文》：「出亡在外望其還也。」是望爲希覬之義。

〔一八〕憎傷，《銓評》：「《藝文》憎作增，增、憎古字通。」案作增字是。《爾雅·釋言》：「增，益也。」《廣雅·釋詁二》：「加也。」憎爲增字之形誤，非古字通也，丁校非是。

〔一九〕揚，舉也。掩，《淮南·天文訓》高注：「蔽也。」

〔二〇〕彷徨，猶徘徊也。

〔二一〕顧，《詩經·匪風篇》鄭箋：「回首曰顧。」

〔二二〕之字於此無義，字當作而，而猶如也。《洛神賦》：「哀一逝而異鄉」語意正同，似應據正。句謂既入後宮，會晤難期，如居異鄉然也。

案封建社會，男女婚姻不是愛情的結果，而是爲家族利益所決定。曹操鑒於宫庭内發生推翻曹魏統治的陰謀活動，争取對漢王朝進一步的控制，竟將二少女嫁給劉協。但女子並不以身爲王妃而感到滿足，反而内心充塞着綿綿無盡的哀思。賦中委婉地表達女子之心情，從而客觀上揭示專制婚姻制度之殘酷性。賦句殘脱不完，全意無從考見。

東征賦有序〔一〕

建安十九年，王師東征吴寇〔二〕，余典禁兵〔三〕，衛(官)〔宫〕省〔四〕。然神武一舉，東夷必克〔五〕，想見振旅之盛〔六〕，故作賦一篇〔七〕。

登城隅之飛觀兮〔八〕，望六師之所營〔九〕。幡旗轉而心異兮〔一〇〕，舟楫動而傷情〔一一〕。顧身微而任顯兮〔一二〕，愧責重而命輕〔一三〕。嗟我愁其何爲兮〔一四〕，心遥思而懸旌〔一五〕。師旅憑皇穹之靈佑兮〔一六〕，亮元勳之必舉〔一七〕。揮朱旗以東指兮〔一八〕，横大江而莫御〔一九〕。循戈櫓於清流兮〔二〇〕，汜雲梯而容與〔二一〕。禽元帥於中舟兮〔二二〕，振靈威於東野〔二三〕。

〔一〕《銓評》：「《御覽》卷三百三十六作《征東賦》。」

〔二〕《魏志·武帝紀》：「建安十九年秋七月，公（曹操）征孫權。」

〔三〕曹魏時設中領軍，掌禁兵，主五校尉、中壘、武衛三營。《魏志·陳思王植傳》：「太祖征孫權，使植留守鄴。戒之曰：吾昔爲頓丘令，年二十三，思此時所行，無悔於今。今汝年亦二十三矣，可不勉與！」

〔四〕官，《銓評》：「張作宫。」案官字當從張本作宫，《聖皇篇》：「宫省寂無人。」《文選·魏都賦》李注：「《魏武集》：漢制王所居曰禁中，諸公所居曰省中。」

〔五〕東夷，宋刊本《曹子建文集》夷作吴。

〔六〕想象凱旋之盛況。

〔七〕《銓評》：「一，程作二，從《藝文》五十九。」案宋刊本《曹子建文集》亦作一，與《藝文》同，丁校是。

〔八〕城隅，《周禮·考工記·匠人》鄭注：「謂角浮思也。」飛觀，已見前注。

〔九〕六師，即六軍。古謂天子之軍曰六軍。時曹操尚臣事漢獻帝，假命出征，故亦稱六師也。《楚辭·天問》王注：「營，爲也。」

〔一〇〕幡，窄而長之旗，垂懸於竿。心異，《説文》，「異，分也。」楊脩《出征賦》：「公命臨淄，守於鄴都。侯懷大舜，乃號乃慕。」（《藝文類聚》卷五十九）

〔一一〕楊脩《出征賦》：「汎從風而回艫，徐日轉而月移。旆已入乎河口，殿尚集於園池。」（同上引）蓋曹操出征，舟師集於玄武池，徑漳入河，由河入淮。

〔二〕任顯，《詩經·文王》毛傳：「顯，光也。」猶言職務光榮。

〔三〕責重，《銓評》：「程、張責作任，此從《藝文》。」案作責字是。責猶今語責任之意。命，謂命運。

〔四〕嗟，發語詞。

〔五〕遥思，遠念。而與如字同義。懸旌，懸謂如懸物之動也，則懸旌形容情緒不寧之狀。

〔六〕師旅，案賦句俱以六字或七字爲句，而此句九字，疑師旅二字下當有挩文，無他證以足之。皇穹，謂天神。靈佑，神助。

〔七〕亮，信也。元勳，猶言大功。舉，《吕覽·下賢》高注：「舉猶取也。」

〔八〕朱旗，李注：「漢火德，操爲漢臣，故建朱旗，時獻帝在故也。」

〔九〕横，逕渡。莫御，御、禦古通用。《詩經·谷風篇》毛傳：「御，禦也。」《小爾雅·廣言》：「禦，抗也。」

〔一〇〕循戈櫓於清流兮，《銓評》：「戈與兮字依張補，《御覽》脱。」案丁補是也。《密韻樓叢書·曹子建文集》亦有戈兮二字。循，《漢書·李陵傳》顔注：「謂摩順也。」櫓，《家語·儒行篇》王注：「大戟。」

〔一一〕氾即汎字，浮也。雲梯，攻城具。高長上與雲齊，故曰雲梯（見《淮南·脩務訓》高注）。容與，優游舒緩之貌。此歌頌曹操行師用兵好整以暇之軍容。

〔三〕中舟兮，《銓評》：「兮字《御覽》脱，依張補。」中舟即舟中。

〔三〕振，奮發之意。靈威即神威。東野，江東之野，指吴國。《銓評》：「以上四句，程脱，依《御覽》卷三百三十六補。」嚴輯《全三國文》亦補此四句，丁補是。

案此賦殘佚非全文。

雜詩

飛觀百餘尺，臨牖御櫺軒〔一〕。遠望周千里〔二〕，朝夕見平原〔三〕。烈士多悲心〔四〕，小人媮自閒〔五〕。國讎亮不塞〔六〕，甘心思喪元〔七〕。撫劍西南望〔八〕，思欲赴太山〔九〕。絃急悲聲發〔一〇〕，聆我慷慨言〔一一〕。

〔一〕臨牖，猶當窗。《文選》李注：「御，猶憑也。《説文》曰：櫺，楯欄也。韋昭《漢書注》曰：軒，檻上板也。」

〔二〕周，《周禮·司會》鄭注：「猶徧也。」

〔三〕夕，《銓評》：「張作日。」案《文選》作夕，朝夕猶早晚。

〔四〕烈士，《文選》李注：「《風俗通》曰：烈士者，有不易之分。」案謂重義輕生之人。

〔五〕媮，《後漢書·崔駰傳》章懷注：「媮，苟且也。」閒，《左》昭五年傳杜注：「暇也。」

〔六〕國讎，指吴國。亮，信也。塞，《文選》李注：「謂杜絶也。」

〔七〕甘心，《詩經·伯兮篇》：「甘心首疾。」毛傳：「甘，厭也。」喪元，李注：「《孟子》曰：勇士不忘喪其元。」《易經·坤卦》王注：「喪，失也。」元，《孟子·滕文公篇》趙注：「首也。」

〔八〕西南，《文選》李注：「西喻蜀也。」案李説疑誤。此與蜀無涉，西南亦指吴地。

〔九〕太山即東岳。《文選》李注：「太山接吴之境。」按本集《責躬詩》：「願蒙矢石，建旗東嶽」可證。

〔一〇〕絃急，《文選》李注：「《古詩》曰：音響一何悲，絃急知柱促。」

〔一一〕慷慨，《説文》：「壯士不得志於心也。」

《文選》李注：「此（《雜詩》）六篇别京已後，在鄄城思鄉而作。」黄節曰：「《御覽》三百三十載曹植《東征賦》曰云云。植有是賦，此詩蓋同時作也。」案黄説甚允，今從之。

游觀賦

静閒居而無事，將遊目以自娱〔一〕。登北觀而啓路〔二〕，涉雲際之飛除〔三〕。從羆熊之武士〔四〕，荷長戟而先驅。罷若雲歸〔五〕，會如霧聚〔六〕。車不及回〔七〕，塵不獲舉〔八〕。奮袂成風〔九〕，揮汗如雨〔一〇〕。

〔一〕娱，樂也。

〔二〕北觀，指銅爵臺。啓路，猶啓行。《周禮·鄉師》《正義》：「軍在前曰啓。」

〔三〕飛除，《上林賦》司馬彪注：「除，樓陛也。」今云樓梯。飛謂凌空構建，彷彿若飛，因名之曰飛除，形容極高。

〔四〕羆熊，《銓評》：「《藝文》作熊羆。」案《尚書·牧誓》：「如熊如羆。」《爾雅·釋獸》：「羆如熊，黄白文。」熊羆形容武士勇猛。

〔五〕罷，《論語·子罕篇》皇疏：「罷，猶罷息也。」雲歸，歸，《廣雅·釋言》：「反也。」案雲歸猶《名都篇》之雲散，義相同也。

〔六〕霧聚，喻武士結集如霧之合也。

〔七〕回，《離騷》王注：「旋也。」

〔八〕舉，飛揚。

〔九〕奮，《廣雅·釋詁一》：「動也。」奮袂猶言動袖。

〔一〇〕揮，《戰國策·齊策》：「揮汗成雨。」高注：「揮，振也。」

此賦殘佚不具。案賦句：登北觀，涉飛除，據此探索，似作於在鄴時。又云：從羆熊之武士，或寫於典禁兵之際，蓋在建安十九年秋也。

畫贊序〔一〕

蓋畫者，鳥書之流也〔二〕。昔明德馬后美於色〔三〕，厚於德〔四〕，帝用嘉之〔五〕！嘗從觀畫，過虞舜（廟）〔之像〕〔六〕，見娥皇、女英。帝指之，戲后曰：「恨不得如此人爲妃〔七〕！」又前見陶唐之像〔八〕。后指堯曰：「嗟乎！群臣百寮恨不得戴君如是〔九〕。」帝顧而（笑）〔咨嗟焉〕〔一〇〕。故夫畫，所見多矣。上形太極混元之前，卻列將來未萌之事〔一一〕。觀畫者〔一二〕，見三皇五帝，莫不仰戴〔一三〕。見三季暴主，莫不悲惋〔一四〕。見篡臣賊嗣〔一五〕，莫不切齒。見高節妙士，莫不忘食〔一六〕。見忠節死難，莫不抗首〔一七〕。見忠臣孝子〔一八〕，莫不歎息。見淫夫妬婦，莫不側目〔一九〕。見令妃順后，莫不嘉貴〔二〇〕。是知存乎鑒者（何如）〔圖畫〕也〔二一〕。

〔一〕《銓評》列入序類，校云：「程缺，張屬贊類，今移正。張脱序字，依《御覽》七百五十補。」

〔二〕鳥書，鳥蟲書，古代象形文字。流，即派字之意。也，《銓評》：「張脱也，據《御覽》七百五十補。」

〔三〕明德馬后，後漢明帝劉莊之后，馬援之女，《後漢書》有傳。

〔四〕品德醇厚。

〔五〕帝，謂明帝。用，因也。《儀禮·覲禮》鄭注：「嘉之者，美之辭也。」

〔六〕過虞舜廟，《銓評》：「廟，《御覽》作之像。」案作之像是。兩漢多於宫殿壁間圖繪歷史人物，以資儆戒。《文選·魯靈光殿賦》：「圖畫天地，品類群生。」又云：「寫載其狀，託之丹青。千變萬化，事各繆形。」

〔七〕此人，《銓評》：「張脱人，據《御覽》補。」

〔八〕陶唐，《銓評》：「《御覽》作唐堯。」

〔九〕戴，《銓評》：「張作爲，從《御覽》改。」案作戴字是。《國語·周語》：「欣戴武王。」韋注：「戴，奉也。」

〔一〇〕笑，《銓評》：「《御覽》作咨嗟焉。」案當從《御覽》改正。

〔一一〕上形二句，《銓評》：「《御覽一》引《畫讚序》。」未列入正文，今據嚴輯《全三國文》補入。竊疑此二句當在序首，無文以資參訂，姑從嚴氏附於此。《魯靈光殿賦》：「上紀開闢，遂古之初。」張揖注：「更畫太古開闢之時，帝王之君也。」即上形句之意。卻列即後列。未萌猶未生。

〔一二〕觀畫者以下，《銓評》列入卷九説類，校云：「程缺。」嚴輯《全三國文》云：「案此條亦《畫贊序》

也，張溥題爲《畫説》非。」今據《全三國文》移於此。

〔一三〕仰，謂上向也（《漢書·溝洫志》顔注）。

〔一四〕三季，謂夏、商、周之末世。暴主即夏桀、殷紂與周幽也。悲惋，《銓評》：「張作宛，據《御覽》七百五十一改。」《説文》：「悲，痛也。」惋，《一切經音義三》引《字略》：「驚異也。」

〔一五〕篡臣，如王莽。賊嗣，謂子殺父而自立爲君者，如春秋楚之商臣是也。

〔一六〕忘食，形容企羡之心理，孔子所謂發憤忘食也。

〔一七〕抗首，《廣雅·釋詁一》：「抗，舉也。」

〔一八〕忠，《銓評》：「《御覽》作放。」案放臣如屈原。孝，《銓評》：「《御覽》作斥。」《文選·思玄賦》舊注：「斥，却也。」如孝子伯奇。

〔一九〕側目，謂側目而視，憤恨之狀。

〔二〇〕嘉貴，嘉美尊重。

〔二一〕鑒，鑒戒。何如，《銓評》：「《御覽》作圖畫。」疑作圖畫是。《魯靈光殿賦》：「賢愚成敗，靡不載叙。惡以誡世，善以示後。」即此意也。

案《魏志·梁習傳》：建安十八年，又使於上黨取大材供鄴宫室。鄴宫之建，在劉協封操爲魏公之後。《魏都賦》：「特有温室。儀形宇宙，歷像賢聖。圖以百瑞，綷以藻詠。芒芒終古，此焉是鏡。有虞作繪，兹亦等競。」所謂藻詠，即指《畫像贊》也。劉淵林注：「聽政殿後，有鳴鶴堂。鳴鶴堂之前，次聽政殿之後，東西二坊之中央有温室，中有《畫像讚》。」據此，《畫像讚》蓋植作於魏宮建成之時，亦即建安十九年之際也。

庖犧贊

木德風姓〔一〕，八卦創焉〔二〕。龍瑞名官〔三〕，法地象天。庖廚祭祀〔四〕，網罟魚畋〔五〕。瑟以像時〔六〕，神德通玄〔七〕。

〔一〕木德，按五德終始論者謂伏犧以木德王（見《春秋内事》）。風姓，《帝王世紀》：「太昊帝庖犧氏，風姓也。」

〔二〕八卦，乾☰、坤☷、兑☱、坎☵、離☲、巽☴、震☳、艮☶。創焉，《易經·繫辭》：「庖羲氏之王天下也，仰則觀象於天，俯則觀法於地，視鳥獸之文，與地之宜，近取諸身，遠取諸物，於是始作易八卦。」

〔三〕名官，《銓評》：「程作官名，從《藝文》十一。」案宋刊本《曹子建文集》、《御覽》七十八引俱與《藝文》同，應據正，丁校是也。《左》昭公十七年傳：「郯子曰：太皞氏以龍紀，故以龍師而龍名。」杜注：「太皞伏羲氏，有龍瑞，故以龍名官。」

〔四〕庖廚，《禮記·王制》鄭注：「庖，今之廚也。」庖、廚義同，故連及。

〔五〕網罟，《銓評》：「《藝文》作罟網。」案宋刊本《曹子建文集》與《藝文》同。罟，魚網。魚畋，《易經·繫辭》：「以佃以漁。」畋與佃通。《易經釋文》：「取獸曰佃。」

〔六〕「瑟以」二句，《銓評》：「程作琴瑟以像，時神通玄。誤衍琴，又脱德，從《藝文》。」案《御覽》卷七十八引與《藝文》同，應據以增删。《帝王世紀》：「伏羲作瑟三十六弦，象一年三百六十餘日。」故曰「瑟以像時」。

〔七〕通玄，《廣雅·釋言》：「玄，天也。」

女媧贊

古之國君〔一〕，造簧作笙〔二〕。禮物未就〔三〕，軒轅纂成〔四〕。或云二皇〔五〕，人首蛇形〔六〕；神化七十〔七〕，何德之靈〔八〕！

〔一〕《山海經》郭璞注：「女媧，古神女而帝者。」

〔二〕《銓評》：「《御覽》七十八作製造笙簧。」《禮記·明堂位》鄭注：「笙簧，笙中之簧也。女媧作笙簧。」《古今注》：「女媧……欲人之生而制其樂，以爲發生之象；其大者十九簧，小者十二簧也。」簧，笙上之竹管。

〔三〕禮物，謂制度與器物。

〔四〕纂成，《爾雅・釋詁》：「纂，繼也。」纂成，繼續完成。

〔五〕二皇，《銓評》：「皇，《御覽》作君。」二君，即伏犧、女媧。

〔六〕《帝王世紀》：「庖犧氏虵身人首。女媧氏承庖犧制度，亦蛇身人首。」《魯靈光殿賦》：「伏犧鱗身，女媧蛇軀。」

〔七〕古代傳説：女媧氏一日之中，出現七十種變化（郭璞《山海經注》）。

〔八〕靈，《廣雅・釋詁一》：「善也。」

神農贊〔一〕

少典之胤〔二〕，火德承木〔三〕。造爲耒耜〔四〕，導民播穀〔五〕。正爲雅琴〔六〕，以暢風俗〔七〕。

〔一〕《禮含文嘉》：「神農始作耒耜，教民耕，其德濃厚若神，故爲神農也。」

〔二〕《帝王世紀》：「神農氏母曰任姒，有喬氏之女名登，爲少典妃。遊於華陽，有神龍首感女登於常羊。」神農爲登所生，故曰少典之胤。

〔三〕承,《銓評》:「程張作成,從《藝文》十一。」案承,《廣雅·釋詁四》:「繼也。」作成字誤。《漢書·律曆志》:「神農氏作,以火承木,故曰炎帝。」《帝王世紀》:「炎帝人身牛首,長於姜水,有聖德,以火承木,位在南方,主夏,故謂之炎帝。」

〔四〕耒、耜,皆田器。《易經·繫辭》:「神農氏作,斲木爲耜,揉木爲耒,耒耜之利,以教天下。」《禮記·月令·季冬》《正義》:「耒者以木爲之,長六尺六寸,底長尺有一寸,中央直者三尺有三寸,勾者二尺有二寸。底謂耒下嚮前曲接耜者頭而著耜。耜,金鐵爲之。」

〔五〕導,《銓評》:「程、張作遵,從《藝文》。」《淮南·繆稱訓》高注:「導,教也。」作導字是。播,《詩經·噫嘻篇》鄭箋:「猶種也。」

〔六〕《帝王世紀》:「神農創五弦之琴。」雅,《風俗通·聲音》:「雅之爲言正也。」

〔七〕暢,通也。

案各贊俱以八句四韻成篇,而此贊僅六句三韻,疑脱二句。

黄帝贊

少典之孫〔一〕,神明聖哲〔二〕。土德承火〔三〕,赤帝是滅〔四〕。服牛乘馬〔五〕,衣裳是制〔六〕。

雲氏名官〔七〕，功冠五帝〔八〕。

〔一〕少典之孫，《史記·五帝本紀》：「黄帝者，少典之子，姓公孫，名軒轅。」

〔二〕《大戴禮·五帝德篇》：「軒轅生而神靈，弱而能言。」謂軒轅具有特殊聰明智慧之本質。

〔三〕《春秋内事》：「軒轅以土德王天下。」

〔四〕赤帝，即神農氏。軒轅與神農氏族大戰於阪泉之野，消滅神農，即帝位（見《大戴禮·五帝德篇》）。

〔五〕《易經·繫辭》：「服牛乘馬，引重致遠，以利天下。」服，《説文》：「用也。」乘，《漢書·司馬相如傳》顔注引張揖：「用也。」

〔六〕開始制造衣裳。

〔七〕雲氏，《銓評》：「《藝文》十一作氏雲。」案宋刊本《曹子建文集》與《藝文》同。《左》昭十七年傳：「郯子曰：黄帝以雲紀，故爲雲師而雲名。」

〔八〕帝，《銓評》：「《藝文》作列。」案宋刊本《曹子建文集》與《藝文》同。《小爾雅·廣詁》：「列，次也。」謂位次列於五帝之首。即黄帝、顓頊、帝嚳與堯、舜也。

少昊贊

祖自軒轅，青陽之裔〔一〕。金德承土〔二〕，儀鳳帝世〔三〕。官鳥號名〔四〕，殊職別系〔五〕。農正扈(氏)〔民〕〔六〕，各有品制〔七〕。

〔一〕少昊，《古史考》：「窮桑氏，嬴姓也。以金德王，故號金天氏。或曰宗師大昊之道，故曰少昊。」《帝繫》：「黄帝生玄囂。」《史記·五帝本紀》：「黄帝正妃生二子，其後皆有天下。其一曰玄囂，是爲青陽，降居江水。」《左》昭十七年傳《正義》：「言降居江水，謂不爲帝也。」則少昊當是黄帝之孫，玄囂之子。玄囂又名青陽，故曹植謂爲青陽之裔。

〔二〕黄帝以土德王，少昊代之，五行家謂之爲金德承土。

〔三〕《左》昭十七年傳：「郯子曰：我高祖少昊摯之立也，鳳鳥適至，故紀於鳥，爲鳥師而鳥名。」

〔四〕疑此句當作鳥號名官。意謂以鳥名作官吏之職稱。

〔五〕《左》昭十七年傳：「郯子曰：鳳鳥氏，歷正也；玄鳥氏，司分者也；伯趙氏，司至者也；青鳥氏，司啓者也；丹鳥氏，司閉者也。」此皆主持曆法之官，曆法與農業生産具有極其密切之聯繫。又云：「祝鳩氏，司徒也；鴡鳩氏，司馬也；鳲鳩氏，司空也；爽鳩氏，司寇也；鶻鳩氏，司事也；五鳩鳩民者也。五雉爲五工正，利器用，正度量，夷民者也。」

〔六〕氏，《銓評》：「《御覽》七十九作民。」案作民字是。《左傳》：「九扈爲九農正，扈民無淫者也。」農正，主持農業生產之官。扈民，《小爾雅・廣詁》：「扈，止也。」防止百姓怠於農業生產而使之努力於耕種。

〔七〕品制，即今所謂等級制度。

顓頊贊

昌意之子〔一〕，祖自軒轅〔二〕。始誅九黎〔三〕，水德統天〔四〕。以國爲號，風化神宣〔五〕。威暢八極〔六〕，靡不祗虔〔七〕。

〔一〕《山海經》：「黄帝妻雷祖生昌意，昌意降居若水，生韓流。取淖子曰阿女，生帝顓頊。」據此則顓頊是昌意之孫。《帝王世紀》：「顓頊，黄帝之孫，昌意之子。」曹植贊曰昌意之子，蓋據《帝王世紀》，而不取郭璞説。

〔二〕自，《銓評》：「程作有，從《藝文》十一。」案《御覽》七十九引與《藝文》同，作自字是。

〔三〕九黎，《國語・楚語》韋注：「九黎，黎氏九人，蚩尤之徒也。」疑黎或即今黎族之祖先。

〔四〕《古史考》：「高陽氏妘姓，以水德王。」又：「高陽、高辛皆國氏土地之號。」

〔五〕風化，猶言政令。神宣，謂無遠弗届。

〔六〕八極，猶八方。暢，達也。

〔七〕祇虔，《史記·五帝本紀》：「北至幽陵，南至交阯，西濟流沙，東至蟠木，動静之物，大小之神，日月所照，莫不祇肅。」祇虔，猶祇肅也。

帝嚳贊

祖自軒轅，玄囂之裔〔一〕。生言其名〔二〕，木德帝世〔三〕。撫寧天地〔四〕，神聖靈察〔五〕。教弭四海〔六〕，明並日月〔七〕。

〔一〕《史記·五帝本紀》：「帝嚳高辛氏者，黄帝之曾孫也。父曰蟜極，蟜極父曰玄囂，玄囂父曰黄帝。」

〔二〕《帝王世紀》：「其母不見，生而神異，自言其名曰逡。」

〔三〕木，《銓評》：「程作才，從《藝文》十一。」案宋刊本《曹子建文集》、《御覽》八十引與《藝文》同，作木字是。《古史考》：「高辛氏以木德王」可證。

〔四〕撫寧，撫，《説文》：「安也；一曰循也。」

〔五〕神聖，謂特殊聰明智慧。靈察，具有卓越之觀察力。

〔六〕弭，案弭、彌古通用。《淮南·原道訓》：「横之而彌於四海。」《周禮·太祝》鄭注：「彌猶徧也。」

〔七〕謂帝嚳之德如日月輝光，千古常新。

帝堯贊

火德統位〔一〕，父則高辛〔二〕。克平共工〔三〕，萬國同塵〔四〕。調適陰陽〔五〕，其惠如春〔六〕。巍巍成功〔七〕，(配)〔則〕天(則)〔之〕神〔八〕。

〔一〕火，《銓評》：「程作大，從《藝文》十一。」案宋刊本《曹子建文集》、《御覽》八十引亦俱作火。《帝王世紀》：「帝堯年二十而登帝位，以火承木。」則作火字是也。

〔二〕《大戴禮·五帝德篇》：「宰我曰：請問帝堯？孔子曰：高辛氏之子也。」

〔三〕克平，《銓評》：「平，《御覽》八十作流。」《尚書·舜典》：「流共工於幽州。」共工上古氏族之一。《山海經·海外北經》郭注：「共工霸九州者。」

〔四〕塵，謂風俗。

〔五〕陰陽，指寒暑氣候。

〔六〕春，《獨斷》：「春爲少陽，其氣始出生養。」故春爲滋長繁茂之象徵。

〔七〕巍巍，《論語·泰伯篇》：「巍巍乎其有成功也。」形容高大之貌。

〔八〕配，《銓評》：「《御覽》作則。」則，《銓評》：「《御覽》作之。」案《論語·泰伯篇》：「子曰：大哉！堯之爲君也，巍巍乎！唯天爲大，唯堯則之。」曹植句蓋本此，當作則天之神爲得。謂堯效法天之廣博無私之精神。

帝舜贊

顓頊之族〔一〕，重瞳神聖〔二〕。克協頑瞽〔三〕，應唐莅政〔四〕。除凶舉俊〔五〕，以齊七政〔六〕。應曆受禪〔七〕，顯天之命。

〔一〕之，《銓評》：「《藝文》十一作氏。」《帝王世紀》：「舜，姚姓也，其先出自顓頊。」《大戴禮》：「顓頊生窮蟬，窮蟬生敬康，敬康生勾芒，勾芒生蟜牛，蟜牛生瞽瞍，瞽瞍生舜。」據此疑作之字是。《藝文》作氏，或非。

〔二〕重瞳，《春秋演孔圖》：「舜目四童，謂之重明。」神聖，《尚書·大禹謨》：「乃聖乃神。」孔傳：「聖無所不通，神妙無方。」

〔三〕克協，《尚書·堯典》：「父頑、母嚚、象傲克諧以孝。」王引之曰：「三復經文，當讀克諧爲句，以孝烝烝爲句。」（《經義述聞》）曹植贊克協頑瞽爲句，足以證成王說。協，和也。《尚書》作諧，蓋由今古文之異而然。頑瞽，即舜父，以舜父不能辨別賢愚，時人名之曰瞽，謂如無目之人也。

〔四〕唐，唐堯。莅，《周禮·大宗伯》鄭注：「臨視也。」

〔五〕除凶，《左》文十八年傳：「舜臣堯，流四凶族：渾敦、窮奇、檮杌、饕餮，投諸四裔，以禦螭魅。」舉俊，《左》文十八年傳：「……此十六族也，世濟其美，不隕其名，以至於堯，堯不能舉。舜臣堯，舉八愷使主后土，以揆百事，莫不時序，地平天成。舉八元，使布五教於四方，父義、母慈、兄友、弟共、子孝，內平外成。」

〔六〕七政，謂日月與金、木、水、火、土五星運行之規律。舜仰觀天象，是否合符自然規律。合則反映政治措施恰當，若不合則政治顯然存在缺點，以爲改革之依據。

〔七〕應曆，《尚書·大禹謨》：「天之曆數在汝躬。」受禪，接受堯讓予之帝位。

夏禹贊

吁嗟天子〔一〕，拯世濟民〔二〕。克卑宫室〔三〕，致孝鬼神〔四〕。蔬食薄服，黻冕乃新〔五〕。厥德不回〔六〕，其誠可親。亹亹其德〔七〕，温温其〔人〕〔仁〕〔八〕。尼稱無閒〔九〕，何德之純〔一〇〕！

舜居隴畝，明德上宣。孝乎頑嚚，乂不格姦。《銓評》：「《韻補》二引《禹贊》。」

舜將崩殂，告天禪位。虞氏既没，三年禮畢。《銓評》：「《韻補》五引《禹贊》。」

避隱商山，示不敢莅。諸侯向己，乃奉天秩。《銓評》：「《韻補》五引《禹贊》。」

〔一〕吁嗟，感歎詞。此示贊歎。天子，《銓評》：「《藝文》十一天作夫。」案《御覽》八十二天亦作夫。夫子指夏禹。

〔二〕拯世濟民，謂治理洪水之災。故孔子曰：「微禹，吾其魚乎！」

〔三〕《論語·泰伯篇》：「子曰：禹吾無間然矣！菲飲食而致孝乎鬼神，惡衣服而致美乎黻冕，卑宫室而盡力乎溝洫，禹吾無間然矣！」

〔四〕《論語·學而篇》皇疏：「致，極也。」

〔五〕《銓評》：「黻，《藝文》作紼。」案黻紼古通用。黻冕謂祭服。見《詩經·候人篇》《釋文》。

〔六〕《詩經·大明篇》：「厥德不回。」《文選·西京賦》李注引《韓詩章句》：「回，邪辟也。」

〔七〕亹亹，勤勉之意。

〔八〕温温，《詩經·小宛篇》毛傳：「和柔貌。」人，《銓評》：「《藝文》作仁。」案作仁字是。《莊子·天地》：「愛人利物謂之仁。」

〔九〕尼，仲尼。閒，《左》昭十二年傳杜注：「隙也。」無閒即無隙。

〔一〇〕《淮南·齊俗訓》高注：「純，厚也。」

殷湯贊

殷湯(代)〔伐〕夏〔一〕，諸侯振仰〔二〕。放桀鳴條〔三〕，南面以王〔四〕。桑林之禱〔五〕，炎災克偵〔六〕。伊尹佐治〔七〕，可謂賢相。

〔一〕代，《銓評》：「《藝文》作伐。」作伐字是。

〔二〕振與震義通。《詩經·車舝篇》鄭箋：「仰是心慕之辭。」

〔三〕鳴條，《括地志》：「高涯原在蒲州安邑縣北三十里南阪口，即古鳴條陌也。」

〔四〕古代天子南面而坐，諸侯北面以朝，故南面爲爲帝之代詞。

〔五〕《帝王世紀》：「湯自伐桀，大旱七年，洛川竭。殷史卜曰：當以人禱。湯曰：吾所爲請雨者，民也。若必以人禱，吾請自當。遂齋戒翦髮斷爪，以己爲牲，禱於桑林之社。」禱，祭神求福。

〔六〕炎災，謂旱災。償，《廣雅·釋言》：「償，復也。」

〔七〕伊尹，有莘氏之媵臣，後爲湯相。佐治，謂助理國家政務。

湯禱桑林贊

惟殷之世，炎旱七年。湯禱桑林，祈福於天。翦髮離爪，自以爲牲〔一〕。皇靈感應，時雨以零〔二〕。

〔一〕事見前注。

〔二〕《左》襄十五年傳《正義》引《書傳》：「禱於桑林之社，而雨大至，方數千里。」皇靈，謂天神。時雨，《廣雅·釋詁一》：「時，善也。」零，落也。

周文王贊

於赫聖德〔一〕，實惟文王〔二〕；三分有二，猶服事商〔三〕。化加虞芮〔四〕，傍暨四方〔五〕。王業克昭〔六〕，武嗣遂光〔七〕。

〔一〕於赫，贊美之辭。

〔二〕實，宋刊本《曹子建文集》作寔。案實寔古通。《詩經·燕燕篇》：「實勞我心。」《釋文》：「本作寔。」是其證。《文選·西京賦》薛注：「寔，是也。」

〔三〕《論語·泰伯篇》：「孔子曰：……三分天下有其二，以服事殷，周之德可謂至德也已矣！」三分有二，即九州文王佔有六州——雍、梁、荆、豫、徐、揚，冀、兖、青三州則屬紂。服，《銓評》：「《御覽》八十四作復。」案服事見《論語》，《御覽》作復，疑非。《詩經·關雎篇》鄭箋：「服，事也。」服事複義辭。

〔四〕《史記·周本紀》：「虞、芮之人有獄不能決，乃如周。入界，耕者皆讓畔，民俗皆讓長。虞、芮之人未見西伯皆慙。相謂曰：吾所争固人所恥，何往爲，祇取辱耳！遂還，俱讓而去。」《詩經·緜篇》：「虞、芮質厥成。」毛傳：「虞、芮之君相與争田，久而不平。乃相謂曰：西伯仁人，盍往質焉！乃相與朝周：入其境則耕者讓畔，行者讓路。入其邑，男女異路，班白不提挈。入其朝，士讓爲大夫，大夫讓爲卿。二國君相謂曰：我等小人，不可履君子之庭，乃相讓所爭地以爲閒田。」加，《呂覽·孝行》高注：「施也。」《括地志》：「故虞城在陝州河北縣東北五十里虞山之上，古虞國也。故芮在芮城縣西二十里，古芮國也。《晉太康記》：虞西百四十里有芮城。」（《緜篇》《正義》）

〔五〕暨，《銓評》：「張作開，誤。」傍暨猶言普及。四方，《銓評》：「四，《藝文》十二作西。」案宋刊本《藝文》仍作四，作四字是。《詩經·緜篇》毛傳：「天下之人知此事，服周者有四十餘國。」

〔六〕昭，《爾雅·釋詁》：「光也。」

〔七〕句意謂武王嗣位即光大發揚，消滅殷商，而即帝位。

周武王贊

桓桓武王〔一〕，繼世滅殷〔二〕。咸任尚父〔三〕，且作商臣。功冒四海〔四〕，救世濟民。天下宗周〔五〕，萬國是賓〔六〕。

〔一〕桓桓，《詩經·桓篇》：「桓桓武王。」《爾雅·釋訓》孫注：「桓桓，威猛之貌。」

〔二〕繼世，繼承文王。

〔三〕咸，《爾雅·釋詁》：「皆也。」尚父謂呂望。尚父，尊敬之稱謂。

〔四〕冒，《銓評》：「《藝文》十二作加。」案宋刊本《曹子建文集》與《藝文》同，考《呂覽·孝行》：「光耀加於百姓。」「加猶高也」，見《禮記·内則》鄭注。

〔五〕宗周，《文選·東京賦》薛注：「宗，尊也。」宗周猶尊周。

〔六〕賓，《爾雅·釋詁》：「服也。」

周公贊

成王即位，年尚幼稚〔一〕。周公居攝〔二〕，四海慕利〔三〕。罰叛柔服〔四〕，祥應仍至〔五〕。誦長反政〔六〕，達夫忠義〔七〕。

〔一〕《帝王世紀》：「成王即位，年十二歲。」

〔二〕居攝，《禮記·明堂位》《正義》：「代也。」謂處於代行天子政務之職位。

〔三〕利，《易經·文言》傳：「利者義之和也。」

〔四〕罰叛，謂討伐商奄淮夷徐戎。柔服，安撫服從之諸侯。

〔五〕仍至，《漢書·武帝紀》顔注：「仍，頻也。」仍至，即頻至。

〔六〕誦，成王名。《帝王世紀》：「周公居冢宰攝政。成王年少，未能治事，故號曰孺子。八年王始躬親王事。」

〔七〕夫，《銓評》：「《藝文》十二作天。」案天當是夫字之形誤。夫，語中助詞。《淮南·氾論訓》：「成王既壯，周公屬籍致政，北面委質而臣事之。請而後爲，復而後行，無擅恣之志，無伐矜之色，可謂能臣矣。」即忠義二字所本。

周成王贊

成王繼武，賢聖保傅〔一〕。年雖幼稚，岐嶷有素〔二〕。初疑周公，終焉克寤〔三〕。旦奭佐治，遂致刑錯〔四〕。

〔一〕賢，謂召公奭。聖，周公旦。保傅，《尚書·君奭篇》：「召公爲保，周公爲師，相成王爲左右。」

〔二〕岐嶷，《文選·吴都賦》劉注：「謂有識知也。」素，《廣雅·釋詁三》：「本也。」

〔三〕事見《尚書·金縢篇》，文長不具録。克寤，能醒悟。

〔四〕錯，《書序》《釋文》引馬融曰：「錯，廢也。」《史記·周本紀》：「成康之際，天下安寧，刑措四十餘年不用。」

漢高祖贊

屯雲斬蛇〔一〕，靈母告祥〔二〕。朱旗既抗〔三〕，九野披攘〔四〕。禽嬰克羽〔五〕，掃滅英雄〔六〕。承機帝世〔七〕，功著武湯〔八〕。

〔一〕杜篤《論都賦》：「大漢開基，高祖有勳。斬白蛇，屯黑雲。」《史記·高祖紀》：「高祖隱於芒碭山澤間，吕氏與人俱求常得之。高祖怪問，吕氏曰：季所居上常有雲氣，故從往，得季。」又，「高祖被酒，夜徑澤中，令一人行前。行前者還報曰：前有大蛇當徑，願還。高祖醉曰：壯士行何畏！乃前，拔劍斬蛇，蛇分爲兩，道開。」

〔二〕靈母，神母。《史記·高祖紀》：「後人來至蛇所，有一老嫗夜哭。人問嫗何哭？嫗曰：人殺吾子。人曰：嫗子何故見殺？嫗曰：吾子白帝子也，化爲蛇，當道。今者赤帝子斬之，故哭。人以嫗爲不誠，欲苦之。嫗因忽不見。」

〔三〕抗，舉也。

〔四〕九野，即九州。披攘，《廣雅·釋詁三》：「披，散也。」《國語·魯語》韋注：「攘，却也。」

〔五〕禽嬰，嬰，秦王子嬰。克羽，《尚書·洪範》馬注：「克，勝也。」羽，項羽。

〔六〕英雄，指齊王田廣、魏王豹等地方割據勢力。

〔七〕承機，謂承受機運。猶言承受天命。

〔八〕武湯，當作湯武，以協韻倒。成湯、武王俱以兵力奪取帝位者。

漢文帝贊

孝文即位，愛物儉身〔一〕。驕吴撫越〔二〕，匈奴和親〔三〕。納諫赦罪〔四〕，以德（讓）〔懷〕民〔五〕。殆至刑錯〔六〕，萬國化淳〔七〕。

〔一〕愛物，謂愛人民。儉，《銓評》：「《藝文》十二作檢。」《漢書·黄霸傳》顔注：「檢，局也。」檢身，謂約束自身。《史記·孝文紀》：「（文帝）嘗欲作露臺，召匠計之，直百金。上曰：百金，中人十家之産，吾奉先帝宫室，常恐羞之，何以臺爲！」

〔二〕驕，《國策·秦策》高注：「寵也。」吴指吴王濞。《漢書·孝文紀》：「吴王詐病不朝，賜之几杖。」撫越，越謂南越王趙佗。《漢書·孝文紀》：南越尉佗自立爲帝，召貴佗兄弟，以德懷之，佗遂稱臣。

〔三〕文帝以家人子妻匈奴單于，使匈奴不再入寇。

〔四〕納諫，《漢書·孝文紀》：「詔曰：古之治天下，朝有進善之旌，誹謗之木，所以通治道而來諫者也。今法有誹謗訞言之罪，是使衆臣不敢盡情，而上無由聞過失也，將何以來遠方賢良？其除之。群臣袁盎等諫説雖切，常假借納用焉。」赦罪，《漢書·孝文紀》：「張武等受賂金錢，覺，更加賞賜，以媿其心。」

〔五〕讓，嚴可均《全三國文》作懷，疑作懷字是。《尚書·堯典》：「黎民懷之。」《禮記·學記》鄭注：「懷，來也，安也。」《漢書·孝文紀》贊：「專務以德化民。」

〔六〕殆，《禮記·檀弓篇》鄭注：「幾也。」《漢書·孝文紀》：「是以海内殷富，興於禮義，斷獄數百，幾致刑措。」

〔七〕化淳，謂風俗淳樸。

漢景帝贊

景帝明德，繼文之則〔一〕。肅清王室，克滅七國〔二〕。省役薄賦〔三〕，百姓殷昌〔四〕。風移俗易，齊美成康〔五〕。

〔一〕文謂孝文帝。則，法制。

〔二〕七國，吴王濞、楚王戊、趙王遂，膠西王卬、濟南王辟光、菑川王賢、膠東王熊渠。景帝即位三年，七國一齊發兵反，以清君側爲名。景帝任周亞夫爲太尉，率三十六軍擊吴、楚。吴王濞爲人所殺，楚王戊自殺。膠東、菑川等王皆誅死（事詳《漢書·景帝紀》）。

〔三〕省役，減少百姓擔負徭役之日數。薄賦，實施三十税一之税制。

〔四〕殷，衆也。昌，《廣雅·釋詁二》：「盛也。」謂人口增加，物資豐盛。

〔五〕齊美，即比美。成、康，即周成王、康王。《漢書·景帝紀》贊：「周言成康，漢言文景，美矣！」

漢武帝贊

世宗光光〔一〕，文武是（攘）〔穰〕〔二〕。威振百蠻〔三〕，恢拓土疆〔四〕。簡定律曆〔五〕，辨修舊章〔六〕。封天禪土〔七〕，功越百王〔八〕。

〔一〕世宗，武帝廟號。光光，廣大之貌。

〔二〕攘，疑字當作穰。漢樊敏碑：「京師擾穰。」攘作穰。穰，《廣雅·釋詁四》：「豐也。」作攘失其韻。文武是穰，謂文治武功俱豐盛也。

〔三〕振，《銓評》：「《藝文》十二作震。」案宋刊本《曹子建文集》與《藝文》同。《國語·周語》韋注：「震，懼也。」《禮記·王制》：「南方曰蠻。」百蠻，言其種類非一。

〔四〕恢拓，恢，廣也。《小爾雅·廣詁》：「拓，開也。」漢武帝以南越地爲南海九郡，平西南夷，設武都、牂牁五郡。擴大漢朝統治地區。

〔五〕簡，《爾雅·釋詁》：「擇也。」律，《大戴禮·曾子天圓篇》：「截十二管，以索八音之上下清濁，謂之律。」武帝以李延年爲協律都尉以司其事。曆，廢除秦代曆法，採用以建寅之月爲歲首，行《太初曆》。

〔六〕謂分别釐定原有之制度。如立太學，修郊祀。

〔七〕封天謂封泰山，祭天神。禪土謂禪梁甫以祀地神（見《史記·孝武紀》及《封禪書》）。

〔八〕越，《銓評》：「《御覽》八十八作超。」案超、越義同。

姜嫄簡狄贊

嚳（有）〔卜〕四妃〔一〕，子皆爲王。帝摯早崩〔二〕，堯承天綱〔三〕。玄鳥大迹〔四〕，殷周美祥〔五〕。稷契既生，翊化虞唐〔六〕。

〔一〕嚳，帝嚳。有，《銓評》：「《藝文》十五作卜。」案《初學記》十引作十，有字當作卜，十爲卜字之形誤。《帝王世紀》：「嚳亦納四妃，卜其子，皆有天下。元妃有台氏女曰姜嫄，生后稷。次有娀氏女曰簡狄，生契。次陳豐氏女曰慶都，生放勛。下妃娵訾氏女曰常儀，生帝摯。」

〔二〕早，《銓評》：「張、程作且，從《藝文》。」案《初學記》十亦引作早，作早字是。《史記・五帝本紀》：「帝摯立不善崩。」《索隱》引衛宏説：「摯立九年，而唐德盛，因禪位焉。」曹植贊謂爲早崩，與衛宏説異。

〔三〕天綱，喻帝位。

〔四〕玄鳥，即燕。《詩經・玄鳥篇》：「天命玄鳥，降而生商。」古謂簡狄過洛水，見燕卵，拾而吞之，因懷孕而生契（見《史記・殷本紀》）。大迹，《詩經・生民篇》鄭箋：「時有大神之跡，姜嫄履之，足不能滿，履其拇指之處，心歆歆然。其左右所止住，如有人道感己者，於是遂有身，而肅戒不復御，後則生子曰棄。」

〔五〕美祥，猶吉兆。

〔六〕翊化，《銓評》：「《藝文》作功顯。」《尚書・舜典》：契作司徒，棄居稷。故曰功著於唐虞之世。

班婕妤贊

有德有言〔一〕，實惟班婕〔二〕。盈沖其驕〔三〕，窮〔悦〕其厭（悦）〔四〕。在夷（貞艱）〔艱貞〕〔五〕，在晉（正）〔三〕接〔六〕。臨飈端幹〔七〕，衝霜振葉〔八〕。

〔一〕《論語·憲問篇》：「子曰：有德者必有言。」

〔二〕班，《銓評》：「程作斑，從《初學記》十。」案作班字是。見《廣韻》上平删韻。婕，婕妤，漢代嬪妃之號。

〔三〕《漢書·班婕妤傳》：「成帝游於後庭，嘗欲與婕妤同輦載。婕妤辭曰：觀古圖畫，賢聖之君皆有名臣在側，三代末主，乃有嬖女，今欲同輦，得無近似之乎！」句謂得持盈保泰之理，不自滿於現實之尊榮。

〔四〕《銓評》：「程作窮悦其厭，從張本。」案《初學記》十引作窮悦其厭，宋刊本《曹子建文集》與《初學記》引同。考婕厭接葉四字協韻，作悦失韻。丁校非。句謂了解守窮之旨，而安於他人之排擠陷害。《漢書·班婕妤傳》：「鴻嘉三年：趙飛燕譖告班婕妤挾媚道呪詛後宮，詈及主上……考問班婕妤。婕妤對曰：妾聞死生有命，富貴在天，修正尚未蒙福，爲邪欲有何望！

使鬼神有知，不受不臣之怨；如其無知，怨之何益，故不爲也。」

〔五〕在夷貞艱，《銓評》：「程作在漢夷貞，從《初學記》。」案丁校是。夷，即《明夷》，《易經》卦名。《明夷》爻辭：「明夷，利艱貞。」《正義》：「時雖至闇，不可隨世傾邪，均宜艱難堅固，守其貞正之德。」據此貞艱當作艱貞爲得，贊蓋誤乙。

〔六〕晉，《易經》卦名。按《晉卦》爻辭：「康侯用，錫馬蕃庶，晝日三接。」《正義》：「晝日三接，言非惟蒙福繁多，又被親寵頻數，一日之間，三度接見也。」贊作正接，當是三接之誤。《漢書·外戚傳·班婕妤》：「（成）帝初即位，選入後宮。始爲少使，俄而大幸，爲婕妤，居增成舍。再就館，有男，數月失之。」

〔七〕句謂面對暴急旋風，樹幹端立不屈。

〔八〕冒凜冽嚴霜，而樹葉仍挺然不萎。飈、霜喻嚴酷之壓力，端幹、振葉象徵堅强正直之品質，獨立不懼之精神。

許由巢父池主贊〔一〕

堯禪許由〔二〕，巢父是恥〔三〕；穢其溷聽〔四〕，臨河洗耳。池主是讓〔五〕，以水爲濁。嗟此三士，清足厲俗〔六〕！

〔一〕《銓評》：「程、張脱許由池主四字，依《藝文》三十六補。」

〔二〕嵇康《高士傳》：「許由字武仲，堯舜皆師之，與齧缺論堯而去，隱於沛澤之中。堯舜乃致天下而讓焉。」

〔三〕《高士傳》：「巢父，堯時隱人，年老，以樹爲巢而寢其上，故人號爲巢父。」

〔四〕溷，《漢書·翼奉傳》顔注：「汙也。」《高士傳》：「巢父聞由爲堯所讓，以爲汙，乃臨池水而洗其耳。」

〔五〕讓，斥責。《高士傳》：「池主怒曰：何以汙我水。」

〔六〕純清之操，足以針砭當時貪濁風尚。

卞隨贊〔一〕

湯將伐桀，謀於卞子〔二〕。既（聞）〔克〕讓位，隨以爲耻〔三〕。薄於殷世〔四〕，著自汙己〔五〕。自投潁水〔六〕，清風邈矣〔七〕！

〔一〕《銓評》：「程、張作《務光贊》，誤。依《藝文》三十六改。」

〔二〕《吕氏春秋·離俗覽》：「湯將伐桀，因卞隨而謀。卞隨辭曰：非吾事也。」

〔三〕聞，《銓評》：「《藝文》三十六作克。」案宋刊本《曹子建文集》亦作克。作克字是。《離俗覽》：「湯遂與伊尹謀夏伐桀，克之，以讓卞隨。卞隨辭曰：后之伐桀也，謀乎我，必以我爲賊也。勝桀而讓我，必以我爲貪也。吾生乎亂世，而無道之人再來詢我，吾不忍數聞也。乃自投於潁水而死。」

〔四〕薄，《文選》左思《詠史詩》李注：「輕鄙之也。」

〔五〕著，《一切經音義》三引《字書》：「相附著也。」

〔六〕潁水，河南省河名。

〔七〕邈，遠也。

商山四皓贊

嗟爾四皓〔一〕，避秦隱形〔二〕。劉項之争，養志弗營〔三〕。不應朝聘〔四〕，保節全貞。應命太子〔五〕，漢嗣以寧〔六〕。

〔一〕四皓者皆八十餘歲，鬚眉皓白，故謂之四皓。《漢書·王貢兩龔鮑傳》序：「漢興，有園公、綺里季、夏黄公、甪里先生。此四人者，當秦之世，避而入商雒深山，以待天下之定也。自高祖聞而召之，不至。其後，吕氏用留侯計，使皇太子卑辭束帛、敬禮安車迎而致之。四人既至，從太子見高祖，客而敬焉。太子得以自重，遂用自安。」

〔二〕避秦代亂，潛居於商山。商山在今陝西省商縣東南。

〔三〕養志，猶養心。《孟子·盡心》趙注：「養，治也。」營，求也。謂營求禄位。

〔四〕《史記·留侯世家》：「上乃大驚曰：吾求公數歲，公辟逃我，今公何自從吾兒游乎？四人皆曰：陛下輕士善罵，臣等義不受辱，故恐而亡匿。」

〔五〕太子，謂孝惠帝劉盈。

〔六〕《史記·留侯世家》：「四人爲壽已畢，趨去。上目送之。召戚夫人指示四人者曰：我欲易之，彼四人輔之，羽翼已成，難動矣！竟不易太子者，留侯本招此四人之力也。」

古冶子等贊〔一〕

齊（姜）〔彊〕接子〔二〕，勇節徇名〔三〕。虎門之（博）〔搏〕〔四〕，忽晏置釁〔五〕。矜而（曰）〔自〕伐〔六〕，輕死重分〔七〕。

〔一〕《銓評》：「程缺。晏案《晏子》載古冶子事景公，以勇力搏虎聞。諸葛孔明《梁甫吟》亦用古冶子事。」

〔二〕齊姜，《銓評》：「《御覽》七百五十四作彊。」案作彊字是。彊即田開彊。春秋時，公孫接、田開彊、古冶子三人皆齊景公之著名力士。

〔三〕勇節，操行勇敢。徇名，以死求名。

〔四〕虎門，《左》昭十年傳《正義》引《周禮》鄭注：「虎門，路寢門也。王日視朝於路寢，門外畫虎焉，以明勇猛於守宜也。」博，疑字當作搏。《廣雅·釋詁三》：「搏，擊也。」《左》昭十年傳：「子良曰：先得公，陳、鮑焉往！遂伐虎門。」是時齊國舊貴族欒氏、高氏與新興貴族陳氏、鮑氏爭奪統治權力，致以兵戎相見，戰於虎門。疑贊「虎門之搏」，或指此事。《御覽》以爲博弈，恐未的。

〔五〕晏，謂晏嬰，齊景公相。釁，《左》桓八年傳杜注：「瑕隙也。」

〔六〕矜，《禮記·表記》鄭注：「謂自尊大也。」曰，《銓評》：「《御覽》作自。」案作自字是。自伐，《論語·憲問篇》皇疏：「謂有功而自稱。」

〔七〕分，《文選·七啓》李注：「分，分義也。」重分猶言重義氣。事詳《晏子春秋·内篇諫下》。

案此贊僅六句三韻，當有脱句。

三鼎贊[一]

鼎質之精[二]，古之神器。黄帝是鑄[三]，以像太一[四]。能輕能重，知凶識吉[五]。世衰則隱，世和則出[六]。

〔一〕《銓評》：「張作《黄帝三鼎贊》。」

〔二〕之，《銓評》：「《藝文》十一作文。」案宋刊本《曹子建文集》與《藝文》同。文，謂鼎上之圖案。

〔三〕《漢書·郊祀志》：「黄帝作寶鼎三，象天地人。」

〔四〕一，《銓評》：「程作上，張作乙，從《藝文》。」案《瑞應圖》：「黄帝造三鼎，以像太乙。」太乙，天神。乙、一古通。程本作上誤。

〔五〕《晉中興書》：「神鼎者，仁器也。能輕能重，能息能行……亂則藏於深山，文明應運而至。」(《御覽》七百五十六引)

〔六〕和，謂太平。

赤雀贊〔一〕

西伯積德，天命攸顧〔二〕。赤雀銜書，爰集昌户〔三〕。瑞爲天使，和氣所致。嗟爾後王，昌期而至〔四〕。

〔一〕《銓評》：「程雀下衍賦，删。《藝文》十二作《文王赤雀贊》。」案宋刊本《曹子建文集》無賦字，丁删賦字是。

〔二〕西伯，周文王。詳見《史記·周本紀》。攸，所也。顧，《文選·東京賦》薛注：「眷也。」

〔三〕《尚書中候》：「季秋三月甲子，赤烏銜丹書入酆鄗，止於昌户。王乃拜稽首曰：受天命姬昌，蒼帝子。亡殷者紂也。」

〔四〕昌，盛也。期，時也。而，猶即也。

吹雲贊〔一〕

天地變化，是生神物。吹雲吐潤〔二〕，浮氣蓊鬱〔三〕。

〔一〕意義不審，不可究知。

〔二〕吐潤，謂落雨。

〔三〕氣，《銓評》：「程作雲，從《藝文》一。」蓊鬱，雙聲謰語，雲盛貌。

此贊疑有逸句，文意不具。

蟬賦

惟夫蟬之清素兮〔一〕，潛厥類乎太陰〔二〕。在盛陽之仲夏兮〔三〕，始遊豫乎芳林〔四〕。實澹泊而寡欲兮〔五〕，獨怡樂而長吟〔六〕。聲（皦皦）〔嗷嗷〕而彌厲兮〔七〕，似貞士之介心〔八〕。内含和而弗食兮〔九〕，與衆物而無求。棲高枝而仰首兮〔一〇〕，漱朝露之清流〔一一〕。隱柔桑之稠葉兮〔一二〕，快閒居而遁暑〔一三〕。苦黄雀之作害兮〔一四〕，患螳蜋之勁斧〔一五〕。冀飄翔而遠托兮〔一六〕，毒蜘蛛之網罟〔一七〕。欲降身而卑竄兮〔一八〕，懼草蟲之襲予〔一九〕。免衆難而弗獲兮〔二〇〕，遥遷集乎宫宇〔二一〕。依名果之茂陰兮〔二二〕，托修幹以静處〔二三〕。有翩翩之狡童兮〔二四〕，步容與於園圃〔二五〕。體離朱之聰視兮〔二六〕，姿才捷於獮猿〔二七〕。條罔葉而不挽兮〔二八〕，樹無榦而不緣〔二九〕。翳輕軀而奮進兮〔三〇〕，跪側足以自閑〔三一〕。恐余身之驚駭兮，精曾（睨）〔睆〕而目連〔三二〕。持柔竿之冉冉兮〔三三〕，運微黏而我纏〔三四〕。欲翻飛而逾滯兮〔三五〕，知性命之長捐〔三六〕。委厥體於（庖）〔膳〕夫〔三七〕，（熾）〔往〕炎炭而就燔〔三八〕。秋霜紛以宵下〔三九〕，晨風（烈）〔冽〕其過庭〔四〇〕。氣憯怛而薄軀〔四一〕，足攀木而失莖〔四二〕。吟嘶啞以沮敗〔四三〕，狀枯槁以喪形〔四四〕。亂曰〔四五〕：詩歎鳴蜩，聲嘒嘒兮〔四六〕。盛陽則來〔四七〕，太陰逝兮〔四八〕。皎皎貞素〔四九〕，侔夷節兮〔五〇〕。帝臣是戴〔五一〕，尚其潔兮〔五二〕。

〔一〕惟，發語詞。清素，《銓評》：「《初學記》三十素作潔。」郭璞贊：「蟲之精潔，可貴者蟬。」精潔猶清潔。複義詞。

〔二〕乎，《銓評》：「《藝文》九十七作于。」乎、于義同。太陰，謂地。

〔三〕盛，《銓評》：「《藝文》作炎。」案宋刊本《曹子建文集》亦作炎，《初學記》引同。炎，《詩經·雲漢篇》毛傳：「炎，熱氣盛也。」仲夏，《銓評》：「仲，《藝文》作中。」中夏謂五月。《禮記·月令》：「五月之節……夏至之日後五日，蜩始鳴。」

〔四〕遊豫，複義詞。《孟子·梁惠王篇》趙注：「豫亦遊也。」乎，《銓評》：「《藝文》作於。」案《文選》盧子諒《贈崔温》李注引曹植《蟬賦》作乎。芳林即林，芳，美之詞也。

〔五〕澹泊，宋刊本《曹子建文集》澹作淡，《初學記》引同。《文選·長楊賦》：「澹泊爲德。」《子虛賦》李注：「《說文》曰：怕，無爲也。《廣雅》曰：憺、怕，静也。」則澹泊具安静之義。

〔六〕怡，宋刊本《曹子建文集》字作咍。《廣雅·釋詁一》：「咍，笑也。」

〔七〕皦皦，《銓評》：「《初學記》作噭噭。」案宋刊本《曹子建文集》皦作噭，皦當是噭字之形誤。考《初學記》作噭，《銓評》謂作噭，當係傳録之誤。噭噭，蟬鳴聲。厲，《廣雅·釋詁四》：「高也。」

〔八〕貞士，謂品德純正之人。介心，耿介之性。《孟子音義》：「介謂特立之行。」之，《銓評》：「《初學記》作而。」案作而疑誤。

〔九〕内，《漢書·文帝紀》顔注引臣瓚：「中也。」含和，《淮南·俶真訓》高注：「和，氣也。」氣，謂陰陽中和之氣(見《荀子·不苟篇》楊注)。

〔一〇〕高枝，《銓評》：「《初學記》高作喬。」案喬、高義同。

〔一一〕漱，《銓評》：「程作賴，從《藝文》。」案《初學記》作嗽。《通俗文》：「含吸曰嗽。」清流，猶言清液。

〔一二〕隱，《後漢書·孔融傳》章懷注：「憑也。」柔桑，《廣雅·釋詁一》：「柔，弱也。」謂桑枝。稠，密也。

〔一三〕閒居，《銓評》：「《初學記》作啁號。」閒，静也。而，《銓評》：「《藝文》作以。」遁暑，即逃暑，猶避暑也。

〔一四〕苦，《銓評》：「程作若，從《藝文》。」案宋刊本《曹子建文集》、《初學記》字俱作苦，苦，《法言·

先知篇》李注：「患也。」作苦字是，苦、若形近易誤。作害，即爲害。

〔一五〕螳蜋，《銓評》：「《初學記》作螗蜋。程、張作螂螳，從《藝文》。」案《淮南·時則訓》高注：「螳蜋世謂之天馬，一名齒肬，兗、豫謂之巨斧也。」勁斧，《爾雅》郭注：「螳蜋，有斧蟲。」《正義》：「螳蜋捕蟬而食，有臂若斧，奮之當軼不避。」

〔一六〕飄翔，疾飛貌。

〔一七〕毒，《廣雅·釋詁三》：「惡也。」

〔一八〕竄，《廣雅·釋詁四》：「藏也。」卑竄，謂下藏。

〔一九〕襲，《國語·晉語》韋注：「掩也。」

〔二〇〕難，《銓評》：「《初學記》作艱。」

〔二一〕遥，遠也。

〔二二〕陰，《銓評》：「《初學記》陰作蔭。」案《釋名·釋形體》：「陰，蔭也，言所在蔭翳也。」是陰、蔭古通。

〔二三〕托，《國策·齊策》高注：「附也。」

〔二四〕翩翩，《易經·泰卦》《釋文》：「輕舉貌。」狡童，《詩經·山有扶蘇篇》《正義》引孫毓云：「此狡，狡好之狡，謂有貌無實者也。」

〔二五〕容與，《史記·司馬相如傳》《索隱》：「游戲貌也。」

〔二六〕體，《淮南·氾論訓》高注：「行也。」離朱即離婁。《孟子·離婁篇》趙注：「離婁者，古之明目者，蓋以爲黄帝之時人也。黄帝亡其玄珠，使離朱索之，離朱即離婁也。視於百步之外，見秋毫之末。」聰視，聰，察也，見《説文》。

〔二七〕姿，資也。才，才力也。獮猿，宋刊本《曹子建文集》作猿猴。

〔二八〕條，枝也。挽，《小爾雅·廣詁》：「引也。」

〔二九〕榦，宋刊本《曹子建文集》作幹。緣，攀緣。

〔三〇〕軀，《銓評》：「程作驅，從《初學記》。」案驅字誤。進，《銓評》：「《初學記》進作迅。」案奮迅複義詞。迅，《爾雅·釋詁》：「疾也。」

〔三一〕《廣雅·釋詁二》：「閑，遮也。」

〔三二〕余，《銓評》：「《初學記》作此。」案余謂蟬自稱。精，謂眼睛。睨，《初學記》作睆，疑作睆字是。《莊子釋文》李注：「睆，窮視貌。」猶今語之盯字。連，《國語·楚語》韋注：「屬也。」目連，猶言注視。

〔三三〕持，《銓評》：「《初學記》作怪。」案作持字是。冉冉，《古詩》：「冉冉孤生竹。」《説文》：「冉，毛冉冉也。」猶今語顫悠悠之意。

〔三四〕運，《禮記·少儀》《正義》：「動也。」纏，《廣雅·釋詁三》：「束也。」

〔三五〕滯，《楚辭·涉江》王注：「留也。」

〔三六〕捐，棄也。

〔三七〕委，《國策·齊策》高注：「付也。」庖夫，《銓評》：「《藝文》作膳夫。《内則》食品有蜩，故有庖夫之語。」案宋刊本《曹子建文集》與《藝文》同。《周禮·天官》：「膳夫，掌王之食飲膳羞，以養王及后世子。」作膳夫爲是。丁校未確。

〔三八〕熾，《銓評》：「《藝文》作歸。」案宋刊本《曹子建文集》與《藝文》同。作歸字是。《廣雅·釋詁一》：「歸，往也。」

〔三九〕宵，《銓評》：「《藝文》作霄。」案宋刊本《曹子建文集》字作宵。作宵字是。《爾雅·釋言》：「宵，夜也。」

〔四〇〕烈其，《藝文》卷九十一作冽其。案作冽字是。冽，《詩經·下泉篇》毛傳：「寒也。」冽其猶冽然。烈字疑非。

〔四一〕憯怛，猶慘慄，寒冷之貌。薄，迫也。

〔四二〕失莖，謂下墜也。

〔四三〕嘶啞，謂聲散也。沮敗，猶言停止。

〔四四〕喪形，《銓評》：「以上八句，張脱。」

〔四五〕亂曰，《銓評》：「亂，程作辭，從《初學記》。」案作亂字是。《文選·幽通賦》：「亂曰，曹大家曰：亂，理也。」

〔四六〕《詩經·小弁篇》：「菀彼柳斯，鳴蜩嘒嘒。」嘒嘒，蟬鳴聲。

〔四七〕盛陽，謂炎暑之時。

〔四八〕太陰，指冬日（見《獨斷》）。

〔四九〕皎皎，皎同皎。《詩經·白駒篇》《釋文》：「潔白也。」貞素，正直清白之品德。

〔五〇〕侔，《文選·魯靈光殿賦》張注引《字林》：「齊等也。」夷節，《銓評》：「節，《初學記》作惠。」夷謂伯夷，《史記》有傳。案此當作夷節，與下句潔字叶韻。作惠則失韻，或非。

〔五一〕董巴《輿服志》：「侍中、中常侍冠武弁大冠，加金璫，附蟬爲文。」

〔五二〕尚，《後漢書·張衡傳》章懷注：「慕也。」

神龜賦有序〔一〕

龜壽千歲〔二〕。時有遺余龜者，數日而死，肌肉消盡，唯甲存焉！余感而賦之。曰：

嘉四靈之建德〔三〕，各潛位乎一方〔四〕：蒼龍虬於東岳〔五〕，白虎嘯於西岡，玄武集於寒門〔六〕，朱雀棲於南鄉〔七〕。順仁風以消息〔八〕，應聖時而後翔〔九〕。嗟神龜之奇物，體乾坤之自然。下夷方以則地〔一〇〕，上規隆而法天〔一一〕。順陰陽以呼吸，藏景曜於重泉〔一二〕。餐飛塵以實氣〔一三〕，飲不竭於朝露。步容趾以俯仰〔一四〕，時鸞回而鶴顧。忽萬載而不恤〔一五〕，周無疆於太素〔一六〕。感白（龍）〔靈〕之翔翥〔一七〕，卒不免乎豫且〔一八〕。雖見珍於宗廟〔一九〕，羅刳剥之重辜〔二〇〕。欲愬怨於上帝，將等愧乎遊魚〔二一〕。懼沈泥之逢殆〔二二〕，赴芳蓮以巢居〔二三〕。安玄雲而好静〔二四〕，不淫翔而改度〔二五〕。昔嚴周之抗節，援斯靈而托喻〔二六〕。嗟禄運之屯蹇〔二七〕，終遇獲於江濱。歸（籠）〔櫳〕檻以幽處〔二八〕，遭淳美之仁人〔二九〕。晝顧瞻以終日，夕撫順而接晨〔三〇〕。遘淫災以隕越〔三一〕，命勦絶而不振〔三二〕。天道昧而未分〔三三〕，神明幽而難燭〔三四〕。黄氏没於空澤〔三五〕，松喬化於扶木〔三六〕。蚍（折）〔析〕鱗於平皋〔三七〕，龍脱骨於深谷〔三八〕。亮物類之遷化〔三九〕，疑斯靈之解殼。

〔一〕案陳琳《答東阿王牋》：「並示《龜賦》。」

〔二〕壽，《銓評》：「《藝文》九十六作號。」《釋名·釋語言》：「號，呼也，以其善惡呼名之也。」則號猶今語之號稱。

〔三〕嘉，讚美之詞。四靈，《三輔黄圖》：「蒼龍、白虎、朱雀、玄武，天之四靈，以正四方。」

〔四〕潛，隱也。位，《周禮·太僕》鄭注：「立處也。」

〔五〕虬，蟠屈之貌。

〔六〕玄武，《後漢書·馮衍傳》章懷注：「謂龜蛇位在北方，故曰玄。」寒門，《初學記》卷三十作塞門。原注：「天北門也。」《淮南·墜形訓》：「北極之山曰寒門。」高注：「積寒所在，故曰寒門。」《初學記》作塞，蓋以形近而誤。

〔七〕朱雀，即鳳。

〔八〕消息，《史記·曆書》：「起消息。」《正義》引皇侃：「坤者，陰死爲消；乾者，陽生爲息。」則消息猶言死生。

〔九〕翔，《文選·東京賦》薛注：「行也。」

〔一〇〕下，謂龜板。夷方，平方。則，法也。

〔一一〕上，謂龜殼。規隆，圓而隆起。《禮説》：「神龜之象，上圓法天，下方法地。」此二句所本。

〔一二〕藏，《山海經·西山經》郭注：「猶隱也。」景曜，日月光。重泉，深水中。龜懼光，二千年始出頭一次（見郭子横《洞冥記》）。

〔一三〕餐，《銓評》：「《藝文》作食。」案《初學記》亦作食。宋刊本《曹子建文集》作湌。湌當作飡，從食從水，爲餐字之異體。《廣雅·釋詁二》：「餐，食也。」實氣，《禮記·祭法》鄭注：「氣謂噓吸出入者也。」猶今言生命力。《史記·龜策列傳》：「余至江南，江旁人家常畜龜，飲食之。以爲能導引致氣，有益於助衰養老。」

〔一四〕容趾，舒緩之貌。此二句形容龜舉動呼吸之狀。陳仲弓《異聞記》：「……入就之，乃知其不死。問之從何得食？女言糧初盡時，甚飢，見塚角有一物，伸頸吞氣，試效之，轉不復飢。日

月爲之，以至於今。……廣定乃索女所言物，乃是一大龜耳。」（《抱朴子·對俗篇》）

〔一五〕忽，輕視之義。不恤，猶言不憂。

〔一六〕周，《論衡·正説》：「周者至也。」疆，《穀梁》昭元年傳：「疆之爲言竟也。」於，王引之曰：「於猶如也。」太素，《大戴禮·易本命篇》盧注引《易説》：「質之始也。」此謂天地。

〔一七〕白龍，宋刊本《曹子建文集》作白靈，嚴輯《全三國文》亦作白靈。案白靈即白龜，作白靈是。

〔一八〕豫且，《莊子·外物篇》：「……明日余且朝。君（宋元君）曰：漁何得？對曰：且之網得白龜焉，其圓五尺。君曰：獻若之龜。龜至，君再欲殺之，再欲活之，心疑，卜之，曰：殺龜以卜吉。乃刳龜，七十二鑽而無遺筴。」余且，《史記·龜策列傳》作豫且。

〔一九〕珍，宋刊本《曹子建文集》作尊。案《廣雅·釋詁三》：「重也。」《左》昭五年傳杜注：「尊，重也。」是珍、尊同義。宗廟，《説文》：「宗，尊祖廟也。」

〔二〇〕罹，遭也。重辜，《周禮·掌戮》鄭注：「辜之言枯也，謂磔之。」即今語剮字之義。《莊子·外物篇》：「仲尼曰：神龜能見夢於元君，而不能避余且之網；知能七十二鑽而無遺筴，不能避刳腸之患。」

〔二一〕愬怨，申訴憤恨。遊魚，古有白龍自天降於清冷之淵，化爲魚。捕魚者豫且射之，傷目。白龍訴射之者於上帝，帝曰：如何置汝之形乎？白龍曰：化爲魚。帝曰：魚原爲人所欲射者，既如此，豫且有何罪乎！事出《説苑·正諫篇》，曹植將二事合爲一，疑失檢。

〔二二〕沈泥，沈，《史記·酷吏傳》《集解》引《漢書音義》：「藏匿也。」泥，土中。殆，《禮記·大學》鄭注：「危也。」

〔二三〕芳蓮，《史記·龜策列傳》：「龜千歲，乃游於蓮葉之上。」巢居，龜栖止於蓮葉之上，如鳥之棲於樹也，故植賦謂之巢居。

〔二四〕玄雲，象徵荷葉茂密。

〔二五〕淫翔，宋刊本《曹子建文集》作注翔。案淫，《禮記·哀公問》鄭注：「放也。」作淫字是。作注蓋以形近而誤。翔，游也。度，《左》昭四年傳杜注：「法也。」

〔二六〕嚴周，《銓評》：「嚴周謂莊周也。」案莊之作嚴，蓋避漢明帝諱故。抗，案抗與亢通，《廣雅·釋詁四》：「亢，高也。」托喻，《銓評》：「《莊子》云：神龜能見夢於元君，而不能避豫且之網。」案丁説誤。《史記·老莊申韓列傳》：「楚王使二大夫往聘莊子。莊子曰：吾聞楚有神龜，死已三千歲矣！王巾笥而藏之於廟堂之上。此龜者寧其死爲留骨而貴乎？寧其生而曳尾途中乎？二大夫曰：寧生曳尾途中。莊子曰：往矣！吾將曳尾於途中也。」

〔二七〕禄運，《文選》顔延之《皇太子釋奠會詩》李注：「運，録運也。」録運即禄運，猶命運也。屯蹇，《文選》班固《幽通賦》：「紛屯亶與蹇連兮。」曹大家曰：「屯、蹇，皆難也。」

〔二八〕籠檻，《説文》：「櫳，檻也。」《三倉》：「櫳所以盛禽獸欄檻也。」案籠當作櫳，櫳檻複義詞。幽處猶幽居，謂獨處時也。

〔一九〕淳美，仁厚之意。

〔二〇〕撫順，猶拊循。《荀子·富國篇》楊注：「慰悦之也。」

〔二一〕淫災，《爾雅·釋詁》：「淫，大也。」隕越，《左》僖九年傳：「恐隕越於下。」杜注：「顛墜也。」

〔二二〕勦絶，《尚書·甘誓》：「天命勦絶其命。」孔傳：「勦，絶也。」《正義》：「勦是斬斷之義。」振，《左》昭十四年傳杜注：「救也。」

〔二三〕昧，暗也。分，《吕覽·察傳》高注：「明也。」

〔二四〕幽，黑暗。燭，照也。

〔二五〕黄氏，謂軒轅。没於空澤，《論衡·道虚篇》：「龍不升天，黄帝騎之，乃明黄氏不升天也。龍起雲雨，因乘而行；雲散雨止，降復入淵。如實，黄帝騎龍，隨溺於淵也。」没於空澤，即隨溺於淵之意。賦句蓋本之。

〔二六〕松喬，赤松子、王子喬。相傳赤松子，神農時雨師，服水玉以教神農。王子喬，周靈王太子，名晉，浮丘公接引入嵩山，松、喬詳見《列仙傳》。扶木，《銓評》：「扶，《初學記》三十作株。」案《淮南·墜形訓》：「扶木在陽州，日之所曊。」高注：「扶木，扶桑也。」《後漢書·張衡傳》章懷注：「扶桑，日所出，在暘谷中，其桑相扶而生。」扶作株，蓋傳寫之誤。

〔二七〕折鱗，案折，《説文》：「斷也。」於此無義，疑字當作析。《説文》：「析，判也。」俗作拆，與折形近。析鱗，猶今語蜕皮。平皋，《漢書·司馬相如傳》：「注平皋之廣衍。」顔注：「皋，水邊地也。」

〔三八〕脱，《銓評》：「《初學記》作蜕。」《説文》：「蜕，蟬蛇所解皮也。」《廣雅·釋詁一》：「蜕，解也。」脱蜕義近。深谷，宋刊本《曹子建文集》深字作幽。《詩經·伐木篇》：「出自幽谷。」毛傳：「幽，深也。」

〔三九〕遷化，《漢書·外戚傳》：「忽遷化而不反兮，魄放逸以飛揚。」遷化，謂死亡。

《銓評》：「陳琳《答東阿王牋》：並示《龜賦》，披覽粲然。即此賦也。王三十八歲徙封東阿，此賦在東阿時作。」案陳琳死於建安二十二年，植徙封東阿，則在曹叡太和三年，距琳死時已在十二年之後，則琳怎有可能得讀而與植信呢！琳信説：「君侯體高世之才。」若植在東阿已封王爵，從稱謂考慮只應稱君王而不得稱曰君侯了。此題乃後人肊改，非原式也。賦從龜之死亡，懷疑龜壽千歲的傳説，從而推斷黄帝松喬所謂成仙，一似龜之解殼，這顯示否定神仙長生之思想。而這種思想，在曹操封魏王時所作《辨道論》裏又作了比較全面的闡述，不難看出兩篇作品之内在聯繫，而論較賦所述思想更向前發展一步。如此説可從，則《龜賦》創作時期，大約在植封侯之後，陳琳死之前。文獻多缺，姑置於此。

離繳雁賦有序

余遊於玄武陂中〔一〕，有雁離繳〔二〕，不能復飛，顧命舟人追而得之，故憐而賦焉！

憐孤雁之偏特兮〔三〕，情惆焉而内傷〔四〕。尋淑類之殊異兮〔五〕，稟上天之休祥〔六〕。含中和之純氣兮〔七〕，赴四節而征行〔八〕。遠玄冬於南裔兮〔九〕，避炎夏於朔方〔一〇〕。白露淒以飛揚兮〔一一〕，秋風發乎西商〔一二〕。感節運之復至兮〔一三〕，假魏道而翱翔〔一四〕。接羽翮以南北兮〔一五〕，情逸豫而永康〔一六〕。望范氏之發機兮〔一七〕，播纖繳以凌雲〔一八〕。挂微軀之輕翼兮〔一九〕，忽頹落而離群〔二〇〕。旅（暗）〔朋〕驚而鳴（遠）〔逝〕兮〔二一〕，徒矯首而莫聞〔二二〕。甘充君之下厨〔二三〕，膏函牛之鼎鑊〔二四〕。蒙生全之顧復〔二五〕，何恩施之隆博〔二六〕！於是縱軀歸命〔二七〕，無慮無求〔二八〕；饑食稻粱〔二九〕，渴飲清流。

〔一〕玄武陂，《銓評》：「程、張作武陵，從《藝文》九十一。」《魏志·武帝紀》：「建安十三年正月，作玄武池，以肄舟師。」據此程、張作武陵，蓋誤。見《贈王粲》詩注。

〔二〕離，《淮南·氾論訓》高注：「遭也。」繳，《後漢書·趙壹傳》章懷注：「繳以縷繫箭而射者也。」

〔三〕偏特，猶孤獨。兮，《銓評》：「程、張脱兮，從《初學記》三十增。」

〔四〕惆，《銓評》：「《初學記》作悵。」悲痛失志貌。内傷，即心傷。

〔五〕尋，《文選》陸士衡《悲哉行》李注：「尋，猶緣也。」淑，善也。

〔六〕稟，承受。《銓評》：「此二句程脱，依《初學記》補。」

〔七〕含，《銓評》：「《藝文》作合。」案宋刊本《曹子建文集》作含，作含字是。《白鶴賦》：「含奇氣之淑祥。」語意相近可證。純氣，《銓評》：「純程作絶。從《藝文》。」案《初學記》卷三十亦作純，程本誤。純，《淮南·覽冥訓》高注：「一也。」不雜曰純。兮，《銓評》：「程、張脱兮，從《初學記》補。」

〔八〕赴，《爾雅·釋詁》：「至也。」四節，即四時。

〔九〕遠，《方言》六：「離，楚或謂之遠。」玄冬，《爾雅·釋天》：「冬爲玄英。」故稱冬曰玄冬。南裔，《廣雅·釋言》：「裔，邊也。」兮，《銓評》：「程脱兮，從《初學記》補。」

〔一〇〕於，《銓評》：「《初學記》作兮，《藝文》作乎。」案作兮字誤，乎、於意同。

〔一一〕淒，薄寒。飛揚，《銓評》：「張脱揚。」案張本誤。

〔一二〕西商，《禮記·月令》鄭注：「秋氣和則商聲調。」秋之方位在西，故西商爲秋季之代詞。

〔一三〕節運，節謂節氣；運，《廣雅·釋詁四》：「轉也。」

〔一四〕魏道，漢獻帝建安十八年，曹操爲魏公，以十郡爲魏國。雁過鄴城上空，故曰假魏道。

〔一五〕接羽翮，謂雁群並翼而飛。

〔一六〕逸豫，悦樂也。永康，《爾雅·釋詁》：「康，安也。」謂永久平安。

〔一七〕望，《漢書·陳餘傳》顔注：「怨望也。」范氏，案本集《七啓》及《孟冬篇》俱云魏氏發機，此云范氏，未詳，俟考。

〔一八〕播，《尚書·堯典》孔傳：「布也。」凌雲，形容高。《銓評》：「以上八句，程脱，依《初學記》補。」

〔一九〕挂，《文選·西京賦》薛注：「矢絲掛鳥上也。」兮，《銓評》：「程脱兮，從《初學記》補。」

〔二〇〕頹，《爾雅·釋天》李注：「下也。」頹落，即下落。

〔二一〕暗，《銓評》：「《藝文》作朋。」案作朋字是。旅朋，同行輩類。鳴遠，《銓評》：「遠，《初學記》作逝。」案《藝文》卷九十一遠亦作逝。作逝字是。逝，往也。兮，《銓評》：「程脱兮，從《初學記》補。」

〔二二〕徒，《儀禮·鄉射禮》鄭注：「猶空也。」矯首，謂仰頭而鳴。莫聞，謂群雁無聞之者。

〔二三〕下，含卑賤之意。

〔二四〕膏，潤澤之意。函牛之鼎鑊，《淮南·銓言訓》高注：「函牛之鼎，受一牛之鼎也。」

〔二五〕顧復，《詩經·蓼莪篇》：「顧我復我。」鄭箋：「顧，旋視也。復，反覆也。」

〔二六〕恩施，猶恩惠。隆博，《銓評》：「博張作溥。」隆博猶言廣大。

〔二七〕縱軀，即放軀。《説文》：「縱，一曰舍也。」歸命言委命。

〔三八〕慮，《爾雅·釋詁》：「謀也。」

〔三九〕稻粱，宋刊本《曹子建文集》作粱稻。《藝文》九十一引同。

案《初學記》卷三作《繳雁賦》。

漢二祖優劣論〔一〕

有客問予曰〔二〕：「夫漢二帝，高祖、光武，俱爲受命撥亂之君〔三〕，比時事之難易〔四〕，論其人之優劣，孰者爲先〔五〕？」予應之曰：「昔漢之初興，高祖因暴秦而起〔六〕，官由亭長〔七〕，□自亡徒〔八〕，招集英雄〔九〕，遂誅强楚〔一〇〕，光有天下〔一一〕，功齊湯武〔一二〕，業流後嗣〔一三〕，誠帝王之元勳，人君之盛事也〔一四〕！然而名不繼德〔一五〕，行不純道〔一六〕，直寡善人之美稱〔一七〕，鮮君子之風采〔一八〕，惑秦宮而不出〔一九〕，窘項座而不起〔二〇〕，計失乎酈生〔二一〕，忿過乎韓信〔二二〕，太公是（誥）〔詰〕〔二三〕，於孝違矣！敗古今之大教〔二四〕，傷王道之實義〔二五〕。身殁之後，崩亡之際，果令凶婦肆酖酷之心〔二六〕，嬖妾被人豕之刑〔二七〕，亡趙幽囚〔二八〕，禍殃骨肉〔二九〕，諸吕專權〔三〇〕，社稷幾移。凡此諸事，豈非高祖寡計淺慮以致□〔三一〕！然彼之雄材大略，倜儻之節〔三二〕，信當世至豪健壯傑士也。又其梟將畫臣〔三三〕，皆古今之鮮有，歷世之希覯。彼能任其才而用之〔三四〕，聽其言而察之〔三五〕，故兼天下而有帝位〔三六〕，流巨（功）〔勳〕而遺元（勳）〔功〕也〔三七〕。不然，斯不免於閭閻之人〔三八〕，當世之匹夫也〔三九〕。世祖體乾靈之休德〔四〇〕，稟貞和之純精〔四一〕，通黄中之妙理〔四二〕，韜亞聖之懿才〔四三〕。其爲德也，（通）〔聰〕達而多識〔四四〕，仁知而明恕〔四五〕，重慎而周密〔四六〕，樂施而愛人〔四七〕。值陽九無妄之世〔四八〕，遭炎光戹會之運〔四九〕，殷爾雷發〔五〇〕，赫然神舉〔五一〕。（用）〔奮〕武略以攘暴〔五二〕，興義兵以掃殘〔五三〕。神光前驅〔五四〕，威風先逝〔五五〕。軍未出於南京〔五六〕，莽已斃於西都〔五七〕。破二公於昆陽〔五八〕，斬阜、賜於漢津〔五九〕。當此時也：九州鼎沸，四海淵涌〔六〇〕，言帝者二三〔六一〕，稱王者四五〔六二〕；咸鴟視狼顧〔六三〕，虎超龍驤〔六四〕。光武秉朱光之臣鉞〔六五〕，震赫斯之隆怒〔六六〕。夫其蕩滌凶穢〔六七〕，勦除醜類〔六八〕，若順迅風而縱烈火，曬白日而掃朝雲也〔六九〕。若克東齊難勝之寇〔七〇〕，降赤眉不計之虜〔七一〕；彭寵以望異内隕〔七二〕，龐萌以叛主取誅〔七三〕，隗戎以背信軀斃〔七四〕，公孫以離心授首〔七五〕。爾乃廟謀而後動衆〔七六〕，計定而後行師，故攻無不陷之壘，戰無奔北之卒〔七七〕。是以群下欣欣〔七八〕，歸心聖德〔七九〕。宣仁以和衆，邁德以來遠〔八〇〕。於時戰克之將，籌畫之臣，承詔奉令者獲寵，違命犯旨者顛危〔八一〕。故曰：建武之行師也，計出於主心，勝決於廟堂〔八二〕。故竇融聞聲而景附〔八三〕，馬援一見而歎息〔八四〕。股肱有濟濟之美〔八五〕，元首有穆穆之容〔八六〕。敦睦九族，有唐虞之稱〔八七〕；高尚純樸，有羲皇之素〔八八〕；謙虚納下，有吐握之勞〔八九〕；留心庶事，有日昃之勤〔九〇〕。乃規弘迹而造皇極〔九一〕，創帝道而立德基〔九二〕。是以計功則業殊〔九三〕，比隆則事異〔九四〕，旌德則靡愆〔九五〕，言行則無穢〔九六〕，量力則勢微，論輔則力劣〔九七〕。卒能握乾坤之休徵〔九八〕，應五百之顯期〔九九〕，立不刊之遐迹〔一〇〇〕，建不朽之元功；金石播其休烈〔一〇一〕，詩書載其（勳懿）〔懿勳〕〔一〇二〕，故曰：光武其近優也〔一〇三〕。

漢之二祖，俱起布衣，高祖闕於微細，光武知於禮法。《銓評》：「《金樓子》四引曹植語。此疑篇首『予應之曰』下脱文。」

高祖又鮮君子之風，溺儒冠不可言敬；辟陽淫僻，與衆共之。詩書禮樂，帝堯之所以爲治也，而高帝輕之。濟濟多士，文王之所以獲寧也，高帝蔑之不用。聽戚姬之邪媚，致吕氏之暴戾。《銓評》：「同上。原引下接『果令兇婦肆酖酷之心』句，疑爲『名不繼德，行不純道』下脱文。案此文俱稱劉邦作高祖，而此稱高帝，疑有誤。」丁説是。

將則難比於韓周，謀臣則不敵於良平。《銓評》：「同上。此二句與上兩條不相屬。原引云：諸葛亮曰，曹子建論光武云云。疑亦此論脱文，姑附於此。下又引武侯語云：光武上將非減於韓周，謀臣非劣於良平，即用子建語詰難。將上疑脱上字。」丁校訂是，當正。

〔一〕《銓評》：「《御覽》四百四十七作《漢二祖論》。」疑是。

〔二〕有客，《銓評》：「《藝文》十二作客有。」案嚴可均《全三國文》有客二字乙。

〔三〕受，《銓評》：「程張作授，從《藝文》。」案丁校是。受命，承受天命。撥亂，《公羊》哀十四年傳：「撥亂世。」何注：「撥猶治也。」

〔四〕比，《銓評》：「程作此，從張本。」案作比是。《周禮·野廬氏》鄭注：「比猶較也。」

〔五〕孰，誰也。

〔六〕暴秦，謂秦法暴虐。

〔七〕亭長，《漢書·高帝紀》：「爲泗上亭長。」顔注：「秦法：十里一亭。亭長者，主亭之吏也。亭，謂停留行旅宿食之館。」

〔八〕□自亡徒，嚴可均《全三國文》自字上有□，蓋有脱文。亡徒，《漢書·高帝紀》：「高祖以亭長爲縣送徒驪山，徒多道亡，自度比至皆亡之。到豐西澤中亭，止飲，夜皆解縱所送徒。曰：公等皆去，吾亦從此逝矣。」

〔九〕英雄，《銓評》：「以上十一字，程、張脱，依《御覽》四百四十七補。」

〔一〇〕强楚，謂項羽。

〔一一〕光有，廣有。

〔一二〕湯武，成湯、周武王俱以征伐統一中國，而取帝位，故曰功齊。

〔一三〕業，謂王業。流後嗣，傳與子孫。

〔一四〕謂高祖以平民而統治中國，故頌之曰元勳、盛事也。

〔一五〕繼，續也。句謂聲譽與品質不相承應。

〔一六〕行動不完全符合道德之準則。

〔一七〕直，嚴可均《全三國文》無直字，《銓評》有。善人，《左》襄三十年傳：「善人，國之主也。」

〔一八〕鮮，少也。風采，猶言風度。

〔一九〕《史記·留侯世家》：「沛公入秦宫，宫室、帷帳、狗馬、重寶、婦女以千數，意欲留居之。樊噲諫沛公出舍，沛公不聽。」

〔二〇〕窘，《詩經·正月》毛傳：「困也。」項坐，指鴻門宴時事。《史記·項羽本紀》：「項王即日因留沛公與飲，項王、項伯東嚮坐，亞父南嚮坐，——亞父者，范增也。沛公北嚮坐，張良西嚮侍。」劉邦在項羽坐中，不能脱身，賴張良、樊噲，然後得免。語詳《項羽本紀》，文長不具録。

〔二一〕酈生，酈食其。《漢書·張良傳》：「良從外來，謁漢王。漢王方食，曰：客有爲我計橈楚權者，具以酈生計告良。曰：於子房何如？良曰：誰爲陛下畫此計者？陛下事去矣！……漢王輟食吐哺，駡曰：豎儒，幾敗乃公事！令趣銷印。」

〔二二〕《漢書·韓信傳》：「……臣請自立爲假王。當是時，楚方急圍漢王於滎陽。使者至，發書。漢王大怒，駡曰：吾困於此，旦暮望而來佐我，乃欲自立爲王。張良、陳平伏後躡漢王足，因附耳語曰：漢方不利，寧能禁信之自王乎？不如因立，善遇之，使自爲守；不然變生。漢王亦寤。因復駡曰：大丈夫定諸侯，即爲真王耳，何以假爲！」

〔三〕詁，疑字當作詰，《廣雅·釋詁三》：「問也。」又《釋詁一》：「責也。」《漢書·高帝紀》：「九年冬十月，淮南王、梁王、趙王、楚王朝未央宫，置酒前殿。上奉玉巵爲太上皇壽。曰：始大人常以臣亡賴，不能治産業，不如仲力，今某之業，所就孰與仲多？殿上群臣皆稱萬歲，大笑爲樂。」

〔四〕教謂孝道。

〔五〕義，《管子·心術》：「君臣父子人間之事謂之義。」自「直寡善人之美稱」至「傷王道之實義」止，《銓評》：「《御覽》四百四十七引《漢二祖優劣論》。此論高祖語，原引接『人君之盛事也』句下，疑亦『名不繼德，行不純道』下脱文，與《金樓子》所引，互有詳略也。」案《銓評》置於正文後。今據《全三國文》補入正文。

〔六〕凶婦，謂吕后。肆，《小爾雅·廣言》：「極也。」酖，《銓評》：「程作鴆，據《金樓子》四改。」案程本誤。酖酷，酖爲鴆之借，見《晉書音義》。鴆，毒也。酷猶甚也。見《文選·洞簫賦》李注。

〔七〕嬖妾，謂戚夫人。人豕，《史記·吕后紀》：「太后遂斷戚夫人手足，去眼煇耳，飲瘖藥，使居廁中，命曰人彘。」豕即彘也。

〔八〕亡趙，《史記·吕后紀》：「吕后最怨戚夫人及其子趙王。……孝惠元年十二月，帝晨出射，趙王少，不能蚤起。太后聞其獨居，使人持酖飲之。黎明，孝惠還，趙王已死。」幽囚，《漢書·高五王傳》：「太后召趙王友……趙王至，置邸不見，令衛圍守之，弗與食。其群臣或竊饋，輒捕論之。趙王餓……丁丑，趙王幽死，以民禮葬之長安民家次。」

〔二九〕禍殃骨肉，如迫梁王恢自殺，遣人殺燕王建之子。

〔三〇〕諸吕專權，《史記·吕后紀》：「齊王乃遺諸侯王書曰：孝惠崩，高后用事，春秋高，聽諸吕擅廢帝更立，又比殺三趙王，滅梁、趙、燕以王諸吕，分齊爲四，忠臣進諫，上惑亂弗聽。今高后崩，而帝春秋富，未能治天下，固恃大王、諸侯。而諸吕又擅自尊官聚兵，嚴威劫列侯忠臣，矯制以令天下，宗廟所以危。」

〔三一〕致□，嚴可均《全三國文》致下有脱文。案疑脱之乎二字，否則語意不具。

〔三二〕俶儻或作倜儻，《廣韻》錫韻：「倜儻，不羈。」俶儻，雙聲謰語。《史記·高祖紀》：「仁而愛人，喜施，意豁如也。常有大度，不事家人生産作業。及壯，試爲吏，爲泗水亭長。廷中吏無所不狎侮，好酒及色。」此不羈之行也。

〔三三〕梟，案《御覽》卷四百四十七引作驍。梟即驍，《廣雅·釋詁一》：「健也。」梟將即健將。謂韓信、黥布、彭越等。畫臣，《銓評》：「《御覽》作藎。」《詩經·文王篇》：「王之藎臣。」毛傳：「藎，進也。」謂張良、陳平等。

〔三四〕彼，《銓評》：「《御覽》作而。」彼謂劉邦。《史記·高祖紀》：「高祖曰：公知其一，未知其二。夫運籌策帷帳之中，決勝於千里之外，吾不如子房。鎮國家，撫百姓，給餽饟，不絶糧道，吾不如蕭何。連百萬之軍，戰必勝，攻必取，吾不如韓信。此三人者，皆人傑也，吾能用之，此吾所以取天下也。」

〔三五〕如袁生勸漢王出武關，走滎陽以破楚。婁敬勸高祖都關中。語見《高祖紀》。

〔三六〕而有，《銓評》：「程、張脱而，從《御覽》補。」

〔三七〕巨功，《銓評》：「《藝文》功作勳。」元勳，《銓評》：「《藝文》勳作功。」案宋刊本《曹子建文集》功勳二字互易，與《藝文》同，當據改。

〔三八〕閭閻，《文選·西都賦》：「閭閻且千。」李注：「《字林》曰：閭，里門也。閻，里中門也。」閭閻之人謂平民。

〔三九〕匹夫，《銓評》：「《御覽》匹作妄。」案《孟子·梁惠王》趙注：「匹夫，一夫也。」《御覽》作妄，或非。《銓評》：「以上十六字，程、張脱，依《金樓子》、《御覽》補。」

〔四〇〕世祖，光武帝劉秀廟號。乾靈，謂天神。休德，美德，即天無私覆之德。

〔四一〕貞和，正直和平。純精，純粹品質。《後漢書·光武紀》：「時宗室諸母因酒酣悦，相與語曰：文叔少時謹信，與人不款曲，唯直柔耳，今乃能如此。」

〔四二〕黄中，《銓評》：「中，程作鍾，從《藝文》。」案宋刊本《曹子建文集》亦作中。《國語·周語》：「故名之曰黄中。」作中字是。句謂鑒識正確，通曉萬物精微之理。

〔四三〕韜，藏也。亞，次也。亞聖，謂次於聖者。懿，《銓評》：「《御覽》作奇。」案懿，美也，作懿字是。

〔四四〕通，《銓評》：「《藝文》作聰。」案宋刊本《曹子建文集》亦作聰。《春秋繁露·五行五事篇》：

「聰者，能聞事而審其意也。」作聰字是。多識，《説文》：「識，知也。」

〔四五〕建武三年秋七月庚辰詔曰：「吏不滿六百石，下至墨綬長相，有罪先請。男子八十以上，十歲以下，及婦人從坐者，自非不道，詔所名捕，皆不得繫，當驗問者即就驗，女徒雇山歸家。」

〔四六〕重慎，謂鄭重謹慎。而，《銓評》：「程脱而，從《藝文》補。」

〔四七〕施，予也。

〔四八〕陽九，方以智《通雅》：「陽九百六，有三説：《漢志》所言，一元之中，九度，陽五陰四，陽爲旱，陰爲水。一説：九、七、五、三皆陽卦也，故曰陽九之厄。劉珏表曰：陽九之會，其數四千六百一十七歲爲一元，初入元，百六歲有厄，故曰百六之會。《董卓傳》：百六有會，遇剥成災。《靈寶運度經》：三千三百年爲小陽九，小百六也。九千九百年爲大陽九，大百六也。天厄謂之陽九，地虧謂之百六。洪景盧疑之者，則王湜《大乙肘後備檢》云：四百五十六年爲一陽九，二百八十八年爲一百六者也。大抵大乙論陰陽之厄，自是一數，託之陽九、百六，乃傅會其名耳。」無妄，《後漢書·崔駰傳》：「吾生無妄之世。」《集解》：「惠棟曰：《易》有無妄，大旱之卦。故《雜卦》云：無妄，災也。值無妄主卦則爲災，與陽九、百六同義。谷永對策曰：遭無妄之卦運，是也。」案京房曰：「無妄大旱之卦，萬物皆死，無所復望。」

〔四九〕炎光，象徵漢朝。漢以火德王，故曰炎光。運，命運。

〔五〇〕殷爾，形容雷聲。《詩經》「殷其雷」，殷其猶殷爾也。

〔五二〕赫然，盛大貌。

〔五三〕用，《銓評》：「《金樓子》作奮。」疑作奮字是。《廣雅·釋言》：「奮，振也。」攘，《公羊》僖四年傳何注：「却也。」

〔五三〕掃殘，《銓評》：「程作殘賊，從《藝文》。」案宋刊本《曹子建文集》與《藝文》同，丁校改是。攘暴與掃殘語正相儷。

〔五四〕神光，《後漢書·光武紀》：「夜有流星墜營中，晝有雲如壞山當營而隕，不及地尺而散，吏士皆厭伏。」章懷注：「《續漢志》：雷如壞山，謂營頭之星也。」

〔五五〕風，《銓評》：「程作光，從《藝文》。」案宋刊本《曹子建文集》與《藝文》同。逝，《銓評》：「程作遊，從《藝文》。」作逝字是。逝，往也。

〔五六〕南京即宛，今河南南陽縣。光武建都洛陽，以南陽在洛陽之南，己南陽人，故以宛縣爲南都。張衡有《南都賦》，見《文選》。

〔五七〕斃，《銓評》：「程作弊，從《藝文》。」西都指長安。《後漢書·光武紀》：「九月庚戌，三輔豪傑共誅王莽，傳首詣宛。」

〔五八〕二公，指王莽大司徒王尋、大司空王邑。稱公以其爲司徒、司空故。昆陽，今河南葉縣。《後漢書·光武紀》：「莽遣大司徒王尋、大司空王邑將兵百萬，其甲士四十二萬人……光武乃與敢死者三千人，從城西水上衝其中堅。尋、邑陣亂，乘鋭崩之，遂殺王尋……王邑、嚴尤、陳茂輕騎乘死人度水逃去。」

〔五九〕阜、賜，阜謂甄阜；賜，梁丘賜。漢津即泚水，今名泌河，在今河南南陽縣。《後漢書·光武紀》：「與王莽前隊大夫甄阜、屬正梁丘賜戰於小長安，漢軍大敗，還保棘陽。更始元年，正月甲子朔，漢軍復與甄阜梁丘賜戰於泚水西，大破之，斬阜賜。」《銓評》：「此二句程、張脱，依《金樓子》補。」

〔六〇〕鼎沸、淵涌俱形容社會至爲混亂之狀。

〔六一〕言帝者二三，謂稱帝者如公孫述，建武元年四月，遂自立爲天子，號成家；王昌，一名郎，更始元年十二月，（劉）林等遂率車騎數百，晨入邯鄲城，止於王宫，立郎爲天子；劉永亦曾專據東方，自稱天子。

〔六二〕稱王者四五，案董憲稱淮南王，盧芳稱西平王，延岑稱武安王，龐萌稱東平王，事詳本傳。

〔六三〕鴟視、狼顧，形容凶殘貪暴之狀。

〔六四〕虎超、龍驤，形容勇猛驃悍之狀。

〔六五〕巨鉞，象徵强大威懾力量。

〔六六〕赫斯，《詩經·皇矣篇》：「王赫斯怒。」鄭箋：「赫，怒意也。」斯，語中助詞，猶赫然也。隆怒猶盛怒。《銓評》：「以上四十五字，程、張脱，依《御覽》補。」

〔六七〕蕩滌，《禮記·昏義篇》鄭注：「蕩滌，去穢惡也。」似今語洗刷之義。

〔六八〕醜類，《左》文十八年傳：「醜類惡物。」杜注：「醜亦惡也。」則醜類即惡類，謂割據豪强。

〔六九〕迅，《銓評》：「《御覽》作勁。」順風縱火、曬日掃雲比喻掃除群雄其發展至爲猛烈迅急。

〔七〇〕東齊難勝之寇，《後漢書・耿弇傳》：「後數日，車駕至臨菑自勞軍，群臣大會。帝謂弇曰：昔韓信破歷下以開基，今將軍攻祝阿以發跡，此皆齊之西界，功足相方。而韓信襲擊已降，將軍獨拔勁敵，其功乃難於信也。」

〔七一〕不計，不可計算。《後漢書・耿弇傳》：「又銅馬赤眉之屬數十輩，輩數十百萬。」《劉盆子傳》：「赤眉忽遇大軍，驚震不知所爲，乃遣劉恭乞降……樊崇乃將盆子及丞相徐宣以下三十餘人肉袒降，上所得傳國璽綬，更始七尺寶劍及玉璧各一。積兵甲宜陽城西，與熊耳山齊。」

〔七二〕彭寵，《後漢書・彭寵傳》：「光武追銅馬，北至薊。寵上謁，自負其功，意望甚高。光武接之不能滿，以此懷不平……及即位，吴漢、王梁，寵之所遣，並爲三公，而寵獨無所加，愈快快不得志，……遂發兵反。自將二萬餘人攻朱浮於薊……遂攻拔薊城，自立爲燕王。五年春，寵齋，獨在便室。蒼頭子密等三人因寵卧寐，共縛著牀……於是收金玉衣物，至寵所裝之，被馬六疋，使妻縫兩縑囊。昏夜後解寵手，令作記告城門將軍……書成，即斬寵及妻頭置囊中，便持記馳出城，因以詣闕。」

〔七三〕龐萌，《後漢書・龐萌傳》：「拜爲平狄將軍，與蓋延共擊董憲。時詔書獨下延而不及萌，萌以爲延譖己，自疑，遂反。帝聞之大怒，乃自將討萌……方與人黔陵亦斬萌，傳首洛陽。」

〔七四〕隗戎，謂隗囂。隗囂，天水成紀人，古謂西方少數族曰戎，故曹植稱之曰戎。《後漢書·隗囂傳》：「囂既有功於漢，又受鄧禹爵署，其腹心議者多勸通使京師。（建武）三年，囂乃上書詣闕。光武素聞其風聲，報以殊禮，言稱字，用敵國之儀，所以慰藉之甚厚……囂知帝審其詐，遂遣使稱臣於公孫述。明年，述以囂爲朔寧王，遣兵往來，爲之援勢……（建武）九年春，囂病且餓，出城餐糗糒，恚憤而死。」

〔七五〕公孫，公孫述。《後漢書·公孫述傳》：帝「乃與述書曰：……君非吾亂臣賊子，倉卒時人皆欲爲君事耳，何足數也！君日月已逝，妻子弱小，當早爲定計，可以無憂。天下神器，不可力争，宜留三思。署曰公孫皇帝。述不答。……建武十二年十一月，臧宫軍至咸門。……乃自將數萬人攻（吴）漢，使延岑拒宫，大戰。岑三合三勝。自旦及日中，軍士不得食，並疲。漢因令壯士突之，述兵大亂，被刺洞胸墮馬，左右輿入城。述以兵屬延岑，其夜死。」《銓評》：「以上四十三字，程、張脱，依《金樓子》補。」

〔七六〕廟謀，《銓評》：「《金樓子》謀作勝。」案《後漢書·耿弇傳論》章懷注：「廟勝，謂謀兵於廟而勝敵。」

〔七七〕奔北即奔敗。

〔七八〕欣欣，歡樂貌。

〔七九〕《後漢書·光武紀》：「於是諸將議上尊號。馬武先進曰：天下無主，……大王雖執謙退，奈宗廟社稷何！宜且還薊即尊位，乃議征伐。今此誰賊而馳騖擊之乎？光武驚曰：何將軍出是言？可斬也。武曰：諸將盡然。光武使出曉之，乃引軍還至薊。……至中山，諸將復上奏……光武又不聽。行到南平棘，諸將復固請之。光武曰：寇賊未平，四面受敵，何遽欲正號位乎！諸將且出。耿純進曰……今功業即定，天人亦應，而大王留時逆衆，不正號位，純恐士大夫望絶計窮，則有去歸之思，無爲久自苦也。大衆一散，難可復合，時不可留，衆不可逆。純言甚誠切，光武深感，曰：吾將思之。」

〔八〇〕邁德，《尚書·大禹謨》：「皋陶邁種德。」孔傳：「邁，行也。」案邁疑借作勱，《説文》：「勉力也。」《左》莊八年傳杜注：「勱，勉也。」可證。

〔八一〕犯旨，違反帝王意旨。顛危，猶言覆敗。《後漢書·吴漢傳》：「帝戒漢曰：成都十餘萬衆，不可輕也。但堅據廣都，待其來攻，勿與争鋒；若不敢來，公轉營迫之，須其力疲，乃可擊也。漢乘利遂自將步騎二萬餘人進逼成都，去城十餘里，阻江北爲營，作浮橋。使副將武威將軍劉尚將萬餘人屯於江南，相去二十餘里。帝聞大驚。讓漢曰：比勑公千條萬端，何意臨事勃亂，既輕敵深入，又與尚别營，事有緩急，不復相及。賊若出兵綴公，以大衆攻尚，尚破，公即敗矣。幸無它者，急引兵還廣都。詔書未到，述果使其將謝豐、袁吉將衆十許萬，分爲二十餘營，並出攻漢。使别將萬餘人劫劉尚，令不得相救。漢與大戰一日，兵敗走入壁，豐因圍之……於是引還廣都，留劉尚拒述，具以狀上，深自譴責。帝報曰：公還廣都，甚得其宜，述必不敢略尚而擊公也。若先攻尚，公從廣都五十里，悉步騎赴之，適當值其危困，破之必矣！自是漢與述戰於廣都、成都之間，八戰八剋，遂軍於其郭中。」

〔八二〕勝決於廟堂，案薛瑩《漢紀》：「古者師不内御。而光武命將，皆授以方略，使奉圖而進，違失無不折傷。」（《御覽》卷九十引）

〔八三〕竇融，《後漢書·竇融傳》：「融等遥聞光武即位，而心欲東向，以河西隔遠，未能自通。……融小心精詳，遂決策東向。」

〔八四〕馬援，《後漢書·馬援傳》：「建武四年冬，（隗）囂使援奉書洛陽。援至，引見於宣德殿。世祖迎笑謂援曰：卿遨遊二帝間，今見卿，使人大慙。援頓首辭謝。因曰……天下反覆，盜名字者不可勝數，今見陛下恢廓大度，同符高祖，乃知帝王自有真也！」

〔八五〕股肱，王褒《四子講德論》：「蓋君爲元首，臣爲股肱。」濟濟，《禮記·曲禮》：「大夫濟濟。」《玉藻》鄭注：「莊敬貌也。」

〔八六〕元首，謂天子。穆穆，《禮記·曲禮》：「天子穆穆。」郝懿行《爾雅義疏》：「穆，睦之借音也。」《説文》：「睦，敬和也。」

〔八七〕《尚書·堯典》：「克明峻德，以親九族，九族既睦，平章百姓。」稱，聲譽。

〔八八〕培植朴質淳厚之俗。羲皇，伏羲。素，《文選》謝靈運《還舊園詩》李注：「素猶實也。」

〔八九〕納下，《廣雅·釋詁三》：「納，入也。」猶言接納。謂接納臣民。吐握，《漢書·蕭望之傳》：

「恐非周公相成王，躬吐握之禮。」顔注：「周公攝政，一沐三握髮，一飯三吐哺，以接天下之士。」

〔九〇〕庶事，謂國家政務。日昃之勤，《公羊》定十五年傳何注：「昃，日西也。」《後漢書·光武紀》：「每旦視朝，日側乃罷。數引公卿郎將，講論經理，夜分乃寐。」

〔九一〕弘迹，謂弘偉規模。皇極，喻帝位。

〔九二〕德基，教化基礎。《後漢書·光武紀》：「雖身濟大業，兢兢如不及，故能明慎政體，總攬權綱，量時度力，舉無過事。」

〔九三〕業殊，謂成就不一。

〔九四〕比隆，比較事功小大。

〔九五〕旒，《銓評》：「《御覽》作語。」靡愆，無過之意。

〔九六〕穢，《文選·東都賦》李注引《字書》：「不潔清也。」

〔九七〕論輔力劣，即「將則難比於韓周，謀臣則不敵於良平」。

〔九八〕乾坤，《銓評》：「坤，《藝文》作圖。」案宋刊本《曹子建文集》亦作圖。乾圖，謂漢代流行之圖讖。光武太學同學彊華所獻《赤伏符》云：「劉秀發兵捕不道，四夷雲集龍門野，四七之際火爲主」之類。休徵，吉祥預兆。

〔九九〕五百，《孟子·公孫丑》：「五百年必有王者興。」

〔一〇〇〕不刊，不磨滅。遐迹，猶遠迹。《文選・弔魏武帝文》：「遠迹頓於促路。」李注：「迹，功業也。」

〔一〇一〕金石，《吕氏春秋・求人》：「故功績銘於金石。」高注：「金，鍾鼎；石，豐碑也。」休烈，美績。

〔一〇二〕詩書，《墨子・天志篇》：「書於竹帛，鏤之金石。」勳懿，疑當作懿勳。《爾雅・釋詁》：「懿，美也。」美勳與休烈語正相儷。

〔一〇三〕近，《銓評》：「程、張脱近，從《御覽》。」

評論歷史人物優劣，是建安時期鄴下文士文藝活動項目之一。此篇疑作於建安中期。文有脱佚，意不聯屬，然可以由此考察當時人士於歷史人物的評價，也反映他們的政治觀點。

〔周〕成（王）漢昭論〔一〕

周公以天下初定，武王既終，而成王尚幼，未能定南面之事〔二〕。是以推（以）〔己〕忠誠〔三〕，稱制假號〔四〕。二弟流言，召公疑之〔五〕，發金縢之匱，然後用寤〔六〕，亦未決也〔七〕。至於昭帝，所以不疑於霍光，亦緣武帝有遺詔於光〔八〕。使光若周公，踐天子之位，行周公之事，吾恐叛者非徒二弟〔九〕，疑者非徒召公也。且賢者固不能知聖（賢）〔一〇〕，自其宜爾！昭帝固可不疑霍光〔二〕，周王自可疑周公也〔三〕。若以昭帝勝成王，霍光當踰周公邪？若以堯舜爲成王，湯禹作管、蔡、召公，周公之不見疑必也。

〔一〕《銓評》：「程缺。」案此論原題似當作《周成漢昭論》。《御覽》卷四百四十七引曹丕《論周成漢昭》。《藝文》卷十二、《御覽》卷八十九引丁儀《周成漢昭論》。而今題爲《成王漢昭論》，疑誤，當據正。

〔二〕《史記·魯周公世家》：「武王崩，成王少，在强葆之中，周公恐天下聞武王崩而畔。周公乃踐阼，代成王攝行政當國。」

〔三〕推以，《銓評》：「《御覽》四百四十七以作己。」案作己字是。己，自己。

〔四〕《獨斷》：「制者王者之言，必爲法制也。」稱制，謂發佈命令，以皇帝名義行之。假號，假，借也；號，謂天子名位。

〔五〕二弟，管叔、蔡叔。召公，召公奭也。《史記·魯周公世家》：「管叔及其群弟流言於國，曰：周公將不利於成王。」《集解》：「孔安國曰：放言於國，以誣周公，以惑成王也。」《史記·燕召公世家》：「周公攝政，當國踐阼，召公疑之。作《君奭》。」

〔六〕金縢，《集解》：「孔安國曰：藏之於匱，緘之以金，不欲人開也。」寤，覺寤。事出《尚書·金縢篇》，《史記·魯周公世家》無之。曹植此句蓋本《尚書》爲説，而下句「亦未決也」，則據《史記》：「及成王用事，人或譖周公，周公奔楚」而言。然《詰咎文》云：「偃禾之復，姬公去楚。」

則與《史記》所記有異，載籍有缺，不知曹植之所據也。存參。

〔七〕決，《淮南·時則訓》高注：「斷也。」

〔八〕緣，因也。遺詔，《漢書·霍光傳》：「上迺使黄門畫者畫周公負成王朝諸侯以賜光。後元二年春，上游五柞宫，病篤。光涕泣問曰：如有不諱，誰當嗣者？上曰：君未諭前畫意耶？立少子，君行周公之事……受遺詔，輔少主。」

〔九〕徒，《華嚴經音義》引劉熙：「猶獨也。」

〔一〇〕聖賢，案賢字疑衍，賢者固不能知聖，語意已足，無緣重贅賢字也，似應删。

〔一一〕《漢書·霍光傳》：「有詔召大將軍。光入，免冠頓首謝。上曰：將軍冠，朕知是言詐也，將軍無罪！光曰：陛下何以知之？上曰：將軍之廣明，都郎屬耳；調校尉以來，未能十日，燕王何以得知之？且將軍爲非，不須校尉。是時帝年十四，尚書、左右皆驚……後傑黨與有譖光者，上輒怒曰：大將軍忠臣，先帝所屬以輔朕身，敢有毁者坐之。自是傑等不敢復言。」

〔一二〕自可，《銓評》：「張脱可，從《御覽》補。」

此論文有脱佚。曹丕、丁儀都寫同一題目，必作於建安中。建安中期，有人提出「方周成於漢昭，僉尚成而下昭」的論點。曹植他們不同意這一認識，展開討論。丁儀依據史實，得出漢昭爲優的結論。曹丕在他寫的論文裏，舉出周成「不亮周公之聖德，而信金縢之教言，豈不暗哉！」於漢昭就稱曰：「早智夙成，發燕書之詐，亮霍光之誠，豈將有啓金縢、信國史，而後乃寤哉！」很顯然也是抑成揚昭，反對當時流行觀點的。可以想見，當時討論是各抒己見，堅持論據，促進對事物理解的深入，有一定的意義。

學官頌有序〔一〕

自五帝典絶〔二〕，三皇禮廢〔三〕，應期命世〔四〕，齊賢等聖者，莫高於孔子也。故有若曰〔五〕：出乎其類，拔乎其萃〔六〕。誠所謂性與天道不可得而聞矣〔七〕！

(由)〔回〕也務學〔八〕，名在前志。宰予晝寢，糞土作誡〔九〕。過庭子弟，詩禮明記〔一〇〕。歌以詠言〔一一〕，文以騁志〔一二〕，予今不述，後賢曷識〔一三〕。於鑠尼父〔一四〕，生民之傑〔一五〕，性與天成〔一六〕，該聖備藝〔一七〕。德倫三五〔一八〕，配皇作烈〔一九〕。玄鏡獨鑒〔二〇〕，神明昭晰〔二一〕。仁塞宇宙〔二二〕，志凌雲霓〔二三〕。學者三千〔二四〕，莫不俊乂。惟仁(是)〔可〕憑〔二五〕，惟道足恃〔二六〕。鑽仰彌高〔二七〕，請益不已〔二八〕。

言爲世範，行爲時矩。《銓評》：「《文選》沈休文《安陸昭王碑文》李注引《學官頌》。」

〔一〕學官頌，《銓評》：「張作《孔廟頌》。」案嚴可均《全三國文》據《藝文類聚》卷三十八作《學宮頌》。

〔二〕五帝，軒轅、顓頊、高辛、唐堯、虞舜。典，《詩經·文王篇》毛傳：「法也。」《文選·東京賦》薛注：「五典，五帝之書也。」

〔三〕皇，《銓評》：「《藝文》三十八作王。」三王，夏、商、周也。

〔四〕《孟子·公孫丑章》：「孟子曰：五百年必有王者興，其間必有名世者。」應期，應五百年之期。命世，即名世，謂顯名當時。

〔五〕有若，魯人，孔子弟子。

〔六〕出乎猶出於。其類，《銓評》：「程、張脱其，從《藝文》補。」其萃，《銓評》：「程、張脱其，從《藝文》補。」案：語見《孟子·公孫丑章》，俱有其字，丁校補是。萃，趙注：「聚也。」

〔七〕性，謂人之本性。天道，謂大自然規律。人性難知，天道深微，孔子不言，故弟子莫得而聞。語出《論語·公冶長篇》。

〔八〕由，子路名。務學，《公羊》定二年傳何注：「務，勉也。」務學，勤勉於學。案由字疑有誤，或當作回，回，孔子弟子顏回。考《論語·雍也篇》：「哀公問孔子孰爲好學？孔子對曰：有顏回者好學。」《先進篇》：「季康子問弟子孰爲好學？孔子對曰：有顏回者好學。」《論語》中未見稱述子路好學之語，回、由蓋以形近致誤。

〔九〕宰予，孔子弟子。《論語·公冶長篇》：「宰予晝寢。子曰：朽木不可雕也，糞土之牆，不可圬也。」誡，警告之義。

〔一〇〕《銓評》：「子弟，《藝文》作之言。詩禮，《藝文》作子弟。」案嚴可均《全三國文》據《藝文》仍從今本。《論語·季氏篇》：「陳亢問於伯魚曰：子亦有異聞乎？對曰：未也！嘗獨立，鯉趨而過庭。曰：學詩乎？對曰：未也。不學詩，無以言。鯉退而學詩。他日又獨立，鯉趨而過庭。曰：學禮乎？對曰：未也。不學禮，無以立。鯉退而學禮。」

〔一一〕詠言，《尚書·舜典》：「歌永言。」鄭注：「歌所以長言詩之意也。」

〔一二〕文，謂文章。志，言情感。騁志猶言表達情感。

〔一三〕曷識，案《説文》：「曷，何也。」曷識，猶言何所知也。

〔一四〕於鑠，《詩經·酌篇》：「於鑠王師。」毛傳：「鑠，美也。」於，發語辭。尼父，《左》哀三年傳：「嗚呼，尼父！」尼，孔子字，父，男子之美稱也。

〔一五〕《孟子·公孫丑章》：「有若曰：自生民以來，未有盛於孔子也。」

〔一六〕與，《廣雅·釋言》：「如也。」

〔一七〕該，《楚辭·招魂》王注：「該猶備也。」《論語·子罕篇》：「太宰問於子貢曰：夫子聖者與，何其多能也？子貢曰：固天縱之將聖，又多能也。子聞之曰：太宰知我乎？吾少也賤，故多能鄙事……」

〔一八〕倫猶比也。三五，謂三皇五帝。

〔一九〕配，《楚辭·守志》王注：「匹也。」匹皇，漢《公羊》家謂孔子身雖無帝王之位，而修春秋，以制明主之法。亦即莊子所謂素王也。

〔二〇〕玄鏡，象徵特殊觀察力。

〔二一〕昭晰，《説文》：「晰，昭晰，明也。」段玉裁注：「案昭晰皆從日，本謂日之光，引申之爲人之明哲。」

〔二二〕仁，《國語·周語》：「博愛於人爲仁。」塞，《禮記·孔子閒居》鄭注：「滿也。」

〔二三〕雲霓，比喻至高。

〔二四〕三千，《史記·孔子世家》：「孔子以詩書禮樂教弟子，蓋三千焉。」

〔二五〕是，《銓評》：「《藝文》作可。」案作可字是。《論語·述而篇》：「依於仁。」何晏《集解》：「仁者功施於人，故可倚。」憑、倚義同。

〔二六〕足恃，《論語·述而篇》：「志於道。」《集解》：「志，慕也。道不可體，故志之而已。」案曹植作恃，恃，賴也，則與何氏異義。

〔二七〕鑽仰，《論語·子罕篇》：「顔淵喟然而歎曰：仰之彌高，鑽之彌堅。」《集解》：「言不可窮盡。」

〔二八〕請益，《論語·子路篇》：「請益。」《禮記·曲禮》鄭注：「益謂受説不了，欲師更明説之。」劉寶楠《正義》：「不了，謂説有未盡。」不已，猶無倦也。

此頌殘佚。疑作於建安中期。考《魏志·高柔傳》：「太祖初興，愍其如此，在於撥亂之際，並使郡縣立教學之官。」則植此頌，蓋寫於此時。無以確定其年代，姑附於此。

玄俗頌

玄俗妙識，飢餌神穎〔一〕。在陰倏遊，即陽無景〔二〕。逍遥北嶽〔三〕，凌霄引領〔四〕。揮霧昊天，含神自静〔五〕。

〔一〕《列仙傳》：「玄俗者，自言河間人也。餌巴豆、雲英。」

〔二〕遊，《銓評》：「《藝文》七十八作逝。」案《淮南·原道訓》：「經霜雪而無迹。」與此意同。無景即無影。《原道訓》：「照日光而無景。」《列仙傳》：「王家老舍人自言父世見俗，俗形無影。王呼俗著日中，實無影。」陽即日也。

〔三〕北嶽，恒山，在今河北省曲陽縣西北。

〔四〕凌霄，猶言升空。

〔五〕含神，《國語·周語》韋注：「含，藏也。」静，安寧之意。

考左思《魏都賦》有「玄俗無影」之句。玄俗，河間人，河間故趙國，是曹操封魏公的十郡之一。曹植此頌，或在曹操封魏公之後，即建安中期。但史實散佚，不易確指頌的創作年代，暫附於此。而陸雲《登遐頌》、《玄洛頌》與此頌文全同，疑誤收入植集，俟考。

相論〔一〕

世固有人身瘠而志立〔二〕，體小而名高者〔三〕；於聖則否〔四〕。是以堯眉八采〔五〕，舜目重瞳〔六〕，禹耳參漏〔七〕，文王四乳〔八〕。然則世亦有四乳者，此則駑馬一毛似驥爾！宋臣有公孫吕者〔九〕，〔身〕長七尺〔一〇〕，面長三尺，廣三（尺）〔寸〕〔一一〕，名震天下〔一二〕。若此之狀，蓋遠代而求，非一世之異也。使形殊於外，道合其中〔一三〕，名震天下，不亦宜乎！語云：無憂而戚，憂必及之；無慶而歡，樂必（隨）〔遂〕之〔一四〕。此心有先動，而神有先知，則色有先見也〔一五〕。故扁鵲見桓公〔一六〕，知其將亡〔一七〕；申叔見巫臣，知其竊妻而逃也〔一八〕。荀子曰：以爲天不知人事耶？則周公有風雷之災〔一九〕，宋景有三舍之福〔二〇〕。以爲知人事耶〔二一〕？則楚昭有弗禜之應〔二二〕，（魏）〔邾〕文無延期之報〔二三〕。由是言之，則天道之與相占，可知而疑，不可得而無也。

白起爲人，頭小而鋭，瞳子白黑分明，故可與持久，難與爭鋒。《銓評》：「《書鈔》一百十五引《相論》。」

〔一〕《銓評》:「此篇《藝文》七十五引爲植作。《御覽》七百三十一自宋臣有公孫呂下分爲二篇,皆標《論衡》。今以《論衡》校之,惟堯眉八采四句見《骨相篇》,餘文均不見,疑《御覽》誤引也。」案慧琳《一切經音義》卷八十六引曹植《相人論》云「周公形如斷菑」,又卷九十八引「孔子面如蒙倛」。今本俱缺,蓋論在宋代前已殘佚不全。嚴可均《全三國文》引分爲三段,不相連屬,或是也。

〔二〕世固有人,《銓評》:「《藝文》七十五作世人固有。」案《御覽》七百三十一引與《藝文》同,疑是。瘠,瘦弱。立,成也。

〔三〕名高,案《史記·管晏列傳》:「晏子長不滿六尺,身相齊國,名顯諸侯。」

〔四〕否,不然也。

〔五〕八采,《抱朴子·袪惑篇》:「堯眉八彩,謂直兩眉頭豎似八字耳。」

〔六〕重瞳,《史記·項羽本紀》《集解》:「《尸子》曰:舜兩眸子,是謂重瞳。」

〔七〕參漏,《淮南·脩務訓》高注:「參,三也。漏,穴也。」

〔八〕四乳,《論衡·骨相篇》:「文王四乳。」謂乳房有四。

〔九〕宋臣,《銓評》:「程宋上有又曰,依張删。」案程本有又曰二字,尚存自《藝文》移録之迹,故嚴氏《全三國文》提行,而《銓評》合之。此見《荀子·非相篇》。

〔一〇〕長七尺,案《荀子·非相篇》長上有身字,似應據補。

〔一二〕廣三尺，《銓評》：「尺，程、張作寸，《御覽》七百三十一作尺。」案《荀子・非相篇》尺作寸，《御覽》卷三百六十五亦作寸，作尺字誤。

〔一三〕《銓評》：「程、張脱此四字，從《御覽》補。」

〔一四〕道，理也。中，心也。

〔一五〕隨，《銓評》：「《藝文》作還。」案《御覽》亦作還，宋刊本《曹子建文集》作遂，《文選・與山巨源絶交書》李注引《國語》賈注：「遂，從也。」疑作遂字是。

〔一六〕色，《銓評》：「程脱色，從《藝文》補。」案《御覽》有色字。色，面色。見即現字。

〔一七〕扁鵲，《史記・扁鵲傳》：「扁鵲者，勃海郡鄭人也。姓秦氏，名越人。」桓公，《史記・扁鵲傳》作桓侯。《集解》引傅玄曰：「是時齊無桓侯。」裴駰曰：「謂是齊侯田和之子桓公午也，蓋與趙簡子頗亦相當。」據此作桓公是。

〔一八〕知其將亡，《史記・扁鵲傳》：「扁鵲過齊，齊桓侯客之。入朝，見曰：君有疾，在腠理，不治將深！桓侯曰：寡人無疾。扁鵲出。桓侯謂左右曰：醫之好利也，欲以不疾者爲功。後五日，扁鵲復見，曰：君有疾在血脈，不治恐深！桓侯曰：寡人無疾……後五日，扁鵲復見，望見桓侯而退走。桓侯使人問其故？扁鵲曰……其在骨髓，雖司命無奈之何！今在骨髓，臣是以無請也。後五日，桓侯體病，使人召扁鵲，扁鵲已逃去，桓侯遂死。」

〔一九〕《左》成公二年傳：「及共王即位，將爲陽橋之役，使屈巫聘於齊，且告師期。巫臣盡室以行。

中叔跪從其父將適郢(今湖北江陵縣北),遇之。曰:異哉!夫子有三軍之懼,而又有桑中之喜,宜將竊妻以逃者也。」

〔一九〕風雷之災,《尚書·金縢篇》:「秋大熟,未穫。天大雷電以風,禾盡偃,大木斯拔,邦人大恐。」

〔二〇〕三舍,《銓評》:「舍,《藝文》作次。」案《淮南·覽冥訓》高注:「舍,次宿也。」《文選》郭景純《游仙詩》李注引《淮南》許注:「二十八宿一宿爲一舍。」《吕覽·制樂篇》:「宋景公有疾,熒惑在心。公懼,召子韋而問之,曰:熒惑在心何也?子韋曰:熒惑,天罰也;心,宋分野也,禍當君;雖然,可移於宰相。公曰:宰相所使治國家也;而移死焉,不祥。子韋曰:可移於民。公曰:民死,寡人將誰爲君也,寧獨死耳!子韋曰:可移於歲。公曰:民饑必死,爲人君而欲殺其民以自活也,其誰以我爲君者乎?是寡人命固盡也。子毋復言!子韋還走北面再拜曰:臣敢賀君,天之處高而聽卑,君有君人之言三,天必三賞君。今夕星必徙三舍,君延命二十一年。」

〔二一〕耶,《銓評》:「《藝文》作乎。」案宋刊本《曹子建文集》與《藝文》同。

〔二二〕則,《銓評》:「程脱則,從《藝文》。」案宋刊本《曹子建文集》亦有則字。禜,《銓評》:「程作榮,從《藝文》。」案宋刊本《曹子建文集》亦作禜。禜,祭神禳災。《左》哀六年傳:「王有疾。庚寅,昭王攻大冥,卒於城父……是歲也,有雲如衆烏夾日以飛,三日。楚子(昭王)使問諸周太史。周太史曰:其當王身乎!若禜之,可移於令尹、司馬。王曰:除腹心之疾,而寘諸股肱,何益？不穀不有大過，天其夭諸；有罪受罰，又焉移之？遂弗禜。」

〔三〕魏，《銓評》：「《藝文》作邾。」案據《左氏傳》，以作邾字爲得。《左》文十二年傳：「邾文公卜遷於繹。史曰：利於民而不利於君。邾子曰：苟利於民，孤之利也。天生民而樹之君，以利之也，民既利矣，孤必與焉！左右曰：命可長也，君何弗爲？邾子曰：命在養民，死之短長，時也；民苟利矣，遷也，吉莫如之！遂遷於繹。五月，邾文公卒。君子曰：知命！」

此論自《藝文》節録。茲據佚存部份文字考察：曹植依據歷史紀録，論證天道人事具着不相應的現象，從而提出「可知而疑」的論點。但客觀上又存在相應的一面，故不能給予完全的否定。

金瓠哀辭〔一〕

金瓠，予之首女，雖未能言，固已授色知心矣〔二〕！生十九旬而夭折〔三〕，乃作此辭。

辭曰：

在襁褓而撫育〔四〕，（向）〔尚〕孩笑而未言〔五〕。不終年而夭絶〔六〕，何見罰於皇天〔七〕。信吾罪之所招，悲弱子之無僁〔八〕。去父母之懷抱，滅微骸於糞土〔九〕。天長地久〔一〇〕，人生幾時？先後無覺〔一二〕，從爾有期〔一三〕。

〔一〕摯虞《文章流别論》：「哀辭者，誄之流也。崔瑗、蘇順、馬融等爲之，率以施於童殤夭折不以壽終者。建安中，文帝、臨淄侯各失稚子，命徐幹、劉楨等爲之哀辭。哀辭之體，以哀痛爲主，緣以歎息之辭。」（見《太平御覽》卷五百九十六引）

〔二〕已，《銓評》：「《藝文》三十四作以。」案以已古通用。

〔三〕十九旬，一百九十日。夭折，謂短命。

〔四〕襁褓，《史記·魯周公世家》《正義》：「闊八寸，長八尺，用約小兒於背。」《説文》：「負兒衣也。」

〔五〕向，《銓評》：「張作尚。」案作尚字是。《文選·七發》李注引《國語》賈注：「且也。」孩，《字林》：「小兒笑也。」

〔六〕終年，一周歲。終猶竟也。

〔七〕見，《銓評》：「《藝文》作負。」案宋刊本《曹子建文集》與《藝文》同。《史記·黥布傳》《索隱》：「猶被也。」負罰，即被罰。

〔八〕悲，《銓評》：「程作非，從《藝文》。」案宋刊本《曹子建文集》亦作悲。作悲字是。悲，傷也。罾，《爾雅·釋言》：「過也。」

〔九〕滅，《荀子·臣道篇》楊注：「掩没也。」

〔一〇〕《老子》曰：「天長地久。」謂天地永無窮盡之時。

〔一一〕覺，《左》文四年傳《正義》：「覺者悟知之意。」

〔一二〕從，《銓評》：「程作促，從《藝文》。」案程本作促字誤。從，隨也。從爾，喻死亡。

仲雍哀辭

曹喈字仲雍〔一〕，魏太子之仲子也〔二〕。三月而生，五月而亡〔三〕。昔后稷之在寒冰〔四〕，鬬穀之在楚澤〔五〕，咸依鳥馮虎，而無風塵之災〔六〕。今之玄第文茵〔七〕，無寒冰之慘〔八〕；羅幃綺帳〔九〕，暖於翔鳥之翼〔一〇〕。幽房閑宇〔一一〕，密於雲夢之野〔一二〕；慈母良保〔一三〕，仁乎（鳥虎）〔烏菟〕之情〔一四〕。卒不能延期於朞載〔一五〕，離六旬而夭（殃）〔殁〕〔一六〕。彼孤蘭之眇眇〔一七〕，亮成榦其畢榮〔一八〕。哀緜緜之弱子〔一九〕，早背世而潛形〔二〇〕。且四孟之未周〔二一〕，將何願乎一齡〔二二〕。陰雲回於素蓋〔二三〕，悲風動其扶輪〔二四〕。臨埏闉以欷歔〔二五〕，淚流射而沾巾〔二六〕。

流塵飄蕩魂安歸。《銓評》：「《文選》劉休玄《擬古詩》李注引《仲雍誄》。誄疑即此哀辭。」

痛玄廬之虚廓。《銓評》：「《文選》陸士衡《挽歌》李注引《仲雍哀辭》。」

〔一〕「曹喈字仲雍」以下至「離六旬而夭殃」止，嚴可均《全三國文》謂爲序文，丁氏未及區分，當據嚴氏説釐正。魏太子指曹丕。

〔二〕仲，《銓評》：「《藝文》三十四作中。」案宋刊本《曹子建文集》亦作中。

〔三〕三月而生，五月而亡，《銓評》：「《藝文》作三月生而五月亡。」

〔四〕寒冰，《詩經·生民篇》：「誕置之寒冰，鳥覆翼之。」

〔五〕鬬穀，《左》宣四年傳：「初若敖娶於䢵，生鬬伯比。若敖卒，從其母畜於䢵，淫於䢵子之女，生子文焉。䢵夫人使棄諸夢中，虎乳之。䢵子田，見之懼而歸以告，遂使收之。楚人謂乳——穀，謂虎——於菟。」

〔六〕風塵，喻危難也。

〔七〕第，《銓評》：「程作第，張作綈，從《藝文》。」案程、張俱誤。字當作笫。笫，《説文》：「牀簀也。」玄，黑色。文茵，《詩經·小戎篇》：「文茵暢轂。」毛傳：「文茵，虎皮也。」《釋名·釋車》：「文茵，車中所坐者也，用虎皮爲之，有文采。」

〔八〕慘，《説文》：「毒也。」《廣雅·釋詁四》：「苦也。」

〔九〕羅幃，《銓評》：「幃，《藝文》作幬。」案《爾雅·釋訓》：「幬謂之帳。」《文選·寡婦賦》李注引《纂要》：「在上曰帳，在旁曰帷，單帳曰幬。」下文言綺帳，則此不應重言羅帳，似當作幃爲是，否則語複。

〔一〇〕翔鳥，《銓評》：「《藝文》鳥作禽。」此謂后稷。

〔一一〕幽房，深邃之屋。閑宇，静寂之室。

〔一二〕雲夢即上文引左氏之夢。春秋時楚國大湖，約在今湖北省京山、枝江等縣境。

〔一三〕慈母，《禮記·内則》鄭注：「慈母知其嗜欲者。」良保，見《叙愁賦》注。慈母蓋負教養之責，保則指左右服事之人。

〔一四〕烏虎，《銓評》：「《藝文》作烏菟。」案作烏菟爲是。烏菟即於菟，謂虎。玄第二句承后稷之在寒冰而言。幽房二句承鬬穀之在楚澤言也。與烏無涉，應據《藝文》所引訂正。

〔一五〕朞載，《銓評》：「朞程張作慕。從《藝文》。」宋刊本《曹子建文集》朞作暮。案朞借爲稘。《説文》：「稘，復其時也。」段注：「稘言帀也。十二月帀爲期年。」即一周歲也。慕、暮形近致誤。

〔一六〕離，《銓評》：「程、張作雖，從《藝文》。」案離，《國語·晉語》韋注：「歷也。」雖字於此無義，應是離字之形誤。殃，《銓評》：「《藝文》作没。」案宋刊本《曹子建文集》殃作歿，没、歿義同，作殃字誤。

〔一七〕蘭，象徵曹喈優秀品質。眇眇，《文選·幽通賦》：「咨孤蒙之眇眇兮。」曹大家注：「眇，微也。」

〔一八〕畢榮，象徵盛年。榮即華也。

〔一九〕緜緜，《詩經·緜篇》：「緜緜瓜瓞，民之初生。」《正義》：「緜緜，微細之辭。」

〔二〇〕背世，《荀子·解蔽》楊注：「背，棄去也。」背世即棄世，喻死。潛形，潛藏也。形，身體。

〔二一〕四孟指孟春、孟夏、孟秋與孟冬。周，徧也。四孟未周，猶云未滿一年。

〔三〕將何，《銓評》：「程、張脱何，從《藝文》補。」願，《銓評》：「張衍之字，依《藝文》删。」案《密韻樓叢書·曹子建文集》作將願子乎一齡，與宋刊本同。

〔三〕回，《離騷》王注：「旋也。」

〔四〕扶輪即蒲輪。謂喪車車輪，以蒲草裹之，取其安穩。古扶、蒲通用。如扶伏《七發》作蒲伏。《左》昭十三年傳：「以蒲焉」，《釋文》：「蒲亦作扶。」可證。

〔五〕埏，《文選·楊武仲誄》李注引《聲類》：「墓隧也。」闥，小門也。此指墓門。

〔六〕流射，形容眼淚奪眶而出之狀。

案哀辭句有脱佚，非全章也。

酒賦有序

余覽揚雄《酒賦》〔一〕，辭甚瑰瑋〔二〕，頗戲而不雅〔三〕，聊作《酒賦》，粗究其終始。賦曰：

嘉儀氏之造思〔四〕，亮茲美之獨珍。嗟麴蘗之殊味，□□□□□〔五〕。仰酒旗之景曜〔六〕，(協)〔徵〕嘉號於天辰〔七〕。穆公酣而興霸〔八〕，漢祖醉而蛇分〔九〕；穆生(以)〔失〕醴而辭楚〔一〇〕，侯嬴感爵而輕身〔一一〕。諒千鍾之可慕，何百觚之足云〔一二〕！其味有□□亮沂，久載休名〔一三〕，宜城醪醴〔一四〕，蒼梧縹清〔一五〕。或秋藏冬發，或春醞夏成〔一六〕。或雲（拂）〔沸〕潮涌〔一七〕，或素蟻（浮）〔如〕萍〔一八〕。爾乃王孫公子，游俠翱翔〔一九〕，將承（芬）〔歡〕以接意〔二〇〕，會陵雲（於）〔之〕朱堂〔二一〕。獻酬交錯〔二二〕，宴笑無方〔二三〕。於是飲者並醉，縱橫諠譁，或揚袂屢舞〔二四〕，或叩劍清歌〔二五〕；或嚬（噈）〔蹴〕辭觴〔二六〕，或奮爵橫飛〔二七〕；或歎驪駒既駕〔二八〕，或稱朝露未晞〔二九〕。於斯時也，質者或文〔三〇〕，剛者或仁〔三一〕；卑者忘賤〔三二〕，窶者忘貧〔三三〕。和睚眥之宿憾〔三四〕，雖怨讎其必親〔三五〕。於是矯俗先生聞之而歎曰〔三六〕：噫〔三七〕！夫言何容易，此乃荒淫之源〔三八〕，非作者之事〔三九〕。若耽於觴酌〔四〇〕，流情縱逸〔四一〕，先王所禁〔四二〕，君子所（斥）〔失〕〔四三〕。

叙嘉賓之歡會，惟耽樂之既闋。日晻暗於桑榆兮，命僕夫而皆逝。《銓評》：「《韻補》四引《酒賦》。」

安沈湎而爲娱，非往聖之所述。闢酒誥之明戒，同元凶於三季。《銓評》：「《韻補》四引《酒賦》。」

〔一〕揚雄字子雲，四川郫縣人，西漢成帝時著名辭賦家。《漢書》有傳。《酒賦》全文不存。嚴可均《全漢文》有佚文。

〔二〕瑰瑋，《廣雅・釋訓》：「琦玩也。」《文選・西京賦》薛注：「瑰瑋，奇好也。」

〔三〕戲，《爾雅・釋詁》：「謔也。」雅，《風俗通・聲音》：「雅之爲言正也。」

〔四〕儀氏即儀狄。已見前注。造思，謂創造之智慧。

〔五〕麴蘖，造酒之酵母。於此爲酒之代詞。《銓評》：「《書鈔》一百四十八引《酒賦》。此句原引下連仰酒旗之景曜二句，然文義與韻皆不接，其下必有脱文，未敢徑補。」今據嚴輯《全三國文》補入。

〔六〕酒旗，星宿名。《晉書・天文志》：「軒轅右角南三星，曰酒旗，酒官之旗也，主饗宴飲食。五星守酒旗，天下有酺。」景曜，《文選・西京賦》：「流景曜之韡曄。」李注：「景，光景也。」《釋名・釋天》：「曜，燿也，光明照燿也。」猶言光輝燦爛。

〔七〕協，《銓評》：「《書鈔》一百四十八作徵。」案疑作徵字是。《漢書・五行志》顔注：「徵，應也。」嘉號，美名。天辰，即上所云酒旗星。

〔八〕穆公二句，《銓評》：「《書鈔》一百四十八引《酒賦》。此疑侯嬴感爵而輕身句下脱文。」今據嚴輯《全三國文》補入。穆公，秦穆公。事見《史記・秦本紀》。

〔九〕漢祖，漢高祖。醉而蛇分，見本卷《漢高帝贊》。

〔一〇〕穆生，西漢時人。以，《銓評》：「《藝文》七十二作失。」案作失字是。失醴辭楚，《漢書・楚元王交傳》：「元王敬禮申公等，穆生不耆酒，元王每置酒，常爲穆生設醴。及王戊即位，常設，後忘設焉。穆生退曰：可以逝矣！醴酒不設，王之意怠，不去，楚人將鉗我於市……遂謝病去。」

〔一〕侯嬴，戰國時人，魏國隱士，七十餘歲，任魏大梁夷門（東門）監者。輕身，《銓評》：「程作增深，從《藝文》。」案宋刊本《曹子建文集》增作懵。疑《藝文》是。《史記·信陵君傳》：「……至家，公子（信陵君）引侯生坐上坐，徧贊賓客，賓客皆驚。酒酣，公子起爲壽侯生前……公子過謝。侯生曰：臣宜從，老不能，請數公子行日以至晉鄙軍之日，北向自剄，以送公子之行。公子與侯生訣，至軍，侯生果北向自剄。」是輕身謂自剄也。

〔二〕千鍾、百觚，《銓評》：「以上二句程、張脱，依《書鈔》補。」《孔叢子·儒服篇》：「平原君曰：昔有遺諺：堯、舜千鍾，孔子百觚。」《後漢書·孔融傳》章懷注引融集與曹操書曰：「堯不千鍾，無以建太平；孔非百觚，無以堪上聖。」諒，信也。足云，足，《禮記·禮器》鄭注：「猶得也。」「云，言也。」見《禮記·樂記》《正義》。

〔三〕亮沂久載休名，《銓評》：「此六字程、張脱，依《書鈔》補。」案亮沂二字不可解，句有脱誤。

〔四〕宜城，樂史《太平寰宇記》：「山南東道襄州宜城出美酒，俗號爲竹葉杯。」在今襄陽縣南。醪醴，《文選》陸韓卿《奉答内兄希叔》李注引陳思王《酒賦》：「酒有宜城濃醪。」《説文》：「醪，汁滓酒也。」謂酒與糟相混未分離者。醴一夜釀熟，味至淡。醪，味醇濃而甜。張華《輕薄篇》：「宜城九醞酒。」《魏武集·奏上九醞酒法》曰：「三日一釀，滿九斛米止。」

〔一五〕蒼梧，今廣西蒼梧縣。縹青，見本卷《棄婦篇》。張華《輕薄篇》：「蒼梧竹葉青。」此二地所釀酒，魏晉時負有盛名。

〔一六〕秋藏冬發，謂秋日釀至冬方熟。春醖夏成，《文選》王僧達《答顔延年》李注引《酒賦》成作開。案《周禮・酒正》鄭注：「清酒今之中山，冬釀接夏而成也。」蓋清酒百日而成，即張衡《南都賦》所云「十旬兼清」也。

〔一七〕雲拂，《銓評》：「《藝文》拂作沸。」案宋刊本《曹子建文集》亦作沸。潮湧，《銓評》：「《藝文》潮作川。」案宋刊本《曹子建文集》潮作沸。疑非。此句形容酒發酵時，清酒汩汩然上冒，有如雲沸潮湧。

〔一八〕浮萍，《銓評》：「浮，《藝文》作如。」案張衡《南都賦》：「浮蟻若萍。」李注引《釋名》：「酒有汎齊，浮蟻在上，汎汎然如萍之多者。」此本《南都賦》，當作如字是，如若義同。

〔一九〕游俠，見本集《七啓》注。

〔二〇〕承芬，《銓評》：「《藝文》芬作歡。」案作歡字是。

〔二一〕於，《銓評》：「《藝文》作之。」案於當從《藝文》作之，於字於此不詞。

〔二二〕獻酬，《詩經・楚茨篇》：「獻醻交錯。」鄭箋：「始主人酌賓爲獻，賓既酌主人，主人又自飲酌賓曰醻。」《釋文》：「醻或作酬。」謂主客一往一來相互勸飲曰交錯。

〔二三〕無方，《太玄・務》范注：「無常方也。」

〔二四〕揚袂，即舉袖。

〔二五〕叩劍，《廣雅·釋詁三》：「擊也。」清歌，《方言》：「清，急也。」清歌即急歌。或云清歌猶徒歌，似未的。

〔二六〕嚬蹴，《銓評》：「《藝文》蹴作蹵。」案作嚬蹴是。或作嚬蹙。《一切經音義》二十三：「毛詩傳曰：蹙，促也。言人有憂愁則皺撮眉額，鼻目皆相促近也。」辭，《説文》作辤，「不受也。」經傳皆以辭爲之。辭觴，謂不接酒杯。

〔二七〕奮爵謂舉杯。横，《後漢書·酷吏傳》章懷注：「猶狂也。」横飛即狂飛。

〔二八〕驪駒既駕，《大戴禮·客篇》：「驪駒在門，僕夫具存；驪駒在路，僕夫整駕。」《漢書·儒林王式傳》：「博士江公……心嫉式，謂歌吹諸生曰：歌驪駒。式曰：聞之於師，客歌驪駒，主人歌客毋庸歸，今日諸君爲主人，日尚早，未可也。」

〔二九〕朝露未晞，《詩經·湛露篇》：「湛湛露斯，匪陽不晞；厭厭夜飲，不醉無歸。」

〔三〇〕質者，謂朴野之人。文，雍容閑雅之態。

〔三一〕剛者，個性倔强者。仁謂性情温和。

〔三二〕地位低下者忘其卑賤。

〔三三〕貧窮者忘其自身之困苦。

〔三四〕和，《廣雅·釋詁三》：「諧也。」睚眥，《史記·范雎傳》：「睚眦之怨必報。」《後漢書·竇憲傳》

章懷注：「睚眦，裂眥瞋目貌。」宿憾，即舊恨。

〔三五〕此二句《銓評》：「《書鈔》一百四十八引《酒賦》，此疑窶者忘貧句下脱文。」今據嚴輯《全三國文》補入。

〔三六〕矯俗先生，曹植設想者，如子虛、烏有之類。矯俗，糾正世俗風尚之義。

〔三七〕噫，驚訝之詞。

〔三八〕荒，《詩經・蟋蟀篇》鄭箋：「廢亂也。」淫，《禮記・緇衣》鄭注：「貪侈也。」源，根源。

〔三九〕作者，《論語・憲問篇》：「子曰：賢者辟世，其次辟地，其次辟色，其次辟言。子曰：作者七人矣！」則作者蓋指賢者。

〔四〇〕耽，《尚書・無逸篇》孔傳：「過樂謂之耽。」觴酌，《楚辭・招魂》王注：「酌，酒杯也。」此爲酒之代詞。

〔四一〕流情，《禮記・射義》鄭注：「流猶放也。」流情猶放情。縱逸，《銓評》：「《藝文》逸作佚。」《廣雅・釋詁一》：「樂也。」縱佚即縱樂。

〔四二〕先王指禹。謂禹疏儀狄而絶旨酒。見《國策・魏策》。

〔四三〕斥，《銓評》：「《藝文》作失。」案作失字是。失、佚協韻，作斥是失韻矣。《禮記・禮運》鄭注：「失，猶去也。」

考《魏志・徐邈傳》：「魏國既建，時科禁斷酒。」似此賦創作時期，疑在建安十八年頒佈禁酒令後。王粲《酒賦》：「暨我中葉，酒流遂多，群庶崇飲，日富月奢。」可見當時社會酗酒狀況。植賦着重述説酗酒之危害性，與乎必須禁斷的理由。但因句多散佚，文意或不銜接，致義理不具。

贈丁（儀）〔廙〕〔一〕

初秋涼氣發，庭樹微銷落〔二〕。凝霜依玉除〔三〕，清風飄飛閣〔四〕。朝雲不歸山〔五〕，霖雨成川澤〔六〕。黍稷委疇隴〔七〕，農夫安所穫〔八〕。在貴多忘賤，爲恩誰能博！狐白足禦冬〔九〕，焉念無衣客〔一〇〕！思慕延陵子〔一一〕，寶劍非所惜〔一二〕。子其寧爾心〔一三〕，親交義不薄〔一四〕。

〔一〕丁儀，《銓評》：「《文選》卷二十四李善注：《集》云與都亭侯丁翼，今云儀，誤也。」案翼，《魏志·陳思王植傳》作廙。廙，字敬禮，儀之弟也。裴注引《文士傳》：「廙少有才姿，博學洽聞。初辟公府，建安中爲黄門侍郎。廙常從容謂太祖曰：臨菑侯天性仁孝，發於自然，而聰明智達，其殆庶幾。至於博學淵識，文章絶倫，當今天下之賢才君子，不問少長，皆願從其游而爲之死，實天所以鍾福於大魏，而永授無窮之祚也。欲以勸動太祖。」是廙欲操以植爲嗣，故進此言。後曹丕嗣魏王，儀、廙並誅。

〔二〕銷落，凋零之意。

〔三〕玉除，玉階。

〔四〕飛閣，《文選》謝靈運《從斤竹澗越嶺溪行》李注引《通俗文》：「版閣曰棧，蓋如蜀之棧道，施版爲之者，故曰飛閣。」即《節游賦》之雲閣，説詳彼注。

〔五〕不歸山，《文選》謝靈運《游南亭》李注：「雨則雲出，晴則雲歸也。」

〔六〕霖雨，《左》隱九年傳：「凡雨自三日以往爲霖。」

〔七〕委，李注：「棄也。」疇，《説文》曰：「耕治之田也。」隴，借爲壟，田埂也。

〔八〕安所猶何可。獲，《銓評》：「張作穫。」案獲、穫古通用。

〔九〕李注：「《晏子春秋》曰：景公之時，雨雪三日。公被狐白之裘，坐於堂側，謂晏子曰：雨雪三日，天下不寒，何也？晏子曰：賢君飽知人飢，温知人寒。」禦，《小爾雅·廣言》：「抗也。」

〔一〇〕李注：「言服狐白者，不念無衣，以喻處尊貴者，多忘貧賤也。」

〔一一〕延陵子即吴公子季札，吴王壽夢季子，封於延陵。

〔一二〕李注：「《新序》曰：延陵季子將西聘晉，帶寶劍以過徐君。徐君不言，而色欲之。季爲有上國之事，未獻也，然心許之矣！致使於晉。顧反，則徐君死，於是以劍帶徐君墓樹而去。《廣雅》曰：惜，愛也。言延陵不欺於死，而況其生者乎！故己思慕之，冀異於俗也。」

〔一三〕子謂丁廙。其，語中助詞。寧，《爾雅·釋詁》：「静也。」即安静之意。

〔一四〕交，《楚辭・湘君》王注：「友也。」

閒居賦

何吾人之介特〔一〕，去朋匹而無儔〔二〕。出靡時以娛志〔三〕，入無樂以消憂〔四〕。何歲月之若騖〔五〕！復民生之無常〔六〕。感陽春之發節〔七〕，聊輕駕（之）〔而〕遠翔〔八〕。登高丘以延企〔九〕，時薄暮而起雨〔一〇〕。仰歸雲以載奔〔一一〕，遇蘭蕙之長圃。冀芬芳之可服〔一二〕，結春蘅以延佇〔一三〕。入虛（廊）〔廓〕之閒館〔一四〕，步生風之（高）〔廣〕廡〔一五〕。踐密邇之修除〔一六〕，即蔽景之玄宇〔一七〕。翡翠翔於南枝〔一八〕，玄鶴鳴於北野〔一九〕。青魚躍於東沼，白鳥戲於西渚〔二〇〕。遂乃背通谷，對緑波，藉文（菌）〔茵〕〔二一〕，翳春華〔二二〕。丹轂更馳〔二三〕，羽騎相過〔二四〕。

愬寒風以開襟。《銓評》：「《文選》潘安仁《西征賦》李注引《閒居賦》。」嚴輯《全三國文》又見沈約《游沈道士館》詩注。

願同衾於寒女。《銓評》：「《文選》郭泰機《答傅咸》詩李注引《閒居賦》。」

〔一〕之，《銓評》：「《藝文》六十四作而。」案作之字是。介特，《後漢書・馬融傳》章懷注：「謂孤介特立也。」案介特複義詞。

〔二〕匹，《銓評》：「程作正，從《藝文》。」案作匹字是。《廣雅・釋詁一》：「匹，輩也。」儔，亦匹字之義。

〔三〕靡，無也。娱志，愉樂心情。

〔四〕樂，謂娱樂之事。銷，《文選・恨賦》李注：「散也。」

〔五〕若鶩，猶言若馳。

〔六〕民生，即人生。喻壽命。

〔七〕發，《史記・樂書》《正義》：「始也。」句謂初春。

〔八〕之，《銓評》：「《藝文》作而。」案作而字是。遠翔猶言遠游。

〔九〕延企，謂延頸企踵，遠望之貌。

〔一〇〕起雨，案各本俱作起余，《銓評》作起雨，《銓評》是。雨與下文圃字協韻，作余失韻矣。起，《文選》謝玄暉《和伏武昌登孫權故城》詩李注引《莊子》司馬彪注：「飛也。」則起雨猶飛雨。

〔一一〕歸雲，傅毅《七激》：「仰歸雲，翺遊風。」載，語中助詞。

〔一二〕冀，希冀。服，《淮南・説山訓》高注：「佩也。」

〔一三〕蘅，《銓評》：「程、張作衡，從《藝文》。」案作蘅是。杜蘅，香草名。延佇，《楚辭・大司命》：「結桂枝兮延竚。」王注：「延，長也。佇，立也。」

〔一四〕虚廊，《銓評》：「《藝文》廊作廓。」虚廓，空闊。作廓字是。閒館，寂静之室。

〔一五〕生風，《莊子》：「空閱來風」，司馬彪注：「門户孔空，風善從之。」宋玉《風賦》：「空穴來風。」則生風蓋喻空洞之意。高，《銓評》：「《藝文》作廣。」宋刊本《曹子建文集》作庶。疑庶爲廣字之形誤，作廣字是。廡，《聲類》：「堂下周屋也。」見《御覽》一百八十一引。

〔一六〕密邇，即密爾。《爾雅·釋詁》：「密，静也。」密爾，静寂之貌。修除，《西都賦》：「修除飛閣。」李注引《上林賦》司馬彪注：「樓陛也。」

〔一七〕蔽景，蔭蔽日光。玄宇，深邃屋宇。

〔一八〕翡翠，《銓評》：「《藝文》作翡鳥。」案宋刊本《曹子建文集》與《藝文》同。翡鳥即翡翠，大如燕，腹背純紅色（《南中八郡異物志》）。

〔一九〕玄鶴，黑色之鶴。

〔二〇〕此四句鋪叙，所述魚鳥，各以其方之色形之，非實也。

〔二一〕文菌，《銓評》：「《藝文》作茵。」案宋刊本《曹子建文集》亦作茵。《詩經·小戎篇》：「文茵暢轂。」作茵字是。文茵，已見前《仲雍哀辭》注。藉，《儀禮·士虞禮》鄭注：「猶薦也。」今曰墊。

〔二二〕翳，《離騷》王注：「蔽也。」《文選·西京賦》：「翳靈芝。」薛注：「翳，覆也。」

〔二三〕丹轂，見前《公宴》詩注。

〔二四〕羽騎，即羽林騎士，王者之侍衛。

案賦疑作於典禁兵時，内容言春日景物，似作於建安二十年春。賦句殘脱。

述行賦

尋曲路之南隅〔一〕，觀秦政之驪墳〔二〕。哀黔首之罹毒〔三〕，酷始皇之爲君〔四〕。濯余身於（秦）〔神〕井〔五〕，偉湯液之若焚〔六〕。恨西夏之不綱。《銓評》：「《文選》潘安仁《西征賦》李注引《述行賦》。」

〔一〕《文選》陸士衡樂府《悲歌行》李注：「尋，猶緣也。」

〔二〕政，秦始皇名。驪墳即始皇陵。在驪山下，故稱驪墳。在今陝西省臨潼縣東十五里。

〔三〕黔首，《史記·秦始皇紀》：「更名民曰黔首。」《集解》引應劭：「黔亦黎黑也。」罹毒，猶言受苦。《廣雅·釋詁四》：「毒，苦也。」

〔四〕酷，痛恨之意，《顔氏家訓·文章》：「銜酷茹恨。」事見《秦始皇紀》。

〔五〕秦，《銓評》：「《初學記》七作神。」案作神字是。張衡《温泉賦序》：「余適（原作出，據《文選·雪賦》李注引改）麗山，觀温泉，浴神井。」古代神話：始皇與神女游，不合神女意，便唾始皇，沾膚成瘡。始皇謝，神女乃以温泉滌之。事見《水經·渭水注》引《三秦記》。在陝西臨潼縣驪山下，即今華清池。

〔六〕偉，《銓評》：「程作律，從《初學記》。」《文選・思玄賦》舊注：「偉，異也。」湯液，《銓評》：「張作湯禱，《初學記》作温濤。」若焚，《銓評》：「此謂温泉也。」若焚形容熱度極高。《水經・渭水注》：「祭則得入，不祭則爛人肉。」亦言其高温。

案《魏志・武帝紀》：「（建安）二十年三月，公西征張魯。」子建從行，故得觀温泉。賦僅存此六句。

贈丁（儀）〔廙〕王粲〔一〕

從軍度函谷〔二〕，驅馬過西京〔三〕。山岑高無極〔四〕，涇渭揚濁清〔五〕。壯哉帝王居〔六〕，佳麗殊百城〔七〕。員闕（浮出）〔出浮〕雲〔八〕，承露槩泰清〔九〕。皇佐揚天惠〔一〇〕，四海無交兵〔一一〕。權家雖愛勝〔一二〕，全國爲令名〔一三〕。君子在末位〔一四〕，不能歌德聲〔一五〕。丁生怨在朝〔一六〕，王子歡自營〔一七〕。歡怨非貞則〔一八〕，中和誠可經〔一九〕。

〔一〕《銓評》：「《文選》二十四李善注：《集》云答丁敬禮、王仲宣，今云儀，誤也。」

〔二〕函谷，李注：「《漢書》：弘農縣故秦函谷關。」今河南靈寶縣西南。東至崤山，西至潼津，大山中裂，絶壁千仞，有路如槽，深險如函，故曰函谷。

〔三〕西京，張衡有《西京賦》，述西漢事。西京，指西漢都城長安。

〔四〕岑，宋刊本《曹子建文集》作峰，《文選》作岑。峰、岑義近。謂陡峭之山峰，指華山。

〔五〕涇，《説文》：「涇水出安定涇陽幵頭山，東南入渭。」今甘肅平涼西南笄頭（崆峒山），經陜西邠縣至西安高陵縣入渭。渭，《説文》：「出隴西首陽渭首亭南谷，東入河。」今甘肅渭源縣，首陽山在鳥鼠山之西北，至陜西華陽縣北入河。揚，《淮南・覽冥訓》高注：「明也。」濁清，《詩經・谷風篇》：「涇以渭濁。」謂涇水濁、渭水清也。

〔六〕帝王居，長安爲秦漢舊都，故云。

〔七〕佳，宏偉。麗，華美。殊，《後漢書・梁竦傳》章懷注：「猶過也。」

〔八〕員闕，《三輔黄圖》：「建章宫周圍三十里，又於宫門北造圓闕，高二十五丈，上有銅鳳皇。」《西京賦》薛注：「圓闕上作鐵鳳凰，令張兩翼，舉頭敷尾。」浮出，《銓評》：「《文選》二十四作出浮。」案作出浮是，此誤乙。張衡《西京賦》「圜闕竦以造天。」正謂出於浮雲之上也。

〔九〕承露，《三輔故事》：「建章宫承露盤，高二十丈，大十圍，以銅爲之。上有仙人掌承露盤。」槩，李注：「《廣雅》曰：扢，摩也。槩與扢同，古字通。」泰清，謂天。

〔一〇〕皇佐，李注：「太祖也。」即曹操。揚，《詩經・泮水篇》《正義》：「高舉之義。」天惠，猶言君恩。

〔一一〕交兵，喻戰争。

〔一二〕權家，李注：「兵家也。」謂軍中策畫戰計者，如劉曄、司馬懿之儔。《魏志・劉曄傳》：「既至漢中，山峻難登，軍食頗乏。太祖曰：此妖妄之國耳，何能爲有無！吾軍少食，不如速還。便自引歸，令曄督後諸軍，使以次出。曄策魯可克，加糧道不繼，雖出軍猶不能皆全，馳白太祖，不如致攻。遂進兵，多出弩以射其營。魯奔走，漢中遂平。」

〔一三〕全國，李注：「《孫子兵法》曰：用兵法，全國爲上，破國次之。」《魏志·張魯傳》：「（魯）於是乃奔南山入巴中。左右欲悉燒寶貨倉庫。魯曰：本欲歸命國家，而意未達，今之走避鋭鋒，非有惡意，寶貨倉庫，國家之有。遂封藏而去。太祖入南鄭，甚嘉之。」令名，李注：「鄭玄《禮記注》曰：名，令聞也。」

〔一四〕君子，李注：「謂丁、王也。」末位謂下位。

〔一五〕李注：「德聲謂太祖令德之聲也。」

〔一六〕丁生，丁廙時爲黄門侍郎，不獲從行，故生怨心。

〔一七〕王子即王粲。《從軍詩》：「外參時明政，内不廢家私。」或此即詩所指爲自營。

〔一八〕貞則謂正則。

〔一九〕中和，《禮記·中庸篇》：「喜怒哀樂之未發謂之中，發而皆中節謂之和。」經，法也。李注：「言歡怨雖殊，俱非忠貞之則，惟有中和樂職，誠可謂經也。《漢書》王襃使王褒作《中和樂職宣布詩》。如淳曰：言王政中和，在官者樂其職。」竊疑句意以丁怨王歡，皆失之於偏激，故提出中和一詞以正其非，且謂可作立身處世之恒永準則，似與《中和樂職詩》無涉也。

三良

功名不可爲〔一〕，忠義我所安〔二〕。秦穆先下世〔三〕，三臣皆自殘〔四〕。生時等榮樂，既没同憂患〔五〕。誰言捐軀易？殺身誠獨難〔六〕！攬涕登君墓〔七〕，臨穴仰天歎〔八〕。長夜何冥冥！一往不復還〔九〕。黄鳥爲悲鳴〔一〇〕，哀哉傷肺肝〔一一〕。

〔一〕李注：「言功立不由於己，故不可爲也。《吕氏春秋》曰：功名之立，天也。」蓋古人謂立功垂名，受天之支配，而非人所能爲。即死生有命，富貴在天之意。

〔二〕忠義，李注：「《孝經注》曰：死君之難爲盡忠。《謚法》曰：能制命曰義。我，謂三良也。」安，《淮南·氾論訓》高注：「樂也。」

〔三〕秦穆，秦穆公，名任好。下世，《周禮·司氏》鄭注：「下猶去也。」下世即去世。

〔四〕三臣，《左》文六年傳：「秦穆公任好卒，以子車氏之三子奄息、仲行、鍼虎爲殉，皆秦之良也。」自殘，李注：「賈逵《國語注》曰：没身爲殘。」

〔五〕李注：「應劭《漢書注》曰：秦穆與群臣飲酒，酒酣。公曰：生共此樂，死共此哀。奄息等許諾，及公薨，皆從死。」

〔六〕李注：「《説文》曰：捐，棄也。」

〔七〕攬，《釋名·釋姿容》：「攬，斂也，斂置手中也。」攬涕今曰拭淚。君，指三良。

〔八〕臨穴，《詩經·黄鳥篇》：「臨其穴。」鄭箋：「穴謂冢壙也。」仰天歎，《黄鳥篇》：「彼蒼者天。」

〔九〕長夜，《左》襄十三年傳杜注：「謂埋葬。」喻墳墓。何，語中助詞。冥冥，《廣雅·釋訓》：「暗也。」言墓中昏暗不明。李注：「鄧太后報鄧閶曰：長歸冥冥，往而不反。」

〔一〇〕《詩經·黄鳥篇》序：「《黄鳥》，哀三良也。國人刺穆公以人從死，而作是詩也。」悲鳴，《黄鳥篇》句云：「交交黄鳥止於棘。」

〔一一〕李注：「《古歌》曰：大憂摧人肺肝心。」

案劉知幾《史通·浮詞篇》：「夫探揣古意，而廣足新言，此猶子建之《三良》……至於臨穴淚下……雖語多本傳，而事無異説……」《銓評》：「《文選》六臣注，良曰：悔不隨武帝死，而託是詩。」朱緒曾：「唐釋皎然《詩式》曰：陳王《三良詩》，秦穆先下世，三良皆自殘。王粲云：秦穆殺三良，惜哉空爾爲！蓋以陳王移國，任城被害以後，常有憂生之慮，故其詞婉娩，存幾諫也。緒曾案：粲卒於建安二十一年（按《魏志·王粲傳》：「建安二十一年從征吴，二十二年春道病卒」），任城王彰卒於黄初四年，粲無因預知任城遇害，子建遭讒之事，而以《三良詩》爲直諫也。況粲卒後，至建安二十五年魏武始薨，皎然之説，殊爲失當！劉良曰：植被文帝責黜，意者是悔不從武帝，而作是詩。然此詩乃建安二十年從征張魯至關中，過秦穆公墓，與王粲同作。若黄初時作，則粲已早卒，恐轉涉附會也。」案朱説此詩爲建安二十年作，或當稍後，蓋曹操征張魯之役，曹植並未從行（黄節詩注援《文選》魏文帝《與鍾大理書》，論證精詳），不得「與王粲同作」。

車渠椀賦〔一〕

惟斯椀之所生〔二〕，於涼風之（浚）〔峻〕湄〔三〕。采金光（之）〔以〕定色〔四〕，擬朝陽而發輝〔五〕。豐玄素之暐暐〔六〕，帶朱榮之葳蕤〔七〕。緼絲綸以肆采〔八〕，藻繁布以相追〔九〕。翩飄飄而浮景〔一〇〕，若驚鵠之雙飛〔一一〕。隱神璞於西野〔一二〕，彌百葉而莫希〔一三〕。於時乃有篤厚神后〔一四〕，廣被仁聲〔一五〕。夷慕義而重使〔一六〕，獻兹寶於斯庭。命公輸之巧匠〔一七〕，窮妍麗之殊形〔一八〕。何神華色粲爛，文若點成〔一九〕。鬱蓊雲蒸〔二〇〕，蜿蟬龍征〔二一〕，光如激電〔二二〕，景若浮星〔二三〕。何神怪之巨偉〔二四〕，信一覽而九驚〔二五〕。雖離朱之聰目〔二六〕，（内）〔猶〕炫曜而失精〔二七〕。何明麗之可悦，超群寶而特章〔二八〕。（俟）〔侍〕君子之閒燕〔二九〕，酌甘醴於斯觥〔三〇〕。既娱情而可貴，故（求）〔永〕御而不忘〔三一〕。

〔一〕《銓評》：「車渠，大貝也。崔豹《古今注》：魏帝以車渠石爲椀。晏案：文帝、應瑒、王粲皆有賦。」案曹丕《車渠椀賦序》：「車渠，玉屬也。多纖理縟文，生於西國，其俗寶之。小以繫頸，大以爲器。」徐幹亦作賦，見《藝文》卷七十三。椀，《説文》作盌，「小盂也。」

〔二〕斯，《銓評》：「程、張作新，從《藝文》七十三。」案作斯字是，斯，此也。

〔三〕涼風，《淮南·墬形訓》：「在崑崙閶闔之中。」亦即《離騷》之閬風。王注：「閬風，山名，在崑崙之上。涼、閬一聲之轉。」浚湄，《銓評》：「浚，《藝文》作峻。湄，程作濱，從《藝文》。」案《藝文》是。《爾雅·釋水》：「水草交曰湄。」峻湄，陡峭岸側。《廣志》：「車渠出大秦（羅馬）及西域諸國。」

〔四〕之，《銓評》：「《藝文》作以。」案作以字是。定色，《淮南·天文訓》高注：「定猶成也。」定色即成色。謂車渠質地係金黄色，謂採取黄金光輝而成色也。

〔五〕擬，《漢書·楊雄傳》顔注：「比象也。」

〔六〕玄素，謂黑白二色。車渠具暗褐色與淡白色。韡韡，《銓評》：「《藝文》作煒曄。」或作韡曄。《文選·西京賦》薛注：「言明盛也。」即色彩鮮明貌。

〔七〕朱榮，紅花。葳蕤，《文選》六臣張銑注：「花鮮好貌。」

〔八〕緼同藴，聚積之意。絲綸，形容花文如蠶絲之細長。肆，偏佈也。

〔九〕藻，《文選·七啓》李注：「文采也。」句意花文密布如相追逐。

〔一〇〕翩飄飖，形容光彩閃灼之貌。浮景即浮影。

〔一一〕鷩鴘雙飛，曹丕句：「或如朝雲浮高山，或如飛鳥厲蒼天。」意雖相類，惟語較質實，似不及植句之刻畫精工也。

〔一二〕神，讚美之詞。璞，《文選·南都賦》李注：「玉之未理者。」

〔一三〕彌，《爾雅·釋言》：「終也。」葉，《廣雅·釋言》：「世也。」百葉，百世。希，《後漢書·皇甫規傳》章懷注：「希，慕也。」

〔一四〕篤厚，《銓評》：「《藝文》作明篤。」宋刊本《曹子建文集》無厚字。明篤，謂聰睿敦厚。神后，指曹操。

〔一五〕廣被，《銓評》：「《藝文》被作彼。」疑彼當作被，傳鈔致誤。宋刊本《曹子建文集》正作被。《文選·東京賦》：「惠風廣被。」廣被，溥覆也。

〔一六〕夷，謂少數民族。重使猶重譯。此歌頌曹操功德遠及異域。

〔一七〕公輸，春秋時人，即魯般，是我國古代技藝精湛之工師。之巧，《銓評》：「《藝文》作使制。」宋刊本《曹子建文集》與《藝文》同。考張衡《西京賦》：「命般爾之巧匠。」或植句所本，《藝文》作使制，疑非。

〔一八〕窮，《廣雅·釋詁一》：「極也。」妍麗，猶美好。殊形，特殊形式。

〔一九〕點成，《爾雅·釋器》注：「以筆滅字爲點。」點成，猶言點染而成也。

〔二〇〕鬱蓊，形容蓬勃浮動之貌。雲蒸，雲升。

〔二一〕蜿蟬，《銓評》：「《藝文》蟬作蜒。」已見《九華扇賦》注。龍征，龍行。

〔二二〕激，《莊子·盜跖篇》《釋文》引司馬注：「明也。」

〔二三〕浮星，謂閃灼之星光。

〔二四〕巨偉，《銓評》：「《御覽》八百八作瑰瑋。」瑰瑋，《廣雅·釋訓》：「琦玩也。」

〔二五〕九驚，《銓評》：「《韻補》一作敬。」案宋刊本《曹子建文集》亦作敬。疑敬或是驚字之殘脱，作驚字是。驚，精韻，作敬韻不協。

〔二六〕離朱，已見前注。聰目，《銓評》：「《韻補》目作明。」案宋刊本《曹子建文集》仍作目，作目字是。聰，《説文》：「察也。」聰目謂視力極强。

〔二七〕内，《銓評》：「《韻補》作猶。」案作猶字是。《詩經·常武篇》鄭箋：「猶，尚也。」炫曜，《楚辭·離騷》王注：「惑亂也。」失精，《銓評》：「失程作矢，從《藝文》。」案作失字是。《楚辭·橘頌》王注：「精，明也。」失精猶失明。如今語云眼花。

〔二八〕特章，特，獨也；章，顯也。

〔二九〕俟君子，案俟當作侍。侍，《説文》：「承也。」王粲賦：「侍君子之宴坐。」可證。閒燕，閒，私也；燕與讌通。

〔三〇〕斯觥，《銓評》：「觥《藝文》作觴。」觥、觴義同。《中華古今注》：「魏武帝以車渠石爲酒椀。」徐幹《車渠椀賦》：「盛彼清醴，承以雕盤。」

〔三一〕求御，《銓評》：「求張作永。」案作永字是。王褒《洞簫賦》：「故永御而可貴。」永，久也。《楚辭・涉江》王注：「御，用也。」永御猶言久用。

案《魏志・武帝紀》：建安二十年，曹操攻屠河池，西平、金城諸將麴演、蔣石等共斬送韓遂首。涼州平定，西域交通開始恢復，西域諸國餽送，才能達致鄴都。應、徐、王俱死於二十二年，則此賦創作時期，不會後於二十二年春天，是時王粲已死，據此或寫於二十一年中。

迷迭香賦〔一〕

播西都之麗草兮〔二〕，應青春而凝暉〔三〕。流翠葉於纖柯兮〔四〕，結微根於丹墀〔五〕。信繁華之速實兮〔六〕，弗見凋於嚴霜〔七〕。芳莫秋之幽蘭兮〔八〕，麗崑崙之芝英〔九〕。既經時而收采兮〔一〇〕，遂幽殺以增芳〔一一〕。去枝葉而特御兮〔一二〕，入綃縠之霧裳〔一三〕。附玉體以行止兮，順微風而舒光〔一四〕。

〔一〕《銓評》：「迷迭，香名也。《御覽》（九百）八十二引魏文帝、應瑒、陳琳《迷迭賦》。」案曹丕、應瑒、陳琳、王粲所作，見《藝文》卷八十一。曹丕《迷迭賦序》：「余種迷迭於中庭，嘉其揚條吐香，馥有令芳。」《魏略》：「大秦出迷迭。」（《魏志・四夷傳》裴注引）王粲《迷迭賦》：「產崑崙之極幽。」則迷迭蓋西域所產。

〔二〕西都，或説：「迷迭香出西蜀，其生處土如渥丹。遇嚴冬，花始盛開，開即謝，入土結成珠，顆顆如火齊。佩之香浸入肌體，聞之者迷戀不能去，故曰迷迭香。」疑迷迭蓋外來語之音譯，其所述開花時與結實狀，與此賦所述不同，似應以賦爲是。

〔三〕應，當也。青春，《爾雅·釋天》：「春爲青陽。」因名春爲青春。凝，《銓評》：「《藝文》八十一作發。」暉，《説文》：「光也。」發暉，謂新葉初生，仿佛如有光采也。

〔四〕陳琳賦：「立碧莖之婀娜，鋪緑條之蟺蜿。」據此迷迭係藤屬植物，故此賦謂之曰「纖柯」。

〔五〕結，《文選·南都賦》李注：「猶固也。」丹墀，《説文》：「墀，涂地也。」《禮》：「天子赤墀。」《漢書·梅福傳》顔注引應劭：「以丹淹泥塗殿上也。」

〔六〕實謂果實。

〔七〕見，被字之意。

〔八〕莫，暮古今字。莫秋，晚秋。謂迷迭果實香如晚秋之蘭花。

〔九〕芝英，《銓評》：「程、張作英芝，從《藝文》。案作芝英是。」芝英，芝草之花。繆襲《神芝贊》：「其色紫丹，其質光曜。」是芝花紫紅色，迷迭花亦似之，故曰麗，謂美麗也。

〔一〇〕經時，《文選·西京賦》薛注：「經，歷也。」

〔一一〕幽殺，密閉收藏之意。增芳，增加果實芳香之濃度。

〔一二〕特御，獨用。

〔三〕入，《吕氏春秋·無義》高注：「猶納也。」霧裳，形容裳之薄如霧然。

〔四〕舒光，《淮南·本經訓》高注：「舒，散也。」

贈丁（翼）〔廙〕〔一〕

嘉賓填城闕〔二〕，豐膳出中厨〔三〕。吾與二三子，曲宴此城隅〔四〕。秦筝發西氣〔五〕，齊瑟揚東謳〔六〕。肴來不虚歸〔七〕，觴至反無餘〔八〕。我豈狎異人〔九〕！朋友與我俱。大國多良材，譬海出明珠。君子義休偫〔一〇〕，小人德無儲〔一一〕。積善有餘慶〔一二〕，榮枯立可須〔一三〕。滔蕩固大節〔一四〕，世俗多所拘〔一五〕。君子通大道〔一六〕，無願爲世儒〔一七〕！

〔一〕丁翼，《銓評》：「《藝文》三十九、《御覽》五百三十九均作《與丁廙》。」案《魏志·陳思王植傳》翼亦作廙。《玉篇》：「廙，敬也。」丁廙字敬禮，名與字義相承，則作廙字或是。

〔二〕填，李注：「鄭玄《禮記注》曰：填，滿也。」城闕，《詩經·子衿篇》：「在城闕兮」毛傳：「乘城而見闕。」《釋名·釋宫室》：「闕在門兩旁，中間闕然爲道也。」

〔三〕中厨，内厨。

〔四〕曲宴，《文選·吴都賦》張注：「曲，僻也。」城隅，《詩經·静女篇》：「俟我於城隅。」《周禮·考工·匠人》鄭注：「城隅謂角桴思也。」《禮記·明堂位》《正義》：「漢時東闕浮思災。以此諸文參之，則桴思，小樓也，故城隅闕上皆有之。」案即今城上角樓。

〔五〕秦箏，《風俗通》：「箏，蒙恬所造。」《説文》：「鼓弦竹身樂也。」（《御覽》鼓作五）朱駿聲《通訓定聲》：「按古五弦施於竹如筑，秦蒙恬改爲十二弦，變形如瑟，易竹以木，唐以後加十三弦。」發西氣，《銓評》：「氣《韻補》一作音。」《釋名·釋樂器》：「箏施弦高急箏箏然也。」杜佑《通典》：「箏，秦聲也。」謂陝西多高亢酸楚之曲調。

〔六〕齊瑟，《史記·田氏世家》蘇秦曰：「臨菑甚富，其民無不吹竽鼓瑟。」東謳，李注：「《説文》曰：謳，齊歌也。」

〔七〕虚歸，《銓評》：「《藝文》三十九虚作滿。」案虚，《廣雅·釋詁三》：「空也。」《文選》亦作虚。不虚歸，謂食之且盡也。

〔八〕此二句極意形容宴飲酬酢之歡樂。

〔九〕狎，李注：「《爾雅》曰：狎，習也。」案《論語·鄉黨篇》皇疏：「狎，謂素相親狎也。」異人，《吕覽·上農》高注：「異，猶他也。」

〔一〇〕《銓評》：「《文選》二十四李善注：《説文》曰：偫，待也。」案李注：「言君子之義美而且具。」

〔一一〕李注：「小人之德寡而無儲。儲，謂蓄積之以待無也。」

〔一二〕積善，李注：「《周易》曰：積善之家，必有餘慶。」《國語·周語》韋注：「慶，福也。」

〔一三〕榮枯，以草木喻人之貴賤也。須，李注：「孔安國《尚書傳》曰：待也。」立可須，猶言可立而待。

〔一四〕滔蕩，《楚辭·怨思》王注：「廣大貌也。」

〔一五〕世，《銓評》：「張作時。」《吕覽·誣徒》高注：「世，時也。」世俗即時俗，猶言社會風尚。拘，《後漢書·王霸傳》章懷注：「猶限也。」即今限制之意。

〔一六〕通，《釋名·釋語言》：「通，洞也，無所不貫洞也。」

〔一七〕世儒，李注：「《論衡》曰：説經者爲世儒。」案説見《論衡·書解篇》。揆子建之意，似蔑視章句之儒，而其所謂大道，或與楊修書中所云「勠力上國，流惠下民」之意同，於此可見子建當時之意願。

與吴季重書〔一〕

植白：季重足下。前日雖因常調〔二〕，得爲密坐〔三〕。雖燕飲彌日〔四〕，其於别遠會稀〔五〕，猶不盡其勞積也〔六〕。若夫觴酌陵波於前〔七〕，簫笳發音於後；足下鷹揚其體，鳳觀虎視〔八〕，謂蕭曹不足儔〔九〕，衛霍不足侔也〔一〇〕。左顧右（盼）〔眄〕〔一一〕，謂若無人，豈非君子壯志哉〔一二〕！過屠門而大嚼〔一三〕，雖不得肉，貴且快意〔一四〕。當斯之時，願舉泰山以爲肉，傾東海以爲酒〔一五〕，伐雲夢之竹以爲笛，斬泗濱之梓以爲箏〔一六〕；食若填巨壑，飲若灌漏巵〔一七〕。

〔如上言〔一八〕〕其樂固難量，豈非大丈夫之樂哉！然日不我與〔一九〕，曜靈急節〔二〇〕，面有過景之速〔二一〕，别有參商之闊〔二二〕。思欲抑六龍之首〔二三〕，頓羲和之轡〔二四〕，折若木之華〔二五〕，閉濛汜之谷〔二六〕。天路高邈〔二七〕，良久無緣〔二八〕，懷戀反側〔二九〕，何如何如〔三〇〕？得所來訊〔三一〕，文采委曲〔三二〕，曄若春榮〔三三〕，瀏若清風〔三四〕，申詠反覆〔三五〕，曠若復面〔三六〕。其諸賢所著文章，想還所治復申詠之也〔三七〕。可令憙事小（吏）〔史〕諷而誦之〔三八〕。夫文章之難，非獨今也，古之君子猶亦病諸〔三九〕！家有千里，驥而不珍焉；人懷盈尺，和氏而無貴矣〔四〇〕！夫君子而不知音樂〔四一〕，古之達論謂之通而蔽〔四二〕；墨翟不好伎，何爲過朝歌而迴車乎〔四三〕？足下好伎，而正值墨翟迴車之縣，想足下助我張目也〔四四〕。又聞足下在彼，自有佳政。夫求而不得者有之矣，未有不求而自得者也。且改轍而行，非良樂之御〔四五〕；易民而治，非楚鄭之政〔四六〕，願足下勉之而已矣。適對嘉賓，口授不悉〔四七〕，往來數相聞。曹植白〔四八〕。

〔一〕《魏略》：「質字季重，以才學通博，爲五官將及諸侯所禮愛，質亦善處其兄弟之間，若前世樓君卿之游五侯矣。河北平定，大將軍（李慈銘《三國志札記》：當作五官將）爲世子，質與劉楨等並在坐席。楨坐譴之際，質出爲朝歌長。」

〔二〕常調，謂守土之官在一定時期向執政者述職。

〔三〕密，疏之對也。即親近之意。

〔四〕彌日，終日。

〔五〕别遠會稀，猶言離多會少。

〔六〕勞積，《漢書·谷永傳》顔注：「勞，憂也。」

〔七〕觴、酌俱謂酒杯。陵波，即乘波。前，坐客前。吴質《答東阿王書》：「臨曲池而行觴。」亦指此事。

〔八〕鳳觀，《銓評》：「觀，《藝文》二十六作翔，《文選》四十二作歎。」鳳歎虎視，李注：「鳳以喻文也，虎以喻武也。歎猶歌也，取美壯之意。」

〔九〕蕭曹，蕭何、曹參，皆漢高祖、惠帝丞相。

〔一〇〕衛霍，衛青、霍去病，漢武帝時名將。儔、侔，言匹敵也。

〔一一〕盼，《銓評》：「張作眄。」案宋刊本《曹子建文集》亦作眄。盼，《詩經·碩人篇》毛傳：「黑白分也。」於此無義。眄，《一切經音義一》引《蒼頡》：「旁視曰眄。」此盼字當作眄。

〔一二〕君子，《銓評》：「君，《文選》作吾。」宋刊本《曹子建文集》亦作吾。吾子，謂吴質。此述吴質驕豪自恣之狀。

〔一三〕李注：「桓子《新論》曰：人聞長安樂，則出門向西而笑；知肉味美，對屠門而大嚼。」

〔一四〕快意，《國策·秦策》高注：「快，樂也。」

〔一五〕傾，《銓評》：「《書鈔》一百四十五作濟。」案《文選》孫子荆《征西官屬詩》李注：「傾猶盡也。」

作濟非。

〔一六〕梓，木名。木質細密。葉似桐，夏開淡黄花。

〔一七〕漏巵，李注：「《淮南子》曰：今夫霤水足以溢壺榼，而江河不能實漏巵。」巵，《莊子·寓言》《釋文》引李注：「圓酒器也。」

〔一八〕如上言，《銓評》：「程、張脱此三字，據《書鈔》一百四十三補。」案《文選》無此三字，宋刊本《曹子建文集》亦無此三字，似應删。

〔一九〕日，《銓評》：「《藝文》作歲。」

〔二〇〕曜靈，李注：「《廣雅》曰：日也。」急節，《文選》傅毅《舞賦》李注：「逼迫於曲之急節也。」引伸爲疾速前進之意。

〔二一〕面，《儀禮》《聘禮》鄭注：「面亦見也。」過，《銓評》：「《文選》作逸。」《國語·晉語》韋注：「逸，奔也。」

〔二二〕參商，李注：「《左氏傳》：子産曰：昔高辛氏有二子，伯曰閼伯，季曰實沈，不相能。后帝不臧，遷閼伯於商丘，主辰，商人是因，故辰爲商星。遷實沈於大夏，主參，唐人是因，其季葉爲唐叔，故參爲晉星。」闊，《爾雅·釋詁》：「遠也。」

〔二三〕抑，《説文》：「按也。」六龍，《春秋命曆序》：「皇伯登出扶桑，日之陽，駕六龍以上下。」馬馳則昂頭，抑其首，使不得行也。

〔二四〕頓，《文選》陸士衡《演連珠》李注：「頓猶舍也。」

〔二五〕李注：「王逸曰：若木在崑崙，言折取若木以拂擊蔽日，使之還却也。」案《離騷》王注：「若木在崑崙西極，其華照下地。」子建《感節賦》：「折若華之翳日，庶朱光之常照。」亦同此意。

〔二六〕濛汜，《天問》：「次於濛汜。」謂日在黄昏，落於西極蒙水之涯。《文選・蜀都賦》劉注：「濛汜，日所入也。」

〔二七〕高邈，猶高遠。

〔二八〕久無，《銓評》：「《文選》作無由。」案胡本《文選》作「良久無緣」，宋刊本《曹子建文集》作「良無由緣」。由緣複義詞，因字之義。

〔二九〕反側，不安也。

〔三〇〕何如何如，《銓評》：「張作如何如何。」案《文選》作「如何如何」。

〔三一〕來訊，《荀子・賦篇》楊注：「訊，書問也。」來訊猶來書。

〔三二〕委曲，猶委佗。《爾雅・釋訓》郭注：「佳麗美麗之貌。」

〔三三〕曄，《神女賦序》：「曄兮如華。」李注：「曄，盛貌。」春榮，春花。

〔三四〕瀏，《文選・甘泉賦》李注引孟康：「清也。」清風，已見《娱賓賦》注。案上句言辭藻之美，此句謂内容之佳。

〔三五〕申詠，申，《爾雅・釋詁》：「重也。」詠，《説文》：「歌也。」

〔三六〕曠，《説文》：「明也。」

〔三七〕所治，李注：「謂朝歌也。」

〔三八〕憙事，案宋刊本《曹子建文集》憙字作喜。憙事猶今言好（去聲）事。小吏，《銓評》：「《文選》吏作史。」案宋刊本《曹子建文集》亦作史，胡本《文選》作吏。作史字是。《周禮·天官·序官》鄭注：「史，掌書者。」即謄寫文件之人。諷誦，李注：「《周禮》曰：諷誦言語。鄭玄曰：背文曰諷，以聲節之曰誦。」

〔三九〕病諸，《論語·憲問篇》：「堯舜其猶病諸。」皇疏：「病猶難也。」諸，《小爾雅·廣訓》：「之乎也。」諸爲之乎二字之合音。

〔四〇〕千里，謂千里馬。盈尺，謂盈尺之璧。和氏指卞和。李注：「言驥及和氏，以希爲貴。今若家有千里，人懷盈尺，即驥及和氏寧得珍貴乎。」

〔四一〕不知，案《文選》知上無不字。説詳胡氏《考異》。宋刊本《曹子建文集》亦無。疑有不字爲是。而猶如也。如不知方與下句謂之通而蔽義相承，無不字則文義齟齬難通矣。

〔四二〕《荀子·解蔽篇》：「墨子蔽於用而不知文。」達論蓋謂《解蔽篇》。通而蔽，蓋謂其不知文也。

〔四三〕伎或作妓，《華嚴經音義》引《切韻》：「女樂也。」朝歌，河南省縣名。《文選》鄒陽《獄中上書》：「邑號朝歌，墨子迴車。」李注：「《淮南子》曰：墨子非樂，不入朝歌。然古有此事，未詳其本。」

〔四四〕墨翟，《銓評》：「翟，《文選》作氏。」案宋刊本《曹子建文集》作翟。胡刻《文選》亦作翟，不作氏。張，開也。張目，猶言擴展視野。

〔四五〕良樂，李注：「《吕氏春秋》曰：古之善相馬者，若趙之王良，秦之伯樂，尤盡其妙也。」

〔四六〕李注：「《戰國策》曰：趙告謂趙王曰：臣聞之，聖人不易民而教，智者不變俗而勸。《史記》曰：循吏，楚有孫叔敖，鄭有子産，而二國俱治，是不易之民也。」

〔四七〕口授，謂口述而令人書寫。不悉，不詳盡之意。

〔四八〕《銓評》：「《文選》李注云：植集此書别題云：夫爲君子而不知音樂，古之達論，謂之通而蔽。墨翟自不好伎，何爲過朝歌而迴車乎！足下好伎，而正值墨氏迴車之縣，想足下助我張目也。今本以墨翟之好伎置和氏無貴矣之下，蓋昭明移之，與季重之書相映耳。案據李注，則夫君子以下八句，古本别爲一通，字句亦稍異，唐本或據《文選》增之。」

案《文選》李注：「《典略》曰：質出爲朝歌長，臨淄侯與質書。」考丕與吴質書，有云「元瑜長逝」，阮瑀卒於建安十七年，則質已爲朝歌令矣。而質復植書云：「墨子迴車，而質四年。」似植與質書，當在質任朝歌令四年時也。即建安二十年或二十一年。

槐賦〔一〕

羡良木之華麗〔二〕，爰獲貴於至尊〔三〕。憑文昌之華殿〔四〕，森列峙乎端門〔五〕。觀朱（欀之）〔榱以〕振條〔六〕，據文陛而結根〔七〕。（暢）〔揚〕沈陰以博覆〔八〕，似明后之垂恩〔九〕。在季春以初茂〔一〇〕，踐朱夏而乃繁〔一一〕。覆陽精之炎景〔一二〕，散流耀以增鮮〔一三〕。

〔一〕《銓評》：「《初學記》二十八作《槐樹賦》。」案曹丕《槐賦序》曰：「文昌殿中槐樹，盛暑之時，余數游其下，美而賦之！王粲直登賢門，小閣外亦有槐樹，乃就使賦焉。」（見《藝文》卷八十八）

〔二〕良木，指槐樹。

〔三〕爰，於是之意。《太公金匱》：「請樹槐於王門内，有益者入，無益者距之。」所以爲王者所重視。至尊，指曹操。時曹操已封魏王，故尊稱曰至尊。

〔四〕文昌，鄴宫正殿。已見《贈徐幹》詩注。華殿，《文選·東京賦》薛注：「華，采畫也。」殿施采畫，故曰華殿。

〔五〕森，《文選·文賦》李注：「多木長貌。」列峙，猶列立。端門，《文選·魏都賦》劉注：「文昌殿前值端門。」李注：「凡南方正門皆謂之端。」

〔六〕朱欀，《銓評》：「《藝文》八十八欀作榱。左思《吴都賦》有文欀。劉淵林注謂可作餅，似麪，交阯盧亭有之。」案欀字當從《藝文》作榱。朱榱，朱桷。左思《魏都賦》：「朱桷森列而支離。」可證。丁説不足據。之，《銓評》：「《藝文》作以。」案作以字是。振條，猶言舉枝。句謂觀殿上朱桷而舉伸長枝。

〔七〕據，《詩經・柏舟篇》毛傳：「依也。」文陛，陛，階也；文，謂雕刻。此二句叙述一上一下，相儷成文，更足證欀係誤字。

〔八〕暢，《銓評》：「《藝文》作揚。」案作揚字是。揚，《文選・典引》蔡注：「振布之意。」博覆，《銓評》：「《初學記》二十八博作溥。」案溥，徧也。

〔九〕明后，謂曹操。垂，《荀子・富國篇》楊注：「下也。」下有降義，垂恩，猶降恩也。垂爲示敬之詞。

〔一〇〕初茂，謂葉始茂盛。

〔一一〕踐，《論語・先進篇》皇疏：「循也。」朱夏，《爾雅・釋天》：「夏爲朱明。」故謂夏爲朱夏。

〔一二〕陽精，《禮記・郊特牲》鄭注：「日，太陽之精也。」故陽精指日。炎景，《文選・東都賦》李注引《字林》：「炎，火光。」

〔一三〕耀，光也。流耀猶流光。增鮮，增加光明。

案《王仲宣誄》：「我王建國，百司俊乂。君以顯舉，秉機省闥。」省闥，疑指登賢門。則此賦蓋作於王粲爲侍中時。據《魏志·武帝紀》裴注：王粲爲侍中，在建安十八年十一月。又考《武紀》：曹操十九年秋七月征孫權，十二月至孟津。二十年三月，操西征張魯。二十一年二月還鄴。二十二年正月，王粲病死。曹操出征，王粲皆從行。則王粲爲侍中而夏季在鄴時只十九年與二十一年。十九年曹丕在孟津，惟二十一年夏，子建兄弟與王粲俱在鄴。而賦稱操爲至尊，當在操封魏王時。此賦創作時代，或在此時。賦句殘遺。

大暑賦

炎帝掌節〔一〕，祝融司方〔二〕；羲和按轡〔三〕，南雀舞衡〔四〕。暎扶桑之高（熾）〔燎〕〔五〕，（燎）〔熾〕九日之重光〔六〕。大暑赫其遂蒸〔七〕，玄服革而尚黃〔八〕。蛇（折）〔析〕鱗於靈窟〔九〕，龍解角於皓蒼〔一〇〕。遂乃温風赫曦〔一一〕，草木垂幹。山坼海沸〔一二〕，沙融礫爛〔一三〕。飛魚躍渚，潛黿浮岸〔一四〕。鳥張翼而（近）〔遠〕栖〔一五〕，獸交（遊）〔逝〕而雲散〔一六〕。於時黎庶徙倚〔一七〕，棋布葉分〔一八〕。機女絶綜〔一九〕，農夫釋耘〔二〇〕。背暑者不群而齊迹〔二一〕，向陰者不會而成群〔二二〕。於是大人遷居宅幽〔二三〕，（緩）〔綏〕神育靈〔二四〕。雲屋重構〔二五〕，閑房肅清〔二六〕。寒泉涌流，玄木奮榮〔二七〕。積素冰於幽館〔二八〕，氣飛結而爲霜〔二九〕。奏白雪於琴瑟〔三〇〕，朔風感而增涼〔三一〕。

壯皇居之瑰瑋兮，步八閎而爲宇。節四運之常氣兮，踰太素之儀矩。《銓評》：「《御覽》一引《大暑賦》。此疑篇首脱文。」

〔一〕炎帝，神農氏。五行家謂以火德王。魏相上書云：「南方之神炎帝，乘離，執衡，司夏。」（見《漢書·魏相傳》）掌節，《廣雅·釋詁三》：「掌，主也。」《左》僖十二年傳杜注：「節，時也。」掌節，與《魏相傳》司夏之意同。

〔二〕祝融，「顓頊之孫，老童之子，名吴迴。一説名黎，爲高辛氏火正之官，號爲祝融，死爲火神。」（見《淮南·時則訓》高注）司方，司，主也；方，謂南方。《淮南·時則訓》：「夏，赤帝祝融之所司者萬二千里。」

〔三〕羲和，《離騷》：「吾令羲和弭節兮。」《廣雅·釋天》：「日御謂之羲和。」按，《管子·霸言篇》尹注：「抑也。」與弭節之意同。

〔四〕南雀，《史記·天官書》：「南宫朱鳥。」《索隱》：「《文耀鈎》云：南宫赤帝，其精爲朱鳥也。」則南雀即朱鳥，謂鳳也。舞衡，《淮南·時則訓》：「夏治以衡，衡者所以平萬物也。」《天文訓》：「執衡而治。」即舞衡之義。

〔五〕暵，《銓評》：「《初學記》三作維。」案疑作暵字是。《小爾雅·廣言》：「暵，曬也。」扶桑，《銓評》：「扶，《書鈔》作暑。此字依《初學記》改。」按作暑字誤。扶桑，已見前注。熾，《銓評》：「《初學記》作燎。」疑作燎字是。按《儀禮·士喪禮》鄭注：「火在地曰燎。」

〔六〕燎，《銓評》：「《初學記》作熾。」案《説文》：「熾，盛也。」重光，《銓評》：「此二句程、張脱，依《書鈔》一百五十六補。」

〔七〕赫其，猶赫然，盛貌。遂蒸，王粲《大暑賦》：「重陽積而上升。」蒸、升意同。

〔八〕玄，黑色。革，更改也。尚黄，《銓評》：「此二句程、張脱，從《御覽》三十四補。」《吕氏春秋·季夏紀》：「中央土……駕黄騮，載黄旂，衣黄衣。」

〔九〕折鱗，《銓評》：「《御覽》折作拒。」案折、拒疑皆柝字之誤。《説文》：「柝，判也。」作柝是。柝鱗，如今言蜕皮。靈，神也，贊美之詞。窟，洞穴。

〔一〇〕晧，或作昊。《爾雅·釋天》：「夏爲昊天。」晧蒼指天。

〔一一〕温風，《銓評》：「風，《書鈔》作氣。」案張衡《思玄賦》：「温風翕其增熱兮。」《禮記·月令篇》：「小暑之日，温風至。」《後漢書·張衡傳》章懷注：「温風，炎風也。」作風字是。赫曦，《銓評》：「程、張曦作戲，從《藝文》四。」案《文選·西京賦》：「叛赫戲以輝煌。」薛注：「赫戲，炎盛也。」曦、戲皆屬曉紐字，赫曦、赫戲雙聲謰語，似不必易字爲得。

〔一二〕山坼，《銓評》：「坼，程作折，從《藝文》。」案程本誤。《説苑·君道篇》：「湯之時，大旱七年，雒坼川竭。」《淮南·本經訓》：「天旱地坼。」高注：「燥裂也。」

〔一三〕沙融礫爛，《説苑·君道篇》：「煎沙爛石。」或植所本。

〔一四〕飛魚、潛黿二句，形容氣候極熱，魚黿在水中不能存身。

〔一五〕近栖，《銓評》：「近，《御覽》作遠。」案作遠字是。

〔一六〕交遊，《銓評》：「《御覽》遊作逝。」案作逝是。交逝即俱逝。

〔一七〕徙倚，《楚辭·哀時命》王注：「徙倚猶低徊也。」

〔一八〕棋布葉分，形容分散之狀。

〔一九〕綜，楊慎云：「綜所持經而施緯，使不失條理。」（見桂馥《説文義證》）朱駿聲曰：「按謂機縷持絲者，屈繩制經，令得開合。」絶綜，猶言織作停止。

〔二〇〕釋耘，釋，捨也；耘，《説文》：「除苗間穢也。」謂放棄農作。

〔二一〕背暑，猶言逃暑。齊跡，謂行動一致。

〔二二〕向陰，猶言納凉。

〔二三〕大人，《銓評》：「人，《藝文》作臣。」《孟子·離婁》趙注：「大人謂君國。」此指曹操。宅幽，居處幽深之室。

〔二四〕緩神，緩字於此無義，疑爲綏字之形誤。曹植《毁鄄城故殿令》：「綏神育靈。」可證此誤。綏，安寧之意。育靈，即今語養神。

〔二五〕雲屋，見本卷《七啓》注。重構，《淮南·本經訓》：「大厦曾加。」高注：「曾，重。加，材木相乘架也。」即雲屋重構之意。

〔二六〕閑房，黄節《曹子建詩注》：「殿旁之室。」

〔二七〕玄木，《文選·高唐賦》：「玄木冬榮。」奮榮，猶今語揚花。

〔二八〕素冰，白色冰。幽館，深邃之屋。

〔二九〕氣謂寒氣。

〔三〇〕白雪，瑟曲名。「大帝使素女鼓五十弦彈此曲。」（見張華《博物志》）

〔三一〕朔風，《文選·出師頌》：「朔風變楚。」朔，北方。

案《文選》楊修《答臨淄侯書》：「是以對鶡而辭，《暑賦》彌日而不獻。」李注：「植爲《鶡鳥賦》，亦命修爲之而辭讓。植又作《大暑賦》，而修亦作之，竟日不敢獻。」而植與修書，曾寫：「僕少好辭賦，迄今二十有五年矣！」又王粲亦作《大暑賦》，則鶡鳥、大暑賦蓋創作在建安二十一年之時。此賦殘佚。

鶡　賦有序

鶡之爲禽猛氣〔一〕，其鬬終無勝負〔二〕，期於必死，遂賦之焉！

美遐圻之偉鳥〔三〕，生太行之嵓阻〔四〕。體貞剛之烈性〔五〕，亮乾德之所輔〔六〕。戴毛角之雙立〔七〕，揚玄黄之勁羽〔八〕。甘沈隕而重辱〔九〕，有節士之儀矩〔一〇〕。降居（檀）〔壇〕澤〔一一〕，高處保岑〔一二〕。遊不同嶺，棲必異林〔一三〕。若有翻雄駭遊〔一四〕，孤雌驚翔，則長鳴挑敵〔一五〕，鼓翼專場〔一六〕。踰高越壑〔一七〕，雙戰隻僵〔一八〕。階侍斯珥〔一九〕，俯耀文墀〔二〇〕；成武官之首飾〔二一〕，增庭燎之〔光〕〔高〕輝〔二二〕。

〔一〕曹操《鶡雞賦序》：「鶡雞猛氣，其鬬終無負，期於必死。今人以鶡爲冠，像此也。」（見嚴輯《全三國文》引《大觀本草》）然繫之曹操，恐非。疑此或屬曹植《鶡賦》序文，今集序有遺落，似應據此訂補。

〔二〕其，《銓評》：「張作共。」案宋刊本《曹子建文集》共作其，張本誤。

〔三〕遐圻，《銓評》：「程作忻，從《藝文》九十。」案丁校改是。遐，遠也。圻，《文選·辯亡論》李注：「界也。」偉，異也。贊頌之詞。

〔四〕太行，《説文》：「鶡似雉，出上黨。」嵑阻，險峻巖穴。

〔五〕貞剛，純質堅强。烈性，猛烈性格。

〔六〕乾德，《銓評》：「乾，《藝文》作金。」案宋刊本《曹子建文集》與《藝文》同。《周易·説卦》：「乾爲金。」《正義》：「爲金，取其剛之清明也。」是乾、金意同，然作乾字是。輔，《廣雅·釋詁》二：「助也。」

〔七〕郭璞《山海經·中山經》注：「鶡似雉而大，青色，有毛角，勇健，鬬死方止。」

〔八〕玄黄，顔之推《家訓·勉學篇》：「吾曰：鶡出上黨，數曾見之，色並黄黑，無駁雜也。」

〔九〕甘，《銓評》：「程、張作其，從《藝文》。」案作甘字是。《一切經音義》一引《廣雅》：「甘，樂也。」沈隕謂死亡。重辱，《史記·司馬相如傳》《索隱》：「重猶難也。」辱，恥辱。

〔一〇〕節士，《銓評》：「士，《藝文》作俠。」宋刊本《曹子建文集》與《藝文》同。節俠，謂重義輕生之人。儀矩，猶言風度。

〔一一〕檀澤，宋刊本《曹子建文集》檀作擅。《史記·魏豹彭越傳》《索隱》：「擅猶專也。」作檀非。

〔一二〕保，《詩經·楚茨篇》鄭箋：「居也。」

〔一三〕以上四句，皆形容鶡雞不合群之特性。

〔一四〕若，《銓評》：「程作苦，從《藝文》。」案宋刊本《曹子建文集》亦作若。作若字是。翻，《文選》謝宣遠《張子房詩》注引《韓詩章句》：「飛貌。」駭，《詩經·漸漸之石篇》《正義》：「馬驚謂之駭，則駭者躁疾之言。」遊，《銓評》：「《藝文》作逝。」

〔一五〕挑，《後漢書·陳龜傳》章懷注：「猶取也。」

〔一六〕專場，《銓評》：「場程作揚，從《藝文》。」案專場即擅場。詳《鬭雞》詩注。

〔一七〕高，謂峰巒。

〔一八〕戰，《銓評》：「程、張作不，從《藝文》。」案宋刊本《曹子建文集》戰字作戟，戟當係戰字之形誤，應據《藝文》作戰爲是。隻僵，《續漢書·輿服志》：「鶡者，勇雉也，其鬭對，一死乃止。」

〔一九〕階侍，謂立於殿階下之衛士。珥，《文選》左太沖《詠史詩》李注：「插也。」荀綽《晉百官表注》：「冠插兩鶡，鷙之暴疏者也。每所攫撮，應爪摧衄，天子武騎，故以冠焉。」《續漢書·輿服志》：「鶡冠武冠，環瓔無蕤，以青絲爲緄，加雙鶡尾，竪立左右爲鶡冠。五官左右虎賁、羽林，五官中郎將羽林左右監，皆冠鶡冠。」

〔二〇〕文，謂彫刻。文墀，即殿臺階石上雕鏤之圖案。

〔二一〕武官，指虎賁羽林。首飾，頭上飾物。

〔二二〕庭燎，《國語·周語》韋注：「設大燭於庭，謂之庭燎。」古代朝會，用竹或蘆葦成巨束，油灌其中，長一二丈，竪立殿下。入夜，以火燃之，光明可達殿内外。光輝，《銓評》：「光，《藝文》作高。」案宋刊本《曹子建文集》亦作高，作高字是。高輝，謂一二丈高之光輝也。

與楊德祖書

植白：數日不見，思子爲勞〔一〕，想同之也。僕少小好爲文章，迄至於今二十有五年矣〔二〕。然今世作者可略而言也〔三〕：昔仲宣獨步於漢南〔四〕，孔璋鷹揚於河朔〔五〕，偉長擅名於青土〔六〕，公幹振藻於海隅〔七〕，德璉發迹於〔大〕〔北〕魏〔八〕，足下高視於上京〔九〕。當此之時〔一〇〕，人人自謂握靈蛇之珠〔一一〕，家家自謂抱荆山之玉〔一二〕。吾王於是設天網以該之〔一三〕，頓八紘以掩之〔一四〕，今悉集兹國矣〔一五〕！然此數子猶復不能飛軒絶迹〔一六〕，一舉千里也。以孔璋之才，不閑於詞賦〔一七〕，而多自謂能與司馬長卿同風〔一八〕；譬畫虎不成，反爲狗〔者〕也〔一九〕。前有書嘲之〔二〇〕，反作論盛道僕讚其文。夫鍾期不失聽，於今稱之〔二一〕，吾亦不能妄歎者〔二二〕，畏後世之嗤余也〔二三〕！世人之著述不能無病〔二四〕，僕（嘗）〔常〕好人譏彈其文〔二五〕，有不善者〔二六〕，應時改定。昔丁敬禮嘗作小文〔二七〕，使僕潤飾之〔二八〕。僕自以才不過若人〔二九〕，辭不爲也。敬禮謂僕〔三〇〕：卿何所疑難〔三一〕？文之佳（惡）〔麗〕〔三二〕，吾自得之，後世誰（相）〔將〕知定吾文者耶〔三三〕！吾嘗歎此達言〔三四〕，以爲美談〔三五〕。昔尼父之文辭，與人通流〔三六〕，至於制《春秋》，游夏之徒乃不能措一辭〔三七〕。過此而言不病者，吾未之見也！蓋有南威之容，乃可以論於淑媛〔三八〕；有龍（泉）〔淵〕之利〔三九〕，乃可以議於斷割〔四〇〕。劉季緒才不能逮於作者〔四一〕，而好詆訶文章〔四二〕，掎摭利病〔四三〕。昔田巴毁五帝、罪三王、呰五霸於稷下〔四四〕，一旦而服千人。魯連一説，使終身杜口〔四五〕。劉生之辯，未若田氏；今之仲連，求之不難，可無（歎）息乎〔四六〕！人各有好尚：蘭茝蓀蕙之芳〔四七〕，衆人（之）所好〔四八〕，而海畔有逐臭之夫〔四九〕；《咸池》、《六莖》之發〔五〇〕，衆人所共樂，而墨翟有非之之論〔五一〕，豈可同哉！今往僕少小所著辭賦一通相與〔五二〕。夫街談巷説，必有可采〔五三〕；擊轅之歌，有應風雅〔五四〕，匹夫之思未易輕棄也〔五五〕。辭賦小道，固未足以揄揚大義〔五六〕，彰示來世也〔五七〕。昔揚子雲先朝執戟之臣耳，猶稱壯夫不爲也〔五八〕。吾雖薄德〔五九〕，位爲藩侯〔六〇〕，猶庶幾勠力上國〔六一〕，流惠下民〔六二〕，建永世之業〔六三〕，流金石之功〔六四〕，豈徒以翰墨爲勳績〔六五〕，辭賦爲君子哉〔六六〕！若吾志未果，吾道不行，則將采（庶）〔史〕官之實録〔六七〕，辯時俗之得失，定仁義之衷〔六八〕，成一家之言〔六九〕，雖未能藏之於名山，將以傳之於同好〔七〇〕；（非）〔此〕要之皓首〔七一〕，豈今日之論乎〔七二〕！其言之不慚〔七三〕，恃惠子之知我也〔七四〕。明早相迎，書不盡懷〔七五〕。曹植白。

〔一〕勞，《淮南·精神訓》高注：「病也。」爲勞，猶成病也。

〔二〕二十五年，考植生於初平二年，至建安二十一年，正二十五歲。

〔三〕作者，謂創作文章之人。

〔四〕仲宣，王粲字。獨步，意謂一時無二。漢南，漢水之南，指襄陽。謂粲依劉表時。

〔五〕孔璋，陳琳字。鷹揚，如鷹飛高空，具超越儕輩之意。河朔，黄河之北，指冀州。謂任袁紹記室之時。

〔六〕偉長，徐幹字。擅名，獨享盛譽。青土，李注：「徐偉長居北海郡，《禹貢》之青州也，故云青土。」

〔七〕公幹，劉楨字。振，《孟子·萬章篇》趙注：「揚也。」藻，謂文章。海隅，李注：「公幹東平寧陽人也。寧陽邊齊，故云海隅。《吕氏春秋》曰：東方爲海隅。青州，齊也。」

〔八〕德璉，應瑒字。大魏，《銓評》：「程、張大作北，據《魏志》本傳注改。」案《文選》作此魏。《初學記》卷二十七引作北魏。沈家本《三國志校記》：「是時漢祚未移，不得稱大魏，作此字爲是。」竊疑沈氏未的。此或北字之形誤。《王仲宣誄》：「發軫北魏。」是當時有此稱謂，則作北字是也。

〔九〕《銓評》：「下程作以，從志注。」足下，謂楊修。高視，含蔑視之意。楊修《答臨淄侯牋》：「目周章於省覽，何遑高視哉！」正對此而言。上京，謂許，漢獻帝居此。楊彪爲獻帝尚書令，後爲太常，居許都，時修亦在許。故曰上京。

〔一〇〕之時，《銓評》：「《初學記》二十七作時也。」案《文選》作之時。

〔一一〕靈蛇之珠，李注：「《淮南子》曰：隨侯之珠。高誘曰：隋侯見大蛇傷斷，以藥傅而塗之。後蛇於大江中，銜珠以報之，因曰隨侯之珠。」案干寶《搜神記》：「隋侯行，見大蛇傷斷，救而治之。蛇後銜珠以報。徑寸，純白而夜光，可以燭堂。」

〔一二〕荆山之玉，已見《七啓》注。《銓評》：「玉下《志注》有也字。」案《文選》無。

〔一三〕吾王，指曹操。該之，該疑爲晐字之借。《廣雅·釋言》：「晐，包也。」

〔一四〕馬融《廣成頌》：「頓八紘。」《文選·演連珠》李注：「頓猶整也。」八紘，紘謂繩。地有八方，故用八紘。掩，《方言》：「掩，取也。」二句形容曹操極意招致各地文學之士，靡有遺漏。

〔一五〕悉，《銓評》：「《志注》作盡。」《文選》作悉。

〔一六〕飛軒，《銓評》：「軒，張作騫，《志注》作翰。」案宋刊本《曹子建文集》作騫。軒、騫義同。《廣雅·釋詁三》：「飛也。」於此疑含高飛之意。絶跡喻迅疾。

〔一七〕閑，習也。曹丕《典論·論文》：「孔璋章表殊健，微爲繁富。」可爲不閑辭賦之證。

〔一八〕多，《漢書·陳餘傳》顔注：「猶重也。」司馬相如，漢武帝時之辭賦家。同風，同一創作風格。

〔一九〕反，《銓評》：「《志注》作還。」狗，《銓評》：「《志注》狗下有者字。」案宋刊本《曹子建文集》同，所應據增。李注：「《東觀漢記》曰：馬援《誡子嚴書》曰：効杜季良而不成，陷爲天下輕薄子，所謂畫虎不成反類狗也。」

〔二〇〕有，《銓評》：「《志注》作爲。」嘲，《銓評》：「《志注》作啁。」啁、嘲古通用。啁，今曰諷刺。

〔二一〕鍾期不失聽，《列子·湯問》：「伯牙彈琴，奏高山之曲，鍾子期聽之曰：巍巍乎！如太山。伯牙又彈流水之曲。鍾子期曰：洋洋乎！如江河。」失聽，謂錯誤理解樂曲所藴蓄之情感内容。於今稱之，《廣雅·釋詁四》：「稱，譽也。」稱之即譽之。

〔二二〕能，《銓評》：「《志注》作敢。」妄，《銓評》：「《文選》四十二作忘。」案作妄字是。妄，《説文》：「亂也。」則妄歎猶言錯誤贊賞。

〔二三〕嗤，《後漢書·隗囂傳》章懷注：「笑也。」今云冷笑。

〔二四〕之，《銓評》：「程、張脱之，據《御覽》五百九十九補。」案《文選》亦有之字。病，《國語·晉語》韋注：「短也。」

〔二五〕 儻，《銓評》：「《志注》作常。」案《文選》作常，作常字是。譏彈，朱駿聲《説文通訓定聲》：「《廣雅·釋言》：彈，拼也。《衆經音義》引仲長統《昌言》云：繩墨得拼彈。後人糾彈、譏彈亦此義也。」其，語中助詞。

〔二六〕 者，《銓評》：「程脱者，據《志注》補。」案《文選》有者字。

〔二七〕 丁敬禮，丁廙字。

〔二八〕 潤飾，錢大昭《廣雅疏義》：「潤者，文之益也。潤飾猶言增飾。」

〔二九〕 不，《銓評》：「《志注》不下有能字。」案《文選》無能字。若人，李注：「謂敬禮也。《論語》：子謂子賤，君子哉若人。包曰：若人，若此之人也。」

〔三〇〕 《銓評》：「謂，《志注》作云。衍僕字。」案《文選》作謂，不作云，有僕字。

〔三一〕 卿，謂曹植。疑難，《銓評》：「疑程作宜，據《志注》改。」案宋刊本《曹子建文集》亦作疑，《文選》同。疑難猶言顧慮、爲難。作宜字誤。《銓評》：「難下《志注》有乎字。」案宋刊本《曹子建文集》及《文選》俱無乎字。

〔三二〕 佳惡，《銓評》：「惡，《志注》作麗。」案《御覽》卷五百九十九引亦作麗。作麗字是。何焯云：「自得佳麗，則是受彈者之益。傳之後世，但以佳麗見稱，亦誰知因改定而佳麗乎！今文多誤會。」此作佳惡，蓋淺人妄改。

〔三三〕 相知，《銓評》：「《御覽》相作將。」何焯云：「言吾自得潤飾之益，後世讀者孰知吾文乃賴改定邪！今人多因相字誤會，失本意矣。」改定猶言改正。案相字當從《御覽》作將。

〔三四〕達言，《銓評》：「《御覽》作言達。」《廣雅·釋詁一》：「達，通也。」作達言是。

〔三五〕以，《銓評》：「《御覽》作可。」李注：「《公羊傳》曰：魯人至今以爲美談。」美談猶好言。

〔三六〕尼父，李注：「《禮記》曰：魯哀公曰：嗚呼尼父。」通流，李注：「《史記》曰：孔子文辭有可與共者。」《後漢書·來歷傳》章懷注：「通猶共也。」《廣雅·釋詁一》：「流，行也。」

〔三七〕一辭，《銓評》：「辭，《志注》作字。」案《文選》作辭。游，子游；夏，子夏，皆孔子弟子。《春秋説題辭》：「孔子作《春秋》一萬八千字，九月而成書，以授游、夏，游、夏之徒不能措一字。」

〔三八〕南威，見《七啓》注。於，《銓評》：「《文選》作其。」淑媛，《爾雅·釋訓》：「美女爲媛。」

〔三九〕龍泉，《銓評》：「泉《志注》作淵。」案宋刊本《曹子建文集》亦作淵。曹植原作淵，蓋唐人避李淵諱改。李注：「《戰國策》：韓之劍戟，龍淵、大阿，陸斷牛馬，水擊鴻鴈。」

〔四〇〕議，《廣雅·釋詁四》：「言也。」《銓評》：「《文選》作其。」斷割，《銓評》：「《志注》作割斷。」

〔四一〕劉季緒，李注：「摯虞《文章志》曰：劉表子，官至樂安太守，著詩、賦頌六篇。」

〔四二〕詆訶，李注：「《説文》曰：訶，大言也。」案詆訶，複義詞。《史記·老莊申韓傳》《索隱》：「詆，訐也。」《論語·陽貨篇》皇疏：「訐，謂面發人之隱私也。」

〔四三〕掎摭，李注：「《説文》曰：掎，偏引也。」案即今語之指摘。利病，今云優缺。

〔四四〕田巴，齊國詭辯家。毁，《國策·齊策》高注：「謗也。」今曰毁謗。罪，責備。訾，文選作呰。

訾、呰古通。《禮記・喪服四制》鄭注：「口毁曰訾。」稷下，齊都臨菑城門名，當時學者聚集之所，是戰國時齊國學術討論中心（見《史記・孟荀列傳》）。

〔四五〕魯連，魯仲連。杜，《小爾雅・廣詁》：「塞也。」李注：「魯連子曰：齊之辯者曰田巴，辯於狙丘，而議於稷下，毁五帝，罪三王，一日而服千人。有徐劫弟子曰魯連，謂劫曰：臣願當田子，使不敢復説。」又見《史記・魯仲連傳》《索隱》。

〔四六〕歎息，《銓評》：「程脱歎，從《志注》補。」案宋刊本《曹子建文集》無歎字，《文選》亦無。孫志祖曰：「李注：息，止也，則非歎息明矣。」是李善所見唐本無歎字，故注云息、止也。梁章鉅《文選旁證》亦以無歎字爲是。《志注》有歎字，或習見歎息連文而未詳究文義妄增耳。丁氏據之以補，非是，當删去。

〔四七〕有，《銓評》：「《志注》作有所。」案宋刊本《曹子建文集》無所字。語意已足，不煩增字。李注：「喻人評文章，愛好不同也。」蘭、茝、蓀、蕙皆香草名。

〔四八〕之所，《銓評》：「程脱之，從《志注》補。」案宋刊本《曹子建文集》無之字，《文選》同，無煩據增。

〔四九〕逐臭之夫，李注：「《吕氏春秋》曰：人有大臭者，其親戚兄弟妻妾知識無能與居者，自苦而居海上。人有悦其臭者，晝夜隨而不去。」

〔五〇〕《咸池》，李注：「《樂動聲儀》曰：黄帝樂曰《咸池》。」《六莖》，《銓評》：「《志注》莖作英。」李注：「《漢書》曰：顓頊作《六莖》樂。」案《六英》，帝嚳樂名。

〔五一〕墨翟非之論，李注：「墨子有《非樂篇》。」

〔五二〕往，猶云送去。相與，何焯曰：「相與二字無當，疑有誤。」案《詩經·行葦篇》傳《正義》：「相者兩相之辭。」

〔五三〕街談巷説，李注：「《漢書》曰：小説家者，街談巷語，道聽塗説之所造也。」

〔五四〕擊轅之歌，《銓評》：「《文選》李善注引崔駰曰：竊作頌一篇，以當野人擊轅之歌。」

〔五五〕匹夫之思，李注：「我此一通，同匹夫之思也。」

〔五六〕揄揚，猶今語闡發之意。

〔五七〕彰示，猶顯示。

〔五八〕揚子雲，揚雄字。西漢著名賦家。先朝指西漢。執戟之臣，李注：「《漢書》曰：揚雄奏《羽獵賦》，爲郎，然郎皆執戟而侍也。」此謂官職卑下。壯夫不爲，李注：「《揚子法言》曰：彫蟲篆刻，壯夫不爲也。」

〔五九〕薄德，謂資性低下。

〔六〇〕藩侯，謂封臨淄侯。

〔六一〕庶幾，猶言希望。勠力，李注：「《國語》曰：勠力一心。」韋注：「勠，並也。」今云努力。上國指漢朝。

〔六二〕流惠，《爾雅·釋言》：「流，覃也。」覃有延義。

〔六三〕永世即長世。業,《易經·文言》《正義》:「業謂功業。」

〔六四〕流,《銓評》:「《文選》作留。」案流、留古通用。金石之功,李注:「《吴越春秋》:樂師謂越王曰:君王德可刻金石。」謂鍾鼎碑銘。

〔六五〕翰墨即筆墨,喻創作文章。

〔六六〕賦,《銓評》:「《志注》作頌。」

〔六七〕則,《銓評》:「《志注》作亦。」案宋刊本《曹子建文集》無則字。庶,《銓評》:「《志注》作史。」疑作史字是。實録,李注:「班固《漢書·司馬遷贊》曰:有良史之才,其文直,其事核,不虚美,不隱惡,故謂之實録。應劭曰:言其實録事也。」

〔六八〕衷,中也。

〔六九〕一家之言,李注:「司馬遷書曰:通古今之變,成一家之言。」

〔七〇〕司馬遷《報任少卿書》:「藏之名山,傳之其人。」李注:「其人,謂與己同志者。」與此同好意近。

〔七一〕非,何焯校本非改此。云:「《魏志注》作此。案非或傳寫誤耳。」(見《文選考異》引)何校改是。此字含上述采史官之實録等句内容。要,《孟子·告子篇》趙注:「要,求也。」皓首,《銓評》:「皓,《志注》作白。」皓、白意同。

〔七二〕豈,《銓評》:「《志注》豈下有可以二字。」之論,《志注》無之字。《文選》無可以二字,有之字。

〔七三〕不慚,《志注》慚作怍。案《論語·憲問篇》:「其言之不怍。」怍、慚意同。馬融曰:「怍,慙也。

內有其實，則言之不慙。積其實者，爲之難也。」

〔七四〕恃，《銓評》：「程作待，據《文選》改。」案宋刊本《曹子建文集》正作恃，丁校是。《説文》：「恃，賴也。」惠子，惠施，戰國著名刑名學家。常與莊周辯論。《淮南·脩務訓》：「惠施死而莊子寢説，言見世莫可爲語者也。」李注：「張平子書曰：其言之不慙，恃鮑子之知我。」或曹植句所本。植以莊周自擬，而以惠施比楊修，可知友誼之篤厚。

〔七五〕懷，《爾雅·釋詁》：「思也。」

寶刀賦有序〔一〕

建安中，家父魏王〔二〕，乃命有司造寶刀五枚〔三〕，三年乃就〔四〕，以龍、虎、熊、馬、雀爲識〔五〕。太子得一〔六〕，余及余弟饒陽侯各得一焉〔七〕。其餘二枚，家王自杖之。賦曰〔八〕：

有皇漢之明后〔九〕，思明達而玄通〔一〇〕。飛文藻以博致〔一一〕，揚武備以禦凶〔一二〕。乃熾火炎爐〔一三〕，融鐵（挺）〔鋌〕英〔一四〕。烏獲奮椎〔一五〕，歐冶是營〔一六〕。扇景風以激氣〔一七〕，飛光鑑於天庭〔一八〕。爰告祠於太乙〔一九〕，乃感夢而通靈〔二〇〕。然後礪以五方之石〔二一〕，（鑒）〔鑿〕以中黄之壤〔二二〕，規圓景以定環〔二三〕，攄神（思）〔功〕而造象〔二四〕。垂華紛之葳蕤〔二五〕，流翠采之滉瀁〔二六〕。故其利：陸斷犀革，水斷龍角〔二七〕；輕擊浮截〔二八〕，刃不纖削〔二九〕。踰南越之巨闕〔三〇〕，超西楚之太阿〔三一〕。實真人之攸御〔三二〕，永天禄而是荷〔三三〕！

〔一〕《銓評》：「《書鈔》一百二十三作《寶刀劍賦》。」案賦惟述鑄刀，未涉及劍，似劍字當删，作《寶刀賦》爲是。

〔二〕家父，《銓評》：「程脱此二字，從《御覽》三百四十六增。」案宋刊本《曹子建文集》無此二字。魏王，建安二十一年夏五月，曹操爲魏王（見《魏志·武帝紀》）。

〔三〕乃，《銓評》：「程脱乃，從《御覽》增。」案宋刊本《曹子建文集》無乃字。五枚，《銓評》：「枚，程作板，從《藝文》六十。」案《初學記》卷二十二、《白帖》卷十三引俱作枚，宋刊本《曹子建文集》亦作枚。《左傳》襄二十一年《釋文》：「枚本或作板。」然當作枚是。枚猶今云把。

〔四〕三年乃就，《銓評》：「程脱此四字，據《御覽》增。」

〔五〕龍虎，《銓評》：「程脱虎，據《御覽》增。」熊、馬，《銓評》：「馬，程作烏，《藝文》作鳥，從《白帖》十三。」案《御覽》亦作馬。烏、鳥或馬字之形誤。爲識，《白帖》卷十三識作飾。《史記·孝武紀》《索隱》：「識，猶表識。」今曰標誌。

〔六〕太子，建安二十二年冬十月，劉協命曹丕爲魏太子（見《魏志·武帝紀》）。曹操《百辟刀令》：「往歲作百辟刀五枚，適成，先以一與五官將。其餘四，吾諸子中有不好武而好文學者，將以次

與之。」（見《藝文》卷六十）

〔七〕余及，《銓評》：「程脱此二字，從《藝文》增。」案《初學記》卷二十二引亦有此二字。宋刊本《曹子建文集》亦脱余及二字。饒陽侯，《銓評》：「《魏志·沛穆王林傳》：建安十六年封饒陽侯。」案林，杜夫人所生，二十二年徙封譙。饒陽，今河北饒陽縣東。

〔八〕杖之，《説文》：「杖，持也。」《銓評》：「賦曰以上十二字程脱，依《御覽》補。」

〔九〕皇，《詩經·楚茨篇》毛傳：「大也。」皇漢即大漢。時漢帝猶在，故稱操爲皇漢明后。明后，見本卷《登臺賦》注。

〔一〇〕明，《銓評》：「《藝文》作潛，《初學記》二十二作冥。」案潛、冥意近，具深邃之義。玄通與冥達意同。

〔一一〕飛，《漢書·天文志》顔注引孟康：「絶迹而去也。」具廣佈之意。文藻，《銓評》：「《藝文》藻作義。」案文藻猶言文辭。如曹操所頒《求賢令》。博致，廣泛招致。

〔一二〕武備，謂軍事準備。御凶，遏止暴亂。

〔一三〕炎，《説文》：「火光上也。」

〔一四〕挺英，挺疑字當作鋌。玄應《衆經音義》：「鋌，銅鐵之璞未成器用者也。」《論衡·本性篇》：「其本鋌，山中之恒鐵也。冶工鍛煉，成爲銛利。」英，精華。鋌英，謂鐵質之精華。

〔一五〕烏獲，秦武王時力士。

〔一六〕歐冶，春秋時有名製劍者。

〔一七〕扇景風以激氣，句謂鼓扇熱風，立使爐温迅速增高。

〔一八〕光，謂火光。鑒，《廣雅·釋詁三》：「照也。」天庭，星名。《禮疏》：「太微爲天庭，位乎北斗之南，軫翼之北，有星十，以五帝座爲中樞。」於此作高空釋。

〔一九〕爰，於是。告祠，猶言祈禱。太乙，《史記·天官書》《索隱》：「案《春秋合誠圖》云：紫微，大帝室，太一之精也。」古傳歐冶鑄劍時，太乙下觀，天精下之，歐冶乃因天之精，悉其技巧（見《越絕書》）。

〔二〇〕感夢通靈，句謂神於夢中而予以啓示。《銓評》：「以上八句，程脱，依《御覽》補。」

〔二一〕礪，磨也。《銓評》：「程脱以，依《御覽》補。」五方，謂東南西北中也。

〔二二〕鑒，《銓評》：「《御覽》作鑿。」案作鑿字是。鑿與錯通。《史記索隱》：「晉出公名鑿，《六國表》作錯，是其證。《易經·説卦傳》虞注：「錯，摩也。」《雷焕别傳》：「君初經南昌，遣人取西山北巖下土二升，黄白色，拭劍光艷照耀，莫不驚愕。」《北齊書·方伎傳》：「廣平郡南幹子城，昔干將鑄劍處，其土可以瑩刀。」據此我國中古時期，刀劍製成之後，選擇特殊之土，作出光之需。

〔二三〕規，計度。圓景，日也。環，《釋名·釋器》：「其本曰環，形似環也。」謂刀把上端製成圓形。

〔二四〕思，《銓評》：「《藝文》作功。」案作功是。攄神功，謂發揮卓絶之技巧。造象，製成龍、虎、熊、馬、雀之形象。

〔二五〕華紛，指刀上紋。葳蕤，《史記·司馬相如傳》《索隱》引張揖：「亂貌。」《越絶書》：「觀其劍爛如列星之行。」張景陽《七命》：「流綺星連。」亦此意。

〔二六〕流翠采，謂刀浮現湛藍之光采。滉瀁，光輝閃灼之貌。《越絶書》：「觀其光，渾渾如水之將溢。」亦即《七命》「流綵艷發」之意。《銓評》：「此二句程脱，依《御覽》補。」

〔二七〕故其利，《銓評》：「程、張脱此三字，依《書鈔》一百二十三補。」陸斷，《銓評》：「斷《藝文》作斬。」革，《銓評》：「《藝文》作象。」角，《銓評》：「《書鈔》作舟。」《淮南·脩務訓》：「水斷龍舟（角），陸剸犀甲。」王褒《聖主得賢臣頌》：「水斷蛟龍，陸剸犀革。」

〔二八〕擊，《銓評》：「程作繫，從《藝文》。」案繫爲擊字傳鈔之誤。丁校改是。《初學記》卷二十二、宋刊本《曹子建文集》俱作擊可證。浮截，《説文》：「截，斷也。」浮，《國語·楚語》韋注：「輕也。」輕擊、浮截義同，皆形容用力不多。

〔二九〕《銓評》：「刃，程作刀，從《藝文》。」纖，《藝文》作瀸。削，程作流，從張本。」案削疑爲𠛱字之省。《周禮·考工記》鄭注：「𠛱纖，殺小貌也。」角、𠛱，覺韻字。刃不纖削，猶言刃不少損也。

〔三〇〕南越之巨闕，越王勾踐之劍，《越絶書》：「巨闕初成之時，吾坐於露壇之上，宫人有四駕白鹿而過者，車奔鹿驚，吾引劍而指之，四駕上飛揚，不知其絶也。穿銅釜，絶鐵鑪，胥中決如粢米，故曰巨闕。」

〔三一〕西，《銓評》：「程、張作有，從《藝文》。」案《初學記》卷二十二亦作西。西楚之泰阿，《越絶書》：「楚王令風服子之吴，見歐冶子干將，使人作鐵劍。歐冶子干將鑿茨山，洩其谿，取鐵英，作爲鐵劍三枚：一曰龍淵，二泰阿，三工布。」

〔三二〕人，《銓評》：「《藝文》作精。」案作人字是。《莊子·刻意篇》：「能體純素謂之真人。」此頌曹操。攸御，《銓評》：「御程作遇，從《藝文》。」案《初學記》卷二十二亦作御。《文選》王文考《魯靈光殿賦》：「實至尊之所御。」作御字是。《詩經·吉日篇》《正義》：「御者給與充用之詞。」

〔三三〕天禄，《後漢書·桓帝紀》章懷注：「天位也。」是荷，《詩經·玄鳥篇》：「百禄是何。」何，即荷，《釋文》：「何，擔負也。」

案賦非全，有佚句。

王仲宣誄有序〔一〕

維〔一〕建安二十二年正月〔二〕十四日戊申〔三〕，魏故侍中關内侯王君卒〔四〕，嗚呼哀哉！皇穹神察〔五〕，哲人是恃〔六〕。如何靈祇〔七〕，殲我吉士〔八〕。誰謂不痛〔九〕，早世即冥〔一〇〕；誰謂不傷，華繁中零〔一一〕。存亡分流〔一二〕，（天地）〔夭遂〕同期〔一三〕。朝聞夕没，先民所思〔一四〕。何用誄德，表之素旗〔一五〕；何以贈終，哀以送之〔一六〕。遂作誄曰：

猗歟侍中〔一七〕，遠祖彌芳〔一八〕。公高建業，佐武伐商〔一九〕。爵同齊魯〔二〇〕，邦（嗣）〔祀〕絶亡〔二一〕。流裔畢萬〔二二〕，勳績惟光。晉獻賜封，于魏之疆〔二三〕。天開之祚〔二四〕，末胄稱王〔二五〕。厥姓斯氏，條分葉散〔二六〕。世（兹）〔滋〕芳烈〔二七〕，揚聲秦漢〔二八〕。會遭陽九〔二九〕，炎光中矇〔三〇〕。世祖撥亂，爰建時雍〔三一〕。三台樹位，履道是鍾〔三二〕。寵爵之加，匪惠惟恭〔三三〕。自君二祖，爲光爲龍〔三四〕。僉曰休哉，宜翼漢邦〔三五〕。或統太尉〔三六〕，或掌司空〔三七〕。百揆惟叙〔三八〕，五典克從〔三九〕。天静（人）〔民〕和〔四〇〕，皇教遐通〔四一〕。伊君顯考〔四二〕，奕葉佐時〔四三〕。入管機密〔四四〕，朝政以治。出臨朔岱〔四五〕，庶績咸熙〔四六〕。君以淑懿，繼此洪基〔四七〕。既有令德〔四八〕，材技廣宣〔四九〕。强記洽聞〔五〇〕，幽讚微言〔五一〕。文若春華，思若涌泉。發言可詠〔五二〕，下筆成篇〔五三〕。何道不洽〔五四〕，何藝不閑〔五五〕。棊局逞巧〔五六〕，博弈惟賢〔五七〕。皇家不造〔五八〕，京室隕顛〔五九〕。宰臣專制〔六〇〕，帝用西遷〔六一〕。君乃羈旅〔六二〕，離此阻艱〔六三〕。翕然鳳舉〔六四〕，遠竄荆蠻〔六五〕。身窮志達〔六六〕，居鄙行鮮〔六七〕。振冠南嶽，濯纓清川〔六八〕。潛處蓬室〔六九〕，不干勢權〔七〇〕。我公奮鉞〔七一〕，耀威南楚〔七二〕。荆人或違，陳戎講武〔七三〕。君乃義發，算我師旅〔七四〕。高尚霸功〔七五〕，投身帝宇〔七六〕。斯言既發，謀夫是與〔七七〕。是與伊何？響我明德〔七八〕。投戈編鄀〔七九〕，稽顙漢北〔八〇〕。我公寔嘉，表揚京國。金龜紫綬〔八一〕，以彰勳則〔八二〕。勳則伊何？勞謙靡已〔八三〕。

憂世忘家，殊略卓峙〔八四〕。乃署祭酒，與（君）〔軍〕行止〔八五〕。算無遺策，畫無失理〔八六〕。我王建國〔八七〕，百司俊乂〔八八〕。君以顯舉，秉機省闥〔八九〕。戴蟬珥貂〔九〇〕，朱衣皓帶〔九一〕。入侍帷幄〔九二〕，出擁華蓋〔九三〕。榮耀當世，芳風晻藹〔九四〕。嗟彼東夷〔九五〕，憑江阻湖〔九六〕，騷擾邊境，勞我師徒。光光戎輅〔九七〕，霆駭風徂〔九八〕。君侍華轂〔九九〕，輝輝王塗〔一〇〇〕。思榮懷附〔一〇一〕，望彼來威〔一〇二〕。如何不濟〔一〇三〕，運極命衰〔一〇四〕。寢疾彌留〔一〇五〕，吉往凶歸。嗚呼哀哉！翩翩孤嗣〔一〇六〕，號慟崩摧〔一〇七〕。發軫北魏〔一〇八〕，遠迄南淮〔一〇九〕。經歷山河，泣涕如頹〔一一〇〕。哀風興感〔一一一〕，行雲徘徊。游魚失浪，歸鳥忘棲。嗚呼哀哉！吾與夫子〔一一二〕，義貫丹青〔一一三〕。好和琴瑟〔一一四〕，分過友生〔一一五〕。庶幾遐年，攜手同征〔一一六〕。如何奄忽〔一一七〕，棄我夙零〔一一八〕。感昔宴會，志各高厲〔一一九〕。予戲夫子，金石難弊〔一二〇〕，人命靡常，吉凶異制〔一二一〕。此驩之人〔一二二〕，孰先隕越？〔一二三〕何寤夫子〔一二四〕，果乃先逝！又論死生，存亡數度〔一二五〕。子猶懷疑，求之明據〔一二六〕。儻獨有靈，游魂泰素〔一二七〕。我將假翼，飄颻高舉。超登景雲，要子天路〔一二八〕。喪柩既臻〔一二九〕，將及魏京〔一三〇〕，靈輀回軌〔一三一〕，白驥悲鳴。虚廓無見〔一三二〕，藏景蔽形〔一三三〕。孰云仲宣，不聞其聲。延首歎息，雨泣交頸〔一三四〕。嗟乎夫子，永安幽冥〔一三五〕。人誰不歿，達士殉名〔一三六〕。生榮死哀，亦孔之榮〔一三七〕。嗚呼哀哉！

〔一〕《銓評》：「晏案：仲宣卒於建安之季，未際禪代，猶爲漢人也。」

〔二〕維，《銓評》：「程、張脱維，從《藝文》四十八補。」案維，發語詞。

〔三〕二十四日，考建安二十二年正月乙未朔，戊申當是十四日，此二字宜删（據嚴敦傑先生説）。

〔四〕卒，《銓評》：「《藝文》作薨。」

〔五〕皇穹，《文選·寡婦賦》李注：「天也。」神察，意謂觀察精微。

〔六〕是恃，《銓評》：「是，《藝文》作足。」案《文選》作是。宋刊本《曹子建文集》同，作是字是。恃，賴也。

〔七〕靈祇，天神曰靈，地神曰祇。

〔八〕《詩經·黄鳥篇》：「殲我良人。」毛傳：「殲，盡也。」

〔九〕痛，《銓評》：「《文選》五十六作庸。」案胡克家《文選考異》：「陳云：庸，痛誤。袁本、茶陵本作痛，云善作庸。案庸字不可通，蓋各本所見，皆傳寫誤。」痛，悲痛。

〔一〇〕早世，《銓評》：「《魏志·王粲傳》：卒年四十一，故云早世。」冥，幽暗也。喻墳墓。

〔一一〕繁，盛也。華繁喻盛年。零，落也。

〔一二〕分流，《淮南·時則訓》高注：「流，行也。」《髑髏説》：「存亡異勢。」與此義同。

〔一三〕天地，《銓評》：「程、張作夭遂。」案宋刊本《曹子建文集》天地作夭遂，與《文選》同。李注：「《莊子》曰：雖有壽夭，相去幾何。又曰：聖也者，遂於命也。」是李氏所見本，固作夭遂也。遂，《周書·太子晉篇》孔注：「終也。」謂終其天年也。作夭遂是。

〔一四〕《論語·里仁篇》："子曰：朝聞道，夕死可也。"先民指孔子。《文帝誄》："孔志所存"意同。

〔一五〕素旗，《銓評》："旗，《藝文》作旟。"考《爾雅·釋天》："錯革鳥曰旟。"李注："旟以革爲之，置於旐端。"案《武帝誄》："表之素旗。"《文選》陸士衡《挽歌詩》李注："《禮記》曰：以死者爲不可別也，故以其旗識之。賀循《葬禮》曰：杠今之旐也。古以緇布爲之，絳繒題姓名而已，不爲畫飾。"

〔一六〕李注："《孝經》曰：哀以送之。"

〔一七〕猗歟，感歎詞。

〔一八〕彌芳，《儀禮·士冠禮》鄭注："彌猶益也。"《離騷》王注："芳，德之貌也。"

〔一九〕公，《銓評》："程作功，從《文選》。"案公高即畢公高，功字誤。《史記·魏世家》："魏之先，畢公高之後也。畢公高與周同姓。武王之伐紂而高封於畢。"

〔二〇〕《尚書·康王之誥》："畢公率東方諸侯。"《正義》引王肅云："畢公代周公爲東伯，故率東方諸侯。"故曰爵與太公望、周公旦皆同。

〔二一〕邦嗣，《銓評》："嗣，《文選》作祀。"案宋刊本《曹子建文集》亦作祀，應據改。邦祀，國家祭祀。絕亡謂其子孫失其爵位，降爲庶人，不能脩其祭祀也。蓋畢國絕封之後，子孫爲民，或居中國，或在外族（見《通志·氏族略四》）。

〔二二〕流裔，《廣雅·釋詁一》："流，末也。"《左》昭二十九年傳杜注："玄孫之後曰裔。"

〔二三〕《左》閔元年傳：「晉侯作二軍：公將上軍，太子申生將下軍，趙夙御戎，畢萬爲右，以滅耿、滅霍、滅魏。賜趙夙耿，賜畢萬魏，以爲大夫。」

〔二四〕《左》閔元年傳：「卜偃曰：畢萬之後必大。萬，盈數也；魏，大名也，以是始賞，天啓之矣。天子曰兆民，諸侯曰萬民，今名之大，以從盈數，其必有衆。」

〔二五〕末胄，李注：「《楚詞》曰：伊伯庸之末胄也。」王注：「胄，後也。」圈稱《陳留風俗記》曰：「浚儀縣，魏之都也。魏滅，晉獻公以魏封大夫畢萬。後世文侯初盛，至子孫稱王，是爲惠王，然以稱王因氏焉。」（《文選》李注引）考魏王假被秦始皇消滅之後，子孫分散，時人謂之王家。或云：魏昭王彤生無忌，封信陵君。信陵君生閒憂，閒憂生卑子。秦滅魏，卑子逃至泰山。漢高祖召爲中涓，封蘭陵侯。時人因其爲王族，謂之王家（見《通志・氏族略四》）。

〔二六〕條分，猶言枝分。條分葉散，形容王姓在中國分布極廣。

〔二七〕兹，《銓評》：「《文選》作滋。」案宋刊本《曹子建文集》亦作滋，作滋是。《小爾雅・廣詁》：「益也。」芳烈謂德業。

〔二八〕秦將王翦、漢丞相王陵著名二代。

〔二九〕陽九，李注：「《漢書》曰：陽九厄日，初入百六陽九。《音義》曰：《易》稱所謂陽九之厄，百六之會者也。」

〔三〇〕炎光，象徵漢代統治權力。中矇，李注：「《説文》曰：矇，不明也。中矇謂遭王莽之亂也。」

〔三一〕世祖，李注：「謂光武皇帝也。」撥，《廣雅·釋詁三》：「除也。」爰建，於是建立。時雍，李注：「《尚書》曰：黎民於變時雍。」孔傳：「時，是也。雍，和也。」

〔三二〕三台即三公。李注：「《春秋漢含孳》曰：三公象五岳，在天法三台。台、能同。」案《後漢書·郎顗傳》章懷注：「魁下六星兩兩而比曰三台。」樹，《後漢書·梁冀傳》章懷注：「置也。」履，《禮記·表記》鄭注：「猶行也。」鍾，《文選·舞鶴賦》李注引曹植《九詠章句》：「當也。」謂行道乃能當之也。

〔三三〕匪惠惟恭，意謂不出乎帝者之私恩，而因己之恪勤其職。

〔三四〕二祖，李注：「張璠《漢紀》曰：王龔字伯宗，有高名於天下。順帝時爲太尉。暢字叔茂，名在八俊。靈帝時爲司空。《魏志》曰：粲曾祖父龔，祖父暢，皆爲漢三公。」龍光，李注：「《毛詩》曰：既見君子，爲龍爲光。毛萇曰：龍，寵也。」案《曹休誄》：「稱曰龍光。」龍光似爲君子之代詞。

〔三五〕僉曰，《尚書·堯典》：「僉曰於。」孔傳：「僉，皆也。」休，美也。翼，佐也。

〔三六〕太尉，漢代統率全國軍隊之官。

〔三七〕掌，主也。司空協助丞相處理國家政務，且負有糾察官吏行爲之責。

〔三八〕百揆，李注：「《尚書》曰：納於百揆，百揆時叙。」案百揆即百官。時，是也，叙，《周禮·小宰》鄭注：「秩次也，謂長幼尊卑也。」

〔三九〕五典，李注：「（《尚書》）曰：慎徽五典，五典克從。」五典謂父義、母慈、兄友、弟恭、子孝。克從，言百姓皆能順從而行之。

〔四〇〕天静，謂天無急風暴雨之災害。人和，案人宋刊本《曹子建文集》作民，疑作民是。《文選》作人，蓋李善避唐太宗諱改。民和，謂社會安静，百姓康樂。

〔四一〕皇教，國家教化。遐通，遠達也。

〔四二〕伊，發語詞。顯，明也，尊敬之詞。《爾雅・釋親》：「父爲考。」顯考，李注：「《魏志》曰：粲父謙，爲大將軍何進長史。」

〔四三〕奕葉，案宋刊本《曹子建文集》葉作世。葉、世意同。《國語・周語》：「奕世載德。」《後漢書・楊秉傳》章懷注：「奕猶重也。」佐時，輔佐當世。

〔四四〕入管機密，《易經・涣卦》六四王注：「内掌機密，外宣化命者也。」

〔四五〕朔岱，李注：「粲父無傳，其官未詳。」案朔謂河北省，岱山東省。王謙出任二地之官。

〔四六〕庶績咸熙，李注：「《尚書》曰：庶績咸熙。」案即《史記・五帝紀》：「衆功皆興也。」

〔四七〕淑、懿並美也。《魏志・王粲傳》：「（蔡）邕曰：此王公孫也，有異才，吾不如也。吾家書籍文章盡當與之。」洪基，洪，大也；基，本也。謂繼承祖父之閥閲地位，如蔡邕稱之爲王公孫可證。

〔四八〕令德，良好品質。

〔四九〕廣宣，宣猶揚也。

〔五〇〕强記，《魏志·王粲傳》：「初粲與人共行讀道邊碑。人問曰：卿能闇誦乎？曰能。因使背而誦之，不失一字。」洽聞，《漢書·終軍傳》顔注：「溥也。」猶博聞。《魏志·王粲傳》：「博物多識，聞無不對。」《異苑》：「魏武北征蹋頓，升嶺眺矚，見一岡不生百草。王粲曰：必是古冢，此人在世服生礬（據《政和本草》礬爲礜字形誤，字當作礜）石死，而石性熱蒸出外，致卉木焦滅。命即鑿之，果得大墓，有礬（礜）石滿塋。」（《御覽》五百五十九引）

〔五一〕幽讚，幽，深也；讚，《方言》：「解也。」微言，精妙之言。案《隋書·經籍志》：「《周易》五卷，漢荆州牧劉表章句。」《英雄記》：「表乃開立學官，博求儒士，使綦毋闓、宋忠等撰定五經章句。」或王粲亦參與撰述，故曹植稱之如此，史失紀載耳。

〔五二〕可詠，《銓評》：「《藝文》可作成。」疑成字與下文成篇字複，或非。

〔五三〕《魏志·王粲傳》：「善屬文，舉筆便成，無所改定，時人常以爲宿構；然正復精意覃思，亦不能加也。」

〔五四〕道，猶今曰學術。洽，《一切經音義》六引《蒼頡》：「偏徹也。」

〔五五〕藝，《禮記·樂記》鄭注：「才技也。」閑，《爾雅·釋詁》：「習也。」

〔五六〕逞，《文選·西京賦》薛注：「猶見也。」《銓評》：「《魏志·王粲傳》稱其圍棊，覆局，以帊蓋之，更爲他局，用相比較，不誤一道。」

〔五七〕李注：「《論語》：子曰：不有博弈者乎？爲之猶賢乎已！」

〔五八〕皇家，謂漢朝。不造，李注：「《毛詩》曰：閔予小子，遭家不造。」案《説文》：「造，就也。」

〔五九〕隕顛，《爾雅·釋詁》：「隕，墜也。」顛，《詩經·蕩篇》毛傳：「仆也。」謂漢朝統治權力下落。

〔六〇〕宰臣，指董卓。

〔六一〕帝，漢獻帝。《魏志·董卓傳》：「卓既率精兵來，適值帝室大亂，得專廢立，據有武庫甲兵，國家珍寶，威震天下。……卓以山東豪傑並起，恐懼不寧。初平元年二月，乃徙天子都長安。」長安在洛陽西，故曰西遷。

〔六二〕羈旅，李注：「《左氏春秋》：陳敬仲曰：羈旅之臣。杜預注曰：羈，寄也。旅，客也。」王粲山陽高平人（今山東鄒縣西南）。獻帝西遷，自洛陽徙居長安，故曹植謂之曰羈旅。羈旅，作客異鄉之人。

〔六三〕離，遭也。阻艱，《廣雅·釋邱》：「阻，險也。」《離騷》王注：「艱，難也。」

〔六四〕翕，《説文》：「起也。」翕然，起貌。鳳舉，如鳳高飛。鳳，讚美王粲之詞。

〔六五〕竄，《後漢書·班彪傳》章懷注：「走也。」李注：「《魏志》曰：粲以西京擾亂，乃之荆州依劉表。」案《後漢書·王暢傳》：「劉表年十七，從暢受學，以故粲往依之。」王粲《七哀詩》：「西京亂無象，豺虎方構患。復棄中國去，遠身適荆蠻。」荆，荆州。蠻，南方。

〔六六〕身窮，《王粲傳》：「表以粲貌寢而體弱通侻，不甚重也。」《國策·秦策》高注：「窮，困也。」志達，謂意志得遂。

〔六七〕居鄙，謂位雖卑賤。行鮮，行爲光明。

〔六八〕《楚辭·漁父》：「新沐者必彈冠，新浴者必振衣，安能以身之察察，受物之汶汶者乎！」又曰：「滄浪之水清兮，可以濯我纓。」此曹植誄句所本。與《釋愁文》：「濯纓彈冠。」文同而意異，此具潔身自好之意。清川，《銓評》：「《文選》李善注云：《集本》清或爲淯，誤也。」案李注：「盛弘之《荆州記》曰：襄陽城西南有徐元直宅。其西北八里方山，山北際河水，山下有王仲宣宅。故東阿王誄云：振冠南嶽，濯纓清川。」考《襄沔記》：王粲宅在襄陽縣西二十里峴山下。

〔六九〕潛處，《廣雅·釋詁四》：「潛，隱也。」則潛處猶言隱居。蓬室，貧士所居。

〔七〇〕干，《爾雅·釋言》：「干，求也。」勢權，謂有權勢者。

〔七一〕我公，指曹操。建安十三年，操爲丞相，故稱公。奮鉞，《尚書·牧誓》：「王左仗黄鉞。」鉞，大斧。比喻出征。

〔七二〕耀威，《文選·東京賦》薛注：「耀威，治兵也。」

〔七三〕違，《左》哀十四年傳杜注：「不從也。」陳戎，部置軍隊。講武，訓練士卒。案《魏志》未載劉琮遣軍拒操南下之事，僅於傅巽勸琮降操語中涉及之（見《魏志·劉表傳》）。

〔七四〕謂對曹操用兵作出估計。此《魏志》未載。

〔七五〕高尚，猶尊重。霸功，李注：「桓譚陳便宜曰：所謂霸功者，法度明正，百官修治威令流行者也。」霸指曹操。《魏志·王粲傳》：「明公定冀州之日，下車即繕其甲卒，收其豪傑而用之，以横行天下。」

〔七六〕帝，謂漢獻帝。謂歸命漢朝。

〔七七〕斯言，謂粲首勸琮降操之建議。《粲傳》失載。謀夫，劉琮謀臣，如蒯越、韓嵩、傅巽等。是與，猶言贊同。語見《魏志·劉表傳》。

〔七八〕伊，語中助詞。響，孫志祖《文選考異》：「響當作饗。」《國語·晉語》韋注：「饗，食也。」案響與嚮通，具仰字之意。

〔七九〕投，棄也。投戈猶今語放下武器。編鄀，《銓評》：「鄀張作郡。」案宋刊本《曹子建文集》亦作郡，《文選》作鄀。李注：「《漢書》：南郡有編鄀縣。」作鄀字是。在今湖北宜城縣東南。

〔八〇〕稽顙，《禮記·檀弓篇》《釋文》：「觸地無容。」象徵屈服。漢北，謂襄陽，襄陽在漢水之北。《魏志·劉表傳》：「太祖軍到襄陽，琮舉州降。」

〔八一〕金龜紫綬，李注：「《魏志》曰：太祖辟粲爲丞相掾，賜爵關内侯。《漢舊儀》曰：列侯黄金龜紐。又曰：金印紫綬。」

〔八二〕勳則，謂獎功法制。

〔八三〕勞謙，李注：「《周易》曰：勞謙君子，有終吉。」勞，勤勞；謙，謙遜。靡已，不止也。

〔八四〕李注：「趙岐《孟子章指》曰：憂國忘家。」殊略，殊異謀略。卓，高也；峙，立也。謂計謀出衆。

〔八五〕署，《釋名·釋書契》：「署，予也，題所予者官號也。」祭酒，李注：「《魏志》曰：後遷軍謀祭酒。」與君，案君宋刊本《曹子建文集》作軍。《文選考異》曰：「袁本茶陵本君作軍。」作軍字是。與軍，猶言隨軍。

〔八六〕遺策，棄策。

〔八七〕建國，建安十八年，劉協封曹操爲魏公。《魏志·武帝紀》：「今以冀州之河東、河内、魏郡、趙國、中山、常山、鉅鹿、安平、甘陵、平原，凡十郡，封君爲魏公。秋七月，始建魏社稷宗廟。」

〔八八〕百司，百官。俊乂，《尚書·皋陶謨》《釋文》：「馬云：千人爲俊，百人爲乂。」案《漢書·谷永傳》：「永對曰：經曰：九德咸事，俊乂在官。未有衆賢布於官而不治者也。」《魏志·武帝紀》：「建安十八年十一月，初置尚書、侍中、六卿。」裴注引《魏氏春秋》：「以荀攸爲尚書令，涼茂爲僕射，毛玠、崔琰、常林、徐奕、何夔爲尚書，王粲、杜襲、衛覬、和洽爲侍中。」

〔八九〕顯舉，言光榮選拔。秉機，秉，執也；機，謂機要之事。省闥，見《槐賦》注。

〔九〇〕徐廣《車服雜注》：「侍中帽上裝飾，蟬在左，貂在右。因北土寒涼，本以貂皮煖，附施於冠，因遂變而成飾。」（《御覽》卷六百八十八引）

〔九一〕晧帶，玉帶。

〔九二〕帷幄，在旁曰帷，在上爲幄。《周禮·幕人》鄭注：「四合象宫室曰幄，王所居之帳也。」

〔九三〕擁，《廣雅·釋詁三》：「持也。」華蓋，《後漢書·蔡邕傳》：「擁華蓋而奉皇樞。」崔豹《古今注》：「華蓋，黄帝所作也。與蚩尤戰於涿鹿之野，常有五色雲氣，金枝玉葉，止於帝上，有花葩

之象，故因而作華蓋也。」《齊職儀》：「東漢侍中，便蕃左右，與帝升降。法駕出，多識者一人參乘。」（《御覽》卷二百十九引）

〔九四〕芳風，美好聲譽。晻藹，盛貌。

〔九五〕東夷，李注：「謂吴。」

〔九六〕憑江阻湖，謂孫權據守長江及巢湖險要地區。

〔九七〕光光，武勇貌。《詩經·江漢篇》：「武夫光光，經營四方。」戎輅，兵車。

〔九八〕霆駭，猶言雷動。形容武力强大。風徂，形容行動迅速。

〔九九〕華轂，謂彫畫車轂之車，王者所乘。爲曹操之代詞。建安二十一年，曹操征吴，王粲從行。

〔一〇〇〕輝輝，《銓評》：「張作輝耀。」光明貌。王塗，李注：「蔡邕《劉寬碑》曰：統艾三事，以清王塗也。」案王塗猶王道。

〔一〇一〕李注：「言仲宣思念寵榮，志在懷附異類。」

〔一〇二〕彼，指吴國。《詩經·采芑篇》：「蠻荆來威。」李注：「望彼吴國畏威而來也。」

〔一〇三〕濟，《周書·皇門》孔注：「遂也。」

〔一〇四〕謂命運已盡。

〔一〇五〕彌留，孫星衍曰：「彌者，《釋言》云：終也。既命當終而淹留之際。」李注：「《魏志》曰：建安二十一年，從征吴，二十二年春，道病卒。」

〔一〇六〕翩翩，急飛貌。孤嗣，《禮記·曲禮》：「幼而無父曰孤。」此指王粲二子。

〔一〇七〕崩摧，悲傷至極貌。

〔一〇八〕《漢書·天文志》：「軫爲車。」發軫謂發車。北魏謂鄴。即下文之魏京。

〔一〇九〕迄，至也。南淮指居巢。《魏志·武帝紀》：「二十二年春正月，王軍居巢。」居巢在淮水之南。王粲從征，或死於此。今安徽巢縣東北五里，即漢、魏之居巢縣也。

〔一一〇〕如頽，《史記·河渠書》《集解》引瓚曰：「下流曰頽。」

〔一一一〕哀風興感四句，謂風、雲、魚、鳥似皆感粲死而悲傷，藉以襯托哀痛之深切感情。

〔一一二〕吾，《銓評》：「《藝文》作予。」案宋刊本《曹子建文集》仍作吾，與《文選》同。夫子，《史記·周本紀》《集解》：「鄭玄曰：夫子，丈夫之稱。」案前稱君，而此稱夫子，稱謂變化，亦表達感情之變化。

〔一一三〕貫，《銓評》：「《藝文》作貴。」案《列子·周穆王篇》：「貫金石。」《釋文》：「貫猶中也。」疑貴是貫字之形誤，作貫是。丹青，李注：「丹青二色名，言不渝也。」

〔一一四〕李注：「《毛詩》曰：妻子好合，如鼓瑟琴。」此藉夫婦之純真恩誼，以喻與粲之誠摯之友情。故下文云分過友生也。

〔一一五〕分猶志也。《毛詩序》曰：「在心爲志，發言爲詩。」則志猶今語感情之意。友生，朋友。

〔一一六〕庶幾，希冀之義。遐，《爾雅·釋詁》：「遠也。」遐年猶遐齡。同征，征，《爾雅·釋言》：行也。

潘岳《金谷集詩》：「投分寄石友，白首同所歸。」即此句之意。

〔一七〕奄忽，迅疾之意。

〔一八〕夙，《銓評》：「《藝文》作宿。」案宿、夙古通用，夙，早也。零，落也。夙零，早死。

〔一九〕厲，抗也。句謂預宴者情緒皆激昂興奮。

〔二〇〕戲，《爾雅・釋詁》：「謔也。」金石至堅，不易毁滅也。

〔二一〕異制，案宋刊本《曹子建文集》制作志。作志誤。制，制度。

〔二二〕此驩，在此同樂。

〔二三〕隕越，《左》僖九年傳：「恐隕越於下。」杜注：「隕越，顛墜也。」此喻死亡。

〔二四〕寤，《後漢書・班彪傳》章懷注：「猶曉也。」

〔二五〕數度，謂命運長短之法則。

〔二六〕明據，明確證據。

〔二七〕儻，或也。靈，神也。泰素，李注：「《列子》曰：太素者，質之始也。」案太素指天。

〔二八〕案《仙人篇》：「要我於天衢。」李注：「《西京賦》曰：美往昔之喬松，要羡門乎天路。」天路即天衢也。要，《禮記・樂記》鄭注：「猶會也。」《漢書・趙充國傳》顔注：「遮也。」

〔二九〕臻，至也。

〔三〇〕及，《銓評》：「《文選》作反。」魏京指鄴。

〔二一〕靈輀，李注：「《説文》曰：轜，喪車也。」輀、轜同，今本《説文》作輀。回軌，即《愁霖賦》之結轍，説詳彼注。

〔二二〕虚廓，空廓。

〔二三〕藏景，《山海經·西山經》郭注：「藏猶隱也。」景即影字。蔽形，《老子》王注：「蔽，覆蓋也。」

〔二四〕延首，猶引領也。雨泣，《詩經·燕燕篇》：「瞻望弗及，佇立雨泣。」雨泣，謂泣下如雨也。交頸，謂淚落接於頸也。

〔二五〕幽冥，《漢書·劉歆傳》顔注：「猶暗昧也。」此喻墳墓。

〔二六〕殉名，《文選·吴都賦》劉注：「徇，營也。亡身從物曰徇。」名，聲譽。

〔二七〕李注：「《論語》：子貢曰：夫子其生也榮，其死也哀。」孔，甚也。

朔風〔一〕

仰彼朔風〔二〕，用懷魏都〔三〕，願騁代馬〔四〕，倏忽北徂〔五〕。凱風永至，思彼蠻方〔六〕，願隨越鳥，翻飛南翔〔七〕。四氣代謝〔八〕，懸景運周〔九〕，别如俯仰〔一〇〕，脱若三秋〔一一〕。昔我初遷，朱華未希〔一二〕，今我旋止，素雪云飛〔一三〕。俯降千仞，仰登天阻〔一四〕，風飄蓬飛，載離寒暑〔一五〕。千仞易陟，天阻可越；昔我同袍〔一六〕，今永乖别〔一七〕。子好芳草，豈忘爾貽〔一八〕；繁華將茂，秋霜悴之〔一九〕。君不垂眷，豈云其誠〔二〇〕？秋蘭可喻，桂樹冬榮〔二一〕。絃歌蕩思，誰與銷憂〔二二〕！臨川慕思，何爲汎舟〔二三〕！豈無和樂？游非我(隣)〔憐〕〔二四〕。誰忘汎舟？愧無榜人〔二五〕！

〔一〕《銓評》：「《詩紀》分爲五章。」

〔二〕仰，《廣雅·釋詁四》：「嚮也。」

〔三〕用，因也。懷，思也。魏都指鄴。左思有《魏都賦》，見《文選》。

〔四〕騁，馳也。代馬，《古詩》：「胡馬依北風。」代，今山西省東北即古之代郡，産良馬。

〔五〕倏忽，迅急之貌。徂，《爾雅·釋詁》：「往也。」

〔六〕李注：「毛萇《詩傳》曰：南風謂之凱風。《禮記》曰：南方曰蠻。《毛詩》曰：用逷蠻方。」

〔七〕李注：「《古詩》曰：越鳥巢南枝。」越，今江浙之地，古之越國也。翻，飛貌。

〔八〕四氣，李注：「《爾雅》曰：四氣和謂之玉燭。」四氣謂春夏秋冬之氣。《月令》：「以達秋氣。」可證。故四氣猶言四時。代謝，如春謝夏代，謂更迭代易也。

〔九〕懸景，謂日。運周，運行周帀。

〔一〇〕俯仰，《莊子·在宥篇》：「其疾也俯仰之間。」則俯仰形容時間至短之意。

〔一一〕脱，《廣雅·釋詁三》：「離也。」三秋猶言三月。

〔一二〕朱華，荷花。《公宴詩》：「朱華冒緑池。」未希，《銓評》：「希張作晞。」李注：「希與稀同，古字通也。」案張作晞，晞，乾也，於此無義，字當作希。王堯衢《古唐詩合解》釋爲見朱華之未落。黄節詩註釋未希爲將希，且云當七月時，或是也。

〔一三〕旋止，《周易·履卦》《正義》：「旋反也。」止，語尾助詞。云飛，《銓評》：「《文選》二十九作雲。」案宋刊本《曹子建文集》仍作云。胡克家《文選考異》：「袁本、茶陵本雲作云，云善作雲。案各本所見，皆傳寫誤。素雪與朱華偶句，云飛與未希偶句。假令作雲，殊乖文義，非善如此也。」案《史記·封禪書》《集解》引瓚曰：「云，足句之辭也。」

〔一四〕千仞，《吕覽·適威篇》：「若決積水于千仞之谿。」此千仞爲深谿之代詞。天阻，李注：「山也。」

〔一五〕風飄蓬飛，李注：「《商君書》曰：夫飛蓬遇飄風而行千里，乘風之勢也。」案此形容流離道路之狀。載離，李注：「《毛詩》曰：載離寒暑。」案載語辭。離，《國語·晉語》韋注：「歷也。」

〔一六〕同袍，《詩經·無衣篇》：「與子同袍。」同袍，謂朋友。據《毛詩·無衣》《正義》引王肅説。劉履以同袍爲兄弟之代詞。朱緒曾謂指曹丕，黄節謂指任城，俱本劉説。然考漢魏未見以同袍釋爲兄弟者，疑劉、朱、黄三家説或非。當以王肅釋爲正。

〔一七〕乖别，《廣雅·釋詁三》：「乖，離也。」疑此句喻死亡。蓋指王粲摯友之死。

〔一八〕貽，予也。

〔一九〕悴，李注：「《方言》曰：悴，傷也。」《文子》：「叢蘭欲茂，秋風敗之。」語意相似。

〔二〇〕李注：「言君雖不垂眷，己則豈得不言其誠。《蒼頡篇》曰：豈，冀也。」朱珔《文選集釋》：「注蓋以豈爲覬，故引《蒼頡篇》以證。得下不乃衍字，殆後人習見豈不文法而誤增之，非善意也。」眷，《廣雅·釋言》：「顧也。」

〔二一〕李注：「蘭以秋馥，可以喻言。桂以冬榮，可以喻性。」案榮，華也。

〔二二〕李注：「言弦歌可以蕩滌悲思，誰與共奏以銷憂也。」

〔二三〕慕思，《銓評》：「《文選》作暮。」案宋刊本《曹子建文集》仍作慕。李注：「言臨川日暮，而又相思，何爲汎舟而不濟，以相從乎！」是李所見本正作暮，故以日暮釋之。竊疑暮當作慕，《孟子·離婁篇》趙注：「慕，思也。」慕思複義詞。何爲猶何如。古諺有云：臨淵羨魚，何如退而結網。義與此近。李注或未審。

〔二四〕李注：「言豈無和樂以蕩思乎？爲遊非我鄰，故不奏也。」案宋刊本《曹子建文集》作憐。疑作憐字是。《爾雅·釋詁》：「憐，愛也。」言游非我愛，語意方順。《楚辭·九辨》憐與人韻協，是真、先古韻轉也。

〔二五〕誰忘，《銓評》：「《御覽》七百七十作何以。」李注：「言豈忘汎舟以相從乎？愧無榜人，所以不濟也。榜人，喻良朋也。張揖《漢書注》云：榜人，船長也。」是李善所見本不作何以可證。

李周翰曰：「時爲東阿王在藩，感北風思歸而作。」劉履曰：「黄初四年還雍丘作。」朱緒曾曰：「明帝太和三年還雍丘作。」黄節曰：「此詩蓋黄初六年在雍丘時作也。」考諸家意紛歧，由於對詩中詞句之解釋不能一致，故訓釋有差異。如同袍釋爲兄弟，遂疑指丕與彪，顯然不恰當。同袍已知古訓作朋友，則與丕、彪無關了。魏都指鄴，不是謂京洛。詩昔我初遷，遷，去也，見《詩經·巷伯篇》毛傳，不應作遷都解。況詩之四句，是規摹《詩經·采薇篇》：「昔我往矣，楊柳依依；今我來思，雨雪霏霏」句，只説明來去時間之距離，似不羼雜其他内容。據《魏志·后妃傳》裴註引《魏略》：二十一年十月，太祖東征，武宣皇后、文帝及明帝、東鄉公主皆從。可證思彼鑾方之本意。是時曹植似未在鄴——《王仲宣誄》：喪柩既臻，將反魏京。既臻謂至曹植所在地，然後方去鄴都。故有懷鄴之思。疑此詩或於建安二十二年後作也。

與陳琳書〔一〕

夫披翠雲以爲衣，戴北斗以爲冠〔二〕，帶虹蜺以爲紳〔三〕，連日月以爲佩，此服非不美也〔四〕。然而帝王不服者，望殊於天〔五〕，志絶於心矣〔六〕！

〔一〕《銓評》：「《文心雕龍》八引報孔璋書。《文心雕龍》云：陳思，群才之英也，報孔璋書云云。此引事之實謬也。按葛天之歌，唱和三人而已。相如《上林》云：奏陶唐之舞，聽葛天之歌，千人唱，萬人和。唱和千萬人，乃相如接人。然而濫侈葛天，推三成萬者，信賦妄書，致斯謬也。」

葛天氏之樂，千人唱，萬人和，因以蔑《韶》《夏》矣！

驥騄不常一步，應良御而效足。《銓評》：「《文選》顔延年《赭白馬賦》及陸士衡《漢高祖功臣頌》李注引《與陳琳書》。」

〔一〕《銓評》：「程缺。」

〔二〕北斗即北辰。

〔三〕虹蜺，《銓評》：「《書鈔》一百二十九作蜿虹。」紳，腰帶。

〔四〕不，《銓評》：「張作其，從《御覽》六百八十四改正。」

〔五〕望，《説文》：「望，出亡在外，望其還也。」即此望字之義。殊，絶也。

〔六〕志，思想感情。

案此書殘佚太甚，無從考證其寫作時間。陳琳死於建安二十二年，此書當作於此年之前，姑附於此。

説疫氣二首〔一〕

建安二十二年，癘氣流行〔二〕。家家有僵尸之痛〔三〕，室室有號泣之哀。或闔門而殪，或覆族而喪〔四〕。或以爲疫者，鬼神所作〔五〕。夫罹此者，悉被褐茹藿之子〔六〕，荆室蓬户之人耳！若夫殿處鼎食之家，重貂累蓐之門〔七〕，若是者鮮焉〔八〕！此乃陰陽失位〔九〕，寒暑錯時〔一〇〕，是故生疫。而愚民懸符厭之〔一一〕，亦可笑也。

〔一〕《銓評》：「程缺。」

〔二〕癘氣，《左》昭四年傳杜注：「癘，惡氣也。」流行，蕩散之意。

〔三〕《文選·西京賦》：「屍僵路隅。」薛注：「僵，仆也。」痛，悲痛。

〔四〕覆族，《漢書·鄒陽傳》顔注：「覆，盡也。」則覆族即盡一族之人。喪，謂死亡。

〔五〕所，《銓評》：「張作□，依《御覽》七百四十二補。」作，《爾雅·釋言》：「作，爲也。」

〔六〕被褐，着毛布衣。茹藿，食豆葉。與下文荆室蓬户俱指貧民。

〔七〕殿處，居高大之屋。鼎食，謂列鼎而食。《周禮·掌客》鄭注：「牲器也。」則鼎食猶言肉食。重貂，貂皮輕煖而服數件。蓐今作褥，薦也。此四者謂富貴者之所享有。

〔八〕鮮，少也。

〔九〕陰陽指天地。《禮記·中庸篇》：「天地位焉。」失位猶失正。

〔一〇〕氣候失常。

〔一一〕懸符，《荆楚歲時記》：「帖畫雞於户上，懸葦索於其上，插桃符其旁，百鬼畏之。」厭，《詩經·還篇》序《釋文》：「止也。」

曹植從時疫流行的環境中，發現貧窮人家死亡率高而富貴者少的矛盾現象，根據自己的探索分析，從而判斷疫氣不是鬼神所散佈，而是氣候失常，貧民物質生活條件不能與之相適應而導致如此的。由於時代科學水平之制約，不可能理解時疫發生之真正原因。但能在迷信濃厚時代裏，作出比較正確的結論，排除封建迷信，具着樸素唯物主義的認識，是難能而可貴的。

案《魏志·司馬朗傳》：「建安二十二年，與夏侯惇、臧霸等征吴，到居巢，軍中（據《御覽》引改）大疫。」曹丕《與吴質書》：「昔年疾疫，親故多離其災，徐、陳、應、劉一時俱逝，痛可言邪！」可證當時疫氣流行之烈，死亡之衆。疑此説文不具，致意不詳悉。

又

鹹水之魚，不游於江；濇水之魚，不入於海。

侍太子坐

白日曜青春〔一〕，時雨静飛塵〔二〕。寒冰辟炎景〔三〕，涼風飄我身。清醴盈金觴〔四〕，肴饌縱横陳〔五〕。齊人進奇樂〔六〕，歌者出西秦〔七〕。翩翩我公子〔八〕，機巧忽若神〔九〕。

〔一〕《銓評》：「《御覽》五百三十九春作天。」案宋刊本《曹子建文集》仍作春。黄節《曹子建詩注》：「《楚辭·大招》注曰：言歲始春，青帝用事，盛陰已去，少陽受之。則日色黄白，昭然光明。陳思此詩，作於夏日，而言青春者，謂雨後日出，可愛如春，亦以喻太子也。」案此詩天字不誤。蓋謂青天無雲，白日麗空，彌感蒸暑。倏而微雨忽來，炎威爲袪，此乃叙述當前景物，初不關乎比興也。黄説似未的。

〔二〕時，《銓評》：「《御覽》作徹。」静，安寧之意。

〔三〕辟與避通。《一切經音義》九引《蒼頡》：「避，去也。」

〔四〕清醴，王粲《公讌詩》：「旨酒盈金罍。」與此意同。《文選·南都賦》李注：「《韓詩》曰：醴甜而不泲也。」

〔五〕縱横陳，王粲詩：「嘉肴充圓方。」

〔六〕齊，今之山東。

〔七〕西秦，今之陝西。王粲詩：「管絃發徽音，曲度清且悲。」

〔八〕翩翩，《史記·平原君傳贊》：「平原君翩翩濁世之佳公子也。」《文選·鷦鷯賦》李注：「翩翩，自得貌。」

〔九〕機巧忽若神，曹丕《典論自叙》：「余於他戲弄之事少所喜，唯彈棊略盡其妙（據《世説·巧藝》注改），少爲之賦。昔京師先工有二焉（原作馬，據《世説》改），合鄉侯東方安世張公子，（予）

常恨不得與彼數子者對。」《博物志》：「帝善彈棊，能用手巾角（揮之，黄門跪受。）」（據《書鈔》百三十六引補）

《魏志·武帝紀》：「建安二十二年冬十月，以五官中郎將丕爲魏太子。」據詩中所叙景物，則此詩創作年代應在二十三年夏天。但是深入詩之内容，和王粲《公讌詩》極近似，又和曹丕《與吴質書》所述宴樂情景相同，因此疑其創作時期當與《公讌詩》同，未可因題《侍太子坐》即謂作於建安二十三年。謹志所疑於此。

芙蓉賦〔一〕

覽百卉之英茂〔二〕，無斯華之獨靈〔三〕！結修根於重壤〔四〕，泛清流而擢莖〔五〕。退潤王宇〔六〕，進文帝庭〔七〕。竦芳柯以從風〔八〕，奮纖枝之璀璨〔九〕。其始榮也，皦若夜光尋扶（桑）〔木〕；〔一〇〕其揚輝也，晃若九陽出暘谷〔一一〕。芙蓉（蹇産）〔騫翔〕〔一二〕，菡萏星屬〔一三〕。絲條垂珠〔一四〕，丹榮吐緑〔一五〕。焜焜韡韡〔一六〕，爛若龍燭〔一七〕。觀者終朝〔一八〕，情猶未足。於是狡童媛女〔一九〕，相與同游，擢素手於羅袖〔二〇〕，接紅葩於中流。

〔一〕《銓評》：「《御覽》九百九十九作《美芙蓉賦》。」案《御覽》有美字疑非。《文選》劉休玄《擬明月皎夜光篇》李注引曹植《芙蓉賦》無美字。

〔二〕英，《爾雅·釋草》：「榮而不實者謂之英。」英即華也。茂，《詩經·生民篇》毛傳：「美也。」

〔三〕靈，《廣雅·釋詁一》：「善也。」

〔四〕修根，謂藕。《爾雅·釋草》：「其根藕。」

〔五〕泛，《國語·晉語》韋注：「浮也。」擢莖，《爾雅·釋草》《釋文》引《蒼頡篇》：「擢，抽也。」

〔六〕王宇，《文選》劉休玄《擬明月皎夜光》篇李注引《芙蓉賦》：「退潤玉宇。」是李善所見本故作玉也。玉宇疑指曹操所居，操時爲漢臣，故曰退潤。《廣雅·釋詁二》：「潤，飾也。」

〔七〕文，《廣雅·釋詁》：「飾也。」帝，謂漢獻帝。退潤、進文二句，據嚴可均《全三國文》引録入。

〔八〕竦，謂亭亭挺立。芳柯，指荷莖。從風，《銓評》：「《御覽》九百九十九有兮。」

〔九〕《銓評》：「此二句程、張脱，依《初學記》二十七補。璨韻與上下不協，仍有佚句。」案丁校是。璀璨即綷縩，原以形容衣聲，於此謂荷葉被風吹動，摇曳發出獵獵之聲。

〔一〇〕始榮，指荷華將放。皦即皎。夜光喻月。尋猶緣也。扶桑，《銓評》：「《御覽》桑作木。」案作木字是。木與下句谷協韻，作桑失其韻矣。扶木，見《神龜賦》注。

〔一一〕九陽，即九日。《銓評》：「陽《御覽》作日。」九日見《愁霖賦》注。暘谷，《銓評》：「暘《初學記》作湯。」考《尚書·堯典》作暘谷，《史記》舊本作湯谷（見《五帝本紀》《索隱》）。是暘谷即湯谷。《淮南・墬形訓》高注：「暘谷，日之所出也。」閻鴻《芙蓉賦》：「灼若夜光之在玄岫，赤若太陽之映朝雲。」與此二句意同。

〔一二〕芙蓉，《銓評》：「《御覽》蓉作蕖。」案《初學記》卷二十七引亦作蕖。《爾雅・釋草》：「荷，芙蕖。」郭注：「別名芙蓉。」《説文》：「華未發爲菡藺，已發爲芙蓉。」則芙蓉指盛開之荷華也。

蹇産，《銓評》：「《御覽》作騫翔。」案《廣雅・釋訓》：「蹇産，詰詘也。」於此無義。疑應從《御覽》，騫似當作鶱。《説文》：「鶱，飛貌。」鶱翔形容如鳥之翻然飛也。

〔一三〕菡萏謂尚未開放之荷華。星屬，如星宿歷歷然聯屬也。

〔一四〕緐條謂荷花之花蕊。垂珠，《爾雅・釋草》：「其中菂。」菂今曰蓮實。《文選・魯靈光殿賦》：「窋咤垂珠。」段玉裁釋之曰：「蓮房之實窋咤然見於房外，如垂珠也。」則珠謂爲蓮實可知。

〔一五〕丹榮，《銓評》：「《初學記》榮作莖。」案作榮字是。丹榮謂荷華。《公讌詩》所云朱華也。吐緑，《銓評》：「吐，《藝文》八十二作加。」案作吐字是。《魯靈光殿賦》：「緑房紫菂。」此緑字以喻蓮房，即今之蓮斗也。蓮斗在華中，如吐出然，故曰吐緑。

〔一六〕焜焜，《銓評》：「《御覽》有兮字。」焜焜，光明貌。韡韡，《初學記》卷二十七作煒煒。煒煒，光盛貌。

〔一七〕爛，光明貌。龍燭，《楚辭》王注：「天西北有幽冥無日之國，有龍含燭而照之。」

〔一八〕終朝，《詩經・采緑篇》毛傳：「自旦及食時爲終朝。」

〔一九〕狡童，見《蟬賦》注。媛女，《爾雅·釋言》：「美女爲媛。」

〔二〇〕擢，伸引之義。

此賦佚殘。創作年代不可考，然據帝庭之義必作建安中，姑附於此。

行女哀辭

行女生於季秋，而終於首夏。三年之中，二子頻喪〔一〕。

伊上帝之降命〔二〕，何短修之難裁〔三〕：或華髮以終年〔四〕；或懷妊而逢災〔五〕。感前哀之未闋〔六〕，復新殃之重來〔七〕！方朝華而晚敷〔八〕，比晨露而先晞〔九〕。感逝者之不追，悵情忽而失度〔一〇〕。天蓋高而無階〔一一〕，懷此恨其誰訴！

家王征蜀漢《銓評》：「《文選》謝靈運《擬魏太子鄴中詩》李注引《行女哀辭》。此疑《哀辭》序中脱文。」

〔一〕二子指金瓠、行女。頻，《廣雅·釋詁三》：「比也。」

〔二〕上帝，宋刊本《曹子建文集》帝字作靈。《翻譯名義》五引尸子：「天神曰靈。」降命，降，下也；命，壽命。謂人之壽命是天神所賦予。

〔三〕短修即短長。裁，《淮南·主術訓》高注：「度也。」今語曰揣測。

〔四〕華髮，《後漢書·邊讓傳》章懷注：「白首也。」終年，終其天年。

〔五〕懷妊即懷孕。

〔六〕前哀，《銓評》：「哀程作愛。從《藝文》三十四。」闋，《廣雅·釋詁四》：「訖也。」前哀未闋，謂金瓠之死哀猶未盡也。

〔七〕新殃，謂行女之殤。

〔八〕方，比如。朝華，木槿，晨開夕謝。晚敷，謂日暮始開。花剛開即謝，比喻生命極短促。

〔九〕比，《銓評》：「程作北，從《藝文》。」案宋刊本《曹子建文集》亦作比。比，如像之意。晨露，《銓評》：「晨，程、張作辰，從《藝文》。」案嚴可均《全三國文》亦作晨，作晨字是。晞，乾也。

〔一〇〕悵情，《銓評》：「《藝文》作情忽。」案嚴可均《全三國文》亦作情忽。《文選·高唐賦》李注：「忽忽，迷貌。」度，今曰常態。

〔一一〕蓋高，《詩經·正月篇》：「惟天蓋高。」蓋，語中助詞。無階，無階梯。

據《魏志·武帝紀》：「建安二十三年秋七月，治兵，遂西征劉備。」哀辭遺句「家王征蜀漢」，則此文之作，或在二十四年首夏後也。

節遊賦

覽宮宇之顯麗〔一〕，實大人之攸居〔二〕。建三臺於前處〔三〕，飄飛陛以凌虛〔四〕。連雲閣以遠徑〔五〕，營觀榭於城隅〔六〕。亢高軒以回眺〔七〕，緣雲霓而結疏〔八〕。仰西嶽之崧岑〔九〕，臨漳滏之清渠〔一〇〕。觀靡靡而無終〔一一〕，何眇眇而難殊〔一二〕。亮靈后之所處〔一三〕，非吾人之所廬〔一四〕。於是仲春之月，百卉叢生，萋萋藹藹〔一五〕，翠葉朱莖。竹林青葱〔一六〕，珍果含榮〔一七〕。凱風發而時鳥讙〔一八〕，微波動而水蟲鳴〔一九〕。感氣運之和（順）〔潤〕〔二〇〕，樂時澤之有成〔二一〕。遂乃浮素蓋〔二二〕，御驊騮〔二三〕，命友生〔二四〕，攜同儔，誦風人之所歎，遂駕言而出遊〔二五〕。步北園而馳騖〔二六〕，庶翱翔以（解）〔寫〕憂〔二七〕。望洪池之滉瀁〔二八〕，遂降集乎輕舟。（浮沈）〔沈浮〕蟻於金罍〔二九〕，行觴爵於好仇〔三〇〕。絲竹發而響厲〔三一〕，悲風激於中流〔三二〕。且容與以盡觀〔三三〕，聊永日而忘愁〔三四〕。嗟羲和之奮（迅）〔策〕〔三五〕，怨曜靈之無光〔三六〕。念人生之不永〔三七〕，若春日之微霜〔三八〕。諒遺名之可紀〔三九〕，信天命之無常〔四〇〕。愈志蕩以淫遊〔四一〕，非經國之大綱〔四二〕。罷曲宴而旋服〔四三〕，遂言歸乎舊房〔四四〕。

〔一〕宮宇，指鄴宮。顯麗，明敞華麗。

〔二〕大人，《孟子·離婁章》趙注：「謂君國。」指曹操。攸居，猶言所居。

〔三〕三臺，謂銅爵、金虎、冰井臺。《魏志·武帝紀》：「建安十五年冬作銅爵臺，十八年九月作金虎臺。」冰井臺建於何時，史闕載。前處，謂在文昌殿前。

〔四〕飄，通作漂。《文選·魯靈光殿賦》：「漂嶢峴而枝柱。」李注：「漂，輕也。」飛陛即《游觀賦》之飛除，説見彼注。凌虚，乘空之意。

〔五〕雲閣疑即左思《魏都賦》之牟首。張注：「牟首，閣道有室者也。」雲，形容上與雲齊，言其高，故曰雲閣。遠徑，即《魏都賦》之長途。亦即班固《西都賦》之修除。朱珔《文選集釋》：「《上林賦》：步閣周流，長途中宿。李注引郭璞説：中途，閣間陛道。劉淵林《魏都賦》注：三臺與法殿皆閣道相通。」與此賦意正可互證。

〔六〕觀榭，《楚辭·大招》王注：「觀猶樓也。」《淮南·時則訓》高注：「臺有屋曰榭。」城隅，見《贈丁翼》詩注。

〔七〕亢，《廣雅·釋詁三》：「當也。」高軒，《銓評》：「《藝文》二十八作軒，程作輕。」案丁校改作軒字是。軒，有窗長廊。回，《銓評》：「《藝文》作迴。」眺，《銓評》：「程、張作跳，此從《藝文》。」迴，遠也。遠眺即遠望。

〔八〕結，《文選·陶淵明·雜詩》李注：「結猶構也。」疏，《史記·禮書》《索隱》：「疏謂窗也。」

〔九〕西嶽，《魏志·武帝紀》：「若循西山來者。」趙一清《三國志補注》：「按西山當謂太行也。」此西嶽即西山。崧，《銓評》：「張作松。」案作松字誤。崧岑，《爾雅·釋山》：「山大而高，崧；山小而高，岑。」此謂太行山諸峰巒。

〔一〇〕臨，從上向下曰臨。漳，河南水名。滏，《銓評》：「程、張作淦，《藝文》作滏。」案作滏是。《續漢書·郡國志》：「鄴有滏水。」顧祖禹《方輿紀要》：「滏在臨漳縣西四十五里。永樂中，漳水自張固村決入滏水。成化中，漳水復挾而東南出，滏水之舊流幾絶。」清渠，《魏志·武帝紀》：「建安十八年九月，鑿渠引漳水入白溝以通河。」《魏都賦》張注：「魏武帝時，堰漳水，在鄴西十里，名曰漳渠堰。東入鄴城，經宫中東出，南北二溝夾道，東行出城，所經石竇者也」。

〔一一〕靡靡，《文選·長門賦》：「觀夫靡靡而無窮。」李注引郭璞《方言注》：「靡靡，細好也。」

〔一二〕眇眇，《廣雅·釋訓》：「遠也。」

〔一三〕靈后，《銓評》：「程作虚厚，從《藝文》。」案作靈后是。班固《西京賦》：「實列仙之攸館，非吾人之所寧。」植句昉此。

〔一四〕廬，《文選·西京賦》薛注：「居也。」

〔一五〕萋萋，《詩經·葛覃篇》毛傳：「茂盛貌。」藹藹，《文選·補亡詩》：「其林藹藹。」李注：「茂盛貌。」蓋草盛曰萋萋，而木茂謂之藹藹也。

〔一六〕青葱，碧緑色。

〔一七〕含榮，謂含苞待放。

〔一八〕讙，《尚書·無逸篇》：「言乃讙。」鄭注：「讙，喜悦也。」此謂鳥雀歡樂鳴噪聲。

〔一九〕微波動，冰已漸融，水緩緩流動。

〔二〇〕氣運，謂「五行之氣應天之運而主化者也。」見《素問》王冰注。和順，《銓評》：「《藝文》順作潤。」案宋刊本《曹子建文集》亦作潤。作潤字是。和潤，温暖潤溼。

〔二一〕時澤，猶時雨。有成，謂豐收。《淮南·原道訓》：「春風至則甘雨降，生育萬物。」此二句意蓋象徵曹操政治修明，時和歲豐，寓贊頌之意。

〔二二〕浮，《禮記·坊記》鄭注：「在上曰浮。」

〔二三〕驊騮，駿馬名。

〔二四〕友生，《詩經·伐木篇》：「求其友生。」友生，朋友。《伐木》序：「燕朋友故舊也。」

〔二五〕誦，《國語·晉語》韋注：「不歌曰誦。」風人所歎，指《詩經·竹竿篇》。詩曰：「駕言出游，以寫我憂。」言，語中助辭。

〔二六〕《離騷》：「步余馬於蘭皋兮。」王注：「步，徐行也。」北園，蓋指玄武苑。見《贈王粲》詩注。

〔二七〕翺翔，《詩經·羔裘篇》鄭注：「猶逍遥也。」即縱情游觀之意。解憂，《銓評》：「《藝文》解作寫。」案宋刊本《曹子建文集》亦作寫。作寫字是。寫憂，見《詩經·竹竿》及《泉水篇》。《爾雅》郭注：「寫，有憂者思散寫也。」《廣雅·釋詁三》：「寫，除也。」

〔二八〕洪池，指玄武池。滉瀁，《銓評》：「瀁，《藝文》作漾。」案滉瀁、滉漾俱疊韻謰語，形容廣闊無涯之狀。

〔二九〕浮沈，《銓評》：「《藝文》作沈浮。」案宋刊本《曹子建文集》與《藝文》同，應據乙。張衡《南都賦》：「醪敷徑寸，浮蟻若蓱。」浮蟻，謂酒釀熟後，米糟上浮如蟻聚也，故以浮蟻爲酒之代詞。金罍，《詩經・卷耳篇》：「我姑酌彼金罍。」罍，酒罇也。《卷耳篇》《釋文》引韓詩：「罍，天子以玉飾，諸侯大夫皆以黃金飾，士以梓。」

〔三〇〕行，巡行。觴、爵，皆酒杯名，古人飲燕，以一杯酌酒傳遞次第取飲。好仇，《銓評》：「程作求，從《藝文》。」案《詩經・兔罝篇》：「公侯好仇。」好仇，謂朋友，與毛傳作妃偶異義，疑曹植此義本《韓詩》。

〔三一〕絲竹，指琴、瑟、笙、笛、筑、箏、琵琶七種樂器。即漢魏流行相和歌之樂隊。《宋書・樂志》：「相和，漢舊歌也，絲竹更相和，執節者歌。歌本一部，魏明帝分爲二。」響厲，《銓評》：「響，張作嚮。」案張本誤，《洛神賦》李注：「厲，急也。」響厲，即《元會詩》之厲響。謂高亢激越之聲。

〔三二〕《漢書・楊雄傳》顔注：「激，發也。」

〔三三〕容與，優游舒緩之貌。

〔三四〕永日，《詩經・山有樞篇》：「且以永日。」毛傳：「永，引也。」案猶今語消磨時間之意。

〔三五〕羲和，《離騷》王注：「羲和，日御也。」奮迅，《銓評》：「《藝文》迅作策。」案作策是。奮策即揚鞭。

〔三六〕曜靈，日也。曜靈無光，謂黄昏日没之時。

〔三七〕人生指壽命。永，長久。

〔三八〕春日微霜言易乾，喻壽命之短促。

〔三九〕諒，揣度之詞。遺名，留名。可紀言可稱述。

〔四〇〕天命無常，《文選》班叔皮《北征賦》：「非天命之靡常。」李注：「言人吉凶乃時會之變化，豈天命之無常乎！」植句反是而言之。案《論語·雍也》皇疏：「命者禀天所得以生，如受天教命也。」是天命蓋指壽命。壽夭難測，故曰無常。

〔四一〕志蕩，志，感情；蕩，放縱。《古詩》：「蕩滌放情志。」即此意。淫遊，《尚書·無逸篇》孔傳：「淫者浸淫不止。」淫遊，縱情遊樂。

〔四二〕經國，治理國家。

〔四三〕罷，停止。曲宴，見《贈丁廙》詩注。旋服，旋，反也；服，語尾助詞。

〔四四〕言歸，《詩經·黄鳥篇》：「言旋言歸。」言，語中助詞。乎，於也。

考《藝文類聚》卷二十八引楊修《節遊賦》，未見王粲、徐幹之作，疑此賦作於諸人逝世之後。就賦中内容考查，正如謝靈運《擬魏太子鄴中集詩序》所述：「公子不及世事，但美遨遊，然頗有憂生之嗟。」此賦流露着人生不永之悲感，若以《娱賓賦》或《公宴詩》所表達的情緒作比較，很顯然此賦具有不同的思想内容。可以説：歡樂之意少而傷感之情多。這或許由於死喪之哀所引發，一如曹丕與《大理王朗書》中之所叙。故疑此賦或創製於建安二十二年大疫之後。

辨道論〔一〕

夫神仙之書、道家之言，乃云：傅説上爲辰尾宿〔二〕；歲星降下爲東方朔〔三〕；淮南王安誅於淮南，而謂之獲道輕舉〔四〕；鉤弋死於雲陽，而謂之尸逝柩空〔五〕。其爲虛妄甚矣哉〔六〕！中興篤論之士有桓君山者〔七〕，其所著述多善。劉子駿嘗問〔八〕：「（言人）〔人言〕誠能抑嗜欲〔九〕，闔耳目〔一〇〕，可不衰竭乎〔一一〕？」時庭中有一老榆〔一二〕，君山指而謂曰：「此樹無情欲可忍，無耳目可闔，然猶枯槁腐朽。而子駿乃言可不衰竭，非談也。」君山援榆喻之，未是也。何者〔一三〕？……「余前爲王莽典樂大夫〔一四〕。《樂記》云〔一五〕：文帝得魏文侯樂人竇公，年百八十，兩目盲。帝奇而問之，何所施行〔一六〕？對曰：臣年十三而失明，父母哀其不及事〔一七〕，教臣鼓琴。臣不能導引〔一八〕，不知壽得何力！」君山論之曰：「頗得少盲〔一九〕，專一內視〔二〇〕，（情）〔精〕不外鑒之助也〔二一〕。」先難子駿以內視無益〔二二〕，退論竇公，便以不外鑒證之〔二三〕，吾未見其定論也〔二四〕。君山又曰：「方（山）〔士〕有董仲君者〔二五〕，有罪繫獄〔二六〕，佯死，數日，目陷蟲出〔二七〕，死而復生，然後竟死。」生之必死，君子所達〔二八〕，夫何喻乎〔二九〕！夫至神不過天地，不能使蟄蟲夏潛〔三〇〕，震雷冬發，時變則物動〔三一〕，氣移而事應〔三二〕。彼仲君者，乃能藏其氣〔三三〕，尸其體〔三四〕，爛其膚，出其蟲，無乃大怪乎〔三五〕！世有方士，吾王悉所招致〔三六〕，甘陵有甘始，廬江有左慈〔三七〕，陽城有郗儉。始能行氣導引，慈曉房中之術〔三八〕，儉善辟穀，悉號數百歲〔人〕〔三九〕。本所以集之於魏國者〔四〇〕，誠恐（此）〔斯〕人之徒〔四一〕，接姦詭以欺衆〔四二〕，行妖（惡）〔慝〕以惑民〔四三〕，故聚而禁之也〔四四〕。豈復欲觀神仙於瀛洲〔四五〕，求安期於邊海〔四六〕，釋金輅而顧雲輿〔四七〕，棄（文）〔六〕驥而（求）〔羡〕飛龍哉〔四八〕！自家王與太子及余兄弟，咸以爲調笑，不信之矣〔四九〕。然始等知上遇之有恒，奉不過於員吏〔五〇〕，賞不加於無功，海島難得而遊，六黻難得而佩〔五一〕，終不敢進虚誕之言〔五二〕，出非常之語。余嘗試郗儉，絶穀百日〔五三〕，躬與之寢處，行步起居自若也〔五四〕。夫人不食七日則死，而儉乃如是〔五五〕。然不必益壽，可以療疾，而不憚饑饉焉〔五六〕！左慈善修房（内）〔中〕之術〔五七〕，差可終命〔五八〕。然自非有志至精〔五九〕，莫能行也。甘始者，老而有少容〔六〇〕，自諸術士咸共歸之〔六一〕。然始辭繁寡實，頗有怪言〔六二〕。余嘗辟左右〔六三〕，獨與之談，問其所行；温顔以誘之〔六四〕，美辭以導之〔六五〕。始語余：「吾本師姓韓，字世雄。嘗與師於南海作金，前後數四〔六六〕，投數萬斤金於海。」又言：「諸梁時，西域胡來獻香罽腰帶、割玉刀〔六七〕，時悔不取也。」又言：「車師之西國〔六八〕，兒生，擘背出脾〔六九〕，欲其食少而努行也〔七〇〕。」又言：「取鯉魚五寸一雙，（合）〔令〕其一（煮）〔含〕藥〔七一〕，俱投沸膏中。有藥者奮尾鼓（鰓）〔鰭〕〔七二〕，游行沈浮，有若處淵。其一者已熟而可噉。」余時問言：「率可試不？」言：「是藥去此逾萬里，當出塞〔七三〕，始不自行，不能得也〔七四〕。」言不盡於此，頗難悉載，故粗舉其巨怪者。始若遭秦始皇、漢武帝，則復爲徐市、欒大之徒也〔七五〕！桀紂殊世而齊惡，姦人異代而等僞〔七六〕，乃如此邪！又世虚然有仙人之説〔七七〕。仙人者，黨猴猿之屬與〔七八〕？世人得道化爲仙人乎？夫雉入海爲蜃〔七九〕，燕入海爲蛤〔八〇〕；當夫徘徊其翼，差池其羽〔八一〕，猶自識也〔八二〕。忽然自投〔八三〕，神化體變〔八四〕，乃更與黿鼈爲群，豈復自識翔林薄、巢垣屋之娱乎〔八五〕！牛哀病而爲虎〔八六〕，逢其兄而噬之。若此者，何貴於變化邪〔八七〕！夫帝者，位殊萬國〔八八〕，富有天下，威尊彰明，齊光日月，宫殿闕庭，（焜）〔等〕耀紫（薇）〔微〕〔八九〕，何顧乎王母之宫、崑崙之域哉〔九〇〕！夫三（烏）〔鳥〕被（致）〔役〕〔九一〕，不如百官之美也。素女（嫦）〔姮〕娥，不若椒房之麗也〔九二〕。雲衣羽裳，不若黼黻之飾也〔九三〕。駕螭載霓，不若乘輿之盛也〔九四〕。瓊蕊玉華〔九五〕，不若玉圭之潔也。而顧爲匹夫所罔〔九六〕，納虚妄之辭，信眩惑之説〔九七〕，隆禮以招弗臣〔九八〕，傾産以供虚求〔九九〕，散王爵以榮之〔一〇〇〕，清閒館以居之〔一〇一〕，經年累稔〔一〇二〕，終無一驗〔一〇三〕，或殁於沙丘〔一〇四〕，或崩於五柞〔一〇五〕，臨時復誅其身〔一〇六〕，滅其族，紛然足爲天下（一）笑矣〔一〇七〕！若夫玄黄所以娱目〔一〇八〕，鏗鏘所以（聳）〔樂〕耳〔一〇九〕，媛妃所以紹先〔一一〇〕，芻豢所以悦口也〔一一〕。何（以）〔必〕甘無味之味，聽無聲之樂，觀無采之色（也）〔乎〕〔一二〕？然壽命長短，骨體强劣，各有人焉。善養者終之，勞擾者半之〔一三〕，虚用者殀之〔一四〕，其斯之謂歟〔一五〕！

〔一〕《銓評》：「此論張載二篇：一與程本略同，而稍增多；一另據《廣弘明集》，然與前篇大同小異。《續苑》九所引《辨道論》，係據《辨正論》，並薈萃群書，訂補爲一篇，其裁鑒極精審。今從其次第録之，删張本之複文，仍分注異同脱誤於各文中。」

〔二〕傳説上爲辰尾宿，《莊子·大宗師篇》：「傳説得之，以相武丁，奄有天下，乘東維，騎箕尾，而比於列星。」成疏：「傳説，星精也。而傳説一星在箕尾上。」案尾星九星其一名傳説。

〔三〕歲星降下，《銓評》：「張脱下，從《續苑》九。」東方朔，漢武帝劉徹時人，字曼倩。應劭《風俗通·正失篇》：「俗言東方朔太白星精。」夏侯湛《東方朔畫象贊》：「談者以先生嘘吸冲和，吐故納新，蟬蜕龍變，棄俗登仙。」

〔四〕《漢書·武帝紀》：「元狩元年，安反誅。」《風俗通·正失篇》：「安親伏白刃，何能神仙？安所養士或頗漏出，恥其如此，因飾詐説，後人吠聲，遂傳行耳。」而《神仙傳》則云：「雷被誣告安謀反，人謂八公曰：安可以去矣！遂偕八公入山，即日飛昇矣。」此道家之言也。

〔五〕鉤弋，《銓評》：「弋張作戈，從《續苑》。」案作弋字是。《漢書·外戚傳》：「鉤弋婕妤從幸甘泉，有過見譴，以憂死，因葬雲陽。」而《神仙傳》則云：「鉤弋夫人生昭帝，武帝賜之死。殯時尸不臭，數月散發香氣。昭帝立，改葬之，棺空，惟衣履存。」

〔六〕虚妄，謂謬誤。

〔七〕中興，指光武即位時。桓君山，桓譚字君山，王莽時爲典樂大夫。光武即位爲給事中，是當時排斥讖緯之著名學者。著《新論》二十九篇（詳《後漢書·桓譚傳》）。

〔八〕劉子駿，劉歆字子駿，向少子也。少通詩書，能屬文，爲黄門郎，至中壘校尉。王莽時爲羲和、京兆尹（詳《漢書》本傳）。

〔九〕言人，《銓評》：「張作人言，從《續苑》。」案《廣弘明集》與張本同。疑作人言是。如今語有人説之意，《續苑》作言人，或非。抑，《史記·河渠書》《索隱》：「猶遏也。」今曰壓制。

〔一〇〕闔，閉也。

〔一一〕衰竭，衰弱與死亡。

〔一二〕庭中，《銓評》：「《續苑》中作下。」

〔一三〕何者，《銓評》：「《續苑》注云：此處有脱文。」

〔一四〕《御覽》七百四十引《新論》無前爲王莽四字。

〔一五〕《樂記》，案《御覽》卷三百八十三，又卷七百四十引《新論》作《樂家書記》，疑此有脱字。

〔一六〕《廣雅·釋訓》：「施，施行也。」案《御覽》九百五十六引《新論》：「問其何服食至此？」

〔一七〕不及，猶言不能。事，案《御覽》卷三百八十三、又卷七百四十引事上有衆技二字。

〔一八〕不，《銓評》：「張作又，從《續苑》。」案《御覽》卷七百四十引亦作不。導引，《素問·異法方宜篇》注：「謂摇筋骨，動支節也。」《淮南·精神訓》：「若吹呴呼吸，吐故内新，熊經鳥伸，鳧浴蝯躩，鴟視虎顧，是養形之人也。」

〔一九〕《御覽》卷七百四十引《新論》「余以爲竇公少盲」。

〔二〇〕内視，《文選·射雉賦》李注：「内，心也。」謂不用目視也。

〔二一〕情，《銓評》：「《續苑》作精。」案作精字是。《文選·神女賦》李注：「精，神也。」《吕覽·適音篇》高注：「鑒，察也。」

〔二二〕難，詰難之意。

〔二三〕外，《銓評》：「張脱外，《續苑》有。」此承上文而言，丁校補是。

〔二四〕定，正也。

〔二五〕方山，《銓評》：「山，《續苑》作士。」案《廣弘明集》山亦作士。作士字是。方士，《後漢書·桓譚傳》章懷注：「有方術之士也。」董仲君，桓譚《新論》：「近哀、平間，睢陵有董仲君好方道。嘗犯事，坐重罪繫獄。佯病死，數日目陷蟲出。吏捐棄之，既而復活。」《登真隱訣》：「董仲君，淮陽人也。少時服氣鍊形，年百餘歲不老。常見誣繫獄，尸解仙去。」（《御覽》卷六百六十一引）

〔二六〕有罪，《銓評》：「張脱此二字，據《續苑》補。」

〔二七〕目陷，眼珠下陷。蟲出，《荀子·勸學篇》：「肉腐出蟲。」

〔二八〕達，通達也。

〔二九〕喻，猶今語説明之意。

〔三〇〕夏潛，《銓評》：「潛，《續苑》作逝。」案《廣弘明集》仍作潛。《左》昭二十九年傳杜注：「潛，藏也。」作潛是。

〔三一〕時變，季節變易。物動，謂蟄蟲出動。

〔三二〕氣移，謂氣候轉化。則自然現象必與之相適應。如夏有雷電，而冬則罕見之謂。

〔三三〕藏，戢也。收斂之意。

〔三四〕尸，《白虎通·崩薨》：「尸之爲言陳也。失氣亡神，形體獨陳。」

〔三五〕《銓評》：「自篇首至此，程脱。」

〔三六〕吾王謂曹操。

〔三七〕廬，《銓評》：「程作盧。《魏志·華陀傳》注作廬。」案《廣弘明集》正作廬。作廬字是。廬江，漢郡名，今安徽潛山縣。

〔三八〕《神仙傳》：「甘始，太康人。善行氣不食，服天門冬。治病不用針艾。在人間三百歲，乃入王屋山。」房中之術，《漢書·藝文志·方技略》載房中術八家。

〔三九〕儉，《銓評》：「以上十三字，程脱，依《志注》補。」悉號數，《銓評》：「《志注》數作三。」案《廣弘明集》亦作三。歲下《博物志》引有人字，應據增。

〔四〇〕本，《銓評》：「程脱本，《志注》作卒，從張本。」案《廣弘明集》亦作本。於，《銓評》：「程脱於，依《志注》補。」案《廣弘明集》有於字。

〔四一〕此，《銓評》：「《志注》作斯。」案《廣弘明集》亦作斯。此、斯義同，然作斯爲是。斯人之徒見於《論語》可證。

〔四二〕接，《廣雅·釋詁二》：「合也。」姦詭，《銓評》：「《志注》詭作宄。」案《廣弘明集》亦作詭。姦詭或作姦宄，詭亦作軌。《左》成十七年傳：「臣聞亂在外爲姦，在内爲軌，御姦以德，御軌以刑。」

〔四三〕妖惡，《銓評》：「惡張作慝，《志注》作隱。」案《廣弘明集》惡作慝。《三國志》武英殿本作慝，汲古閣本作隱，《藝文》卷七十八作惡。疑作慝字是。慝，言隱匿其情以飾非也。民，《銓評》：「張作人。」案作民字是。蓋唐人避太宗諱改。

〔四四〕《銓評》：「此句程脱，張脱也，依《續苑》補。」

〔四五〕神仙，《銓評》：「《藝文》七十八作山。」瀛洲，《史記·秦始皇本紀》：「齊人徐市等上書言：海中有三神山，名曰蓬萊、方丈、瀛洲，僊人居之。」

〔四六〕安期，《神仙傳》：「安期生，瑯邪阜鄉人也。賣藥東海邊，時人皆呼千歲翁。秦始皇時，東游，請見。與語三日夜，賜金璧數千萬，出置阜鄉亭而去。留書並赤玉舄一兩爲報。曰：後數年，求我於蓬萊山。」邊海，《銓評》：「《志注》作海島。」

〔四七〕 釋，捨棄之意。顧，《銓評》：「《志注》作履。」案顧猶念也。雲輿，神仙所乘之車。

〔四八〕 文驥，《銓評》：「《志注》作六驥。」案文字誤，作六字是。張衡《西京賦》：「天子乃駕彫軫，六駿駮。」薛注：「天子駕六馬。」求，《銓評》：「《志注》作羨，《藝文》作美。」案《三國志》汲古閣本作美，《册府》卷八百七十六引亦作美，武英殿本則作羨。疑作羨字是。《廣雅·釋詁一》：「羨，欲也。」《文選·思玄賦》舊注：「羨，慕也。」

〔四九〕 家王，謂曹操。太子，謂曹丕。建安二十二年冬十月，以五官中郎將丕爲魏太子。曹丕《典論》論郤儉等事：「劉向惑於《鴻寶》之説，君游眩於子政之言，古今愚謬，豈唯一人哉。」

〔五〇〕 員吏，曹丕《典論》論郤儉等事：「潁川郤儉能辟穀，餌伏苓。甘陵甘始亦善行氣，老有少容。廬江左慈知補導之術，並爲軍吏。」

〔五一〕 㡚，繫印帶。此謂欒大於漢武帝時，曾佩五將軍與一侯印，故曰六㡚。

〔五二〕 虚誕，荒唐悠謬之意。

〔五三〕 余嘗試郗儉，《博物志》：「東阿王嘗録甘始同寢處，百日不食，而容體自若。」（《御覽》卷七百六十六引）此作甘始，或傳聞之失。

〔五四〕 躬，親也。自若，即自如。

〔五五〕 乃，竟字之意。

〔五六〕饑饉，《爾雅・釋天》：「穀不熟爲饑，蔬不熟爲饉。」

〔五七〕房内之術，内疑字當作中，説見前注。

〔五八〕差，《博物志》作善。終命，謂終其天年。

〔五九〕《抱朴子・釋滯篇》：「房中之法十餘家：或以補救傷損，或以攻治衆病，或以采陰益陽，或以增年延壽。其大要在於還精補腦之一事耳。此法乃真人口口相傳，本不書也。雖服名藥，而復不知此要，亦不得長生也。……若不得口訣之術，萬無一人爲之，而不以此自傷煞者也。」

〔六〇〕少容，猶今語曰童顔。

〔六一〕諸，《廣弘明集》作餘。

〔六二〕頗下《廣弘明集》有竊字。

〔六三〕辟，《小爾雅・廣言》：「除也。」

〔六四〕温顔，和顔悦色。誘，《爾雅・釋詁》：「進也。」

〔六五〕美，好也。導，《論語・爲政篇》皇疏：「誘引也。」

〔六六〕數四，猶言幾次。

〔六七〕西域，《銓評》：「域張作城，從《書鈔》一百二十九。」案《三國志》裴注引正作域，作域是。漢魏西域在今新疆地區。香罽，具有香氣之毛織物。割玉刀即崑吾刀，能剖玉。

〔六八〕車師，在今新疆土魯番。後庭在烏魯木齊東、阜康縣之南。

〔六九〕擘，《後漢書·方術傳》章懷注：「擘作劈。」案擘借爲劈。《説文》：「劈，破也。」脾，脾臟。《釋名·釋形體》：「脾，裨也，在胃下，裨助胃氣，主化穀也。」

〔七〇〕努，《銓評》：「《續苑》作怒，《志注》作弩。」《廣雅·釋詁三》：「怒，勉也。」

〔七一〕合，《銓評》：「《續苑》作含，《御覽》九百三十六作令。」案作令字是。《志注》引正作令。其一，《銓評》：「《御覽》作一者。」煮，《銓評》：「《續苑》作以，《御覽》作含。」案作含字是。《釋疑論》：「令甘始以藥含生魚」，作含字可證。

〔七二〕奮，《廣雅·釋詁一》：「動也。」鰓，《銓評》：「《御覽》鰓作鰭。」案《上林賦》：「揵鰭掉尾。」郭璞曰：「揵，舉也。」是舉鰭與鼓鰭意同，疑作鰭字是。

〔七三〕出塞，塞謂長城。

〔七四〕始不，《銓評》：「不，《御覽》作非。」

〔七五〕徐市即徐福。《史記·始皇本紀》：「請得齋戒，與童男女求之。於是遣徐市發童男女數千人，入海求僊人。」樂大，《史記·孝武紀》：「樂成侯上書言樂大。樂大，膠東宫人，故嘗與文成將軍同師……大言曰：臣嘗往來海中，見安期、羡門之屬，顧以爲臣賤，不信臣……臣之師曰：黄金可成，而河決可塞，不死之藥可得，僊人可致也。……上方憂河決，而黄金不就，乃拜大爲五利將軍。居月餘，得四金印，佩天士將軍、地士將軍、大通將軍、天道將軍印。……以二千户封地士將軍大爲樂通侯。賜列侯甲第，僮千人。乘輿斥車馬帷帳器物以充其家……而五利將軍使，不敢入海，之泰山祠。上使人微隨驗，實無所見，五利妄言見其師，其方盡，多不讎。上乃誅五利。」

〔七六〕姦人，指徐市、欒大。異代，謂秦漢二代。

〔七七〕虚然，《廣雅・釋詁三》：「虚，空也。」

〔七八〕黨同儻，《史記・伯夷傳》注：「儻，未然之辭也。」猱，《詩經・角弓篇》毛傳：「猿屬。」與即歟字。

〔七九〕蜃，《銓評》：「《續苑》作蛤。」案《易進卦驗》：「小雪，雉入水爲蜃。」《淮南・時則訓》：「雉入大水爲蜃。」作蜃字是。

〔八〇〕蛤，《銓評》：「《續苑》作蜃。」案《易進卦驗》：「立冬，鷰雀入水爲蛤。」《禮記・月令篇》：「賓爵入大水爲蛤。」作蛤字是。

〔八一〕《詩經・燕燕篇》：「燕燕于飛，差池其羽。」《左》襄廿一年杜注：「差池，不齊一。」《燕燕篇》《正義》：「差池，往飛之貌。」

〔八二〕自識，《説文》：「識，知也。」

〔八三〕自投，《呂覽・離俗》高注：「投猶沈也。」

〔八四〕意謂精神形體俱發生變化。

〔八五〕翔林薄謂雉，巢垣屋謂燕。娱乎，《銓評》：「自家王與太子句至此，程脱。」

〔八六〕牛哀，《淮南·俶真訓》：「公牛哀轉病也，七日化爲虎，其兄掩而入覘之，則虎搏而食之。」高注：「公牛氏韓人。」《文選·思玄賦》舊注則以爲魯人。

〔八七〕《銓評》：「以上二十一字，程張脱，依《續苑》所引《辨正論》陳子良注補。」

〔八八〕萬國謂諸侯。

〔八九〕焜耀，《銓評》：「焜《藝文》作等。」案作等字是。等耀與上句齊光語正相儷。紫薇，《銓評》：「《藝文》作微。」案作微字是。《後漢書·張衡傳》章懷注：「紫宫、太微並星名也。」《淮南·天文訓》：「紫宫者，太一之居也。」是紫微謂天帝所居之宫。

〔九〇〕王母宫在崑崙山。《五岳名山圖》：「崑崙三角：其一角正北，名曰閬風巔；其一角正西，名曰玄圃臺；其一角正東，名曰崑崙宫。上有玉樓十二，景雲映日，朱霞流光，西王母之治所。」顧，猶念也。

〔九一〕三烏，《銓評》：「《續苑》烏作鳥。」案作鳥字是。被致，《銓評》：「《藝文》作備投。」案宋刊本《曹子建文集》致作役。作役字是，投蓋役字之形誤。《漢武故事》：「七月七日，忽有青鳥飛來，集於殿前。東方朔曰：西王母將至。未幾，王母至，三青鳥侍立於王母之側。」

〔九二〕嫦娥，《銓評》：「嫦《藝文》作姮。」案宋刊本《曹子建文集》與《藝文》同。《淮南·覽冥訓》高注：「姮娥，羿妻。羿請不死之藥於西王母，未及服也。姮娥盗食之，得仙，奔入月中爲月精。」是子建原作姮娥，後人改作嫦娥也。椒房，后妃所居，故假以爲后妃之代詞。

〔九三〕羽裳，《銓評》：「《續苑》作雨。」案雨字疑誤。考《太上飛行羽經》：「衣玄羽飛裳。」又云：「衣青羽飛裳。」可證雨字之訛。羽之作雨，蓋由雲衣，而雲雨連文因致誤也。黼黻，《漢書·郊祀志》顏注：「冕服也。」謂天子之服。

〔九四〕駕，《銓評》：「程作駕，從《藝文》。」案作駕字是。螭，《吕覽·舉難》高注：「龍之别也。」謂以龍駕車。載霓謂以霓爲旌旗也。霓即虹。乘輿，天子之車。《西都賦》李注：「蔡雍《獨斷》曰：天子至尊，不敢渫瀆言之，故託於乘輿也。」

〔九五〕瓊蕊即玉華。

〔九六〕顧，《國策·秦策》高注：「反也。」罔，《漢書·郊祀志》顏注：「罔猶蔽也。」猶今言蒙蔽。

〔九七〕眩惑，《銓評》：「惑程作感，從《藝文》。」案《廣弘明集》、宋刊本《曹子建文集》俱作惑。眩惑，猶迷瞀也。眩惑複義辭。

〔九八〕隆禮，《禮記·經解》鄭注：「謂盛行禮也。」招，召也。弗臣，《史記·孝武紀》：「於是天子又刻玉印曰：天道將軍。使使衣羽衣，夜立白茅上。五利將軍亦衣羽衣，立白茅上受印，以示弗臣也。」

〔九九〕虚求，空求。言所求不得也。

〔一〇〇〕散，《公羊》莊十二年傳何注：「放也。」王爵，《銓評》：「王程作玉，從《藝文》。」案《廣弘明集》、宋刊本《曹子建文集》俱作王，作王是。王爵，如欒大封欒通侯。蓋爵位天子所主，故曰王爵。

〔〇一〕清，《文選·東京賦》薛注：「潔也。」閒館，閒，《文選·魏都賦》注引《韓詩章句》：「大也。」即《史記·孝武紀》之列侯甲第。

〔〇二〕經年，猶歷年。稔，《廣雅·釋詁一》：「年也。」

〔〇三〕驗，《銓評》：「張作效。」案《廣弘明集》亦作效。效、驗意同。

〔〇四〕沙丘，秦始皇死於沙丘平臺。在今河北省平鄉縣。

〔〇五〕五柞，宫名，武帝崩於五柞宫。因有五柞樹，故以名宫。在今陝西盩厔縣。

〔〇六〕臨時，《銓評》：「以上十二字程脱，依《續苑》所引《辨正論》補。」

〔〇七〕一笑，《銓評》：「張脱一。」案《藝文》七十八、《廣弘明集》、宋刊本《曹子建文集》俱無一字，丁補一非是，應據删。

〔〇八〕玄黄指衣冠顔色。

〔〇九〕鏗鏘謂音樂。聳，《銓評》：「《藝文》作樂。」案宋刊本《曹子建文集》同。聳字於此無義，當據《藝文》及宋本《曹集》改正。

〔一〇〕紹先，《銓評》：「先程作光。」案光是先字之形誤。《文選》司馬遷《報任少卿書》李注：「先，祖也。」紹先謂后妃生子嗣續祖先也。

〔一一〕芻豢，《孟子·告子篇》：「猶芻豢之悦我口。」趙注：「草食曰芻，穀食曰豢。」即牛羊犬豕也。

〔二二〕何以，《銓評》：「以《藝文》作必。也《藝文》作乎。」案當據《藝文》正。此三句謂學神仙之術，必須竭力抑制物質享受，屏絶滋味聲色，以求長生不老。子建於此，意存非難，且致譏評，故以詰問語意發之。

〔二三〕善養者，謂善於攝生之人，自能終其天年。過於勞累，其壽命僅及善養者之半。

〔二四〕虚用者，謂浪費精力而不知節制，其惟夭折而已。此意與司馬遷《論六家要旨》「神太用則竭」諸句同，或子建之所本。

〔二五〕謂歟，《銓評》：「歟《續苑》作矣。自然壽命長短至此，程脱。」案《廣弘明集》仍作歟。

曹操招集方術之士，其意圖在《魏志·武帝紀》裴注引張華《博物志》和《全三國文》所録《與皇甫隆書》，叙述非常清楚。但這一措施，所謂上有好者，下必甚焉，却鼓動群衆對方士虔誠的崇奉（曹丕《典論》論郤儉等事）。曹操在鎮壓黄巾農民起義之後，深懼由此導致不測事變之發生，而有所戒懼。爲了鞏固曹魏政權統治地位，對此不能不作深切的考慮。曹植此論是代表統治階層的願望而創作的，所以論中着重申明曹操聚方士於鄴下，是具有嚴肅政治目的性，從而給信仰者提出警告。其次揭露方士之虚僞性，嘲笑秦皇漢武之受騙，爲曹操招致方士作了進一步的辨解，藉以消除他們在群衆中的影響。無可否認，此論在當時是有其一定政治内容的。可是整篇羅陳史實和現象，其闡述僅停留在一般感性認識階段，不能作出深透的理論性的概括和分析，因之劉彦和在其所著《文心雕龍》裏，對此曾給予尖鋭的批評。雖然仍可藉以了解曹魏統治集團對黄巾的態度與乎警懼心理，也反映了方士在建安時期之社會中所産生的影響。而論中又不一地否定神仙之存在，指出長壽的基本原則，則顯示朴素唯物主義的傾向。由於反對方士，在後代釋、道二教的鬥争中，此論成了佛教攻擊道教的有力文獻。

柳頌序

予以閑暇，駕言出游〔一〕，過友人楊德祖之家〔二〕。視其屋宇寥廓〔三〕。庭中有一柳樹，聊戲刊其枝葉〔四〕。故著斯文〔五〕，表之遺翰〔六〕，遂因辭勢，以譏當世之士〔七〕。

〔一〕《詩經·竹竿篇》：「駕言出游。」言，語中助詞。

〔二〕德祖，楊修字。《典略》曰：「太尉彪子也。謙恭才博。建安中，舉孝廉，除郎中。丞相請署倉曹屬主簿。是時軍國多事，修總知外内事，皆稱意。自魏太子已下並争與交好。又是時臨菑侯植以才捷愛幸，來（秉）意投修。至二十四年秋，公（曹操）以修前後漏泄言教，交關諸侯，乃收殺之。」（《魏志·陳思王植傳》裴注引）

〔三〕寥廓，《文選·甘泉賦》李注：「虚静貌。」

〔四〕刊，《廣雅·釋詁三》：「削也。」枝葉，《銓評》：「此二字程作樹，從《藝文》八十九。」

〔五〕斯文，指《柳頌》。

〔六〕遺翰，遺，餘也；翰，筆也。

〔七〕當世之士，指具有政治權力而陷害楊修者。

建安末期，王朝内部展開王位繼承權的鬥争。丁儀兄弟等擁戴曹植，曹丕憑藉其取得的政治地位，極意籠絡士族，爲之羽翼，相互陷害，勢同水火。終於令楊修以倚注遇害，丁儀以希意族滅（魚豢語）。修死後百餘日而曹操死，操死於建安二十五年正月，修被殺在二十四年秋末冬初。則此頌序似建安年間作也。姑附於此。

武（帝）〔王〕誄有序〔一〕

於惟我王，承運之衰〔二〕。神武震發〔三〕，群雄（戡）〔殄〕夷〔四〕。拯民于下〔五〕，登帝太微〔六〕。德美旦奭〔七〕，功越彭韋〔八〕。九德光備〔九〕，萬國作師〔一〇〕。寢疾不興〔一一〕，聖體長違〔一二〕。華夏飲淚，黎庶含悲。神翳功顯，身沈名飛〔一三〕。敢揚聖德，表之素旗〔一四〕。乃作誄曰：

於穆我王，胄稷胤周〔一五〕。賢聖是紹，元懿允休〔一六〕。先侯佐漢，實惟平陽〔一七〕；功成績著，德昭二王〔一八〕。民以寧一，興詠有章〔一九〕。我王承統，天姿（特）〔時〕生〔二〇〕。年在志學〔二一〕，謀過老成〔二二〕。奮臂舊邦〔二三〕，翻身上京〔二四〕。袁與我王〔二五〕，交兵若神〔二六〕。張陳背誓〔二七〕，傲（弟）〔帝〕虐民〔二八〕，擁徒百萬〔二九〕，虎視朔濱〔三〇〕。我王赫怒〔三一〕，戎車列陳，武卒虓闞〔三二〕，如雷如震〔三三〕。欃槍北掃〔三四〕，舉不浹辰〔三五〕，紹遂奔北〔三六〕，河朔是賓〔三七〕。振旅京師〔三八〕，帝嘉厥庸〔三九〕，乃位丞相，總攝三公〔四〇〕。（進）〔光〕受上爵〔四一〕，（臨君）〔君臨〕魏邦〔四二〕。九錫昭備〔四三〕，大路火龍〔四四〕。玄鑑靈察〔四五〕，探幽洞微〔四六〕。下無僞情〔四七〕，姦不容非〔四八〕。敦儉尚古〔四九〕，不玩珠玉〔五〇〕，以身先下，民以純樸〔五一〕。聖性嚴毅〔五二〕，平修清一〔五三〕。惟善是嘉，靡疏靡昵〔五四〕。怒過雷電〔五五〕，喜踰春日〔五六〕。萬國肅虔〔五七〕，望風震慄〔五八〕。既總庶政〔五九〕，兼覽儒林〔六〇〕。躬著雅頌，被之瑟琴〔六一〕。茫茫四海〔六二〕，我王康之〔六三〕。微微漢嗣，我王匡之〔六四〕。群傑扇動〔六五〕，我王服之。喁喁黎庶，我王育之〔六六〕。光有天下，萬國作君〔六七〕。虔奉本朝，德美周文〔六八〕。以寬克衆〔六九〕，每征必舉。四夷賓服，功（夷）〔踰〕聖武〔七〇〕。翼帝（王）〔主〕世〔七一〕，神武鷹揚〔七二〕，左鉞右旄〔七三〕，威凌伊呂〔七四〕。年踰耳順〔七五〕，體（壯）〔愉〕志肅〔七六〕，乾乾庶事〔七七〕，氣過方叔〔七八〕。宜並南嶽〔七九〕，君國無窮。如何不弔〔八〇〕，禍鍾聖躬〔八一〕。棄離臣子，背世長終〔八二〕。兆民號咷〔八三〕，仰愬上穹。既以約終〔八四〕，令節不衰。既即梓宮〔八五〕，躬御綴衣〔八六〕。璽不存身〔八七〕，唯紼是荷〔八八〕。明器無飾〔八九〕，陶素是嘉〔九〇〕。既次西陵〔九一〕，幽闈啓路〔九二〕。群臣奉迎，我王安厝〔九三〕。窈窕玄宇〔九四〕，三光不（晰）〔入〕〔九五〕。幽闥一扃〔九六〕，尊靈永蟄〔九七〕。聖上臨穴〔九八〕，哀號靡及〔九九〕。群臣陪臨〔一〇〇〕，佇立以泣〔一〇一〕。去此昭昭〔一〇二〕，於彼冥冥，永棄兆民，下君百靈〔一〇三〕。千代萬葉〔一〇四〕，曷時復形〔一〇五〕。

人事既闕，聰鏡神理。《銓評》：「《文選》謝靈運《述祖德詩》李注引《武帝誄》。」

〔一〕《武帝誄》，案《魏志·武帝紀》：建安二十五年謚曰武王。《文帝紀》：黄初元年十一月，追尊武王爲武皇帝。誄作於建安二十五年操葬時，不得稱曰武帝，且誄中屢云我王可證，當作《武王誄》爲是。今題作《武帝誄》，顯係後人追改，非植之原題如是也，應訂正。

〔二〕於，發語詞。承，《銓評》：「張作乘。」承，《國語·晉語》韋注：「奉也。」運，《文選·皇太子釋奠會詩》李注：「録運也。」句意謂正當國家命運衰危之時。

〔三〕謂曹操起兵征伐四方。神武，指曹操神奇戰略。震發，如巨雷之轟擊。

〔四〕群雄，謂二袁、吕布、劉表等。戡，《銓評》：「《藝文》十三作殄。」案宋刊本《曹子建文集》亦作殄。作殄是。殄夷即絶滅。

〔五〕拯，援救。

〔六〕帝，指漢獻帝劉協。太微，《晉書·天文志》：「太微，天子庭也。」此喻帝位。時劉協自長安逃至洛陽，曹操親率兵迎都許。《魏志·武帝紀》：「建安元年九月，車駕出轘轅而東，以太祖爲大將軍，封武平侯。自天子西遷，朝廷日亂，至是宗廟社稷制度始立。」

〔七〕旦奭即周公旦、召公奭。《尚書·君奭篇》序：「召公爲保，周公爲師，相成王爲左右。」

〔八〕彭韋，彭，大彭；韋，豕韋。《國語·鄭語》：「大彭、豕韋爲商伯矣。」韋注：「大彭，陸終第三子，曰籛，爲彭姓，封於大彭，謂之彭祖，彭城是也。豕韋，彭姓之别封於豕韋者。殷衰，二國相繼爲商伯。」《左傳》杜注：「豕韋，國名。東郡白馬縣東南有韋城。」在今河南滑縣東南五十里。

〔九〕九德，《尚書·皋陶謨》：「寬而栗，柔而立，愿而恭，亂而敬，擾而毅，直而温，簡而廉，剛而塞，彊而義。」光，《爾雅·釋言》：「光，充也。」備，具也。

〔一〇〕此句以協韻倒。《周書·泰誓》：「天佑下民，作之君，作之師。」作師，施行教化。

〔一一〕興，起也。

〔一二〕長違，《銓評》：「違，《藝文》作歸。」

〔一三〕翳，《漢書·甘泉賦》顔注引韋昭説：「隱也。」沈，《廣雅·釋詁一》：「没也。」名飛猶名揚。

〔一四〕素旗，《文選》陸士衡《挽歌詩》李注：「《禮記》曰：以死者爲不可别也，故以其旗識之。賀循《葬禮》曰：杠，今之旐也，古以緇布爲之。絳繒題姓名而已，不爲畫飾。」故曰素旗。

〔一五〕穆，美也。胄稷胤周：胄，後也；稷，后稷；胤，《爾雅·釋詁》舍人注：「繼世也。」《魏志·蔣濟傳》裴注：「蔣濟立郊議稱《曹騰碑文》云：曹氏族出自邾。《魏書》述曹氏胤緒亦如之。魏武作《家傳》，自云曹叔振鐸之後，故陳思王作《武帝誄》曰：於穆武王（據毛本），胄稷胤周。」案曹叔振鐸，文王之子。《左氏傳》云：「曹叔振鐸，文之昭也」可證。

〔一六〕《易經·文言傳》：「元者，善之長也。」懿，《爾雅·釋詁》：「美也。」允，《爾雅·釋詁》：「信也。」休，《國語·楚語》韋注：「嘉也。」

〔一七〕先侯，謂曹參。《魏志·武帝紀》：「太祖武皇帝，姓曹諱操，字孟德，漢相國參之後。」《漢書》：「高祖六年與諸侯剖符，賜參爵列侯，食邑平陽萬六百三十户。世世勿絶，號平陽侯。」

〔一八〕二王，《銓評》：「《藝文》王作皇。」案宋刊本《曹子建文集》亦作皇。二皇，指高祖與孝惠帝。

〔一九〕寧一，安靖朴質之意。《漢書·曹參傳》：「百姓歌之曰：蕭何爲法，覯若畫一；曹參代之，守而勿失。載其清静，民以寧一。」興詠，創製歌詩。有章，《詩經·裳裳者華篇》鄭箋：「章，禮文也。」

〔二〇〕承統，繼承曹參傳統。天姿，《銓評》：「程、張天作文，從《藝文》。」案天姿即天資，謂天賦資質。特生，案宋刊本《曹子建文集》與《藝文》特字俱作時。作時字是。蘇武《答李陵書》：「每念足下，才爲世生，器爲時出。」時生猶時出也。意謂曹操才智應時之需而生也。

〔二一〕志學，《論語·爲政篇》：「吾年十有五而志於學。」則此志學二字即借爲十五歲之代詞。

〔二二〕老成，《詩經·蕩篇》：「雖無老成人。」《正義》：「年老成德之人。」《魏志·武帝紀》：「太祖少機警，有權術。」

〔二三〕奮臂，舉手，謂招集士卒。舊邦，《魏志·武帝紀》：「太祖至陳留，散家財，合義兵，將以誅卓。冬十二月，始起兵於己吾（謝鍾英：「己吾在今歸德府寧陵縣西三十里」），是歲中平六年也。」

〔二四〕上京謂洛陽。《魏志·武帝紀》：「建安元年秋七月，楊奉、韓暹以天子還洛陽；奉別屯梁。太祖遂至洛陽，衛京都，暹遁走。」

〔二五〕袁，《銓評》：「程作表，從張本。」案嚴可均《全三國文》亦作袁。袁，指袁紹。

〔二六〕交兵，《銓評》：「《藝文》作兵交。」案宋刊本《曹子建文集》與《藝文》同。兵交謂戰争。若神，《魏志·武帝紀》裴注引《魏書》：「其行軍用師，大較依孫、吴之法。而因事設奇，譎敵制勝，變化如神。」

〔二七〕張陳，張，張邈；陳，陳宫。《魏志·武帝紀》：「興平元年，會張邈與陳宫叛迎吕布，郡縣皆應。」考張邈、陳宫皆與曹操有舊恩友善，後背叛，故子建斥之曰背誓。然上下文俱言袁紹，而此插入張、陳事，疑文義不貫，或有遺脱句，惜文獻多缺，無以證補。

〔二八〕傲弟，《銓評》：「弟《藝文》作帝。」案宋刊本《曹子建文集》亦作帝。作帝字是。帝，謂劉協。傲帝，《典略》：「紹貢御希慢，私使主簿耿苞密白曰：赤德衰盡，袁爲黄胤，宜順天意。」（見《魏志·袁紹傳》裴注引）虐民，《魏書》載公令曰：「……袁氏之治也，使豪强擅恣，親戚兼并，下民貧弱，代出租賦，衒鬻家財，不足應命。」（見《魏志·武帝紀》裴注引）

〔二九〕百萬，案《魏志·袁紹傳》：「又以中子熙爲幽州，甥高幹爲并州，衆數十萬。」此言百萬，蓋夸飾也。

〔三〇〕虎視，《易經・頤卦》《爻辭》：「虎視眈眈，其欲逐逐。」形容袁紹懷有吞併之志。朔濱，指黄河以北之地。即今河南北部及山東、山西、河北省。

〔三一〕赫怒，《詩經・皇矣篇》：「王赫斯怒。」赫，怒貌。

〔三二〕虓，《銓評》：「程作虓，從《藝文》。」案作虓字是。《詩經・常武篇》：「闞如虓虎。」鄭箋：「闞然如虎之怒。」

〔三三〕震，《銓評》：「程作電，從《藝文》。」案宋刊本《曹子建文集》亦作震。《詩經・常武篇》：「如雷如霆。」《左》隱九年傳《正義》：「雷之甚者曰震。」震、霆義同。此形容曹操軍威强大。

〔三四〕欃槍，《爾雅・釋天》：「彗星爲欃槍。」《新序・雜事四》：「天之有彗以除穢也。」

〔三五〕舉，《史記・蘇秦傳》《索隱》：「拔也。」浹辰，《左》成九年傳《正義》：「十二日也。」《魏志・武帝紀》：「公謂運者曰：卻十五日，爲汝破紹，不復勞汝矣！」

〔三六〕奔北，即奔敗。謂退走也。敗、北一聲之轉。

〔三七〕賓，《爾雅・釋詁》：「服也。」

〔三八〕振旅，《穀梁》莊八年傳：「入曰振旅，習戰也。」京師，《銓評》：「《藝文》師作室。」京室指許，劉協所居。

〔三九〕嘉，《爾雅・釋詁》：「善也。」庸，功也。

〔四○〕《魏志·武帝紀》:「建安十三年,漢罷三公官。夏六月,以公爲丞相。」三公,司徒、太尉、司空也。攝,《論語·八佾篇》《集解》引包氏:「猶兼也。」曹操先罷三公官,爲使國家政權總攬於己奠定基礎。

〔四一〕進,《銓評》:「《藝文》作光。」案疑作光字是。《詩經·韓奕篇》鄭箋:「光猶榮也。」光受即榮受。上爵謂公爵,古封爵計五等,以公爵最尊,故曰上爵。《魏志·武帝紀》:「建安十八年五月丙申,天子使御史大夫郗慮持節策命公爲魏公。」

〔四二〕臨君,《銓評》:「張作君臨。」案宋刊本《曹子建文集》亦作君臨。案作君臨是。《責躬詩》:「君臨萬邦。」李注:「《尚書》曰:君臨周邦。」《文選》任彦昇《天監三年策秀才文》李注:「《左氏傳》:子囊曰:赫赫楚國,而君臨之。」是作君臨可證。《穀梁》哀七年傳范注:「臨者撫有之也。」

〔四三〕九錫:一、大輅戎輅各一,玄牡二駟;二、衮冕之服,赤舄副焉;三、軒懸之樂,六佾之舞;四、朱户;五、納陛;六、虎賁三百人;七、鈇鉞各一;八、彤弓一、彤矢百,玈弓十、玈矢千;九、秬鬯一卣,圭瓚副焉(見《魏志·武帝紀》建安十八年)。昭備,《左》桓二年傳:「昭儉、昭度、昭數、昭文、昭物、昭聲、昭明。」昭即上文之昭。昭,顯也;備,具也。

〔四四〕大路,《尚書·顧命篇》鄭注:「玉輅。」天子祭天所乘之車。火龍,《銓評》:「火程作光,從《藝文》。」案作火字是。火龍謂天子禮服所繪火與龍之圖案。《左》桓二年傳:「火龍黼黻。」

〔四五〕玄鑑，猶言神鏡。靈察，《銓評》：「《藝文》察作蔡。」案宋刊本《曹子建文集》亦作蔡。《論語·公冶長篇》皇疏：「蔡，大龜也。」靈蔡即神龜。謂曹操預見性有如神鏡神龜，能知吉凶於未兆也。

〔四六〕探，《説文》：「遠取之也。」遠取猶深取。洞，通達之意。

〔四七〕《魏志·武帝紀》裴注引《魏書》：「知人善察，難眩以僞」。

〔四八〕容，《廣雅·釋詁二》：「飾也。」容非謂文飾己過。

〔四九〕敦、尚，重視之意。案據《魏書》：「雅性節儉，不好華麗。後宫衣不錦繡，侍御履不二采。帷帳屏風，壞則補納。茵褥取温，無有緣飾。」

〔五〇〕玩，《漢書·五行志》顔注：「愛也。」

〔五一〕先，《荀子·修身篇》楊注：「謂首唱也。」下，指百姓、官吏。見《魏志·毛玠傳》。純樸，純厚樸質，言不侈靡也。

〔五二〕聖指曹操。嚴毅，嚴厲果斷。《魏志·何夔傳》：「太祖性嚴（按今本《魏志》嚴下脱毅字，應據《白帖》卷三十三引補），掾屬以公事，往往加杖。」

〔五三〕平，《銓評》：「程作手，從《藝文》。」案作平字是。《淮南·時則訓》高注：「平，治也。」修，《國語·晉語》韋注：「行也。」清一，《老子》：「天得一以清。」意謂曹操統治實施上天無私之準則。

〔五四〕昵，近也。猶言無親疏遠近之別。《魏書》：「勳勞宜賞，不吝千金；無功望施，分毫不予。」與此意同。

〔五五〕雷電，《銓評》：「電，《藝文》作霆。」雷霆，象徵威嚴可畏。

〔五六〕春日，謂春陽和煦，以喻仁厚。

〔五七〕肅虔，肅敬。

〔五八〕震慄，《銓評》：「慄，程作肅，從《藝文》。」案宋刊本《曹子建文集》亦作慄。震慄，恐懼之意。

〔五九〕庶政，衆事。

〔六〇〕儒林，《魏志·武帝紀》裴注引《魏書》：「御軍三十餘年，手不捨書，晝則講軍策，夜則思經傳。」

〔六一〕躬，《銓評》：「程、張作窮，從《藝文》。」案窮字誤，當作躬。《吕覽·孟春紀》高注：「躬，親也。」雅頌謂詩歌。瑟琴，《銓評》：「程作琴瑟，從《藝文》。」案作瑟琴是。林琴協韻。《魏志·武帝紀》裴注引《魏書》：「及造新詩，被之管絃，皆成樂章。」

〔六二〕茫茫，《孟子·公孫丑章》趙注：「疲倦之貌。」四海，謂四海之人。

〔六三〕康之，《爾雅·釋詁》：「康，安也。」

〔六四〕微微，細小之貌。漢嗣，《爾雅·釋詁》：「嗣，繼也。」謂漢之繼承者，指劉協。匡，《爾雅·釋言》：「正也。」

〔六五〕群傑，《銓評》：「傑，《藝文》作桀。」案傑、桀同。《詩經·伯兮篇》毛傳：「桀，特立也。」群傑指當時地區割據勢力。扇動，《方言》注：「扇拂，相佐助也。」

〔六六〕喁喁，《後漢書·隗囂傳》章懷注：「衆口向上也。」育，長養之意。

〔六七〕光，《國語·周語》：「故能光有天下。」韋注：「光，大也。」萬國作君，猶言作君萬國，以協韻倒。

〔六八〕虔奉，敬奉。本朝謂漢朝。《淮南·氾論訓》高注：「本朝，國朝也。」周文，周文王。《論語·泰伯篇》：「三分天下有其二，以服事殷，周之德其可謂至德矣！」《魏志·武帝紀》裴注引《魏氏春秋》：「王曰：施於有政，是亦爲政。若天命在吾，吾爲周文王矣！」

〔六九〕克，勝也。

〔七〇〕功夷，《銓評》：「夷，《藝文》作踰。」案作踰是。踰具超越之意。聖武，謂周武王。

〔七一〕翼，輔佐。帝謂劉協。王世，《銓評》：「王《藝文》作主。」案作主字是。《廣雅·釋詁一》：「主，君也。」君有統治之義。

〔七二〕鷹揚，《詩經·大明篇》：「時維鷹揚。」孫星衍曰：揚即鸆字（見馬瑞辰《毛詩傳箋通釋》）。鸆即鷂。鷹鸆皆鷙鳥，比喻勇猛。

〔七三〕鉞，大斧。旄，《周禮·春官·序官》鄭注：「旄牛尾。」《管子·小匡》尹注：「旄者，所以誓勤兵士。」《尚書·牧誓》：「王左杖黄鉞，右秉白旄以麾。」此句所本。

〔七四〕伊吕，伊，伊尹；吕，吕尚。伊助湯伐桀，吕助周武伐紂。凌，越也。

〔七五〕耳順，《論語·學而篇》：「六十而耳順。」耳順借爲六十歲之代詞。曹操死於建安二十五年正月，年六十六，故曰「年踰耳順」。

〔七六〕體壯，《銓評》：「壯《藝文》作愉。」案作愉是。《爾雅·釋詁》：「愉，勞也。」志肅，《禮記·玉藻篇》：「氣容肅。」鄭注：「氣容肅，似不息也。」

〔七七〕乾乾，《呂覽·士容篇》高注：「進不倦也。」

〔七八〕氣，《列子·湯問篇》張注：「謂質性。」方叔，周宣王卿士。《詩經·采芑篇》：「方叔元老，克壯其猶。」

〔七九〕南嶽，即《詩經·天保篇》之南山。《天保》詩云：「如南山之壽，不騫不崩。」謂曹操壽命將等同南山之長久。

〔八〇〕不弔，王引之《經義述聞》：「弔有祥善之意。」案《家語·終記篇》：「昊天不弔。」王注：「弔，善也。」則不弔猶言不善。

〔八一〕禍鍾，《銓評》：「鍾程作終，從《藝文》。」案宋刊本《曹子建文集》亦作鍾。《文選·舞鶴賦》李注引曹植《九詠章句》：「鍾，當也。」《左》昭二十一年傳杜注：「聚也。」聖躬，指曹操。

〔八二〕背世猶棄世。終，謂終没也。

〔八三〕兆民，《左》閔二年傳：「卜偃曰：天子曰兆民，諸侯曰萬民。」曹操未即帝位，宜曰萬民。今曰兆民，是直謂已代漢而有天下矣。號咷，《一切經音義》：「大哭也。」即今語之嚎啕。

〔八四〕約，儉約。《魏志·武帝紀》裴注引《魏書》：「常以送終之制，襲稱之數，繁而無益，俗又過之。

故預自制終亡衣服四篋而已。」又題識送終衣篋：「有不諱（謂死），隨時以斂。金珥珠玉銅鐵之物，一不得送。」（《通典》七十九引）

〔八五〕梓宫，《後漢書·明帝紀》章懷注：「以梓木爲棺。」

〔八六〕綴衣，古人死小斂之時，以兩袋，每袋横縫合一頭，又連縫一邊，餘一邊不縫。斂時先以袋自尸之脚套向上，另以一袋自頭往下，不縫之一邊，天子釘帶七，尸貯内後，將帶緝成結，即所謂綴衣（見《禮記·喪服大記》《正義》）。

〔八七〕璽，《廣雅·釋器》：「印謂之璽。」存，《爾雅·釋詁》舍人注：「存，即在。」《宋書·禮志》：「……及受禪，刻金璽，追加尊號，不得開埏，乃爲石室藏璽埏首，示陵中無金銀諸物也。」

〔八八〕紼，繫印帶。《魏武遺令》：「吾歷官所得綬，皆著藏中。」（見《文選》陸機《弔魏武文》）荷，承受之意。

〔八九〕明器，《釋名·釋喪制》：「送死曰明器，神明之器，異於人也。」故《鹽鐵論》曰：「古者明器，有形無實，示人不用也。」

〔九〇〕陶，陶器，素謂未加工修飾之器。

〔九一〕次，止也。西陵，《元和郡縣志》：「魏武帝西陵，在鄴縣西三十里。」按《魏志·武帝紀》：「六月令曰：古之葬者，必居瘠薄之地，其規西門豹祠西原上爲壽陵。因高爲基，不封不樹。」

〔九二〕幽闈謂墓門。

〔九三〕我王謂曹丕。安厝，按《孝經》：「卜其宅兆，而安厝之。」安厝，静置也。

〔九四〕窈窕，《説文》：「窈，深遠也。」案窈窕，深静之貌。玄宇，玄，黑色；宇，屋邊。則玄宇指墓穴。

〔九五〕三光，日、月、星也。晰，《銓評》：「《藝文》作入。」案宋刊本《曹子建文集》亦作入。作入是。入與下文蟄協韻。

〔九六〕幽，《銓評》：「《藝文》作潛。」案宋刊本《曹子建文集》幽作僭。僭爲潛字之形誤。《爾雅·釋言》：「潛，深也。」潛闥，指墓中小門。扃，閉也。

〔九七〕尊靈，謂曹操靈魂。蟄，潛藏也。《文心雕龍·指瑕》：「陳思之文，群才之俊也；而《武帝誄》云尊靈永蟄……永蟄頗疑於昆蟲，施之尊極，豈其（顧校作有）當乎？」

〔九八〕聖上，謂劉協。時劉協在位，故稱聖上。臨穴，已見《三良詩》注。

〔九九〕靡及，無及。

〔一〇〇〕臨，《吕覽·觀表》高注：「哭也。」

〔一〇一〕佇立，《詩經·燕燕篇》：「瞻望弗及，佇立以泣。」毛傳：「佇立，久立也。」

〔一〇二〕昭昭，喻人世。

〔一〇三〕下，謂地下。君，《漢書·西域傳》顔注：「君者謂爲之君也。」百靈即百神。

〔一〇四〕千代，《銓評》：「代程、張作伐，從《藝文》。」案宋刊本《曹子建文集》亦作代。代、伐形近致誤。千代萬葉，《銓評》：「葉程、張作乘，從《藝文》。」案宋刊本《曹子建文集》亦作葉，作葉是。千代萬葉猶言千秋萬世。

〔一五〕復形，復見也。

案此誄作於葬時。曹操於建安二十五年二月丁卯葬高陵。

野田黄雀行

高樹多悲風〔一〕，海水揚其波〔二〕。利劍不在掌〔三〕，結友何須多！不見籬閒雀？見鷂自投羅。羅家得雀喜〔四〕，少年見雀悲〔五〕。拔劍捎羅網〔六〕，黄雀得飛飛。飛飛摩蒼天〔七〕，來下謝少年。

〔一〕高樹，象徵曹丕政權。悲風，謂法制嚴峻。

〔二〕海水喻群臣。揚其波謂推波助瀾，擴大迫害。

〔三〕利劍，象徵權力。在掌，謂在手。

〔四〕羅家指佈羅之人。

〔五〕少年，曹植期望中之援助者。

〔六〕捎，《漢書・楊雄傳》顔注：「猶拂也。」羅網喻法律。

〔七〕摩，迫近之意。形容脱離險境，得慶更生之快樂心情。

此篇屬相和歌辭瑟調曲。考《魏志·陳思王植傳》裴注引《魏略》：「時儀亦恨不得尚公主，而與臨菑侯親善，數稱其奇才。太祖既有意欲立植，而儀又共贊之。及太子立，欲治儀罪，轉儀爲右刺姦掾，欲儀自裁。而儀不能，乃對中領軍夏侯尚叩頭求哀。尚爲涕泣，而不能救。乃因職事收付獄殺之。」疑植此篇，蓋因儀之被囚而希有權力者爲之營救而作也，故多比興之詞。

請祭先王表〔一〕

臣雖比拜表〔二〕，自計違遠以來〔三〕，有踰旬(日)〔，月〕垂竟〔四〕，夏節方到〔五〕，臣悲傷有心〔六〕。念先王公以夏至日終〔七〕，是以家俗不以夏日祭〔八〕。至於先王〔九〕，自可以今辰告祠〔一〇〕。臣雖卑鄙，實稟體於先王〔一一〕。自臣雖貧窶〔一二〕，蒙陛下厚賜，足供太牢之具〔一三〕。臣欲祭先王於北河之上〔一四〕，羊豬牛臣自能辦，杏者臣縣自有〔一五〕。先王喜食鰒魚〔一六〕，臣前以表，得徐州臧霸(上)〔遺〕鰒二百枚〔一七〕，足以供事〔一八〕。乞請水瓜五枚〔一九〕，白柰二十枚〔二〇〕。計先王崩來，未能半歲〔二一〕。臣實欲告敬，且欲復盡哀。

〔一〕《銓評》：「程缺。《御覽》五百二十六請作求。」

〔二〕《銓評》：「此五字張脱，依《御覽》五百二十六補。」比，近也。

〔三〕違遠，《廣雅·釋詁三》：「違，離也。」違遠，複義詞。

〔四〕疑此句當作「有踰旬，月垂竟。」有，又也。考曹丕詔：「得月二十八日表。」故曰月垂竟。今本日字誤，當作月字爲得。月垂竟，謂此月將終也。

〔五〕夏節，夏至節。方，將也。

〔六〕悲傷，《銓評》：「傷《御覽》作感。」

〔七〕念，《銓評》：「張脱念，從《御覽》補。」《論語·公冶長篇》皇疏：「念，識録也。」先王公指曹嵩。以，《銓評》：「張脱以，從《御覽》補。」終，死也。

〔八〕家俗，家庭習俗。

〔九〕先王，謂曹操。

〔一〇〕祠，祭也。

〔一一〕稟體，《左》昭二十六年傳杜注：「稟，受也。」

〔一二〕貧窶，《詩經·北門篇》：「終窶且貧。」《藝文》三十五引《字林》：「窶貧，空也。」猶言貧乏。

〔一三〕太牢，《左》桓六年傳《正義》：「牛羊豕也。」

〔一四〕北河之上，疑此時曹植已改封鄄城，史缺紀載。鄄城在黄河之側。

〔一五〕杏，《銓評》：「張脱杏，從《御覽》補。」

〔一六〕喜食，《銓評》：「張脱食，從《御覽》九百三十八補。」案《御覽》卷三百八十九引無食字。鰒魚，《銓評》：「張脱魚，從《御覽》補。」《後漢書·伏隆傳》章懷注：「鰒魚似蛤，偏著石。引《廣志》：鰒無鱗有殼，一面附石，細孔雜雜，或七或九。《本草》：石決明，一名鰒魚。」

〔一七〕徐州臧霸，《魏志·臧霸傳》：「與夏侯淵討黄巾餘賊徐和等有功，遷徐州刺史。文帝即王位，遷鎮東將軍，進爵武安鄉侯，都督青州諸軍事。」蓋此時霸兼徐州刺史，故植稱徐州臧霸也。上，《銓評》：「張脱上，從《御覽》補。」案《御覽》卷八百八十九引作遺。遺，《廣雅·釋詁三》：「予也。」即饋贈之意。霸已封侯，於植不得言上，疑作遺字是。鰒二，《銓評》：「張作二鰒，從《御覽》乙。」

〔一八〕供，《説文》：「一曰給也。」

〔一九〕乞，《銓評》：「張脱乞，從《御覽》九百七十八補。」水瓜，崔寔《四民月令》：「六月初伏，薦麥瓜於祖禰。」

〔二〇〕白柰二十枚，《銓評》：「此五字張脱，依《御覽》九百二十補。」白柰，《文選·蜀都賦》：「素柰夏成。」張注：「素柰，白柰也。」《廣志》：「張掖有白柰。」盧諶《祭法》：「夏祠法用柰。」

〔二一〕未能，未及之意。《淮南·脩務訓》高注：「能猶及也。」

《銓評》：「《御覽》五百二十六又云：博士鹿優、韓蓋等以爲禮公子不得稱先君，公子之子不得祖諸侯，謂不得立其廟而祭之也。禮又曰：庶子不得祭宗廟。詔曰：得月二十八日表，知侯推情，欲祭先王於河上。覽省上下，悲傷感切，將欲遣禮，以紓侯敬恭之意。會博士鹿優等奏禮如此，故寫以下。開國承家，顧迫禮制，惟侯存心，與吾同之。」

中國古典文學基本叢書

曹植集校注

下册

〔三國魏〕曹植 著
趙幼文 校注

中華書局

曹植集校注卷二　黄初

喜霽賦

禹身誓於陽(盱)〔旴〕〔一〕，卒錫圭而告成〔二〕；湯感旱於殷時〔三〕，造桑林而敷誠〔四〕。動玉輞而雲披〔五〕，鳴鑾鈴而日陽〔六〕。指北極以爲期〔七〕，吾將倍道而兼行〔八〕。

〔一〕誓，《銓評》：「程、張作逝，從《藝文》二。」案《淮南・脩務訓》：「以身解於陽旴之阿。」高注：「陽旴，蓋在秦地。解，説也。」此作誓，誓，告也，誓、解義近，程、張作逝誤。陽，《銓評》：「張作暘。」盱當作旴，《銓評》誤。陽旴疑即《爾雅・釋地》十藪之秦有陽陓。

〔二〕《尚書・禹貢》：「禹錫玄圭，告厥成功。」

〔三〕見卷一《湯禱桑林贊》注。

〔四〕造，《周禮・司門》鄭注：「造猶至也。」敷誠，表達誠心。

〔五〕輞，《銓評》：「程、張作朝，從《藝文》。」案丁校是。《釋名・釋車》：「輞，罔也，罔羅車輪之外也。」因借爲車之代詞。玉輞，謂皇帝之車。雲披，《廣雅·釋詁三》：「披，散也。」

〔六〕鑾鈴，繫在馬轡兩旁之鈴。《説文》鑾字注：「鑾鈴，象鸞鳥之聲。」崔豹《古今注》：「鸞口銜鈴，故謂之鑾。」陽，《釋名·釋天》：「陽，揚也。」日陽，謂日已升起。

〔七〕指，《銓評》：「程脱指，從《藝文》。」案丁補是。《離騷》：「指九天以爲正。」王注「指，語也。」北極，即北辰。古代占候家謂「天將晴，釜星熒熒出，北辰星亦即明朗。」

〔八〕倍道兼行，謂急速趲行。

考《初學記》卷二引《魏略·五行志》：「延康元年，大霖雨五十餘日，魏有天下乃霽，將受大禪（《藝文》卷二引作祚，是）之應也。」此賦所徵史實，如禹錫玄圭，湯禱桑林，皆古開國帝王傳説。而曹丕《喜霽賦》有句云：「厭群萌之至願，感上下之明神。」顯然是準備受禪而言。此賦寫作時期，當在延康末將即帝位之日。賦殘缺過甚，僅遺存此數句。

慶文帝受禪表〔一〕

陛下以聖德龍飛〔二〕，順天革命〔三〕，允答神符〔四〕，誕作民主〔五〕。乃祖先后〔六〕，積德累仁，世濟其美〔七〕，以暨於先王〔八〕。勤恤民隱〔九〕，劬勞勠力，以除其害〔一〇〕；經營四方〔一一〕，不違(起)〔啓〕處〔一二〕。是用隆茲福慶〔一三〕，光啓於魏〔一四〕。陛下承統〔一五〕，纘戎前緒〔一六〕，克廣德音〔一七〕，綏静内外。紹先周之舊迹〔一八〕，襲文武之懿德〔一九〕；保大定功〔二〇〕，海内爲一〔二一〕，豈不休哉〔二二〕！

〔一〕《銓評》：「《藝文》十三表作章。」案宋刊本《曹子建文集》與《藝文》同。《漢雜事》：「凡群臣之書通於天子者四品：一曰章，章者需頭稱稽首上以聞，謝恩、陳事、詣闕通者也。」

〔二〕龍飛，《易經·乾卦·爻辭》：「飛龍在天，利見大人。」《東京賦》薛注：「龍飛，以喻聖人之興也。」

〔三〕《易經·革卦·爻辭》：「湯武革命，順乎天而應乎人。」

〔四〕允，信也。見《爾雅·釋詁》。答，《漢書·郊祀志》顔注：「答，應也。」

〔五〕誕，發語詞，無義。民主謂作百姓之主。

〔六〕先后，《銓評》：「后程作後，從《藝文》十三改。」先后指周代諸王。

〔七〕世濟其美，語出《左》文公十八年傳。杜注：「濟，成也。」

〔八〕先王，《銓評》：「《藝文》有王。」先王指曹操。暨，至字之意。

〔九〕勤恤民隱，語出《國語》。《周語》：「祭公謀父曰：勤恤民隱，而除其害。」《東京賦》薛注：「恤，憂也；隱，痛也。言有隱痛不安者，令憂恤之也。」

〔一〇〕劬勞，馬瑞辰曰：「《小雅·鴻雁》《釋文》引《韓詩》：劬，數也，數則勞苦。」見《毛詩傳箋通釋》。郝懿行《爾雅義疏》曰：「劬勞者，力乏病也。」勠力，即努力。除害，謂消除百姓之苦難。

〔一一〕經營，《後漢書・馮衍傳》章懷注：「經營，猶往來也。」此句出《詩經・北山》。

〔一二〕起，《銓評》：「《藝文》作啓。」案宋刊本《曹子建文集》亦作啓。《詩經・采薇》：「不遑啓處。」作啓字是。《正義》：「故又不得閒暇而跪處者。」猶今語無暇休息之意。

〔一三〕福慶，謂幸福吉祥。

〔一四〕《國語・鄭語》：「必光啓土。」韋注：「光，大也。」《廣雅・釋詁三》：「啓，開也。」

〔一五〕陛下，《銓評》：「程脱陛，從《藝文》補。」陛下，謂曹丕。承統，《銓評》：「程衍業，依《藝文》删。」《廣雅・釋詁四》：「承，繼也。」《後漢書・班彪傳》章懷注：「統，業也。」承統謂繼承曹操之事業。

〔一六〕纘，《銓評》：「程、張作贊，從《藝文》。」戎，張作成。案宋刊本《曹子建文集》正作戎。《詩經・大雅・烝民》：「纘戎祖考。」作纘戎爲得。意謂繼續光大前人之業績。

〔一七〕德音，謂仁惠之教令。

〔一八〕紹，承繼。先周，曹操自謂曹姓，曹叔振鐸之後，曹叔振鐸乃文王之子，以是故稱周爲先周。

〔一九〕文武，周文王、武王。懿德，美德。

〔二〇〕保大定功，語出《尚書・夏書》。蓋謂保守帝位，安定王業。

〔二一〕海内爲一，謂消滅吴蜀，統一中國。

〔一三〕休，《爾雅·釋詁》：「休，美也。」

又〔一〕

陛下以明聖之德，受天顯命〔二〕，良辰即祚〔三〕，以臨天下〔四〕。洪化宣流〔五〕，洋溢宇内〔六〕。是以普天率土〔七〕，莫不承風欣慶〔八〕，執贄奔走〔九〕，奉賀闕下。況臣親體至戚，懷歡踊躍〔一〇〕！

〔一〕《銓評》：「張作《慶受禪上禮表》。」

〔二〕《爾雅·釋詁》：「顯，光也。」命，天命。

〔三〕即祚，朱駿聲《説文通訓定聲》：「按天子踐阼，臨祭祀，故國運曰阼。阼，位也。今字書作祚。」即祚猶即位。

〔四〕臨，《穀梁》哀公七年傳范注：「臨者，撫有之也。」

〔五〕洪化猶大恩。宣流謂溥布。

〔六〕洋溢，《爾雅·釋詁》注：「洋溢，亦多貌。」猶言瀰漫。宇，上下四方曰宇。見《淮南·齊俗》。

〔七〕普天，《銓評》：「普《藝文》十三作溥。」《詩經·大雅·北山》：「普天之下，莫非王土。率土之濱，莫非王臣。」

〔八〕承風，《易·歸妹》虞注：「自下受上稱承。」風，指即位詔令。

〔九〕執贄，《儀禮·士相見禮》鄭注：「贄，所執以至者。君子見於所尊敬，必執贄以將其厚意也。」

〔一〇〕至戚，《孟子·告子》趙注：「戚，親也。」至戚猶至親，謂兄弟。踊躍，《漢書·司馬相如傳》顏注引張揖：「踊躍，跳也。」

魏德論

元氣否塞〔一〕，玄黃噴薄〔二〕，（辰星亂逆）〔星辰逆行〕〔三〕，陰陽舛錯〔四〕。國無完邑，陵無掩槨〔五〕，四海鼎沸，蕭條沙漠。武（王）〔皇〕之興也〔六〕，以道凌殘〔七〕，義氣風發〔八〕。神戈退指，則妖氛順制〔九〕；靈（旗）〔弧〕一舉，則朝陽播越〔一〇〕。惟我聖后〔一一〕，神武蓋天〔一二〕，威光（佐）〔左〕掃〔一三〕，辰彗北彎〔一四〕，首尾爭擊，氣齊卒然〔一五〕。乃電〔□〕北〔□〕〔一六〕，席捲千里〔一七〕，隱乎若崩嶽〔一八〕，（旰）〔盰〕乎若潰海〔一九〕。愠彼蠻夏〔二〇〕，蠢爾弗恭〔二一〕，脂我蕭斧〔二二〕，簡武練鋒〔二三〕，星陳而天運〔二四〕，振耀乎南封〔二五〕。荆人風靡〔二六〕，交、益景從〔二七〕。軍蘊餘勢，襲利乘權〔二八〕。蕩鬼區于白水〔二九〕，擒矯制於遐川〔三〇〕。仰屬目於條支〔三一〕，（晞）〔睎〕弱水之潺湲〔三二〕，薄張騫於大夏〔三三〕，笑驃騎於祁連〔三四〕。其化之也如神〔三五〕，其養之也如春〔三六〕。柔遠能邇〔三七〕，誰敢不賓！ 憲度增飾〔三八〕，日曜月（明）〔光〕〔三九〕。迹存乎建安〔四〇〕，道隆乎延康〔四一〕。於是漢氏歸義〔四二〕，顧音孔昭〔四三〕，顯禪天位〔四四〕，希唐效堯〔四五〕。 上猶謙謙弗納也〔四六〕，發不世之明詔，薄皇居而弗泰〔四七〕，蹈北人之清節〔四八〕，美石户之高介〔四九〕。 義貫金石，神明已興〔五〇〕。（神）〔坤〕祇致祥〔五一〕，乾靈效祜〔五二〕。 於是群公卿士、功臣列辟率爾而進曰：昔文王三分居二以服事殷，非能之而弗欲，蓋欲之而弗能。 況天網弗禁〔五三〕，皇綱圮紐〔五四〕，（侯）〔一〕民非復漢萌〔五五〕，尺土非復漢有。 故（皇父）〔武皇〕創迹於前〔五六〕，陛下光美於後〔五七〕，蓋所謂勳成於彼，位定於此者也〔五八〕。 將使斯民播秬鬯〔五九〕，植靈芝，鋤岐穗〔六〇〕，挹醴滋〔六一〕，遂乃凱風回猋〔六二〕，甘露匝時，農夫詠於田隴，織婦（欣）〔吟〕而綜絲〔六三〕。 黄吻之齔，含哺而怡〔六四〕；鮐背之老〔六五〕，擊壤而嬉〔六六〕。 古雖稱乎赫胥〔六七〕，曷若斯之大治乎！ 於時上富於春秋〔六八〕，聖德汪濊〔六九〕，奇志妙思，神鑒靈（察）〔蔡〕〔七〇〕。 方將審御陰陽〔七一〕，增耀日月。 極禎祥於遐奥〔七二〕，飛仁風以樹惠。 既遊精於萬機〔七三〕，探幽洞深〔七四〕；復逍遥乎六藝〔七五〕，兼覽儒林〔七六〕。 抗思乎文藻之場（囿）〔圃〕〔七七〕，容與乎道術之疆畔〔七八〕。 超天路而高峙，階清雲以妙觀〔七九〕。 將參迹於三皇〔八〇〕，豈徒論功於大漢〔八一〕！ 天地位矣〔八二〕，九域清矣〔八三〕，皇化四達〔八四〕，帝猷成矣〔八五〕。 明哉元首，股肱貞矣〔八六〕。 禮樂既作，興頌聲矣〔八七〕。 固將封泰山，禪梁甫〔八八〕，歷名山以祈福〔八九〕，周五方之靈宇〔九〇〕。 越八九於往素〔九一〕，踵帝王之靈矩〔九二〕。流餘祚於黎烝，鍾元吉乎聖主〔九三〕。

纖雲不形，陽光赫戲《銓評》：「《文選》傅休奕《雜詩》李注引《魏德論》。」

武創洪基，克光厥德《銓評》：「《文選》孫子荆《爲石仲容與孫皓書》李注引《魏德論》。又王元長《永明九年策秀才文》李注引作《魏德頌》。」

玄宴之化，豐洽之政《銓評》：「《文選》陸士衡《演連珠》李注引《魏德論》。」

武帝執政日，白雀集於庭槐《銓評》：「《藝文》八十八引《魏德論》。」

棲筆寢牘，含光而不明，矇竊惑焉《銓評》：「《書鈔》一百四引《魏德論》。」

名儒按讖，良史披圖《銓評》：「《書鈔》九十六引《魏德喻》。喻乃論誤。」

有白鵲之瑞《銓評》：「《白帖》九十五引《魏德論》。」

不能貫道藝之清英，窮混元於太素，亦以明矣《銓評》：「《御覽》一引《魏德論》。」

在昔太初，玄黄混并，渾沌鴻濛，兆朕未形《銓評》：「《御覽》一引《魏德論》。此疑篇首脱文。」

嚴可均《全三國文校語》云：「案《文心雕龍·封禪篇》云：『陳思《魏德》，假論客主，問答迂緩，且已千言，勞深勣寡，飈焰缺焉。』據此知《魏德論》假客主問答，所輯《書鈔》二條，乃客問也，餘皆主答。」

〔一〕元氣，《廣雅·釋言》：「元，天也。」元氣即天氣。否塞，《易經·否卦》《釋文》：「否，塞也。」不通暢之意。

〔二〕玄黄，《易經·文言》：「夫玄黄者，天地之雜色也。天玄而地黄。」故借爲天地之代詞。噴薄，《銓評》：「《御覽》一噴作濆。」案濆疑爲憤字之形誤。憤薄見丁儀妻《寡婦賦》。噴薄、憤薄皆雙聲謰語，蓋形容氣鬱積於中不能發舒之貌。此二句以喻社會混亂，指後漢桓、靈之際，董卓倡亂之時。

〔三〕辰星，《銓評》：「《藝文》十作星辰。」案作星辰是，此誤乙。亂逆，《銓評》：「《御覽》作逆行。」案作逆行是。言星辰運行反違自然規律。

〔四〕舛錯，謂氣候亦出現反常現象。如《禮記·月令》所説「夏行春令」之類是。

〔五〕國無完邑，《銓評》：「此二句程、張脱，依《御覽》補。」案榔《全三國文》作骼。骼謂屍骨。曹丕《典論·自叙》云：「鄉邑望煙而奔，城郭覩塵而潰；百姓死亡，暴骨如莽。」

〔六〕武王，《銓評》：「《藝文》王作皇。」案宋刊本《曹子建文集》與《藝文》同。《魏志·文帝紀》：「黄初元年，謚操爲武皇帝。」據此論作於曹丕即帝位之後，應作武皇爲允。

〔七〕凌，《文選·思玄賦》舊注：「凌，乘也。」謂曹操以正義乘凶殘者。即《魏志·武帝紀》所云：「太祖至陳留，散家財，合義兵，將以誅卓。」

〔八〕《魏志·武帝紀》：「諸君聽吾計……示天下形勢，以順誅逆，可立定也。今兵以義動，持疑而不進，失天下之望，竊爲諸君恥之。」

〔九〕神戈，喻軍隊。曹操先與黑山義軍在河南地區作戰，後轉向山東，曹植謂之退指。妖氛，誣蔑黄巾義軍之詞。初平四年，青州黄巾百餘萬入兖州，曹操在壽張東率兵拒戰，僅乃勝之。追至濟北，黄巾乞降，曹操收其精鋭三十餘萬爲青州軍（事詳《魏志·武帝紀》）。誘降黄巾，歸操節制，曹植謂曰順制。

〔一〇〕靈旗，《銓評》：「旗《藝文》作弧。」案宋刊本《曹子建文集》同，當據改。弧，《禮記·明堂位》鄭注：「旌旗所以張幅也。」則弧爲旌旗之代詞，靈弧，猶言神旗。一，《銓評》：「《藝文》作雲。」案宋刊本《曹子建文集》同。雲，形容衆多之貌。播越，《後漢書·袁術傳》章懷注：「播，遷也；越，逸也，言失其所居。」蓋謂獻帝劉協流離道路，由洛陽而往長安，復從長安而去洛陽，未有一定居地。

〔一一〕聖后謂曹操。

〔一二〕蓋，《小爾雅·廣詁》：「覆也。」蓋天，謂出世人之上。曹操具備卓越之軍事才能，故孫權曾云「至於御將，自古少有。」

〔一三〕威光，疑謂威弧之光。張衡《思玄賦》：「彎威弧之拔剌兮。」《史記·天官書》：「狼下有四星曰弧。」《正義》：「弧九星在狼東南，天之弓也，以伐叛服遠。」佐，《銓評》：「《書鈔》十三作左。」疑是。

〔一四〕辰,《銓評》:「《韻補》一作神。」案當作辰。北,《銓評》:「《韻補》作比。」案作比誤。彎,《銓評》:「程、張作蠻,從《藝文》。」案宋刊本《曹子建文集》亦作彎,蠻或爲彎字之形誤。劉向《洪範傳》:「彗者去穢布新者也。」彗主掃除,而此論云「威光左掃,辰彗北彎」,蓋互文以協韻耳。

〔一五〕率然,《孫子·九地篇》:「故善用兵者,譬如率然。率然者,常山之蛇也。」此蛇擊首則尾應,擊尾則首應,擊其中則首尾交應,故曰「首尾爭擊」。此形容曹操用兵奇妙靈活。

〔一六〕乃電北,《銓評》:「此句疑脱一字。」案嚴可均《全三國文》引作「乃電□北□」,則似脱二字。此節以四字爲句,嚴校是。

〔一七〕席捲,《後漢書·馮衍傳》章懷注:「席捲,言無餘也。」此謂消滅袁紹戰役。

〔一八〕隱乎,隱與殷同。《詩·殷其雷》毛傳:「殷,雷聲也。」崩嶽即山崩。

〔一九〕盱乎,案宋刊本《曹子建文集》盱作肝。《史記·河渠書》:「皓皓肝肝,閭殫爲河。」肝是盱字之誤。盱,《文選·景福殿賦》李注:「盛貌。」潰,《後漢書·班彪傳》章懷注:「傍決也。」

〔二〇〕愠,《詩經·柏舟》毛傳:「怒也。」蠻夏,南方曰蠻,指荆州牧劉表。

〔二一〕蠢爾,《詩經·采芑》:「蠢爾蠻荆,大邦爲讎。」《爾雅·釋訓》郭注:「蠢動爲惡不謙遜也。」弗恭,《爾雅·釋詁》:「恭,敬也。」

〔二二〕脂,《銓評》:「程作措,從《藝文》正。」案丁校是。脂謂以脂膏塗斧,求其利。蕭斧,段玉裁曰:「蕭與肅同音通用,蕭斧之蕭訓肅。」(見《説文解字》蕭字注)案《禮記·玉藻》《正義》:「肅,威也。」

〔二三〕簡武，謂選擇士卒。練鋒，謂訓練技擊。《魏志·武帝紀》：「建安十三年作玄武池以肄舟師。」

〔二四〕天運，猶言天行。星陳，張衡《東京賦》：「天行星陳。」薛綜注：「言天子行如上天之星行，羅列有次。」

〔二五〕振耀，猶振武曜威。南封即南邦，指荆州。

〔二六〕風靡，《銓評》：「風程作封，從《藝文》」。案宋刊本《曹子建文集》亦作風，丁校是。風靡，謂望風而披靡也。事已見卷一《王仲宣誄》注。

〔二七〕交謂交州，今廣東、廣西之地。益謂益州，今四川、雲南二省地。景從，案《密韻樓叢書·曹子建文集》景字作影，景、影古通。景從猶影之隨形也。《吴志·士燮傳》：「燮遣吏張旻奉貢詣京都。是時天下喪亂，道路斷絶，而燮不廢貢職。」《魏志·武帝紀》：「建安十三年，益州牧劉璋始受徵役，遣兵給軍。」

〔二八〕蘊，《莊子·齊物論》郭注：「積也。」襲，《禮記·中庸》鄭注：「因也。」權，《莊子·應帝王》郭注：「機也。」《魏志·武帝紀》：「建安十六年秋七月，公西征。公曰……既爲不可勝，且以示弱，渡渭爲堅壘，虜至不出，所以驕之也。故賊不爲營壘而求割地，吾順言許之，所以從其意，使自安而不爲備，因畜士卒之力，一旦擊之，所謂疾雷不及掩耳，兵之變化，固非一道也。始賊每一部到，公輒有喜色。賊破之後，諸將問其故？公答曰：關中長遠，若賊各依險阻，征之不一二年不可定也。今皆來集，其衆雖多，莫相歸服，軍無適主，一舉可滅，爲功差易，吾是以喜。」

〔二九〕鬼區，趙一清《三國志補注》：「鬼區即九區。」案鬼區疑即《大戴禮·帝繫篇》：「陸終氏娶於鬼方氏」之鬼方。孔廣森補注：「鬼方，西落鬼戎。」宋衷《世本注》：「於漢則先零羌是也。」若如上述，則此篇之鬼區，蓋指三國時居於甘肅、青海之羌族。《魏志·武帝紀》：「建安十八年十一月，馬超在漢陽（今天水）復因羌、胡爲害，氐王千萬叛應超，屯興國，使夏侯淵討之。十九年……韓遂徙金城，入氐王千萬部，率羌、胡萬餘騎與夏侯淵戰，大破之。」白水，疑指漢江。

〔三〇〕擒，《銓評》：「程、張作擒，從《書鈔》改正。」案丁校是。擒疑爲擒字之形誤。矯制，案《大戴禮·曾子立事》：「非其事而居之，矯也。」謂宋建。《魏志·武帝紀》：「初隴西宋建自稱河首平漢王，聚衆枹罕（今寧夏市），改元，置百官，三十餘年。建安十九年遣夏侯淵自興國討之。冬十月，屠枹罕，斬宋建，涼州平。」遐，遠也。

〔三一〕屬目，猶注目。條支，漢代西域國名，約當今叙利亞國境。

〔三二〕晞，乾也，於此無義，疑字當作睎。睎，《廣雅·釋詁一》：「望也。」弱水，《山海經》云：「崑崙之丘，其下有弱水之川環之。」或云：弱水出今甘肅張掖，即今之張掖河。潺湲，水流湍疾之貌。

〔三三〕薄，蔑視之意。張騫，漢武帝時出使西域諸國者，《漢書》有傳。大夏，漢西域國名，在今阿富汗國北部地區。

〔三四〕驃騎，漢武帝征匈奴之名將霍去病，任驃騎將軍，率兵與匈奴戰，遠度大漠，深入祁連山區。《漢書》有傳。祁連，山名，綿亘於甘肅、青海兩省界。二句贊美曹操開邊拓境，超越漢武。

〔三五〕化，《周禮·柞氏》鄭注：「化猶生也。」神謂天神。言曹操如天神之生長萬物。

〔三六〕謂曹操養育萬物，使之蕃殖茂盛如春日也。

〔三七〕《尚書·舜典》：「柔遠能邇。」孔傳：「柔，安也；邇，近也。能當讀爲而。而，如也。言安遠國如其近者。」

〔三八〕憲度謂法制。增飾，飾疑爲飭，飭，整飭之意。

〔三九〕月明，《銓評》：「明，《藝文》作光。」案宋刊本《曹子建文集》同。作光是，光、康協韻。

〔四〇〕迹存乎建安，案《爾雅·釋詁》：「存，在也。」謂曹操削平群雄，統一大河南北地區，奠定魏朝基礎，故曰迹存。

〔四一〕道隆乎延康，謂帝道隆盛於曹丕繼承魏王之時。《魏志·文帝紀》：「改建安二十五年爲延康元年。」

〔四二〕漢氏指漢獻帝劉協。歸，《廣雅·釋言》：「返也。」指禪位。

〔四三〕顧音，顧謂眷顧。指劉協禪位之詔書（見《魏志·文帝紀》）。孔昭，猶言甚明。

〔四四〕天位，即帝位。

〔四五〕效，《銓評》：「《藝文》效作放。」案《密韻樓叢書・曹子建文集》效亦作放。《魏志・文帝紀》載劉協禪位詔曰：「僉曰：爾度克協於虞舜，用率我唐典，敬遜爾位。」

〔四六〕上謂曹丕。因曹丕已即帝位，故稱之曰上。弗納，《銓評》：「納程作訥，從《藝文》正。」案宋刊本《曹子建文集》亦作納。弗納，不接受。

〔四七〕薄皇，《銓評》：「程脱皇，從《藝文》補。」案宋刊本《曹子建文集》亦有皇字。丁補是。皇居，猶言帝室。泰，《銓評》：「程作從，從《藝文》。」案《密韻樓叢書・曹子建文集》亦作泰，丁校是。張平子《西京賦》：「心奓體泰。」薛注：「泰或謂忲習之忲，言習於麗好也。」泰有麗好之義，正與皇居意相承，作泰字爲得。

〔四八〕北人即北人無擇。事見《吕氏春秋・離俗篇》。

〔四九〕石户即石户之農。事見《莊子・讓王篇》。高介，《孟子・盡心篇》劉注：「介，操也。」《魏志・文帝紀》裴注引《獻帝傳》：「舜亦讓（帝位）於善卷、石户之農、北人無擇……或携子入海，終身不反（指石户之農）；或以爲辱，自投深淵（指北人無擇），咸高節而尚義，輕富而賤貴，故書名千載，於今稱焉！」

〔五〇〕已，《銓評》：「《藝文》作以。」案已、以古字通用。

〔五一〕神祇，案神字疑誤，字當作坤，坤祇謂地神，與下文乾靈謂天神詞正相儷，應改正。

〔五二〕祜，《銓評》：「《藝文》作祐。」案《密韻樓叢書・曹子建文集》與《藝文》同。《漢書・楊雄傳》

顔注：「祐，福也。」

〔五三〕天網，《銓評》：「程作綱，從《藝文》。」案宋刊本《曹子建文集》亦作網，作網是。弗禁，不能禁止。

〔五四〕圮紐，《文選》干令升《晉紀總論》：「天網解紐。」案《東京賦》薛注：「圮，絶也。」《荀子·正名篇》楊注：「紐，結也。」則圮紐猶云解紐。謂維持國家安定之制度已被破壞。

〔五五〕侯民，案疑當作一民。《孟子·公孫丑》章：「尺地莫非其有也，一民莫非其臣也。」《魏志·武帝紀》裴注引《魏略》：「侍中陳群、尚書桓階奏曰：尺土一民，皆非漢有。」劉協《册詔魏王禪代天下詔》曰：「當斯之時，尺土非復漢有，一夫豈復朕民。」皆作一民或一夫，未有作侯民者。且古籍似亦未見侯民聯文。況魏晉文製，字有常檢，故當作一民爲得，侯是誤字。

〔五六〕皇父，《銓評》：「《藝文》作武皇。」案宋刊本《曹子建文集》與《藝文》同，當據正。皇父或淺人妄改。

〔五七〕陛下謂曹丕。

〔五八〕彼謂曹操時，《魏志·武帝紀》裴注引《魏氏春秋》：「王曰：施於有政，是亦爲政，若天命在吾，吾其爲周文王矣。」此謂曹丕時。

〔五九〕秬，黑黍，一稃二米。《詩經·江漢篇》鄭箋：「秬鬯，黑黍酒也。謂之鬯者，芬香條鬯也。」

〔六〇〕岐穗，《銓評》：「《藝文》作六穟。」案宋刊本《曹子建文集》作六穗。《説文解字》：「穗，禾成秀也，人所以收。」「穟，禾采之貌也。」是穟、穗同義。一莖六穗指嘉禾。

〔六一〕醴滋，即醴泉。《論衡·是應篇》：「《爾雅》又言：甘露時降，萬物以嘉，謂之醴泉。醴泉乃謂甘露也。今儒者説之，謂泉從地中出，其味甘若醴，故曰醴泉。」挹，舀字之意。挹醴滋，蓋子建從地中出之説，故云挹也。

〔六二〕回猋，《銓評》：「《藝文》作迴迴。」

〔六三〕欣，《銓評》：「《藝文》作吟。」案《密韻樓叢書·曹子建文集》欣字作今，疑係吟字殘脱而誤。作吟字是，與上文詠字意相應。綜，《列女傳·母儀》：「推而往、引而來者綜也。」朱駿聲曰：「按謂機縷持絲者，屈繩制經令得開合。」

〔六四〕黄吻即黄口。齔，《説文解字》云：「齔，毁齒也。男八月生齒，八歲而齔；女七月生齒，七歲而齔。」句謂小孩。哺，口含食物。

〔六五〕鮐背，《釋名·釋長幼》：「九十曰鮐背，背有鮐文也。」

〔六六〕擊壤，《藝經》云：「壤，以木爲之，前廣後鋭，長尺四，闊三寸，其形如履。將戲，先側一壤於地，遥於三四十步以手中壤敲之，中者爲上。」（見《御覽》卷七百五十五）

〔六七〕赫胥，古人想像之原始社會。《莊子·馬蹄篇》：「赫胥氏之時，民居不知所爲，行不知所之，含哺而嬉，鼓腹而游。」

〔六八〕富於春秋，意謂年齡尚輕。時曹丕三十四歲。

〔六九〕汪濊，《漢書·司馬相如傳·難蜀父老》：「湛恩汪濊。」顔注：「汪濊，深廣也。」

〔七〇〕神鑒靈察，案察疑爲蔡字之形誤。《論語·公冶長篇》皇疏：「蔡，大龜也。」鑒，鏡也。神鏡靈龜即《武帝誄》之「玄鑑靈蔡」，説見彼注。

〔七一〕審御，《後漢書·段熲傳》章懷注：「御，制御也。」句意謹慎掌握氣候寒燠之變化。

〔七二〕遐奥，遼遠偏僻之地。

〔七三〕游精，猶言留心。遊、留古通用。

〔七四〕探幽洞深，《銓評》：「程脱此四字，依《藝文》補。」案宋刊本《曹子建文集》亦脱，丁補是。意謂曹丕之觀察力極其深入而透澈。

〔七五〕逍遥，《莊子·大宗師篇》成疏：「逍遥，自得逸豫之名也。」六藝，謂《詩》、《書》、《易》、《禮》、《樂》、《春秋》。

〔七六〕儒林，《魏志·文帝紀》裴注引《典論·自叙》云：「余是以少誦（《御覽》卷五百九十二引作習）詩論，及長而備歷五經、四部、史記、諸子百家之言，靡不畢覽。」

〔七七〕抗思，《文選·長笛賦》李注：「抗，極也。」抗思猶極竭心力。文藻猶言文章。場圃，圃疑是圃字之形誤，嚴可均《全三國文》圃作圃。古籍多以場圃聯文，未見場圃爲詞者，作圃疑非。

〔七八〕容與，案《後漢書·馮衍傳》章懷注：「容與，猶從容也。」疆畔，《國語·周語》：「修其疆畔。」韋注：「畔，界也。」則疆畔猶言疆界。

〔七九〕階，《後漢書・張衡傳》章懷注：「階，升也。」妙觀，謂精微觀察。

〔八〇〕參迹，謂業績並同。

〔八一〕論，《漢書・郊祀志》顔注：「論，議也。」

〔八二〕天地位矣，案《中庸》：「天地位焉。」鄭注：「位，正也。」

〔八三〕九域，即九州。

〔八四〕達，《銓評》：「《書鈔》十五作遠。」案疑作達字是。

〔八五〕猷，案《方言》三：「猷，道也。」帝猷即帝道。

〔八六〕明哉元首，股肱貞矣，《尚書・益稷》：「元首明哉，股肱良哉！」貞，正也。

〔八七〕頌聲，《詩・大序》曰：「頌者美盛德之形容，以其成功告於神明者也。」

〔八八〕固將，《銓評》：「程張脱將，依《藝文》補。」梁甫，在今山東泗水縣北八十里。

〔八九〕名山，《銓評》：「山《藝文》作川。」

〔九〇〕周，《詩經・崧高》鄭箋：「周，徧也。」五方，《漢書・郊祀志》：「郊見五帝青、赤、白、黄、黑五方之帝。」《周禮・春官・小宗伯》：「兆五帝於四郊。」鄭注：「五帝蒼曰靈威仰，赤曰赤熛怒，黄曰含樞紐，白曰白招拒，黑曰叶光紀。」靈宇即神祠。

〔九一〕八九謂七十二。《史記・封禪書》云：「古者封泰山禪梁父者七十二家。」往素，猶往昔也。

〔九二〕帝王，案宋刊本《曹子建文集》王作皇。帝王指五帝三王。靈矩，靈，善也；矩，法制也。

〔九三〕鍾，《左》昭廿一年傳杜注：「鍾，聚也。」元吉，大吉。聖主，謂曹丕。

魏德論謳附　六首

穀

於穆聖皇〔一〕，仁暢惠渥〔二〕。辭獻減膳〔三〕，以服鰥獨〔四〕。和氣致祥〔五〕，時雨灑沃〔六〕。野草萌芽〔七〕，（變化）〔化成〕嘉穀〔八〕。

〔一〕於穆，已見《武帝誄》注。

〔二〕《禮記·月令》鄭注：「暢，充也。」渥，厚也。

〔三〕減膳，減少菜肴之品數。

〔四〕服，《詩經·關雎》鄭箋：「服，事也。」鰥，《孝經》鄭注：「丈夫六十無妻曰鰥。」獨，《釋名·釋親屬》：「老而無子曰獨；獨，隻也，言無所依也。」

〔五〕致，《漢書·公孫弘傳》顔注：「致，引而至也。」

〔六〕灑沃，《銓評》：「《藝文》八十五作滲漉。」案宋刊本《曹子建文集》作添灑。疑添灑爲滲漉二字之形誤。《史記·司馬相如傳》：「滋液滲漉。」《索隱》：「案《說文》滲漉，水下流之貌也。」

〔七〕芽，《銓評》：「《藝文》作變。」案東方朔《非有先生論》：「朱草萌芽。」是萌芽語亦通。

〔八〕變化，《銓評》：「《藝文》作化成。」疑是。嘉穀，案任昉《述異記》：「堯時中芻爲禾。」

禾

猗猗嘉禾〔一〕，惟穀之精〔二〕。其洪盈箱〔三〕，協穗殊莖〔四〕。昔生周朝〔五〕，今植魏庭〔六〕。獻之（朝）〔廟〕堂〔七〕，以昭祖靈〔八〕。

〔一〕猗猗，《詩經·淇奥》：「綠竹猗猗。」毛傳：「猗猗，美盛貌。」嘉禾，《白虎通·封禪》：「嘉禾者，大禾也。」

〔二〕《孫氏瑞應圖》：「嘉禾，五穀之長，盛德之精也。」

〔三〕箱，《文選·思玄賦》舊注：「箱，大車也。」

〔四〕《晉徵祥說》：「王者盛德則嘉禾生。嘉禾者，仁卉也。其大盈箱，一稃二米，國政質，則同本而異穎；國政文，則同穎而異本。」

〔五〕周朝，《孫氏瑞應圖》：「周時嘉禾三年，本同穗異，貫桑而生，其穗盈箱，生於唐叔之國以獻。」

〔六〕魏庭，《魏略》：「黄初元年，郡國三言嘉禾生。」

〔七〕朝，《銓評》：「《藝文》八十五作廟。」案作廟是。廟謂祖廟。

〔八〕昭，《銓評》：「程作照，從《藝文》正。」案丁校是。《書經·益稷》孔傳：「昭，明也。」祖靈，祖先盛德。《孫氏瑞應圖》：「周公曰：此嘉禾也。太和氣之所生焉，此文王之德。乃獻文王之廟。」

鵲

鵲之彊彊〔一〕，詩人取喻〔二〕。今存聖世〔三〕，呈質見素〔四〕。饑食苕華〔五〕，渴飲清露。異於儔匹〔六〕，衆鳥是（鶩）〔慕〕〔七〕。

〔一〕彊彊，《銓評》：「程、張作疆疆，從《藝文》九十二正。」《詩經·鶉之奔奔篇》《釋文》：「乘匹之貌。」形容雌雄相互追逐之貌。

〔二〕詩人，指《詩經·鶉之奔奔篇》之作者。取喻，謂取之以作譬喻。

〔三〕《白帖》九十三引《魏德論》云「有白鵲之瑞」可證。

〔四〕見，現字之義。

〔五〕苕華即凌霄花。

〔六〕儔匹同義詞，《荀子·勸學》楊注：「儔，類也。」

〔七〕鶩，《銓評》：「《藝文》作慕。」案宋刊本《曹子建文集》同，作慕是。慕，思也。

鳩

班班者鳩〔一〕，爰素其質。昔翔殷邦〔二〕，今爲魏出〔三〕。朱目丹趾，靈姿詭類〔四〕。載飛載鳴〔五〕，彰我皇懿〔六〕。

〔一〕班班，羽毛鮮明之貌。

〔二〕《孫氏瑞應圖》謂成湯之時曾見白鳩。《魏書·靈徵志》：「殷湯時至。王者養耆老，遵道德，不以新失舊則至。」

〔三〕《魏略》：「文帝欲受禪，郡國奏白鳩十九見。」

〔四〕靈姿，美好之姿態。詭類，詭，異也。謂異於同種之意。

〔五〕見《詩經·小宛篇》。鄭箋：「載，則也。」

〔六〕皇懿，謂曹丕之懿美。

甘露〔一〕

玄德洞幽〔二〕，飛化上蒸〔三〕。甘露以降，蜜淳冰凝〔四〕。觀陽弗晞〔五〕，瓊爵是承〔六〕。獻之帝朝，以明聖徵〔七〕。

〔一〕《銓評》：「程缺。」

〔二〕玄德，《尚書·舜典》孔傳：「玄謂幽潛。」德猶思也。洞幽，洞達隱微之域。

〔三〕上蒸，《銓評》：「蒸張作承，從《御覽》十二改正。」案丁校是。上蒸，即上升。

〔四〕蜜，《銓評》：「張作密，從《初學記》一改正。」蜜淳，淳甘如蜜。冰凝，《銓評》：「冰張作水，從《初學記》正。」案《晉中興徵祥記》：「甘露者，仁澤也。凝如脂，甘如蜜，王者德至於天則降。」

〔五〕覿，《銓評》：「《御覽》作覩。」案《廣雅·釋詁三》：「覿，見也。」晞，乾也，已見前注。

〔六〕瓊爵，玉杯。承，盛也。見《漢書·王莽傳》顔注。

〔七〕聖，《銓評》：「張作貢，從《初學記》正。」《鶡冠子》：「聖德上及太清，下及萬靈，則膏露下。」

連理木〔一〕

皇樹嘉德，風靡雲披。有木連理，別幹同枝〔二〕。將承大同〔三〕，應天之規〔四〕。

〔一〕《銓評》：「程缺。」

〔二〕《晉中興徵祥記》：「連理者，或數枝還合，或兩樹合共。」

〔三〕《孫氏瑞應圖》云：「王者德化洽四方，合爲一家，則木連理。」

〔四〕 順應天無私覆之準則。

案以上五謳，俱以八句成章，而此謳僅存六句，當有脱逸，無他書以補之。

制命宗聖侯孔羨奉家祀碑〔一〕

維黄初元年，大魏受命〔二〕，胤軒轅之高縱〔三〕，紹虞氏之遐統〔四〕，應曆數以改物〔五〕，揚仁風以作教〔六〕。於是揖五瑞〔七〕，班宗彝〔八〕，鈞衡石，同度量〔九〕。秩群祀於無文〔一〇〕，順天時以布化〔一一〕。既乃緝熙聖緒〔一二〕，紹顯上世〔一三〕，追存二代三恪之禮〔一四〕，兼紹宣尼褒成之後〔一五〕，以魯縣百户命孔子廿一世孫議郎孔羨爲宗聖侯〔一六〕，以奉孔子之祀。制詔三公曰〔一七〕：「昔仲尼姿大聖之才〔一八〕，懷帝王之器〔一九〕，當衰周之末〔二〇〕，而無受命之運〔二一〕，□生乎魯衛之朝〔二二〕，教化乎（汶）〔洙〕泗之上〔二三〕。栖栖焉，皇皇焉〔二四〕，欲屈己以存道〔二五〕，貶身以救世〔二六〕，當時王公終莫能用〔二七〕。乃追考（五）〔三〕代之禮〔二八〕，修素王之事〔二九〕，因魯史而制《春秋》〔三〇〕，就太師而正《雅》《頌》〔三一〕。俾千載之後〔三二〕，莫不采其文以述作〔三三〕，卬其聖以成謀〔三四〕，咨可謂命世大聖〔三五〕，億載之師表者已〔三六〕。〔以〕遭天下大亂〔三七〕，百祀墮壞〔三八〕，舊居之廟毁而不修，褒成之後絶而莫繼，闕里不聞講誦之聲〔三九〕，四時不睹烝嘗之位〔四〇〕，斯豈所謂崇（化）〔禮〕報功、盛德百世必祀者哉〔四一〕！嗟乎，朕甚閔焉〔四二〕！其以議郎孔羨爲宗聖侯〔四三〕，邑百户，奉孔子之祀〔四四〕。令魯郡修起舊廟〔四五〕，置百（户）〔石〕卒吏以守衛之〔四六〕。又於其外廣爲屋宇〔四七〕，以居學者。」於是魯之父老、諸生、遊士，睹廟堂之始復〔四八〕，觀俎豆之初設〔四九〕，嘉聖靈於髣髴〔五〇〕，想貞祥之來集〔五一〕，乃慨然而歎曰：大道衰廢〔五二〕，禮（學）〔樂〕滅絶卅餘年〔五三〕。皇上懷仁聖之懿德〔五四〕，兼二儀之化育〔五五〕，廣大苞於無方〔五六〕，淵（恩）〔深〕淪於不測〔五七〕。故自受命以來，天人咸和〔五八〕，神氣烟熅〔五九〕，嘉瑞踵武〔六〇〕，休徵屢臻〔六一〕。殊俗解編髮而慕義〔六二〕，遐夷越險阻而來賓〔六三〕。雖太皓游龍以君世〔六四〕，虞氏儀鳳以臨民〔六五〕，伯禹命玄（宫）〔官〕而爲夏后〔六六〕，西伯由岐社而爲周文〔六七〕，尚何足稱於大魏哉〔六八〕！若乃紹繼微絶〔六九〕，興修廢官，疇咨稽古〔七〇〕，崇配乾巛〔七一〕，允神明之所福祚〔七二〕，宇内之所歡欣也〔七三〕，豈徒魯邦而已哉〔七四〕！爾乃感殷人路寢之義〔七五〕，嘉先民泮宫之事〔七六〕。以爲高宗、僖公〔七七〕，蓋嗣世之王、諸侯之國耳，猶著德於名頌〔七八〕，騰聲乎千載〔七九〕。況今聖皇肇造區夏〔八〇〕，創業垂統〔八一〕，受命之日，曾未下輿〔八二〕，而褒崇大聖〔八三〕，隆化如此〔八四〕，能無頌乎！乃作頌曰：

煌煌大魏〔八五〕，受命溥將〔八六〕。繼體黄虞〔八七〕，含夏苞商〔八八〕。降釐下土〔八九〕，（廓）〔上〕清三光〔九〇〕。群祀咸秩，靡事不綱〔九一〕。嘉彼玄聖〔九二〕，有（邈）〔赫〕其靈〔九三〕，遭世霧亂〔九四〕，莫顯其榮〔九五〕。褒成既絶，寢廟斯傾〔九六〕，闕里蕭條，靡歆靡馨〔九七〕。我皇悼之，尋其世武〔九八〕，乃建宗聖，以紹厥後〔九九〕。修復舊（堂）〔廟〕〔一〇〇〕，豐其甍宇〔一〇一〕。莘莘學徒〔一〇二〕，爰居爰處〔一〇三〕。王教既備〔一〇四〕，群小遄沮〔一〇五〕。魯道以興〔一〇六〕，永作憲矩〔一〇七〕。洪聲（豈）〔登〕遐〔一〇八〕，神祇來（和）〔祜〕〔一〇九〕。休徵雜遝〔一一〇〕，瑞我邦家。内光區域〔一一一〕，外被荒遐〔一一二〕。殊方重譯〔一一三〕，搏拊揚歌〔一一四〕。於赫四聖〔一一五〕，運世應期〔一一六〕，仲尼既没，文亦在兹〔一一七〕。彬彬我后〔一一八〕，越而五之〔一一九〕。並於億載〔一二〇〕，如山之基〔一二一〕。

〔一〕《銓評》：「程作《孔子廟頌》。程僅載頌内修復舊堂至外被荒遐十四句，今删。張全載此碑，而多脱誤。今悉依碑本分書録之，而分注程張異同於下。碑在今曲阜縣。《隸釋》十九載此碑，曹植詞，梁鵠書。」

〔二〕受命，謂承受天命。

〔三〕胤，《爾雅·釋詁》：「胤，繼也。」縱，《銓評》：「張作蹤。」案漢碑多以蹤作縱。如漢《石門頌》「君其繼縱」，夏承碑「紹縱先軌」可證。蹤，迹也。據五德終始論之説，軒轅以土德代炎帝之火德而得帝位，曹魏亦以土德代漢火德而受漢禪，故曰繼蹤。

〔四〕虞氏，虞舜。已見《魏德論》注。遐，遠也。統，業也。

〔五〕曆數，《尚書·大禹謨》：「天之曆數在汝躬。」孔傳：「曆數，天道，謂天曆運之數。帝王易姓而興，故言曆數謂天道。」改物謂改革制度。

〔六〕教，謂教令。

〔七〕揖，《銓評》：「張作輯。」案《尚書·舜典》「輯五瑞。」《史記·五帝紀》、《漢書·郊祀志》輯俱作揖，揖、輯古今字。《舜典》孔傳「輯，斂也。」五瑞，《舜典·正義》云：「公執桓圭，侯執信圭，伯執躬圭，子執穀璧，男執蒲璧。圭璧爲五等之瑞，諸侯執之以爲王者瑞信，故稱瑞也。」

〔八〕班宗彝，《公羊》僖卅一年傳何注：「班者，布徧還之辭。」宗彝，《中庸》鄭注：「祭器也。」古代皇帝封諸侯，賜予宗廟祭器，展示慎重任命之意。

〔九〕鈞衡石、同度量，《銓評》：「量張作量。」案《吕氏春秋·仲春紀》：「鈞衡石。」高注：「鈞，銓也。」謂平衡統一全國度量衡之制度。

〔一〇〕秩，《尚書·舜典》鄭注：「秩，次也。」文，《書大傳》：「謂尊卑之差制也。」謂釐訂群神尊卑高下之祭典。如五岳視三公，四瀆視諸侯，其餘或伯或子男大小有差。

〔一一〕布化，謂宣布教令。

〔一二〕緝熙，《詩經·文王》毛傳：「光明也。」聖緒，聖王之業。

〔一三〕紹顯，嗣續發揚。

〔一四〕二代，《銓評》：「二張作三。」三恪，《銓評》：「張脱此二字。」案丁補是。二代謂夏殷，三恪謂黄帝、堯、舜之後代。周得天下，曾封黄帝堯舜與夏殷之後代爲諸侯。曹丕即帝位，復封之，故曰追存，追存即補存。

〔一五〕宣尼謂孔子。宣是後代贈予之謚。褒成，漢平帝時，王莽攝政，乃封孔子後孔均爲褒成侯，追謚孔子爲褒成宣尼。光武建武十三年，復封均子志爲褒成侯。世世相傳，至獻帝初始絶（見《後漢書・儒林・孔僖傳》）。

〔一六〕命孔子廿一世孫，《銓評》：「廿張作二十。」《説文》：「廿，二十并也。」

〔一七〕秦始皇始稱制。《獨斷》：「制者，王者之言必爲法制也。」

〔一八〕姿，《銓評》：「《魏志・文帝紀》作資，張作負。」案姿、資古通。《釋名・釋姿容》：「姿，資也。」《國語・晉語》韋注：「資，稟也。」猶今語曰天賦。

〔一九〕器，《論語・子路》皇疏：「器猶能也。」

〔二〇〕之末，《銓評》：「碑缺此二字，據《魏志》補。」

〔二一〕運，猶天命。

〔二二〕□生乎魯衛，《銓評》：「《魏志》作在魯衛。」案《隸釋》十九無在字，有□生乎三字，丁校本《隸釋》所載。魯、衛謂魯哀公、衛靈公。孔子曾仕於二國，皆當國力衰弱、政治混亂之時。

〔二三〕教化乎，《銓評》：「張脱乎。」汶泗之上，《銓評》：「汶，《魏志》作洙。」案《魏志》作洙是。《禮記・檀弓》：「曾子謂子夏曰：吾與汝事夫子於洙泗之間。」《水經・洙水注》：「北爲洙瀆，南則泗水，夫子教於洙泗之間，今於城北二水之中，即夫子所居也。」

〔二四〕栖栖，《銓評》：「《魏志》作悽悽。」皇皇，《銓評》：「《魏志》作遑遑。」案悽當作棲，棲、栖同。栖栖皇皇，《文選·答賓戲》李注：「棲皇，不安居之意也。」

〔二五〕屈己，謂抑退自己。

〔二六〕貶身，謂降低身分。

〔二七〕當，《銓評》：「《魏志》作於。」時王公，《銓評》：「張時作是，碑缺此三字，從《魏志》。」終莫能用，《銓評》：「用下《魏志》有之字。」

〔二八〕乃追，《銓評》：「追《魏志》作退。」案《史記·孔子世家》：「追迹三代之禮。」三代之禮已亡，故曰追，考。五代，謂唐、虞、夏、商、周。禮，謂法度。但竊疑五當從《史記》作三，此本《孔子世家》爲説，不容易字。

〔二九〕素王，《莊子·天道篇》：「有其道爲天下所歸，而無其爵者，所謂素王。」

〔三〇〕因，依據之義。制《春秋》，謂編輯《春秋》。

〔三一〕正《雅》《頌》，謂訂正《雅》與《頌》之樂譜。

〔三二〕俾，使字之意。

〔三三〕采，《銓評》：「《魏志》作宗。」

〔三四〕卬，《銓評》：「《魏志》作仰。」案卬、仰古通用。《廣雅·釋詁三》：「仰，恃也。」成謀，《銓評》：「張脱成。」

〔三五〕咨，發語詞。命世，《孟子・公孫丑篇》：「五百年必有王者興，其閒必有名世者。」名、命古通用。大聖，《銓評》：「《魏志》大上有之字。」

〔三六〕師表，《後漢書・劉祐傳》章懷注：「表猶標準也。」已，《銓評》：「《魏志》作也。」案《宋書・禮志》亦作也。」

〔三七〕遭，案《宋書・禮志》遭上有以字，似應據增。以猶因也。

〔三八〕隳壞，《宋書・禮志》壞作廢。

〔三九〕闕里，《後漢書・明帝紀》章懷注：「孔子宅，在今兗州曲阜縣故魯城中，歸德門內。闕里之中，背洙面泗。」《後征記》：「洙泗二水交於魯城東北十七里。闕里背洙面泗，牆南北一百二十步，東西六十步。四門各有石闔。北門去洙水百餘步。」誦，《銓評》：「《魏志》作頌。」案誦、頌古通。

〔四〇〕烝嘗，《爾雅・釋天》：「秋祭曰嘗，冬祭曰烝。」

〔四一〕化，《銓評》：「《魏志》作禮。」案《宋書・禮志》亦作禮。疑作禮字是。崇禮，謂隆重祭祀。百世必，《銓評》：「張作必百世。」案《魏志》作「百世必」，張本誤乙。

〔四二〕閔，《銓評》：「張作憫。」《詩經・閔予小子篇》鄭箋：「閔，悼傷之言也。」

〔四三〕其，漢代詔令用詞，具命令之意。

〔四四〕之祀，《宋書・禮志》無之字。

〔四五〕修起，《宋書·禮志》無起字。

〔四六〕百户卒吏，案當作百石卒史。顧炎武《金石文字記》云：「百石卒史者，秩百石之卒史也。《漢書·儒林傳》：郡國置五經百石卒史。臣瓚曰：《漢志》卒史秩百石是也。《晉書》及《通典》皆訛爲百户吏卒，誤與此同。」漢有《孔廟置守廟百石卒史碑》。

〔四七〕屋宇，《銓評》：「《魏志》作室屋。」

〔四八〕始復，開始恢復。

〔四九〕俎豆，《一切經音義》五引《字書》：「俎，四脚小盤也。」《公羊》桓四年傳何注：「豆，祭器名，狀如鐙。」

〔五〇〕聖靈，謂孔子魂靈。髣髴，猶恍忽，雙聲謰語。史晨《孔廟碑》：「髣髴如在。」即不分明之貌。

〔五一〕貞，《銓評》：「張作禎。」《中庸》：「國家將興，必有禎祥。」《正義》：「禎祥，吉之萌兆。祥，善也，言國家之將興，必先有嘉慶善祥也。」是禎祥即吉祥之徵兆。集，《廣雅·釋詁三》：「集，聚也。」

〔五二〕謂社會混亂，維持封建秩序之法制遭遇嚴重破壞。

〔五三〕學，《銓評》：「張作樂。」疑作樂字是。即謂禮壞樂崩。滅絶，《銓評》：「張作絶滅。」卅，《銓評》：「張作三十。」指董卓廢立之時至黄初元年約三十餘年。

〔五四〕皇上，指曹丕。懷，《文選·北征賦》李注引《蒼頡》：「抱也。」懿德，即美德。

〔五五〕二儀，謂天地。化育，謂使萬物生長繁茂。

〔五六〕苞，《銓評》：「張作包。」無方，猶言無有界限。

〔五七〕淵，《銓評》：「碑缺淵，從張本。」恩，《銓評》：「張作深。」案疑作深字爲是，淵深、廣大相對成文。不測，不可度量。

〔五八〕咸和，咸，皆也；和，協和之意。

〔五九〕烟煴，《銓評》：「張作氤氲。」案烟煴即氤氲。《一切經音義》：「氤氲，祥瑞氣也。似雲非雲，而輕盈如青烟。」

〔六〇〕踵武，《離騷》：「及前王之踵武。」王注：「踵，繼也，武，迹也。」

〔六一〕休徵，意與禎祥同。臻，至也。

〔六二〕殊俗，謂不同風俗之少數民族。編髮，《漢書·終軍傳》：「解編髮。」顔注：「編讀爲辮。」

〔六三〕遐夷，遼遠地區之少數民族。賓，《爾雅·釋詁》：「服也。」

〔六四〕太皓，《銓評》：「皓，張作皞。」太皓即伏羲。游龍，見卷一《伏羲贊》注。

〔六五〕儀鳳，《尚書·益稷》：「簫韶九成，鳳皇來儀。」儀，來字之意。

〔六六〕玄宫，宫疑爲官字之形誤。玄，水色。玄官，治水之官。舜命禹作司空，平治洪水，功成，受舜之禪，國號曰夏。

〔六七〕岐社，謂岐山之地。周文即周文王，爲西伯。

〔六八〕稱，《國語·晉語》韋注：「稱述也。」

〔六九〕即《論語》所謂「興滅國，繼絶世」之意。

〔七〇〕疇咨，《尚書·堯典》：「帝曰疇咨，若時登庸。」魏《元丕碑》：「詶咨群僚。」《劉寬碑》：「詶咨儒林。」疇，孔傳：「誰也。」疑此爲發語詞，無義。咨，《詩經·皇皇者華》毛傳：「訪問於善曰咨。」稽古，《尚書·堯典》：「若稽古帝堯。」孔傳：「稽，考也。」

〔七一〕乾巛即乾坤，謂天地。

〔七二〕允，《銓評》：「張作況。」案張作況，誤。允，《爾雅·釋詁》：「信也。」福祚，《銓評》：「張作。」案張本誤。《方言》十三注：「福謂福祚也。」是福祚連文可證。

〔七三〕宇内，《銓評》：「内張作宙。」案宇謂上下四方，宙謂古往今來（《莊子·庚桑楚》《釋文》引《三蒼》），是宇宙於此無義，當作宇内爲得。宇内，《左》昭四年傳杜注：「於國四垂爲宇。」則宇内即國内。張作宙誤。歡，《銓評》：「張作觀。」案作觀字誤。欣也，《銓評》：「張作欣欣之色。」案張本誤。

〔七四〕魯邦，謂魯郡。

〔七五〕殷人路寢，《詩經·商頌·殷武篇》：「陟彼景山，松柏丸丸。是斷是遷，方斲是虔。松桷有梴，旅楹有閑，寢成孔安！」陳奂《毛詩傳疏》云：「詩於篇末逐言脩治路寢之事。」路寢，制如明堂以聽政（《詩正義》）。句意如《正義》所云「前王有廢政教，不修寢廟，而高宗重新建修」，是與曹丕修造孔子廟同。

〔七六〕泮宮，古諸侯教育人才之所。先民，謂魯國人。指《詩經·魯頌·泮水篇》。詩人歌頌魯僖公修泮宮之事。

〔七七〕高宗，殷高宗。殷王武丁。

〔七八〕名，《銓評》：「張作三。」案張作三誤。上述僅《魯頌》《商頌》，不得云爲三也。名，《國策·秦策》高注：「大也。」名頌，即大頌，美之之辭。

〔七九〕乎，《銓評》：「張作於。」騰聲，謂聲譽流傳。

〔八〇〕區夏謂中國。

〔八一〕創業，謂創立帝業。垂統，謂帝統留傳於後。

〔八二〕下輿，下車。言不敢少事延緩之意。蓋曹植以此比擬曹丕如周武王（見《史記·周本紀》）。

〔八三〕崇，《銓評》：「張作美。」案作崇字是。《國語·周語》韋注：「崇，尊也。」

〔八四〕隆化，謂崇奉教化。

〔八五〕煌煌，形容偉大光明之貌。

〔八六〕溥將，《詩經·商頌·那篇》：「我受命溥將。」廣大之意。

〔八七〕虞，《銓評》：「張作唐。」案張本誤，虞正承上文「紹虞氏之遐統」而言。

〔八八〕含、苞，《銓評》：「張本二字互易。」

〔八九〕釐，幸福。降釐謂賜予幸福。下土，喻百姓。

〔九〇〕廓，《全三國文》作上，疑作上字是。三光，日月星也。

〔九一〕綱，《詩經·棫樸篇》鄭箋：「張之爲綱。」《廣雅·釋詁三》：「張，施也。」

〔九二〕玄聖，班固《典引》：「故先命玄聖，使綴學立制。」李注：「玄聖，孔子也。《春秋演孔圖》：玄丘制命。」

〔九三〕邈，《銓評》：「張作赫。」案《詩經·生民篇》：「以赫厥靈。」毛傳：「赫，顯也。」作邈字疑非。

〔九四〕霧亂，猶昏亂。

〔九五〕莫顯其榮，案即其榮莫顯，以叶韻倒。

〔九六〕傾，《禮記·曲禮》《正義》：「攲側也。」猶言傾斜。

〔九七〕歆，古人謂當祭祀時，神來享用祭品曰歆。神領受祭物之香氣曰馨。

〔九八〕世武，猶後代。

〔九九〕厥謂孔子。

〔一〇〇〕堂，《銓評》：「程作廟。」案《藝文》卷八十三、宋刊本《曹子建文集》亦俱作廟，作廟字是。

〔一〇一〕豐，《方言一》：「大也。」甍，屋脊。宇，屋檐。

〔一〇二〕莘莘，衆多之貌。

〔一〇三〕爰，於此之義。或爲語詞。此本《詩經·擊鼓篇》。

〔一〇四〕王教，國家教化。備，《銓評》：「張作新。」案備，謂具備。

〔一〇五〕遄沮，《詩經·巧言篇》：「亂庶遄沮。」遄沮，速止之義。

〔一〇六〕句意謂周公製訂之政教制度既已建立。

〔一〇七〕憲矩，謂作爲法式與典範。

〔一〇八〕豈，《銓評》：「程作登。」案宋刊本《曹子建文集》亦作登，作登字是。《爾雅·釋詁》：「登假，升也。」《列子·湯問》：「秦之西有儀渠之國者，其親戚死，聚柴積而焚之，燻則煙上，謂之登遐。」

〔一〇九〕和，《銓評》：「程作祜。」案宋刊本《曹子建文集》和作祐。祐當爲祜之形誤。《爾雅·釋詁》：「祜，福也。」祜與宇、處、沮、矩爲韻，作和字誤，當從程本作祜爲得。

〔一一〇〕雜遝，《文選·洞簫賦》李注：「衆多貌也。」

〔一一一〕光，充也。區域指國内。

〔一一二〕荒遐，遼遠之區。

〔一一三〕重譯，《銓評》：「張作慕義。」

〔一一四〕搏拊，《尚書·益稷》《正義》：「搏拊形如鼓，以韋（生牛皮）爲之，實之以糠，擊之以節樂。」

〔一一五〕四聖，謂黄帝、虞舜、夏禹、周文王。

〔一一六〕運世，《文選·運命論》題注：「運謂五德更運，帝王所禀以生也。」

〔二七〕文，指治理國家之典章制度。《論語·子罕篇》：「文王既没，文不在兹乎！」此云孔子雖死，而典章制度因曹丕乃得以保存。

〔二八〕彬彬，形容温文爾雅之貌。我后，謂曹丕。

〔二九〕五之，謂與黄帝虞舜夏禹周文乃曹丕爲五聖。

〔三〇〕並，《銓評》：「張作垂。」案垂有留傳之意。

〔三一〕此祝魏王朝之事業當如山之基趾，不可動揺。

《銓評》：「碑本後有『陳思王曹植正書』七字。晏案：此碑洪氏題梁鵠書。汝帖集此碑之字，亦題鵠書，嘉祐張稚圭圖記並同。宋以來相傳如此，謂爲梁孟皇書，當可信也。碑揖五瑞，今書作輯，《史記·封禪書》、《漢書·郊祀志》俱引揖五瑞，乃古文之僅存者。高縱即高蹤，三愘即三恪，編髪即辮髪，烟熅即氤氲，太皓即太昊，乾巛即乾坤。又云『咨可謂大聖億載之師表者已』，咨屬下讀。魏孔廟李仲璇碑，『咨可謂開闔之儒聖。』吾鄉吴山夫先生《金石存》云：『《爾雅·釋詁》：咨、兹，此也。邢疏云：咨與兹同。《文類》改作兹，非也。』」案顧炎武《金石文字記》謂碑末所刻曹植撰、梁鵠書等字係後人附加，録以存疑。朱彝尊云：「洪氏（洪适《隸釋》）以是碑文稱黄初元年，而《魏志》作二年，謂誤在史。考魏王受禪在漢延康元年十一月，既升壇即阼事訖，改延康爲黄初。而碑辭叙『黄初元年，應曆數以改物，秩群后於無文。既乃緝熙聖緒，昭顯上世，則詔三公』云云。原受禪之始，歲且將終，碑有『既乃』之文，則下詔在明年二月，史未必誤。」

上九尾狐表〔一〕

黄初元年十一月二十三日於鄄城縣北〔二〕，見衆狐數十首在後，大狐在中央，長七八尺，赤紫色，舉頭樹尾〔三〕，尾甚長大，林列有枝甚多〔四〕。然後知九尾狐。斯誠聖王德政和氣所應也〔五〕。

〔一〕《銓評》缺此表，今據嚴可均《全三國文》引《開元占經》一百十六補入。

〔二〕黄初，《宋書·符瑞志》：「有黄鳥銜丹書集於尚書臺，於是改元爲黄初。」十一月，案曹丕黄初《受禪碑》言冬十月辛未受禪，辛未即二十九日。朱彝尊《跋孔羨碑》云：「魏受禪在延康元年十一月，則與此表十一月二十三日抵觸，此表所紀月日，蓋可信也。」鄄城，案曹植本傳其年（黄初二年）改封鄄城侯，而此表已云於鄄城縣北，豈黄初元年已至鄄城耶？説見年表。

〔三〕謂昂頭豎尾。

〔四〕林列，《廣雅·釋詁三》：「林，聚也。」《廣雅·釋詁二》：「列，陳也。」

〔五〕郭璞《山海經注》：「世平則出爲瑞也。」古以九尾狐之出現，認爲帝王吉祥之徵兆。

獵表〔一〕

於七月伏鹿鳴（麈）〔麀〕〔二〕，四月五月射雉之際〔三〕，此正樂獵之時。

〔一〕《銓評》：「程脱。」案嚴可均《全三國文》作《求出獵表》。

〔二〕案麈字於此不可解，字當作麀，蓋形近致誤。麀，牝鹿。謂秋日爲鹿交尾期。鹿交尾時，牡鹿於隱僻處鳴，牝鹿聞聲即馳往。

〔三〕四月、五月爲雉之交尾期，潘安仁《射雉賦》：「於是青陽告謝，朱明肇授。」即指初夏。《詩經·匏有苦葉篇》：「雉鳴求其牡。」此謂鹿雉交尾時皆鳴喚，則獵者易於尋聲追捕。

案本傳：「黄初二年，監國謁者灌均希指，奏植醉酒悖慢，劫脅使者，有司請治罪。」《文選·責躬詩》李注引植《求出獵表》云：「臣自招罪釁，徙居京師，待罪南宫。」是植得罪後，免爵居鄴，《九愁賦》所云：「信舊都之可懷。」又云：「登高陵而反顧。」可證。則此表疑上於斯時，或可信也。此表殘脱不具。

謝初封安鄉侯表〔一〕

臣抱罪即道〔二〕，憂惶恐怖，不知刑罪當所限齊〔三〕。陛下哀愍臣身，不聽有司所執〔四〕，待之過厚，即日於延津受安鄉侯印綬〔五〕。奉詔之日，且懼且悲：懼於不修〔六〕，始違憲法；悲於不慎，速此貶退〔七〕。上增陛下垂念〔八〕，下遺太后見憂〔九〕。臣自知罪深責重〔一〇〕，受恩無量，精（魄）〔魂〕飛散〔一一〕，忘軀殞命〔一二〕。

〔一〕《銓評》：「程、張脱謝，依《藝文》五十一補。」安鄉，在今河北晉縣東。

〔二〕即道即就道。

〔三〕限齊，《家語·曲禮·子貢問》注：「齊，限也。」限齊，複義詞，即界限之義。

〔四〕《魏志》本傳裴注引《魏書》載詔曰：「植，朕之同母弟。朕於天下，無所不容，而況植乎！骨肉之親，捨而不誅，其改封植。」《魏志·方伎·周宣傳》：「時帝欲治植之罪，偪於太后，但加貶爵。」

〔五〕延津，杜預《左傳》注：「陳留酸棗縣北有延津。」今河南延津縣北。

〔六〕修，《後漢書·張衡傳》章懷注：「修謂自修爲善也。」

〔七〕速，《詩經·行露篇》：「何以速我獄。」毛傳：「速，召也。」

〔八〕陛下，指曹丕。垂念，《荀子·富國篇》楊注：「垂，下也。」垂念即下念。

〔九〕太后，謂曹植母卞氏。見憂，《禮記·曲禮》《正義》：「自上詣下之詞。」見有被意，見《莊子·秋水篇》成玄瑛疏。

〔一〇〕責重，謂過失嚴重。

〔一一〕精魄，《銓評》：「魄，《藝文》五十一作魂。」案宋刊本《曹子建文集》亦作魂。魄不得云飛散，故當作魂爲是。精魂即魂之義。

〔一二〕忘軀，《漢書·戾太子傳》顔注：「忘，亡也。」《穀梁》襄公六年傳范注：「亡，滅也。」殞命，《銓評》：「程衍云，依張删。」案云字示句有未盡之辭，蓋編者所加，非曹植原有此字，丁删是。

案《魏志·陳思王植傳》：「黄初二年，監國謁者灌均希指，奏植醉酒悖慢，劫脅使者，有司請治罪。帝以太后故，貶爵安鄉侯。」曹丕因積怨，欲置植於死地，故授意灌均捏造罪狀。但因太后卞氏反對，曹丕不得已，才宣布封安鄉侯。

白鶴賦

嗟皓麗之素鳥兮〔一〕，含奇氣之淑祥〔二〕。薄幽林以屏處兮〔三〕，蔭重景之餘光〔四〕。（狹）

〔挾〕單巢於弱條兮〔五〕，懼衝風之難當〔六〕。無沙棠之逸志兮〔七〕，欣六翮之不傷〔八〕。承邂逅之僥倖兮〔九〕，得接翼於鸞皇〔一〇〕。同毛衣之氣類兮〔一一〕，信休息之同行〔一二〕。痛美會之中絕兮〔一三〕，遘嚴災而逢殃〔一四〕。（共）〔并〕太息而祇懼兮〔一五〕，抑吞聲而不揚〔一六〕。傷本規之違忤〔一七〕，悵離群而獨處。恒竄伏以窮栖〔一八〕，獨哀鳴而戢羽〔一九〕。冀（大綱）〔天網〕之解結〔二〇〕，得奮翅而遠游〔二一〕，聆雅琴之清均〔二二〕，（記）〔託〕六翮之末流〔二三〕。

〔一〕皓麗，雪白美好之貌。素，白也。

〔二〕句當作含淑祥之奇氣，此以叶韻倒。淑祥，善良。奇氣，謂特殊氣質。

〔三〕薄，迫近。幽林，深邃之森林。屏處，《漢書·竇嬰傳》顏注：「屏，隱也。」則屏處猶隱處。

〔四〕景，日也。重景喻曹操。

〔五〕狹，窄狹，於此無義，疑字當作挾。《爾雅·釋言》：「挾，藏也。」單巢，獨巢。弱條即細枝。

〔六〕衝風，《銓評》：「衝張作春。」案春字誤。《楚辭·河伯》：「衝風起兮水横波。」王注：「衝，隧也。」《詩經·桑柔篇》：「大風有隧。」陸景《典語》：「衝風之吹枯枝，烈火之炎寒草。」衝風、烈火相儷成文，則衝風蓋謂迅急大風也。

〔七〕沙棠，《山海經·西山經》：「崑崙之丘有木焉，其狀如棠，黃華赤實，其味如李而無核，名曰沙棠，可以潔水，食之使人不溺。」

〔八〕翮，鳥翎管。《爾雅·釋器》：「羽本謂之翮。」六翮謂鶴。

〔九〕邂逅，《詩經·野有蔓草篇》毛傳：「不期而遇曰邂逅。」僥倖，《一切經音義》十云：「非其所當得而得之。」

〔一〇〕鸞皇，喻曹丕。謂與曹丕爲兄弟，故曰接翼。

〔一一〕毛衣，鳥以毛爲衣，故以毛衣喻鳥。氣類，《銓評》：「《藝文》九十氣作系。」案《廣雅·釋詁四》：「系，連也。」似於此無義。氣類猶言含氣之屬，即生物之義。

〔一二〕之，《銓評》：「《藝文》作而。」謂行止在一處也。

〔一三〕美會，《銓評》：「《初學記》三十美作良。」美、良意同。中絶即中斷。

〔一四〕嚴災，嚴酷禍災。遘、逢義同。《廣雅·釋言》：「殃，咎也。」

〔一五〕共，《銓評》：「程作拜，從《初學記》。」案宋刊本《曹子建文集》共作并，程作拜，疑爲并字之形誤。并，《廣雅·釋言》：「兼也。」丁從《初學記》改作共，疑未確。

〔一六〕《廣雅·釋言》：「吞，咽也。」吞聲即不敢出聲。《國策·齊策》高注：「揚，發揚也。」此謂曹丕羅織其罪，心懷恐懼，不敢出聲也。

〔一七〕本規，原定計劃。違忤，即違反抵觸。

〔一八〕竄伏，《國語·晉語》韋注：「竄，隱也。」伏，《廣雅·釋詁四》：「藏也。」窮栖，《國策·秦策》高注：「窮，困也。」栖與棲同。

〔一九〕戢羽，《詩經·鴛鴦篇》：「戢其左翼。」鄭箋：「戢，斂也。」戢羽，即戢翼。

〔二〇〕大綱，宋刊本《曹子建文集》綱作網。疑大綱當作天網。《責躬詩》：「天網不可重罹。」失題詩：「但恐天網張。」天網，指國家法制。解結，《銓評》：「解程作難。從《藝文》。」句象徵法制所加之束縛得到消除。

〔二一〕奮翅，《銓評》：「翅《藝文》作翅。」案翅當屬翅字之形誤。

〔二二〕雅琴，《後漢書·儒林·劉昆傳》：「……劉昆……少習容禮，……能彈雅琴。」嵇康《琴賦序》：「衆器之中，琴德最優。」《風俗通·聲音》：「雅之爲言正也。」均，《銓評》：「程、張作韻，從《藝文》。」案宋刊本《曹子建文集》與《藝文》同。《文選·嘯賦》李注：「均，古韻字也。」

〔二三〕記，疑當作託，形近致誤。《漢書·外戚傳》：「託長信之末流。」語式正同。顏注：「流謂等列也。」託，《國策·齊策》高注：「託，附也。」意謂不敢與鸞皇接翼而飛，附於鳥類之下等而已。

此賦曹植借喻白鶴，象徵自己品德的純正。在曹丕即位之後，身受極爲沈重之政治迫害，幽禁獨處，死生莫測。惟一希望是如何能够解除法制的控制，争取人身自由，且藉以消除曹丕疑忌心理。詞語直抒胸臆，流露淒苦的情緒。而另一面，充分揭示統治者在私有觀念支配下，骨肉相殘的醜惡本質。

寫灌均上事令〔一〕

孤前令寫灌均所上孤章，三臺九府所奏事〔二〕，及詔書一通〔三〕，置之坐隅〔四〕。孤欲朝夕諷詠〔五〕，以自警誡也〔六〕。

〔一〕《銓評》：「程缺。」晏案：《魏志》本傳稱監國謁者灌均希旨，奏植醉酒悖慢，劫脅使者，即此章也。」案《後漢書・阜陵王傳》：「使謁者一人，監護延，不得與吏人通。」則監國謁者特置以監察有罪侯王行動之吏耳。

〔二〕三臺，即尚書、御史、謁者臺。九府，即九卿：太常、光禄勳、衛尉、廷尉、大司農、少府、將作大匠、太僕、大鴻臚。

〔三〕見《謝初封安鄉侯表》注引。

〔四〕坐隅，《楚辭・逢尤》王注：「隅，旁也。」坐隅，即坐旁。

〔五〕諷，《周禮・大司樂》鄭注：「倍文曰諷。」詠，《禮記・檀弓》鄭注：「謳也。」則諷詠猶言誦讀。

〔六〕也，《銓評》：「從《御覽》五百九十三補。張脱。」

玄暢賦有序

夫富者非財也，貴者非寶也。或有輕爵禄而重榮聲者〔一〕，或有反性命而徇功名者〔二〕。是以孔老異情〔三〕，楊墨殊義〔四〕。聊作斯賦〔五〕，名曰玄暢。庶以司馬相如爲《上林賦》〔六〕，控引天地古今〔七〕，陶神知機〔八〕，摛理表微〔九〕，……

夫何希世之大人〔一〇〕，罄天壤而作皇〔一一〕。該仁聖之上義〔一二〕，據神位以統方〔一三〕。補五（常）〔帝〕之漏（闕）〔目〕〔一四〕，綴三代（以）〔之〕維綱〔一五〕。□□□□□，緝日際而來王〔一六〕。僥余生之幸禄，遘九二之嘉祥〔一七〕。上同契於稷卨〔一八〕，降合穎於伊望〔一九〕。思薦寶以繼佩〔二〇〕，怨和璞之始鐫〔二一〕；思黄鐘以協律〔二二〕，怨伶夔之不存〔二三〕。嗟所圖之莫合〔二四〕，悵蘊結而延佇〔二五〕。希鵬舉以（搏）〔傅〕天〔二六〕，蹶青雲而奮羽〔二七〕。（企駟躍）〔舍余駟〕而改駕〔二八〕，任中才之展御〔二九〕。望前（軏）〔軌〕而致策〔三〇〕，顧後乘而安驅〔三一〕。匪遑邁之短修〔三二〕，（長）〔取〕全貞而保素〔三三〕。弘道德以爲宇〔三四〕，築無怨以作藩〔三五〕。播慈惠以爲圃〔三六〕，耕柔順以爲田〔三七〕。不愧景而慚魄〔三八〕，信樂天之何欲〔三九〕。逸千載而流聲〔四〇〕，超遺黎而度俗〔四一〕。

衆才所歸《銓評》：「《書鈔》二十九引《玄暢賦序》。」

〔一〕榮聲，謂榮譽。

〔二〕反，《銓評》：「《藝文》二十六作受。」疑字或誤。《任城王誄》：「凡夫受命。」宋刊本《曹子建文集》、《藝文》卷四十五引受字皆作愛，是受、愛形訛之證。《禮記·表記》鄭注：「愛猶惜也。」徇與殉通，《史記·屈賈列傳》《索隱》引臣瓚：「亡身從物謂之殉。」而，《銓評》：「《藝文》作以。」

〔三〕情，《銓評》：「《藝文》作旨。」案宋刊本《曹子建文集》情亦作旨。旨，意也。老子尚道德，孔子重仁義；儒家言人事，道家談玄虛；儒者言名教，老莊談自然，取舍不同，故云「孔老異旨」。

〔四〕楊，楊朱。墨，墨翟。《孟子·盡心篇》：「楊子取爲我，拔一毛而利天下，不爲也；墨子兼愛，摩頂放踵利天下，爲之。」

〔五〕《銓評》：「程脱斯，據《藝文》補。」案《北堂書鈔》卷百二引與《藝文》同，丁補是。

〔六〕庶以以下二十四字，《銓評》：「程張脱，依《書鈔》百二補。」司馬相如字長卿，四川成都人，《漢書》有傳。《上林賦》，司馬相如作，見《漢書》本傳。

〔七〕控，《説文》：「引也。」控引複義詞。天地古今句有脱字。控引天地爲句，則古今上疑脱二字。

〔八〕陶，《文選·七發》李注引《韓詩章句》：「陶，暢也。」機，《易·繫詞》：「幾者動之微，吉之先見者也。」

〔九〕摛，《廣雅·釋詁四》：「舒也。」表微，《禮記·坊記》鄭注：「微謂幽隱不顯。」案句下疑有脱文，語意未完。

〔一〇〕希，少也。大人謂君，指曹丕。

〔一一〕罄，盡字之意。天壤猶天地。謂曹丕代漢而爲魏帝。

〔一二〕《穀梁》哀元年傳范注：「該，備也。」仁聖上義，班彪《王命論》云：「帝王之祚，必有明聖顯懿之德，豐功厚利積累之業。」

〔一三〕神位，喻帝位也。《漢書·賈山傳》顔注：「統，治也。」《尚書·益稷》孔傳：「方，四方也。」

〔一四〕五常，案常係帝字之形誤。五帝與三代正相儷成文。《漢書·司馬相如傳》：「惟漢繼五帝末流，接三代絶業。」揚雄《劇秦美新》：「帝典闕而不補，王綱弛而未張。」帝即五帝，王謂三王也。足證常係帝字之誤。漏闕，《銓評》：「闕，《藝文》作目。」疑作目字是。目，條目。

〔一五〕綴，《銓評》：「《藝文》作鉅。」案鉅字於此無義。《禮記·檀弓》鄭注：「綴猶聯也。」以，《銓評》：「《藝文》作之。」案作之字是。維綱原意綱上繩，此以喻國家政法制度。

〔一六〕案此二句原脱，見《文選》顔延年《宋郊祀歌》李注引，《銓評》謂屬賦遺句，列於賦後，嚴可均《全三國文》置於「僥余生之幸禄」句上，今據以補録入正文。絚原義爲粗繩，此爲亘字之借。亘，窮竟之意。際，界也。日際，謂日所照臨之區。來王，《詩經·殷武篇》：「莫敢不來王。」鄭箋：「世見曰王。」

〔一七〕遘，遇也。九二，《易經·乾卦》：「九二，見龍在田，利見大人。」嘉祥，吉利之徵應。意謂曹丕準備即帝位之時。

〔一八〕稷，姜嫄之子，爲舜稷官。卨即契，有娀之子，爲舜司徒。

〔一九〕伊，伊尹，成湯之相。望，太公望，即吕尚，助武王滅商，爲周首輔。二句意謂上當如稷、契之輔虞舜，下亦同伊尹、吕尚之佐殷、周。

〔二〇〕繼佩，《離騷》：「折瓊枝以繼佩。」王注：「繼，續也。折瓊枝以續佩，守行仁義，志彌固也。」佩，《白虎通》：「所以必有佩者，表德見所能也。」

〔二一〕和，卞和；璞，未剖之玉石。鐫，《廣雅・釋言》：「鑿也。」《説文》：「一曰琢石也。」

〔二二〕黄鐘，音調之一，比喻才能。律，音調。

〔二三〕伶倫，軒轅樂官。軒轅使伶倫取嶰谷之竹，斷兩節間而吹之，以爲黄鐘之宫（事詳《漢書・律曆志》）。夔，虞舜樂官。《尚書・舜典》：「帝曰：夔，命汝典樂，教胄子。」不存，《爾雅・釋詁》：「存，察也。」陸機《演連珠》：「而無伶倫之察。」二句意謂己之德行不獲試用於世，而才能未被省察，則亦不克展。

〔二四〕嗟，《銓評》：「《藝文》作考。」案宋刊本《曹子建文集》仍作嗟。嗟，歎聲。考於此無義。所圖莫合，承上文而言。圖，圖謀。

〔二五〕悵，失望之貌。藴結，《詩經・都人士篇》：「我心苑結。」藴結、苑結皆形容心情抑鬱不舒之貌。延佇，延頸佇立。

〔二六〕希，《銓評》：「《藝文》作志。」案宋刊本《曹子建文集》仍作希。惟延佇作延志，蓋誤。《禮記·孔子閒居》鄭注：「志謂思意也。」《後漢書·吴良傳》注：「希，猶冀望也。」疑作希字是。鵬，古鳳字。《王仲宣誄》：「翕然鳳舉。」義見彼注。搏天，《銓評》：「搏《藝文》作補。」案宋刊本《曹子建文集》作傅天，疑作傅天是。《詩經·卷阿篇》：「亦傅於天。」鄭箋：「傅猶戾也。」《菀柳》箋：「傅，至也。」《藝文》作補，或傅字之形誤。

〔二七〕句當作奮羽而蹶青雲，以協韻倒。蹶，《後漢書·皇甫嵩朱儁傳》章懷注：「蹶猶躓也。」奮羽即奮翅。意謂奮翅高飛竟從雲中下跌。喻己受沈重打擊而遭貶退。

〔二八〕企驅躍，《銓評》：「《藝文》作舍余驅。」案當從《藝文》正。《論語·雍也》章皇疏：「舍，棄也。」

〔二九〕展，《銓評》：「《藝文》作法。」疑作展字是。《周禮·司市》賈注：「展之言整也。」

〔三〇〕前軌，《銓評》：「《藝文》作軌。」案疑作軌字是。陸機《歎逝賦》：「瞻前軌之既覆。」李注：「《晏子春秋》曰：前車覆，後車戒。」致策，猶言揮鞭。

〔三一〕安驅，《漢書·文帝紀》顔注：「安猶徐也。」言不奔馳。

〔三二〕逞邁，猶言急行。《廣雅·釋詁》：「逞，疾也；邁，行也。」短修即短長。

〔三三〕《銓評》：「長，《藝文》作取；全，程作前，從《藝文》。」案《密韻樓叢書·曹子建文集》長亦作取，全亦作前，與《藝文》同。宋刊本《曹子建文集》仍作長，不作取。竊疑作取字是。《釋名·

釋言語》："取，趣也。"貞，《獨斷》："清心自守曰貞。"《文選・七命》李注："素，樸素。"

〔三四〕弘，大也。以爲，《銓評》："《藝文》以作而。"案以、而通用。宇，《楚辭・招魂》王注："屋也。"

〔三五〕藩，籬也。

〔三六〕播，《銓評》："程、張作溜，此從《藝文》。"案作播字是。《詩經・噫嘻篇》鄭箋："播，種也。"

〔三七〕柔順，王弼《周易・未濟》注："夫以柔順文明之質，居於尊位，付與於能而不自役，使武以文，御剛以柔，斯君子之光也。"

〔三八〕景即影字。

〔三九〕信樂，《銓評》："程作言懸，此從《藝文》。"案《密韻樓叢書・曹子建文集》與程本同。竊謂樂天即樂天委命之意。陶潛《歸去來辭》："樂夫天命復奚疑。"

〔四〇〕流聲，即遺留聲譽。

〔四一〕遺黎，《銓評》："遺《藝文》作貴。"案作遺黎是。《廣雅・釋詁三》："遺，餘也。"《詩經・天保》鄭箋："黎，衆也。"遺黎猶言餘民。度俗，《漢書・王莽傳》顔注："度，踰越也。"

賦句有遺脱。就其殘存考查，此賦内容是曹植自述思想變遷的歷程。當曹魏王朝締造之初，熱情洋溢争取作王朝政權中之重要助手，實現平素的政治抱負。但因過去争奪繼承魏王地位，與曹丕發生不可調解的嫌怨，成了曹丕最疑忌的對象。這不僅平生願望缺乏實現的可能性，反而遭遇着嚴酷的打擊，遂致在黄初前期徬徨於死亡的邊緣。在這樣的境遇裏，進取信念固然消沉，當前要求只是如何保全自己的生命而已。所以全貞保素之人生準則，與乎樂天委命的消極情緒，便處於意識中主導地位。此賦似寫作於黃初二年。

封鄄城王謝表〔一〕

臣愚駑垢穢〔二〕，才質疵下〔三〕。過受陛下日月之恩〔四〕，不能摧身碎首，以答陛下厚德〔五〕。而狂悖發露〔六〕，始干天憲〔七〕。自分放棄〔八〕，抱罪終身，苟貪視息，無復（睎）〔希〕幸〔九〕。不悟聖恩爵以非望，枯木生葉，白骨更肉〔一〇〕，非臣罪戾所當宜蒙。俯仰慙惶，五内戰悸〔一一〕。奉詔之日，悲喜參至〔一二〕。雖因拜章陳答聖恩，下情未展〔一三〕。

〔一〕《銓評》：「程缺，張鄄誤甄，依《藝文》五十一改。」

〔二〕愚駑，謂知識低劣，才能寡薄。

〔三〕疵，朱駿聲《説文通訓定聲》：「疵借爲呰。《史記·貨殖傳》《集解》：弱也。」

〔四〕日月，象徵無私，日月無私照之義。

〔五〕摧身，猶言毀身。

〔六〕狂悖，《銓評》：「《藝文》五十一悖作悸。」案作悸字誤。《漢書·五行志》：「時王賀狂悖。」顔

注：「悖，亂也。」發露，《廣雅·釋詁一》：「發，舉也。」《文選·長楊賦》李注：「露，暴露也。」

〔七〕天憲即國法。

〔八〕自分，自甘愜也。放，流放。

〔九〕睎，《銓評》：「張作睎，從《藝文》。」案張本誤。當作希。《後漢書·吴良傳》章懷注：「希，猶冀望也。」《藝文》作睎亦誤。

〔一〇〕二句比喻再得生存之意。

〔一一〕五内，《魏志·王淩傳》：「聞命驚愕，五内失守。」五内猶言五臟。悸，懼也。見《楚辭·悼亂》王注。

〔一二〕參至，《穀梁》桓五年傳范注：「參者，交互之意。」參至，即交互而來，形容悲喜俱至之複雜心情。

〔一三〕未展，謂未盡陳述。

案《魏志·文帝紀》：「黄初三年三月乙丑，立帝弟鄢陵公彰等十一人皆爲王。夏四月戊申，立鄄城侯植爲鄄城王。」植封晚於曹彰兄弟十一人一月餘，遲封正反映曹丕疑忌心理没有消除。但逼於太后之壓力，不得不勉强給與王爵，而嚴密控制並未絲毫鬆弛，觀植《黄初六年令》所叙可知。

封二子爲公謝恩章〔一〕

詔書封臣息男苗爲高陽鄉公，志爲穆鄉公〔二〕。臣伏自惟：文無升堂廟勝之（功）〔助〕〔三〕，武無摧鋒接刃之效〔四〕，天時運幸，得生貴門〔五〕。遇以親戚〔六〕，少荷光寵〔七〕。竊位列侯〔八〕，榮曜當世。顧景慚形，流汗反側。洪恩罔極，雲雨增加，既榮本榦〔九〕，枝葉并蒙〔一〇〕。苗、志小豎〔一一〕，既頑且稚，猥荷列爵，並佩金紫〔一二〕，施崇所加〔一三〕，惠及父子。

〔一〕《銓評》：「《魏志》本傳，子志嗣。裴注引《别傳》，帝受禪，改封鄄城公。子苗不見於傳。」

〔二〕《晉書·曹志傳》：「志字允恭，少好學，以才行稱，夷簡有大度，兼善騎射。植曰：此保家之主也。立以爲嗣。」《魏志·文帝紀》：「黄初三年三月，初制封王之庶子爲鄉公。」

〔三〕古代用兵，先事於大廟，籌商作戰策略，以求獲致勝利，故曰升堂廟勝。《銓評》：「功，《藝文》五十一作助。」案《論語·先進》《集解》引孔注：「助，猶益也。」疑作助字是。

〔四〕摧鋒，《楚辭·憂苦》王注：「摧，挫也。」效，《荀子·議兵篇》楊注：「效，驗也。」

〔五〕貴，《廣雅·釋言》：「貴，尊也。」用下敬上之詞。

〔六〕遇，《文選·出師表》李注：「遇，謂以恩相接也。」親戚，謂子弟。見顧炎武《日知録》二十四。

〔七〕少，謂年幼時。

〔八〕竊位，《論語·衛靈公篇》：「臧文仲其竊位者歟。」皇疏：「竊，盜也。」

〔九〕本榦，曹植自喻。

〔一〇〕枝葉，喻曹苗、曹志。

〔一一〕小豎，《國語·楚語》韋注：「未冠者也。」即年齡未到二十歲之男子。

〔一二〕金紫，謂金印紫綬。

〔一三〕所加，《銓評》：「《藝文》作一門。」

毁鄄城故殿令〔一〕

令：鄄城有故殿，名漢武帝殿。昔武帝好遊行，或所幸處也〔二〕。梁桷傾頓〔三〕，棟宇零落〔四〕。修之不成良宅，置之終於毁壞，故頗撤取〔五〕，以備宫舍。余時獲疾，望風乘虚〔六〕，卒得恍惚〔七〕，數日後瘳。而醫巫妄説，以爲武帝魂神，生兹疾病〔八〕。此小人之無知，愚惑之甚者也。昔湯之隆也，則夏館無餘迹〔九〕；武之興也，則殷臺無遺基〔一〇〕。周之亡也，則伊洛無隻椽；秦之滅也，則阿房無尺梠〔一一〕。漢道衰則建章撤〔一二〕，靈帝崩則兩宫燔〔一三〕。高祖之魂不能□未央〔一四〕，孝明之神不能救德陽〔一五〕。天子之存也，必居名邦□土；則死有知，亦當逍遥于華都〔一六〕，留神於舊室。則甘泉通天之臺〔一七〕，雲陽九層之閣〔一八〕，足以綏神育靈。夫何戀於下縣，而居靈於朽宅哉？以生諭死〔一九〕，則不然也，況於死者之無知乎！且聖帝明王顧宫闕之泰〔二〇〕，苑囿之侈〔二一〕，有妨於時者，或省以惠人〔二二〕。況漢氏絶業，大魏龍興，隻人尺土，非復漢有。是以咸陽則魏之西都，伊洛爲魏之東京〔二三〕，故夷朱雀而樹閶闔〔二四〕，平德陽而建泰極〔二五〕，況下縣腐殿爲狐狸之窟藏者乎！今將撤壞，以修殿舍，恐無知之人，坐自生疑〔二六〕，故爲此令，亦足以反惑而解迷焉〔二七〕！

〔一〕《銓評》：「《文館詞林》六百九十五。」案此令各家刊本均無，丁氏《銓評》據《文館詞林》而列置逸文，今據嚴可均《全三國文》列入集中。

〔二〕幸，《獨斷》：「天子所至曰幸。」

〔三〕傾，斜也。頓，壞也。

〔四〕零落，《離騷》王注：「零落皆墜也。」零落，複義詞。

〔五〕頗，《廣雅·釋詁》：「少也。」

〔六〕望風，謂出外放散。乘虚，登上故殿廢址。

〔七〕卒，猝也。即突然之義。恍惚，《素問·靈蘭祕典論》：「恍惚者似有似無也。」

〔八〕兹，此也。

〔九〕館,《周禮·委人》鄭注:「舍也。」夏館謂夏代屋舍。餘迹,剩餘痕迹。

〔一〇〕殷臺,殷代之臺觀。遺基,遺留基址。

〔一一〕阿房,宫名,秦始皇所建之宫。《關中記》:「在長安西南二十里。」梠,屋檐。項羽入咸陽,焚燒阿房,火三月不滅(見《項羽本紀》),故云無尺梠。

〔一二〕建章,宫名,漢武帝劉徹於柏梁臺被焚之後修建者,周二十餘里,千門萬户,在未央宫西,長安城外(《三輔黄圖》)。地皇元年,(王)莽乃博徵天下工匠……壞撤城西苑中建章……凡十餘所,取其材瓦以起九廟(《漢書·王莽傳》)。

〔一三〕靈帝,劉宏。兩宫,指洛陽南北二宫。蔡質《漢官典職》曰:「南宫北宫,相去七里。」燔,燒毁。董卓見關東兵起,强迫獻帝遷都長安,縱兵燒毁洛陽宫殿(《魏志·董卓傳》)。

〔一四〕未央,宫名。漢高祖七年,蕭何主持計畫建修,周回二十八里。

〔一五〕孝明,劉莊。德陽,劉莊所建殿名,在洛陽,與崇德殿相對。崇德在東,德陽在西,相去五十步(《文選·東京賦》薛注)。《漢官典職》:「德陽殿周旋容萬人,激洛水於殿下。」

〔一六〕華都,繁華都城。

〔一七〕通天臺在甘泉宫中。《三輔黄圖》云:「臺離地百餘丈(《漢舊儀》云高三十餘丈),望雲雨悉在其下。武帝時,祭大乙,令人升臺,以候天神。」

〔一八〕雲陽,漢縣名,今陝西省淳化縣西北。《方輿紀要》引舊志云:「雲陽故城在今涇陽縣,縣西北百二十里有甘泉山……其地最高，在長安三百里，望見長安城堞。」九層之閣未詳。

〔一九〕諭，《漢書·賈誼傳》顏注：「諭，譬也。」

〔二〇〕泰，案泰與汏通。《荀子·仲尼篇》楊注：「汏，侈也。」

〔二一〕侈，宏大。

〔二二〕妨於時，謂妨害農業生産。惠人疑原作惠民，避唐諱改。

〔二三〕《魏略》：「改長安、譙、許昌、鄴、洛陽爲五都。」《魏志·文帝紀》裴注引。

〔二四〕朱雀，洛陽宫城南門名。夷，削平。閶闔，宫城門名。

〔二五〕泰極即正殿名。《魏志·明帝紀》青龍三年，是時大治洛陽宫，起昭陽、太極殿。《水經·穀水注》：「魏明帝上法太極，於洛陽南宫起太極殿於漢崇德殿之故處。」案《魏志》與《水經注》俱謂太極建修於曹叡之青龍三年，而曹植死於太和六年。青龍三年，曹植已死逾三年，何能預知？况令文云平德陽而建泰極，與《水經注》於崇德殿之故基，地址復有不同。曹植此令作於封鄄城時，在黄初三年，距青龍三年則早十三年。竊謂令文所述之泰極，是指曹丕建修洛陽宫之正殿，與曹叡擴建洛陽宫當屬兩事。由於曹丕修建洛陽宫殿，缺乏歷史紀載，金兆豐《校補三國疆域志》，竟將二事牽合爲一，疑不足據。

〔二六〕朱駿聲《説文通訓定聲》云：「坐爲自然之詞。陸機詩：體澤坐自捐，謂無故自捐也。」

〔二七〕反惑，解釋懷疑之事。解迷，破除迷信。

曹植以自身生活的體驗，嚴肅地批判鬼神致病的迷信傳説，從而否定靈魂之存在，明確指出死者之無知。顯然這是在《説疫氣》的認識基礎之上，進一步發展了無鬼這一理論，提出事實根據。

龍見賀表〔一〕

臣聞鳳凰復見於鄴南，黄龍雙出於清泉〔二〕。聖德至理〔三〕，以致嘉瑞。將棲鳳於林囿，豢龍於陂池〔四〕，爲百姓旦夕之所觀〔五〕。

〔一〕《銓評》：「程脱賀，依《藝文》九十八補。」

〔二〕《魏志·中山恭王衮傳》：「其年（黄初三年）黄龍見鄴西漳水。衮上書贊頌。」疑植賀表亦作於此時。

〔三〕至理，猶言致太平。

〔四〕豢，飼養。

〔五〕《銓評》：「觀下《藝文》九十八有也字。」案也字非原文，或輯録者所加。

雜詩

高臺多悲風〔一〕，朝日照北林〔二〕。之子在萬里，江湖迴且深〔三〕。方舟安可極〔四〕，離思故難任〔五〕！孤雁飛南遊，過庭長哀吟〔六〕。翹思慕遠人〔七〕，願欲托遺音〔八〕。形景忽不見，翩翩傷我心〔九〕。

〔一〕《文選》李注：「《新語》曰：高臺喻京師；悲風言教令。」案比喻嚴峻法令。

〔二〕《文選》李注：「《新語》曰：朝日喻君之明；照北林，言狹，比喻小人。」

〔三〕之子，疑指曹彪。彪雅好文學。黄初三年封弋陽王，其年徙封吴王（見《魏志·楚王彪傳》）。故詩云「在萬里」。李注：「江湖喻小人隔蔽。《爾雅》曰：迥，遠也。」

〔四〕李注：「《爾雅》曰：大夫方舟。郭璞曰：併兩船也。毛萇《詩傳》曰：極，至也。」

〔五〕任，《國語·楚語》韋注：「負荷也。」

〔六〕哀吟猶哀鳴。

〔七〕李注：「翹猶懸也。」翹思猶懸念。遠人指曹彪。

〔八〕遺音即餘音。

〔九〕翩翩，《文選·鵩鵬賦》李注：「《字林》曰：翩，疾飛也。」

《銓評》：「《文選》二十九李善注：別京已後，在鄄城思鄉而作。」黄節《曹子建詩注》：「此詩第一首似作於徙封雍丘之前。」案曹丕頒布禁止藩國兄弟通問的嚴令。曹植與曹彪年紀相若，又俱好文學，彪遠封吴王，故有江湖迴深之語。而思念之情，不能自達，用托喻孤雁以寄其闊別之思，因疑此篇爲植懷彪而作。

九愁賦

嗟離思之難忘，心慘毒而含哀〔一〕。踐南畿之末境〔二〕，越引領之徘徊〔三〕。眷浮雲以太息〔四〕，顧攀登而無階〔五〕。匪徇榮而愉樂〔六〕，信舊都之可懷〔七〕。恨時王之謬聽〔八〕，受姦枉之虚辭〔九〕，揚天威以臨下〔一〇〕，忽放臣而不疑〔一一〕。登高陵而反顧〔一二〕，心懷愁而荒悴〔一三〕，念先寵之既隆〔一四〕，哀後施之不遂〔一五〕。雖危亡之不豫〔一六〕，亮無遠君之心〔一七〕。刈桂蘭而秣馬〔一八〕，舍余車於西林〔一九〕。願接翼於歸鴻〔二〇〕，嗟高飛而莫攀〔二一〕。因流景而寄言〔二二〕，響一絶而不還〔二三〕。傷時俗之趨險〔二四〕，獨悵望而長愁〔二五〕。感龍鸞而匿迹〔二六〕，如吾身之不留。竄江介之曠野〔二七〕，獨眇眇而汎舟〔二八〕。思孤客之可悲，愍予身之翩翔〔二九〕。豈天監之孔明〔三〇〕，將時運之無常〔三一〕！謂内思而自策〔三二〕，算乃昔之愆殃〔三三〕。以忠言而見黜〔三四〕，信無負於時王。俗參差而不齊〔三五〕，豈毀譽之可同〔三六〕。競昏瞀以營私〔三七〕，害予身之奉公〔三八〕。共朋黨而妬賢〔三九〕，俾予濟乎長江〔四〇〕。嗟大化之移易〔四一〕，悲性命之攸遭〔四二〕。愁慊慊而繼懷〔四三〕，恒慘慘而情挽〔四四〕。曠年載而不回〔四五〕，長去君兮悠遠〔四六〕。御飛龍之蜿蜒〔四七〕，揚翠（電）〔霓〕之華旌〔四八〕，絶紫霄而高騖〔四九〕，飄弭節於天庭〔五〇〕。披輕雲而下觀〔五一〕，覽九土之殊形〔五二〕。顧南郢之邦壤〔五三〕，咸蕪穢而倚傾〔五四〕。駿盤桓而思服〔五五〕，仰御驤以悲鳴〔五六〕。紆予袂而（長）〔收〕涕〔五七〕，僕夫感以失聲〔五八〕。履先王之正路〔五九〕，豈淫徑之可遵〔六〇〕！知犯君之招咎〔六一〕，恥干媚而求親〔六二〕。顧旋復之無（軏）〔軌〕〔六三〕，長自棄於遐濱〔六四〕。與麋鹿（以）〔而〕爲群，宿林藪之葳蓁〔六五〕。野蕭條而極望〔六六〕，曠千里而無人〔六七〕。民生期於必死〔六八〕，何自苦以終身！寧作清水之沉泥〔六九〕，不爲濁路之飛塵〔七〇〕。踐蹊隧之危阻〔七一〕，登岩嶢之高岑〔七二〕。見失群之離獸，覿偏棲之孤禽〔七三〕。懷憤激以切痛，（苦）〔若〕回（忍）〔刃〕之在心〔七四〕。愁戚戚其無爲〔七五〕，遊緑林而逍遥。臨白水以悲嘯〔七六〕，猿驚聽以失條〔七七〕。亮無怨而棄逐，乃余行之所招。

〔一〕慘毒，《說文》心部：「慘，毒也。」慘毒複義詞。

〔二〕《魏志·文帝紀》裴注引《魏略》：「立石表：西界宜陽，北循大行，東北界陽平，南循魯陽，東界郲，爲中都之地。」畿，《詩經·烈祖》毛傳：「畿，疆也。」雍丘在所謂中都之地之南，故曰南畿。末境，《楚辭·離世》王註：「末，遠也。」猶言遠境。

〔三〕越，《銓評》：「《藝文》三十五作超。」案《廣雅·釋詁一》：「越，遠也；超，遠也。」越、超義同。

〔四〕眷，《銓評》：「程作捲，從《藝文》。」案宋刊本《曹子建文集》作卷，疑是眷字之形誤。《廣雅·釋詁四》：「眷，嚮也。」

〔五〕顧，《銓評》：「《藝文》作願。」

〔六〕徇榮，追求顯榮。愉樂，案愉或作偷。《離騷》：「惟黨人之偷樂兮。」偷，苟且之意。

〔七〕舊都謂鄴都。懷，思念。

〔八〕時王，謂曹丕。謬，錯誤。

〔九〕虚辭，不實之辭。即監國謁者灌均希指所奏之辭。又爲東郡太守王機、防輔吏倉輯枉所誣白。

〔一〇〕揚，舉也。天威，喻皇帝威懾權力。臨下，《左》昭六年疏：「謂位居其上，俯臨其下，臨下，御於下。」

〔一一〕放，斥逐。

〔一二〕登高陵，《魏志·武帝紀》：「二月丁卯葬高陵。」《元和郡縣志》：「在鄴西三十里。」

〔一三〕荒悴，《詩經·出車篇》：「僕夫況瘁。」《楚辭·九歎》：「顧僕夫之憔悴。」又云：「僕夫慌悴。」是荒悴即《詩經》之況瘁，猶憔悴。憔悴，憂愁之貌。

〔一四〕先謂曹操。時操已死故曰先。寵,《史記·趙世家》《集解》:「寵,貴寵也。」謂曹操予以封爵而率其出征。

〔一五〕後,謂曹丕。施,《國語·晉語》韋注:「施,惠也。」不遂即不終。《周書·太子晉》孔注:「遂,終也。」《出婦賦》:「悼君惠之不終。」語意正同。

〔一六〕《荀子·大略篇》:「先患慮患謂之豫。」不豫,猶言不可預先估計。

〔一七〕君,指曹丕。

〔一八〕刈,割宰之意。桂、蘭俱芳香植物,此借以喻才能之人。刈桂蘭以飼馬,象徵賢能之被賤視。

〔一九〕舍,《銓評》:「程作含,從《藝文》。」舍,停止。丁校是。

〔二〇〕歸鴻,北飛之鴻,與上文「信舊都之可懷」意相承應。

〔二一〕嗟,《銓評》:「《藝文》作羌。」《呂覽·知化》高注:「嗟,歎詞也。」

〔二二〕流,《荀子·非十二子篇》楊注:「流者不復反也。」流景,謂飛鴻之影。寄言,託其傳語。

〔二三〕一絶,猶一停。

〔二四〕時俗,社會風尚。趨險,趨向於傾軋狡詐。

〔二五〕悵望,《銓評》:「《藝文》作惆悵。」惆悵,悲傷之貌。長愁,常愁。

〔二六〕鸞即鳳。古謂龍鳳當世亂則隱匿不見,太平之時則出現。曹植以自身之不留,而被放逐,如龍鳳之匿迹。

〔二七〕竄，《尚書·舜典》：「竄三苗於三危。」《史記·五帝紀》竄作遷，是竄有遷義。

〔二八〕眇眇，無所歸附之貌。汎，《銓評》：「程、張作沈，從《藝文》。」案作汎字是。《國語·晉語》：「汎舟於河。」韋注：「汎，浮也。」

〔二九〕愍，《銓評》：「程、張作改，從《藝文》。」案改字誤。愍，哀憐之意。翩翔，形容孤獨遠行之貌。

〔三〇〕張衡《思玄賦》：「彼天監之孔明兮。」李注：「監，視也；孔，甚也。」

〔三一〕將，《廣雅·釋言》：「將，且也。」時運，運猶命也。無常，《荀子·修身篇》：「趣舍無定謂之無常。」

〔三二〕内思，自思。自策，自我考慮。《禮記·仲尼閑居》鄭注：「策，謀也。」

〔三三〕司馬相如《長門賦》：「數昔日之諐殃。」與此句意同。算與數俱謂命運。愆，過失。殃，禍患。

〔三四〕見黜，被罷斥。

〔三五〕參差，不整齊之貌。

〔三六〕句言毁與譽豈能取得同一耶？

〔三七〕昏瞀，猶愚昧。營私，《詩經·黍苗篇》鄭箋：「營，治也。」

〔三八〕害，《淮南·脩務》高注：「害，患也。」

〔三九〕共朋黨，謂共同結合爲朋黨。妬，忌也。

〔四〇〕俾，使也。

〔四一〕大化，《華嚴經音義》引《珠叢》：「教成於上而易俗於下謂之化也。」大化謂國家教令。移易，謂變化。

〔四二〕攸遭，即所遇。

〔四三〕慊慊，憤恨不平之貌。繼，不絶之意。繼懷，謂不絶於心懷。

〔四四〕怛，《銓評》：「程作惟，張作怛，從《藝文》。」怛，常也。慘慘，悲痛不安之貌。挽，牽掣之意。

〔四五〕曠，《廣雅·釋詁三》：「曠，久也。」

〔四六〕君兮，《銓評》：「《藝文》兮作乎。」

〔四七〕飛龍，古代神話謂神人以龍駕車而升天。蜿蜒，《銓評》：「《藝文》作蜿蜿。」案宋刊本《曹子建文集》與《藝文》同。張衡《西京賦》：「海鱗變而成龍，狀蜿蜿以蝹蝹。」薛注：「蜿蜿、蝹蝹，龍行貌也。」

〔四八〕揚，高舉之意。翠電，《銓評》：「電《藝文》作霓。」案作霓字是。宋刊本《曹子建文集》亦作霓。翠霓，猶言彩虹。華旌，彩色之旗。

〔四九〕絶，《淮南·墬形訓》高注：「絶猶過也。」紫霄，《銓評》：「《藝文》紫作九。」案九霄猶九天。霄，《後漢書·仲長統傳》章懷注：「霄，摩天赤氣也。」紫霄猶紫色雲。

〔五〇〕弭節，《離騷》王注：「按節徐行。」天庭，《禮記》《正義》：「太微爲天庭，中有五帝座。」天庭，謂天帝所居。

〔五一〕披猶撥開。

〔五二〕九土，九州。殊形，不同形狀。

〔五三〕郢，楚國舊都。南郢即南楚。雍丘本春秋杞國，爲楚所滅，在楚都之南。邦壤，土地。

〔五四〕蕪穢，草木叢雜景象。倚傾，《銓評》：「傾，程、張作頓，從《藝文》。」案《文選》司馬相如《上林賦》：「嶔巖倚傾。」張銑注：「倚傾，不齊貌。」於此形容廬舍毁壞之狀。《魏志·武帝紀》：「興平二年，張邈從(吕)布，使其弟超將家屬保雍丘。秋八月，(曹操)圍雍丘。十二月雍丘潰，超自殺，夷邈三族。」雍丘遭遇戰争，故破壞極嚴重。

〔五五〕驂，古代公侯之車駕四馬，其轅外二馬爲驂。盤桓，回旋不前之貌。思服，《銓評》：「《藝文》作讓路。」案《詩經·關雎》毛傳：「服，思之也。」

〔五六〕句意謂馬向御者昂頭而悲鳴。

〔五七〕紆，《銓評》：「程作行，從《藝文》。」案紆，曲也，作紆字是。袂，袖也。長涕，《銓評》：「長，《藝文》作收。」案宋刊本《曹子建文集》與《藝文》同，疑作收字是。《禮記·玉藻》《正義》：「收謂斂持在手。」則收具拭字之義。

〔五八〕僕夫，謂駕車人。失聲，謂悲痛至極不禁哭泣出聲。

〔五九〕履，踐也。

〔六〇〕《國語·晉語》韋注：「淫，邪也。」淫徑，即邪路。遵，循也。

〔六一〕犯，觸牾。

〔六二〕張衡《思玄賦》：「欲巧笑以干媚兮。」李注：「干，求也。」

〔六三〕顧，猶考慮到。無軌，《銓評》：「軌，《藝文》作軌。」案作軌是。軌謂道路。

〔六四〕遐濱，遠地，指雍丘。

〔六五〕以，《銓評》：「《藝文》作而。」案作而字是。林藪，《文選·典引》李邕注：「叢木曰林，澤無水曰藪。」葳蓁，形容草木叢雜之貌。

〔六六〕極望，盡力遠視。

〔六七〕曠，空闊。《文選》班彪《北征賦》：「野蕭條以莽蕩，迥千里而無家。」句意相同。

〔六八〕民生，即人生。

〔六九〕寧，《説文》：「願詞也。」清水，比喻清明政治。沉泥，比喻低下地位。

〔七〇〕濁路，喻混亂政治。飛塵，喻高顯職務。

〔七一〕蹊隧，《銓評》：「隧《藝文》作徑。」蹊徑即道路。危阻，猶言危險阻礙。

〔七二〕嶢，高而陡貌。

〔七三〕覿，遇見。偏棲，獨居。

〔七四〕苦，《銓評》：「《藝文》作若。」《密韻樓叢書·曹子建文集》亦作若。作若字是，若，如字之義。回忍，《銓評》：「《藝文》忍作刃。」案宋刊本《曹子建文集》亦作刃，作刃字是。句意謂其苦痛有如利刃在心上回旋。如今語心如刀絞之意。

〔七五〕戚戚，憂懼貌。無爲，言無所事事。

〔七六〕嘯，撮脣作聲。《楚辭》：「臨深水而長嘯。」與此意同。

〔七七〕以，《銓評》：「《藝文》作而。」失條，不能緊握樹枝而墜落。形容感物之深。

此賦曹植鋪叙自身所經歷的困窘境遇，細緻描繪當時由此而産生的複雜錯綜之心理。時而激烈，時而消沈，終而吐露自怨自艾的痛苦情緒。運用朴素的語言，系統地傾吐出來；而採取象徵描寫技巧，委婉曲折，達到文學藝術最高境界。因此明代沈嘉則説：「遭讒受誣，以致放逐，而瞻天戀闕之忱，耿耿不替。至於貞心亮節，矢志靡他，又可爲臣子處變之法。若論文章，則伯仲屈平，賈、宋諸人未堪與儔。」丁晏在《銓評》中寫着：「楚騷之遺，風人之旨。」又説：「文辭淒咽深婉，何減靈均。」上述評語，具有一定的正確性。這是封建社會知識分子有其同一的感受，又何怪給予如此崇高的評價，不是没原因的。

鄽生頌序〔一〕

余道經鄽生之墓〔二〕，聊駐馬〔三〕，書此文於其碑側（也）〔四〕。

〔一〕《銓評》：「程缺。《書鈔》九十八作《酈生序頌》。」酈生，酈食其，高陽人。秦時爲里中管門人。劉邦過高陽，食其往見。後爲漢使勸齊王降漢，韓信率軍襲齊。齊王怒，謂被食其所賣，遂烹之（事詳《史記·酈食其傳》）。

〔二〕《括地志》：「酈生墓在雍丘西南二十八里。」

〔三〕駐馬，《銓評》：「張脱馬，據《書鈔》九十八引補。」

〔四〕《銓評》：「張脱也，據《書鈔》補。」案也字疑非原文所有，蓋輯録《書鈔》者所加，丁補疑誤。

此序殘脱，僅存此數語。

禹廟贊序〔一〕

有禹祠，植移於其城，城本名杞城〔二〕。

〔一〕此序各本俱缺，據嚴可均《全三國文》補録。

〔二〕杞城即雍丘。

此序僅存此三句。

禹妻贊

禹妻塗山〔一〕，土功是急〔二〕。惟啓之生〔三〕，過門不入〔四〕。女嬌達義〔五〕，勳庸是執〔六〕。成長聖嗣〔七〕，大禄以襲〔八〕。

〔一〕《銓評》：「妻《藝文》十五作娶。」塗山，古氏族之一。杜預謂在壽春縣（即今安徽壽縣東北），見《左》哀七年傳注。

〔二〕土功，《尚書·皋陶謨》：「惟荒度土功。」謂急於平治水土工作。

〔三〕惟，《銓評》：「《藝文》作聞。」啓，禹子名。

〔四〕《孟子·滕文公篇》：「禹八年於外，三過其門而不入。」《尚書·皋陶謨》：「予娶於塗山，辛壬癸甲，啓呱呱而泣，予弗子。」

〔五〕女嬌達義，《銓評》：「程作嬌達明義；從《藝文》。《藝文》引《列女傳》：啓母塗山之女，曰女嬌。」案《帝繫》云：「禹娶塗山氏之子，謂之女嬌。」丁氏據《藝文》改是。

〔六〕勳庸，《銓評》：「《藝文》作明勳。」案明勳，顯著功績。執，持也。

〔七〕聖，《銓評》：「程作望，從《藝文》。」案《初學記》十亦作聖。聖嗣，謂啓。

〔八〕大禄，《銓評》：「以《藝文》大作天。」案《初學記》十引同。天禄，喻帝位。襲，《左》昭廿八年傳杜注：「襲，受也。」

禹治水贊〔一〕

嗟夫夏禹，實勞水功。西鑿龍門〔二〕，疏河道江〔三〕。梁岐既闢〔四〕，九州以同〔五〕。天錫玄圭，奄有萬邦〔六〕。

〔一〕《銓評》：「程缺。」

〔二〕《漢書·地理志》：「龍門山在馮翊夏陽縣北。山當河之道，禹鑿以通。」在今陝西韓城縣東北。

〔三〕《孟子·滕文公篇》：「禹疏九河，瀹濟漯而注諸海，決汝漢、排淮泗而注之江。」意謂禹整理當時中國兩大水系：山東、河北之間九河與山東省濟河、漯河，皆加以疏濬，使黄河下流水道暢通，排注入海；整理長江水系，鑿通汝水、漢江，堵塞淮河泗水，使水洩入長江，然後入海。

〔四〕梁岐即梁山、岐山。梁山在今陝西省郃陽、韓城二縣界。岐山在今陝西岐山縣東北。二山指關中平原，遭遇洪水，禹治洪水，使土地闢墾，得以播殖。

〔五〕以，因字之意。

〔六〕奄有，《尚書・大禹謨》："奄有四海。"孔傳："奄，同也。"萬邦，即萬國。《尚書・益稷》："禹會諸侯於塗山，執玉帛者萬國。"

禹渡河贊〔一〕

禹濟於河〔二〕，黄龍負船〔三〕。舟人並懼，禹歎仰天。予受大運〔四〕，勤功恤民〔五〕，死亡命也〔六〕！龍乃弭身〔七〕。

〔一〕《銓評》："程缺。"

〔二〕河，《吕覽》、《淮南》、《新序》俱作江。《水經・江水注》："大江右得龍穴水口，北對虎洲，洲北有龍巢地名。禹南濟江，黄龍夾舟，故水地取名。"

〔三〕負，《銓評》："《御覽》八十二作乘。"案《淮南・精神訓》乘作負。《藝文》引亦作負。

〔四〕大，《銓評》："《御覽》作天。"大運，即天命。《淮南・精神訓》："我受命於天。"

〔五〕《淮南・精神訓》："竭力以勞萬民。"即此句意。高注："勞，愛也。"

〔六〕《吕覽・知分篇》："生，性也；死，命也，余何憂於龍焉！"

〔七〕乃，《銓評》："《御覽》作聞。"案《淮南・精神訓》："龍乃弭身掉尾而逃。"《史記・司馬相如傳》《索隱》：「弭，猶低也。」

盤石篇

盤石山巔石〔一〕，飄颻澗底蓬〔二〕。我本泰山人〔三〕，何爲客淮東〔四〕？蒹葭彌斥土〔五〕，林木無芬重〔六〕。岸巖若崩缺，湖水何洶洶〔七〕！蚌蛤被濱涯〔八〕，光采如錦虹〔九〕；高波陵雲霄，浮氣象螭龍〔一〇〕。鯨脊若丘陵，鬚若山上松〔一一〕。呼吸吞船欐〔一二〕，澎濞戲中鴻〔一三〕。方舟尋高價〔一四〕，珍寶麗以通〔一五〕。一舉必千里，乘颸舉帆幢〔一六〕。經危履險阻，未知命所鍾〔一七〕。常恐沈黄壚〔一八〕，下與黿鼈同。南極蒼梧野〔一九〕，游盼窮九江〔二〇〕。中夜指參辰，欲師當定從〔二一〕！仰天長歎息，思想懷故邦〔二二〕。乘桴何所志？吁嗟我孔公〔二三〕！

〔一〕盤石，《曹集考異》作盤盤。盤盤，巨大之貌。

〔二〕飄颻，《曹集考異》作飄飄。《文選・秋興賦》李注：「飄飄，飛貌。」

〔三〕泰山人，案曹植生於東武陽，後封平原，改封臨菑，再遷鄄城，皆在山東境。泰山，山東名山，故自謂泰山人。

〔四〕淮，《銓評》：「《樂府》六十四作海。」案淮東指雍丘。作海疑誤。

〔五〕蒹，《銓評》：「《樂府》作蓶。」案《爾雅·釋草》：「蓶，芄蘭。」於此無義，應作蒹。蒹葭，葦屬。彌，滿也。斥土，《尚書·禹貢》：「海濱廣斥。」鄭注：「斥謂地鹹鹵。」即今所謂鹽碱地。

〔六〕芬，《銓評》：「《樂府》作分。」案芬字是。《漢書·禮樂志》顔注：「芬亦謂衆多。」則芬重形容茂盛之貌。

〔七〕湖水，《水經·睢水注》：「睢水又東逕雍丘縣，城北水積成湖，俗謂之白羊陂，陂方四十里。」疑湖水即指此。

〔八〕濱涯，謂湖邊。

〔九〕錦虹，謂如錦如虹。《文選·海賦》：「綾羅被光於螺蚌之節。」李注：「螺蚌之節，光若綾羅也。」

〔一〇〕螭，《漢書·楊雄傳》《音義》引李奇：「螭，雌龍也。」劉劭《趙都賦》：「吸潦吐波，氣成雲霧。」

〔一一〕魏武《四時食制》：「東海有大魚如山，長五六里，謂之鯨鯢。次有如屋者。其鬚長一丈二三尺。」

〔一二〕吞，《銓評》：「程作喬，從《樂府》。」案《文選·海賦》：「茹鱗甲，吞龍舟。」丁校是。欐，《銓評》：「程脱欐，從《樂府》。」案宋刊本《曹子建文集》有欐字。欐，小船。

〔一三〕澎濞，《銓評》：「程脱此二字，從《樂府》。」案宋刊本《曹子建文集》有此二字，丁補是。《文選·海賦》：「噏波則洪漣踧蹜，吹澇則百川倒流。」澎濞即澎湃，《史記·司馬相如傳》注引郭璞説：「澎湃，鼓怒鬱梗之貌。」中鴻，疑即《海賦》之沖瀜。李注：「沖瀜，深廣貌。」黄節《曹子建詩注》謂當作「中戲鴻」，與曹植詩句詞例不合，疑恐未的。

〔一四〕高價，謂奇異之珍寶。

〔一五〕麗，附也。通，流通。

〔一六〕颸，急風。幢當作橦。《文選·海賦》：「決帆摧橦。」李注：「橦，百尺也。」即懸帆之竿。

〔一七〕鍾，聚也。

〔一八〕黄壚即黄土。沈黄壚，喻死亡。

〔一九〕極，至也。蒼梧今廣西蒼梧縣。此泛指廣西地。

〔二〇〕盼，《銓評》：「《樂府》作眄。」游眄，猶流目。九江，《尚書·禹貢》：「九江孔殷。」指今江西省地。應劭《漢書注》：「江自廬江、潯陽分爲九也。」故曰九江。

〔二一〕參辰，即參商。黄節《詩注》：「《法言》曰：『吾不覩參辰之相比也，是以貴遷善……』蓋以參辰之出没，喻一身之進退，師參則從參，師辰則從辰也。」

〔二二〕黄節《詩注》：「進退何從，是以仰天歎息，懷想故邦，而興浮海之歎也。」案此二句之意，懷念故邦，欲歸未得，因而仰天長歎，非有浮海之意，觀下文可知。黄説或違原旨。

〔二三〕桴，木筏。《論語·公冶長篇》：「子曰：道不行，乘桴浮於海。」嗟我，《銓評》：「張作我嗟。」案張本誤。孔公，謂孔子。

《銓評》："《文選》木玄虚《海賦》李注引作《齊瑟行》。"案此篇雜曲歌辭。曹植遠封雍丘，自傷廢棄，辭中叙述雍丘之貧瘠，滄海之風物(班彪《覽海賦》：余有事於淮浦，觀滄海之茫茫)，而發生思鄉之感，從而否定孔子乘桴浮海的思想。

仙人篇

仙人攬六著，對博太山隅〔一〕。湘娥拊琴瑟〔二〕，秦女吹笙竽〔三〕。玉樽盈桂酒〔四〕，河伯獻神魚〔五〕。四海一何局〔六〕！九州安所如〔七〕？韓終與王喬〔八〕，要我於天衢〔九〕。萬里不足步，輕舉陵太虚〔一〇〕。飛騰踰景雲〔一一〕，高風吹我軀。迴駕(觀)〔過〕紫(薇)〔微〕〔一二〕，與帝合靈符〔一三〕。閶闔正嵯峨〔一四〕，雙闕萬丈餘。玉樹扶道生〔一五〕，白虎夾門樞〔一六〕。驅風遊四海，東過王母廬〔一七〕。俯觀五嶽閒，人生如寄居〔一八〕。潛光養羽翼〔一九〕，進趨且徐徐〔二〇〕。不見軒轅氏〔二一〕！乘龍出鼎湖〔二二〕。徘徊九天上〔二三〕，與爾長相須〔二四〕。

〔一〕六著，《銓評》："六著，博戲之名。徐陵《玉臺新詠序》：投壺玉女，爲歡盡於百驍；争博齊姬，心賞窮乎六著。"案《古博經》："二人相對坐向局。局分爲十二道，兩頭當中名爲水。用棊十二枚，六白六黑；又用魚二枚置於水中。其擲采以瓊爲之。瓊方寸三分，長寸五分，鋭其頭，鑽刻瓊四面爲眼，亦名爲齒。二人互擲采行棊。棊行到處即竪之，名曰驍棊；即入水食魚，名曰牽魚。每牽一魚獲二籌，翻一魚獲二籌。」

〔二〕湘娥，湘江女神。堯之二女娥皇、女英，隨舜南巡不反，墮湘水死，爲水神，號湘夫人。拊即撫，彈字之意。

〔三〕秦女，《銓評》：「《藝文》四十二秦作素。」案《列仙傳》：「簫史者，秦繆公時人，善吹簫。繆公有女字弄玉好之，公遂以妻焉。簫史教弄玉學吹簫，作鳳鳴，一旦皆隨鳳皇飛去。」笙竽，案笙十三簧，諸簧參差如鳥翼，宮簧在左。竽列管瓠中，內施三十六簧，長四尺二寸，宮簧在中央。《韓非子》：「竽者，五聲之長，竽先，則鍾瑟皆隨；竽唱，則諸樂皆和。」

〔四〕玉樽，玉酒杯。桂酒，《楚辭·九歌》：「奠桂酒兮椒漿。」王注：「桂酒，切桂以置酒中也。」

〔五〕河伯，黃河水神。神魚，謂黃河鯉。鯉躍越龍門則成龍，故稱神魚。

〔六〕局，《廣雅·釋詁三》：「局，近也。」

〔七〕如，《爾雅·釋詁》：「如，往也。」

〔八〕韓終，古仙人，或作韓衆，即秦始皇命求仙人不死之藥者（見《史記·秦始皇本紀》）。

〔九〕天衢，即天路。

〔一〇〕陵，《文選·西京賦》李注：「升也。」太虛謂天。

〔一一〕景雲，即慶雲。《史記·天官書》：「若煙非煙，若雲非雲，郁郁芬芬，蕭索輪囷，是謂卿雲。」

卿、慶一聲之轉，古通用。

〔一二〕觀，《銓評》：「《藝文》作過。」案疑作過字是。紫薇，《銓評》：「《藝文》薇作微。」案宋刊本《曹子建文集》亦作微，作微字是。紫微本星宿名，此謂天帝所居。

〔一三〕帝，謂天帝。符，古代諸侯分封之時，國家將符剖分爲二，一予諸侯，另一由政府保存。諸侯來朝，持所予半符與國家保存之半符相勘合，作爲其身份之憑證，名曰合符。引申作朝見之代詞。此作靈符，即神符也。

〔一四〕閶闔，謂天門。嵯峨，高聳貌。

〔一五〕扶，《釋名·釋言語》：「扶，傅也，傅近之也。」扶道生，猶言緣路而生。

〔一六〕白虎，即《詩經》中之騶虞，謂其不傷害生物，被稱爲仁獸。白毛而有黑色花紋，故曰白虎。樞，即門斗。

〔一七〕王母廬，《五岳名山圖》：「崑崙三角，其一角正北，名曰閬風巔；其一角正西，名曰玄圃臺；其一角正東，名曰崑崙宫。上有玉樓十二，景雲映日，朱霞流光，西王母之治所。」

〔一八〕《尸子》：「老萊子曰：人生天地之間寄也。」謂人生短促，如寄居之客。

〔一九〕潛光，謂隱居。養羽翼，《意林》：「得道者生六翮於臂，長羽毛於腹，飛無際之蒼天，度無窮之世俗。」即羽化登仙，長生不死。

〔二〇〕《銓評》：「《樂府》六十四趨作趣。」徐徐，《莊子·應帝王篇》司馬彪注：「徐徐，安隱貌。」

〔一一〕軒轅氏，《銓評》：「《樂府》作昔軒轅。」案宋刊本《曹子建文集》與《樂府》同。

〔一二〕乘，《銓評》：「《樂府》作升。」案宋刊本《曹子建文集》亦作升。鼎湖，《史記·封禪書》：「黃帝採首山銅，鑄鼎於荆山下。鼎既成，有龍垂胡髯，下迎黃帝，黃帝上騎龍，龍乃上去……百姓仰望黃帝既上天，乃抱其弓與龍胡髯而號，故後世因名其處曰鼎湖。」

〔一三〕九天，謂九重天。《楚辭·天問》：「圜則九重，孰營度之？」即此意。上，《銓評》：「《樂府》作下。」案作上字是，宋刊本《曹子建文集》正作上。

〔一四〕須，等待。

游仙

黃初中，曹丕用嚴峻法律，派遣監國官吏，控制諸王行動，而且頒布諸侯游獵不得過三十里的規定，將他們活動限制在一定區域里。曹植處於這樣的境遇，古代神仙傳説，自然容易出現在他意識中。仙人翱翔雲表，逍遥八荒，没有任何拘束，任意行遊。他使用生動的筆觸，渲染一幅縹緲綺麗的仙景，熱烈地歌頌自由的可貴。但是在他歌頌實體之外，隱隱投射憤恨迫害的陰影，是和一般游仙異趣的。此篇屬雜曲歌辭。

人生不滿百〔一〕，歲歲少歡娱〔二〕。意欲奮六翮〔三〕，排霧陵紫虚〔四〕。蟬蜕同松喬〔五〕，翻迹登鼎湖〔六〕。翺翔九天上，騁轡遠行遊。東觀扶桑曜〔七〕，西臨弱水流〔八〕，北極玄天渚〔九〕，南翔陟丹丘〔一〇〕。

〔一〕《古詩》：「人生不滿百，常懷千歲憂。」

〔二〕歲歲，《銓評》：「《藝文》七十八作戚戚。」戚戚，愁苦貌。作戚戚義長。

〔三〕《論衡·無形篇》：「圖仙人之形，體生毛，臂變爲翼，行於雲，則年增矣，千歲不死。」

〔四〕紫虚，如《九愁賦》紫霄之意。

〔五〕蟬蜕，蟬從糞壤中蜕皮而出。此象徵人脱離汙濁塵世而成仙。松，赤松子。喬，王子喬。《列仙傳》：「王喬者，周靈王太子晉也。好吹笙，作鳳鳴，游伊洛之間。道人浮丘公接以上嵩高山，三十餘年後，求之於山上，見柏良曰：告我家，七月七日，待我於緱山頭。果乘白鶴駐山頭，望之不得到，舉手謝時人，數日而去。」

〔六〕翻，《廣雅·釋訓》：「飛也。」

〔七〕扶桑，即《神龜賦》之扶木，詳彼注。曜，光也。

〔八〕弱水，已見前注。

〔九〕玄天，《銓評》：「《藝文》作登玄。」案宋刊本《曹子建文集》與《藝文》同。登玄渚與下句陟丹丘語正相儷，應據《藝文》及宋本《曹集》改正。

〔一〇〕陟，登也。丹丘，謂晝夜常明之地。見《楚辭·遠游》王注。

升天行〔一〕

乘蹻追術士〔二〕，遠之蓬萊山〔三〕。靈液飛素波〔四〕，蘭桂上參天。玄豹游其下〔五〕，翔鶤戲其巔。乘風忽登舉〔六〕，彷彿見衆仙。

〔一〕《銓評》：「《文選》郭景純《游仙詩》李注作《苦寒行》。」

〔二〕蹻，《抱朴子·雜應篇》：「若能乘蹻者，可以周流天下，不拘山河。凡乘蹻，道有三法：一曰龍蹻，二曰虎蹻，三曰鹿盧蹻。」術士，即方術之士，如三國時之左慈、于吉等。

〔三〕戰國時，齊威王、宣王、燕昭王使人入海，求蓬萊、方丈、瀛州。此三神山者，仙人及不死之藥皆在焉。

〔四〕《文選·游仙詩》李注：「靈液謂玉膏之屬也。曹植《苦寒行》曰：靈液飛波，蘭桂參天。」

〔五〕玄豹，黑豹。

〔六〕鶤，與鵾同。《淮南·覽冥訓》高注：「鵾雞，鳳皇之别名。」登，《左》隱五年傳杜注：「登，升也。」

《銓評》：「《樂府》六十三云：《升天行》曹植云：日月何時留。植又有《上仙籙》與《神游》、《五游》、《龍欲升天》等篇，皆傷人世不永，俗情險艱，當求神仙，翱翔六合之外，與《飛龍》、《仙人》、《遠游篇》、《前緩聲歌》同意。」

其　二

扶桑之所出，乃在朝陽谿〔一〕。中心陵蒼昊〔二〕，布葉蓋天涯。日出登東榦，既夕没西枝。願得紓陽轡〔三〕，回日使東馳。

〔一〕朝陽谿，疑即《堯典》之暘谷。《後漢書·東夷傳》章懷注：「暘谷，日之所出也。」

〔二〕中心，指樹榦。蒼昊，《爾雅·釋天》：「春曰蒼天，夏曰昊天。」則蒼昊蓋謂天也。

〔三〕紓，《後漢書·孔融傳》章懷注：「紓，解也，緩也。」陽轡，羲和爲日御車之馬轡。

此篇結句藴蓄日月易逝，時不我與之感。

謝入覲表〔一〕

不世之命〔二〕，非所致思〔三〕，有若披浮雲而覩白日〔四〕，出幽谷而登喬木〔五〕；目希庭燎〔六〕，心存（泰）〔太〕極〔七〕。

〔一〕《銓評》：「程缺。」

〔二〕指黄初四年召諸王朝京師，會節氣之詔。曹丕曾下詔不許諸王入朝，今下詔令入朝，故曰不世之命。

〔三〕致，《後漢書·荀爽傳》章懷注：「致，猶盡也、極也。」猶言不是思維所能想得者。

〔四〕覩，《銓評》：「《藝文》三十九作矖。」案矖疑爲矖字之形誤。《後漢書·馬融傳》章懷注：「矖，視也。」

〔五〕《詩經·伐木篇》：「出於幽谷，遷於喬木。」此喻從幽暗之中而升於光明之境。

〔六〕目希，朱駿聲《説文通訓定聲》：「希借爲睎，睎，望也。」庭燎已見卷一《鶡賦》注。

〔七〕存，《禮記·祭義》鄭注：「謂其思念也。」泰極，案泰疑當作太。山謙之《丹陽記》：「秦漢曰前殿，今稱太極曰前殿，洛宫之號始自魏。案《史記》秦皇改帝宫爲廟，以擬太極，魏號正殿爲太極，蓋採其義而加以太，亦猶漢夏門，魏加曰大夏耳。咸康中，散騎侍郎庾闡議，求改太爲泰，蓋謬矣！」

此表嚴可均謂作於黄初四年，可信。此表遺脱太甚，惟存此數語。

責躬有表〔一〕

臣植言：〔二〕臣自抱釁歸藩〔三〕，刻肌刻骨〔四〕，追思罪戾〔五〕，晝分而食，夜分而寢〔六〕，誠以天網不可重罹〔七〕，聖恩難可再恃。竊感《相鼠》之篇，無禮遄死之義〔八〕，形影相弔〔九〕，五情愧赧！以罪棄生，則違古賢夕改之勸〔一〇〕；忍垢苟全，則犯詩人胡顔之譏〔一一〕。伏惟陛下德象天地，恩隆父母，施暢春風，澤如時雨〔一二〕。是以不別荊棘者〔一三〕，慶雲之惠也；七子均養者，鳲鳩之仁也〔一四〕；舍罪責功者，明君之舉也〔一五〕；矜愚愛能者，慈父之恩也〔一六〕，是以愚臣徘徊於恩澤而不（敢）〔能〕自棄者也〔一七〕。前奉詔書，臣等絶朝〔一八〕，心離志絶，自分黄耉永無執圭之望〔一九〕。不圖聖詔，猥垂齒召〔二〇〕。至止之日，馳心輦轂〔二一〕。僻處西館，未奉闕庭〔二二〕。踴躍之懷，瞻望反側〔二三〕，不勝犬馬戀主之情，謹拜表，並獻詩二首〔二四〕。詞旨淺末，不足采覽，貴露下情，冒顔以聞〔二五〕。臣植誠惶誠恐，頓首頓首，死罪死罪〔二六〕。

於穆顯考，時惟武皇〔二七〕，受命於天，寧濟四方〔二八〕。朱旗所拂，九土披攘〔二九〕。玄化滂流〔三〇〕，荒服來王〔三一〕。超商越周，與唐比蹤〔三二〕。篤生我皇，亦世載聰〔三三〕。武則肅烈，文則時雍〔三四〕。受禪(於)〔于〕漢，(君臨)〔臨君〕萬邦〔三五〕。萬邦既化，率由舊則〔三六〕。廣命懿親，以藩王國〔三七〕。帝曰爾侯，君茲青土〔三八〕，奄有海濱，方周於魯〔三九〕。車服有輝，旗章有叙〔四〇〕，濟濟雋乂，我弼我輔〔四一〕。伊(爾)〔予〕小子，恃寵驕盈〔四二〕，舉挂時網，動亂國經〔四三〕。作藩作屏，先軌是隳〔四四〕，傲我皇使，犯我朝儀〔四五〕。國有典刑，我削我黜〔四六〕，將寘於理，元凶是率〔四七〕。明明天子，時惟篤類〔四八〕，不忍我刑，暴之朝肆〔四九〕。違彼執憲，哀予小子〔五〇〕。改封兖邑，於河之濱〔五一〕，股肱弗置，有君無臣〔五二〕。荒淫之闕〔五三〕，誰弼余身！煢煢僕夫，於彼冀方〔五四〕，嗟予小子，乃罹斯殃〔五五〕。赫赫天子，恩不遺物〔五六〕，冠我玄冕，要我朱紱〔五七〕。光光(天使)〔大魏〕，(我榮我)〔使我榮〕華〔五八〕，剖符授玉，王爵是加〔五九〕。仰齒金璽，俯執聖策〔六〇〕，皇恩過隆，祇承怵惕〔六一〕。咨我小子，頑兇是嬰〔六二〕，逝慚陵墓，存愧闕庭〔六三〕。匪敢傲德〔六四〕，寔恩是恃，威靈改加，足以没齒〔六五〕。昊天罔極，生命不圖〔六六〕，常懼顛沛，抱罪黄壚〔六七〕。願蒙矢石，建旗東嶽〔六八〕，庶立毫氂〔六九〕，微功自贖。危軀授命，知足免戾〔七〇〕，甘赴江(湘)〔湖〕，奮戈吴越〔七一〕。天啓其衷，得會京畿〔七二〕。遲奉聖顔〔七三〕，如渴如饑。心之云慕，愴矣其悲〔七四〕！天高聽卑〔七五〕，皇肯照微〔七六〕！

〔一〕《銓評》：「張於表類載此表文，與程同。詩類又載之，複沓未檢，今删并。程分表與詩爲二，此依《文選》所載，合並一處，表以獻詩，正一時事也。」

〔二〕臣植言，《銓評》：「張詩類脱此三字。」

〔三〕《文選》李善注：「植集曰：植抱罪，徙居京師，後歸本國。而《魏志》不載，蓋《魏志》略也。」

〔四〕《文選》李注：「《孝經鉤命訣》：削肌刻骨。」

〔五〕追惟，猶追思。罪戾，李注：「《爾雅》曰戾，罪也。」罪戾複義詞。

〔六〕《禮記·月令》鄭注：「分，猶半也。」

〔七〕天網，喻國家法制。罹，《銓評》：「《魏志》本傳作離。」案《史記·管蔡世家》《索隱》：「離即罹。」《後漢書·郭伋傳》注：「離猶遭也。」

〔八〕竊，《銓評》：「程作切，從《魏志》。」案《廣雅·釋詁三》：「竊，私也。」《文選》李注：「感，猶想也。」《相鼠》之篇，《詩經·鄘風》篇名。《相鼠篇》：「人而無禮，胡不遄死。」《文選》李注：「《爾雅》：遄，速也。」

〔九〕弔，《左》襄十四年傳杜注：「恤也。」

〔一〇〕違，《銓評》：「程作爲，從《魏志》。」案作違字是。《左》哀十四年傳杜注：「違，不從也。」《文選》李注：「曾子曰：君子朝有過，夕改則與之。夕有過，朝改則與之。」

〔一一〕忍垢，《銓評》：「垢，《魏志》作活。」案作垢字是。垢借爲詬，《荀子·解蔽篇》：「厚顔而忍詬。」《左》定八年傳杜注：「詬，恥也。」苟全謂苟且全身。詩人，謂《詩經·巧言篇》作者。胡顔，李注：「即上胡不遄死之義也。《毛詩》謂何顔而不速死也。」王應麟《困學紀聞》：「《詩》

無此。李善引《毛詩》何顏而不速死也，今《相鼠》注無之。」胡克家《文選考異》：「按考《毛詩》傳箋皆無此文，蓋毛字傳寫有誤，此所引或在三家詩耳。」

〔一二〕李注：「《呂氏春秋》曰：甘露時雨，不私一物。」

〔一三〕《銓評》：「不程作下，從《魏志》。」案作不字是。不別猶不分別。荊棘喻無用而有害之物。

〔一四〕鳲鳩，《銓評》：「張詩類鳲作尸。」李注：「《毛詩》曰：鳲鳩在桑，其子七兮。毛萇曰：鳲鳩之養其子，旦從上下，暮從下上，其均平如一。」案鳲鳩今之布穀鳥。

〔一五〕《史記·秦本紀》：「三將至（孟明視、西乞術、白乙丙爲晉所虜，晉釋之歸），繆公素服郊迎，嚮三人哭曰：孤以不用百里奚蹇叔言，以辱三子，三子何罪乎！子其悉心雪恥無怠。遂復三人官秩如故。」

〔一六〕李注：「孔安國《尚書傳》曰：矜，憐也。《論衡》曰：父母之於子，恩等，豈爲貴賢加意，賤愚不察乎！」

〔一七〕《銓評》：「敢《魏志》作能。」案《文選》亦作敢，作能字義長。李注：「《左氏傳》：士貞伯曰：鄭伯其死乎！自棄也已。」

〔一八〕臣等，朱緒曾曰：「指任城王彰、吴王彪也。」案《魏志·明帝紀》：「先帝著令，不欲使諸王在京師者……」即是此詔。

〔一九〕心離志絶，謂信念、意圖俱已破滅。分，李注：「謂甘愜也。」案自分猶言自己考慮。黄耇，黄，黄髮；耇，老人背傴僂，皆老人徵也。永無，《銓評》：「《魏志》作無復。」執圭，古諸侯朝見天子，必執圭以爲贄，故執圭因爲朝見之代詞。

〔二〇〕猥，李注：「曲也。」朱駿聲《説文通訓定聲》：「猥注皆訓曲，實亦發聲之詞。」垂，下達之意，係下對上之敬詞。齒召，《禮記·王制》鄭注：「齒，猶録也。」

〔二一〕輦轂，李注：「胡廣《漢官解詁注》：轂下，喻在輦轂之下，京城之中。」

〔二二〕僻，《離騷》王注：「幽也。」西館，即《應詔詩》之西墉。闕庭喻天子所居。

〔二三〕李注：「《毛詩》：瞻望不及，又曰展轉反側。」案毛傳：「瞻，視也。」反側，《後漢書·光武紀》章懷注：「不安也。」即忐忑難安之貌。

〔二四〕並獻詩二首，《銓評》：「首《魏志》作篇，又有其辭曰三字。」

〔二五〕冒，《文選·吴都賦》李注：「犯也。」

〔二六〕《銓評》：「以上十四字程、張脱，依《文選》二十補。」案李注：「《漢書音義》張晏曰：人臣上書，當昧犯死罪而言也。」

〔二七〕於，贊歎之詞。穆，美也。顯，《禮記·祭法》鄭注：「光也。」顯考此詞施之於死者。時，是也。惟，語中助詞。武皇謂曹操。

〔二八〕寧，安也。濟，《易·雜卦傳》：「既濟，定也。」則寧濟猶言安定。

〔二九〕朱旗，見卷一《東征賦》注。披攘，《廣雅·釋詁三》：「披，散也。」《左》僖四年傳杜注：「攘，除也。」

〔三〇〕玄化，李注：「《廣雅》曰：玄，道也，謂道德之化也。」滂流，廣布之意。

〔三一〕王，《大戴禮·盛德篇》盧注：「王者往也，民所歸也。」

〔三二〕李注：「商、周用師，故云超越。唐、虞禪讓，故云比蹤。」案此段專言曹操，不可能涉及曹丕禪讓之事，李注或未確。與唐比蹤蓋承上文荒服來王而言。

〔三三〕篤，《爾雅·釋詁》：「厚也。」篤生，謂聖性感氣之厚。我皇，指曹丕。亦，《銓評》：「《魏志》作奕。」案《國語·周語》：「奕世載德。」韋注：「奕亦前人也。」

〔三四〕《尚書·太甲》孔傳：「肅，嚴也。」《洛誥》鄭注：「烈，威也。」時雍，《太玄·玄首》范注：「時，調也；雍，和也。」

〔三五〕於，《銓評》：「《魏志》作炎。」錢儀吉《三國志證聞》：「《文選》作于。」案宋刊本《曹子建文集》亦作于，作于字是。君臨，《銓評》：「《魏志》作臨君。」案作臨君與今本《顧命》合，是也。

〔三六〕李注：「《毛詩》曰：不愆不忘，率由舊章。鄭玄曰：率，循也。」《銓評》：「則程作章，從《魏志》。」案則、國叶韻。舊章猶舊則。

〔三七〕李注：「《爾雅》曰：命，告也，尊君令謂之命。」懿，美也。懿親謂兄弟。藩，捍衛之意。

〔三八〕帝曰，帝疑指曹操。侯指曹植。李注：「《魏志》曰：建安十九年，植封臨淄侯，臨淄，屬齊郡，舊青州之境。」

〔三九〕李注：「《論語注》曰：方，比方也。」

〔四〇〕李注：「《國語》曰：爲車服旗章以旌之。《禮記》曰：以爲旗章，以別貴賤。鄭玄曰：章，幟也。」

〔四一〕雋乂，謂德才兼備者。如邢顒爲植家丞，司馬孚爲植文學掾。《魏志·邢顒傳》：「是時太祖諸子高選官屬。令曰：侯家吏宜得淵深法度如邢顒者。顒防閑以禮，無所屈撓。」「植負才凌物，（司馬）孚每切諫，初不合意，後乃謝之。」見《册府元龜》卷七〇九引。

〔四二〕伊，發語詞。爾，《銓評》：「《魏志》作予。」案《文選》作余，作予字是。恃寵，謂恃曹操之寵愛。驕盈，謂驕傲自滿。

〔四三〕時網、國經，皆謂法令制度。《魏志·陳思王植傳》：「植嘗乘車行馳道中，開司馬門出。太祖大怒，公車令坐死，由是重諸侯科禁，而植寵日衰。」

〔四四〕《詩經·板篇》：「价人爲藩，大邦爲屏。」《左》僖二十四年《正義》：「藩屏者，分地以建諸侯，使與京師作藩籬屏扞也。」隳，《銓評》：「《魏志》作墜。」案作隳字是，隳與儀韻叶。李注：「孔安國《尚書傳》曰：隳，廢也。」

〔四五〕李注：「《魏志》曰：黄初二年，植就國，使者灌均希旨，奏植醉酒勃逆，劫脅使者。」

〔四六〕李注：「植集曰：博士等議，可削爵土，免爲庶人。」削，削減食邑户數。曹植建安二十二年食邑萬户，黄初三年立爲鄄城王，食邑二千五百户。黜，降貶，謂由縣侯降爲鄉侯。

〔四七〕李注：「《廣雅》曰：將，欲也。毛萇《詩傳》曰：寘，致也。鄭玄《禮記注》曰：理，治獄之官。《儀禮》曰：率，導也。」胡紹瑛曰：「率，類也。《漢書·外戚傳》顔注：『率猶類也。』率與類古音通。」案李釋率爲導誤，當從胡釋類爲得。

〔四八〕篤類，《銓評》：「《魏志》作篤同。」案篤類謂厚於兄弟。《魏志·陳思王植傳》裴注引《魏書》載詔曰：「植，朕之同母弟。」

〔四九〕《禮記·檀弓篇》：「君之臣不免於罪，則將肆諸市朝。」鄭注：「肆，陳尸也。大夫以上於朝，士以下於市。」案上已言暴，則肆復釋爲殺人陳其尸，則於暴字義複，疑肆與市義同。《後漢書·劉盆子傳》章懷注：「肆，市列也。」可證。

〔五〇〕憲，法也。執憲，執法之官。小子，《銓評》：「子《文選》作臣。」梁章鉅《三國志旁證》：「《文選》小子作小臣，與下濱字爲韻，然作子，與上類肆字爲韻亦得。既不複下臣韻，且與下嗟予小子、咨我小子文法一例。」胡紹瑛曰：「案善本作臣，故注引《儀禮》曰小臣正辭，此與下於河之濱韻，下臣身另自爲韻，作子則失其韻，梁校非。」案顧炎武《日知録》：「古人但取文理明當而已，初不避重字也。」

〔五一〕李注：「《魏志》曰：帝以太后故，貶爵安鄉侯。又曰：黄初二年，改封鄄城，屬東郡，舊兖州之境。植表曰：行至延津，受安鄉印綬。」

〔五二〕股肱，《廣雅·釋詁一》：「臣也。」有君無臣，《公羊》僖二年傳語。

〔五三〕荒，《詩經・蟋蟀篇》鄭箋：「廢亂也。」淫，《周禮・宫正》鄭注：「放濫也。」闕，《左》宣二年傳杜注：「過也。」

〔五四〕煢煢，孤獨之貌。李注：「植集曰：詔云，知到延津，遂復來。《求出獵表》曰：臣自招罪衅，徙居京師，待罪南宫。然植雖封安鄉侯，猶住冀州也。時魏都鄴，鄴冀州之境也。一云：時魏以雒爲京師，比堯之冀方也。」

〔五五〕殃，《廣雅・釋言》：「禍也。」

〔五六〕李注：「謂至京師，蒙恩得還也。植《求習業表》曰：雖免大誅，得歸本國。」

〔五七〕李注：「《周禮》曰：王之五冕，皆玄冕朱裏。」要，繫字之義。朱紱，繫印紅綬。

〔五八〕光光天使，《銓評》：「《魏志》作朱紱光大。」案此句疑當作光光大魏。《太平御覽》卷二百六十二引《桓階别傳》：「豈況光光大魏。」此蓋當時熟語。此篇及《魏志》、《文選》俱以脱文致誤，不可從。我榮我，《銓評》：「《魏志》作使我榮。」疑當從《魏志》正。此二句如作光光大魏，使我榮華，則辭達理順矣。李注引《魏志》作朱紱光大，是唐時所見本已如是也。

〔五九〕剖符，已見前注。授玉，《銓評》：「《文選》作授土。」案李注引《喻巴蜀檄》曰：「剖符而封，析圭而爵。」於授土則未注，疑李氏所見本故作玉也，遂以析圭釋之。宋刊本《曹子建文集》亦作玉，玉謂圭也。

〔六〇〕齒，《文選》枚乘《上書諫吴王》李注：「齒，當也。」即承受之意。金璽，李注：「《漢書》曰：諸侯王皆金璽。」策，封授之策。

〔六一〕隆，厚重之意。祇承，恭敬接受。怵惕，《廣雅·釋訓》：「恐懼也。」

〔六二〕咨，發語詞。李注：「《説文》：嬰，繞也。」

〔六三〕逝，謂死亡。陵墓，喻曹操。操已死，用陵墓喻，不敢直斥也。闕庭，借喻曹丕。

〔六四〕《賈子》：「弟敬愛兄謂之悌，反悌爲傲。」

〔六五〕威靈，疑威靈猶威神。靈，神也。《魯靈光殿賦》張注：「威神，言尊嚴也。」没齒，李注：「《論語》：子曰：管仲奪伯氏駢邑三百，没齒無怨言。孔安國曰：齒，年也。」謂盡其天年。

〔六六〕《銓評》：「生《魏志》作性。」李注：「言生之壽夭，不可預謀也。」

〔六七〕李注：「《論語》曰：顛沛必於是。馬融曰：顛沛，僵仆也。」黄壚，《淮南·覽冥訓》高注：「黄泉下壚土也。」壚蓋黑色而堅之土。見《禹貢》《釋文》。此句比喻死亡。

〔六八〕蒙，冒字之義。李注：「東嶽，鎮吴之境。子建詩曰：我心常怫鬱，思欲赴太山。與此義同。」

〔六九〕毫釐，比喻微小。

〔七〇〕免戾即免罪。

〔七一〕湘，《銓評》：「《韻補》五作湖。」疑作湖字是。謂三江五湖也。

〔七二〕李注：「《左氏傳》：吕相曰：天誘其衷。杜預曰：衷，中也。」案《國語·鄭語》韋注：「啓，開也。」《史記·樂書》《正義》：「中，心也。」《文選·西京賦》：「天啓其心。」與此義同。京畿謂京師。

〔七三〕李注：「遲猶思也。」胡紹瑛曰：「遲，待也，《易·歸妹》：九四，遲歸有時。《釋文》引陸績注曰：遲，待也。此謂待奉聖顔耳。」

〔七四〕云，語中助詞。愴，悲傷之貌。其，亦語中助詞。

〔七五〕李注：「《史記》：子韋謂宋景公曰：天高聽卑。」

〔七六〕《爾雅》曰：「皇，君也。」又曰：「肯，可也。」《廣雅·釋詁四》：「照，明也。」微，賤也。見王肅《尚書注》。

《銓評》：「《魏志》本傳云：黄初四年徙封雍丘，其年朝京都，上疏。《文選》六臣注李周翰曰：植嘗與楊修、應瑒等飲酒醉，走馬於司禁門。文帝即位，念其舊事，徙封鄄城侯。後求見帝，帝責之，置西館，未許朝，故子建獻此詩。」案《魏志·陳思王植傳》裴注引《魏略》曰：「初植未到關，自念有過，宜當謝帝。乃留其從官著關東，單將兩三人微行，入見清河長公主，欲因主謝，而關吏以聞。帝使人逆之，不得見。太后以爲自殺也，對帝泣。會植科頭負鈇鑕徒跣詣闕下，帝及太后乃喜。及見之，帝猶嚴顔色不與語，又不使冠履。植伏地泣涕，太后爲不樂，詔乃聽復王服。」植上《責躬》詩，是在這一情況下寫成的。因此詩中多自譴之詞，情意悽惋，自艾自悔，籠罩全章。

應詔〔一〕

肅承明詔〔二〕，應會皇都。星陳夙駕〔三〕，秣馬脂車〔四〕。命彼掌徒〔五〕，肅我征旅〔六〕。朝發鸞臺，夕宿蘭渚〔七〕。芒芒原隰〔八〕，祁祁士女〔九〕。經彼公田，樂我稷黍〔一〇〕。爰有樛木〔一一〕，重陰匪息〔一二〕。雖有餱糧〔一三〕，饑不遑食〔一四〕。望城不過，面邑不遊〔一五〕；僕夫警策〔一六〕，平路是由〔一七〕。玄駟藹藹〔一八〕，揚鑣漂沫〔一九〕。流風翼衡〔二〇〕，輕雲承蓋〔二一〕。涉澗之濱，緣山之隈〔二二〕，遵彼河滸〔二三〕，黄阪是階〔二四〕。西濟關谷〔二五〕，或降或升；騑驂倦路〔二六〕，載寢載興〔二七〕。將朝聖皇，匪敢晏寧〔二八〕，弭節長騖〔二九〕，指日遄征〔三〇〕。前驅舉（燧）〔旞〕〔三一〕，後乘抗旌〔三二〕；輪不輟運〔三三〕，鸞無廢聲〔三四〕。爰暨帝室，税此西墉〔三五〕；嘉詔未賜，朝覲莫從。仰瞻城闕〔三六〕，俯惟闕庭，長懷永慕，憂心如酲〔三七〕。

〔一〕《銓評》：「《御覽》七百七十五作《應制》。」

〔二〕李注：「《爾雅》曰：肅，敬也。」承，承奉。

〔三〕星陳，李注：「《毛詩》曰：星言夙駕。」案《詩經·定之方中篇》《釋文》引《韓詩》：「星，晴也。」晴古作姓，《説文》：「姓，雨而夜除星見。」陳，列也。夙，早也。

〔四〕秣馬，《左》成十六年傳杜注：「秣，穀馬也。」猶言飼馬。脂車，以油脂塗於輪軸，使車易於進行。

〔五〕掌徒，主管從行者之官吏。

〔六〕李注：「鄭玄《禮記》注曰：肅，戒也。」

〔七〕李注：「鸞臺、蘭渚，以美言之。」

〔八〕芒芒，廣闊之貌。原隰，《爾雅·釋地》：「廣平曰原。下濕曰隰。」

〔九〕祁祁，衆多貌。

〔一〇〕公田，或指曹魏時代之屯田。黍，黄米。

〔一一〕爰，發語詞。樛木，《詩經·樛木》序《釋文》：「木下句曰樛。」

〔一二〕重陰猶濃蔭。曹植於五月赴洛陽，氣候炎熱，因急於朝見，故遇濃蔭，猶急於趲行也。

〔一三〕餱糧，李注：「《毛詩》曰：乃裹餱糧。毛萇曰：餱糧，食也。」案《左》宣十一年傳杜注：「餱糧，乾食也。」

〔一四〕不遑，不暇也。

〔一五〕面邑，《銓評》：「邑程張作色。據《魏志》本傳改正。」李注：「鄭玄《周禮注》曰：面猶向也。」不，《銓評》：「《魏志》作匪。」

〔一六〕李注：「《舞賦》曰：僕夫正策。鄭玄《周禮注》曰：警，敕戒之。」策，《説文》：「馬箠也。」

〔一七〕由，行也。

〔一八〕玄駟，玄，黑色；駟，諸侯駕四馬。藹藹，整齊貌。

〔一九〕李注：「《舞賦》：龍驤橫舉，揚鑣飛沫。」案《舞賦》李注：「鑣，馬勒旁鐵也，馬舉首而横走，動鑣則飛馬口之沫也。」

〔二〇〕翼，扶也。衡，轅端横木。

〔二一〕承，舉也。

〔二二〕李注：「《説文》：隈，曲也。」

〔二三〕李注：「《毛詩》曰：在河之滸。毛萇曰：水崖爲滸。」

〔二四〕黄阪，《爾雅·釋地》：「陂者曰阪。」即《贈白馬王彪》之修坂。此去彼回，皆過之。階，李注：「《爾雅》曰：階，因也。」

〔二五〕濟，《銓評》：「張作躋。」案濟，渡也。關谷，李注：「陸機《洛陽記》曰：洛陽有西關，南伊闕。谷，即太谷也。」

〔二六〕騑驂，《銓評》：「《魏志》作驂騑。」李注：「《韓詩》曰：兩驂鴈行。薛君曰：兩驂，左右騑驂。」案騑驂，轅外之馬，左曰驂，右曰騑。

〔二七〕載，語詞。興，起也。

〔二八〕晏，《銓評》：「《藝文》三十九作燕。」案宴、燕古通。晏寧即安寧。

〔二九〕弭節，李注：「《楚辭》曰：吾令羲和弭節兮。司馬彪《上林賦》注曰：弭節，安志也。」騖，馳也。

〔三〇〕指，示也。指日，猶今語剋期。

〔三一〕燧，李注：「《西京賦》曰：升觴舉燧。薛綜曰：燧，火也。」案燧疑爲旞字之形誤。《周禮·司常》：「道車載旞。」道車，王朝出入所乘。古代旗竿首飾有犛牛尾曰旄，再以五采全羽繫於其上曰旞。若釋爲火，恐違曹植詩原意。

〔三二〕李注：「《周禮》曰：析羽爲旌。」案《文選》江文通《從建平王登廬山香鑪峰詩》：「伏思託後旍。」李注：「後旍，猶後乘也。」是後乘載旌之證。《説文》：「旌，所以精進士卒也。」謂催促後車加速前行。

〔三三〕輟運，停止轉動。謂車輪運轉未曾停止。

〔三四〕《禮記·中庸》鄭注：「廢，猶罷止也。」

〔三五〕李注：「税，猶舍也。」西墉，疑指洛陽金墉城。《太平御覽》一百七十六引《洛陽地記》：「洛陽城内西北角有金墉城，東北角有樓高百尺，魏文帝造也。」《文選·西京賦》薛注：「西方稱之曰金。」則金墉或可稱曰西墉。

〔三六〕城闕，李注：「《説文》曰：闕，門楣也。」即門上横枋。

〔三七〕《詩經·節南山篇》：「憂心如酲。」毛傳：「病酒曰酲。」

《銓評》：「晏案：應詔當在黄初三年。子建到關不得見太后，故此詩云，嘉詔未賜，朝覲莫從。」案據《魏志》，黄初四年，曹丕始下令召諸王朝，三年曹植決無可能入京。《魏志·陳思王植傳》：「四年……朝京都，上疏曰……謹拜表獻詩二篇」，即傳中所載《責躬》、《應詔》詩，足證二首俱是四年入京所作。丁説未確。此篇首述奉詔後準備赴京之事前工作。芒芒四句寫途中所見農村富庶之狀。爰有六句，寫匆匆道路情景。僕夫六句，寫車馬途中奔馳。涉澗八句，寫跋涉艱苦。將朝八句，描叙渴求朝見之急迫心情。爰暨已下，宣吐到京後之遭遇而産生焦灼憂懼之心理狀態。

《魏志·陳思王植傳》：「帝嘉其辭義，優詔答勉之。」《文選·魏都賦》注云：「文帝答曹植詔曰：所獻詩二篇，微顯成章。」

七步詩〔一〕

煮豆然豆萁〔二〕，漉豉以爲汁〔三〕；萁在釜下然〔四〕，豆在釜中泣。本是同根生〔五〕，相煎何太急！

〔一〕《銓評》：「此詩程僅有四句。張據《世説新語》三所引爲正文，又以四句者爲附注。蓋傳者不同，故有詳略之異，非有二詩也，今合並之。」

〔二〕《銓評》："《世説》三作持作羹。"萁，豆莖。

〔三〕漉，《説文》："浚也。"即今濾字之義。豉，《釋名·釋飲食》："豉，嗜也。五味調和，須之而成，乃可甘嗜也。"案此謂煮熟之豆。

〔四〕在，《銓評》："張作向。此二句程脱，依《世説》補。"案《文選·齊竟陵文宣王行狀》李注引釜作竈。

〔五〕《銓評》："是，《世説》作自。"此二句係雙關語。以豆與萁同根，象徵曹丕與己同一父母所生，而萁豆之相煎，以喻曹丕所加於己之政治迫害。

《銓評》："《世説》：文帝嘗令東阿王七步中作詩，不成者行大法，應聲便爲詩云云。帝深有慚色。《詩紀》云：本集不載，疑出附會。"案此故實已見於六朝文中，如任昉《齊竟陵文宣王行狀》有句云："陳思見稱於七步。"似不能以本集不載，即云出於附會而删之，應存疑。

任城王誄有序〔一〕

昔二虢佐文〔二〕，旦奭翼武〔三〕。於休我王〔四〕！魏之元輔。將崇懿迹〔五〕，等號齊魯〔六〕。如何奄忽，命不是與〔七〕。仁者悼没，兼彼殊類〔八〕，矧我同生〔九〕，能不憯悴〔一〇〕！目想宫墀〔一一〕，心在平素〔一二〕，彷彿魂神，馳情陵墓〔一三〕。凡夫愛命〔一四〕，達者徇名〔一五〕。王雖薨徂，功著丹青〔一六〕。人誰不没，貴有遺聲〔一七〕。乃作誄曰：

幼有令德〔一八〕，光輝圭璋〔一九〕。孝殊閔氏〔二〇〕，義達參商〔二一〕。温温其恭〔二二〕，爰柔克剛〔二三〕。心存建業〔二四〕，王室是匡。矯矯元戎〔二五〕，雷動（雨）〔雲〕徂〔二六〕。横行燕代〔二七〕，威慴北胡〔二八〕。奔虜無竄〔二九〕，還戰高柳〔三〇〕；王率壯士〔三一〕，常爲軍首〔三二〕。宜究長年〔三三〕，永保皇家；如何奄忽，景命不遐〔三四〕！同盟飲淚〔三五〕，百寮咨嗟。

〔一〕《魏志·任城王彰傳》：「彰字子文。少善射御，膂力過人，手格猛獸，不避險阻。數從征伐，志意慷慨。太祖常抑之曰：汝不念讀書，慕聖道，而好乘汗馬擊劍，此一夫之用，何足貴也！課彰讀詩書。彰謂左右曰：丈夫一爲衛、霍，將十萬騎，馳沙漠，驅戎狄，立功建號耳，何能作博士耶！……建安二十一年封鄢陵侯（今河南鄢陵西北）。……黄初三年立爲任城王。四年朝京都，疾薨於邸。」

〔二〕二號，《左》僖五年傳：「號仲、號叔，王季之穆也。爲文王卿士，勳在王室，藏於盟府。」

〔三〕旦，周公名；奭，召公名，輔佐武王，滅商，建立周王朝。

〔四〕於，歎美之詞。休，美也。

〔五〕懿迹，優美之功績。

〔六〕吕尚封於齊，周旦封於魯。

〔七〕命，謂人生壽夭之命。

〔八〕殊類，謂異類。《禮記·曲禮》：「敝帷不棄，爲埋馬也；敝蓋不棄，爲埋狗也。」句謂仁慈者，見異類死，猶有不忍之心。

〔九〕矧，況且之意。同生謂兄弟。

〔一〇〕憯悴，《銓評》：「悴程作怛，從《藝文》四十九。」案類、悴寘韻叶，作怛則失其韻矣。憯悴，悲傷之貌。

〔一一〕官，《銓評》：「《藝文》作宫。」墀，案《文選》潘岳《寡婦賦》李注引墀作城。

〔一二〕在，《銓評》：「《藝文》作存。」平素，《文選·寡婦賦》李注：「素，昔也。」平素，謂年少時。

〔一三〕馳情，猶情馳。

〔一四〕愛，《銓評》：「程作受，從《藝文》。」案宋刊本《曹子建文集》亦作愛。愛命，愛惜性命。

〔一五〕徇名，《銓評》：「《藝文》徇作徹。」案猶《玄暢賦》徇功名，義見彼注。

〔一六〕丹青，《漢書·司馬相如傳·子虚賦》顔注：「丹沙，今之朱砂也。青雘，今之空青也。」丹青二色，久而不變。

〔一七〕《銓評》：「程作德貴有遺，張貴作德，從《藝文》。」案遺聲，猶言留名。

〔一八〕令德，《銓評》：「德《藝文》作質。」案宋刊本《曹子建文集》與《藝文》同。令質，善良品質。

〔一九〕輝，《銓評》：「《藝文》作耀。」耀，明也。珪璋，《詩經·旱麓篇》：「如圭如璋，令聞令望。」珪璋，譬喻德行純潔。

〔二〇〕閔氏，孔子弟子閔子騫。《論語·先進篇》：「孝哉閔子騫，人不間於其父母昆弟之言。」殊，《後漢書·梁竦傳》章懷注：「猶過也。」

〔二一〕參商，參，曾參；商，卜商。皆孔子弟子。《孟子·公孫丑》章：「北宫黝之養勇也，不膚撓，不目逃。思以一毫挫於人，若撻之於市朝。不受於褐寬博，亦不受於萬乘之君。視刺萬乘之君，若刺褐夫，無嚴諸侯，惡聲至，必反之。孟施舍之所養勇也，曰：視不勝猶勝也。量敵而後進，慮勝而後會，是畏三軍者也，舍豈能爲必勝哉！能無懼而已矣。孟施舍似曾子，北宫黝似子夏。」義達參商，謂曹彰勇毅果敢之行，兼具曾子、子夏二人之風。

〔二二〕温温，《詩經·賓之初筵篇》：「温温其恭。」鄭箋：「温温，柔和也。」

〔二三〕句謂用柔和以勝剛强。

〔二四〕句意謂内心常念如何能建功立業。

〔二五〕矯矯，《爾雅·釋訓》舍人注：「得勝之勇也。」元戎，《釋名·釋兵》：「元戎，車在軍前，啓突敵陣，周所制也。」此借爲元帥之代詞。《魏志·任城王彰傳》：「建安二十三年，代郡烏桓反，以彰爲北中郎將行驍騎將軍。」

〔二六〕雷動，象徵武力猛烈。雨徂，《文選》王仲寶《褚淵碑文》李注雨作雲。案作雲字是。雲徂，象徵行軍異常迅疾。

〔二七〕横行，任意前行，從無阻撓之者。燕，今河北省。代，《銓評》：「程作氏，從《藝文》。」代，今山西省東北部地。

〔二八〕《魏志·任城王彰傳》：「時鮮卑大人軻比能將數萬騎觀望彊弱，見彰力戰，所向皆破，乃請服。」

〔二九〕戰敗奔潰之敵，無可逃亡。

〔三〇〕高柳，地名，在今山西陽高縣西。《通典》云，此縣中平中廢。此誄作於黄初四年，蓋曹植仍沿用舊名耳。

〔三一〕士，《銓評》：「程作上，從《藝文》。」案宋刊本《曹子建文集》亦作士。上爲士字之形誤，壯上不詞。

〔三二〕軍首，《銓評》：「軍程作君，從《藝文》。」案軍首，《禮記·射義》《釋文》：「首，先也。」謂爲士卒先也。《魏志·任城王彰傳》：「彰北征，入涿郡界，叛胡數千騎卒至。時兵馬未集，唯有步卒千人，騎數百匹。用田豫計，固守要隙，虜乃退散。彰追之，身自搏戰，射胡騎，應弦而倒者前後相屬。戰過半日，彰鎧中數箭，意氣益厲，乘勝逐北，至於桑乾，去代二百餘里。長史諸將皆以爲新涉遠，士馬疲頓；又受節度，不得過代，不可深進，違令輕敵。彰曰：率師而行，唯利所在，何節度乎！胡走未遠，追之必破，從令縱敵，非良將也。遂上馬，令軍中：後出者斬。

一日一夜與虜相及，擊，大破之。」

〔三三〕《漢書·宣帝紀》顔注：「究，盡也。」長年即久年。

〔三四〕景命，大命，謂年壽。遐，遠也。

〔三五〕同盟，服虔《左傳注》：「宗盟，同宗之盟。」此謂同姓。

案此誄限於客觀形勢（詳《世説·尤悔篇》），不能直抒胸臆，寄其哀憤，故詞意含蓄而戛然中止。

洛神賦有序

黄初三年〔一〕，余朝京師〔二〕，還濟洛川〔三〕。古人有言，斯水之神名曰宓妃〔四〕。感宋玉對楚王説神女之事〔五〕，遂作斯賦。其詞曰：

余從京域〔六〕，言歸東藩〔七〕，背伊闕〔八〕，越轘轅〔九〕，經通谷〔一〇〕，陵景山〔一一〕。日既西傾〔一二〕，車殆馬煩〔一三〕。爾乃税駕乎蘅皋〔一四〕，秣駟乎芝田〔一五〕，容與乎陽林〔一六〕，流（盼）〔眄〕乎洛川〔一七〕。於是精移神駭〔一八〕，忽焉思散〔一九〕，俯則未察〔二〇〕，仰以殊觀〔二一〕。睹一麗人，於岩之畔。迺援御者而告之曰：「爾有覿於彼者乎〔二二〕？彼何人斯〔二三〕，若此之艷也〔二四〕！」御者對曰：「臣聞河洛之神，名曰宓妃，然則君王之所見也，無迺是乎〔二五〕！其狀若何？臣願聞之。」余告之曰：其形也，翩若驚鴻〔二六〕，婉若遊龍〔二七〕。榮曜秋菊〔二八〕，華茂春松〔二九〕。髣髴兮若輕雲之蔽月，飄颻兮若流風之回雪〔三〇〕。遠而望之，皎若太陽升朝霞〔三一〕，迫而察之，灼若芙蓉出淥波〔三二〕。穠纖得衷〔三三〕，修短合度〔三四〕。肩若削成〔三五〕，腰如約素〔三六〕。延頸秀項〔三七〕，皓質呈露〔三八〕。芳澤無加〔三九〕，鉛華弗御〔四〇〕。雲髻峩峩〔四一〕，修眉連娟〔四二〕。丹脣外朗〔四三〕，皓齒内鮮〔四四〕。明眸善睞〔四五〕，（輔靨）〔靨輔〕承權〔四六〕。瓌姿艷逸〔四七〕，儀靜體閑〔四八〕。柔情綽態〔四九〕，媚於語言。奇服曠世〔五〇〕，骨像應圖〔五一〕。披羅衣之璀粲兮〔五二〕，珥瑶碧之華琚〔五三〕。戴金翠之首飾〔五四〕，綴明珠以耀軀〔五五〕。踐遠遊之文履〔五六〕，曳霧綃之輕裾〔五七〕。微幽蘭之芳藹兮〔五八〕，步踟躕於山隅〔五九〕。於是忽焉縱體，以遨以嬉〔六〇〕。左倚采旄〔六一〕，右蔭桂旗〔六二〕。攘皓腕於神滸兮〔六三〕，采湍瀨之玄芝〔六四〕。余情悦其淑美兮〔六五〕，心振蕩而不怡〔六六〕。無良媒以接歡兮〔六七〕，托微波而通辭。願誠素之先達兮〔六八〕，解玉珮以要之〔六九〕。嗟佳人之信修兮〔七〇〕，羌習禮而明詩〔七一〕。抗瓊珶以和予兮〔七二〕，指潛淵而爲期〔七三〕。執眷眷之欵實兮〔七四〕，懼斯靈之我欺〔七五〕！感交甫之棄言兮〔七六〕，悵猶豫而狐疑〔七七〕。收和顏而靜志兮〔七八〕，申禮防以自持〔七九〕。於是洛靈感焉，徙倚彷徨〔八〇〕。神光離合〔八一〕，乍陰乍陽〔八二〕。竦輕軀以鶴立〔八三〕，若將飛而未翔。踐椒塗之郁烈〔八四〕，步蘅薄而流芳〔八五〕。超長吟以永慕兮〔八六〕，聲哀厲而彌長〔八七〕。爾迺衆靈雜遝〔八八〕，命儔嘯侣〔八九〕，或戲清流，或翔神渚〔九〇〕，或采明珠，或拾翠羽。從南湘之二妃〔九一〕，攜漢濱之游女〔九二〕。歎匏瓜之無匹兮〔九三〕，詠牽牛之獨處〔九四〕。揚輕袿之猗靡兮〔九五〕，翳修袖以延佇〔九六〕。體迅飛鳧，飄忽若神。陵波微步，羅襪生塵〔九七〕。動無常則，若危若安。進止難期，若往若還〔九八〕。轉（盼）〔眄〕流精〔九九〕，光潤玉顔〔一〇〇〕。含辭未吐，氣若幽蘭〔一〇一〕。華容婀娜〔一〇二〕，令我忘餐。於是屏翳收風〔一〇三〕，川后静波〔一〇四〕，馮夷鳴鼓〔一〇五〕，女媧清歌〔一〇六〕。騰文魚以（驚）〔警〕乘〔一〇七〕，鳴玉鑾以偕逝〔一〇八〕。六龍儼其齊首〔一〇九〕，載雲車之容裔〔一一〇〕。鯨鯢踊而夾轂〔一一一〕，水禽翔而爲衛。於是越北沚〔一一二〕，過南岡，紆素領〔一一三〕，回清揚〔一一四〕。動朱脣以徐言，陳交接之大綱〔一一五〕。恨人神之道殊兮〔一一六〕，怨盛年之莫當〔一一七〕。抗羅袂以掩涕兮〔一一八〕，淚流襟之浪浪〔一一九〕。悼良會之永絶兮，哀一逝而異鄉〔一二〇〕。無微情以效愛兮〔一二一〕，獻江南之明璫〔一二二〕。雖潛處於太陰〔一二三〕，長寄心於君王〔一二四〕。忽不悟其所舍〔一二五〕，悵神霄而蔽光〔一二六〕。於是背下陵高，足往神留〔一二七〕。遺情想像〔一二八〕，顧望懷愁。冀靈體之復形〔一二九〕，御輕舟而上泝〔一三〇〕。浮長川而忘反，思緜緜而增慕〔一三一〕。夜耿耿而不寐〔一三二〕，霑繁霜而至曙〔一三三〕。命僕夫而就駕，吾將歸乎東路〔一三四〕。攬騑轡以抗策〔一三五〕，悵盤桓而不能去〔一三六〕。

〔一〕李注：「黄初，文帝丕年號。《魏志》曰：黄初三年，立植爲鄄城王。四年徙封雍丘，其年朝京師。又《文紀》曰：黄初三年行幸許。又曰：四年三月，還雒陽宫。《魏志》及諸詩序並云四年朝，此云三年，誤。」案李注是。

〔二〕京師，謂雒陽。

〔三〕洛川，李注：「洛水之川也。洛水出洛山。濟，度也。」

〔四〕宓妃，李注：「《漢書音義》如淳曰：宓妃，宓羲氏之女，溺死洛水，爲神。」

〔五〕《銓評》：「程脱説，從《藝文》七十九。」案宋刊本《曹子建文集》有説字，《文選》無。神女之事，見《文選》宋玉《神女賦》序。序曰：「楚襄王與宋玉遊於雲夢之浦，使玉賦高唐之事。其夜，王寢，果夢與神女遇，其狀甚麗，王異之，明日以白玉……王曰：若此盛矣，試爲寡人賦之。」

〔六〕京域，《銓評》：「域張作師。」案《文選》作域，《初學記》卷六亦作師。李善注：「京域謂洛陽。」則所見本固作域也。

〔七〕言，發語詞。李注：「東藩即鄄城。」案植封雍丘後朝京師，則歸藩不得云反鄄城，東藩指雍丘，李注似未確。

〔八〕背，《銓評》：「《初學記》六作北過。」案北過蓋傳抄之誤，不足據。伊闕，陸機曰：「洛有四闕，斯其一焉。東巖西嶺，並鐫石開軒，高甍架峰，西側靈巖下，泉流東注，入於伊水。」《水經·伊水篇》：「又東北過伊闕中。」注云：「伊水又北入伊闕。昔大禹疏以通水，兩山相對，望之若闕，伊水歷其間北流，故謂之伊闕。」《方輿紀要》：「闕塞山在河南府西南三十里，亦曰龍門，亦曰伊闕山。」

〔九〕轘轅，《元和郡縣志》：「道路險阻，凡十二曲，將去復還，故曰轘轅。」洪氏《圖志》：「轘轅，山名，在偃師縣，東南接鞏、登封二縣界，上有關。今河南偃師縣東南，鞏縣西南，登封縣西北。」

〔一〇〕通谷，《銓評》：「《御覽》五十四作大。」案此即《贈白馬王彪》詩之大谷。華延《洛陽記》：「城南五十里有大谷，舊名通谷。」（見李注）《方輿紀要》：「大谷，在河南府東南五十里。」

〔一一〕景山，李注：「《河南郡圖經》曰：『景山，緱氏縣南七里。』」案今偃師縣南二十里有緱氏城，漢緱氏縣也。縣有緱山，緱山之西北爲景山。

〔一二〕日既西傾，謂時迫黄昏，將入暮也。

〔一三〕車殆，《廣雅·釋詁一》：「殆，壞也。」馬煩，《禮記·樂記》鄭注：「煩，勞也。」

〔一四〕蘅皋，李注：「蘅，杜蘅也。皋，澤也。」

〔一五〕芝田，李注：「鍾山在北海之中，仙家數千，耕田種芝草，課計頃畝。」（見《十洲記》）此句芝田，蓋謂野草茂盛之地，以美言之，非《十洲記》中之芝田也。

〔一六〕陽林，《銓評》：「《文選》十九李注云：陽林一作楊林。」案李注：「地名，生多楊，因名之。」是李善謂字當作楊也。宋刊本《曹子建文集》、《初學記》卷六俱作陽，惟汪本作楊。

〔一七〕流眄，《銓評》：「眄《藝文》八作眄。」案《文選》亦作眄。作眄字是。《一切經音義》引《蒼頡》：「旁視曰眄。」

〔一八〕精移，《銓評》：「精張作情。」案精、情古通。李注：「移，變也。」駭，動也。

〔一九〕李注：「情思消散，如有所悦。」

〔二〇〕未察，李注：「猶未的審。」

〔二一〕李注：「所覿殊異。」

〔二二〕迺援，《銓評》：「張本迺上有爾字。」案宋刊本《曹子建文集》與張本同，《文選》無爾字。疑無爾字者是。援，引也。覿，《銓評》：「《御覽》八百八十三作覩。」案《廣雅・釋詁三》：「覩，見也。」《爾雅・釋詁》：「覿，見也。」是覿覩同義。

〔二三〕斯，語尾助詞。

〔二四〕若此，《銓評》：「此，《初學記》作斯。」案斯、此意同。艷，《左》桓元年傳：「目逆而送之，曰美而艷。」杜注：「色美曰艷。」

〔二五〕然則，《銓評》：「張脱然。」《密韻樓叢書・曹子建文集》，亦無然字，疑非。應補。無迺，《銓評》：「程作奈，從《文選》。」案宋刊本《曹子建文集》亦作迺，汪本同。《初學記》作乃，迺、乃本一字，作奈非。無乃，猶今語莫非之意。

〔二六〕翩若驚鴻，形容洛神體態輕捷，翩翩然如鴻鵠之驚飛。

〔二七〕婉若遊龍，李注：「《神女賦》曰：婉若遊龍乘雲翔，翩翩然若鴻雁之驚，婉婉然如遊龍之升。」

案《淮南・脩務訓》：「龍夭矯。」形容動作柔和，如龍行之蜿蜒而升。

〔二八〕謂顏色美麗，勝於秋日之菊。

〔二九〕李注：「朱穆《鬱金賦》曰：比光榮於秋菊，齊英茂於春松。」謂肌體豐盈，如茂鬱之青松。

〔三〇〕飄飖，《銓評》：「《御覽》飖作揚。」流風回雪，謂肢體婀娜，有如風捲雪花回旋飛舞。

〔三一〕《文選・神女賦》：「其始來也，耀乎若白日初出照屋梁。」李注：「薛君曰：詩人所説者，顏色美盛，若東方之日。」

〔三二〕芙蓉，《銓評》：「《文選》蓉作蕖。」案宋刊本《曹子建文集》與《文選》同。芙蓉、芙蕖皆謂荷花。《爾雅・釋草》：「荷，芙蕖。」淥，《銓評》：「《藝文》作緑。」《説文》糸部：「緑，帛青黄色也。」句意謂洛神亭亭玉立，色如芙蕖盛開之美艷也。

〔三三〕《銓評》：「衷，張作中。」案宋刊本《曹子建文集》亦作中，衷、中義同。句意謂洛神肥瘦適中。

〔三四〕謂身裁長短恰合標準。如宋玉《登徒子好色賦》所謂：「增之一分則太長，減之一分則太短」之意。

〔三五〕削成，謂兩肩狹窄而下垂，有如刀削者然。

〔三六〕宋玉《登徒子好色賦》云：「腰如束素。」謂腰細而圓。

〔三七〕李注：「《説文》：項，頸也。延、秀皆長也。」

〔三八〕《文選》李注：「司馬相如《美人賦》曰：皓質呈露。呈，見也。」

〔三九〕芳澤，猶《神女賦》之蘭澤。李注：「以蘭浸油澤以塗頭。」

〔四〇〕鉛華，李注：「《博物志》曰：燒鉛成胡粉。」用以敷面。弗，《銓評》：「張作不。」弗御，案《獨斷》：「御者進也。」二句形容美麗天成，不假修飾。

〔四一〕雲，謂髮多。髻，將髮綰於頂。峩峩，高聳貌。

〔四二〕修眉，李注：「脩，長曲而細也。」連娟，《銓評》：「《文選》連作聯。」連娟、聯娟皆疊韻謰語。《神女賦》李注：「微曲貌。」

〔四三〕《神女賦》：「朱脣的其若丹。」

〔四四〕《登徒子好色賦》：「齒如含貝。」李注：「貝，海螺，其色白。」

〔四五〕李注：「睞，旁視也。」

〔四六〕《銓評》：「《初學記》十九作靨輔。」案作靨輔是。李注：「《離騷》王注：美人頰有靨輔也。」《淮南·脩務訓》高注：「靨輔，頰邊文，婦人之媚也。」《説林訓》高注：「靨輔在頰則美，在顙則醜。」如王高二注，則靨輔即今所謂頰上酒渦。權，李注：「兩頰。」案權今字作顴。承權，意謂在顴骨之下。

〔四七〕李注：「《神女賦》曰：瓌姿瑋態。」案瓌或作瑰。《舞賦》：「瑰姿譎起。」李注：「瑰，美也。」

〔四八〕李注：「《神女賦》曰：志解泰而體閑。」儀靜，安靜也。體閑，謂膚體閑暇也。」

〔四九〕柔情，謂纏綿情致。綽態，謂綽約多姿。

〔五〇〕曠世，《尚書·皋陶謨》孔傳：「曠，空也。」

〔五一〕李注：「《神女賦》曰：骨法多奇，應君之相。應圖，應畫圖也。」

〔五二〕璀粲，李注：「衣聲。」案嵇康《琴賦》：「新衣翠粲。」楊慎《丹鉛録》以爲鮮明之貌是也。璀、翠一聲之轉。璀粲、翠粲俱雙聲謰語義同。李注誤。

〔五三〕《銓評》：「琚程作裾，從《文選》。」《文選·秋興賦》李注：「珥，插也。」瑶碧，李注：「郭璞曰：名玉也。」華琚，謂佩玉上雕琢有花文者。

〔五四〕李注：「司馬彪《續漢書》曰：太皇后花勝上爲金鳳，以翡翠爲毛羽，步摇貫白珠八。」案司馬彪《續輿服志》：「皇太后簪以瑇瑁爲擿，長一尺，端爲華勝，上有鳳皇爵，以翡翠爲毛羽。下有白珠垂黄金鑷，左右一，横簪之。」首飾，謂頭上飾物，如釵簪之類。

〔五五〕明珠，《銓評》：「《白帖》八作羅裳，耀《白帖》作深。」案《白帖》非是。謂首飾上復綴以明珠，珠光閃灼，故曰耀軀也。

〔五六〕遠遊文履，李注：「繁欽《定情詩》曰：何以消滯憂，足下雙遠遊。有此言，未詳其本。」案劉楨《魯都賦》：「纖纖絲履，粲爛鮮新；表以文組，綴以朱蠙。」疑即賦之文履也。

〔五七〕李注：「綃，輕縠也。」裾，《方言》四注：「衣後裾也。」故曰曳。

〔五八〕李注：「芳藹，芳香晻藹也。」謂香氣淡遠。

〔五九〕《淮南·説林訓》高注：「步，徐行也。」

〔六〇〕縱體，《淮南・精神訓》：「故縱體肆意而度制。」高注：「縱，放也。」以遨，《銓評》：「《藝文》八遨作游。」案《初學記》六亦作游。《文選》作遨。

〔六一〕采旄，旄即幢，以五彩羽毛附於竿首，下垂旒蘇。

〔六二〕桂旗，李注：「《楚辭》：辛夷車兮結桂旗。」謂結桂以爲旗也。蔭讀爲依廕之廕。

〔六三〕攘，《説文》曰：「推也。」謂推手使前。

〔六四〕湍瀨，李注：「《漢書音義》應劭曰：瀨，水流沙上也。傅瓚曰：瀨，湍也。」案洪興祖《楚辭補注》：「水激石間，則怒成湍。」玄芝，《抱朴子・仙藥》：「石芝者，石象。芝生於海隅名山及島嶼之涯……黑者如澤漆。」

〔六五〕淑，善也。

〔六六〕振蕩，猶振動也。

〔六七〕接歡，《銓評》：「《御覽》歡作欣。」案《文選》作歡。

〔六八〕誠素，真誠之意願。先，《莊子・秋水》《釋文》：「謂宣其言也。」

〔六九〕以，《銓評》：「張作而。」案宋刊本《曹子建文集》亦作而。李注：「要，屈也。」之，指洛神。

〔七〇〕張衡《思玄賦》：「伊中情之信修兮。」舊注：「修，善也。」李注：「佳人信修整。」

〔七一〕羌，發語詞。李注：「明禮謂立德。明詩謂善於言辭。」案《論語・季氏篇》：「曰：學詩乎？對曰：未也。不學詩，無以言。」此或李注所本。

〔七二〕抗，舉也。瓊珶，謂美玉。和，答也。

〔七三〕李注：「古人指水爲信，如有如白水之類也。」案《離騷》：「指西海以爲期。」指，語也。期，會也。潛淵，洛神所居（見李注）。

〔七四〕眷眷，猶戀戀。欵實，即誠實。

〔七五〕斯靈，謂洛神。我欺，即欺我。

〔七六〕李注：「《神仙傳》曰：切仙一出，游於江濱，逢鄭交甫。交甫不知何人也，目而挑之，女遂解佩與之。交甫行數步，空懷無佩，女亦不見。」

〔七七〕悵，失望之貌。猶豫、狐疑，王念孫《廣雅疏證》曰：「狐疑、猶豫皆雙聲字。夫雙聲之字，本因聲以見義，不求諸聲，而求諸字，固宜其説之多鑿也。」案王説是。猶豫，不定之意，與狐疑意同。

〔七八〕收和顔，謂收斂笑容。静志，謂寧静感情。

〔七九〕禮防，見卷一《愍志賦》注。李注：「申，展也。子建自防持也。」案《爾雅·釋詁》：「申，重也。」持，《國語·越語》韋注：「持，守也。」自持，猶言自守。

〔八〇〕彷徨，《銓評》：「彷《文選》作傍。」《廣雅·釋訓》：「彷徉，徙倚也。」彷徨猶彷徉。《楚辭·哀時命》注：「徙倚猶低徊也。」低徊如徘徊。徙倚、彷徨皆聲轉，義相通也（王念孫説）。

〔八一〕神光離合，謂神光時聚時散。

〔八二〕乍陰乍陽，謂時隱時顯。

〔八三〕竦，聳古字通。鶴立，李注：「言如鶴鳥之立望。」

〔八四〕猶言踐郁烈之椒塗。李注：「郁烈，香氣之甚。」

〔八五〕蘅薄，杜蘅叢生之地。

〔八六〕超，高也。永慕，久慕之意。

〔八七〕厲，李注：「急也。」

〔八八〕衆靈，衆神。雜遝，李注：「衆貌。」

〔八九〕嘯侶，《匡謬正俗》三：「嘯者謂若有所召命，若齊莊撫楹而歌耳。」則嘯侶猶今言呼叫同伴。

〔九〇〕渚，《爾雅·釋水》：「小州曰渚。」謂水中高地。

〔九一〕《山海經》：「洞庭之山，多黄金，其下多銀鐵。帝之二女，是常游江川澧沅之側，交游瀟湘之淵，在九江之間，出入必以飄風暴雨。」曹植此賦二妃，蓋謂娥皇、女英，而不取《山海經》天帝之女之説，蓋傳聞有歧故也。

〔九二〕漢濱游女，曹植謂鄭交甫過漢皋所遇贈佩之二女（見《太平御覽》卷六十二引《韓詩》）。李善引《詩經·漢廣》以釋，或失原意。薛君《韓詩章句》謂游女爲漢水之神，即此賦所本，曹植蓋從《韓詩》説也。

〔九三〕姜皋曰：「按何（焯）校云：王子敬書作匏媧無匹，因疑匏瓜爲匏媧之譌。《易繫辭疏》、《初學記》並引《帝王世紀》云：包犧氏没，女媧氏立。包犧即宓羲。包《列子》作庖，《漢書·律曆志》作炮，故《路史注》、《女媧》亦作炮媧。媧字《山海經》郭注、《列子》張注、《古今人表》顔注皆音瓜，是匏者庖炮之音通，媧者因音瓜而譌也。《風俗通》以女媧爲伏羲之妹，是或爲無匹之説所本。且賦上文言南湘二妃、漢濱游女，下言牽牛、織女，中間似不得雜一匏瓜星如注所言者。」(見《文選旁證》)案牽牛、織女正兩星之名。匏瓜疑當從李注：「《天官星占》曰：匏瓜，一名天雞，在河鼓東。阮瑀《止慾賦》曰：傷匏瓜之無偶，悲織女之獨勤。俱有此言，然無匹之義，未詳其始。」此種傳説，漢魏尚知之，唐代已不明其義。姜氏之釋，似未的也。

〔九四〕李注：「牽牛一名天鼓，不與織女值者，陰陽不和。曹植《九詠》注曰：牽牛爲夫，織女爲婦，織女、牽牛之星，各處河鼓之旁。七月七日，乃得一會。」

〔九五〕袿，即今之褂字。劉熙《釋名》：「婦人上服曰袿。其下垂者，上廣下狹如刀圭也。」猗靡，《銓評》：「猗張作綺。」案宋刊本《曹子建文集》亦作綺。綺靡，精妙之意。兮，《銓評》：「張脱兮。」

〔九六〕張衡《舞賦》：「抗修袖以翳面。」延佇，已見卷一《玄暢賦》注。

〔九七〕李注：「陵波而襪生塵，言神人異也。洛靈即神，而言若者，夫神萬靈之總稱，言若所以類彼，非謂此爲非神也。《淮南子》曰：聖足(人)行於水無跡也，衆生行於霜有跡也。《説文》曰：襪，足衣也。」案陵，躐也。陵波猶言踏波。神行無跡而人行則有跡，竊疑子建蓋以洛神擬人，故其思想、感情、行爲一如人也，因曰如神、生塵以喻之。

〔九八〕此四句形容行動飄忽，出人意外，以描述心理狀態。

〔九九〕《銓評》：「《文選》盼作眄。」宋刊本《曹子建文集》與《文選》同，作眄字是。眄，斜視也。流精，《荀子·解蔽篇》楊注：「精，目之明也。」是精即睛字，謂目光也。流，移也。

〔一〇〇〕此二句形容洛神嬌媚之態。

〔一〇一〕句謂欲説話而未出口之狀。幽蘭謂如蘭花逸馨。

〔一〇二〕華容，美麗容貌。婀娜，雷浚曰：「張平子《南都賦》李注：阿那，柔弱之貌。本無女旁，後人加之耳。」（見《説文外編》）疑婀娜當作阿那，如雷氏所説。

〔一〇三〕屏翳，李注：「王逸《楚辭注》曰：屏翳，雨師名。虞喜《志林》曰：韋昭云：屏翳，雷師。喜云雨師。然説屏翳者雖多，並無明據。曹植《誥洛（咎）文》曰，河伯典澤，屏翳司風。植既皆爲風師，不可引他説以非之。」朱珔《文選集釋》：「余疑宋玉《風賦》：風起於青蘋之末。萍即蓱也。《天問》之蓱一作萍，以爲風師者，當出於此號。字本讀平，作虚用。王注號呼也，然風可云號，雨不能云號。蓋謂風之號而起雨，則屈子之意，亦正指風。屏與萍同聲相通，似屏翳爲風師近是。」

〔一〇四〕川后，李注：「川后，河伯也。」

〔一〇五〕馮夷，《青令傳》：「河伯，華陰潼鄉人也。姓馮名夷，浴於河中而溺死，是爲河伯。」案上文李注以川后爲河伯，與此意複，疑有誤。

〔一〇六〕女媧，即女媧氏。案姜氏以瓠瓜爲女媧，得此句，更知其誤。

〔一〇七〕文魚，《文選·吴都賦》李注：「《西山經》曰：秦（今作泰）器之山，濩水出焉，是多鰩魚，狀如鯉魚身而鳥翼，蒼文而白首赤喙，夜飛而行。」驚，《銓評》：「《文選》作警。」案《初學記》卷六亦作警。《文選》李注：「警，戒也。文魚有翅能飛，故使警乘。」作警字是。

〔一〇八〕玉鑾，已見本卷《喜霽賦》注。

〔一〇九〕李注：「《春秋命曆序》曰：有神人，右耳蒼色，大肩，駕六龍出輔，號曰神農。儼，矜莊貌。」案儼其猶儼然，高昂貌。謂六馬一齊昂頭而行。

〔一一〇〕雲車，李注：「《春秋命曆序》曰：人皇乘雲車，出谷口。《博物志》曰：漢武帝好道，西王母七月七日漏七刻，王母乘紫雲車來。」容裔，舒緩安詳貌。

〔一一一〕踊，《銓評》：「《書鈔》一百四十一作聳。」案《初學記》卷六引作涌，宋刊本《曹子建文集》亦作涌。涌，浮出。夾轂謂在兩傍扶翼而行。

〔一一二〕沚，水中之小塊陸地。

〔一一三〕素領，即白頸。

〔一一四〕揚，《銓評》：「程、張作陽，從《文選》。」案宋刊本《曹子建文集》亦作陽。《詩經·野有蔓草篇》：「清陽婉兮。」《家語·致思》王注：「清陽，眉目之間。」

〔一五〕動，《銓評》：「《御覽》三百六十八作啓。」案傅毅《舞賦》：「動朱脣。」《御覽》作啓，啓，開也。交接，即古代所傳房中術。張衡《同聲歌》：「素女爲我師，儀態盈萬方。衆夫所希見，天姥教軒皇。」即此賦句所本。

〔一六〕兮，《銓評》：「張脱兮。」案《初學記》卷六，宋刊本《曹子建文集》俱無兮字。

〔一七〕李注：「盛年謂少壯之時，不能得當君王之意。」案《漢書·司馬相如傳》顔注：「當，對偶也。」莫當猶言無偶。

〔一八〕《叙愁賦》：「揚羅袖而掩涕。」與此句意同。

〔一九〕浪浪，李注：「淚下貌。」

〔二〇〕李注：「良會，夫婦之道。」案良會猶嘉會，非謂夫婦之道。良會永絶，如嘉會之無常。而猶如也。句與卷一《叙愁賦》：「悲一别之異鄉」意同。

〔二一〕無，《初學記》卷六作撫。《楚辭·東皇太一》王注：「撫，持也。」《史記·魏世家》《索隱》：「效，猶致也。」

〔二二〕獻，《銓評》：「《御覽》七百十八作珥。」李注：「服虔《通俗文》曰：耳珠曰璫。」

〔二三〕太陰，李注：「衆神之所居。」

〔二四〕君王指曹植。

〔二五〕其謂洛神。舍，止也。

〔一二六〕神霄，《文選》霄作宵。李注：「宵，化也。」朱珔《文選集釋》：「宵訓化，當爲消之借字。《史記·曆書》：陰死爲消，消有化義。《淮南·精神訓》高注：化猶死也，人死則盡矣。故《説文》云：消，盡也。宵字義亦通消。《爾雅·釋言》：宵，夜也。舍人注：宵，陽氣消也。此處特訓爲化，蓋不以宵字作夜字解耳。」案霄，《後漢書·仲長統傳》章懷注：「摩天赤氣也。」蔽光謂蔽其形容也。

〔一二七〕《銓評》：「神張作心。」案《淮南·原道訓》高注：「神，精神也。」

〔一二八〕遺情，猶言餘留情實。

〔一二九〕靈體即神體，指洛神。復形，重現。

〔一三〇〕上泝，李注謂逆流而上。

〔一三一〕緜緜，連續不斷之貌。增慕，增益思慕之情。

〔一三二〕《楚辭·遠游》：「夜耿耿而不寐兮。」王注：「耿耿猶儆儆，不寐之貌。」

〔一三三〕繁霜，濃厚霜華。《楚辭·悲回風》：「思不眠以至曙。」王注：「曙，明也。」謂天明。

〔一三四〕東路，指反雍丘道路。

〔一三五〕抗策，猶言揚鞭。

〔一三六〕盤桓猶徬徨，見本卷《九愁賦》注。

按賦序李注：「一云：《魏志》三年不言植朝，蓋《魏志》略也。」考《魏志·文帝紀》：「黄初二年十二月行東巡。三年正月庚午行幸許昌宫。三月甲午行幸襄邑。四月癸亥行還許昌宫。八月蜀大將黄權率衆降。」裴注引《魏書》：「權等詣行在所，帝置酒設樂，引見於承光殿。」據《洛陽宫殿簿》：「許昌承光殿七間。」是黄初三年四至八月，丕俱在許昌，未反洛陽。賦序謂三年朝京師，京師指洛陽，不謂許昌。況賦中所叙地，如伊闕，如通谷，如景山皆在洛陽附近，則京都不指許昌，可以斷言。曹丕在許昌，而植至洛陽朝見，於理難通。且曹丕即位之初，已下令禁諸侯朝見。《魏志·武文世王公傳》：「明帝賜幹璽書：高祖（曹丕）踐阼，祗慎萬機，申著諸侯不朝之令。朕……亦緣詔文曰：若有詔得詣京都。」而《晉書·禮志》：「魏制藩王不得朝覲，明帝時朝者由特恩。」史實證明，侯王不奉召見之詔書，萬無私離本國悄然去京之可能。曹植此時正受嚴峻法制之約束，而懷着慄慄危懼之心，何敢干犯法令貿然行動乎！或説《魏志》略而不言，蓋屬肊測。

有謂此賦爲曹植和甄后戀愛一篇紀念文，完全是羌無故實依據之虚構，明清文士已作了許多駁正，無須詰難。案此賦具着完整的故事内容，叙述迷幻夢境，極意刻畫和洛水之神經歷了一段悲歡離合的生活過程，生動地塑造着洛神純真美麗而熱情的少女形象。通過藝術的描繪，將她纏綿的情致，輕盈的風度，婀娜的體態，驅使卓越的想像力盡善盡美地展示着，將彼此愛慕情感由淺而深，由淡而濃，若明若晦地渲染着一幅縹緲的人間仙境，賦予洛神真摯的人情味，從而增强了内容的真實感。結構布局，揚棄了陳舊的平鋪直叙的呆板體式：如在洛神起游之後，突然插進衆靈嬉戲的熱鬧場面，使組織形式變换而多姿，導致叙述轉入另一新境。自洛神隱形後，着重寫出悲離懷念的錯綜複雜的心境，因此頻添了悠然不盡的餘韻，構成含蓄的美感。此賦具有豐富的藝術魅力，感人至深，無怪晉代著名書家王羲之父子各寫數十本（見王世貞《藝苑卮言》），足知東晉時代，已使文學藝術之士如此傾倒了。

贈白馬王彪有序　七首〔一〕

黄初四年五月〔二〕，白馬王、任城王與余俱朝京師〔三〕，會節氣〔四〕。到洛陽，任城王薨〔五〕。至七月，與白馬王還國。後有司以二王歸藩〔六〕，道路宜異宿止，意毒恨之〔七〕！蓋以大别在數日〔八〕，是用自剖〔九〕，與王辭焉，憤而成篇。

謁帝承明廬〔一〇〕，逝將歸舊疆〔一一〕。清晨發皇邑〔一二〕，日夕過首陽〔一三〕。伊洛廣且深〔一四〕，欲濟川無梁。汎舟越洪濤〔一五〕，怨彼東路長〔一六〕。顧瞻戀城闕〔一七〕，引領情内傷〔一八〕。

〔一〕《銓評》：「程缺序。《文選》二十四李善注：集云於圈城作。《魏志》本傳注引《魏氏春秋》曰：是時待遇諸國法峻，任城王暴薨，諸王既懷友于之痛，植及白馬王彪還國，欲同路東歸，以叙隔闊之思，而監國使者不聽。植發憤告離，而作詩。《楚王彪傳》：字朱虎，黄初七年徙封白馬。杭氏世駿《三國志補注》云：志稱七年徙封白馬，而陳思王詩稱四年白馬王朝京師，則當時未有此封，宜稱吴王。洪氏亮吉云：今考《陳思王集》云：黄初四年五月，白馬王、任城王與余朝京師，《魏氏春秋》亦載植是年還國，贈白馬王彪詩。植傳：黄初四年徙封雍丘王，則彪徙白馬亦當在此時，傳言七年，或誤也。《藝苑巵言》云：此詩全法《大雅·文王之什》體，以故首二章不相承耳。後人不知，合而爲一者，良可笑也！」案徐攀鳳《選詩規李》：「案此句之下，『太谷何寥廓，山樹鬱蒼蒼』，正蒙引領傷情説下。蓋此篇自首句『謁帝承明廬』至『我馬玄以黄』止一韻，是爲其一，『玄黄猶能進』至『攬轡止踟躕』爲其二……恰好蟬聯，恰好各自一韻，不宜作七段也。」

〔二〕《銓評》：「五張作正，從《文選》二十四。」案張本作正誤，考《應詔》詩可證，丁據《文選》校改是。

〔三〕白馬王曹彪，曹操妾孫姬所生，系曹植異母弟。白馬，縣名，今河南滑縣東二十里。任城王曹彰字子文，卞太后所生，曹植同母兄。任城，縣名，今山東濟寧縣。

〔四〕漢、魏制度，每年立春、立夏、立秋與立冬四節之前，舉行迎氣典禮，諸侯此時至京師，參預朝會，名會節氣。

〔五〕古代天子死曰崩，諸侯死曰薨（見《禮記·曲禮》）。曹彰封王爵，故死亦稱薨。《世説新語·尤悔》：「魏文帝忌弟任城王驍壯，因在卞太后閤共圍棋，並噉棗。文帝以毒置諸棗蒂中，自選可食者而進。王弗悟，遂雜進之。既中毒，太后索水救之，帝預敕左右毁鉼罐，太后徒跣趨井，無以汲，須臾遂卒。復欲害東阿。太后曰：汝已殺我任城，不得復殺我東阿。」

〔六〕歸藩，謂歸所封之邑。

〔七〕毒，《廣雅·釋詁二》：「痛也。」毒恨，猶言痛恨。

〔八〕大，《吕覽·慎大》高注：「長也。」大别猶長别。

〔九〕剖，分析之義。自剖謂自己剖心陳懷也。

〔一〇〕承明廬，《魏志·文帝紀》裴注：「案諸書記，是時帝居北宫，以建始殿朝群臣，門曰承明。陳思王植詩曰謁帝承明廬是也。」《文選》應璩《百一詩》李注：「陸機《洛陽記》：承明門，後宫出入之門。吾常怪謁帝承明廬，問張（華）公。張公言：魏明帝作建始殿，朝會皆由承明門，然直廬在承明門側。」案《説苑·修文篇》：「天子左右之路寢，謂之承明何也？曰：承乎明堂之後者也。」是承明指天子所居，寢息之所。曹植與兄弟蓋以骨肉之親，得接見於宫内。

〔一一〕逝，發語詞。舊疆，李注：「鄄城也。時植雖封雍丘，仍居鄄城。」案植《黄初六年令》所述，李注似未的。

〔一二〕皇邑，指洛陽。

〔一三〕首陽，陸機《洛陽記》：「在洛陽東北，去洛二十里，爲邙山最高處。日光先照，故稱首陽。」

〔四〕伊，水名。出盧氏縣熊耳山，東北過伊闕，到洛陽縣南，北入於洛。洛，洛水，發源於陝西冢嶺山，流入河南，經洛陽縣至鞏縣入黄河。廣，《銓評》：「《魏志》本傳注作曠。」案《文選》作廣。

〔五〕洪濤，《水經·伊水注》：「闕左壁有石銘云：黄初四年六月二十四日辛巳，大出水，舉高四丈五尺。」即此詩所云洪濤。

〔六〕東路，見《洛神賦》注。

〔七〕顧瞻，《銓評》：「《志》作回顧。」城闕謂天子所居，不敢直斥，故言城闕。

〔八〕引領，猶延頸，遠望之貌。

其二

太谷何寥廓〔一〕，山樹鬱蒼蒼〔二〕。霖雨泥我塗〔三〕，流潦浩縱横〔四〕。中逵絶無軌〔五〕，改轍登高岡〔六〕。修坂造雲日〔七〕，我馬玄以黄〔八〕。

〔一〕太谷，即通谷，見《洛神賦》注。寥廓，形容幽静。

〔二〕鬱，茂盛。蒼蒼，《廣雅·釋訓》：「茂也。」蒼，青色，樹木茂密則色蒼然也。

〔三〕《爾雅·釋天》注：「雨自三日已上爲霖。」塗，路也。

〔四〕潦，《文選·南都賦》李注：「雨水。」浩，《一切經音義》七引《字林》：「亦水大也。」《文選·魯靈光殿賦》李注：「縱横，四散也。」

〔五〕中逵，《銓評》：「逵《志注》作田。」中逵謂路中。李注：《廣雅》曰：「軌，迹也。」

〔六〕轍，車迹曰轍。

〔七〕修，長也。修坂疑即《應詔詩》之黄坂。造，至也。雲日形容高峻。

〔八〕李注：「《毛詩》曰：陟彼高岡，我馬玄黄。毛萇曰：玄馬病則黄。」案王引之《經義述聞》：「玄黄雙聲字，謂病貌也。傳言玄馬病則黄，失之。」案以字語中助詞。

其三

玄黄猶能進，我思鬱以紆〔一〕。鬱紆將（難進）〔何念〕〔二〕，親愛在離居〔三〕。本圖相與偕〔四〕，中更不克俱〔五〕。鴟梟鳴衡軏〔六〕，豺狼當路衢〔七〕。蒼蠅間白黑〔八〕，讒巧（令）〔反〕親疏〔九〕。欲還絶無蹊〔一〇〕，攬轡止踟躕〔一一〕。

〔一〕李注：「《楚辭》曰：願假簧以舒憂，志紆鬱其難釋。王逸曰：紆，屈也；鬱，愁也。」案紆鬱雙聲謰語，即卷一《離友詩》之鬱悒，説詳彼注。以，語中助詞。

〔二〕難進，《銓評》：「《志注》作何念。」案宋刊本《曹子建文集》與《志注》同，作何念是。

〔三〕親愛指兄弟。案此句正爲上句作答。

〔四〕本圖猶原謀。

〔五〕中更，謂中道發生變更。

〔六〕軏，《銓評》：「《志注》作軛。」案宋刊本《曹子建文集》亦作軛。胡紹瑛云：「《莊子·馬蹄》：夫加之以衡搤。《釋文》：搤，叉馬頸者也。搤今扼字。《説文》：軛，轅前也。正字作軛。」

〔七〕豺狼，李注：「鴟梟、豺狼以喻小人也。」路衢，李注：「何休注曰：路衢，郭内衢也。」

〔八〕李注：「鄭玄曰：蠅之爲蟲，汙白使黑，汙黑使白，喻佞人變亂善惡也。《廣雅》曰：間，毁也。」

〔九〕《銓評》：「令《志注》作反。」案疑作反字是。《詩經·猗嗟篇》：「四矢反兮。」反《韓詩》作變，是反變義同。反親疏謂變親爲疏也。

〔一〇〕蹊，《銓評》：「《藝文》二十一作逕。」案《文選》作蹊，蹊、逕意近，俱指道路。意謂欲還京無路可走。

〔一一〕止，語中助詞。踟躕，踏步不前之貌。

其　四

踟躕亦何留〔一〕？相思無終極〔二〕！秋風發微凉，寒蟬鳴我側〔三〕。原野何蕭條〔四〕！白日忽西匿。歸鳥赴喬林〔五〕，翩翩厲羽翼〔六〕；孤獸走索群，銜草不遑食〔七〕。感物傷我懷，撫心長太息〔八〕。

〔一〕何，《公羊》桓三年傳何注：「何者，將設事類之詞。」

〔二〕極，《禮記·表記》鄭注：「猶盡也。」終極複義詞。猶今語窮盡之義。

〔三〕李注：「蔡邕《月令章句》曰：寒蟬應陰而鳴，鳴則天涼，故謂之寒蟬也。」

〔四〕蕭條，《淮南·齊俗訓》高注：「深静也。」

〔五〕《銓評》：「《志注》喬作高。」案《文選》作喬，喬、高義同。

〔六〕李注：「厲，疾貌。」《銓評》：「《志注》此二句在孤獸二句下。」

〔七〕索，求也。

〔八〕撫心即拊心，猶今語椎胸。太息，《銓評》：「太《志注》作歎。」《楚辭·九辯》王注：「憂懷感結，重歎悲也。」《史記·蘇秦傳》《索隱》：「太息謂久蓄氣而大吁也。」案太歎雙聲，故太一作歎，義可通。

其五

太息將何爲〔一〕？天命與我違〔二〕！奈何念同生〔三〕，一往形不歸〔四〕。孤魂翔故域〔五〕，靈柩寄京師。存者忽復過〔六〕，亡殁身自衰〔七〕。人生處一世，（去）〔忽〕若朝露晞〔八〕。年在桑榆閒〔九〕，景響不能追〔一〇〕。自顧非金石〔一一〕，咄唶令心悲〔一二〕。

〔一〕太，《銓評》：「《志注》作歎。」將何，《銓評》：「《志注》作何所。」案《文選》作將何。

〔二〕天命，李注：「鄭玄《周易注》曰：命，所受天命也。」案命指人壽夭，謂受之於天，故曰天命。李注：「毛萇《詩傳》曰：違，離也，謂不耦也。」

〔三〕同生，李注：「《魏志》曰：武皇帝卞皇后生任城王彰、陳思王植。《左氏傳》曰：鄭罕、駟、豐同生。杜預曰：罕，子皮；駟，子晳；豐，公孫段也。三家本同母兄弟也。」

〔四〕一往，喻死亡。

〔五〕故域，《銓評》：「域《文選》作城。」案故域即故國，指任城。

〔六〕《銓評》：「忽《志注》作勿。」案《説文》勿有悤悤之意。後作忽。《廣雅·釋詁一》：「忽，疾也。」存者謂己與白馬王彪。

〔七〕《吕覽·去宥》高注：「衰，肌膚消也。」

〔八〕去，《銓評》：「《志注》作忽。」案作忽字疑是。忽若猶忽如。李注：「毛萇《傳》曰：晞，乾也。」朝露易乾，以喻生命短促。

〔九〕李注：「日在桑榆，以喻人之將老。」桑榆已見卷一《酒賦》注。

〔一〇〕景響即影響。比擬生命短暫，有如影響頃刻即逝，不能追及。

〔一一〕李注：「鄭玄《毛詩箋》曰：顧，念也。《古詩》曰：人生非金石，豈能長壽考。」

〔一二〕《銓評》：「咄《志注》作咤。」李注：「《説文》曰：咄，叱也。《聲類》曰：咄，大呼也。言人命叱呼之間，或至夭喪也。」案咄唶猶咄嗟。段玉裁《説文注》曰：「咄嗟，猝乍相驚之意。」

其　六

心悲動我神〔一〕，棄置莫復陳〔二〕。丈夫志四海，萬里猶比鄰〔三〕。恩愛苟不虧〔四〕，在遠分日親〔五〕；何必同衾幬〔六〕，然後展慇懃〔七〕！憂思成疾疢〔八〕，無乃兒女仁〔九〕。倉猝骨肉情〔一〇〕，能不懷苦辛〔一一〕！

〔一〕神，《詩經·楚茨篇》《正義》：「神者魂魄之氣。」

〔二〕《文選·古詩》：「歡樂難具陳。」李注：「陳猶説也。」

〔三〕猶，如也。

〔四〕《小爾雅·廣言》：「虧，損也。」

〔五〕李注：「分，猶志也。」案《詩經大序》：「在心爲志。」志今云感情。

〔六〕李注：「《毛詩》曰：抱衾與裯。毛萇曰：衾，被也。鄭玄曰：裯，床帳也。幬與裯古字通。」

〔七〕《隸釋》：「殷勤並如字，俗本下並加心，非也。」案殷勤疊韻謰語，委婉曲折之意。

〔八〕疾疢，疢同疹，《文選·思玄賦》：「思百憂以自疹。」舊注：「疹，疾也。」

〔九〕兒女仁，《韓詩外傳》：「愛由情出謂之仁。」

〔一〇〕倉猝，《後漢書・光武紀》章懷注：「謂喪亂也。」於此無義。倉卒雙聲謰語，猶造次，急遽之意。李注：「骨肉謂兄弟也。」

〔一一〕懷，藏也。

其七

苦辛何慮思？天命信可疑！虚無求列仙〔一〕，松子久吾欺〔二〕。變故在斯須〔三〕，百年誰能持〔四〕。離别永無會〔五〕，執手將何時〔六〕？王其愛玉體〔七〕，俱享黄髮期〔八〕。收淚即長路〔九〕，援筆從此辭〔一〇〕。

〔一〕虚無，猶言空虚不實。

〔二〕松子，赤松子。李注：「《論衡》曰：傳稱赤松、王喬，好道爲仙，度世不死，是又虚也。魏武帝《善哉行》曰：痛哉世人，見欺神仙。」

〔三〕《銓評》：「變張作戀。」案張作戀誤。李注：「鄭玄《周禮注》曰：故，災也。」考《荀子・榮辱篇》楊注：「變故，患難事故也。」指死亡禍災等不幸事件而言。斯須，宋刊本《曹子建文集》作須臾。李注：「《禮記》鄭玄曰：斯須猶須臾也。」是李氏所見本作斯須。斯須、須臾義同，皆謂極短之時。

〔四〕李注：「《古詩》：生年不滿百。《吕氏春秋》曰：人之壽，久不過百。」案盡其天年之意。持，《吕覽·至忠》高注：「持猶得也。」

〔五〕曹丕禁止諸王相會，故植作是言。

〔六〕執手，喻相見也。

〔七〕王，謂曹彪。其，語中助詞。愛，珍惜。玉體，寶貴之身體。玉，敬詞。

〔八〕李注：「杜預《左氏傳》注曰：享，受也。」《爾雅·釋詁》：「黄髮，壽也。」《後漢書·和帝紀》章懷注：「黄謂髮落更生黄者。」

〔九〕《銓評》：「《志注》淚作涕。」案《廣雅·釋言》：「涕，淚也。」即，就字之義。路，《銓評》：「《志注》作塗。」

〔一〇〕援筆，《淮南·脩務》高注：「援，持也。」

詩分七段：一、寫出洛陽後，眷戀京師，不忍遠去。二、叙路中困頓、跋涉之苦。三、直陳監國謁者之迫害，無可控訴。四、寫秋郊日暮景色，感物傷懷，藉抒其哀怨，以寄其分離之思。五、此章藴蓄「既痛逝者，行自念也」之死生之感。六、强作排遣之語，而内心有不能解除之痛苦存在，結尾二句，終於迸發極度悲傷骨肉之情。末章勸勉曹彪，故爲訣别之辭。全篇情真意摯，死生之戚，離别之思，洋溢於楮墨之外，歷代文士之所嗟歎，非無因也。

蝙蝠賦

吁何奸氣〔一〕！生兹蝙蝠。形殊性詭〔二〕，每變常式。行不由足，飛不假翼〔三〕。明伏暗動〔四〕，□□□□〔五〕，（盡）〔晝〕似鼠形〔六〕，謂鳥不似，二足（爲）〔而〕毛〔七〕，飛而含齒。巢不哺鷇〔八〕，空不乳子〔九〕。不容毛群，斥逐羽族〔一〇〕。下不蹈陸，上不馮木〔一一〕。

〔一〕吁，驚訝之詞。奸，《文選·西京賦》薛注：「姦，邪也。」奸、姦古通用。奸氣猶言邪氣。

〔二〕形殊，如云形狀特殊。性詭，謂性質怪異。

〔三〕假，借也。猶今語利用一詞之義。

〔四〕明伏，白晝潛伏。暗動，黑夜活動。

〔五〕案此節有佚文，致句韻不協。考《白帖》引此賦於明伏暗動句下，空作四圈，是唐時所見本已現佚句，今無他書以拾補之。

〔六〕盡，《藝文》卷五十八引作晝。疑作晝字是。

〔七〕爲毛，案爲毛意不可通，疑爲字誤。《爾雅·釋鳥》：「二足而羽謂之禽，四足而毛謂之獸。」據此，爲當是而字之誤。蝙蝠二足而毛，既非鳥類，亦不能謂爲獸類。

〔八〕哺彀，《廣雅·釋鳥》：「彀，雛也。」哺，《後漢書·趙孝傳》章懷注：「哺，食之也。」句謂巢居不哺食鳥雛，無鳥類之特徵。

〔九〕空，《銓評》：「疑穴形近而誤。」案丁説疑非。《集韻》：「空，孔也。」《爾雅·釋詁》郭注：「孔，穴也。」是空有穴義，非誤字。乳，《銓評》：「程作浮，從《藝文》九十七。」案宋刊本《曹子建文集》亦作乳。《文選·東征賦》李注：「《尸子》曰：卵生曰琢，胎生曰乳。」

〔一〇〕毛群指獸類，羽族謂鳥類。

〔一一〕馮，宋刊本《曹子建文集》作憑。憑通作馮。《文選·西京賦》薛注：「憑，依託也。」《銓評》：「篇首程有曰，依張删。」案《密韻樓叢書·曹子建文集》篇首亦有曰字，蓋宋代從類書中輯録者所加，非原文也，丁删是。

《銓評》：「嫉邪憤俗之詞，末四句痛斥尤甚。」案據殘存賦句，疑斥責監國謁者而作，惜佚脱過甚，文義不具。

鷂雀賦

鷂欲取雀。雀自言〔一〕：「雀微賤，身體些小〔二〕，肌肉瘠瘦〔三〕，所得蓋少，君欲相噉，實不足飽。」鷂得雀言，初不敢語。「頃來轗軻〔四〕，資糧之旅〔五〕。三日不食，略思死鼠〔六〕。今日相得，寧復置汝〔七〕！」雀得鷂言，意甚怔營〔八〕，「性命至重，雀鼠貪生；君得一食，我命是傾〔九〕。皇天降監〔一〇〕，賢者是聽〔一一〕。」鷂得雀言，意甚怛惋〔一二〕。當死斃雀〔一三〕，頭如蒜顆〔一四〕。不早首服〔一五〕，（烈）〔捩〕頸大喚〔一六〕。行人聞之，莫不往觀。雀得鷂言，意甚不移。依一棗樹，藂蘽多刺〔一七〕，目如擘椒〔一八〕，跳蕭二翅〔一九〕。我（當死矣）〔雖當死〕〔二〇〕，略無可避。鷂乃置雀，良久方去。二雀相逢，似是公嫗〔二一〕，相將入草〔二二〕，共上一樹。仍叙本末〔二三〕，辛苦相語〔二四〕。向者（共）〔近〕出〔二五〕，爲鷂所捕。賴我翻捷〔二六〕，體素便附〔二七〕。説我辨語〔二八〕，千條萬句。欺恐舍長，令兒大怖。我之得免，復勝於兔〔二九〕。自今徙意〔三〇〕，莫復相妬〔三一〕。

言雀者但食牛矢中豆，馬矢中粟。《銓評》：「《御覽》八百四十一引《鷂雀賦》。此疑『自言雀微賤』句下脱文。」

〔一〕雀自，《銓評》：「程脱自，從《御覽》九百二十六。」

〔二〕身體，《銓評》：「體程作卑，從《藝文》九十一。」案《御覽》引同。些本作呰。《史記·貨殖傳》《集解》：「呰，弱也。」

〔三〕《銓評》：「瘠《藝文》作痟。」案痟借作消。消瘦謂體無肉。

〔四〕轗軻，不遇也。猶言不順利。

〔五〕句意謂在旅途中缺乏食糧。

〔六〕略思，稍想之意。

〔七〕寧，豈也。置，《漢書·尹賞傳》顔注：「放也。」

〔八〕《銓評》：「怔程作征，從《御覽》。」案怔營、征營俱疊韻謰語，形容驚惶不安之貌。

〔九〕是傾，《銓評》：「是《御覽》作隕。」隕傾，猶言喪失。

〔一〇〕銓評：「降《御覽》作是。」案作降監爲是。《詩經·殷武篇》：「天命降監。」鄭箋：「降，下也。」監，察也，見《吕覽·適音篇》高注。

〔一一〕《廣雅·釋詁一》：「聽，從也。」

〔一二〕怛惋，《銓評》：「怛，《藝文》作沮。」案沮惋，沮喪之意。

〔一三〕斃，宋刊本《曹子建文集》作弊。《藝文》卷九十一引同。

〔一四〕蒜顆，《銓評》：「程、張作果蒜。從《顔氏家訓》下。」案《顔氏家訓·書證篇》：「《三輔決録》云：前隊大夫范仲公，鹽豉蒜果共一筩。果當作魏顆之顆，北土通呼物一凷(塊)改爲一顆，蒜顆是俗間常語耳。」案如顔氏説，果當作顆。但曹植此賦疑原作顆蒜，與惋喚觀協韻，若作蒜顆，則失其韻矣，丁校疑誤。

〔一五〕首服，《後漢書·西域傳》章懷注：「首猶服也。」首服複義詞。

〔一六〕烈頸，《銓評》：「《御覽》烈作捩。」捩，轉也，烈字於此無義。

〔一七〕《銓評》：「此二句，程、張脱，依《御覽》九百六十五補。」藆蕽即葱蘢。《文選·江賦》李注：「青盛貌。」

〔一八〕目如，《銓評》：「《顔氏家訓》如作似。」如、似義同。擘椒，形容雀目圓而小，如擘開之椒子。

〔一九〕跳蕭即跳踃，疊韻謰語。形容跳動不已之狀。

〔二〇〕《銓評》：「當死矣《藝文》作雖當死。」案宋刊本《曹子建文集》與《藝文》同，應據以訂正。

〔二一〕嫗，《説文》曰：「母也。」

〔二二〕將，《廣雅·釋言》：「扶也。」

〔二三〕《銓評》：「叙《藝文》作共。」案《御覽》卷九百二十六引同。本末猶原委。

〔二四〕猶言相語辛苦。

〔二五〕向者，《銓評》：「此二字程作而，從《藝文》。」案《御覽》九百二十六引同。向，昔時也。共出，《銓評》：「共《藝文》作近。」案《御覽》引亦同。作近字是。

〔二六〕賴，《廣雅·釋詁三》：「恃也。」翻捷，動作迅速。

〔二七〕句謂原就具有言辭敏捷之本能也。

〔二八〕辨，宋刊本《曹子建文集》作辯，《御覽》引同。辨、辯古通。

〔二九〕兔，《銓評》：「程作死，《御覽》九百二十六作汝，從《藝文》。」案宋刊本《曹子建文集》正作兔。兔、姤韻協。

〔三〇〕徙意，《銓評》：「《藝文》徙作從。」案《御覽》亦作從。

〔三一〕妬，忌恨。

此賦殘脱不全。僅就現存部份進行探索，它展示一幅雀與鷂生死搏鬥的過程。曹植運用象徵的技巧，將强凌弱這一社會現象，委婉曲折地予以揭露，爲了形象地反映具有深刻意義的内容，就抛棄賦傳統的鋪張技巧和華靡詞藻，而採用對話和表述相結合的文學形式，將鷂與雀的動態、心情作了具體的表述，塑造了凶殘與善良抗争的形象。曹植緊密地掌握這特殊的内容，尋求恰當的表現形式，因而取得内容與形式之高度和諧。

令禽惡鳥論〔一〕

國人有以伯勞（鳥）生獻者〔二〕，王召見之。侍臣曰〔三〕：世人同惡伯勞之鳴〔四〕，敢問何謂也〔五〕？王曰：《月令》〔六〕：仲夏鵙始鳴。《詩》云〔七〕：七月鳴鵙。七月夏五月〔八〕，鵙則博勞也〔九〕。昔尹吉甫（用）〔信〕後妻之讒〔一〇〕，而殺孝子伯奇〔一一〕，其弟伯封求而不得，作《黍離》之詩〔一二〕。俗傳云〔一三〕：吉甫後悟，追傷伯奇。出游於田，見異鳥鳴於桑〔一四〕，其聲噭然〔一五〕。吉甫動心曰〔一六〕：「無乃伯奇乎〔一七〕？」鳥乃撫翼〔一八〕，其音尤切〔一九〕。吉甫曰：

「果吾子也〔二〇〕。」乃顧謂曰〔二一〕：「伯奇，勞乎〔二二〕！是吾子，棲吾輿；非吾子，飛勿居〔二三〕。」言未卒〔二四〕，鳥尋聲而棲於蓋〔二五〕。歸入門，集於井幹之上〔二六〕，向室而號〔二七〕。吉甫命後妻載弩射之〔二八〕，遂射殺後妻以謝之〔二九〕。故俗惡伯勞之鳴，言所鳴之家必有尸也〔三〇〕。此好事者附名爲之説〔三一〕，令俗人惡之〔三二〕，而今普傳惡之，斯實否也。伯勞以五月（而）鳴〔三三〕，應陰氣之動〔三四〕，陽爲（人）〔仁〕養〔三五〕，陰爲賊害〔三六〕，伯勞蓋賊害之鳥也〔三七〕。屈原曰〔三八〕：「〔恐〕鶗鴂之先鳴，使百草爲之不芳〔三九〕。」其聲鵙鵙然，故以音名也〔四〇〕。若其爲人災害，愚民之所信，通人之所略也〔四一〕。鳥鳴之惡自取憎，人言之惡自取滅，不有能累於當世也〔四二〕。而凶人之行弗可易〔四三〕，梟（鳥）〔鵙〕之鳴不可更者〔四四〕，天性然也。昔荆之梟將徙巢於吴〔四五〕，鳩遇之曰：「子將安之〔四六〕？」梟曰：「將巢於吴。」鳩曰〔四七〕：「何去荆而巢吴乎？」梟曰：「荆人惡予之聲。」鳩曰：「子能革子之聲則免，無爲去荆而巢吴也〔四八〕。如不能革子之音〔四九〕，則吴、楚之民不異情也〔五〇〕。爲子計者，莫若宛頸戢翼〔五一〕，終身勿復鳴也。」昔會朝議〔五二〕，有人問曰〔五三〕：「寧有聞梟食其母乎？」有答之者曰：「嘗聞烏反哺，未聞梟食母也。」問者慚，唱不善也。孟春之旦〔五四〕，從太陽方貴放鳥雀者〔五五〕，加其禄也〔五六〕。得（蟢）〔喜〕者莫不（訓）〔馴〕而放之〔五七〕，爲利人也。得蚤者〔五八〕，莫不糜之齒牙，爲害身也。鳥獸昆蟲猶以名聲見異，況夫吉士之與凶人乎！

〔一〕《銓評》：「《御覽》九百二十三作《貪惡鳥論》。」案《毛詩·七月篇》《正義》引無令禽二字，《爾雅·釋鳥》邢疏引與《詩》《正義》同，疑令禽二字當删。

〔二〕伯勞鳥，《銓評》：「程、張脱鳥，依《御覽》九百二十三補。」案《密韻樓叢書·曹子建文集》無鳥字，疑無鳥字是，伯勞固鳥名，無緣重贅鳥字也，《御覽》增鳥字不足據補。生獻，《銓評》：「《御覽》作獻諸庭。」

〔三〕《銓評》：「曰上《御覽》有謂字。」

〔四〕世人，案宋刊本《曹子建文集》無人字。

〔五〕謂，《廣雅·釋詁二》：「説也。」

〔六〕《月令》，《禮記》篇名。

〔七〕《詩》，指《詩經·豳風·七月篇》。「七月鳴鶪」，《七月》篇詩句。

〔八〕按周代以夏曆十一月爲正月，故周之七月即夏曆之五月。

〔九〕《銓評》：「以上二十三字程、張脱，依《御覽》補。」博勞即白勞，博、白古音同。《釋文》：「博勞，博又音白。」是其證。

〔一〇〕尹吉甫，周宣王卿士。用，《銓評》：「《御覽》作信。」案疑作信字是。譺，《銓評》：「程、張作説。從《藝文》二十四。」案宋刊本《曹子建文集》亦作譺。

〔一一〕而，《銓評》：「程、張脱而，從《御覽》補。」

〔三〕《黍離》之詩，《韓詩》：「《黍離》，伯封作。」薛君《韓詩章句》：「詩人求己兄不得，憂懣不識於物，視彼黍離離然，憂甚之時，反以爲稷之苗，乃自知憂之甚也。」

〔四〕俗傳云，《銓評》：「以上十六字程、張脱，依《御覽》補。」

〔五〕異鳥，《銓評》：「程、張脱異，從《御覽》補。」《銓評》：「桑下程、張衍見，依《御覽》删。」

〔六〕噭然，《公羊》昭廿五年傳何注：「哭聲貌。」

〔七〕動心，《銓評》：「《御覽》作心動。」

〔八〕無乃，《銓評》：「程、張脱此二字，從《御覽》補。」無乃猶今語莫非之意。伯奇，《銓評》：「奇程、張作勞，從《御覽》。」案宋刊本《曹子建文集》亦作奇。作奇是。

〔九〕鳥，《銓評》：「程、張脱鳥，從《藝文》補。」撫翼即拊翼，拊，拍也。

〔一〇〕其音，《銓評》：「音《御覽》作聲。」尤切，《後漢書·史弼傳》章懷注：「切，急也。」

〔一一〕曰果吾子也，《銓評》：「程、張脱此五字，依《御覽》補。」

〔一二〕顧謂，案宋刊本《曹子建文集》無謂字。

〔一三〕伯奇，《銓評》：「程、張脱奇，依《御覽》補。」勞乎，猶今語辛苦嗎？

〔一四〕居，止也。

〔一五〕言未卒，《銓評》：「程、張脱此三字，依《御覽》補。」卒，終也。

〔一六〕尋，《文選》陸士衡《悲哉行》李注：「尋，猶緣也。」棲於，《銓評》：「《御覽》於作其。」蓋，車蓋。

〔二六〕井幹，井上豎立之木架。

〔二七〕《銓評》：「以上十三字程、張脱，依《御覽》補。」號，呼也。

〔二八〕《銓評》：「以上七字程、張脱，依《御覽》補。」載弩，猶言取弩。

〔二九〕《後漢書·皇甫規傳》章懷注：「謝，猶讐也。」

〔三〇〕尸，《銓評》：「《御覽》作禍。」案《左》隱公元年傳杜注：「尸，未葬之通稱。」

〔三一〕附名，謂傅會其名。

〔三二〕《銓評》：「程、張脱此五字，依《御覽》補。」

〔三三〕而鳴，《銓評》：「程脱鳴，從《藝文》補。」案宋刊本《曹子建文集》無而字，有鳴字是。《詩經·七月》《正義》、《爾雅·釋鳥》邢疏引與宋本《曹集》同，應據以删補。

〔三四〕古謂五月夏至節爲陽衰陰生之節氣，即寒氣於此時開始發生，故有夏至一陰生之諺。

〔三五〕《銓評》：「程、張脱此四字，從《御覽》補。」案《詩經·七月》《正義》引作「陽爲生仁養」。陽氣，温和之氣。温和之氣能使生物繁茂，故曰仁養。此作人，疑係仁字之聲誤。

〔三六〕《銓評》：「賊害《御覽》作殘賊。」案《詩經·七月》《正義》引作「陰爲殺殘賊」。謂寒冷之氣能使生物枯槁死亡，因謂之爲殘賊。

〔三七〕伯勞，《銓評》：「程、張脱此二字，依《御覽》補。」案《詩經·七月》《正義》引亦有伯勞二字。《文選·思玄賦》舊注：「服虔曰：䳢鴂，一名鵙、伯勞。順陰陽（疑誤）氣而生，賊害之鳥也。」

〔三八〕見《離騷》。

〔三九〕案《離騷》鶗上有恐字，疑此論挩。《臨海異物志》：「鶗鴂，一名杜鵑，至三月鳴，晝夜不止，夏末盡止。」王逸注：「以喻讒言先至，使忠直之士被罪也。」《銓評》：「以上十五字程、張脱，依《御覽》補。」

〔四〇〕《銓評》：「程、張作故俗憎之，從《御覽》。」案《詩經·七月》《正義》、《爾雅》邢疏引作「故以其音名」。程、張誤，當據以訂正。

〔四一〕略，簡也。

〔四二〕有能，案宋刊本《曹子建文集》有能二字乙。

〔四三〕易，變更。

〔四四〕梟鳥，《銓評》：「鳥《藝文》作鵙。」案宋刊本《曹子建文集》亦作鵙，應據改。鳴，《銓評》：「程作能，從《藝文》。」不，《銓評》：「《藝文》作弗。」

〔四五〕荆，《銓評》：「程、張衍人，依《藝文》九十二删。」案宋刊本《曹子建文集》荆下亦無人字。事見《説苑》。徙巢，《銓評》：「程、張脱徙，依《藝文》補。」

〔四六〕安之，猶言何處去。

〔四七〕鳩曰，《銓評》：「以上十二字程、張脱，依《藝文》補。」

〔四八〕無爲，猶言不用。

〔四九〕如，《銓評》：「以上十六字程、張脱，依《藝文》補。」音，《銓評》：「《藝文》作聲。」

〔五〇〕不異情，謂感情無不同。

〔五一〕宛，《漢書・楊雄傳》顔注：「屈也。」

〔五二〕指漢宣帝時，公卿大夫朝會廷中之事。

〔五三〕有人，指丞相魏相。桓譚《新論》：「昔宣帝時，公卿大夫朝會廷中。丞相語次言：聞梟生子，子長且食其母，乃能飛，寧然耶？時有賢者應曰：但聞烏子反哺其母耳。丞相大慙，自悔其言之非也。」（見《御覽》四九一又九二七引）

〔五四〕即夏曆正月初一。

〔五五〕案《御覽》九百五十一引作「從陽徑生」，語不可解，疑有挩誤。嚴可均《全三國文》作「貴方」。蓋如舊俗所謂向吉利方向行，則獲幸福之類，此民俗自漢已如此。

〔五六〕《銓評》：「以上十七字程脱，《御覽》九百五十一引作曹植論，且連及得蟢得蚤四句，則確係此論脱文，與《魏德論》無涉。張另引作《魏德論略》，誤，今移正。」禄，猶今云幸福。

〔五七〕蟢，《銓評》：「程作善，張脱蟢，從《藝文》。」案宋刊本《曹子建文集》蟢作蟢。《説文》無蟢字，當作喜。陳奂《毛詩傳疏》：「《爾雅・釋蟲》郭注：小鼅鼄長脚者，俗呼爲喜子。《義疏》云：蠨蛸長踦，一名長脚。荆州河内人謂之喜母。此蟲來著人衣，當有親客至，有喜也。」作蟢字疑誤。訓，《銓評》：「《藝文》作馴。」案《御覽》九百二十七引同。作馴是。

〔五八〕蚤，《銓評》：「程作惡，從《藝文》。」案宋刊本《曹子建文集》亦作蚤。作蚤字是。

上先帝賜鎧表〔一〕

先帝賜臣鎧：黑光、明光〔二〕各一領，兩當鎧一領，環鏁鎧一領〔三〕，馬鎧一領〔四〕。今（代）〔世〕以昇平〔五〕，兵革無事〔六〕，乞悉以付鎧曹自理〔七〕。

〔一〕先帝，謂曹操。

〔二〕明光，《銓評》：「程脱光，從《書鈔》二十一補。」案明光係鐵鎧，見《唐六典》卷十六。領，《銓評》：「《書鈔》作具。」

〔三〕鏁即鎖字。

〔四〕馬鎧一領，《銓評》：「以上九字程、張脱，依《書鈔》補。《御覽》三百五十六作兩當鎧二十領，兜鍪自副，鎧百領，兜鍪自副，疑互有佚脱。」案自副不詞，自當是百字之形誤。

〔五〕《銓評》：「代，《書鈔》作世。」案作世字是。作代蓋唐人避諱改。昇平，《銓評》：「程脱昇，從《御覽》補。」

〔六〕兵革，兵，指刀矛；革，指鎧甲。無事，不用。

〔七〕 鎧曹，政府管理鎧甲之官。

獻文帝馬表〔一〕

臣於先武皇帝世，得大宛紫騂馬一匹〔二〕。形法應圖〔三〕，善持頭尾〔四〕，教令習拜，今輒已能〔五〕。又能行與鼓節相應〔六〕。謹以（表）奉獻〔七〕。

〔一〕《銓評》：「張脱文帝二字。」

〔二〕大宛，漢西域國名，以産良馬著稱，即《漢書》所謂汗血馬。騂，紅色馬。馬，《銓評》：「程、張脱馬字，從《藝文》九十三補。」案《御覽》八百九十四，宋刊本《曹子建文集》俱有馬字，丁校是。

〔三〕謂馬形狀與繪畫之良馬體貌完全相符。

〔四〕傅玄《乘輿馬賦》：「頭似削成，尾如植髮。」《相馬經》：「稍，尾之垂者；髮，額上毛也。尾欲稍而長。」

〔五〕輒，每字之意。

〔六〕行走疾遲與鼓音急徐節奏相應和。

〔七〕案《藝文》九十三、《御覽》八百九十四引皆無表字，應據删。

兩表俱殘佚太甚。黄初時，曹植之被疑忌，主要是防閑他奪取政權。頒布諸侯王嚴峻法令以及部曲給予老弱，可以證明。曹植誠懇剖白自己對丕之態度，更以獻鎧獻馬、繳納戰具的實際行動，表達絶無使用武力之企圖，换取曹丕之諒解，因此出現黄初六年冬，曹丕至雍丘與植歡聚和解之事。

上銀鞍表〔一〕

於先武皇帝世〔二〕，勑此銀鞍一具〔三〕，初不敢乘，謹奉上。

〔一〕《銓評》：「程缺。」

〔二〕世，《銓評》：「《初學記》二十二作代。」案《初學記》編者避唐諱改，原文當作世。

〔三〕勑或作勅。《獨斷》：「天子命令：四曰戒書。」戒書即勑也。

此表殘缺。

浮萍篇〔一〕

浮萍寄清水〔二〕，隨風東西流。結髮辭嚴親〔三〕，來爲君子仇〔四〕。恪勤在朝夕〔五〕，無端獲罪尤〔一六〕。在昔蒙恩惠，和樂如瑟琴〔七〕；何意今摧頹〔八〕，曠若商與參。茱萸自有芳，不若桂與蘭〔九〕；新人雖可愛〔一〇〕，不若故(人)〔所〕歡〔一一〕。行雲有反期，君恩儻中還！慊慊仰天歎，愁心將何愬？日月不恒處，人生忽若(遇)〔寓〕〔一二〕。悲風來入(帷)〔懷〕〔一三〕，淚下如垂露。散篋造新衣〔一四〕，裁縫紈與素〔一五〕。

〔一〕《銓評》：「《藝文》四十一作《蒲生行》。《樂府》三十五作《蒲生行·浮萍篇》。」

〔二〕清，《銓評》：「《藝文》四十一作緑。」

〔三〕《文選》雜詩李注：「結髮，始成人也。謂男年二十，女年十五時，取笄冠爲義也。」嚴親謂父母。

〔四〕仇，配偶。

〔五〕恪勤，恭敬勤勞。

〔六〕無端，《銓評》：「《藝文》作中年。」案陸機《君子行》：「禍集非無端。」李注：「言無端緒也。」猶今語無緣無故之意。《銓評》：「《藝文》罪作愆。」

〔七〕《詩經·常棣篇》：「妻子好合，如鼓瑟琴。」

〔八〕摧頹，疊韻謰語。《易林·蠱之否》：「中復摧頹，常恐衰微。」《漢書·景十三王傳》：「日崔隤。」顔注：「崔隤猶言蹉跎也。」

〔九〕茱萸香氣辛烈，不及蘭桂逸馨之淡遠。古人常以茱萸象徵小人，而以蘭、桂比喻賢者。

〔一〇〕新，《銓評》：「《藝文》作佳。可愛，《藝文》作成列。」案宋刊本《曹子建文集》與《藝文》同。

〔一一〕不，《銓評》：「《樂府》三十五作無。」案宋刊本《曹子建文集》仍作不。人，《銓評》：「《藝文》作所。」案宋刊本《曹子建文集》亦作所。作所是。《愍志賦》：「望所歡之攸居。」《美女篇》：「安知彼所歡。」是其證。

〔一二〕遇，《銓評》：「《樂府》作寓。」案宋刊本《曹子建文集》遇亦作寓。《國語·吴語》：「民生於地上，寓也。」作寓是。《廣雅·釋詁三》：「寓，寄也。」

〔一三〕帷，《銓評》：「《樂府》作懷。」疑作懷是。

〔一四〕《銓評》：「散，《樂府》作發，新作裳。」案《釋名·釋言語》：「發，撥也。撥使開也。」

〔一五〕《古詩》：「被服紈與素。」

案此篇相和歌辭，清調曲。此托喻於棄婦，雖望舊恩中還，然微示決絶之意，亦恥干媚以求親，不欲委宛以自容，而自樂其樂，以盡餘年。

七　哀〔一〕

明月照高樓，流光正徘徊〔二〕。上有愁思婦，悲歎有餘哀〔三〕。借問歎者誰？〔四〕言是宕子妻〔五〕。君行踰十年〔六〕，孤妾常獨棲〔七〕。君若清路塵，妾若濁水泥〔八〕；浮沈各異勢〔九〕，會合何時諧〔一〇〕？願爲西南風〔一一〕，長逝入君懷〔一二〕。君懷良不開〔一三〕，賤妾當何依〔一四〕！

膏沐誰爲容，明鏡闇不治。《銓評》：「張本。見《文選》劉休玄《擬古詩》李注。」

南方有鄣氣，晨鳥不得飛。《銓評》：「《文選》鮑明遠《苦熱行》李注引《七哀詩》。」

〔一〕《銓評》：「《文選》二十三、《樂府》四十一並作《怨詩行》。《宋書·樂志》作《明月詩》。《文選》六臣注向曰：謂痛而哀，義而哀，感而哀，怨而哀，耳聞目見而哀，口歎而哀，鼻酸而哀也。王粲亦有《七哀詩》。晏案：李冶《古今黈》謂人有七情，今哀戚太甚，喜、怒、樂、愛、惡、欲皆無，唯有一哀，故謂之七哀，與《選注》不同。何義門謂情有七，而偏主於哀，從李氏說，向注失之。《樂府》此詩亦載二首，云：一曲晉樂所奏，一曲本辭。程、張於《詩類》收本辭，於《樂府類》收晉樂，標爲《怨歌行》，分析未當。且樂府内已收《箜篌引》本辭，何《七哀》本辭轉以入詩，亦不一例。兹均移列樂府内，以晉樂附於本辭後，亦低一格别之。」案丁氏謂《文選》作《怨詩行》，考胡刻《文選》仍作《七哀》。晉樂既晉人所製，似不應羼入植集，今删去，惟録詩。

〔二〕《文選》李注：「夫皎月流輝，輪無輟照，以其餘光未没，似若徘徊。前覺以爲文外傍情，斯言當矣。」

〔三〕餘哀，哀未盡也。

〔四〕借問，向傍人探詢。

〔五〕言是，《宋書·樂志》作自云。宕，《銓評》：「《文選》二十三作客。」案與《宋書·樂志》同。

〔六〕《宋書·樂志》君作夫，年作載。

〔七〕孤妾，《宋書·樂志》作賤妾。

〔八〕《白帖》三引作「君爲請路塵，妾爲濁水泥。」黄節《曹子建詩注》：「清路塵與濁水泥是一物，浮爲塵，沈爲泥，故下浮沈異勢，指塵泥也。」案黄説是。

〔九〕勢，《文選》江文通《雜體詩》、阮步兵《詠懷》李注引勢作世。案疑作勢字是。《周禮·考工記》鄭司農注：「勢，謂形勢。」

〔一〇〕諧，《文選》李注：「《爾雅》曰：諧，和也。」

〔一一〕西南風，楊慎曰：「西南坤地，坤妻道，故願爲此風。」

〔一二〕長逝，《宋書·樂志》作吹我。

〔一三〕良，《銓評》：「《藝文》三十二作時。」《宋書·樂志》良作常。

〔一四〕賤妾當，《銓評》：「《藝文》作妾心將。」

《銓評》：「此其望文帝悔悟乎？結尤悽惋。」案塵、泥本一物，因處境不同，遂出差異。丕與植俱同生，一顯榮，一屈辱，故以此比況。其意若欲曹丕追念骨肉之誼，少予寬待，乃藉思婦之語，用中己意。情辭委婉懇摯，纏綿悱惻，尤饒深致。

種葛篇

種葛南山下，葛藟自成陰〔一〕。與君初婚時〔二〕，結髮恩意深〔三〕。歡愛在枕席，宿昔同衣衾〔四〕。竊慕棠棣篇，好樂如瑟琴〔五〕。行年將晚莫〔六〕，佳人懷異心。恩紀曠不接〔七〕，我情遂抑沈〔八〕。出門當何顧〔九〕！徘徊步北林。下有交頸獸〔一〇〕，仰見雙栖禽。攀枝長歎息，淚下沾羅衿。良馬知我悲，延頸（對）〔代〕我吟〔一一〕。昔爲同池魚，今爲商與參〔一二〕。往古皆歡遇〔一三〕，我獨困於今〔一四〕。棄置委天命〔一五〕，悠悠安可任〔一六〕！

〔一〕葛，豆科，多年生蔓草，莖長二三丈，緣附喬木而生。根可食，皮可織布。藟，《銓評》：「《藝文》四十二作蔓。」案宋刊本《曹子建文集》作藟，蔓或屬藟、虆字之形誤。藟與葛形狀相似，惟莖較巨。二物相近，故詩人往往連及而言。《詩經·旱麓篇》：「莫莫葛藟，施於條枚。」是其證。

〔二〕婚時，《銓評》：「《藝文》作定婚。」疑誤，與下文不相應。

〔三〕恩意，《銓評》：「意《藝文》作義。」

〔四〕宿昔，猶言早晚，與夙夕意同。

〔五〕如，《銓評》：「《樂府》六十四作和。」案宋刊本《曹子建文集》同。《浮萍篇》作如瑟琴，疑此亦當作如字爲得。

〔六〕行年，《國語・晉語》：「行年五十矣。」韋注：「行，歷也。」晚莫，喻年紀將老。與上文與君初婚時語意相儷。彼追思過去，而此俯念現時。

〔七〕恩紀，《禮記・文王世子》鄭注：「紀猶事也。」曠，《文選・答何劭詩》李注引《蒼頡》：「曠，疏曠也。」

〔八〕抑沈猶言低落。

〔九〕顧，念也。

〔一〇〕交頸獸，《莊子・馬蹄篇》：「喜則交頸相靡。」

〔一一〕對，《銓評》：「《樂府》作代。」案宋刊本《曹子建文集》亦作代。作代義長。

〔一二〕商參，《左》昭元年傳：「子産曰：昔高辛氏有二子，伯曰閼伯，季曰實沈，居於曠林，不相能也。日尋干戈，以相征討。后帝不臧，遷閼伯于商丘主辰，故辰爲商星。遷實沈于大夏主參。」參商具永不相見之意。

〔一三〕歡遇，即卷一《感婚賦》之歡媾。《詩經・草蟲篇》鄭箋：「遘，遇也。」《正義》：「謂之遇者，男女精氣相覯遇。」

〔一四〕案句當云於今我獨困，以叶韻故倒。

〔一五〕委天命，《國語・越語》韋注：「委，歸也。」天命猶命運。

〔一六〕《詩經·十月之交篇》毛傳:「悠悠,憂也。」任,《國語·魯語》韋注:「任,負荷也。」

此篇與《浮萍篇》命意相同,但存委曲求全之思,而歸之於天命,纏綿悱惻,情辭委婉。

苦思行

緑蘿緣玉樹〔一〕,光耀燦相輝〔二〕。下有兩真人〔三〕,舉翅翻高飛。我心何踴躍〔四〕! 思欲攀雲追〔五〕。鬱鬱西嶽巔〔六〕,石室青青與天連〔七〕。中有耆年一隱士,鬚髮皆皓然,策杖從我游〔八〕,教我要忘言〔九〕。

〔一〕蘿,《銓評》:「程作羅,從《藝文》四十一。」案宋刊本《曹子建文集》亦作蘿。蘿,藤屬植物。即《詩經·頍弁篇》之女蘿。緣,謂攀緣。

〔二〕句意謂玉樹與緑蘿光彩相互輝映。

〔三〕真人,即仙人。《顔修内傳》謂:「河南相州棲霞谷居民橋順,有二子在此遇仙,服飛龍丸一,十年不饑。」此疑即篇中兩真人。

〔四〕《漢書·司馬相如傳》顔注引張揖:「踊躍,跳也。」

〔五〕攀雲,《釋名·釋姿容》:「攀,翻也,連翻上及之也。」

〔六〕西嶽，華山。

〔七〕石室，《銓評》：「張衍室，依《藝文》删。」青青，《銓評》：「《樂府》六十三作青蔥，《藝文》作青怱。」案宋刊本《曹子建文集》與《藝文》同。青怱，深藍色。

〔八〕我，《銓評》：「《藝文》作吾。」

〔九〕忘言，即《莊子》得意忘言，保持緘默之意。

此篇雜曲歌辭。曹植自黄初已來，處境艱險，無日不在憂讒畏譏之中，欲追踪仙人而不可得，既生於世，故以守默爲全身遠害之方。

矯志

（芳）〔桂〕樹雖香〔一〕，難以餌（烹）〔魚〕〔二〕；尸位素餐〔三〕，難以成（名）〔居〕〔四〕。磁石引鐵，於金不連〔五〕；大朝舉士，愚不（聞）〔閒〕焉〔六〕。抱璧途乞〔七〕，無爲貴寶；履仁遘禍〔八〕，無爲貴道。鵷雛遠害〔九〕，不羞卑棲；靈虬避難〔一〇〕，不恥污泥。都蔗雖甘〔一一〕，杖之必折；巧言雖美〔一二〕，用之必滅。□□□□，□□□□；濟濟唐朝〔一三〕，萬邦作孚〔一四〕。逢蒙雖巧〔一五〕，必得良弓；聖主雖知〔一六〕，（必得）〔亦待〕英雄〔一七〕。螳螂見歎，齊士輕戰〔一八〕；越王軾蛙，國以死獻〔一九〕。道遠知驥，世僞知賢；□□□□，□□□□〔二〇〕。覆之焘之〔二一〕，順天之矩〔二二〕。澤如凱風，惠如時雨。口爲禁（闥）〔門〕〔二三〕，舌爲發機〔二四〕；門機之（闕）〔闓〕〔二五〕，楛矢不追〔二六〕。

仁虎匿爪，神龍隱鱗。《銓評》：「《文選》任彦昇《宣德皇后令》李注引《矯志》詩。」

〔一〕芳樹，《銓評》：「《藝文》二十三作芝桂，香作芳。」案宋刊本《曹子建文集》作桂樹，疑作桂樹是。黄節《曹子建詩注》引《闕子》：「魯人有好釣者，以桂爲餌……其持竿處位即是，然其得魚不幾矣。」

〔二〕餌烹，《銓評》：「《藝文》烹作魚。」案《密韻樓叢書·曹子建文集》與《藝文》同，作魚字是。

〔三〕尸位，《論衡·量知篇》：「無道藝之業，不曉政治，默坐朝庭，不能言事，與尸無異，故曰尸位。素餐謂無功而徒食禄。」

〔四〕名，《銓評》：「《藝文》作居。」案《密韻樓叢書·曹子建文集》亦作居。《説文》：「家，居也。」是居有家義。成居猶言成家。魚居韻協。

〔五〕《淮南·説山訓》：「慈石能引鐵，及其於銅，則不引也。」金即銅。

〔六〕閩，案閩疑閒字之形誤。《左》莊九年傳杜注：「閒猶與也。」不閒即不與。

〔七〕謂抱持玉璧而乞於道路。

〔八〕遘，《銓評》：「《藝文》作遭。」遭遘義同。

〔九〕鵷雛即鳳。遠害，避害。

〔一〇〕靈虬即神龍。

〔一一〕《銓評》：「劉向《杖銘》：都蔗雖甘，殆不可杖。」案都蔗即甘蔗。甘蔗質不堅，作杖必然斷折。

〔一二〕巧，詐也。

〔一三〕此句上，疑原脱八字，致文義不貫。濟濟，《尚書·大禹謨》孔傳：「衆盛之貌。」

〔一四〕《詩經·文王篇》：「萬邦作孚。」毛傳：「孚，信也。」

〔一五〕逢蒙，古之善射者。或謂逢蒙曾學射於羿。

〔一六〕聖，《銓評》：「《藝文》作賢。」知，案宋刊本《曹子建文集》作智。

〔一七〕必得，《銓評》：「《藝文》作亦待。」案宋刊本《曹子建文集》與今本同，疑當從《藝文》作亦待，避與上文用字複。

〔一八〕《銓評》：「《韓詩外傳》：齊莊公出獵，有螳螂舉足，迴車避之。於是齊國勇士皆願爲之效死。」

〔一九〕《銓評》：「《韓非子》：越王伐吴，出見怒蛙，爲之式。」明年，越國人民請以己首來獻者十餘人。

〔二〇〕世僞知賢句下脱八字。黄節《曹子建詩注》：「疑《文選》任彦昇《宣德皇后令》李注引《矯志》詩：仁虎匿爪，神龍隱鱗。爲此節之佚句。」

〔二一〕燾，《銓評》：「程、張作壽，從《藝文》。」《禮記·中庸》：「無不覆幬。」幬與燾通。覆燾複義詞。

謂天無不涵蓋之意。與《喜雨詩》：「天覆何彌廣，苞育此群生」義同。

〔二二〕矩，法則。謂天無私覆之法則。

〔二三〕爲，如字之意。闐，《銓評》：「《藝文》作門。」案據下文「門機之闢」句，則此作門正與下句義相承應，作闐似非。

〔二四〕《説苑·談叢》：「口者關也，舌者機也；出言不當，四馬不能追也。」蓋曹植所本。

〔二五〕闢，《銓評》：「張作闓。」案作闓字是，闓，《一切經音義》十三引《聲類》：「闓亦開字。」《周易》曰：「樞機之發，榮辱之主。」

〔二六〕楛，《尚書·禹貢》：「惟箘簵楛。」孔傳：「箘，簵善竹，楛中矢榦。」案《説苑·談叢》：「蒯子羽曰：言猶射也，栝既離弦，雖有所悔焉，不可從而追也。」《莊子·齊物論》：「其發若機栝。」《文選·西京賦》李注：「括，箭括之御弦者也。」栝，亦作括。

此詩全篇用比喻之義以説明道理。四句一組：首二句是比喻，後兩句是主意，以表達其思想内容，爲詩之另一形式。

上牛表〔一〕

臣聞物以洪珍〔二〕，細亦或貴。故不見僬僥之微〔三〕，不知泱漭之泰〔四〕；不見果下之乘〔五〕，不别龍馬之大〔六〕，高下相懸〔七〕，所以致觀也〔八〕。謹奉牛一頭，不足追遵大小之制〔九〕，形少有殊，敢不獻上。

〔一〕《銓評》：「上張作獻。」
〔二〕以，因也。
〔三〕僬僥，《國語·魯語》韋注：「僬僥氏長三尺，短之至也。」《列子·湯問》：「從中州以東（西）四（三）十萬里得僬僥國，人長一尺五寸。」張湛注：「事見《詩含神霧》。」
〔四〕廣大之貌。
〔五〕果下之乘，《魏志·烏丸鮮卑東夷濊傳》裴注：「按果下馬，高三尺，乘之可於果樹下行，故謂之果下。」
〔六〕龍馬，《爾雅·釋畜》：「馬八尺爲龍。」
〔七〕相懸，謂高小有極大距離。
〔八〕致觀，《荀子·修身》楊注：「致猶極也。」致觀即極觀。
〔九〕遵，《爾雅·釋詁》：「循也。」制謂制度。

黄初五年令〔一〕

令〔二〕：夫遠不可知者天也〔三〕，近不可知者人也。《傳》曰：「知人則哲，堯猶病諸〔四〕！」

諺曰：「人心不同，若其面焉〔五〕！」「唯女子與小人爲難養也，近之則不遜，遠之則有怨〔六〕。」《詩》云：「憂心悄悄，慍於群小〔七〕。」自世間人從〔八〕，或受寵而背恩，或無故而入叛〔九〕。違顧左右〔一〇〕，曠然無信〔一一〕。大嚼者咋斷其舌〔一二〕；右手執斧，左手執鉞，傷夷一身之中〔一三〕，尚有不可信，況於人乎！唯無深瑕潛釁〔一四〕、隱過匿愆〔一五〕，乃可以爲人君上〔一六〕，行刀鋸於左右耳〔一七〕，前後無其人也〔一八〕。諺曰：「穀千駑不如養一（驢）〔驥〕〔一九〕。」又曰〔二〇〕：「穀駑養虎〔二一〕，大無益也〔二二〕。」乃知韓昭侯之使藏弊袴〔二三〕，良有以也〔二四〕。使臣有三品〔二五〕：有可以仁義化者，有可以恩惠驅者〔二六〕；此二者不足以導之〔二七〕，則當以刑罰使之〔二八〕；刑罰復不足以率之〔二九〕，則明主所以不畜〔三〇〕。故唐堯至仁，不能容無益之子〔三一〕；湯武至聖，不能養無益之臣。「九折臂知爲良醫」〔三二〕，吾知所以待下矣〔三三〕！諸吏各敬爾在位，孤推一槩之平〔三四〕：功之宜賞，於疏必與；罪之宜戮，在親不赦。此令之行，有若皎日〔三五〕。於戲！群臣其覽之哉〔三六〕！

〔一〕《銓評》：「《文館詞林》六百九十五作《賞罰令》。」

〔二〕令，《銓評》：「程、張脱令，從《詞林》六百九十五補。」

〔三〕語出《説苑》。

〔四〕《尚書·皋陶謨》。句意謂深入了解人之優劣短長，即爲具有卓絶智慧之士，能如此即唐堯亦感困難。

〔五〕若其，宋刊本《曹子建文集》作其若，疑誤乙。《左》襄三十一年傳：「子産曰：人心之不同，如其面焉。」若、如義同。

〔六〕唯女子，《銓評》：「程脱子，從《藝文》五十四補。」案宋刊本《曹子建文集》與《藝文》同有子字。有怨，案宋刊本《曹子建文集》無有字，《藝文》引同。此三句見《論語·陽貨篇》，怨上亦無有字。

〔七〕詩云，《詩經·邶風·柏舟篇》句。悄悄，毛傳：「憂貌。」《荀子·宥坐篇》曰：「小人成群，斯足憂矣！」愠，《柏舟》毛傳：「怒也。」群小，指君側險佞之人。

〔八〕人從，《銓評》：「程、張脱從，從《詞林》補。」案丁補是。人從謂在左右服役之人。

〔九〕入叛，《釋名·釋語言》：「入，内也。」入叛即内叛。

〔一〇〕違，案《尚書·堯典》：「静言庸違。」《論衡·恢國篇》引違字作回，是違與回通，則違顧猶言回顧。

〔一一〕曠，空也。《漢書·賈誼傳》顔注：「信，任也。」言無有可信賴者。

〔一二〕咋斷，《銓評》：「程咋作作，從《藝文》。」案宋刊本《曹子建文集》正作咋。咋斷，猶咬斷。

〔一三〕傷夷，即傷痍。《説文》：「痍，傷也。」猶言創痍。《釋名·釋疾病》：「創，戕也。戕，毁體使傷也。」

〔一四〕深瑕，謂隱蔽之缺點。潛釁，潛藏之罪惡。

〔一五〕隱過，不顯明之過失。匿愆，未暴露之錯誤。

〔一六〕爲人君上，作人民之統治者。

〔一七〕刀鋸，《國語·魯語》：「中刑用刀鋸。」韋注：「割劓用刀，斷截用鋸。」此泛指刑罰。

〔一八〕《銓評》：「以上十五字程、張脱，依《詞林》補。」

〔一九〕穀千駑，《銓評》：「《詞林》有馬。」穀，《文選·高唐賦》李注：「食也。」驢，《銓評》：「《詞林》作驥。」案驢字當作驥。駑驥古多用爲優劣之代詞。

〔二〇〕又曰，《銓評》：「程脱此二字，從《藝文》補。」

〔二一〕穀駑，《銓評》：「《詞林》下有馬。」

〔二二〕大，《銓評》：「《詞林》作庸夫。」

〔二三〕乃，《銓評》：「程脱乃，從《藝文》補。」使藏，《銓評》：「程、張脱此二字，依《藝文》補。」《韓非子·内儲説》：「韓昭侯使人藏弊袴，侍者曰：君亦不仁矣！弊袴不以賜左右而藏之。昭侯曰：非子之所知也。吾聞明主之愛一嚬一笑，嚬有爲嚬而笑有爲笑，今夫袴豈特嚬笑哉！袴之爲嚬笑相去遠矣，吾必待有功者，故收藏之，未有予也。」

〔二四〕以，因也。

〔二五〕使，《銓評》：「《詞林》上有役字。」案《説苑·政理》：「政有三品：王者之政化之，霸者之政威之，彊者之政脅之。夫此三者，各有所施而化之爲貴矣。夫化之不變而後威之，威之不變而後脅之，脅之不變而後刑之。夫至於刑者，則非王者之所貴也。」此曹植之所本。

〔二六〕驅，案《文選·東京賦》薛注：「毆與驅同。」《荀子·彊國篇》楊注：「毆謂駕馭之也。」

〔二七〕此二者，《銓評》：「程、張脱此三字，從《詞林》補。」導，《論語·爲政篇》皇疏：「謂誘引也。」

〔二八〕則，《銓評》：「《詞林》作乃。」刑罰使之，《銓評》：「程脱此四字，依《藝文》補。」

〔二九〕率，《淮南·時則》高注：「使也。」

〔三〇〕主，《銓評》：「程脱主，《詞林》作聖，從張本。」所以，《銓評》：「張脱以，從《藝文》補。」案宋刊本《曹子建文集》有以字。不畜，《銓評》：「不下《詞林》有能字。」畜，養也。

〔三一〕無益之子，指堯之子丹朱。《尚書·益稷篇》：「無若丹朱傲，惟慢游是好。」

〔三二〕《楚辭》：「九折臂而成醫。」《左》定十三年傳：「三折肱知爲良醫。」意謂從多次失敗中，吸取教訓，從而取得寶貴經驗。

〔三三〕待，猶言對付。

〔三四〕孤，《銓評》：「張脱孤。」案宋刊本《曹子建文集》有孤字。槩，平斗器。一槩之平，謂對人無高低之别，平等一致。

〔三五〕皎日，《銓評》：「皎張作皓。」案皎與皦同。《詩經·大車篇》：「謂予不信，有如皦日。」毛傳：「皦，白也。」張作皓誤。

〔三六〕臣，《銓評》：「《藝文》作司。」

謝鼓吹表〔一〕

許以簫管之樂〔二〕，榮以田游之嬉〔三〕。陛下仁重有虞〔四〕，恩過周旦〔五〕，濟世安宗〔六〕，寔在聖德。

〔一〕鼓吹，魏制不可考。據陳制：鼓吹一部十六人，簫十三人，笳二人，鼓一人（見《隋書·樂志》）。

〔二〕簫管，猶簫笳。

〔三〕田游，田獵。

〔四〕有虞指舜。舜弟象，日以殺舜爲事。舜承堯帝位，而封象于有庳（事見《孟子·萬章篇》）。

〔五〕見《尚書·蔡仲之命》。

〔六〕《爾雅·釋言》：「濟，成也。」

此表殘缺，僅存數語。

鞞舞歌有序　五首　程缺〔一〕

漢靈帝西園鼓吹有李堅者〔二〕，能鞞舞〔三〕，遭亂西隨段熲〔四〕。先帝聞其舊有技〔五〕，召之。堅既中廢〔六〕，兼古曲多謬誤〔七〕，異代之文〔八〕，未必相襲〔九〕，故依前曲〔一〇〕，改作新歌五篇。不敢充之黄門〔一一〕，近以成下國之陋樂焉〔一二〕。

〔一〕《宋書·樂志》：「鞞舞未詳所起，然漢代已施於燕享矣。傅毅、張衡所賦，皆其事也。」

〔二〕西園，漢靈帝中平五年八月，初置西園八校尉。鼓吹，軍樂。

〔三〕能，《銓評》：「《御覽》五百七十四作善。」

〔四〕遭亂，謂遭董卓之亂。段熲，《銓評》：「《御覽》作段煨。」段煨，武威人。初平二年，董卓使中郎將段煨屯華陰。興平元年，車駕進至華陰，寧輯將軍段煨具服御及公卿以下資儲，請帝幸其營。三年，以段煨爲安南將軍，封闅鄉侯。建安七年，徵段煨爲大鴻臚，病卒。

〔五〕舊有技，案《通典·樂五》、《通考·樂十四》引無有字。

〔六〕時堅已七十餘歲，又停止長時間練習，故曰中廢。廢，止也。

〔七〕古，《銓評》：「《御覽》作故。」

〔八〕文，指歌辭。

〔九〕襲，《廣雅·釋詁四》：「因也。」《銓評》：「以上八字張脱，依《御覽》補。」

〔一〇〕依前曲，《銓評》：「張脱此三字，依《御覽》補。」

〔一一〕黄門，《通典·職官三》：「凡禁門黄闥，故號黄門。其官給事於黄闥之内。」《宋書·樂志》：「漢世有黄門鼓吹。」

〔一二〕下國，韋昭《國語注》：「天子爲上國，故諸侯爲下國。」《銓評》：「以上十五字張脱，依《御覽》補。」

聖皇篇

聖皇應曆數〔一〕，正康帝道休〔二〕。九州咸賓服〔三〕，威德洞八幽〔四〕。三公奏諸公〔五〕，不得久淹留〔六〕。藩位任至重，舊章咸率由〔七〕。侍臣省文奏〔八〕，陛下體仁慈〔九〕，沈吟有愛戀〔一〇〕，不忍聽可之〔一一〕。迫有官典憲〔一二〕，不得顧恩私〔一三〕。諸王當就國，璽綬何累縗〔一四〕！便時舍外殿〔一五〕，宫省寂無人〔一六〕。主上增顧念，皇母懷苦辛〔一七〕。何以爲贈賜！傾府竭寶珍〔一八〕：文錢百億萬〔一九〕，采帛若烟雲〔二〇〕。乘輿服御物〔二一〕，錦羅與金銀。龍旂垂九旒〔二二〕，羽蓋參班輪〔二三〕。諸王自計念〔二四〕，無功荷厚德；思一效筋力〔二五〕，糜軀以報國。鴻臚擁節衛〔二六〕，副使隨經營〔二七〕。貴戚並出送，夾道交輜軿〔二八〕。車服齊整設，韡曄耀天精〔二九〕。武騎衛前後〔三〇〕，鼓吹簫笳聲。祖道魏東門〔三一〕，淚下霑冠纓。扳蓋因内顧〔三二〕，俛仰慕同生。行行日將暮，何時還闕庭？車輪爲徘徊，四馬躊躇鳴〔三三〕。路人尚酸鼻〔三四〕，何況骨肉情！

〔一〕聖皇，指曹丕。曆數，《尚書·皋陶謨》：「天之曆數在爾躬。」《北堂書鈔》引《洪範五行傳》：「曆者，聖人所以揆天行而紀萬國也。」句謂曹丕適應上天改朝易代之準則。

〔二〕正康即政康，正、政古通。《廣雅·釋詁》：「政，正也。」《尚書·皋陶謨》：「庶事康哉。」帝道，皇帝統治國家之準則。休，美也。

〔三〕賓服，《禮記·樂記》：「諸侯賓服。」鄭注：「賓，協也。」

〔四〕《淮南·原道訓》高注：「洞，達也。」八幽，八方幽隱之區。

〔五〕三公，時司徒華歆、司空王朗、太尉賈詡也。諸公指曹彰、曹植、曹彪等。

〔六〕淹留，滯留。

〔七〕舊章猶舊則，見《責躬》詩注。率由，亦見《責躬》詩注。

〔八〕侍臣，皇帝左右之臣。考曹魏制度：通事郎主持詔書起草。其次爲黄門郎。詔書由黄門郎署名之後，通事郎乃署名。然後將奏詔送入宫，讀與皇帝聽。皇帝若同意，即代皇帝簽署。三公奏書，亦由通事郎省閲，始送皇帝。

〔九〕陛下指曹丕。體，《吕覽·情欲篇》高注：「性也。」

〔一〇〕沈吟，遲疑不決之貌。

〔一一〕可，《禮記·玉藻》《正義》：「可者，通許之詞。」漢魏制詔用語。

〔一二〕典憲，國家法制。

〔一三〕恩私，猶言恩愛，魏晉間常語。《釋名·釋親屬》：「此人與己姊妹有恩私也」可證。

〔一四〕累線，《銓評》：「《樂府》五十三累作纍。」案累線雙聲謰語，與葳蕤義同。葳蕤，盛貌。

〔一五〕便時猶言即時。舍，居住。

〔一六〕宫省，見卷一《東征賦》注。黄節云：「此二句蓋即《應詔詩》所云：爰暨帝室，税此西墉。嘉詔未賜，朝覲莫從事也。」案此篇所述乃延康元年諸侯就國情況之追敘，地在鄴城。與《應詔詩》所陳，是黄初四年朝洛陽事，時地俱異，不可牽合爲一，黄説非。

〔一七〕皇母，《銓評》：「指太后。」黄節云：「蓋即裴注所引《魏略》：植伏地泣涕，太后爲不樂，詔乃聽復王服事也。」案黄説亦誤，説見前。

〔一八〕府，《禮記·曲禮》鄭注：「謂寶藏貨賄之處也。」

〔一九〕文錢，錢有文字，故稱文錢。

〔二〇〕烟雲，形容衆多之貌。

〔二一〕乘輿，皇帝代詞。

〔二二〕旂，《銓評》：「《宋書·樂志》旂作旗。」龍旂，旗上畫龍。皇帝之旂繪升龍，公侯之旗繪降龍。

旒，旗上所附飄帶。魏晉制度：皇帝金路車建大旂九旒，以會萬國之賓；亦以賜上公及王子或母弟。當時規定，公旂八旒，侯七旒。此云九旒，蓋自特恩。

〔二三〕羽蓋，用鳥羽製成之車蓋。有以翠鳥羽製者，則名曰翠蓋。参，與字之意。班輪，車輪上用朱漆繪畫之圖案曰班輪。《晉書·輿服志》：「天子之法車，皆朱班漆輪，畫爲槇文。」

〔二四〕計念，謂忖度考慮。

〔二五〕效，《漢書·元后傳》顔注：「獻也。」

〔二六〕鴻臚，官名，掌管諸侯封拜與朝貢行禮贊導等職。擁節，古代天子遣人使持節，作爲奉命執行任務之標幟。

〔二七〕副使，鴻臚丞。經營，猶言往來照料。

〔二八〕輜，車名，門在後，有後轅，宫中女執事人所乘者。軿亦車名，四面遮蔽，無後轅，公主或王妃所乘。

〔二九〕天精指日。《孝經援神契》：「天地至貴，精不兩明。」注：「天精爲日，地精爲月。」

〔三〇〕武騎，保衛京師之羽林騎兵。

〔三一〕祖餞，《漢書·劉屈氂傳》顔注：「祖者送行之祭，因設宴飲焉。」魏東門，謂鄴城東門。《魏志·任城王彰傳》：「文帝即王位，彰與諸侯就國。」時丕爲魏王，居鄴，即位後，乃都洛陽。

〔三二〕内顧，《論語》皇疏：「内猶後也。」内顧謂後顧。

〔三〕四馬，漢魏制度：「太子及諸侯王車駕四馬。」躊躇即踟躕。已見《贈白馬王彪詩》注。

〔四〕酸鼻，《文選·高唐賦》李注：「鼻辛酸，淚欲出也。」

《銓評》：「《宋書·樂志》云：當《章和二年中》。」案此篇叙述延康元年曹植兄弟被遣反國之經過，雖致意鋪叙出京盛況，但字裏行間却流露强迫歸藩之隱痛，而篇末更微婉抒吐母子兄弟生離之悲。

靈芝篇

靈芝生〔天〕〔玉〕地〔一〕，朱草被洛濱〔二〕。榮華相晃耀〔三〕，光采曄若神〔四〕。古時有虞舜，父母頑且嚚〔五〕；盡孝於田壠，烝烝不違仁〔六〕。伯瑜年七十，綵衣以娛親〔七〕；慈母笞不痛，歔欷涕霑巾〔八〕。丁蘭少失母〔九〕，自傷早孤煢〔一〇〕。刻木當嚴親，朝夕致三牲〔一一〕。暴子見陵侮〔一二〕，犯罪以亡形〔一三〕，丈人爲泣血〔一四〕，免戾全其名〔一五〕。董永遭家貧〔一六〕，父老財無遺〔一七〕，舉假以供養〔一八〕，傭作致甘肥〔一九〕。責家填門至〔二〇〕，不知何用歸〔二一〕！天靈感至德〔二二〕，神女爲秉機〔二三〕。歲月不安居〔二四〕！嗚呼我皇考〔二五〕！生我既已晚，棄我何其早〔二六〕！《蓼莪》誰所興〔二七〕？念之令人老〔二八〕。退詠南風詩〔二九〕，灑淚滿禕抱〔三〇〕。亂曰：聖皇君四海〔三一〕，德教朝夕宣〔三二〕，萬國咸禮讓，百姓家肅虔〔三三〕。庠序不失儀〔三四〕，孝弟處中田〔三五〕。户有曾閔子〔三六〕，比屋皆仁賢。髫齔無夭齒〔三七〕，黄髮盡其年。陛下三萬歲，慈母亦復然〔三八〕。

〔一〕天，《銓評》：「《宋書·樂志》作玉。」案《文選》江淹《雜體詩》李注：「陳思王《靈芝篇》曰：靈芝生玉池。」作玉池是。玉池，指靈芝池。《魏志·文帝紀》：「黄初三年穿靈芝池。」

〔二〕朱草，《抱朴子·金丹篇》：「朱草狀如小棗，長三四尺，枝葉皆赤，莖似珊瑚，喜生名山岩石之下，刻之，汁流如血。」古謂聖王恩及草木，朱草即生於野。洛濱，洛水之濱。

〔三〕榮華，《爾雅·釋草》：「木謂之華，草謂之榮。」皆言花也。晃耀，花之紅色相互輝映。

〔四〕曄，謂花光彩耀目。

〔五〕頑嚚，《尚書·堯典》：「父頑母嚚。」孔傳：「心不則德義之經爲頑。」《左》僖二十四年傳：「口不道忠信之言爲嚚。」

〔六〕烝烝，王引之《經義述聞》：「烝烝是孝德之厚美也。」不違仁，《論語·雍也篇》：「子曰：其心三月不違仁。」謂不違反仁愛之道德準則。

〔七〕事見《説苑》。伯瑜姓韓，即俗所傳之老萊子。

〔八〕歔欷，《文選·閒居賦》李注引《蒼頡》：「泣餘聲也。」

〔九〕丁蘭，漢代河内郡（今河南黄河以北之地）人。事見《逸人傳》。

〔一〇〕孤煢，幼而無父曰孤；煢，獨也。

〔一一〕三牲，謂牛羊豕。

〔一二〕暴子，凶暴之人。謂張叔。陵侮，壓迫、侮辱。

〔一三〕亡形，即忘刑。

〔一四〕丈人，謂丁蘭所祀父之木像。

〔一五〕戾，《爾雅·釋詁》：「辠也。」案《逸人傳》丁蘭以殺人被捕時，向木像告別，像眼中落下淚，郡縣知此事，俱贊美蘭至孝通神而免其罪。

〔一六〕董永，山東千乘（山東高苑縣北）人。

〔一七〕遺，餘也。

〔一八〕舉假，猶言告貸。

〔一九〕傭作，《一切經音義》六引蔡邕《勸學》注：「傭，賣力也。」作，勞作。

〔二〇〕責家，猶今云債主。填，《說文》：「塞也。」塞門，言衆多。

〔二一〕何用歸，猶言用何償還。

〔二二〕至德，卓絶品質。

〔二三〕秉機，持機織布。案此篇所述董永事，與劉向《孝子傳》所載故事，小有出入，蓋所據不一，致此差異也。

〔二四〕意謂歲月如流，時不再來。

〔二五〕皇考，謂曹操。

〔二六〕曹植生時，曹操已三十七歲，曹植二十八歲時，曹操病死洛陽。

〔二七〕《蓼莪》，《詩經·大雅》篇名。《詩》云：「蓼蓼者莪，匪莪伊蒿。哀哀父母，生我劬勞！」誰所興，誰所寫作。

〔二八〕念之，之謂《蓼莪》詩句；令人老，《詩經·小弁篇》：「惟憂用老。」老謂憂深也。

〔二九〕退，《説文》：「却也。」南風，《爾雅·釋天》：「南風謂之凱風。」南風詩，即《詩經·凱風篇》。詩云：「凱風自南，吹彼棘心；棘心夭夭，母氏劬勞。」曹植引詩以頌卞太后養育勞苦之恩。

〔三〇〕《廣雅·釋器》：「韠，蔽膝也。」有大巾之稱，繫于胸前，長可至膝；或蒙於頭，曹魏時以絳紗爲之。抱，《銓評》：「張作袍，從《宋書》。」案韠、抱指衣胸前部分。

〔三一〕亂曰，《離騷》王注：「亂，理也。所以發理詞指，揔撮行要也。屈原舒肆憤懣，極意陳詞，或去或留，文采紛華，然後結括一言，以明所趣。」曹植此語，義當與之近。聖皇謂曹丕。君，統治之意。

〔三二〕德教，仁惠教令。宣，頒布。

〔三三〕肅虔，嚴整恭敬之意。

〔三四〕庠序，《孟子·梁惠王章》：「謹庠序之教。」趙注：「庠序者，教化之宫也。殷曰序，周曰庠。」儀，《釋名·釋典藝》：「儀，宜也，得事宜也。」

〔三五〕中田，猶田中。

〔三六〕曾閔，即曾參、閔子騫。

〔三七〕髫，《後漢書・伏湛傳》章懷注：「髫髮，謂童子垂髮也。」齔，《周禮・司厲》鄭注：「齔，毀齒也。男八歲、女七歲而毀齒，曰齔。」故髫齔謂兒童。夭，《詩經・隰有萇楚篇》毛傳：「夭，少也。」齒，《禮記・文王世子》鄭注：「人之壽數也。」是夭齒猶今語短命之意。

〔三八〕慈母，謂太后卞氏。

《銓評》：「《宋書・樂志》云：當《殿前生桂樹》。」案此篇歷叙古代孝子事蹟，藉以申述己之孝思。末段歌頌政治教化之成功，具頌揚曹丕之意，爲當時燕樂所必具之思想內容。

大魏篇

大魏應靈符〔一〕，天禄方甫始〔二〕。聖德致泰和〔三〕，神明爲驅使〔四〕。左右爲供養〔五〕，中殿宜皇子〔六〕。陛下長壽考，群臣拜賀咸悦喜！積善有餘慶〔七〕，寵禄固天常〔八〕。衆喜填門至〔九〕，臣子蒙福祥。無患及陽遂〔一〇〕，輔翼我聖皇。衆吉咸集會，凶邪姦惡並滅亡。黄鵠游殿前，神鼎周四阿〔一一〕。玉馬充乘輿〔一二〕，芝蓋樹九華〔一三〕。白虎戲西除〔一四〕，舍利從辟邪。騏驥躡足舞，鳳凰拊翼歌〔一五〕。豐年大置酒，玉樽列廣庭〔一六〕。樂飲過三爵〔一七〕，朱顔暴已形〔一八〕。式宴不違禮〔一九〕，君臣歌《鹿鳴》〔二〇〕。樂人舞鼙鼓〔二一〕，百官雷（忭）〔抃〕讚若驚〔二二〕。儲禮如江海，積善若陵山。皇嗣繁且熾〔二三〕，孫子列曾玄〔二四〕。群臣咸稱萬歲，陛下長壽樂年。御酒停未飲〔二五〕，貴戚跪東廂〔二六〕。侍人承顏色，奉進金玉觴〔二七〕。此酒亦真酒〔二八〕，福禄當聖皇。陛下臨軒笑〔二九〕，左右咸歡康。杯來一何遲〔三〇〕！群僚以次行〔三一〕。賞賜累千億，百官並富昌。

〔一〕應靈符，謂曹丕代漢而即帝位，是承應上天之符命。《魏志·文帝紀》裴注引《魏書》：「許芝上奏曰：奇獸神物，衆瑞並出，斯皆帝王受命易姓之符也。」

〔二〕天禄，《後漢書·桓帝紀》注：「天位也。」

〔三〕泰和，謂社會安定、生活豐裕之詞。

〔四〕神明，謂天地衆神。

〔五〕《銓評》：「爲，《宋書·樂志》作宜。」案《禮記·檀弓》：「左右就養無方。」《正義》：「左右，僕從之臣。」供養，供，《周書·謚法》孔注：「奉也」。供養即奉養。《韓非子·外儲説》：「子盛壯成人，其供養薄，父母怒而誚之。」

〔六〕中殿即殿中。

〔七〕見卷一《贈丁廙》詩注。

〔八〕寵，《説文》：「尊居也。」禄，福也。

〔九〕喜，《銓評》：「《宋書》作善。」

〔一〇〕無患，謂無災害。陽遂，《文選·洞簫賦》李注：「清通貌。」案即雨暘時若，時和歲豐之意。

〔一一〕周四阿，《文選·西都賦》：「周阿而生。」李注：「阿，庭之曲也。」謂神鼎設於庭中之四角。

〔一二〕玉馬，古謂皇帝清明尊賢則玉馬來。充，《公羊》桓四年傳何注：「備也。」

〔一三〕九華，九莖開花之靈芝。《大饗碑》：「蔭九層之華蓋。」

〔一四〕除，宫殿臺階。

〔一五〕舍利、辟邪，皆獸名。是漢代宫廷雜技節目。按《漢官典職》云：「正旦，天子幸德陽殿作九賓樂。舍利從東來，戲於庭。入殿前，激水化成比目魚，跳躍漱水作霧，化爲黄龍，高八十丈，出水戲庭中。」拊翼歌以上四句，是魏王朝承襲漢代正月朔日朝賀之儀式，故亦有技人裝飾舍利、辟邪、麒麟、鳳皇形象，於殿前舞蹈歌唱。

〔一六〕玉，《銓評》：「《宋書》作王。」案作玉字是。《仙人篇》：「玉樽盈桂酒。」王樽不詞。

〔一七〕《左》宣二年傳：「臣侍君宴，過三爵，非禮也。」《禮記·玉藻》：「君若賜之爵，禮已三爵，即油油已退。」鄭注：「禮飲過三爵，則敬殺。」

〔一八〕暴，《穀梁》隱元年傳范注：「露也。」形，《廣雅·釋詁三》：「見也。」

〔一九〕式，發語詞。不違禮猶言不失禮。

〔二〇〕《鹿鳴》，《詩經·小雅》篇名。《通考·樂十四》：「曹孟德平劉表，而得漢雅樂郎杜夔。夔老，久矣不肄習。所得於三百篇者，唯《鹿鳴》、《騶虞》、《伐檀》、《文王》四篇而已，餘聲不傳。」又曰：「每正旦大會，太尉奉璧，群臣行禮東廂，雅樂常作者是也。」荀勗云：「魏氏行禮，食舉，再取周詩《鹿鳴》以爲樂章。」

〔二一〕鼙鼓，即鼙鼓舞。參加舞者計十六人，爲古代干戚舞之遺式。

〔二二〕雷忭，疑當作雷抃。《文選·琴賦》：「搏拊雷抃。」李注：「《説文》曰：抃，撫手也。」猶今語掌聲如雷也。讚若驚，《釋名·釋典藝》：「稱人之美曰讚。」謂歡呼之聲震動宫廷也。

〔二三〕熾，盛也。

〔二四〕曾玄，《爾雅·釋親》：「孫之子爲曾孫，曾孫之子爲玄孫。」此謂父、子、孫、曾、玄爲五世，五世同堂，封建社會謂爲家庭光榮之事。

〔二五〕《宋書·禮志》：「又行御酒，御酒升階，太官令跪授侍郎，侍郎跪進御坐前。」

〔二六〕東廂，《文選·東京賦》薛注：「殿東西次爲廂。」《儀禮·覲禮記》鄭注：「東廂，東夾之前，相翔待事之處。」按大饗禮群臣在東。

〔二七〕《宋書·禮志》：「謁者引王詣樽酌壽尊，跪授侍中，侍中跪置御坐前。王還自酌，置位前。謁者跪奏：藩王臣等奉觴再拜上千萬歲壽。侍中曰：觴已上。百官伏稱萬歲，西廂樂作，百官再拜，已飲，又再拜。謁者引王等還本位。陛者傳就席，群臣皆跪諾。」

〔二八〕真酒，案《説文》：「真，仙人變形而登天也。」疑真酒或即仙酒之代稱。

〔二九〕臨軒，《左》昭六年傳疏：「臨謂位居其上，俯臨其下。」軒，《後漢書·張奂傳》章懷注：「軒，殿檻闌板也。」

〔三〇〕此時百官始傳杯以飲，因愉快，故嫌杯傳遞緩慢。《宋書·禮志》：「行御酒後，乃行百官酒。」

〔三一〕宴會告終，百官按其品級依次退席。

《銓評》：「《宋書·樂志》云：當《漢吉昌》。」案魏代燕享儀式，紀載缺乏。此篇所述，可以窺其崖略。篇中極意地歌頌時和年豐、宴樂群臣之盛事。

精微篇

精微爛金石〔一〕，至心動神明〔二〕：杞妻哭死夫，梁山爲之傾〔三〕。子丹西質秦，烏白馬角生〔四〕。鄒衍囚燕市，繁霜爲夏零〔五〕。關東有賢女〔六〕，自字蘇來卿〔七〕，壯年報父仇，身没垂功名。女休逢赦書〔八〕，白刃幾在頸。俱上列仙籍〔九〕，去死獨就生〔一〇〕。太倉令有罪〔一一〕，遠徵當就拘〔一二〕，自悲居無男，禍至無與俱〔一三〕。緹縈痛父言，荷擔西上書〔一四〕，盤桓北闕下〔一五〕，泣淚何漣如〔一六〕！乞得並姊弟，没身贖父軀〔一七〕。漢文感其義，肉刑法用除〔一八〕。其父得以免，辯義在《列圖》〔一九〕。多男亦何爲！一女足成居〔二〇〕。簡子南渡河〔二二〕，津吏廢舟船〔二三〕。執法將加刑〔二三〕，女娟擁櫂前〔二四〕。妾父聞君來，將涉不測淵〔二五〕，(長)〔畏〕懼風波起〔二六〕，禱祝祭名川〔二七〕。備禮饗神祇〔二八〕，爲君求福先〔二九〕，不勝釂祀誠〔三〇〕，(教)〔致〕令犯罰艱〔三一〕。君必欲加誅，乞使知罪愆〔三二〕。妾願以身代，至誠感蒼天。國君高其義〔三三〕，其父用赦原〔三四〕。《河激》奏中流〔三五〕，簡子知其賢；歸聘爲夫人，榮寵超後先〔三六〕。辯女解父命〔三七〕，何況健少年！黄初發和氣〔三八〕，明堂德教施〔三九〕。治道致太平，禮樂風俗移〔四〇〕。刑措民無枉〔四一〕，怨女復何爲〔四二〕！聖皇長壽考，景福常來儀〔四三〕。

〔一〕精微，《吕氏春秋·大樂篇》高注：「精，微也。」《太玄·元數》范注：「精謂精誠也。」爛金石，《後漢書·廣陵思王荆傳》：「精誠所加，金石爲開。」

〔二〕至心，《詩經·節南山篇》鄭箋：「至猶善也。」動，感動。

〔三〕《説苑·善説篇》：「華周杞梁戰而死，其妻悲之，向城而哭，隅爲之崩，城爲之阤。」梁山崩，《左》成四年傳：「梁山崩，壅河，三日不流。」似與杞妻哭夫無涉。或曹植誤將二事牽合爲一，抑亦有所本也，存之俟考。

〔四〕《燕丹子》：「燕太子丹質於秦，秦王遇之無禮，不得意，欲求歸。秦王不聽，謬言：令烏白頭，馬生角，乃可許耳。丹仰天嘆，烏即白頭，馬生角。秦王不得已，而遣之。」

〔五〕《銓評》：「衍《宋書·樂志》作羨，夏作下。」案衍、羨聲近，下應作夏。《後漢書·劉瑜傳》章懷注引《淮南子》：「鄒衍事燕惠王，盡忠，左右譖之，王繫之，仰天而哭，五月天爲之下霜。」

〔六〕關東，指函谷關以東之地，即今河南、山東省部分地區。

〔七〕自字猶自名。《樂府·陌上桑》：「自名爲羅敷。」語式相同。

〔八〕女休，左延年《秦女休行》：「女休悽悽曳梏前。兩徒夾我持刀，刀五尺餘。刀未下，朣朧擊鼓赦書下。」

〔九〕幾，《爾雅·釋詁》：「近也。」仙籍，與曹丕《與吴質書》之鬼録意同。美言之曰仙籍，質言之則死人名册。

〔一〇〕句謂蘇來卿被刑，而女休獨遇赦免。

〔一一〕太倉令，漢代主管全國糧食倉庫之官。

〔一二〕徵，召也。就拘，猶言將被拘執。

〔一三〕俱，《國策·齊策》高注：「偕也。」

〔一四〕荷擔，《宋書·樂志》：「擔作儋。」案《説文》：「儋，何也。」荷擔即何儋。《國語·齊語》韋注：「肩曰儋。」西，謂西去長安。

〔一五〕盤桓，《文選·西京賦》薛注：「便旋也。」案盤桓疊韻謰語，猶徘徊也。北闕，未央宫外北面闕名，漢代上書言事者皆至北闕下。

〔一六〕漣如，泣下貌。

〔一七〕《史記·孝文紀》：「妾願没入爲官奴婢。」

〔一八〕用除，因此廢除。

〔一九〕《列圖》，係《列女傳圖》之簡稱。緹縈事見《列女·辯通傳》。

〔二〇〕成居，見本卷《矯志詩》注。

〔二一〕簡子，戰國時趙簡子，將進攻楚國，渡黄河。

〔二二〕津吏，守渡口之官。廢，《禮記·學記》鄭注：「弛也。」

〔二三〕加刑，加以殺戮。

〔二四〕娟，津吏女名。櫂，橈也。

〔二五〕不測淵，謂極深之淵。

〔二六〕長懼，案《宋書·樂志》長字作畏。疑長、畏形近而誤，作畏字是。

〔二七〕名川，大川，指黄河。

〔二八〕饗，《禮記·月令》鄭注：「獻也。」神祇，天神曰神，地神曰祇。

〔二九〕福先，《吕氏春秋·制樂篇》：「祥者福之先。」福先謂吉祥也。

〔三〇〕釂，案釂醮古通。段玉裁曰：「酌酒不酬酢爲醮。」（《説文解字注》）蓋謂獨飲。

〔三一〕教，案《宋書·樂志》作至，至致古通用，疑作致字是。

〔三二〕罪侵謂過失。

〔三三〕高，《國策·秦策》高注：「貴也。」

〔三四〕《後漢書·劉焉傳》章懷注：「免也。」

〔三五〕《河激》，歌名，辭見《列女·辯通傳》。

〔三六〕榮寵，光榮尊貴之義。超後先，謂超越前後之人。

〔三七〕辯女，謂女娟善於辯説，故稱之曰辯女。

〔三八〕和氣，「陰陽冲和之氣也。」見《荀子·正名篇》楊注。

〔三九〕明堂，《素問·著至教論》：「布政之堂也。八窗四闥，上圓下方，在國之陽，故曰明堂。」

〔四〇〕禮樂，《説苑·修文》：「禮樂者，行化之大者也。」《吕氏春秋·孟夏紀》高注：「禮所以經國家，定社稷，利人民。樂所以移風易俗，蕩人之邪，存人之正性，故命樂師使習合之。」

〔四一〕刑措，見卷一《漢文帝贊》注。

〔四二〕怨女，指前述諸女。

〔四三〕景福，《詩經·楚茨篇》：「以介景福。」鄭箋：「景，大也。」來儀，《方言》：「儀，來也。陳潁之間曰儀。」

《銓評》：「《宋書·樂志》云：當《關中有賢女》。」案此篇列叙古代人民負屈含寃，由於精誠終被昭雪之事蹟，隱射自身受着監國謁者之誣陷，而期望獲得曹丕的寬宥，可與《黄初六年令》參看。

孟冬篇

孟冬十月，陰氣厲清〔一〕。武官誡田〔二〕，講旅統兵〔三〕。元龜襲吉〔四〕，元光著明〔五〕。蚩尤蹕路〔六〕，風弭雨停。乘輿啓行〔七〕，鸞鳴幽軋〔八〕。虎賁采騎〔九〕，飛象珥鶡〔一〇〕。鐘鼓鏗鏘〔一一〕，簫管嘈喝〔一二〕。萬騎齊鑣，千乘等蓋〔一三〕。夷山填谷〔一四〕，平林滌藪〔一五〕。張羅萬里，盡其飛走。趯趯狡兔〔一六〕，揚白跳翰〔一七〕；獵以青骹〔一八〕，掩以脩竿〔一九〕。韓盧宋鵲〔二〇〕，呈才騁足〔二一〕。噬不盡緤〔二二〕，牽麋掎鹿〔二三〕。魏氏發機〔二四〕，養基撫弦〔二五〕。都盧尋高〔二六〕，搜索猴猿。慶忌孟賁〔二七〕，蹈谷超巒〔二八〕。張目決眥〔二九〕，髮怒穿冠〔三〇〕。頓熊扼虎，蹴豹搏貙〔三一〕。氣有餘勢，負象而趨。獲車既盈，日側樂終。罷役解徒，大饗離宫〔三二〕。亂曰：聖皇臨飛軒，論功校獵徒〔三三〕。死禽積如京〔三四〕，流血成溝渠。明詔大勞賜，大官供有無〔三五〕。走馬行酒醴，驅車布肉魚〔三六〕。鳴鼓舉觴爵，擊鍾釂無餘〔三七〕。絶（綱）〔網〕縱麟麑〔三八〕，弛罩出鳳雛〔三九〕。收功在羽校〔四〇〕，威靈振鬼區〔四一〕。陛下長歡樂，永世合天符〔四二〕。

〔一〕張衡《西京賦》：「於是孟冬作陰，寒風肅殺。」薛注：「寒氣急殺於萬物。孟冬十月，陰氣始盛，萬物彫落。」案陰氣猶言寒氣。

〔二〕誡、戒古通用。《左》宣十二年傳杜注：「戒，勑令。」田謂田獵。

〔三〕講旅，《周禮·校人》鄭注：「講猶簡習。」旅，《周易·旅卦》《釋文》：「軍旅也。」則講旅猶言習武。統兵，《漢書·賈山傳》顔注：「統，治也。」統兵即治兵。

〔四〕元龜，大龜。襲吉，襲、協古通用。協，合也。古代田獵藉以講肄武事，是至爲隆重典禮，採取卜之方式以選擇時日，而決定行止。

〔五〕元光，彗星。著明，輝光明亮。彗星古謂除舊布新之象徵。

〔六〕蚩尤，楊雄《羽獵賦》：「蚩尤並轂。」蚩尤，我國上古部族，勇猛善戰，故謂爲猛勇之士之代詞。蹕路，即清道。古代皇帝出行，於所經過道路，禁止行人。張衡《西京賦》：「蚩尤秉鉞，奮鬣被般；禁禦不若，以知神奸。」與此意同。

〔七〕《詩經·六月篇》：「以先啓行。」

〔八〕幽軋，楊雄《羽獵賦》：「皇車幽輵。」李注：「幽輵，車聲也。」幽軋猶幽輵，形容抑揚而有節奏之聲。

〔九〕采騎，服采衣騎馬扈從者。

〔一〇〕象，疑指以象牙嵌飾之車。飛，形容迅速。《離騷》：「雜瑶象以爲車。」司馬相如《上林賦》：「乘鏤象。」張揖曰：「鏤象，象路也。以象牙疏鏤其車輅。」《韓子》曰：「黄帝駕象車。」珥鶡，已見卷一《鶡賦》注。

〔一一〕鏘，《銓評》：「張作衛，從《樂府》六十四。」案鏗鏘，形容響亮悦耳之聲，張作衛字誤。

〔一二〕嘈喝，或作嘈啐，疊韻謰語。馬融《長笛賦》：「啾咋嘈啐。」李注：「《埤蒼》曰：聲貌。」

〔一三〕鑣，已見本卷《應詔詩》注。此二句形容獵徒行動整齊如一。

〔一四〕夷，削平。填，塞也。

〔一五〕藪，《周禮·太宰》鄭注：「澤無水曰藪。」此二句形容人多。

〔一六〕趯趯，《銓評》：「《宋書·樂志》作翟翟。」《詩經·巧言篇》：「躍躍毚兔。」《廣雅·釋訓》：「趯趯，跳也。」狡兔即《詩經》之毚兔。

〔一七〕揚白，白指兔足之白毛。疑此謂鷹捕兔時，兔仰卧於地，以足彈起泥土，用眯鷹目。跳翰，毛長曰翰。謂兔見人追急，蹤跳奔馳。

〔一八〕青骹，張衡《東京賦》：「青骹摯於韝下。」薛注：「鷹青脛者。」

〔一九〕掩，謂套取。脩竿，即長竹竿。

〔二〇〕韓盧，韓國所産之黑色獵犬。宋鵲，宋國之白色獵犬。

〔二一〕呈才，表現能力。騁足，謂竭力馳逐。

〔二二〕緤，繫犬繩。《西京賦》薛注：「鷹下韝而擊，犬攣末而齧，皆謂急搏，不遠而獲。」

〔二三〕麋，鹿類，較鹿大，雄者青黑色，雌者褐色。掎，《後漢書·崔寔傳》章懷注：「從後牽曰掎。」

〔二四〕魏氏，《吴越春秋》：「陳音曰：黄帝作弓，以備四方。後有楚狐父，以其道傳羿，羿傳逢蒙，蒙傳楚琴氏，琴氏傳大魏。」《漢官解詁》：「魏氏瑣連孫吴之法。」注云：「兵書有魏氏瑣連之器，蓋弩拊法也。」機，弩牙也。

〔二五〕養基，即楚之善射者養由基。《淮南·説山訓》高注：「養姓，由基名。」梁玉繩《人表考》謂養邑名，蓋由基食邑於養，故以邑爲氏也。撫弦，猶拊弦也。

〔二六〕都盧，張衡《西京賦》：「都盧尋橦。」都盧指廣東地區之少數民族，具有攀援技能。尋，緣也。

〔二七〕慶忌，春秋時，吴王僚之子。《吴越春秋》：「吴王曰：慶忌之勇，世所聞也。走追猛獸，手接飛鳥。」孟賁，春秋時衛國力士。《説苑》：「勇士孟賁，水行不避蛟龍，陸行不避虎狼。」

〔二八〕張衡《西京賦》：「陵巒超壑。」

〔二九〕眥，眼眶。

〔三〇〕髮怒，謂髮豎立於頂如憤怒然。《淮南·泰族訓》：「聞者莫不瞋目裂眦，髮植穿冠。」此二句形容武士勇猛之狀。古人常以怒髮衝冠一語以描述極度憤怒。曹植以穿冠代衝冠，雖源於《淮南·泰族訓》，然違反修辭夸飾之準則，非是。説詳黄侃《文心雕龍札記》。

〔三一〕頓熊，班固《西都賦》：「頓象羆。」《廣雅·釋詁四》：「頓，僵也。」扼虎，《西都賦》：「扼猛噬。」李注：「《説文》曰：捉，搤也，搤與扼古字通。」是扼虎猶捉虎。摶貙，摶疑爲搏字之形誤。《西都賦》李注：「郭璞曰：空手執曰搏。」

〔三二〕大饗，舉行盛大宴會。

〔三三〕校，謂校所得多少。校猶數也。見《周禮·酇長》鄭注。

〔三四〕京，《爾雅·釋邱》：「絶高謂之京。」

〔三五〕大官，謂大官令，掌皇帝飲食燕享之官。

〔三六〕張衡《西京賦》：「酒車酌醴，方駕授饔。」謂饗食士衆於廣野中，酒肴皆以車布之。此《樂府》二句亦與賦意同。

〔三七〕擊鍾釂，《銓評》：「《宋書》作鍾擊位。」案《宋書》疑誤。張衡《西京賦》：「升觴舉燧，既釂鳴鍾。」此二句形容秩序整肅，井然有章。

〔三八〕綱，《銓評》：「《宋書》作網。」案作網字是。

〔三九〕《家語·王言篇》：「田獵罩弋。」王注：「罩，掩網。」弛，《左》昭三十二年傳杜注：「弛猶解也。」

〔四〇〕羽校，《文選·羽獵賦》李注：「服虔曰：士卒負羽也。」猶言檢閲士卒。

〔四一〕班固《典引》：「威靈行乎鬼區。」蔡邕注：「絶遠之區。」

〔四二〕含有永久享受帝王尊號之意。

《銓評》：「《宋書·樂志》云：當《狡兔》。」此篇叙述校閲軍士盛況。古代藉田獵爲訓練士卒作戰方式之一。曹魏承襲漢制，於此可以考見。篇末仍寓頌禱之意。

黄初六年令〔一〕

令：吾昔以信人之心無忌於左右，深爲東郡太守王機、防輔吏倉輯等（任）〔枉〕所誣白〔二〕，獲罪聖朝〔三〕。身輕於鴻毛〔四〕，而謗重於太山〔五〕，賴蒙帝（王）〔主〕天地之仁〔六〕，違百師之典議〔七〕，舍三千之首戾〔八〕，反我舊居，襲我初服〔九〕，雲雨之施，焉有量哉〔一〇〕！反旋在國〔一一〕，揵門退掃〔一二〕，形景相守，出入二載〔一三〕。機等吹毛求瑕〔一四〕，千端萬緒〔一五〕，然終無可言者！及到雍〔一六〕，又爲監官所舉，亦以紛若〔一七〕，於今復三年矣〔一八〕。然卒歸不能有病於孤者〔一九〕，信心足以貫於神明也〔二〇〕。昔熊渠、李廣〔二一〕，武發石開〔二二〕；鄒子囚燕，中夏霜下；杞妻哭梁，山爲之崩〔二三〕：固精（神）〔誠〕可以動天地金石〔二四〕，何況於人乎〔二五〕！今皇帝遥過鄙國〔二六〕，曠然大赦〔二七〕，與孤更始〔二八〕，欣笑和樂以歡孤，隕涕咨嗟以悼孤。豐賜光厚〔二九〕，訾重千金〔三〇〕，損乘輿之副，竭中黄之府〔三一〕，名馬充廄，驅牛塞路。孤以何德？而當斯惠〔三二〕；孤以何功？而納斯貺〔三三〕。富而不吝，寵至不驕者，則周公其人也〔三四〕。孤小人爾，（身）〔深〕更以榮爲戚〔三五〕。何者？將恐簡易之尤〔三六〕，出於細微；脱爾之愆〔三七〕，一朝復露也〔三八〕。故欲修吾往業〔三九〕，守吾初志〔四〇〕。欲使皇帝恩在摩天，使孤心常存入地〔四一〕，將以全陛下厚德，究孤犬馬之年〔四二〕。此難能也，然孤固欲行衆人之所難〔四三〕。《詩》曰〔四四〕：「德輶如毛，人鮮克舉之〔四五〕。」此之謂也。故爲此令，著於宫門〔四六〕，欲使左右共觀志焉〔四七〕。

〔一〕《銓評》：「《文館詞林》六百九十五作《自誡令》。此篇及逸文内《毁鄄城故殿令》，並見《文館詞林》。孫氏星衍收入《續苑》五。《詞林》乃蕃舶之書，疑出後人依托增綴，然《文選》顔延年《赭白馬賦》李注引此令中黄之副二句，又顔延年《北使洛詩》李注及《書鈔》四十二引《毁鄄城故殿令》周之亡也四句，則非全無根據，故並存之。」

〔二〕魏世鄄城屬東郡，故東郡太守有監察之責。防輔吏，侯國之官。任，《銓評》：「《續苑》五作枉。」案任字於此無義，作枉字是。誣白，猶誣告。

〔三〕聖朝，《銓評》：「以上三十五字程、張脱，依《詞林》六百九十五補。」

〔四〕《燕丹子》：「荆軻謂太子曰：烈士之節，死有重於太山，有輕於鴻毛者。」鴻毛喻極輕，而太山喻至重。

〔五〕謗，《一切經音義》六引《國語》賈注：「對人道其惡曰謗也。」

〔六〕《廣雅·釋詁三》：「賴，恃也。」《易經·明夷》《釋文》引鄭注：「蒙，猶遭也。」帝王，《銓評》：「《詞林》王作主。」案宋刊本《曹子建文集》亦作主，《藝文》引同。作主是。帝主謂曹丕。天地之仁，廣大無私之恩。

〔七〕百師，《銓評》：「師《藝文》五十四作寮，張作司。」案宋刊本《曹子建文集》與《藝文》同。《爾雅・釋詁》：「寮，官也。」百寮即百官。張作司，或以臆改。典議，《魏志・陳思王植傳》：「有司請治罪。」《文選・責躬詩》注：《植集》云：博士等議，可削爵土，免爲庶人。」

〔八〕舍，《銓評》：「《藝文》作赦。」三千，《尚書・吕刑》：「五刑之屬三千。」首戾，《爾雅・釋詁》：「戾，辠也。」《尚書・吕刑》：「而罪莫大於不孝。」謂法律中第一條罪行。

〔九〕《文選・西京賦》薛注：「襲，服也。」

〔一〇〕雲雨，《文選・東京賦》薛注：「雲雨者，天之膏潤。」施，《國語・晉語》韋注：「惠也。」雲雨之施，謂雲雨之惠，生物得以繁茂。

〔一一〕國，指鄄城。《求習業表》所謂「雖免大誅，得歸本國」之意。

〔一二〕揵門，《莊子・庚桑楚》《釋文》引向注：「揵，閉也。」退掃，即却掃。意謂閉門獨處，不與交游往還。

〔一三〕形景即形影。出入，《左》成十三年傳杜注：「猶往來。」

〔一四〕即今語吹毛求疵。瑕、疵義同。

〔一五〕如今語千頭萬緒。

〔一六〕雍謂雍丘。

〔一七〕紛若，猶《洛神賦》之紛其，形容複雜紛亂之狀。

〔一八〕曹植於黄初四年徙封雍丘，至黄初六年，前後共三年。

〔一九〕卒歸即終歸，猶言結果。病，損害之意。

〔二〇〕貫，《史記·樂書》《正義》：「貫猶通也。」

〔二一〕《新序·雜事》四：「楚熊渠子夜行，見寢石，以爲伏虎，將弓射之，矢没其衛。」《史記·李廣傳》：「廣爲右北平太守，出獵，見草中石，以爲虎而射之，中石没鏃，視之石也。」

〔二二〕《文選·幽通賦》：「李虎發而石開。」此虎作武，武，勇也。見《廣雅·釋詁》。

〔二三〕鄒衍、杞梁妻事，見《精微篇》注。

〔二四〕《文選·幽通賦》：「非精誠其焉通兮。」曹大家曰：「非精誠所感，誰能若斯。」此作精神，疑非。

〔二五〕《韓詩外傳》：「熊渠子見其誠心而金石爲之開，而况人乎！」案曹植此句所本。

〔二六〕《魏志·陳思王植傳》：「黄初六年，帝東征，還過雍丘，幸植宫。」

〔二七〕曠然，《老子》王注：「曠然寬大。」

〔二八〕更，改易之意。

〔二九〕光厚，《詩經·敬之篇》毛傳：「光，廣也。」《漢書·食貨志》顔注：「厚猶多也。」猶言品種多、數量大。

〔三〇〕訾、貲古通用，見《列子·力命》《釋文》。《一切經音義》三引《通俗文》：「平財賄曰貲。」

〔三一〕中黄之府，《後漢書·桓帝紀》章懷注引《漢官儀》：「中黄藏府，掌中幣帛金銀諸貨物也。」

〔三三〕斯惠，《銓評》：「以上一百七十三字程、張脱，依《詞林》補。」

〔三三〕睨，《爾雅·釋詁》：「睗也。」

〔三四〕《論語·泰伯篇》：「子曰：如有周公之才之美，使驕且吝，其餘不足觀也已。」

〔三五〕身，《銓評》：「《藝文》作深。」案疑作深字是。《孟子·滕文公篇》趙注：「深，甚也。」

〔三六〕《魏志·陳思王植傳》：「性簡易。」《王粲傳》裴注：「通侻者，簡易也。」即簡慢之意。尤，過失。

〔三七〕脱，《左》僖三十二年傳：「無禮則脱。」言輕率也。

〔三八〕復露，《銓評》：「《詞林》露作覆。」案復露謂再次暴露。

〔三九〕修，《銓評》：「《詞林》作循。」案作修字是。《離騷》：「退將復修吾初服。」《論語》皇疏：「治故曰修。」

〔四〇〕《詩經·鳧鷖》序《正義》：「主而不失謂之守。」

〔四一〕《銓評》：「入程張作此，從《藝文》。」入地，喻低下，具小心戒懼之意。

〔四二〕究，窮也。見《爾雅·釋言》。犬馬，古代臣民對君上自謙之詞。

〔四三〕孤，《銓評》：「程、張脱孤，從《詞林》。」人，《銓評》：「程、張脱人，從《續苑》補。」所，《銓評》：「程、張脱所，從《續苑》補。」

〔四四〕《詩》曰，《詩經·大雅·烝民篇》句。

〔四五〕輶，輕也。人，《銓評》：「程、張脱人，從《詞林》補。」鮮，少也。

〔四六〕《漢書·張湯傳》顔注：「著謂明書之也。」

〔四七〕《銓評》：「以上十六字程、張脱，依《詞林》補。」志，《論語·學而》皇疏：「志謂在心未行也。」

文帝誄有序〔一〕

惟黄初七年五月七日〔二〕，大行皇帝崩〔三〕。嗚呼哀哉！於時天震地駭〔四〕，崩山隕霜，陽精薄景〔五〕，五緯錯行〔六〕。百姓吁嗟，萬國悲（悼）〔傷〕〔七〕。（若喪考妣，恩過慕唐）〔哀殊喪考，思慕過唐〕〔八〕。擗踴郊野〔九〕，仰想穹蒼〔一〇〕。僉曰何（爲）〔辜〕〔一一〕？早世隕喪〔一二〕。嗚呼哀哉！悲夫大行，忽焉光滅〔一三〕。永棄萬（民）〔國〕〔一四〕，雲往雨絶〔一五〕。承問恍惚〔一六〕，惛懵哽咽〔一七〕。袖鋒抽刃〔一八〕，欲自僵斃〔一九〕。追慕三良，甘心同穴〔二〇〕，感（彼）〔惟〕南風〔二一〕，惟以鬱滯〔二二〕；終於偕没，指景自誓〔二三〕。考諸先紀〔二四〕，尋之哲言〔二五〕，生若浮寄〔二六〕，（惟德可論）〔德貴長傳〕〔二七〕。朝聞夕逝，孔志所存〔二八〕。皇雖（殪）〔一〕没〔二九〕，天禄永延。何以述德？表之素旃〔三〇〕；何以詠功？宣之管弦〔三一〕。乃作誄曰：

皓皓太素〔三二〕，兩儀始分〔三三〕。中和產物〔三四〕，肇有人倫〔三五〕。爰暨三皇〔三六〕，寔秉道真〔三七〕。降逮五帝〔三八〕，繼以懿純〔三九〕。三代製作〔四〇〕，踵武立勳〔四一〕。季嗣不(綱)〔維〕〔四二〕，網漏於秦〔四三〕。崩樂滅學〔四四〕，儒坑禮焚〔四五〕。二世而殲〔四六〕，漢氏乃因〔四七〕。弗求古訓〔四八〕，嬴政是遵〔四九〕。王綱帝典〔五〇〕，闃爾無聞〔五一〕。末光幽昧〔五二〕，道究運遷〔五三〕。乾坤回曆〔五四〕，簡聖授賢。乃眷大行〔五五〕，屬以黎元〔五六〕。龍飛啓祚〔五七〕，合契上玄〔五八〕。五行定紀〔五九〕，改號革年〔六〇〕。明明赫赫〔六一〕，受命于天〔六二〕。仁風偃物〔六三〕，德以禮宣〔六四〕。(祥)〔詳〕惟聖質〔六五〕，岐嶷幼齡〔六六〕。研幾六典〔六七〕，學不過庭〔六八〕。潛心無(妄)〔罔〕〔六九〕，(抗)〔亢〕志清冥〔七〇〕。才秀藻朗〔七一〕，如玉之瑩〔七二〕。聽察無響，瞻覩未形〔七三〕。其剛如金，其貞如瓊〔七四〕。如冰之潔，如砥之平〔七五〕。爵(必)〔功〕無私〔七六〕，戮違無輕。心鏡萬機〔七七〕，攬照下情〔七八〕。思良股肱，嘉昔伊呂。搜揚側陋〔七九〕，舉湯代禹。拔才巖穴，取士蓬户〔八〇〕。惟德是索，弗拘禰祖〔八一〕。宅土之(表)〔衷〕〔八二〕，率民以漸〔八三〕。道義是圖，弗營厥險〔八四〕。六合是虞〔八五〕，齊契共檢〔八六〕。導下以純〔八七〕，民由樸儉〔八八〕。恢拓規矩〔八九〕，克紹前人。科條品制〔九〇〕，褒貶以因〔九一〕。乘殷之輅，行夏之辰〔九二〕。金根(華)〔黄〕屋〔九三〕，翠葆龍鱗〔九四〕。紼冕崇麗〔九五〕，衡紞惟新〔九六〕。尊肅禮容，矚之若神〔九七〕。方牧妙舉，欽於恤民〔九八〕。虎將荷節〔九九〕，鎮彼四鄰。朱旗所勦〔一〇〇〕，九壤披震〔一〇一〕。疇克不若〔一〇二〕，孰敢不臣。縣旌海表〔一〇三〕，萬里無塵〔一〇四〕。虜備凶徹〔一〇五〕，鳥殪江岷〔一〇六〕；（摧）〔權〕若涸魚〔一〇七〕，乾若脯鱗〔一〇八〕。肅慎納貢〔一〇九〕，越裳效珍〔一一〇〕。條支絶域〔一一一〕，獻欵内賓〔一一二〕。德儕先（王）〔皇〕〔一一三〕，功侔太古。上靈降瑞，黄初俶祜〔一一四〕。河龍洛龜〔一一五〕，凌波游下〔一一六〕。平均應繩〔一一七〕，神鸞翔舞。數莢階除〔一一八〕，（系）〔景〕風扇暑〔一一九〕。皓獸素禽〔一二〇〕，飛走郊野。神鍾寶鼎，形自舊土〔一二一〕。雲英甘露，瀸塗被宇〔一二二〕。靈芝冒沼，朱華蔭渚〔一二三〕。回回凱風〔一二四〕，祁祁甘雨。稼穡豐登〔一二五〕，我稷我黍〔一二六〕。家佩惠君〔一二七〕，户蒙慈父。圖致太和，洽德全義〔一二八〕。將登（泰）〔介〕山〔一二九〕，先皇作儷〔一三〇〕。鐫石紀勳，兼録衆瑞〔一三一〕。方隆封禪〔一三二〕，歸功天地。賓禮百靈〔一三三〕，勳命視規〔一三四〕。望祭四嶽〔一三五〕，燎封奉柴〔一三六〕。肅於南郊〔一三七〕，宗祀上帝〔一三八〕。三牲既供，夏禘秋嘗〔一三九〕。元侯佐祭〔一四〇〕，獻璧奉璋。鸞輿幽藹，龍旂太常〔一四一〕。爰迄太廟〔一四二〕，鐘鼓鍠鍠〔一四三〕。頌德詠功，八佾鏘鏘〔一四四〕。皇祖既饗〔一四五〕，烈考來享〔一四六〕。神具醉止〔一四七〕，降茲福祥。天地震蕩，大行康之。三辰暗昧〔一四八〕，大行光之。皇紘（惟絶）〔絶維〕〔一四九〕，大行綱之〔一五〇〕。神器莫統〔一五一〕，大行當之。禮樂廢弛〔一五二〕，大行張之。仁義陸沈〔一五三〕，大行揚之〔一五四〕。潛龍隱鳳〔一五五〕，大行翔之。疏狄遐康〔一五六〕，大行匡之〔一五七〕。在位七載，（元）〔九〕功仍舉〔一五八〕。將（永）〔承〕太和〔一五九〕，絶迹三五〔一六〇〕。宜作物師〔一六一〕，長爲神主〔一六二〕。壽終金石，等算東父〔一六三〕。如何奄（息）〔忽〕〔一六四〕，摧身后土〔一六五〕。俾我煢煢〔一六六〕，靡瞻靡顧〔一六七〕。

嗟嗟皇穹〔一六八〕，胡寧忍務〔一六九〕。嗚呼哀哉！明監吉凶，體達存亡；深垂典制〔一七〇〕，申之嗣(王)〔皇〕〔一七一〕。聖上虔奉〔一七二〕，是順是將〔一七三〕。乃(揤)〔啓〕玄宇〔一七四〕，基爲首陽〔一七五〕。擬迹穀林〔一七六〕，追堯(慕)〔纂〕唐〔一七七〕。合山同(陵)〔阪〕〔一七八〕，不樹不疆〔一七九〕。塗車芻靈〔一八〇〕，珠玉靡藏〔一八一〕。百神警侍，來賓幽堂〔一八二〕。耕禽田獸〔一八三〕，望魂之翔。於是俟大隧之致力兮〔一八四〕，練元辰之淑禎〔一八五〕。潛華體于梓宮兮〔一八六〕，馮正殿以居靈〔一八七〕。顧皇嗣之號咷兮〔一八八〕，存臨者之悲聲〔一八九〕。悼晏駕之既(往)〔疾〕兮〔一九〇〕，感容車之速征〔一九一〕。浮飛魂於(輕)〔青〕霄兮〔一九二〕，就黃(墟)〔壚〕以(滅)〔藏〕形〔一九三〕。背三光之昭晰兮〔一九四〕，歸玄宅之冥冥〔一九五〕。嗟一往之不返兮，痛閟闥之長扃〔一九六〕。咨遠臣之眇眇兮〔一九七〕，感凶諱以怛驚〔一九八〕。心孤絶而靡告兮〔一九九〕，紛流涕而交頸〔二〇〇〕。思恩榮以横奔兮〔二〇一〕，閡闕塞之嶢峥〔二〇二〕。顧衰經以輕舉兮〔二〇三〕，(念)〔迫〕關防之我嬰〔二〇四〕。欲高飛而遥憩兮，憚天網之遠經〔二〇五〕。(遥)〔顧〕投骨於山足兮〔二〇六〕，報恩養於下庭〔二〇七〕。慨拊心而自悼兮，懼施重而命輕〔二〇八〕。嗟微軀之是效兮，甘九死而忘生〔二〇九〕。幾司命之役籍兮〔二一〇〕，先黃髮而隕零〔二一一〕。天蓋高而察卑兮〔二一二〕，冀神明(於)〔之〕我聽〔二一三〕。獨鬱伊而莫告兮〔二一四〕，追顧景而憐形。奏斯文以寫思兮〔二一五〕，結翰墨以敷誠〔二一六〕。嗚呼哀哉！

〔一〕文帝，《魏志·文帝紀》：「文皇帝諱丕，字子桓，武帝太子也。」

〔二〕潘眉《三國志考證》：「帝以丁巳日崩，推是年五月辛丑朔，十七日乃得丁巳。誄當云五月十七日，今本脱十字也。」

〔三〕《銓評》：「以上十四字，程脱，依張補。」案《魏志·文帝紀》裴注引誄亦有此十四字，丁補是。大行，葛其仁《小爾雅疏證》：「《漢書·霍光傳》注引韋昭曰：大行，不反之詞也。天子崩，未有謚，故稱大行也。案諱死者，不敢質言死，故諱之。」崩，古代天子死曰崩。

〔四〕駭，動蕩之意。

〔五〕陽精，《龍魚河圖》：「陽積精爲日。」（《御覽》卷四引）薄景，《漢書·天文志》顔注：「孟康曰：日月無光曰薄。」景，光也。

〔六〕五緯，謂金、木、水、火、土五星。五緯錯行，與《魏德論》「星辰逆行」意同。

〔七〕悼，《密韻樓叢書·曹子建文集》作悼。案《魏志·文帝紀》裴注引悼作傷。傷與上下韻協，作悼則失其韻矣，當據裴注引作傷字是。

〔八〕《銓評》：「《藝文》十三作哀殊喪考。」疑是。恩過慕，《銓評》：「《藝文》作思慕過。」案《藝文》是。思慕過唐，唐指唐堯。《尚書·舜典》：「二十有八載，帝（謂堯）乃殂落，百姓如喪考妣，三載四海遏密八音。」誄謂百姓思慕之情過於堯死之時也。

〔九〕擗，椎胸；踊，頓足。《禮記·問喪》：「辟踊哭泣。」辟踊即擗踊。

〔一〇〕仰想，《銓評》：「《藝文》想作愬。」案作愬字是。《武帝誄》：「仰愬上穹。」與此句意同。穹蒼，

〔一〕《詩經·桑柔篇》：「以念穹蒼。」毛傳：「穹蒼，蒼天。」因天形穹隆，其色蒼然，故曰穹蒼。

〔二〕僉曰，《尚書·堯典》：「僉曰於。」孔傳：「僉，皆也。」何爲，《銓評》：「爲張作辜。」案宋刊本《曹子建文集》、《魏志·文帝紀》裴注爲字俱作辜，作辜字是。《詩經·雲漢篇》：「何辜今之人。」鄭箋：「辜，罪也。」

〔三〕曹丕死年四十，故曰早世。見《魏志·文帝紀》。

〔三〕光滅，喻死，人死如光之熄滅。

〔四〕萬民，案宋刊本《曹子建文集》、《魏志·文帝紀》裴注引民俱作國，作國字是。天子曰兆民，諸侯曰萬民，此不得曰萬民也。

〔五〕雲往雨絶，潘岳詩：「雨絶無還雲。」謂一去不復反之意。

〔六〕承問，謂得曹丕死訊。

〔七〕惽懵，猶悶瞀。《楚辭·九章·惜誦》：「中悶瞀之忳忳。」王注：「悶，煩也；瞀，亂也。」哽咽，《文選》劉越石《扶風歌》：「哽咽不能言。」《説文》：「哽，語爲舌所介也。」蓋喉爲氣堵塞不能出聲之貌。

〔八〕袖鋒，猶袖刀。

〔九〕僵，《銓評》：「程作殭，從張本。」案宋刊本《曹子建文集》、《魏志·文帝紀》裴注引殭俱作僵。《吕覽·貴卒篇》高注：「僵，斃也。」僵斃複義詞，謂死亡。

〔二〇〕三良，見卷一《三良詩》注。同穴，《詩經·大車篇》：「死則同穴。」鄭箋：「穴，謂塚壙中也。」

〔二一〕感彼，案宋刊本《曹子建文集》、《魏志·文帝紀》裴注引彼字作惟。惟，思也，作惟字是。南風，見《靈芝篇》注。亦指太后卞氏，時卞氏尚存，故子建云然。

〔二二〕鬱滯，《吕覽·達鬱篇》高注：「不通也。」

〔二三〕自誓，《銓評》：「誓程作逝，從張本。」案宋刊本《曹子建文集》、《魏志·文帝紀》裴注引逝俱作誓。潘岳《寡婦賦》「獨指景而心誓兮」，則作誓字是。《詩經·大車篇》：「謂余不信，有如皦日。」即誄句意所本。

〔二四〕先紀，案宋刊本《曹子建文集》、《魏志·文帝紀》裴注引紀俱作記。先記，古代學人之著述也。

〔二五〕哲言，《銓評》：「哲程作誓，從《藝文》。」案宋刊本《曹子建文集》、《魏志·文帝紀》裴注引誓俱作哲。哲言，哲人之言。

〔二六〕浮寄，《莊子》：「其生若浮。」《尸子》：「老萊子曰：人生天地之間寄也。」

〔二七〕《銓評》：「《藝文》作德貴長傳。」案宋刊本《曹子建文集》、《魏志·文帝紀》裴注引與今本同。考《魏書》載曹丕與大理王朗書：「生有七尺之形，死唯一棺之土，惟立德揚名，可以不朽。」（見《魏志·文帝紀》裴注）據此疑當從《藝文》作德貴長傳爲得，與丕書意相合。

〔二八〕《論語·里仁篇》：「子曰：朝聞道，夕死可矣。」存，「謂其思念也。」見《禮記·祭義》鄭注。

〔二九〕皇雖，《銓評》：「雖《韻補》二作維。」案《魏志·文帝紀》裴注引作雖。殪，《銓評》：「程作一，從《藝文》。」案《莊子·徐無鬼篇》《釋文》：「一，身也。」一没猶身没，即身死也。《藝文》作殪，或非。没，《銓評》：「《韻補》作泱。」案泱顯屬没字之形誤。

〔三〇〕素旃，《周禮·司常》：「通帛曰旃。」即銘旌。

〔三一〕宣，播也。管弦，謂樂曲。

〔三二〕《文選》班孟堅《幽通賦》：「皓爾太素。」曹大家曰：「皓，白也；素，質也。」當天地未分之時，混沌如雞子，謂之曰太素（本徐整《三五曆紀》）。

〔三三〕兩儀即二儀，謂天地也。

〔三四〕中和，《銓評》：「《御覽》一中作冲。」中和，謂氣候寒暑適中。産，生也。物，萬物也。

〔三五〕肇，《爾雅·釋詁》：「始也。」倫，《禮記·樂記》鄭注：「謂人道也。」即父子兄弟夫婦諸家庭關係。

〔三六〕暨，《國語·周語》韋注：「至也。」三皇謂伏羲、神農、軒轅氏（本皇甫謐《帝王世紀》）。

〔三七〕秉，《廣雅·釋詁三》：「持也。」道真，謂無爲而順應自然之政治原則。

〔三八〕降逮，猶下及。五帝，謂少昊、顓頊、帝嚳、唐堯、虞舜（亦本皇甫謐《帝王世紀》）。

〔三九〕懿，美也。純，厚也。

〔四〇〕三代，夏、商、周。製作，謂制訂政教制度。

〔四一〕踵武，《離騷》：「及前王之踵武。」王注：「踵，繼也；武，迹也。」

〔四二〕季嗣謂周赧王。綱，《銓評》：「《韻補》一作維。」案宋刊本《曹子建文集》、《魏志·文帝紀》裴注引亦作維。《周禮·節服氏》鄭司農注：「維，持之也。」則作維字是。

〔四三〕綱，喻國家統治權力。漏，遺失。謂周朝統治權，爲秦王所得。

〔四四〕《白虎通》：「至秦焚書，《樂經》亡。」故曰崩樂。滅學，消滅學術。

〔四五〕儒坑，《史記·始皇本紀》：「『諸生在咸陽者，吾使人廉問，或以訞言以亂黔首。』於是使御史悉案問諸生，諸生傳相告引，乃自除犯禁者四百六十餘人，皆坑之咸陽。」禮焚，孔安國《尚書序》：「始皇滅先代典籍，焚書坑儒，天下學士，逃難解散。」

〔四六〕殲，《尚書·胤征》孔傳：「滅也。」

〔四七〕《文選·東京賦》薛注：「因，仍也。」

〔四八〕古訓，《詩經·烝民篇》：「古訓是式。」鄭箋：「古訓，先王之遺典也。」

〔四九〕嬴，《銓評》：「程作嬴，從張本。」案宋刊本《曹子建文集》、《魏志·文帝紀》裴注引俱作嬴。嬴，秦姓。作嬴非。遵，《詩經·汝墳篇》毛傳：「循也。」句意謂漢代遵循秦之制度。

〔五〇〕《文選·劇秦美新》：「是以帝典闕而不補，王綱弛而未張。」謂五帝三王之制度。

〔五一〕闃爾，清静貌。

〔五二〕末光，《銓評》：「末《藝文》作元。」案宋刊本《曹子建文集》仍作末，《魏志·文帝紀》裴注引作求，疑屬末字之形誤。作末字是。末光，餘光也。幽昧，昏闇之意。謂劉協統治權力極爲微弱。

〔五三〕《文選·劇秦美新》：「道極數殫。」道，謂天道。究，《爾雅·釋詁》：「窮也。」運，《文選·運命論》李注：「謂五德更運，帝王所稟以生也。」遷，《廣雅·釋言》：「移也。」

〔五四〕坤回曆，《銓評》：「《藝文》作迴曆數。」案《論語·堯曰篇》：「天之曆數在爾躬。」《洪範五行傳》：「曆者，聖人所以揆天行而紀萬國也。」（見《北堂書鈔》引）回，《詩經·雲漢篇》毛傳：「轉也。」

〔五五〕《尚書·大禹謨》：「皇天眷命。」孔傳：「眷，視也。」

〔五六〕屬，《荀子·禮論》楊注：「謂付託之。」黎元，謂百姓。

〔五七〕龍飛，見本卷《慶文帝受禪表》注。啓祚，《銓評》：「啓《藝文》作踐。」《禮記·文王世子》篇：「周公相，踐阼而治。」鄭注：「踐，履也。」謂踐天子之位也。

〔五八〕上玄，《銓評》：「上張作主。」案《魏志·文帝紀》裴注引仍作上，作上是。《文選·東京賦》：「祈福于上玄。」薛注：「玄，天也。」

〔五九〕五行，謂金、木、水、火、土。《史記·三代世表序》：「終始五德之傳。」《索隱》：「謂帝王更王，以金、木、水、火、土之五德，傳次相承，終而復始。」如秦以水德王，漢以火德王，魏承之，以土德王。《魏略》載《文帝詔》：「漢，火行也。魏於行次爲土。」是其證。

〔六〇〕改號，改國號曰魏。革年，改延康元年爲黄初元年。

〔六一〕《詩經·大明篇》：「明明在下，赫赫在上。」毛傳：「明明，察也。文王之德明明於下，故赫赫然著見於天。」《詩經·出車篇》毛傳：「赫赫，盛貌。」

〔六二〕受，《銓評》：「《藝文》作授。」于天，《銓評》：「《藝文》于作自。」

〔六三〕《銓評》：「《藝文》作風偃物化。」《論語·顏淵篇》：「草上之風必偃。」《華嚴經音義》引《珠叢》：「教成於上而俗易於下，謂之化也。」

〔六四〕以，《漢書·劉向傳》顏注：「由也。」

〔六五〕祥，《銓評》：「《藝文》作詳。」案作詳字是。《卞太后誄》：「詳惟聖善。」與此句式相同。詳，審也。見《詩經·楚茨篇》毛傳。惟，《爾雅·釋詁》：「思也。」聖質，謂曹丕天資。

〔六六〕岐嶷，《銓評》：「程作嶷在，從《藝文》。」案《詩經·生民篇》：「克岐克嶷。」《文選·吴都賦》李注：「岐嶷謂有識知也。」幼齡，《銓評》：「齡程作妍，從《藝文》。」案幼妍不詞，作齡字是。幼齡即幼年。

〔六七〕研，《銓評》：「程作庶，從《藝文》。」案作研字是。研，幾也，見《易·繫辭》。研、幾意同。《文選·東京賦》薛注：「研，審也。」六典，謂《詩》、《書》、《易》、《禮》、《樂》、《春秋》。曹丕《典論自序》：「余是以少誦詩論，及長而備歷五經四部《史》《漢》諸子百家之言，靡不畢覽。」（《魏志·文帝紀》裴注引）

〔六八〕過庭，見卷一《學官頌》注。學不過庭，意謂曹丕讀書，未受曹操之教誨。然《典論自序》云：「每每定省，從容常言，人少好學則思專，長則善忘，長大而能勤學者，唯吾與袁伯業耳。」是曹丕之好學，由曹操誘導之。曹植此語，蓋爲頌揚曹丕之夙慧早成也。

〔六九〕《銓評》：「妄《藝文》作内。」案宋刊本《曹子建文集》妄作罔，《魏志·文帝紀》裴注引同。罔或作冈，冈内形近致誤，作罔是。《論語·爲政篇》：「學而不思曰罔。」皇疏：「罔，誣罔也。」

〔七〇〕抗志，《銓評》：「抗程作元，從《藝文》。」案宋刊本《曹子建文集》抗字作亢。元，當屬亢字之形誤，作亢字是。抗、亢古通用。清冥，《銓評》：「《藝文》作高明。」案蔡邕《釋誨》：「抗志高冥。」卷一《七啓》：「抗志雲際。」語意正同。高明、高冥、清冥俱謂天也。

〔七一〕才秀，《論語》皇疏：「才，才力也。」秀，《文選·七命》李注：「出貌也。」才秀猶言才力卓絶。藻朗，《後漢書·班彪傳》章懷注：「藻，文藻也。」朗，「清徹也。」見《文選·游天台山賦》李注。《魏志·文帝紀》陳壽評：「文帝天資文藻，下筆成章。」

〔七二〕之，《銓評》：「《藝文》作如。」案疑作之字是。句意謂如玉之光潔也。

〔七三〕瞻，《銓評》：「《藝文》作視。」瞻、視義同。形，朕兆之意。二句意謂曹丕具有預測事物變化之智慧。

〔七四〕貞，《銓評》：「《藝文》作勁。」案《廣雅·釋詁一》：「貞，正也。」作貞字是。瓊，《詩經·木瓜篇》毛傳：「玉之美者。」

〔七五〕《詩經·大東篇》：「其平如砥。」砥，磨石。

〔七六〕爵必，《銓評》：「《藝文》必作功，私作重。」案宋刊本《曹子建文集》、《魏志·文帝紀》裴注引作

「爵功無私」，當是也。與下句「戮違無輕」相儷成文。私從《藝文》作重，或失曹植原意。

〔七七〕鏡，《廣雅·釋詁三》：「照也。」萬幾，《尚書·皋陶謨》：「一日二日萬幾。」謂國家政事。

〔七八〕攬，《銓評》：「《藝文》作鑒。」鑒照，謂觀察明瞭。

〔七九〕側陋，《尚書·堯典》：「明明揚側陋。」孔傳：「揚，舉也。悉舉貴戚及疏遠隱匿者。」

〔八〇〕《尚書·説命》：「高宗夢得説，使百官營求諸野，得諸傅巖。」蓬户見卷一《説疫氣》注。

〔八一〕德，《銓評》：「德程作聽，從《書鈔》一百五十八。」案宋刊本《曹子建文集》、《魏志·文帝紀》裴注引聽俱作德。索，《銓評》：「《書鈔》作營。」案宋刊本《曹子建文集》、《魏志·文帝紀》裴注引俱作縈，營、縈古通用，見《公羊》《釋文》。《廣雅·釋詁一》：「營，度也。」禰祖，遠祖。謂曹丕推行九品中正制度，用人不受門閥觀念之拘束。沈約《宋書·恩倖傳論》：「漢末喪亂，魏氏始基，軍中倉卒，權立九品。蓋以論人才優劣，非謂世族高卑。」即弗拘禰祖之意。

〔八二〕宅，居也。表，《銓評》：「《藝文》作中。」案表疑爲衷字之形誤。中、衷義同。土中，指洛陽。古代謂洛陽處我國之中。《漢書·地理志》：「昔周公營雒邑，以爲在於土中。」《魏志·文帝紀》：「黄初元年十二月，初營洛陽宫。」

〔八三〕率民以漸，《銓評》：「程、張脱此四字，從《藝文》補。」《廣雅·釋詁二》：「漸，進也。」漸與下句險字協韻。

〔八四〕圖，謀也。險，謂險隘之區。

〔八五〕六合，謂上下四方。是虞，《銓評》：「《藝文》作通同。」案通同複義詞，謂和同也。見《易經·同人》《釋文》。

〔八六〕《銓評》：「檢程作遵，從《藝文》。」案檢與儉協韻，作遵失其韻矣。程本非。契，《禮記·曲禮》鄭注：「券，要也。」檢，《文選·演連珠》李注引《蒼頡》：「法度也。」齊、共，共同之意。句謂共同遵守國家之制度。

〔八七〕導下以純，《銓評》：「程作下以純民，從《藝文》。」案丁校改是。

〔八八〕樸儉，樸質節儉，不事浮華侈靡也。

〔八九〕恢拓，《銓評》：「拓程作折，從張本。」案《魏志·文帝紀》裴注引亦作拓。程作折，疑爲柝字之形誤。《淮南·原道訓》：「柝八極。」高注：「柝，開也。」拓有開義，見《小爾雅·廣詁》。恢拓，猶言擴張。規矩，制度。

〔九〇〕科條，謂法律政治之條目。品制，品級制度。

〔九一〕褒貶以因，意謂作爲獎勵懲罰之根據。

〔九二〕《論語·衛靈公篇》：「顏淵問邦？子曰：行夏之時，乘殷之輅……」殷輅，木輅，取其儉。夏辰即夏曆。

〔九三〕金根，車名。《晉書·輿服志》：「金根車，駕四馬，不建旗幟，其上如畫輪車，下猶金根之飾。」華屋，華當屬黄字之誤。黄屋，天子車以黄繒作車蓋裏。

〔九四〕翠葆，以翠鳥羽製之車蓋。魏文帝詔：「前于闐王所上孔雀尾萬枚，文彩五色，以爲金根車蓋，遥望耀人眼。」（《御覽》卷九百二十四引）龍鱗謂龍旂，見《聖皇篇》注。

〔九五〕紼，繫璽帶。冕，皇冠。

〔九六〕衡紞，《周禮·追師》鄭注：「祭服有衡，垂於副之兩旁，當耳，其以紞懸瑱。」

〔九七〕矚，《銓評》：「《藝文》作瞻。」瞻，仰視。

〔九八〕方牧，即《舜典》之四岳、十二牧，謂魏代之刺史、太守統治百姓之官。妙舉，精細選拔也。欽，謹慎小心之意。恤，憂也。

〔九九〕荷節猶持節。如曹休、曹真俱持節抗吴禦蜀。

〔一〇〇〕勦，剿絶、消滅。

〔一〇一〕九壤即九土，猶九州。披震，《銓評》：「披程張作被，從《藝文》。」披震猶披攘，見《責躬》詩注。

〔一〇二〕疇克，誰能。若，《尚書·堯典》孔傳：「順也。」

〔一〇三〕縣旌，《説文》：「縣，垂也。」旌，指揮軍隊前進之旗幟。《公羊》宣十二年傳：「莊王親自手旌。」何注：「旄首曰旌。」海表即海外。

〔一〇四〕無塵，象徵社會安定。

〔一〇五〕虜備，備謂劉備。凶徹，案《魏志·文帝紀》裴注引徹作轍。凶轍指蜀漢地區險惡道路。

〔一〇六〕江岷，江謂大江，岷謂岷山。

〔一〇七〕摧，案《魏志·文帝紀》裴注引作權，作權字是，權謂孫權。魏明帝《善哉行》：「權實豎子，備則亡虜；假氣游魂，鳥魚爲伍。」亦以備、權并舉可證。

〔一〇八〕若脯，《銓評》：「張作腊矯。」案宋刊本《曹子建文集》與今本同。《魏志·文帝紀》裴注引同張本。未知孰是？脯鱗，似今所謂醃魚。

〔一〇九〕肅慎，古國名，今吉林省混同江兩岸之地。

〔一一〇〕越裳，《文選·東京賦》：「南諧越裳。」薛注：「今九真是也。」效珍，《禮記·曲禮》鄭注：「效，呈見也。」珍，寶也。

〔一一一〕條支，古國名，約在今叙利亞國境。絶域，即極遠之地。

〔一一二〕獻欵，案宋刊本《曹子建文集》作「枭子」。《魏志·文帝紀》裴注引作「侍子」。《魏志·文帝紀》：「延康元年三月，濊貊、扶餘、單于（當作箄于）、焉耆、于闐王皆各遣使奉獻。」又「黄初三年二月，鄯善、龜兹、于闐王遣使奉獻。詔曰：西戎即叙，氐羌來王，《詩》《書》美之！頃者西域外夷，竝欵塞内附，其遣使者撫勞之。」疑此似作獻欵二字爲得。欵，《廣雅·釋詁一》：「誠也。」

〔一一三〕先王，案宋刊本《曹子建文集》王作皇。《魏志·文帝紀》裴注引亦作皇，作皇字是。先皇謂曹操，謚爲武皇帝。

〔一一四〕俶祜，《銓評》：「程俶作叔，從張本。」案《爾雅·釋詁》：「俶，始也。」作俶字是。

〔二五〕河龍，伏羲世龍馬負圖出於河。洛龜，謂龜在洛河出現。《易·繫辭》：「河出圖，洛出書，聖人則之。」

〔二六〕猶言浮沈上下。

〔二七〕應繩，似繩之平直。

〔二八〕莢，蓂莢。孫氏《瑞應圖》：「蓂莢，葉圓而五色，一名曆莢，十五葉，日生一葉，從朔至望，畢。從十六日毁一葉，至晦而盡。月小則一葉卷而不落。聖明之瑞也。」數，計算也。階除，殿前臺階。

〔二九〕系風，系疑屬景字之形誤。景風，《春秋考異郵》：「四十五日景風至。景風强也，强以成之。」宋注：「夏至之候也。强言萬物强盛也。」《禮斗威儀》：「王者乘火而王，其政昇平，則祥風至。」宋注：「即景風，其來長養萬物。」（《御覽》卷八百七十二引）

〔三〇〕皓獸，曹丕受禪，郡國二十七言白虎見，郡國奏白鹿十九見（《魏略》）。素禽，白色鳥，見《魏德論謳》注。

〔三一〕舊土，疑指鄴。史缺紀載，不能指的。

〔三二〕瀸塗，《廣雅·釋詁一》：「瀸，漬也。」塗，道路。形容多。

〔三三〕朱華，朱草之花。見《靈芝篇》注。

〔三四〕回回，猶微微。

〔二五〕《銓評》：「《藝文》作稼惟歲豐。」

〔二六〕《銓評》：「《藝文》作登我稷黍。」應據《藝文》正。《禮記·月令篇》：「農乃登麥。」鄭注：「登，進也。」稷、黍，見《應詔》詩注。

〔二七〕惠君，《銓評》：「君，《藝文》作尹。」《漢書·地理志》顏注：「主也。」

〔二八〕謂恩德普遍，教化賅備。

〔二九〕泰山，案宋刊本《曹子建文集》、《魏志·文帝紀》裴注引泰俱作介，作介是。《漢書·武帝紀》：「太初二年夏四月詔曰：朕用事介山，祭后土，皆有光應。」顏注：「文穎曰：介山，在河東皮氏縣東南，其山特立，周七十里，高三十里。」

〔三〇〕儷，耦也。見《左》成十一年傳杜注。

〔三一〕著録祥瑞事物如《受禪碑》所述者。

〔三二〕方，將也。封禪，謂封泰山，禪梁父。即舉祭天祀地之儀式。

〔三三〕賓，敬也。百靈即百神。

〔三四〕《續漢書·祭祀志》：「……二十二日辛卯晨，燎祭天於太山下，南方群神皆從（祀），用樂如南郊，諸王、王者後、二公、孔子後褒成君皆助祭位事也。」勳，謂功臣；命，謂王者及孔子後。視規，謂參加祭祀典禮。據此似魏代猶承東漢祭祀制度也。

〔三五〕望，祭名。《周禮·牧人》鄭注：「望，祀五嶽四鎮四瀆也。」四岳指泰山、華山、恒山、衡山。

〔三六〕封，《大戴禮·保傅》盧注：「謂負土石於泰山之陰爲壇而祭天也。」奉柴謂祭時，堆積木柴，而將牛羊置柴上，用火焚之。此古代祭天之儀式。

〔三七〕南郊，古代祭天之所。在洛陽南門之外，故曰南郊。

〔三八〕宗祀，「宗，尊也」。上帝，「太微中五帝也」。本《東京賦》薛注。

〔三九〕夏禘，《禮記·祭統》：「夏祭曰禘，秋祭曰嘗。」祭祀祖先之典禮。

〔四〇〕佐祭，即助祭。《説文》：「助，左也。」《孝經》：「子曰：四海之内，各以其職來助祭。」

〔四一〕龍旂，見《聖皇篇》注。太常，《文選·東京賦》：「建辰旒之太常。」薛注：「辰謂日月星也。畫之於旌旗，垂十二旒，名曰太常。」

〔四二〕迄，至也。

〔四三〕鍠鍠，《文選·東京賦》：「鍾鼓喤喤。」薛注：「喤喤，鼓聲也。」案此形容鍾鼓齊鳴而作洪亮之聲。

〔四四〕八佾，八人一行曰佾，皇帝舞隊計六十四人，故曰八佾。鏘鏘，當屬蹡蹡之假借字。《廣雅·釋訓》：「蹡蹡走也。」形容舞步伐整齊，儀容肅穆之狀。

〔四五〕皇祖，謂曹嵩。《魏志·文帝紀》裴注引《魏書》：「辛酉，有司奏造二廟：立太皇帝廟，大長秋特進侯與高祖合祭，親盡以次毁。特立武皇帝廟，四時享祀，爲魏太祖，萬載不毁也。」

〔四六〕烈考，謂曹操。案從句中既字來字之義考察，似魏代祭祖典禮、先祖後父，分次舉行，不如後世採取合祭之儀式也。

〔一四七〕《詩經・楚茨篇》句。鄭箋：「具，皆也。」《東京賦》薛注：「神，謂先神也。具，俱也。止，已。」案止語尾助詞。《正義》：「於時神皆醉飽矣。」

〔一四八〕三辰，日月星也。暗昧，謂昏暗不明。

〔一四九〕紘，《淮南・原道訓》高注：「紘，綱也。若小車蓋四維謂之紘，繩之類也。」皇紘謂國家政治綱領。惟絶，《銓評》：「張作絶維。」案《魏志・文帝紀》裴注引與張本同。當是也。維絶，謂繫網之繩斷絶。意指破壞。

〔一五〇〕綱，《白虎通・三綱六紀》：「綱者，張也。」

〔一五一〕神器，喻帝位。統，《漢書・賈山傳》顏注引如淳：「繼也。」

〔一五二〕廢弛，《禮記・學記》篇：「教之所由廢也。」鄭注：「廢，弛。」是廢弛義同。猶言壞亂失理。

〔一五三〕陸沈，《玉篇》水部：「野王案：陸沈猶沈翳也。」

〔一五四〕揚，舉也。

〔一五五〕句意謂才能之人而沈淪莫顯者。

〔一五六〕狄，儀狄；康，杜康，皆古代酒之創造者。疏遐即疏之遠之之義。謂禁酒法令。

〔一五七〕匡，《爾雅・釋言》：「正也。」即今糾正之意。曹操初建魏國，以糧食不足，曾嚴厲禁止釀酒（見《魏志・徐邈傳》）。曹丕即位，解除酒禁。但此《魏志》及裴注俱失載，據此可補史實之遺。

〔五八〕元功，《銓評》：「元《藝文》作九。」案作九字是。九功，謂水、火、金、木、土、穀與正德、利用、厚生（見《尚書·大禹謨》）。水火金木土穀六種生活資料；正德，謂確定享受制度；利用，給予充分發展生活資料之條件；厚生，使百姓物質生活非常富裕。仍舉，再次推行。

〔五九〕將永，《銓評》：「永，《藝文》作承。」疑作承字是。承，《易經·師卦》虞注：「受也。」

〔六〇〕絶迹三五，謂曹丕功業踰越三皇五帝。

〔六一〕物，萬物。《後漢書·傅燮傳》章懷注：「師，君也。」

〔六二〕神主，《廣雅·釋詁一》：「主，君也。」

〔六三〕等算，謂壽數同於。東父即東王父。見《遠遊篇》注。

〔六四〕奄息，《銓評》：「息，《藝文》作忽。」案宋刊本《曹子建文集》、《魏志·文帝紀》裴注引亦俱作忽，作忽是。奄忽，見《任城王誄》注。

〔六五〕后土，地神。

〔六六〕《詩經·閔予小子篇》：「煢煢在疚。」鄭箋：「煢煢然孤特。」

〔六七〕《詩經·四月篇》句。瞻，觀也。《離騷》：「瞻前而顧後兮。」句意謂前無所瞻而後無可顧。

〔六八〕嗟嗟，《詩經·烈祖篇》：「嗟嗟烈祖。」鄭箋：「重言嗟嗟，美歎之聲。」

〔六九〕務，《銓評》：「《藝文》作予。」案《詩經·四月篇》：「胡寧忍予。」鄭箋：「寧猶曾也。」即今怎字。

〔一七〇〕達，《銓評》：「程作遠，從《藝文》。」案作達字是。體達，體，性也（見《吕覽·情欲》高注）；達，通也。言曹丕本性能洞澈死生之理。典制，指曹丕黄初三年冬十月所製之《終制》。見《魏志·文帝紀》。

〔一七一〕申，《荀子·富國篇》楊注：「再令曰申。」嗣王，《銓評》：「王《藝文》作皇。」案《魏志·文帝紀》裴注、《密韻樓叢書·曹子建文集》亦俱作皇，作皇字是。嗣皇，謂魏明帝曹叡。曹丕作《終制》時，曹叡未即帝位，故稱嗣皇。

〔一七二〕時曹叡已即帝位，故稱聖上。虔奉，誠敬接受。

〔一七三〕將，行也。

〔一七四〕梆，《銓評》：「《藝文》作啓。」作啓字是。《廣雅·釋詁三》：「啓，開也。」

〔一七五〕首陽，山名。《魏志·文帝紀》：「黄初三年冬十月甲子，表首陽山東爲壽陵。」首陽見《贈白馬王彪詩》注。爲，《銓評》：「《藝文》作于。」

〔一七六〕穀林，堯葬之地。《水經·瓠子河注》：「《帝王世紀》：堯葬濟陰成陽四十里，是爲穀林。」《一統志》：「唐堯陵在山東曹州府荷澤縣東北五十里。」《終制》：「昔堯葬穀林通樹之……故葬於山林，則合乎平林。封樹之制非上古也，吾無取焉。」

〔一七七〕纂，《銓評》：「《藝文》作纂。」案作纂字是。《爾雅·釋詁》：「纂，繼也。」

〔一七八〕陵，《銓評》：「《藝文》作阪。」作阪字是。《爾雅·釋地》：「陂者曰阪。」

〔一七九〕《終制》：「壽陵因山爲體，無爲封樹，無立寢殿，造園邑，通神道。」

〔一八〇〕塗車，以泥土作車曰塗車。芻靈，用草製作人馬曰芻靈。

〔一八一〕《終制》：「無藏金銀銅鐵，一以瓦器，合古塗車芻靈之義。飯含無以珠玉，無施珠襦玉匣。」

〔一八二〕來賓，《銓評》：「《藝文》作賓于。」《尚書·舜典》：「賓于四門。」鄭注：「賓，擯也。」《周禮·大宗伯》鄭注：「出接賓曰擯。」幽堂，指墓中。

〔一八三〕耕禽，古代傳説：禹葬于會稽，鳥爲之耕。田獸，舜葬於蒼梧，象爲之種。見劉賡《稽瑞》引《墨子》逸文。

〔一八四〕俟，《銓評》：「《藝文》作候。力《藝文》作功。」案宋刊本《曹子建文集》力亦作功。大隧，謂墓道。致功，謂工程結束。

〔一八五〕即練淑禎之元辰，此以叶韻倒。練，《文選·月賦》李注引《埤蒼》：「擇也。」元辰，《後漢書·張衡傳》注：「吉辰也。」

〔一八六〕華，榮貴之意。華體，謂曹丕屍體。梓宮，指棺。《後漢書·明帝紀》章懷注：「梓宮以梓木爲棺。」兮，《銓評》：「程脱兮，從張本。」案宋刊本《曹子建文集》亦有兮字。

〔一八七〕正殿，《魏書》：「殯于崇華前殿（案原文作殿前，據盧文弨校本改正）。」

〔一八八〕皇嗣，《銓評》：「皇程作望，從張本。」案宋刊本《曹子建文集》正作皇，程本誤。皇嗣，謂曹叡。

〔一八九〕臨，《吕覽·觀表篇》高注：「哭也。」

〔一九〇〕往，《銓評》：「《藝文》作俟。」案宋刊本《曹子建文集》作候。《魏志·文帝紀》裴注引作疾。晏駕，皇帝死之代詞。既疾，既速也。作疾字是。

〔一九一〕容車，沈欽韓《後漢書疏證》：「《續志》：大駕甘泉鹵簿，金根容車，中黄門尚衣奉衣登容。則容車載死者衣冠，所謂魂車也。」

〔一九二〕輕霄，疑當作青霄。《淮南·天文訓》高注有青霄玉女之名，青霄，謂天也。

〔一九三〕黄墟，疑墟是壚字之形誤。《魏志·后妃傳》裴注引《魏書》載曹叡《郭后哀策》：「就黄壚而安厝。」與此句意同，足證墟字之誤。黄壚，見《責躬》詩注。滅，《銓評》：「《藝文》作藏。」案作藏字是。

〔一九四〕三光，日月星也。昭晣，光明也。

〔一九五〕玄宅，《銓評》：「《藝文》作窀穸。」案《左》襄十三年傳杜注：「窀，厚也；穸，夜也。厚夜猶長夜，長夜謂葬埋。」則玄宅與窀穸義同。

〔一九六〕閟闥，即《武帝誄》之潛闥，説詳彼注。扃，關閉。

〔一九七〕遠臣，曹植自謂。眇眇，《廣雅·釋訓》：「遠也。」

〔一九八〕感，《銓評》：「程張作成，據《韻補》一改。」案《魏志·文帝紀》裴注引正作感，作感字是。凶諱，謂死亡訊息。怛驚，謂怛然心驚。

〔一九九〕孤絶，形容百無依靠之狀。

〔二〇〇〕紛，亂貌。

〔二〇一〕橫奔，猶狂奔。《後漢書·酷吏傳》章懷注：「橫猶狂也。」

〔二〇二〕闃，隔也。闕塞，指洛陽之伊闕及諸山。嶢崢，高峻貌。

〔二〇三〕顧，《詩經·那篇》鄭箋：「顧猶念也。」衰絰，《後漢書·郭丹傳》章懷注：「絰之言實，衰之言摧，言實摧痛於中也。」衰，古代喪服。絰，孝子所戴之麻冠，或腰繫之麻帶。見《儀禮·喪服篇》。

〔二〇四〕念，案宋刊本《曹子建文集》、《魏志·文帝紀》裴注引俱作迫。卷一《愍志賦》：「迫禮防之我拘。」語意相同，似作迫字爲得。關防，猶關禁也。嬰，繞也。

〔二〇五〕天綱，《銓評》：「綱張作網。」案宋刊本《曹子建文集》、《魏志·文帝紀》裴注引俱作網。天網見《責躬詩》注。經猶繫也。見《史記·田單傳》《索隱》。

〔二〇六〕遥，《全三國文》嚴可均校曰：「《文選》潘安仁《寡婦賦》李注遥字作願。」案作願字是。班婕妤《自傷賦》：「願歸骨于山足。」即此誄句所本。投骨，即棄骨。

〔二〇七〕下庭，猶言臣庭。下係臣對君上之謙詞。曹丕死時，禁止諸王入京弔唁，故此誄痛切言之，其防閑禁網之嚴密，由此可以考見。

〔二〇八〕施，《銓評》：「程作於，從張本。」案宋刊本《曹子建文集》、《魏志·文帝紀》裴注引亦俱作施。施重，見《鸚鵡賦》注。

〔二〇九〕九死，九，數之極也。見汪中《述學·釋三九》。

〔二一〇〕幾，《史記·晉世家》《索隱》：「幾謂望也。」司命，見卷一《髑髏説》注。役籍，服役名册。

〔二一一〕隕零，喻死亡。

〔二一二〕蓋，語中助詞。

〔二一三〕於，案宋刊本《曹子建文集》、《魏志·文帝紀》裴注引俱作之字，應據正。

〔二一四〕鬱伊，即鬱邑，愁貌也。莫告，案宋刊本《曹子建文集》、《魏志·文帝紀》裴注引告字作愬。愬與訴同。

〔二一五〕寫思，《詩經·竹竿篇》：「以寫我憂。」見卷一《節游賦》注。

〔二一六〕翰墨，謂筆墨。結，聯繫之意，意謂作誄。敷誠，鋪叙真摯之情感。

曹植集校注卷三太和

輔臣論七首〔一〕

蓋精微聽察〔二〕，理析毫分〔三〕；規矩可則〔四〕，阿保不傾〔五〕。群言系於口，而研摭是非〔六〕；典謨總乎心，而唯所用之者〔七〕，鍾太傅也〔八〕。

〔一〕《銓評》：「程缺。」

〔二〕精微，謂明密。

〔三〕毫分，喻細微。

〔四〕規矩，猶言軌儀，喻行爲也。《魏志·鍾繇傳》：「靖恭夙夜，匪遑安處。百寮師師，楷兹度矩。」

〔五〕阿保，《漢書·宣帝紀》：「嘗有阿保之功。」顔注引臣瓚曰：「阿，倚；保，養也。」傾，《淮南·説山訓》高注：「邪也。」

〔六〕系，《説文》：「繫也。」研摭，《銓評》：「《御覽》二百六摭作覈。」案《文選·東京賦》：「研覈是非。」薛注：「研，審也；覈，實也。」

〔七〕典謨，《銓評》：「謨《藝文》四十六作誥。」案《御覽》卷二百六引同。典如《堯典》，誥如《酒誥》。總，《説文》：「聚束也。」唯所用之，考《魏志·毛玠傳》：「大理鍾繇詰玠曰：……《書》云：左不共左，右不共右，予則孥戮汝。……案《典謀》急恒寒若，舒恒燠若。」謂繇熟悉經典，以證成其言論。

〔八〕《齊職儀》：「黄初七年詔太尉鍾繇爲太傅。」

清素寡欲〔一〕，明敏特達〔二〕。志存太虚〔三〕，安心玄妙〔四〕。處平則以和養德〔五〕，遭變則以（斷蹈義）〔義斷事〕〔六〕，華太尉（歆之謂）也〔七〕。

〔一〕素，白也。《魏志·華歆傳》：「歆素清貧，禄賜以振施親戚故人，家無儋石之儲。」寡欲，華嶠《譜叙》：「歆淡于財欲，前後所賜，諸公莫及，然終不殖産業。陳群常歎曰：若華公可謂通而不泰，清而不介者矣！」

〔二〕明，《銓評》：「《書鈔》五十一作聰。」敏，《詩經·生民篇》《正義》：「心識速疾謂之敏。」《魏志·華歆傳》：「同郡陶丘洪亦知名，自以明見過歆。時王芬與豪傑謀廢靈帝……芬陰呼歆、洪共定大計。洪欲行，歆止之曰：夫廢立大事，伊、霍之所難。芬性疏而不武，此必無成，而禍將及族，子其無往。洪從歆言而止。後芬果敗，洪乃服。」

〔三〕存，在也。太虛猶太冲。《淮南・詮言訓》：「聰明雖用，必反諸神，謂之太冲。」即内心無所念慮之意。

〔四〕安心，案安疑宅之形誤。宅或作託（見《儀禮・士相見禮》鄭注）。託，寄也。玄妙，《淮南・齊俗訓》：「抱素反真，以游玄眇。」玄眇即玄妙也。謂深微之理。

〔五〕處平，處治世。《魏志・華歆傳》：「歆爲吏，休沐出府，則歸家闔門，議論持平，終不毁傷人。」

〔六〕斷蹈義，《銓評》：「《書鈔》作義斷事。」案《禮記・樂記》鄭注：「斷猶決也。」從《書鈔》是。華嶠《譜叙》：「避西京之亂，與同志鄭泰等六七人間步出武關。道遇一丈夫獨行，願得俱，皆哀欲許之。歆獨曰：不可。今已在危險之中，禍福患害，義猶一也。無故受人，不知其義，既已受之，若有進退，可中棄乎！衆不忍，卒與俱行。此丈夫中道墮井，皆欲棄之。歆曰：已與俱矣，棄之不義，相率共還出之，而後別去，衆乃大義之。」

〔七〕案上下各章，官職下俱未附名字，此歆字與之謂二字，疑後人誤增，似應删去。

文武並亮〔一〕，權智時發〔二〕。奢不過制〔三〕，儉不損禮〔四〕。入毗皇家〔五〕，帝之股肱。出則侯伯〔六〕，實撫東夏者〔七〕，曹大司馬也〔八〕。

〔一〕亮，明也。

〔二〕時發，《銓評》：「《書鈔》五十一時作特。」案作時字是。時發，與卷一《武帝誄》之時生義同。

權智時發，謂權略智數因時而生也。

〔三〕過制，謂超越制度規定之標準。

〔四〕損，《説文》：「減也。」禮，《管子·心術篇》：「禮者，因人之情，緣義之理，而爲之節文者也。」

〔五〕毗，輔佐。《魏志·曹休傳》：「常從征伐，使領虎豹騎宿衛。」又「太祖拔漢中，諸軍還長安，拜休中領軍。」

〔六〕侯伯，指州牧。州牧即古侯伯之任也。休領揚州刺史、拜揚州牧。

〔七〕撫，《廣雅·釋詁一》：「安也。」東夏，謂揚州。

〔八〕《銓評》：「《書鈔》云：謹案：大司馬，曹仁也。」考《魏志·明帝紀》：「黄初七年十二月，以太尉鍾繇爲太傅，征東大將軍曹休爲大司馬，中軍大將軍曹真爲大將軍，司徒華歆爲太尉，司空王朗爲司徒，鎮軍大將軍陳群爲司空，撫軍大將軍司馬宣王爲驃騎大將軍。」此七人即《輔臣論》所贊述者。曹仁，據《魏志》本傳卒於黄初四年，而此論作於曹叡即位時，不得謂大司馬爲曹仁也。《書鈔》原注實誤，應作大司馬曹休，乃符史實。

辨博通幽〔一〕，見傳異度〔二〕。德實充塞於内〔三〕，知謀縱横於外〔四〕。解疑釋滯〔五〕，剖散盤（錯）〔結〕者〔六〕，王司徒（朗）也〔七〕。

〔一〕嚴可均《全三國文》校語：「《御覽》作辨博通幽，今從《文選·魏都賦》注作英辯博通。」案嚴校是。英辯，謂辯論卓絶。博通，博謂博洽，通謂通達。《魏志》朗評：「王朗文博富贍。」《朗傳》裴注引《魏書》：「朗高才博雅。」

〔二〕異度，《銓評》：「度，張作慶，從《御覽》二百八。」《魏志·王朗傳》裴注引《魏書》：「性嚴整，慷慨多威儀，恭儉節約，自婚姻中表禮贄無所受。常譏世俗有好施之名，而不卹窮賤，故用財以周急爲先。」

〔三〕德實，《吕覽·審應篇》高注：「實，德行爲之實也。」則德實即道德。充塞猶充滿。内，《文選·射雉賦》徐注：「心也。」

〔四〕縱横，《銓評》：「《書鈔》五十二作彌縫。」案《左》昭二年傳杜注：「彌縫猶補合也。」於此無義，當作縱横爲得。《文選·魯靈光殿賦》李注：「縱横，四散也。」於義爲長，當從之。

〔五〕滯，《説文》：「凝也。」

〔六〕盤錯，《銓評》：「錯，《書鈔》作結。」案盤錯、盤結俱形容蟠屈糾互之狀。《後漢書·虞詡傳》：「不遇盤根錯節，何以别利器乎？」作盤錯語雖有所本，竊疑曹植原作盤結，後人習見《虞詡傳》語，遂竟易結爲錯耳。者，《銓評》：「張脱者，從《御覽》補。」

〔七〕朗也，《銓評》：「張脱朗，從《御覽》補。」案丁補朗字誤。朗字係後人所加。此論前後俱僅稱官不稱名，此無緣贅朗字，於例不合，應删去。

容中下士〔一〕，則衆心不攜〔二〕；進吐善謀，則衆議不格〔三〕。□□疏達〔四〕，至德純粹者〔五〕，陳司空也。

〔一〕容，寬也。中，和也。下士，《銓評》：「士原作云，校改。」案作士字是。

〔二〕攜，《國語·周語》韋注：「離也。」

〔三〕格，《公羊》莊三十一年傳《正義》：「猶拒也。」

〔四〕原缺兩字。《銓評》：「此則張僅有至德純粹，進吐善謀者，陳司空也十三字，今依《書鈔》五十二增補。」案嚴可均《全三國文》置此二句在容中下士句上。

〔五〕《魏志·陳群傳》：「在朝無適無莫，雅仗名義，不以非道假人。文帝在東宮，深敬器焉！待以交友之禮。常歎曰：自吾有回，門人日以親。」《銓評》：「《書鈔》云：謹案司空，陳群也。」

智慮深奥，淵然難測〔一〕。執節平敵〔二〕，中表條暢〔三〕。恭以奉上〔四〕，愛以接下〔五〕。納言左右〔六〕，爲帝喉舌〔者〕〔七〕，曹大將軍也。

〔一〕淵，《廣雅·釋詁三》：「深也。」難測，不易度量。測，度也，不知廣深故曰測。

〔二〕執節，《魏志·曹真傳》：「文帝即王位，以真爲征西將軍，假節。」節，《後漢書·光武紀》章懷注：「節所以爲信也。以竹爲之，柄長八尺，旄牛尾爲其毦，三重。」

〔三〕中表，即中外。條暢，《文選·文賦》李注：「條直通暢也。」《魏志·曹真傳》：「黄初三年還京都，以真爲上軍（此應删）大將軍、都督中外諸軍事。」

〔四〕《魏志·曹真傳》：「詔曰：大司馬蹈忠履節，佐命二祖，内不恃親戚之寵，外不驕白屋之士，可謂能持盈守位，勞謙其德者也。」

〔五〕愛，《銓評》：「《書鈔》五十一作嚴。」案疑作愛字是。《魏志·曹真傳》：「真每征行，與將士同勞苦，軍賞不足，輒以家財班賜，士卒皆願爲用。」據此可證嚴實誤字。

〔六〕納言，《尚書·堯典》：「命汝作納言，夙夜出納朕命爲允。」此謂給事中之官。《魏志·曹真傳》：「轉中軍大將軍，加給事中。」給事中之職：常在帝側顧問應對，宣布政令。故曰納言左右。

〔七〕喉舌，《尚書·堯典》孔傳：「納言，喉舌之官。」《後漢書·光武紀》章懷注：「納言，虞官也，掌出入王命。」即爲皇帝代言人。案舌字下疑脱者字。《銓評》：「《書鈔》云：謹案大將軍，曹真也。」

魁傑雄特〔一〕，秉心平直〔二〕。威嚴足憚〔三〕，風行草靡〔四〕。在朝（廷）則匡贊時俗，百僚（侍）儀一〔五〕；臨事則戎昭果毅〔六〕，折衝厭難者〔七〕，司馬驃騎也〔八〕。

〔一〕《魏志·崔琰傳》：「晉宣王方壯。琰謂朗曰：子之弟聰哲明允，剛斷英特（原作峙，從裴注），殆非子之所及也。」

〔二〕秉心平，《銓評》：「《書鈔》六十四作事平心。」案《書鈔》誤。《詩經·小弁篇》：「君子秉心。」鄭箋：「秉，執也。」作秉心是。

〔三〕足，《銓評》：「《書鈔》作允。」案足，《漢書·五行志》顏注：「益也。」憚，畏也。

〔四〕《論語·顏淵篇》：「草上之風必偃。」靡，《説文》：「披靡也。」與偃字義同，蓋曹植句所本。

〔五〕在朝廷，嚴可均《全三國文》無廷字。是也。此廷字疑衍。匡，正也；贊，助也。時俗，猶言社會風尚。侍儀，嚴可均《全三國文》無侍字，而以百僚儀一爲句。案嚴校是。儀一，謂威儀無二致也。

〔六〕臨事，事謂軍事。則，《銓評》：「以上十六字張脱，依《書鈔》補。」戎，《銓評》：「張作我，從《御覽》二百三十八。」果毅，《銓評》：「《書鈔》作勇敢。」案戎昭果毅，語出《左傳》，張本及《書鈔》俱誤。戎，謂戰争；昭，明也。果毅，殺敵爲果，致果爲毅。

〔七〕折衝，《吕覽·召類》高注：「有道之國，不可攻伐，欲使攻己者，折返其衝車於千里之外，不敢來也。」厭難，厭，《詩經·還篇》《釋文》：「止也。」難，《國策·秦策》高注：「猶敵也。」

〔八〕《銓評》：「《書鈔》云：謹案司馬驃騎者，晉宣王也。」

怨歌行

爲君既不易，爲臣良獨難〔一〕。忠信事不顯〔二〕，乃有見疑患〔三〕。周（公）〔旦〕佐（成王）〔文武〔四〕，金縢功不刊〔五〕。推心輔王（室）〔政〕〔六〕，二叔反流言〔七〕。待罪居東國〔八〕，泫涕常流連〔九〕。皇靈大動變〔一〇〕，震雷風且寒。拔樹偃秋稼〔一一〕，天威不可干〔一二〕。素服開金縢，感悟求其端〔一三〕。公旦事既顯，成王乃哀歎〔一四〕。吾欲竟此曲，此曲悲且長〔一五〕。今日樂相樂，别後莫相忘。

〔一〕《論語·子路篇》：「爲君難，爲臣不易。」曹植换易其字以協韻。

〔二〕不顯，不明白。

〔三〕見疑，即被疑。

〔四〕公，《銓評》：「《藝文》四十一作旦。成王《藝文》作文武。」案宋刊本《曹子建文集》與《藝文》同。《晉書·桓宣傳》：「周旦佐文武。」作旦與文武是。周公輔佐文王、武王之事，載於《金縢》，與成王無涉，應據諸書改正。

〔五〕金縢，《史記集解》：「孔安國曰：藏之於匱，緘之以金，不欲人開也。」功不刊，《史記·魯周公世家》：「周公藏其金縢匱中，誡守者勿敢言。」刊，滅也。謂周公以身代武王之功，不可磨滅也（事詳《尚書·金縢篇》）。

〔六〕推心，推，《説文》：「排也。」室，《銓評》：「《藝文》作政。」案宋刊本《曹子建文集》、《晉書·桓宣傳》室字俱作政。作政是。《史記·周公世家》：「成王在繦葆之中……周公乃踐阼，代成王攝行政當國。」

〔七〕二叔，管叔、蔡叔。流言，《詩經·七月篇》序《正義》：「造作虚語，使人傳之，如水之流然，故謂之流言。」《史記·周公世家》：「管叔、蔡叔及其群弟流言於國曰：周公將不利於成王。」

〔八〕待罪，等候處罰。東國，周公征徐戎，因留不歸。

〔九〕泫，《銓評》：「《藝文》作泣。」案宋刊本《曹子建文集》與《藝文》同。常流，《銓評》：「《藝文》作當留。」案當爲常字之形誤。留、流古通。流連，雙聲謰語，或作流漣。形容眼淚簇簇下落之貌。

〔一〇〕皇，《銓評》：「程作里，從《藝文》。」案宋刊本《曹子建文集》與《藝文》同，作皇字是。皇靈，天帝也。動變，猶言災異。

〔一一〕震雷，《尚書·金縢篇》：「天大雷電以風，禾盡偃，大木斯拔。」偃，仆也。秋稼即禾也。

〔一二〕干，《詩經·兔罝篇》毛傳：「扞也。」即抗拒之意。

〔一三〕端，猶言原委。

〔一四〕歎，古韻翰寒韻協。宋玉《神女賦》端、干、歎協韻是其證。

〔一五〕竟，終也。悲且長，言情緒悲傷而不能完全抒吐也。

《銓評》：「《樂府》四十二云：晉樂所奏。《書鈔》二十九作魏文帝詩。《御覽》六百二十三作古詩。惟《藝文》四十一引爲植作。」此篇相和歌楚調曲辭。

案《魏志·楊阜傳》：「阜上疏曰：頃者天雨，又多卒暴，雷電非常，至殺鳥雀。天地神明以王者爲子也，政有不當，則見災譴……。《書》曰九族既睦，協和萬國。事思厥宜，以從中道。……時雍邱王植怨於不齒，藩國至親，法禁峻密，故阜又陳九族之義焉。」按《宋書·五行志》，此次天災發生在太和元年的秋天。植在發憤中寫作此篇，是借用古事來發抒内心的願望，而祈求曹叡一如成王之感悟，給予輸力的機會。但此歌客觀地寫録史實即戛然中止，其意圖則含蓄出之，悲且長三字藴具着豐富的情感内容，使餘韻雋永。此篇作於太和元年。

惟漢行

太極定二儀〔一〕，清濁始以形〔二〕。三光照八極〔三〕，天道甚著明〔四〕。爲人立君長，欲以遂其生〔五〕。行仁章以瑞，變故誡驕盈〔六〕。神高而聽卑，報若響應聲〔七〕。明主敬細微〔八〕，三季瞢天經〔九〕。二皇稱至化〔一〇〕，盛哉唐虞庭〔一一〕。禹湯繼厥德，周亦致太平。在昔懷帝京，日昃不敢寧〔一二〕。濟濟在公朝〔一三〕，萬載馳其名。

〔一〕太極，《淮南·覽冥訓》高注：「天地始形之時也。」二儀，《穀梁序》《正義》：「天地也。」

〔二〕清濁謂氣，清者爲天，濁者爲地。《大戴禮·少閒篇》：「先清而後濁者天地也。」盧注：「清濁，謂陰陽也。」

〔三〕八極，謂八方遼遠之地。

〔四〕著明，《廣雅·釋詁四》：「著，明也。」著明，複義詞。

〔五〕《廣雅·釋言》：「遂，育也。」《左》襄十四年傳：「天生民而立之君，使司牧之，勿使失性。」此二句所本。

〔六〕章，明也。瑞，祥瑞。誡，《説文》：「敕也。」譏惡爲誡。驕盈，驕傲自滿。《宋書·五行志》：「魏明帝太和初，太史令許芝奏日應蝕，與太尉於靈臺祈禳。帝詔曰：蓋聞人主政有不得，則天懼之以災異，所以譴告使得自修也。故日月薄蝕，明治道有不當者。朕即位已來，既不能光明先帝聖德，而施化有不合于皇神，故上天有以寤之。……群公卿士，其各勉修厥職，有可以補朕不逮者，各封上之。」

〔七〕神高聽卑，《淮南·道應訓》：「子韋曰：天之處高而聽卑。」若響應聲，言不爽也。政善則嘉瑞臻，福祥至。政惡則妖異見。其報應甚速。

〔八〕細微，《漢書·韋玄成傳》：「然用太子起於細微。」細微，謂貧賤者。

〔九〕三季，謂夏桀、殷紂、周幽也。瞢，《説文》：「目不明也。」天經，《廣雅·釋詁一》：「經，常也。」即天之法則。

〔一〇〕二皇，謂伏羲、神農。化，治也。至化，言至治。

〔二〕唐虞庭，謂唐虞朝庭人才甚衆，如八元、八愷。

〔三〕日昃，《説文》：「昃，日在西方時側也。」寧，安也。

〔三〕濟濟，《禮記·曲禮》：「大夫濟濟。」《玉藻》篇鄭注：「莊敬貌。」

案此篇相和歌相和曲辭。曹叡因天災頒佈譴責自己的詔令，要求公卿匡正違失。因此激發曹植立功求名的宿願，期求獲得任用的機會。黄節《曹子建詩注》謂作於黄初後，似未確。疑作太和元年時。

當牆欲高行

龍欲升天須浮雲，人之仕進待中人〔一〕。衆口可以鑠金〔二〕，讒言三至，慈母不親〔三〕。憒憒俗間，不辨僞真〔四〕。願欲披心自説陳，君門以九重〔五〕，道遠河無津〔六〕。

〔一〕中人，猶今云介紹者。待，《銓評》：「程作侍，據《樂府》六十一正。」

〔二〕《國語·周語》：「衆口鑠金。」賈逵注：「鑠，消也。衆口所惡，金爲消亡。」或曰：人有純金者，意欲售之，或疵金質不純，售者急欲求售，乃溶金以示其純（見應劭《風俗通》）。

〔三〕《戰國策·秦策》：「曾子居費，費人有與曾子同名族者而殺人。人告曾子母曰：曾参殺人。

曾子之母曰：吾子不殺人，織自若。有頃，人又曰：曾參殺人。其母尚織自若。頃之，一人又告之，其母懼，投杼踰牆而走。」

〔四〕憒憒，《銓評》：「張作憒憒。」案《樂府》亦作憒憒。《廣雅·釋訓》：「憒憒，亂也。」即今語糊塗之意。俗閒，即世間。僞真，即真假。

〔五〕宋玉《九辯》：「君門以九重。」王逸注：「門闑扃閉，道路塞也。」

〔六〕津，《論語·微子篇》皇疏：「渡水處也。」宋玉《九辯》：「關梁閉而不通。」王逸注：「閽人承指，呵問急也。」

案此篇雜曲歌辭。考《魏志·明帝紀》裴注引《魏略》：「是時訛言云：帝已崩，從駕群臣迎立雍邱王植，京師自卞太后群公盡懼。及帝還，皆私察顔色。卞太后悲喜，欲推始言者。帝曰：天下皆言，將何所推。」曹植此篇，針對這一政治謡言而作出的申辯。創作時間，約在太和二年曹叡到長安後。

喜　雨

天覆何彌廣〔一〕！苞育此群生〔二〕。棄之必憔悴〔三〕，惠之則滋榮〔四〕。慶雲從北來〔五〕，鬱述西南征〔六〕，時雨〈終〉〔中〕夜降〔七〕，長雷周我廷〔八〕。嘉種盈膏壤〔九〕，登秋〈必〉〔畢〕有成〔一〇〕。

太和二年大旱，三麥不收，百姓分於饑餓《銓評》：「《書鈔》一百五十六引《喜雨詩》。此疑《喜雨詩》序。」

〔一〕彌，《儀禮·士冠禮》鄭注：「猶益也。」何，語中助詞。

〔二〕苞育即包育，苞、包古通用，見《左》僖四年傳《釋文》。《周禮·大祝》鄭注：「包，兼也。」育，長養之意。群生謂生物。

〔三〕必，猶言肯定。憔悴，枯槁。

〔四〕則，即也。滋榮，生長繁茂。

〔五〕慶雲即景雲，見《仙人篇》注。

〔六〕鬱述，《銓評》：「楊雄《甘泉賦》：雷鬱律而巖突兮。古律述音義同。」案丁説未允。《文選·江賦》：「時鬱律其如煙。」李注：「煙上貌。」夏日北風起即雨，西南風則晴，雲向西南浮動則將雨。如丁説鬱述謂雷，則與下句長雷語意犯複，故疑非。

〔七〕時雨，《廣雅·釋詁一》：「時，善也。」《詩經·定之方中篇》：「靈雨既零。」靈亦善也。終，《銓評》：「《藝文》三作中。」案宋刊本《曹子建文集》亦作中，作中是。中夜即半夜。

〔八〕周，《國語·吴語》韋注：「繞也。」猶言盤旋。

〔九〕嘉，《銓評》：「程作喜，從《藝文》。」案作嘉字是。嘉種猶嘉禾。盈，《銓評》：「《藝文》作獲。」疑作盈字是。盈，滿也。膏壤，肥沃之土。

〔一〇〕登，《禮記·月令篇》：「農乃登麥。」鄭注：「登，進也。」必，《銓評》：「《藝文》作畢。」疑作畢字是。《爾雅·釋詁》：「畢，盡也。」

案曹植此篇通過喜雨的描寫，象徵對曹叡的希望，而祈求能如天之無私覆。棄之惠之，含意深廣。運用必字、則字更足見其思想所託寄。據序文當作太和二年夏日。

求自試表〔一〕

臣植言：臣聞士之生世，入則事父〔二〕，出則事君〔三〕；事父尚於榮親〔四〕，事君貴於興國。故慈父不能愛無益之子，仁君不能畜無用之臣〔五〕。夫論德而授官者〔六〕，成功之君也；量能而受爵者，畢命之臣也〔七〕。故君無虛授，臣無虛受〔八〕。虛授謂之謬舉，虛受謂之尸禄〔九〕，《詩》之素餐〔一〇〕，所由作也。昔二虢不辭兩國之任，其德厚也〔一一〕；旦奭不讓燕魯之封，其功大也〔一二〕。今臣蒙國重恩，三世於今矣〔一三〕。正值陛下升平之際〔一四〕，沐浴聖澤〔一五〕，潛潤德教〔一六〕，可謂厚幸矣！而（位竊）〔竊位〕東藩〔一七〕，爵在上列〔一八〕，身被輕煖，口厭百味〔一九〕，目極華靡〔二〇〕，耳倦絲竹者，爵重禄厚之所致也。退念古之受爵禄者，（有）〔則〕異於此〔二一〕，皆以功勤濟國，輔主惠民。今臣無德可述，無功可紀〔二二〕，若此終年，無益國朝，將挂風人彼己之譏〔二三〕。是以上慚玄冕〔二四〕，俯愧朱紱。方今天下一統，九州晏如〔二五〕。顧西尚有違命之蜀，東有不臣之吴，使邊境未得税甲〔二六〕，謀士未得高枕者〔二七〕，誠欲混同宇内，以致太和也〔二八〕。故啓滅有扈而夏功昭〔二九〕，成克商奄而周德著〔三〇〕。今陛下以聖明統世〔三一〕，將欲卒（文武）〔武文〕之功〔三二〕，繼成康之隆〔三三〕，簡良授能〔三四〕，以方叔、召虎之臣〔三五〕，鎮衛四境〔三六〕，爲國爪牙者〔三七〕可謂當矣。然而高鳥未絓於輕繳〔三八〕，淵魚未懸於鉤餌者〔三九〕，恐鈞射之術或未盡也〔四〇〕。昔耿弇不俟光武，亟擊張步，言不以賊遺於君父（也）〔四一〕。故車右伏劍於鳴轂〔四二〕，雍門刎首於齊境〔四三〕，若此二子〔四四〕，豈惡生而尚死哉？誠忿其慢主而凌君也〔四五〕。夫君之寵臣，欲以除患興利〔四六〕；臣之事君，必以殺身静亂〔四七〕，以功報主也。昔賈誼弱冠求試屬國，請係單于之頸而制其命〔四八〕。終軍以妙年使越，欲得長纓占其王，羈致北闕〔四九〕。此二臣者，豈好爲夸主而曜世（俗）哉〔五〇〕！志或鬱結，欲逞其才力，輸能於明君也〔五一〕。昔漢武爲霍去病治第，辭曰：匈奴未滅，臣無以家爲〔五二〕！固夫憂國忘家〔五三〕，捐軀濟難，忠臣之志也。今臣居外，非不厚也，而寢不安席，食不遑味者，（伏）〔恒〕以二方未剋爲念〔五四〕！伏見先武皇帝〔五五〕，武臣宿（兵）〔將〕年耆即世者〔五六〕，有聞矣。雖賢不乏世，宿將舊卒猶習戰也〔五七〕。竊不自量，志在授命〔五八〕，庶立毛髮之功〔五九〕，以報所受之恩。若使陛下出不世之詔〔六〇〕，效臣錐刀之用〔六一〕，使得西屬大將軍，當一校之隊〔六二〕；若東屬大司馬，統偏（師）〔舟〕之任〔六三〕。必乘危蹈險〔六四〕，騁舟奮驪〔六五〕，突刃觸鋒〔六六〕，爲士卒先。雖未能擒權馘亮〔六七〕，庶將虜其雄率〔六八〕，殲其醜類〔六九〕。必效須臾之捷〔七〇〕，以滅終身之愧，使名掛史筆，事列朝（榮）〔策〕〔七一〕。雖身分蜀境，首懸吴闕，猶生之年也〔七二〕。如微才弗試〔七三〕，没世無聞〔七四〕，徒榮其軀而豐其體，生無益於事，死無損於數〔七五〕，虚荷上位而忝重禄，禽息鳥視〔七六〕，終於白首，此徒圈牢之養物〔七七〕，非臣之所志也。流聞東軍失備，師徒小衄〔七八〕，輟食（忘）〔棄〕餐，奮袂攘衽〔七九〕，撫劍東顧，而心已馳於吴會矣〔八〇〕！臣昔從先武皇帝，南極赤岸〔八一〕，東臨滄海〔八二〕，西望玉門〔八三〕，北出玄塞〔八四〕，伏見所以行師用兵之勢〔八五〕，可謂神妙也〔八六〕！故兵者不可豫（言）〔圖〕，臨難而制變者也〔八七〕。志欲自效於明時，立功於聖世。每覽史籍，觀古忠臣義士，出一朝之命〔八八〕，以殉國家之難，身雖屠裂〔八九〕，而功勳著於景鍾〔九〇〕，名稱垂于竹帛〔九一〕，未嘗不拊心而歎息也。臣聞明主使臣，不廢有罪。故奔北敗軍之將用，而秦魯以成其功〔九二〕；絶纓盜馬之臣赦，而楚趙以濟其難〔九三〕。臣竊感先帝早崩〔九四〕，威王棄世〔九五〕，臣獨何人，以堪長久〔九六〕。常恐先朝露〔九七〕，填溝壑〔九八〕，墳土未乾，而聲名並滅。臣聞騏驥長鳴，伯樂昭其能〔九九〕；盧狗悲號，〔則〕韓國知其才〔一〇〇〕。是以効之齊楚之路，以逞千里之任〔一〇一〕；試之狡兔之捷，以驗搏噬之用〔一〇二〕。今臣志狗馬之微功，竊自惟度〔一〇三〕，終無伯樂韓國之舉〔一〇四〕，是以於悒而竊自痛者也〔一〇五〕。夫臨博而企竦〔一〇六〕，聞樂而竊抃者〔一〇七〕，或有賞音而識道也〔一〇八〕。昔毛遂趙之陪隸〔一〇九〕，猶假錐囊之喻，以寤主立功〔一一〇〕，何況巍巍大魏多士之朝，而無慷慨死難之臣乎！夫自衒自媒者，士女之醜行也〔一一一〕；干時求進者〔一一二〕，道家之明忌也〔一一三〕。而臣敢陳聞於陛下者，誠與國分形同氣〔一一四〕，憂患共之者也。冀以塵（霧）〔露〕之微，補益山海〔一一五〕；熒燭末光〔一一六〕，增輝日月。是以敢冒其醜而獻其忠〔一一七〕，必知爲朝士所笑。聖主不以人廢言〔一一八〕，伏惟陛下少垂神聽〔一一九〕，臣則幸矣！

〔一〕《銓評》：「《魏志》本傳：太和二年，復還雍邱。植常自憤怨，抱利器而無所施，上疏求自試。」

〔二〕入，謂家居。

〔三〕出，謂入仕。李注：「《論語》：子曰：出則事公卿，入則事父兄。」

〔四〕《孝經》：「立身行道，揚名於後世，以顯父母。」

〔五〕畜，養也。《銓評》：「《文選》三十七李善注：《墨子》曰：雖有賢君，不愛無功之臣；雖有慈父，不愛無益之子。」

〔六〕論德，《禮記·王制》鄭注：「謂考其德行道藝。」

〔七〕量，猶今語估計之意。受，《銓評》：「程、張作授，從《魏志》本傳。」案宋刊本《曹子建文集》亦作受。作受是。畢，盡也。《文選》李注：「《史記》樂毅報燕惠王書曰：察能而授官者，成功之君也。《孫卿子》曰：論德而定次，量能而授官，君子之所長也。《尸子》曰：君子量才而受爵，量功而受禄。」

〔八〕虛，空也。李注：「王符《潛夫論》曰：故明主不敢以私授，忠臣不敢以虛受。」

〔九〕謬，《廣雅·釋詁三》：「誤也。」謬舉，錯誤選拔。尸禄，李注：「《韓詩》曰：尸禄者，頗有所知，善惡不言，默然不語，苟欲得禄而已，譬若尸矣。」

〔一〇〕《詩》之素餐，《詩經·伐檀篇》：「彼君子兮，不素餐兮！」李注：「《韓詩》曰：何謂素餐？素者質也。人但有質朴而無治民之材，名曰素餐。」

〔一一〕二虢，《左》僖五年傳：「宫之奇諫曰：虢仲、虢叔，王季之穆也，爲文王卿士，勳在王室，藏于盟府。」賈逵注：「虢仲封東虢，虢叔封西虢。」《國語·晉語》韋注：「二虢，文王弟，虢仲、虢叔也。」李注：「《孫卿子》曰：德厚者進，廉節者起。」

〔一二〕李注：「《史記》曰：武王殺紂，封周公旦於少昊之墟曲阜，是爲魯公。」又曰：「周武王封召公奭於燕。」

〔一三〕三世，李注：「謂武、文、（原作文武，似誤）明也。」即曹操、曹丕與曹叡也。

〔一四〕升平，李注：「《孝經鉤命決》曰：明王用孝，升平致譽。」案《文選·東京賦》薛注：「升平，謂國太平也。」

〔一五〕沐浴，《文選·答賓戲》：「沐浴玄德。」沐浴，猶沈浸也。

〔一六〕潛潤，猶漸漬。見《論語·顔淵篇》皇疏。句意謂深受恩惠教化。

〔一七〕位竊，《銓評》：「《魏志》作竊位。」案宋刊本《曹子建文集》與《魏志》同。《文選》作位竊。李注：「《論語》：子曰：臧文仲其竊位者與。」李注引此以注，則所見本固作竊位也，《文選》疑誤。且本集《封二子爲公謝恩章》：「竊位列侯。」尤足爲證。竊，盜也。東藩指爲雍丘王。

〔一八〕上列，《國語·晉語》韋注：「列，位也。」上列謂王爵。

〔一九〕厭，足也。今曰滿足。百味，李注：「崔駰《七依》曰：饔人調膳，展選百味。」百，言衆多也。

〔二〇〕華靡，疑謂美色。與下文絲竹謂聲樂相儷成文。

〔二一〕受，《銓評》：「《魏志》作授。」案作授誤。有，案宋刊本《曹子建文集》字作則，疑作則字是，則猶即也。

〔二二〕紀，《釋名·釋言語》：「紀，記也，記識之也。」

〔二三〕風人，《詩經·國風》《釋文》：「風者諸侯之詩。」是風人即詩人。彼已，《銓評》：「彼程作被，從《魏志》。」李注：「《毛詩》：彼己之子，不稱其服。」則作彼字是。

〔二四〕玄冕，李注：「《周禮》曰：王之五冕，玄冕朱裏。」

〔二五〕晏如，猶安然。

〔二六〕顧，《銓評》：「顧上《魏志》有而字。」稅甲，案《魏志》本傳、宋刊本《曹子建文集》稅俱作脱。

〔二七〕高枕，李注：「《漢書》：賈誼曰：陛下高枕垂統，無山東之憂。」案高枕形容心無慮念之貌。《文選》作稅，李注：「稅，舍也。」是所見本作稅。《方言》注：「稅猶脱也。」脱與稅古字通。

〔二八〕混同，《國語·周語》韋注：「混，同也。」猶言混而爲一。太和猶太平。

〔二九〕有扈，李注：「《尚書》曰：啓與有扈戰于甘之野。《史記》曰：啓遂滅有扈氏，天下咸朝夏。」案有發語辭。扈，夏代氏族之一，約在今陝西鄠縣。昭，明也，猶顯著。

〔三〇〕商奄，李注：「《尚書》曰：武王崩，三監及淮夷叛。周公相成王，將黜殷命。孔安國曰：三監，管蔡商也。淮夷，徐奄之屬。《史記》曰：成王東伐淮夷徐、奄。」案奄古代氏族，約在今山東曲阜境内。

〔三一〕統世，《漢書·賈山傳》顔注：「統，治也。」統世即治世。

〔三二〕文武之功，李注：「假周之令德，以喻魏之先王也。」竊疑文武當作武文，謂曹操、曹丕。卒，終也。終武文之功，謂消滅吴蜀，統一宇内，以完成操、丕未竟之業，於義乃順，作文武似失其意矣！

〔三三〕隆，盛也。

〔三四〕良，《銓評》：「《魏志》作賢。」案《文選》作良。宋刊本《曹子建文集》亦作良。

〔三五〕方叔，周宣王卿士。先伐玁狁，後征荆蠻。《詩經·采芑篇》：「方叔涖止，其車三千。」又曰：

「征伐玁狁，蠻荊來威。」召虎，周宣王卿士。《詩經・江漢篇》：「江漢之滸，王命召虎。」召虎平淮夷。

〔三六〕鎮衛，《銓評》：「衛《魏志》作御。」案《文選》作衛，宋刊本《曹子建文集》同。

〔三七〕爪牙，《荀子・臣道篇》楊注：「爪牙之士，勇力之臣。」《後漢書・度尚傳》：「爲國爪牙。」章懷注：「爪牙以猛獸爲喻，言爲國之捍衛也。」此指曹真禦蜀，曹休防吴。

〔三八〕高鳥，喻蜀。輕繳，已見卷一《離繳雁賦》注。

〔三九〕淵魚，《銓評》：「《藝文》五十三淵作潛。」案《文選》作淵。《藝文》作潛，或因避唐諱改。此指吴。鍾會《芻蕘論》：「吴之玩水若魚鼈，蜀之便山若禽獸。」是魏代俱以魚、鳥喻吴與蜀也。

〔四〇〕釣射之術，喻戰略戰術。

〔四一〕君父，李注：「《東觀漢記》曰：耿弇討張步，陳俊謂弇曰：虜兵盛，可且閉營休士，以須上來。弇曰：乘輿且到，臣子當擊牛釃酒，以待百官，反欲以賊虜遺君父邪！及出大戰，自旦至昏，大破之。」也，案宋刊本《曹子建文集》、張采《三國文》俱無也字，《魏志》同，似應據删。

〔四二〕車右，古代衛士，以勇敢而多力者任之，以坐於車右，故稱曰車右。鳴轂，《銓評》：「程、張鳴作明，據《魏志》改。」案《文選》作鳴。考鳴、明古通用。

〔四三〕雍門，李注：「《説苑》：越甲至齊，雍門狄請死之。齊王曰：鼓鐸之聲未聞，矢石未交，長兵未接，子何務死？知爲人臣之禮邪？雍門狄對曰：臣聞之：昔王田於囿，左轂鳴，車右請死之。

王曰：子何爲死，車右曰：爲其鳴吾君也。王曰：左轂鳴此者，工師之罪也，子何爲死？車右曰：吾不見工師之乘，而見其鳴吾君也，遂刎頸而死，有之乎？齊王曰：有之。雍門狄曰：今越甲至，其鳴吾君，豈左轂之下哉！車右可以死左轂，而臣獨不可以死越甲邪？遂刎頸而死。是日，越人引甲而退七十里。齊王葬雍門子以上卿。」

〔四四〕二子，《銓評》：「子《魏志》作士。」案《文選》作子。

〔四五〕惡生，《論語·陽貨篇》皇疏：「惡，憎疾也。」尚死，《漢書叙傳》顔注：「尚，願也。」慢主，《吕覽·上德》高注：「慢易，不敬也。」凌君，《吕覽·不侵》高注：「凌，侮也。」

〔四六〕寵，《國語·晉語》韋注：「榮也。」患，《銓評》：「《文選》作害。」

〔四七〕必以，《銓評》：「程、張脱以字，從《魏志》。」静，《銓評》：「《魏志》作靖。」案宋刊本《曹子建文集》靖作静，與《文選》同。靖、静義同。

〔四八〕賈誼，西漢孝文帝時人，《漢書》有傳。弱冠，《禮記·曲禮篇》：「二十曰弱，冠。」《漢書·賈誼傳》：「賈誼曰：何不試以臣爲屬國之官，以主匈奴，行臣之計，必係單于之頸而制其命。」

〔四九〕終軍，漢武帝時人。十八歲選爲博士弟子，上書言事。妙年，汪繼培《潛夫論箋》：「妙讀爲眇，《方言》：眇，小也。」終軍死時，年二十餘，故世謂之終童。占，案《文選》作占，李注：「占，隱度也。」《魏志》本傳占作纓，宋刊本《曹子建文集》同。疑纓借爲嬰，《荀子·富國篇》楊注：「嬰，繫於頸也。」李注：「《漢書》曰：南越與漢和親，乃遣終軍使南越，説其王，欲令入朝，比内諸侯。軍自請，願受長纓，必羈南越王而致之闕下。」

〔五〇〕夸，《廣雅·釋詁一》：「大也。」猶曰大言也。曜世俗，案《魏志》無俗字，疑無俗字是。夸主、曜世，語正相儷，增俗字則贅矣。曜或作燿，《後漢書·班彪傳》章懷注：「燿，眩燿也。」

〔五一〕鬱結猶蘊結，情緒不舒暢之貌。逞，《左》襄廿五年傳杜注：「盡也。」輸，《説文》：「委，輸也。」

〔五二〕霍去病，漢武帝征伐匈奴名將。《史記·驃騎列傳》：「天子爲治第，令驃騎視之。對曰：匈奴未滅，無以家爲也。」

〔五三〕固，《銓評》：「程、張脱固，據《魏志》補。」案錢儀吉《三國志證聞》：「固改作故。固、故古通，不煩改字。」濟難，《詩經·載馳篇》毛傳：「濟，止也。」

〔五四〕伏，《銓評》：「程、張脱伏，據《魏志》補。」案錢儀吉《三國志證聞》伏作恒。康發祥《三國志補義》引《曹子建文集》作但。案作恒字是，恒，常也。二方謂吴、蜀。

〔五五〕《銓評》：「程、張脱武皇二字，據《魏志》補。」案《文選》亦有武皇二字。

〔五六〕宿兵，《銓評》：「兵《魏志》作將。」案作將字是。宿將，舊將。年耆，年老。即世謂死亡。

〔五七〕宿將，案將字疑當作兵。句意謂曹操時之舊將死亡，已有所聞，而老兵舊卒，猶習戰陣，語意方順，作宿將則與上文宿將複矣，今本似誤。猶習戰也。《銓評》：「《魏志》戰作陣。」案殿本《魏志》作猶習戰陣。丁校似非。

〔五八〕授命，《銓評》：「授《魏志》作効。」案《文選》同。《左》昭廿六年傳杜注：「效，授也。」授，《周禮·鄭長》鄭注：「授，猶付也。」則授命、效命俱謂付出生命。

〔五九〕毛髮喻細微。

〔六〇〕不世，已見卷二《謝入覲表》注。

〔六一〕錐刀，《文選》李注：「《東觀漢記》：黄香上疏曰：以錐刀小用，蒙見宿留也。」

〔六二〕大將軍，指曹真。《魏志·明帝紀》：「太和二年，遣大將軍曹真都督關右並進兵，右將軍張郃擊亮（諸葛亮）於街亭。」一校，《文選》李注：「司馬彪《漢書》曰：大將軍營伍部校尉一人。」案古軍制：五百人爲校。

〔六三〕大司馬，謂曹休。《魏志·明帝紀》：「太和元年，以征東大將軍曹休爲大司馬。太和二年，大司馬曹休率諸軍至皖。」統，《文選》李注：「臣瓚《漢書》注曰：統，猶總覽也。」偏師，《銓評》：「師《魏志》作舟。」案宋刊本《曹子建文集》亦作舟，作舟是。《後漢書·隗囂傳》章懷注：「偏舟，猶特舟也。」與下文騁舟義相承。

〔六四〕謂履蹈危險。

〔六五〕騁，馳也。驪，黑色馬。

〔六六〕意與卷二《封二子爲公謝恩章》「摧鋒接刃」之義近。

〔六七〕馘，《文選》李注：「鄭玄《毛詩》箋曰：馘，所獲之左耳也。」亮謂諸葛亮。

〔六八〕雄率謂大將。

〔六九〕醜類，《文選》李注：「《爾雅》曰：醜，衆也。」案《左》文十八年傳：「醜類惡物。」杜注：「醜亦惡也。」

〔七〇〕須臾，《文選·北征賦》李注：「少時也。」捷，《文選》李注：「杜預《左氏傳注》曰：捷，獲也。」

〔七一〕朝榮，《銓評》：「榮《魏志》作策。」案何焯、陳景雲、潘眉校俱云當作策。朝策猶言國史。策俗作筞，與榮形近致誤。

〔七二〕猶生之年，意謂雖死猶生。《文選》李注：「傅武仲與荆文姜書曰：雖死之日，猶生之年。」

〔七三〕弗試，《銓評》：「弗《藝文》作不。」案《公羊》僖廿六年傳何注：「弗者不之深者也。」《爾雅·釋詁》：「試，用也。」

〔七四〕《文選》李注：「《論語》曰：君子疾没世而名不稱。」

〔七五〕數，謂人數。《左》僖四年傳杜注：「數者，物滋息之狀。」此二句謂生死之於國，不起任何影響。

〔七六〕重禄，《銓評》：「禄《藝文》作恩。」案作禄字是。《周禮·太宰》鄭注：「禄若今月奉也。」禽息鳥視，《吕氏春秋·孟春紀》高注：「視，活也。」息視猶言生活。謂如雀鳥之生活也。

〔七七〕圈牢養物，李注：「《説文》曰：圈，養獸閑也。鄭玄《周禮注》曰：牢，閑也。」案此謂豬羊。

〔七八〕流聞，猶傳聞。小衄，李注：「衄，猶挫折也。」《魏志·曹休傳》：「太和二年，休督（原作督休，據陳景雲説乙）諸軍向尋陽，賊將（指周魴）僞降，休深入不利，退還。宿石亭，夜驚，士卒亂，棄甲兵輜重甚多。」

〔七九〕忘,《銓評》:「《魏志》作棄。」案宋刊本《曹子建文集》作弃。弃、忘形近致誤,弃、棄同,作棄是。奮袂猶揮袖。攘袵,李注:「鄭玄《周禮注》曰:攘,却也。謂却扱袵也。」案《方言注》:「袵,衣襟也。」則攘袵如提襟矣。

〔八〇〕吴、會謂吴郡、會稽郡,皆吴國地。

〔八一〕《爾雅·釋詁》:「極,至也。」赤岸,《七發》李注:「赤岸蓋地名也。《曹子建表》曰:南至赤岸。山謙之《南徐州記》曰:京江,《禹貢》北江,春秋分朔,輒有大濤,至江乘,北激赤岸,尤更迅猛。然並以赤岸在廣陵,而此文勢似在遠方,非廣陵也。」《寰宇記》:「赤岸山在六合縣東六十里。」趙一清《三國志補注》:「赤岓,赤壁也,赤壁亦作赤岓。岓字或圻字之誤。」案《江圖》:「自沙陽縣下流一百一十里至赤圻,赤圻二十里至塗口。」疑此指建安二十二年王軍居巢時也。

〔八二〕東臨滄海,案宋刊本《曹子建文集》無此四字,疑脱。朱珔《文選集釋》:「案《魏志》:興平元年,太祖征陶謙,拔五城,遂略地至東海。此所謂東臨也。」案朱説未確。考興平元年,曹植甫三歲餘,恐無從征之理。建安十一年八月,曹操征管承,時植已十五歲,或從軍行。曹操《步出東門行》:「東臨碣石,以觀滄海。」滄海,即今之渤海。曹植此句,蓋指征管承之役,非謂略地至東海也。

〔八三〕西望,《銓評》:「《書鈔》十三望作至。」案作至字非。玉門,李注:「《漢書》:燉煌郡龍勒縣有玉門關。」玉門在今甘肅省。《魏志·武帝紀》：「建安十六年冬十月，曹操從長安北征楊秋，圍安定。」安定在今甘肅鎮原縣，距玉門尚遠，故曰望。

〔八四〕玄塞，李注：「玄塞，長城也。北方色黑，故曰玄。」案即《魏志·武帝紀》之盧龍塞。今河北省喜峰口。此謂建安十二年曹操征烏桓戰役。

〔八五〕行師，《銓評》：「師《魏志》作軍。」

〔八六〕也，《銓評》：「《魏志》作矣。」

〔八七〕不可，《銓評》：「《書鈔》一百十三作先事。」案《書鈔》作先事，誤。豫言，《銓評》：「言《書鈔》作圖。」案作圖字是。豫圖，《詩經·常棣篇》毛傳：「圖，謀也。」臨難，《銓評》：「難《書鈔》作□（缺此字）。」案《書鈔》十三作臨敵。考《戰國策·秦策》高注：「難，猶敵也。」是難與敵字義同。臨難制變，意謂面對强敵，隨時應付戰争形勢之變化。

〔八八〕出，《吕覽·忠廉》高注：「去也。」一朝猶一旦。命，生命。

〔八九〕難，《銓評》：「程作身，從《魏志》。」身，《銓評》：「程作難，從《魏志》。」案宋刊本《曹子建文集》與《魏志》同，身難二字應據乙。屠裂，謂爲人分割也。

〔九〇〕功勳，《銓評》：「《魏志》勳作銘。」案《文選》亦作銘。李注：「《國語》：晉悼公曰：昔克路之役，秦來圖敗晉攻。魏顆以其身却退秦師于輔氏，親止杜回，其勳銘於景鍾。韋昭曰：景鍾，景公鍾也。」景鍾，《銓評》：「《魏志》景作鼎。」古將功績銘刻於鍾，以垂久遠。

〔九一〕名稱，稱或作偁。《廣雅·釋詁四》：「偁，譽也。」竹帛，竹謂簡册。李注：「《墨子》曰：以其功書於竹帛，傳遺後子孫也。」

〔九二〕李注：「《史記》曰：秦繆公使百里奚子孟明視、蹇叔子西乞術及白乙丙將兵襲鄭。晉發兵遮秦兵於殽，虜秦三將以歸。後還秦三將，穆公復三人官秩。復使將兵伐晉，大敗晉人，以報殽之役。又曰：曹沫者，魯人也，以勇力事魯莊公，爲魯將，與齊戰，三敗（三）北，魯莊公懼，乃獻遂邑之地以和，猶復以爲將。齊桓公許與魯會于柯而盟。桓公與莊公既盟於壇上，曹沫執匕首劫齊桓公。公問曰：子將何欲？曹沫曰：齊强魯弱，而大國侵魯，亦已甚矣！今魯城壞，即壓境，君其圖之。桓公乃許盡還魯之侵地，曹沫三戰所亡，盡復於魯。」

〔九三〕絶纓，李注：「《説苑》曰：楚莊王賜群臣酒，日暮華燭滅，有引美人衣者，美人援絶冠纓，告王知之。王曰：賜人酒醉，欲顯婦人之節，吾不取也。乃命左右勿上火，與寡人飲，不絶纓者不懽也。群臣纓皆絶，盡懽而去。後與晉戰，引美人衣者五合五獲，以報莊王。」盜馬，李注：「《吕氏春秋》曰：昔者，秦繆公乘馬右服失之，野人取之。繆公自往求之，見野人方將食之於岐山之陽。繆公笑曰：食駿馬之肉，不飲酒，余恐傷汝也。徧飲而去。韓原之戰，晉人已環繆公之車矣，晉梁靡已扣公左驂矣。野人嘗食馬於岐山之陽者三百有餘人，畢力爲繆公疾鬬於車下，遂大克晉，及（反）獲惠公以歸。」楚趙，《魏志·陳思王植傳》裴注：「臣松之案：秦穆公有赦盜馬事，趙則未聞，蓋以秦亦趙姓，故互文以避上秦字也。」何焯曰：「《秦本紀》：蜚廉子季勝之後造父，幸于周穆王，以趙城封造父，造父族由此爲趙氏。蜚廉子惡來之後非子，以造父之寵，皆蒙趙城爲趙氏。」

〔九四〕先帝，指曹丕。

〔九五〕威王，《銓評》：「《魏志·任城王傳》：王薨，謚曰威。」謂曹彰。棄世，《銓評》：「世《文選》作代。」案原作世，李善避唐太宗諱改，非異字也。

〔九六〕堪，任也。

〔九七〕李注：「《漢書》：李陵謂蘇武曰：人如朝露。」朝露易乾，喻人死之速也。

〔九八〕李注：「《列女傳》：梁寡婦曰：妾之夫，先犬馬，填溝壑。」溝壑，喻埋葬。

〔九九〕李注：「《戰國策》：楚客謂春申君曰：昔騏驥駕車吴坂，遷延負轅而不能進。遭伯樂，仰而長鳴，知伯樂知己也。」

〔一〇〇〕《銓評》：「韓字上《魏志》有則字。」案上句伯字上《魏志》亦有則字，似應據補。李注：「《戰國策》曰：齊欲伐魏，淳于髡謂齊王曰：韓子盧者，天下之壯犬也。東郭俊者，海内之狡兔也。韓子盧逐東郭俊，環山者三，騰山者五，兔極於前，犬廢於後，犬兔俱罷，各死其處。田父見之而擅其功。」高誘曰：「韓國之盧犬，古之名狗也。然悲號之義未聞也。」案六臣本《文選》劉良曰：「齊人韓國相狗於市，遂有狗號鳴，而國知其善。」不知劉良所本，録之存參。

〔一〇一〕李注：「齊楚，言遠也。」逞，疑借爲呈，《左》僖廿三年傳《釋文》：「逞或作呈。」《列子·天瑞篇》《釋文》：「呈，示見也。」任，《呂覽・察今篇》高注：「用也。」

〔一〇二〕搏，《史記・李斯傳》《索隱》：「猶攫也，取也。」噬，《廣雅・釋詁三》：「嚙也。」

〔一〇三〕惟度，猶今語揣想。

〔一〇四〕舉，選拔。

〔一〇五〕於悒，李注：「《楚辭》曰：長呼吸以於悒。王逸曰：於悒，啼貌。」案於悒即抑鬱，雙聲謰語。情緒悶塞不通之貌。自痛，猶自悼。

〔一〇六〕臨博，李注：「《説文》曰：博，局戲也。」説詳卷一《王仲宣誄》注。企竦，李注：「《説文》曰：企，舉踵也。竦，猶立也。」

〔一〇七〕抃，李注：「《説文》曰：抃，拊也。」今曰拍手。

〔一〇八〕識道，邯鄲淳《藝經》：「棊局縱横，各十七道，合二百八十九道。白黑棊子，各一百五十枚。」則知道猶言知路數勝負。

〔一〇九〕陪隸，《後漢書・袁紹傳》章懷注：「即陪臺。」謂諸侯之臣。

〔一一〇〕寤主立功，李注：「《史記》曰：秦之圍邯鄲，趙使平原君求救，合從於楚，約與食客門下有勇力武備具者二十人俱，得十九人，餘無可取者。毛遂前自讚於平原君。平原君曰：先生處勝之門下，幾年於此矣？遂曰：三年于此矣！平原君曰：夫賢士之處俗，譬若錐之處囊中，其末立見。今先生處勝之門下三年，勝未有所聞。毛遂曰：臣乃今日請處囊中耳！使遂蚤得處囊中，乃穎脱而出，非特其末見而已也。平原君竟與毛遂偕十九人。平原君與楚合從，日出而言，日中不決。毛遂按劍歷階而上曰：合從者爲楚，非爲趙也。楚王曰：唯，謹奉社稷以從。」

〔一二〕自衒，《説文》：「衒，行且賣也。」故自衒如今語自己吹嘘。醜行，可恥行爲。李注：「《越絶書》曰：范蠡其始居楚，之越，越王與言終日。大夫石賈進曰：衒女不貞，衒士不信。客歷諸侯，渡河津，無因自致，殆不真賢也。」

〔一三〕干時，《爾雅·釋言》：「干，求也。」求進，《荀子·大略篇》楊注：「進，位也。」

〔一四〕明忌，李注：「《莊子》曰：功成者隳，名成者虧，孰能去功與名，而還與衆人。」

〔一五〕分形同氣，《吕氏春秋·精通篇》：「父母之於子也，子之於父母也，一體而兩分，同氣而異息，若草莽之有花實也，若樹木之有根心也。雖異處而相通，隱志相及，痛疾相救，憂思相感，生則相歡，死則相哀，此之謂骨肉之親。」

〔一六〕塵霧，《銓評》：「霧《文選》作露。」案作露字是。李注：「謝承《後漢書》：楊喬曰：猶塵附泰山，露集滄海，雖無補益，欵誠至情，猶不敢嘿也。」或植句所本。

〔一七〕熒燭，《銓評》：「熒《文選》作螢。」案《魏志》作熒。張照曰：「螢古字本作熒。」末，《吕氏春秋·精諭》高注：「小也。」

〔一八〕冒，《文選·吴都賦》劉注：「犯也。」醜，恥也。

〔一九〕聖人，謂孔子。《論語·衛靈公篇》：「子曰：君子不以人廢言。」

〔二九〕神聽，古以神爲對天子尊敬之飾詞。

考《魏志・陳思王植傳》：「二年，後還雍丘……上疏求自試。」案表句云：「流聞東軍失備，師徒小衂。」則此表當作於曹休戰敗之後。《明帝紀》：「冬十月，詔公卿近臣舉良將各一人。」或曹植因此上表，請求試用，故表中着重闡述己之軍事才能，以爲國立功，而償宿願。

雜　詩

僕夫早嚴駕〔一〕，吾行將遠遊〔二〕。遠遊欲何之〔三〕？吴國爲我仇〔四〕。將騁萬里塗〔五〕，東路安足由〔六〕！江介多悲風〔七〕，淮泗馳急流〔八〕。願欲一輕濟〔九〕，惜哉無方舟！閒居非吾志〔一〇〕，甘心赴國憂〔一一〕。

〔一〕僕夫，《文選・思玄賦》舊注：「謂御車人也。」嚴駕，《説文》：「嚴，教命急也。」是嚴駕謂具備行裝。

〔二〕行將遠，《銓評》：「《文選》作將遠行。」案李注引《楚辭》：「願輕舉兮遠游。」疑此原作遠游，故引《楚辭》句以證，而今本誤也。行，《文選・洞簫賦》李注：「猶且也。」則行將猶言且將。

〔三〕遊，《銓評》：「張作行。」疑非。之，《爾雅・釋詁》：「往也。」

〔四〕指曹休戰敗事。故曰吴國爲我仇。

〔五〕騁，《銓評》：「程作聘，從《文選》。」案宋刊本《曹子建文集》與《文選》同。騁，馳也。

〔六〕由，李注：「《廣雅》曰：由，行也。」

〔七〕江介，《文選·魏都賦》注引《韓詩章句》：「介，界也。」

〔八〕淮泗，淮河發源河南桐柏山，經安徽、江蘇入海；泗水，發源于山東泗水縣入淮。此二句形容淮泗流域軍情緊急，而以悲風急流以喻之。

〔九〕輕濟，《漢書·賈誼傳》顔注引蘇林：「輕，易也。」濟，渡也。

〔一〇〕閒居，《閑居賦》李注：「不知世事，閑静居坐之意也。」

〔一一〕甘心，已見卷一《飛觀百餘尺詩》注。

黄節《曹子建詩注》：「蓋黄初四年，吴仍未下，觀《魏志》是年裴注丙午詔書可知。文帝征吴，不得已而休兵。植徙封雍丘後，見江表未平，思渡淮、泗以勤王，故有此詩。」案《魏志》：太和二年，吴將周魴譎誘曹休引軍迎魴，遭遇陸遜截擊，全軍覆没，輜重器械損失很多（見《魏志·賈逵傳》），故植有「吴國爲我仇」之句。而曹叡不願假予兵權，遂有惜無方舟之歎。證以《求自試表》，更爲有徵。詩中洋溢着捐軀衛國、志不克展的悲憤情懷，而以激昂慷慨之語發之，以寄其思致。

鰕䱇篇〔一〕

鰕䱇游潢潦〔二〕，不知江海流。燕雀戲藩柴〔三〕，安識鴻鵠遊〔四〕。世士誠明性〔五〕，大德固無儔〔六〕。駕言登五嶽，然後小陵丘〔七〕。俯觀上路人〔八〕，勢利惟是謀〔九〕。（讎高念）〔高念翼〕皇家〔一〇〕，遠懷柔九州〔一一〕。撫劍而雷音〔一二〕，猛氣縱横浮〔一三〕。汎泊徒嗷嗷〔一四〕，誰知壯士憂〔一五〕。

〔一〕《銓評》：「《樂府》三十云：曹植擬《長歌行》爲《鰕䱇》，一曰《鰕鱓篇》。《詩紀》云：一曰《鰕䱇篇》。《集韻》：䱇，上演切。《玉篇》：魚似蛇，同鱓。」案《楚辭》王注：「鰕，小魚也。」今借作蝦。䱇，《山海經·北山經》郭注：「䱇，魚似蛇。」今作鱓。

〔二〕潢潦，《左》隱三年傳服注：「蓄小水曰潢。」潦，《文選·南都賦》李注：「雨水。」

〔三〕藩柴，猶今語曰籬柵。

〔四〕鵠，《銓評》：「《藝文》四十二作鶴。」案《史記·陳涉世家》：「燕雀安知鴻鵠之志哉！」《索隱》：「鴻鵠是一鳥，若鳳皇然，非鴻雁與黄鵠也。」《藝文》作鶴，鶴、鵠古通。見《莊子·天運篇》《釋文》。

〔五〕《銓評》：「《樂府》三十作世事此誠明。」案性，命也。明性，謂能了解己之命運。

〔六〕固，《銓評》：「《藝文》作故。」《論語·子罕篇》皇疏：「固，故也。」儔，匹也。

〔七〕駕言，言，語中助詞。此二句如登東山而小魯，登泰山而小天下之意。

〔八〕上路人，比喻官吏。

〔九〕案宋刊本《曹子建文集》作勢利是謀讎。疑今本誤。謀，猶圖也。《史記·曆書》《索隱》：「讎，猶售也。」《魏志·董昭傳》：「國士不以孝悌清修爲本，乃以趨勢游利爲先，合黨連群，互相褒歎……附己者則歎之盈言，不附者則爲作瑕釁。至乃相謂今世何憂不度邪！但求人道不勤，羅之不博耳，又何患其不知己矣。」曹植所述統治集團之争權奪利排除異己之狀，與董昭此疏相應。

〔一〇〕宋刊本《曹子建文集》作高念翼皇家。疑今本誤。與下句遠懷柔九州，正相儷成文，應據改。高念，上念。翼，輔佐。皇家，指魏帝室。

〔一一〕遠懷，猶遠思。柔，安也。九州，指全國。

〔一二〕雷音，宋刊本《曹子建文集》音作息，疑作音字是。雷音，謂憤叱之音。

〔一三〕縱横，四散之意。浮，《廣雅·釋言》：「漂也。」

〔一四〕汎泊，案汎泊猶紛泊，一聲之轉，俱雙聲謰語。《文選·蜀都賦》劉注：「紛泊，飛薄皃。」徒，空也。嗷嗷，呼叫聲。屈原《卜居》：「將氾氾若水中之鳧乎？與波上下偷以全吾軀乎？」意與此同。蓋曹植此句，指斥當時執政者，隨俗浮沈，只謀保全己之名利，而不恤國事，如水中之鳧相互追逐，嗷嗷呼叫而已。

〔一五〕 壯士，曹植自況。

此篇相和歌辭平調曲。在曹魏中葉，勢利是求的社會裏，子建上表求自試，自己清醒地估計到「必爲朝士所笑」，故寫此曲予當時嘲笑者以反擊，語多諷刺，而形象地描繪王朝政權中人的可恥行爲。

吁嗟篇

吁嗟此轉蓬〔一〕，居世何獨然〔二〕！長去本根逝，宿夜無休閒〔三〕。東西經七陌，南北越九阡〔四〕。卒遇回風起〔五〕，吹我入雲間〔六〕。自謂終天路〔七〕，忽然下沈泉〔八〕。驚飈接我出，故歸彼中田〔九〕。當南而更北，謂東而反西。宕（若）〔宕〕當何依〔一〇〕？忽亡而復存。飄颻周八澤〔一一〕，連翩歷五山〔一二〕，流轉無恒處〔一三〕，誰知吾苦艱〔一四〕！願爲中林草，秋隨野火燔〔一五〕，糜滅豈不痛〔一六〕？願與（株）〔根〕荄連〔一七〕。

〔一〕吁嗟，歎詞。轉蓬，曹植藉以象徵己之處境。

〔二〕居世，猶言處世。然，如此也。

〔三〕宿夜，《銓評》：「宿《魏志》本傳注作夙。夜《藝文》四十二作昔。」案宋刊本《曹子建文集》作宿夜。夙昔，宿夜猶言早晚。休閒，《國語·晉語》韋注：「閒，息也。」則休閒猶言休息。

〔四〕陌、阡，皆謂道路。竊疑此句，曹植比喻隨從曹操討伐豪强，往來道路，奔走風塵。

〔五〕卒遇，《漢書·司馬相如傳》：「卒然遇逸材之獸。」顏注：「卒，謂暴疾也。」回風，《爾雅·釋天》：「回風爲飄。」起，揚起也。

〔六〕雲間，象徵封侯。

〔七〕天路，象徵在朝爲國輔弼之臣。

〔八〕然，《銓評》：「《志注》作焉。」案：《左》莊十一年傳：「其亡也忽焉。」杜注：「忽，速貌。」泉，《銓評》：「《志注》作淵，唐人避諱改淵爲泉，當作淵爲是。」案丁校改是。此句疑指黄初二年灌均希旨奏植罪，曹丕欲藉此殺之。《魏志·周宣傳》：時帝欲治弟植之罪，偪于太后，但加貶爵。」沈淵，象徵危急。

〔九〕中田，田中。此句疑指封安鄉侯。

〔一〇〕宕若，《銓評》：「《志注》作宕宕。」案作宕宕是。宕宕猶蕩蕩，無定止之貌。

〔一一〕飄颻，飛揚貌。周，徧也。八澤，《爾雅·釋地》：「魯有大野，晉有大陸，宋有孟諸，楚有雲夢，吴、越之間有具區，齊有海隅，燕有昭余祁，鄭有圃田，周有焦護。」此九藪而云八，考《爾雅·校勘記》：「周、秦同在雍州，又除畿内不數，故八。」此皆春秋時各國著名湖泊。

〔三〕五山，謂五嶽。二句形容流離播遷，徧歷中國之狀。

〔三〕流轉，猶移徙。《周禮·考工記》鄭注：「流，猶移也。」《左》昭十九年傳杜注：「轉，遷徙也。」恒，常也。考《魏志·陳思王植傳》：黄初二年貶爵安鄉侯，其年改封鄄城侯，四年徙封雍丘。太和元年，徙封浚儀，二年復還雍丘。故曰無恒處也。

〔四〕苦艱，即《轉封東阿王謝表》所云：「然桑田無業，左右貧窮，食裁餬口，形有裸露。」即困苦艱難生活之實況。

〔五〕燔，焚燒也。

〔六〕糜，《銓評》：「《志注》作麋。」案麋字誤。宋刊本《曹子建文集》麋作糜。《漢書·賈山傳》：「萬鈞之所壓，無不糜滅者。」糜滅猶言糜爛。

〔七〕株荄，《銓評》：「《志注》作林葉。」案《御覽》卷五百七十三作株葉。竊疑當作根荄。《後漢書·魯恭傳》：「養其根荄。」章懷注：「荄，草根也。」

《銓評》：「樂府三十三云：曹植擬《苦寒行》爲《吁嗟》。《魏志》本傳注作琴瑟調歌辭。《御覽》五百七十三作琴調歌。《韻補》二作琴瑟歌。《詩紀》云：《選詩拾遺》作瑟調《飛蓬篇》。《魏志》本傳：十一年中而三徙都，常汲汲無歡，遂發疾薨。此詩當感徙都而作也。」案丁説是。

疑作於自浚儀反雍丘時也。流離播遷，道路艱苦，情緒悲憤，故作絶滅之辭。

美女篇

美女妖且閑〔一〕，采桑歧路閒〔二〕。柔條紛（冉冉）〔冄冄〕〔三〕，落葉何翩翩〔四〕。攘袖見素手〔五〕，皓腕約金環〔六〕。頭上金爵釵〔七〕，腰佩翠琅玕〔八〕。明珠交玉體〔九〕，珊瑚閒木難〔一〇〕。羅衣何飄飄〔一一〕，輕裾隨風還。顧（盼）〔眄〕遺光采〔一二〕，長嘯氣若蘭。行徒用息駕〔一三〕，休者以忘餐〔一四〕。借問女何居〔一五〕？乃在城南端〔一六〕。青樓臨大路〔一七〕，高門結重關〔一八〕。容華耀朝日〔一九〕，誰不希令顔〔二〇〕。媒氏何所營〔二一〕，玉帛不時安〔二二〕。佳人慕高義〔二三〕，求賢良獨難〔二四〕。衆人徒嗷嗷〔二五〕，安知彼所（觀）〔歡〕〔二六〕？盛年處房室，中夜起長歎〔二七〕。

〔一〕妖，美也，指顔色。閑，雅也，指品質。

〔二〕歧路，《爾雅・釋宫》孫注：「歧，道旁出也。」

〔三〕柔條，《銓評》：「《書鈔》一百三十六柔作弱。」案《廣雅・釋詁一》：「柔，弱也。」謂桑之長枝。紛，《銓評》：「《書鈔》作曰，《初學記》十九作芬。」案作紛是。紛，動擾貌。冉冉，案冉當作冄。《説文》：「冄，毛冄冄也。」下垂之貌。

〔四〕落葉，案《初學記》作葉落。何，語中助詞。翩翩，《廣雅·釋訓》："翩翩，飛也。"王念孫《疏證》："《魯頌·泮水》傳云：翩，飛貌。重言之則爲翩翩。"

〔五〕攘袖，《文選》李注："卷袂也。"

〔六〕約，《廣雅·釋詁三》："束也。"金環，《銓評》："環《初學記》作鐶。"鐶、環同。《文選》李注："環，釧也。"案《通俗文》："環臂謂之釧。"

〔七〕上，《銓評》："《書鈔》作帶，《御覽》七百十八作插，又作戴。"案《文選》作上。金爵，《銓評》："《藝文》十八作三爵。《御覽》作合歡。"案宋刊本《曹子建文集》作金爵，與《文選》同。李注："《釋名》曰：爵釵，釵頭上施爵。"《藝文》、《御覽》疑誤。

〔八〕琅玕，案《淮南·墬形訓》高注："美玉。"郝懿行《爾雅義疏》以爲非，而從琅玕石而似珠之說，蓋本《説文》琅玕似珠者爲證，疑是。

〔九〕交，連結之意。

〔一〇〕珊瑚，《文選》李注："《南方草物狀》曰：珊瑚出大秦國，有洲在漲海中。《廣雅》曰：珊瑚珠也。"朱珔《文選集釋》："《太平御覽》引《玄中記》云：珊瑚出大秦西海中，生水中石上。初生白，一年黄，三年赤，四年蟲食敗。"案《史記·司馬相如傳》《正義》引郭璞説："珊瑚生水底石邊，大者樹高尺餘，枝格交錯，無有葉。"間，《左》莊九年傳杜注："間猶與也。"木難，《銓評》："木程、張作玉，從《文選》二十七。《文選》李善注引《南越志》：木難，金翅鳥沫所成碧色珠也，大秦國珍之。」案宋刊本《曹子建文集》正作木，《初學記》引同。楊慎《丹鉛録》：「木難，按其形色，則今夷方所謂祖母緑。」

〔二一〕飄飄，《銓評》：「《文選》作飄颻。」案《初學記》亦作飄颻。形容長裾飄動之狀。

〔二二〕盼，宋刊本《曹子建文集》作眄。作眄是。眄，斜視。卷二《洛神賦》：「轉眄流精。」與此意近，説詳彼注。

〔二三〕行徒，行路人。用，因也。息駕，謂駐馬。李注：「《慎子》曰：毛嬙、西施，衣以玄錫，則行者止。」

〔二四〕以亦因也。以、用義同，變文以避複。

〔二五〕何，《銓評》：「《文選》作安。」案《易經·彖傳》《正義》：「安，語辭也，猶言何也。」

〔二六〕乃，發語辭。南端，《文選》李注：「城之正南門也。」

〔二七〕青樓，黑漆髹飾之樓。路，《銓評》：「《白帖》十作道。」《文選》李注：「《列子》曰：虞氏梁之富人，高樓臨大路。」《淮南·人間訓》：「升高樓，臨大路。」疑作路字是。

〔二八〕重關，即重門深邃之意。

〔二九〕耀，《銓評》：「《藝文》作暉。」案《文選》作耀。李注：「《神女賦》曰：耀乎若白日初出照屋梁。」是李氏所見本固作耀也。朝日，李注：「《韓詩》曰：東方之日兮，彼姝者子，在我室兮。薛君曰：詩人言所説者，顔色盛也，言美，如東方之日出也。」

〔二〇〕希，《後漢書·趙壹傳》章懷注：「慕也。」

〔二一〕媒氏，《説文》：「媒，謀也，謀合二姓。」《詩經·伐柯篇》：「娶妻如之何，匪媒不得。」營，《楚辭·天問》王注：「爲也。」

〔二二〕玉帛，納采所贈禮物。安，李注：「《爾雅》曰：安，定也。」

〔二三〕高義，見卷一《娱賓賦》注。

〔二四〕良，《文選》王仲宣《詠史詩》李注：「信也。」

〔二五〕徒，《銓評》：「《文選》作何。」案徒，《儀禮·鄉射禮記》鄭注：「猶空也。」嗷嗷，《漢書·董仲舒傳》顔注：「衆怨愁聲也。」

〔二六〕觀，案《玉臺新詠》作歡。疑作歡字是。卷一《愍志賦》：「望所歡之攸居。」《廣雅·釋詁一》：「歡，喜也。」

〔二七〕謂盛年已至，而猶獨居房室，故中夜不寐，起而長歎息也。

《銓評》：「《樂府》六十三云：美女者，以喻君子，言君子有美行，願得明君而事之，若不遇時，雖見徵求，終不屈也。」曹植此篇藉美女以自況，洋溢懷才不遇之感，以抒其恨憤。此篇雜曲歌辭齊瑟行。

雜詩

南國有佳人〔一〕，容華若桃李〔二〕。朝遊（北海）〔江北〕岸〔三〕，夕宿瀟湘沚〔四〕。時俗薄朱顔〔五〕，誰爲發皓齒〔六〕？俯仰歲將暮〔七〕，榮曜難久恃〔八〕！

〔一〕《文選》李注：「南國謂江南也。」

〔二〕容華，謂顔色。

〔三〕北海，《銓評》：「《文選》作江北。《藝文》十八作江海。」案宋刊本《曹子建文集》作江北，與《文選》同，疑是。

〔四〕瀟湘，案《文選》作「日夕宿湘沚。」考《説文》：「潚，深清也。」字亦作瀟。《水經·湘水注》：「瀟者，水清深也。」是瀟非水名。湘，湖南水名。源出廣西桂林興安縣海陽山，經長沙湘陰縣，入洞庭湖。是瀟湘猶言清湘。沚，《文選》李注：「毛萇《詩傳》曰：沚，渚也。」

〔五〕時俗猶言社會風尚。薄，《文選》左太沖《詠史詩》李注：「輕鄙之也。」朱顔猶紅顔。

〔六〕發皓齒，猶云啓玉齒。司馬彪《莊子》注：「啓齒，笑也。」

〔七〕俯仰，喻時間短暫。

〔八〕榮曜謂美容顔。難，《銓評》：「《藝文》作寧。」

此篇與《美女篇》意同，而有時暮之感。

大司馬曹休誄〔一〕

於穆公侯〔二〕，魏之宗室〔三〕。明德繼踵〔四〕，奕世純粹〔五〕。闡弘汎愛〔六〕，仁以接物〔七〕。藝以爲華〔八〕，體斯亮實〔九〕。年没弱冠，志在雄英。高揖名師〔一〇〕，發言有章〔一一〕。東夏翕然〔一二〕，稱曰龍光〔一三〕。貧而無怨，孔以爲難〔一四〕。嗟我公侯，屢空是安〔一五〕。不耽世禄〔一六〕，親悦爲歡。好彼蓬樞〔一七〕，甘（彼）〔此〕瓢簞〔一八〕。味道忘憂〔一九〕，喻憲超顔〔二〇〕。矯矯公侯〔二一〕，不撓其尼〔二二〕。呵叱三軍〔二三〕，躬奮雉戟〔二四〕。足蹴白刃〔二五〕，手（按）〔接〕飛鏑〔二六〕。終弭淮南〔二七〕，保我疆埸〔二八〕。

〔一〕《銓評》：「《魏志·曹休傳》：太和二年征吴，休不利，癰發背薨。」

〔二〕於，發語詞。穆，美也。贊頌之詞。公侯，休遷大司馬，封長平侯，故稱之爲公侯。

〔三〕《魏志·曹休傳》：「休字文烈，太祖族子也。」故植曰魏之宗室。

〔四〕繼踵,《銓評》:「繼程作紀,從《藝文》四十七。」案宋刊本《曹子建文集》亦作繼。《廣雅·釋詁三》:「踵,迹也。」繼踵猶繼武。

〔五〕奕世,《國語·周語》韋注:「奕,亦前人也。」純粹即淳粹。不澆薄曰淳,不混雜曰粹。

〔六〕闡弘猶言寬大。汎愛,《論語·學而篇》:「汎愛衆,而親仁。」汎愛猶博愛也。

〔七〕接物,接,交也。

〔八〕華,《文選·大將軍讌會詩》李注:「謂采章。」《魏志·曹休傳》:「太祖指休(此二字今本《魏志》脱,語意不完,據《御覽》卷三百引補)謂左右曰:此吾家千里駒也。」曹操重視休,其原因史失載。然據史實,休非善戰,石亭之役,可以知之。故誄所述,恐未確。

〔九〕斯,《銓評》:「《藝文》作兹。」案斯兹義同。體,履也。古通用。亮,信也。實,《廣雅·釋詁一》:「誠也。」

〔一〇〕高,《廣雅·釋詁一》:「敬也。」

〔一一〕《禮記·緇衣篇》:「出言有章。」鄭注:「章,文章也。」

〔一二〕翕然,盛貌。

〔一三〕龍光,《詩經·蓼蕭篇》:「既見君子,爲龍爲光。」龍光爲君子之代詞。《魏志·曹休傳》裴注引《魏書》:「休祖父嘗爲吴郡太守。休於太守舍,見壁上祖父畫像,下榻拜涕泣,同坐者皆嘉歎焉。」

〔一四〕孔謂孔子。《論語·憲問篇》："子曰：貧而無怨，難。"

〔一五〕屢空，《論語·先進篇》："子曰：回也，其庶乎！屢空。"皇疏："空，窮匱也。"

〔一六〕耽，《詩經·氓篇》毛傳："樂也。"世禄，《國語·晉語》韋注："世食官邑。"

〔一七〕蓬樞，《莊子·讓王篇》："蓬户不完，桑以爲樞。"司馬云："屈桑條爲户樞也。"樞，今曰門斗。

〔一八〕甘，厭也。彼，《銓評》："《藝文》作此。"疑作此字是，上文有彼字，作此以避複。瓢簞，《論語·雍也篇》："子曰：賢哉回也！一簞食，一瓢飲，居陋巷，人不堪其憂，回也不改其樂，賢哉回也！"

〔一九〕味道忘憂，沈潛領略人生哲理而忘除苦難生活。

〔二〇〕憲，原憲，孔子弟子，姓原，名思，字憲也。顏，顏回。《莊子·讓王篇》："憲聞之，無財謂之貧，學而不能行謂之病。今憲，貧也，非病也。"又："顏回對曰：鼓琴足以自娱，所學夫子之道者足以自樂也。"

〔二一〕矯矯，《詩經·泮水篇》："矯矯虎臣。"鄭箋："武也。"即勇壯之貌。

〔二二〕撓，屈也。猶言挫折。戹同厄，艱危之事。

〔二三〕呵叱，怒而大呼也。

〔二四〕奮，舉也。雄戟，《銓評》："雄，《藝文》作雄。"案宋刊本《曹子建文集》亦作雄。《史記·司馬相如傳》："建干將之雄戟。"張揖注："雄戟，胡中鮔者，干將所造也。"《索隱》："《方言》云：

戟中有小孑刺者，所謂雄戟也。」程瑶田《通藝録》：「三刃者，一援一胡一刺也。匽謂援上指，如偃矩，雄謂有刺也。」

〔二五〕蹴，《廣雅·釋詁二》：「蹋也。」

〔二六〕手按，《銓評》：「按《藝文》作接。」作接是。飛鏑，飛形容快速。鏑，《史記·匈奴傳》《集解》引《漢書音義》：「箭也。」

〔二七〕弭，《漢書·谷永傳》顔注：「安也。」淮南，安徽地區。《魏志·曹休傳》：「夏侯惇薨，以休爲鎮南將軍、假節都督諸軍事。孫權遣將屯歷陽，休到擊破之。又别遣兵渡江，燒賊蕪湖營數千家。遷征東將軍領揚州刺史。帝征孫權，以休爲征東大將軍，假節鉞，督張遼等及諸州郡二十餘軍，擊權大將吕範等於洞浦（今安徽和縣西南臨江），破之。明帝即位，吴將審悳屯皖，休擊破之，斬悳首。吴將韓綜、翟丹等前後率衆詣休降。遷大司馬，都督揚州如故。」

〔二八〕疆埸，《銓評》：「程、張埸作場，失韻，今改正。」案宋刊本《曹子建文集》正作埸。《廣雅·釋詁三》：「埸，界也。」

案誄文有殘挩，首尾不具。

轉封東阿王謝表〔一〕

奉詔：「太皇太后念雍丘下溼少桑〔二〕，欲轉東阿，當合王意！可遣人按行〔三〕，知可居不？」奉詔之日，伏增悲喜！臣以無功，虚荷國恩，爵尊禄厚〔四〕，用無益於時〔五〕，脂車秣馬〔六〕，志在黜放。不圖陛下天父之恩，猥宣皇太后慈母之念遷之〔七〕。陛下幸爲久長計，聖旨惻隱〔八〕，恩過天地。臣在雍丘，劬勞五年〔九〕，左右罷怠〔一〇〕，居業向定〔一一〕。園果萬株，枝條始茂，私情區區〔一二〕，實所重棄〔一三〕。然桑田無業〔一四〕，左右貧窮，食裁餬口〔一五〕，形有裸露〔一六〕。臣聞古之仁君，必有棄國以爲百姓〔一七〕。況乃轉居沃土〔一八〕，人從蒙福〔一九〕。江海所流，無地不潤；雲雨所加，無物不茂〔二〇〕。若陛下念臣〔入〕〔人〕從五年之勤〔二一〕，少見佐助，此枯木生華〔二二〕，白骨更肉，非臣之敢望也。饑者易食，寒者易衣〔二三〕，臣之謂矣！

〔一〕《銓評》：「程缺。」

〔二〕太皇太后，謂曹操妻卞氏，曹叡祖母，故稱太皇太后。下溼，《爾雅·釋地》：「下溼曰隰。」李注：「下溼謂土地窊下常沮洳，名爲隰也。」

〔三〕按行，《文選·子虚賦》：「車按行。」李注引應劭：「按，按次第也。」猶言巡行。

〔四〕爵尊，謂王爵。禄厚，謂食邑户多。

〔五〕用，謂才具。

〔六〕已見卷一《應詔》詩注。

〔七〕猥，發語詞。皇太后慈母，此曹植自稱卞氏。

〔八〕惻隱，《漢書·鮑宣傳》顔注：「皆痛也。」含哀痛之意。

〔九〕劬勞，《説文》：「劬，勞也。」劬、勞義同。盧文弨《鍾山札記》：「猶今人之所謂勞碌。」五年，曹植自黄初四年移封雍丘，訖於太和二年，計五年。

〔一〇〕罷怠，猶今語云疲沓。

〔一一〕居業，居有家義，見卷二《矯志》詩注。向，《銓評》：「《藝文》五十一作同。」案同或向字之形誤。向借爲鄉。《國語·周語》韋注：「鄉，方也。」則向定猶言方定。《吕覽·仲冬紀》高注：「定猶成也。」

〔一二〕區區，《廣雅·釋訓》：「愛也。」

〔一三〕重，《管子·權修篇》尹注：「重，爲矜惜之也。」

〔一四〕業，事也。見《爾雅·釋詁》。

〔一五〕裁，《銓評》：「《藝文》作財。」案財裁古通。餬口，《左》隱十一年傳《正義》：「餬者以鬻食口之名。」則謂食不充饑。

〔一六〕裸露，猶言赤身露體。

〔一七〕棄國以爲百姓，《莊子・讓王篇》：「太王亶父居邠，狄人攻之；事之以皮帛而不受，事之以犬馬而不受，事之以珠玉而不受，狄人之所求者土地也。太王亶父曰：與人之兄居而殺其弟，與人之父居而殺其子，吾不忍也。子皆勉居矣！爲吾臣與爲狄人臣奚以異！且吾聞之，不以所用養害所養，因杖筴而去之。」

〔一八〕轉居，《左》昭十九年傳杜注：「轉，遷徙也。」沃土指東阿。

〔一九〕人從，指奴僕，服役者。

〔二〇〕江海、雲雨，象徵曹叡恩澤之廣徧。

〔二一〕入從，案入當屬人字之形誤。應改正。

〔二二〕生華，案《封鄄城王謝表》作生葉，義詳彼注。

〔二三〕兩句謂飢寒之人於衣食之需易滿足，以言無多奢望。

遷都賦序〔一〕

余初封平原〔二〕，轉出臨淄〔三〕，中命鄄城，遂徙雍丘，改邑浚儀〔四〕，而末將適於東阿〔五〕。號則六易，居實三遷〔六〕。連遇瘠土〔七〕，衣食不繼〔八〕。

〔一〕《銓評》：「程缺。」

〔二〕《魏志·武帝紀》：「十六年春正月。」裴注引《魏書》：「庚辰天子報減户五千，分所讓三縣萬五千封三子，植爲平原侯……食邑五千户。」平原，縣名，在今山東德縣南。曹魏舊治在今縣城南。

〔三〕《魏志·陳思王植傳》：「十九年徙封臨菑侯。二十二年，增植邑五千，並前萬户。」臨菑，縣名，顧祖禹謂在臨菑縣北八里。案故城在今山東廣饒縣南。

〔四〕浚儀，縣名，在今河南開封市西北，《陳思王植傳》：太和元年，徙封浚儀。二年復還雍丘。

〔五〕《陳思王植傳》：「三年，徙封東阿。」

〔六〕曹植封平原、臨菑侯，皆未就國，仍居鄴。惟鄄城、雍丘、浚儀三縣始遷住，故曰居實三遷。

〔七〕瘠土指鄄城、浚儀、雍丘。

〔八〕《轉封東阿王表》所謂：「食裁餬口，形有裸露。」

序有脱文。

遷都賦〔一〕

覽乾元之兆域兮〔二〕，本人物乎上世〔三〕。紛混沌而未分〔四〕，與禽獸乎無别。椓蠡蜇而食蔬〔五〕，摭皮毛以自蔽〔六〕。

〔一〕《銓評》：「《文選》曹大家《東征賦》李注。」

〔二〕乾元，《易經・乾卦・彖辭》：「大哉乾元，萬物資始。」乾元謂天。兆域，《爾雅・釋言》：「兆，域也。」兆域複義詞。

〔三〕本，《廣雅・釋詁一》：「始也。」上世謂上古。

〔四〕紛，亂貌。混沌，陰陽未分之時。

〔五〕椓，《廣雅・釋詁一》：「椎也。」《後漢書・蔡邕傳》章懷注：「破之也。」蠡蛪，《文選・東征賦》李注：「蠡與蠃古字通。」蛪即蜊字。謂螺蚌也。李注：「《韓子》曰：民食果蓏蚌蛤。」《淮南子》曰：「古者，人茹草飲水，食蠃蚌之肉。」陳思之言，蓋出於此也。

〔六〕摭，《方言》：「取也。陳宋之間曰摭。」

此篇《銓評》列於佚文，因係《遷都賦》語，故移入賦序後。賦文僅存篇首數句，餘俱不存。

雜　詩

轉蓬離本根〔一〕，飄颻隨長風〔二〕。何意迴飆舉〔三〕！吹我入雲中。高高上無極，天路安可窮〔四〕！類此〔遊客〕〔流宕〕子〔五〕，捐軀遠從戎。毛褐不掩形〔六〕，薇藿常不充〔七〕。去去莫復道〔八〕，沈憂令人老〔九〕。

〔一〕李注：「《説苑》曰：魯哀公曰：秋蓬惡其本根，美其枝葉，秋風一起，根本拔矣。」

〔二〕長風，《文選·吴都賦》劉注：「遠風也。」《華嚴經音義》引《兼名苑》：「風暴疾而起者謂之長風者也。」

〔三〕意，《禮記·少儀篇》鄭注：「度也。」今曰考慮。迴飆，李注：「《爾雅》曰：扶摇謂之猋，飆與猋同。」案飆今謂之旋風。舉，《國語·晉語》韋注：「起也。」

〔四〕天路，李注：「仲長子《昌言》曰：蕩蕩乎若昇天路而不知其所登，子若昇天路也。」此象徵高位。窮，終也。

〔五〕類，似也。遊客，《銓評》：「《藝文》八十二作流宕。」疑作流宕是。《蜀志·許靖傳》：「自流宕已來。」《晉書·石崇傳論》：「流宕忘歸。」流宕今曰流浪。

〔六〕掩形，猶言蔽體。

〔七〕薇藿，薇，莖葉皆似小豆，蔓生；藿，豆葉。充，《周禮·天府》鄭注：「充猶足也。」與《贈徐幹詩》：「薇藿弗充虚，皮褐猶不全」意同，皆貧者所服食。黄節《曹子建詩注》引《遷都賦》：「椓蠡蛩而食蔬，摭皮毛以自蔽。」云即此詩毛褐二句意。考《遷都賦》語，以述上古之民原始生活，與此詩無關，黄説似誤。

〔八〕復道，猶再説。

〔九〕沈憂即深憂。令人老，《詩經·小弁篇》：「惟憂用老。」

丁晏云：「結語换韻，如變徵聲。」黄節云：「結句變韻，出於古樂府《艷歌行》翩翩堂前燕篇：石見何纍纍，遠行不如歸。」案黄説或未確。篇末變韻，蓋由於作者情感變化而然，不能説完全出自於摹儗。此詩轉蓬六句，描述流離播遷，居無恒處之苦境。毛褐二句，與《轉封東阿王謝表》中之「桑田無業，左右貧窮，食裁餬口，形有裸露」雍丘生活狀況相同。疑此篇或作太和二年時。

宜男花頌〔一〕

草號宜男，既曄且貞〔二〕。其貞伊何〔三〕？惟乾之嘉〔四〕。其曄伊何？緑葉丹（花）〔華〕〔五〕。光彩晃曜〔六〕，配彼朝日〔七〕。君子耽樂〔八〕，好和琴瑟〔九〕。固作螽斯〔一〇〕，惟立孔臧〔一一〕。福（濟）〔齊〕太姒〔一二〕，永世克昌〔一三〕！

〔一〕宜男花，《風土記》：「宜男，草也。高六七尺，花如蓮，宜懷妊婦人，佩之必生男。」（見《藝文》八十一）晉嵇含有《宜男花序》。《序》曰：「宜男花者，世有之久矣。多殖幽皋曲隰之側，或華林、玄圃，非衡門蓬宇所宜序也。荆楚之士，號曰鹿葱，根苗可以薦於俎。世人多女，欲求男者，取此草服之，尤良也。」

〔二〕曄，光盛貌。貞疑借作禎，《詩經·惟清篇》毛傳：「禎，祥也。」

〔三〕其，《銓評》：「《藝文》八十一作厥。」案其、厥意同。伊，語中助詞。

〔四〕乾，謂乾卦，象徵男子。嘉，《爾雅·釋詁》：「善也。」

〔五〕花當作華，花爲晉宋間後出字。

〔六〕晃曜，見卷二《靈芝篇》注。

〔七〕配，匹也。朝日，宜男花紅色，如日初出之光輝。

〔八〕耽樂，《尚書·無逸篇》：「惟耽樂之從。」孔傳：「過樂謂之耽。」

〔九〕《詩經·常棣篇》：「妻子好和，如鼓瑟琴。」

〔一〇〕《螽斯》，《詩經》篇名。詩曰：「螽斯羽，莘莘兮，宜爾子孫蒸蒸兮！」詩人借螽之繁殖，象徵子孫之衆多。

〔一一〕惟，《銓評》：「《藝文》作微。」案宋刊本《曹子建文集》亦作微。微立猶少立。含自修正慎其位之意（本《儀禮·鄉射禮》鄭注）。孔，甚也。臧，善也。

〔一二〕濟，案宋刊本《曹子建文集》濟字作齊，《藝文》引同。作齊字是。《淮南·精神訓》高注：「齊，等也。」太姒，周文王妻。《詩經·思齊篇》：「大姒嗣徽音，則百斯男。」

〔一三〕世，後嗣。昌，盛也。

案此頌四句轉韻如嘉花叶，日瑟叶，臧昌叶，惟爲首兩句僅一韻，疑有佚句。曹叡荒於女色，奪民間婦女，迫作嬪妃。高柔曾上疏諫：「頃皇子連多夭逝，熊羆之祥，又未感應，且以育精養神，專静爲寶。」

釋疑論〔一〕

初謂道術，直呼愚民詐僞空言定矣〔二〕！及見武皇帝試閉左慈等令斷穀，近一月〔三〕，而顔色不減，氣力自若。常云可五十年不食。正爾〔四〕，復何疑哉！令甘始以藥含生魚而煮之於沸脂中，其無藥者，熟而可食；其銜藥者，游戲終日，如在水中也〔五〕。又以藥粉桑以飼蠶，蠶乃到十月不老。又以住年藥食雞雛及新生犬子，皆止不復長〔六〕。以還白藥食犬，百日毛盡黑〔七〕。乃知天下之事不可盡知，而以臆斷之〔八〕，不可任也〔九〕。但恨不能絶聲色，專心以學長生之道耳。

〔一〕《銓評》：「《抱朴子》内篇二。此論中述左慈、甘始事，與《辨道論》略同，然非《辨道論》之文。」

〔二〕見卷一《辨道論》注。定,猶今語的確之意,説見盧文弨《鍾山札記》。

〔三〕武皇帝謂曹操。

〔四〕正爾,猶言正如此。

〔五〕已見卷一《辨道論》注。

〔六〕住年藥,案《御覽》卷九百五作駐年藥。案住古文駐。《抱朴子·金丹篇》:「又王君丹法:巴沙及汞,内雞子中,漆合之。令雞伏之,三枚以王相日服之,住年不老。小兒不可服,不復長矣。與新生雞犬服之,皆不復大。鳥獸亦皆如此驗。」

〔七〕還白藥,《抱朴子·金丹篇》:「小神丹方:用真丹三斤,白蜜六斤,攪合,日暴煎之,令可丸。旦服如麻子許十丸。未一年,髮白者黑,齒落者生……」

〔八〕臆,胸臆。猶今語主觀判斷之意。

〔九〕任,《漢書·哀帝紀》顔注:「任者,保也。」不可任,猶言不可保信。

案在《辨道論》中子建從統治者爲了鞏固政權的角度,批判方士之術,可是對一些現象作了保留。在晚年,由於自身的感受和客觀情況的變化,對於方術出現了企羡的思想情感,因此在此論裏,否定了在《辨道論》中所作的結論。此篇葛洪説是曹植晚年所作,或寫於太和年間。疑爲葛洪所節録,似非全文。

飛龍篇

晨遊太山〔一〕，雲霧窈窕〔二〕。忽逢二童，顔色鮮好〔三〕。乘彼白鹿，手翳芝草〔四〕。我知真人，長跪問道〔五〕。西登玉堂〔六〕，金樓複道〔七〕。授我仙藥，神皇所造〔八〕。教我服食〔九〕，還精補腦〔一〇〕。壽同金石，永世難老〔一一〕。

芝蓋翩翩《銓評》：「《文選》陸士衡《前緩聲歌》李注引《飛龍篇》。」

南經丹穴，積陽所生；煎石流礫，品物無形《銓評》：「《書鈔》一百五十八引飛篇。飛篇必《飛龍篇》之誤。」

〔一〕太山，案宋刊本《曹子建文集》太作泰。《初學記》卷五引同。太、泰古通。

〔二〕窈窕，幽深之貌。

〔三〕二童，疑即卷二《苦思行》之兩真人，説詳彼注。

〔四〕翳，《文選·西京賦》：「翳雲芝。」薛注：「翳，覆也。」

〔五〕長跪，古人席地而坐，坐則兩膝置席上，而坐於足。若示敬，則挺身而跪曰長跪。《古詩》：「長跪問故夫。」道，謂長生之術。

〔六〕玉堂，《十洲記》：「崑崙有碧玉之堂，西王母所居。」在中國之西，故曰西登。

〔七〕複道，宫中樓閣，上下俱以走廊連接，相互通達，曰複道。《抱朴子·雜應篇》：「金樓玉堂，白銀爲階。」

〔八〕仙，《銓評》：「《藝文》四十二作此。」神皇，疑指神農。所，《銓評》：「《藝文》作可。」案《禮記·中庸篇》鄭注：「可猶所也。」是所、可義同。

〔九〕服食，《古詩》：「服食求神仙，多爲藥所誤。」

〔一〇〕還精補腦，《列仙傳》：「容成公者，能善導補之事，取精于玄牝。其要谷神不死，守生養氣者也。髮白復黑，齒落復生。御婦人之術，謂握固不瀉，還精補腦也。」方士之術語謂此爲取坎填離。坎爲水，象徵精。離爲火，象徵腦或氣。還精補腦，謂取坎中之陽（即氣）與離中之陰（即精），互相補充。故王文禄《參同契疏略》云：「陽氣升，補腦也。」《抱朴子·釋滯》：「房中之法十餘家……其大要在於還精補腦之一事耳。此法乃真人口口相傳，本不書也。雖服名藥，而復不知此要，亦不得長生也。」

〔一一〕永世，《詩經·白駒篇》鄭箋：「永，久也。」永世猶言長年。

桂之樹行

桂之樹，桂之樹，桂生一何麗佳〔一〕！揚朱華而翠葉〔二〕，流芳布天涯。上有棲鸞，下有蟠螭〔三〕。桂之樹，得道之真人咸來會講，仙教爾服食日精〔四〕。要道甚省不煩〔五〕，澹泊、無爲、自然〔六〕。乘蹻萬里之外，去留隨意所欲存〔七〕。高高上際於衆外〔八〕，下下乃窮極地天。

〔一〕麗佳即佳麗，以協韻倒。《戰國策·中山策》高注：「佳，大也。麗，美也。」

〔二〕揚，《銓評》：「程作楊，從張本。」案宋刊本《曹子建文集》正作揚。《離騷》王注：「揚，披也、舉也。」

〔三〕蟠，宋刊本《曹子建文集》作盤。螭，《吕覽·舉難》高注：「龍之别名也。」猶言上有鳳棲，下有龍蟠。

〔四〕日精，《銓評》：「《埤雅》：菊，日精。謂餐菊延齡也。」案以日精爲菊，疑非曹植本意。蓋方士謂日者霞之實，霞者日之精。則日精指朝霞。《遠遊篇》：「仰首吸朝霞。」可爲證。

〔五〕要道，即至道。求長生之方。

〔六〕《抱朴子・論仙篇》：「何者，學仙之法，欲得恬愉澹泊，滌除嗜欲，内視反聽，廣居無心。」又曰：「仙法欲静寂無爲，忘其形骸。」

〔七〕乘蹻，《抱朴子・雜應篇》：「若能乘蹻者，可以周流天下，不拘山河。凡乘蹻道有三法：一曰龍蹻，二曰虎蹻，三曰鹿盧蹻。或服符精思，若欲行千里，則以一時思之。若晝夜十二時思之，則可以一日一夕行萬二千里……或存念作五蛇六龍三牛交罡而乘之，上昇四十里，名爲太清。太清之中，其氣甚罡，能勝人也……此言出於仙人，而留傳於世俗耳。」

〔八〕衆外，指高空。

考《沂南墓畫像石》，描繪着想像中的神仙講道的形狀，内容存着濃厚的道教思想。曹植此篇素朴地叙述這一社會風尚，也反映着統治階層追求長生的熱烈願望。此屬鞞舞歌辭，即《殿前生桂樹》。

平陵東〔一〕

閶闔開〔二〕，天衢通，被我羽衣乘飛龍〔三〕。乘飛龍，與仙期，東上蓬萊采靈芝〔四〕。靈芝采之可服食，年若王父無終極〔五〕。

〔一〕平陵，在今陝西省咸陽縣西北。

〔二〕閶闔，《離騷》王注：「天門也。」

〔三〕羽衣謂古之仙人，身生羽翼，故曰羽衣。

〔四〕蓬萊，古傳三神山之一，在勃海中。

〔五〕若，《銓評》：「若程作興，疑與誤，從《藝文》四十一。」案宋刊本《曹子建文集》亦作若。作若字是。王父，即東王父，見卷一《登臺賦》注。無終，《銓評》：「張作終無。」案宋刊本《曹子建文集》作無終。終極見卷一《送應氏》詩。作無終爲是。

此篇相和歌辭。含有企羡長生的心情。

五遊詠

九州不足步，願得陵雲翔。逍遥八紘外〔一〕，游目歷遐荒。披我丹霞衣〔二〕，襲我素霓裳〔三〕。華蓋芳晻藹〔四〕，六龍仰天驤〔五〕。曜靈未移景〔六〕，倏忽造昊蒼〔七〕。閶闔啓丹扉〔八〕，雙闕曜朱光〔九〕。徘徊文昌殿，登陟太微堂〔一〇〕。上帝（休）〔伏〕西櫺〔一一〕，群后集東廂。帶我瓊瑶佩，漱我沆瀣漿〔一二〕。踟蹰玩靈芝，徙倚弄華芳〔一三〕。王子奉仙藥〔一四〕，羡門進奇方〔一五〕。服食享遐紀〔一六〕，延壽保無疆〔一七〕。

〔一〕八紘，《淮南·墬形訓》：「八殥之外，而有八紘。」高注：「維落天地而爲之表，故曰紘也。」八紘蓋指八方極遠之地。

〔二〕丹霞衣，此古方士想像神仙衣裳。如《三道順行經》：「玉景真人衣玄雲錦衣。」

〔三〕襲，《文選·西京賦》薛注：「服也。」

〔四〕芳，《銓評》：「《藝文》七十八作紛。」晻藹，《離騷》王注：「猶蓊鬱，蔭貌也。」

〔五〕六龍，見卷二《洛神賦》注。驤，《文選·西京賦》薛注：「馳也。」

〔六〕曜靈，謂日。景即影字。

〔七〕倏忽，《文選·甘泉賦》李注：「疾貌也。」造，至也。

〔八〕丹扉，《文選·思玄賦》：「叫帝閽使闢扉兮。」舊注：「扉，宫門闔也。」今曰門扇。

〔九〕闕，《銓評》：「《藝文》作闕。」案宋刊本《曹子建文集》作闕。《釋名·釋宫室》：「闕，闕也。在門兩旁，中央闕然爲道也。」《藝文》作闕，實闕字之形誤。

〔一〇〕登陟，複義詞，升也。太微見卷一《武帝誄》注。

〔一一〕休，案《藝文》七十八，宋刊本《曹子建文集》休俱作伏。疑作伏字是。《文選·西京賦》：「伏櫺檻而頫聽。」薛注：「伏猶憑也。」伏櫺，猶臨軒。

〔一二〕漱，孫希旦《禮記集解》：「飲漿謂之漱。」沆瀣，《楚辭·遠遊》王注引《陵陽子明經》：「冬食沆瀣，沆瀣者，北方夜半氣也。」

〔一三〕徙倚，《楚辭·哀時命》王注：「猶低佪也。」即俳佪之義。弄，《爾雅·釋言》：「玩也。」

〔一四〕王子，指王子喬。

〔一五〕羨門，《史記·始皇紀》：「始皇使燕人盧生求羨門。」韋昭曰：「古仙人也。」

〔一六〕紀，年也。遐紀，猶言遐年，見卷一《王仲宣誄》。

〔一七〕保，安也。

此篇雜曲歌辭。五游謂四方不足游，而上游於天，故曰五游。丁晏評曰：「精深華妙，綽有仙姿，炎漢已還，允推此君獨步。」按此篇曹植從古代神仙傳説中，吸取素材，發爲篇章，藉以抒寫對於長生的渴慕，這與他當時生活狀況分不開的。

遠遊篇

遠遊臨四海，俯仰觀洪波，大魚若曲陵〔一〕，乘浪相經過〔二〕。靈鼇戴方丈〔三〕，神嶽儼嵯峨〔四〕！仙人翔其隅，玉女戲其阿〔五〕。瓊蕊可療饑〔六〕，仰首（吸）〔漱〕朝霞〔七〕。崑崙本吾宅，中州非我家〔八〕。將歸謁東父〔九〕，一舉超流沙〔一〇〕。鼓翼舞時風〔一一〕，長嘯激清歌〔一二〕。金石固易弊，日月同光華〔一三〕。齊年與天地〔一四〕，萬乘安足多〔一五〕！

〔一〕曲陵，《爾雅·釋地》：「大阜曰陵。」曲，猶屈也，言魚脊高低如大阜也。

〔二〕乘，《銓評》：「《樂府》六十四作承。」案《密韻樓叢書》本《曹子建文集》亦作承。承、乘義通。經過猶來去。

〔三〕靈鼇，《文選·思玄賦》李注：「《列子》曰：勃海之東有大壑，其山一曰岱輿，二曰員嶠，三曰方壺，四曰瀛洲，五曰蓬萊。山高下周圍三萬里，其頭平地九千里。五山之根，無所連著，常隨潮流上下。帝命封禺，使巨鼇十五舉頭而載之。迭爲三番，六萬歲一交。龍伯國人一釣而連六鼇，於是岱輿、員嶠沈於大海。」曹植作靈鼇，蓋李注引文有誤耳，非原文也。

〔四〕儼，《説文》：「昂頭也。」引申有高義。嵯峨，高峻貌。

〔五〕玉女，太華山神女。《列仙傳》：「毛女者，字玉美，在華陰山中，體生毛，所止巖中有鼓琴聲。」
阿，《楚辭·山鬼》王注：「曲隅也。」

〔六〕瓊蕊，《文選·思玄賦》：「屑瑶蘂以爲餱兮。」又曰：「羞玉芝以療飢。」療，治也。

〔七〕《銓評》：「吸《樂府》作漱。」案《藝文》七十八作嗽。作漱字是，已見前注。朝霞，案《真人周君內傳》：「常以平旦日出之初，面東漱日服氣，旦旦如此。」

〔八〕崑崙，《史記·司馬相如傳》《正義》：「《海內經》云：崑崙去中國五萬里，天帝之下都也。其山廣袤百里，高八萬仞，增城九重，面九井，以玉爲檻。旁有五門，開明獸守之。」崑崙，傳説爲神仙所居，故曰本吾宅。中州，指中國。

〔九〕謁，白也。東父，《銓評》：「東王父見《十洲記》。」

〔一〇〕流沙，謂沙漠。即今所云戈壁。

〔一一〕鼓，動也。舞，《廣雅·釋詁一》：「疾也。」時風，即和風。

〔一二〕嘯，《詩經·江有汜篇》：「其嘯也歌。」鄭箋：「嘯者蹙口而出聲。」激，揚也。清歌猶高歌。《魏志·王粲傳》裴注：「《魏氏春秋》：籍乃對之長嘯，清韻響亮。蘇門生逌爾而笑。籍既降，蘇門生亦嘯，若鸞鳳之音焉！」

〔一三〕謂如日月，光景常新。

〔一四〕意謂與天地齊年。即壽命與天地相等同。

〔一五〕萬乘，古天子兵車萬乘，公侯千乘，故以萬乘爲天子之代詞。意謂若能成仙，即以帝王之尊貴，亦蔑視之矣！如劉徹云：「吾誠得如黄帝，視去妻子如脱躧耳！」與此意同。

此篇雜曲歌辭。

驅車篇

驅車揮駑馬〔一〕，東到奉高城〔二〕。神哉彼泰山〔三〕！五嶽專其名〔四〕。隆高貫雲蜺〔五〕，嵯峨出太清〔六〕。周流二六候〔七〕，閒置十二亭〔八〕。上下涌醴泉〔九〕，玉石揚華英〔一〇〕。東北望吴野〔一一〕，西眺觀日精〔一二〕。魂神所繫屬〔一三〕，逝者感斯征〔一四〕。王者以歸天，效厥元功成〔一五〕。歷代無不遵，禮（記）〔祀〕有品程〔一六〕。探策或長短〔一七〕，唯德享利貞〔一八〕。封者七十帝〔一九〕，軒皇元獨靈〔二〇〕。餐霞漱沆瀣〔二一〕，毛羽被身形〔二二〕。發舉蹈虛廓〔二三〕，徑庭升窈冥〔二四〕。同壽東父年〔二五〕，曠代永長生〔二六〕。

〔一〕揮，案宋刊本《曹子建文集》作撣。《廣雅・釋詁四》：「撣，提也。」《説文》：「提，持也。」

〔二〕東到，自東阿往，奉高在東阿東，故曰東到。奉高，《銓評》：「《史記・封禪書》：上令奉高作明堂汶上。」《晉太康郡國志》：「奉高千五百六户。此爲奉高者，以事東岳，帝王禪代之處，是以殊之也。故有明堂，在縣西南四里，又有奉高宫。」案奉高，漢、魏縣名，今山東泰安縣境。

〔三〕神哉，偉大崇高贊仰之辭。彼，語中助詞。

〔四〕專，《銓評》：「《藝文》四十二作顯。」泰山五嶽之首，古人言嶽即指泰山，故曰顯其名。

〔五〕隆，大也。貫，《文選・秋胡詩》李注：「貫猶連也。」

〔六〕嵯峨，《廣雅・釋詁四》：「高也。」《文選・魯靈光殿賦》李注：「高峻貌。」太清謂天。

〔七〕周流，《文選・甘泉賦》李注：「流行周徧也。」案周流，疊韻謰語，猶言周匝也。候，《周禮・遺人》鄭注：「樓可以觀望者也。」二六，十二也。

〔八〕十，《銓評》：「程作一，從《藝文》。」案宋刊本《曹子建文集》亦作十，與《藝文》同，作十字是。亭，《釋名·釋宫室》：「亭，停也，亦人所停集也。」古代每十里一亭。《後漢書·光武紀》章懷注：「亭，候，伺候望敵之所。」上二句形容泰山之高，而此二句，則以形泰山之廣。

〔九〕上下，案《密韻廔叢書·曹子建文集》下字作有，疑非。醴泉，《從征記》：「廟中柏樹夾兩階，大二十餘圍，樹前有大井，極冷，異於凡水。」

〔一〇〕玉石，《本草》：「紫、白二石英俱生泰山。」疑即詩所謂玉石也。石英透明有光澤，故曰揚華英。

〔一一〕望吴野，謂登泰山，可望江蘇平原。顔淵與孔子登泰山以望吴門，事見《韓詩外傳》逸文。馬弟伯《封禪儀記》：「太山吴觀者，望見會稽。」《後漢書·百官志》章懷注引應劭《漢官儀》。

〔一二〕觀日精，應劭《漢官儀》：「泰山東南巖名曰日觀。日觀者，雞一鳴時，見日始欲出，長三丈許，故以名焉。」

〔一三〕繫屬，案繫屬複義詞，連綴之義。《援神契》：「泰山，天帝孫也，主召人魂。」

〔一四〕逝者，謂死者。人死，魂靈必至泰山。死，人之所惡，故曰感斯征也。

〔一五〕歸天，即卷二《文帝誄》「方隆封禪，歸功天地」之意。效，《淮南·主術訓》高注：「效，致也。」《五經通義》：「一曰岱宗，言王者受命易姓，報功告成，必於岱宗也。」

〔一六〕記，《銓評》：「《樂府》六十四作祀。」疑作祀字是。案祀謂封禪之祀禮，品謂俎豆珪璧之數，程謂獻酬之禮。《史記·封禪書》：「封泰山下東方，如郊祠太一之禮。」又曰：「幸甘泉，令祠官寬舒等具太一祠壇。祠壇放薄忌太一壇，壇三垓。五帝壇環居其下，各如其方。黄帝西南，除八通鬼道。太一，其所用如雍一畤物，而加醴棗脯之屬，殺一狸牛以爲俎豆牢具。而五帝獨有俎豆醴進。其下四方地，爲餟食群神從者及北斗云。」

〔一七〕探，取也。探策，古謂泰山有金篋玉策，能知人壽命短長，漢武帝探策得十八，因倒讀其文爲八十，後果壽至八十而終（事見應劭《風俗通》）。

〔一八〕利貞，《易經·文言》傳：「利者義之和也，貞者事之幹也。」

〔一九〕七十，《史記·封禪書》：「管仲曰：古者封泰山、禪梁父者，七十二家，而夷吾所記者，十有二焉。」此言七十，蓋舉整數而言。

〔二〇〕軒皇即軒轅黄帝。靈，謂神靈。《史記·封禪書》：「齊人公孫卿曰……封禪七十二王，唯黄帝得上泰山封……上封，則能僊，登天矣。」此句所本。

〔二一〕餐霞，《楚辭·遠遊》：「漱正陽而食朝霞。」朝霞，見卷三《遠遊篇》注。漱或作嗽。沆瀣，見卷三《五遊詠》注。

〔二二〕毛羽，見卷三《仙人篇》「潛光養羽翼」句注。

〔二三〕發舉，《廣雅·釋詁一》：「發，舉也。」發舉蓋複義詞，飛升之意。蹈，履也。虚廓猶空闊，謂高空。

〔二四〕徑庭，《莊子·逍遥游篇》：「大有徑庭，不近人情焉。」成玄英疏：「逕庭，猶過差，亦是直往不顧之貌也。」則直往不顧之貌，疑如今語筆直之義。逕庭，疊韻謰語。窈冥，深邃之貌。謂天空最高處。

〔三五〕東父，見卷一《登臺賦》注。

〔三六〕曠，《廣雅·釋詁一》：「遠也。」

黄節云：「明帝太和中，護軍蔣濟上疏曰：宜遵古封禪。詔曰：聞濟言，使吾汗出流足。事寢歷歲，後遂議修之，使高堂隆撰其禮儀。子建此篇，或當時作也。」案蔣濟上疏有句云：「自兹屠蜀賊於隴右。」蓋指張郃敗諸葛亮於街亭之役。而濟爲中護軍在太和二年九月。本篇句云：「東到奉高城。」曹植若在雍丘，據魏制不可能有此遠行，自應在封東阿王後，即太和三年也。此篇雜曲歌辭。

望恩表〔一〕

臣聞寒者不貪尺玉〔二〕，而思短褐；饑者不願千金，而美一餐。夫千金尺玉至貴，而不若一餐短褐者，物有所急也〔三〕。

〔一〕《銓評》：「程缺。」

〔二〕尺玉猶尺璧。

〔三〕急，迫切之需。

此表殘脱，僅存如前數語。此與《轉封東阿王謝表》：「若陛下念臣人從五年之勤，少見佐助」之語相應。故列於謝表之後。

謝賜穀表〔一〕

詔書念臣經用不足〔二〕，以（船）〔磐〕河邸閣穀五千斛賜臣〔三〕。

〔一〕《銓評》：「程缺。」

〔二〕經，《廣雅·釋詁一》：「常也。」

〔三〕船河，船字疑應作磐。磐河即《爾雅·釋地》鉤般，故道在今河北東光與山東德縣之北，河道已湮没，無跡可尋。邸閣，漢魏時代國家儲存糧食倉庫，有官吏主之。

此表僅存此二句。

懷親賦有序

濟陽南澤有先帝故營〔一〕，遂停馬住駕〔二〕，造斯賦焉！

獵平原而南騖〔三〕，覩先帝之舊營〔四〕。步壁壘之常制〔五〕，識（旌）〔麾〕旗之所停〔六〕。在官曹之典列〔七〕，心髣髴於平生〔八〕。回驥首而（來游）〔永逝〕〔九〕，赴修途以尋遠〔一〇〕。情眷（戀）〔眷〕而顧懷〔一一〕，魂須臾而九反〔一二〕。

〔一〕濟陽，案兩漢時屬陳留郡，今河南省開封市東北。南澤，今河南蘭考縣東。先帝，謂曹操。曹丕即位，謚操曰武皇帝，故植稱曰先帝。

〔二〕遂停馬住駕，《銓評》：「程脱馬住二字，據《藝文》十八引補。」

〔三〕獵，《銓評》：「程作猶，《藝文》作獵。」案《初學記》卷十七引亦作獵。猶蓋獵字殘奪致誤，作獵字是。騖，疾馳。

〔四〕覩，《銓評》：「《初學記》十七作觀。」《廣雅·釋詁一》：「覩，視也。」

〔五〕步，《淮南·説林訓》高注：「徐行也。」常，《漢書·百官公卿表》顔注引應劭：「典也。」常制即典制。

〔六〕識猶記憶。旍旗，《銓評》：「《藝文》旗作麾。」案《初學記》卷十七引亦作麾。疑作麾字是。卷一《離思賦》：「欲畢命於旍麾。」《穀梁》莊二十五年傳范注：「麾，旍幡也。」於此借爲曹操之代詞。

〔七〕在，《銓評》：「《初學記》作存。」案《禮記·祭義》鄭注：「存，謂其思念也。」官曹，《蜀志·杜瓊傳》：「古者名官職不言曹，始自漢已來，名官言曹，吏言屬曹，卒言侍曹。」典列，《銓評》：「《初學記》列作烈。」案作列字是。《國語·周語》韋注：「列，位次也。」典列即常位。

〔八〕髣髴，《一切經音義》引《聲類》：「謂相似，見不諦也。」疑髣髴猶今語之恍忽，雙聲謰語。平生，《論語·憲問篇》《集解》引孔注：「平生猶少時。」

〔九〕來游，《銓評》：「來程張作永，此從《初學記》。游《藝文》作逝。」案嚴可均《全三國文》作永逝。永逝，長往也。來游於此義不協，蓋以形近致誤。

〔一〇〕修途即長路。尋，《漢書·郊祀志》顔注引晉灼：「遂往之意也。」

〔一一〕眷戀，《銓評》：「《藝文》作眷眷。」案疑當從《藝文》作眷眷爲得。《文選·登樓賦》李注：「《韓詩》曰：眷眷懷顧。」《楚辭·離世》王注：「眷眷，顧貌。」顧懷，《銓評》：「《初學記》顧作傾。」案作顧字是。楊雄《劇秦美新》：「后土顧懷。」李注：「眷顧而懷歸。」

〔一二〕九反，猶司馬遷《報任少卿書》：「腸一日而九回。」九反猶九回也。

此賦疑於封東阿王後。

梁甫行〔一〕

八方各異氣〔二〕，千里殊風雨。劇哉邊海民〔三〕，寄身於草（墅）〔野〕〔四〕。妻子象禽獸，行止依林阻〔五〕。柴門何蕭條，狐兔翔我宇〔六〕。

〔一〕《文選》嵇叔夜《琴賦》李注：「曹植有《大山梁甫吟》。」

〔二〕異氣，謂不同之風俗。

〔三〕劇，《文選·蜀都賦》劉注：「甚也。」邊海，見本卷《辨道論》注。

〔四〕墅，《銓評》：「張作野。」案宋刊本《曹子建文集》亦作野。作野字是。

〔五〕林阻，《説文》：「阻，險也。」

〔六〕翔，《淮南·覽冥訓》高注：「猶止也。」

《銓評》：「《樂府》四十一云：曹植改《泰山梁甫篇》爲《八方》。《藝文》四十一作《泰山梁甫行》。」考嵇康《琴賦》李注引左思《齊都賦》注：「東武、太山，皆齊之土風謡歌，謳吟之曲名也。」曹植採用山東地區民歌形式，描述百姓所受的艱辛生活。在曹叡時代徭役繁興，賦斂苛細，百姓爲了逃避征調，不敢家居的慘酷情景。此篇相和歌楚調歌辭。

與司馬仲達書〔一〕

今賊徒欲保江表之城〔二〕，（守區區之吴爾）〔守歐吴耳〕〔三〕！無有争雄於宇内，角勝於平原之志也〔四〕。故其俗蓋以洲渚爲營壁〔五〕，江淮爲城塹而已。若可得挑致〔六〕，則吾一旅之卒足以敵之矣〔七〕！蓋弋鳥者矯其矢〔八〕，釣魚者理其綸〔九〕，此皆度彼爲慮〔一〇〕，因象設宜者也〔一一〕。今足下曾無矯矢理綸之謀，徒欲候其離舟，伺其登陸，乃圖并吴會之地〔一二〕，牧東野之民〔一三〕，恐非主上授節將軍之心也〔一四〕。

〔一〕《銓評》：「程脱與，依《藝文》五十九補。」

〔二〕賊指孫吴。江表猶言江外，謂長江以南地區。

〔三〕守區區之吴，《銓評》：「程作守歐吴耳，依《藝文》五十九改。」案宋刊本《曹子建文集》亦作守歐吴耳。考《周書·王會篇》：「歐人蟬蛇。」孔注：「東越之人也。」則歐吴猶言吴越。《藝文》或非。

〔四〕宇内，《銓評》：「程脱内，依《藝文》補。」宇内謂中國。角勝，《漢書·賈誼傳》顔注：「角，校也，競也。」角勝謂校勝負也。

〔五〕洲渚，《爾雅·釋水》：「水中可居者曰洲，小洲曰渚。」營壁猶營壘。

〔六〕挑致，《説文》：「挑，撓也。」挑致猶言誘致。

〔七〕一旅，《周禮·夏官·序官》：「五百人爲旅。」敵，《左》文四年傳杜注：「敵猶當也。」矣，《銓評》：「程脱矣，從《藝文》補。」

〔八〕矯，正曲曰矯。

〔九〕綸，《詩經·采緑篇》鄭箋：「釣繳也。」

〔一〇〕度，《爾雅·釋詁》：「謀也。」案度猶《詩經·巧言篇》忖度之義，言測度也。慮，《廣雅·釋詁四》：「謀也。」

〔一一〕象，形象。因象，根據形勢。設，《銓評》：「程作説，從《藝文》改。」案宋刊本《曹子建文集》正作設。設，施也。此語與《求自試表》「故兵者不可豫言，臨難而制變者也」之意同。

〔一二〕吴會，吴郡、會稽郡，皆孫吴之境。

〔一三〕牧東，《銓評》：「《藝文》作收陳。」案宋刊本《曹子建文集》作牧東。作牧東是。《廣雅·釋詁一》：「牧，臣也。」東野指吴國。

〔一四〕將軍，《銓評》：「程脱軍，從張本補。」案司馬懿時任驃騎大將軍，加督荆豫二州諸軍事，以禦吴。

《晉書·宣帝紀》：「（太和三年）帝朝於京師，天子訪之於帝……二虜宜討，何者爲先？對曰：吴以中國不習水戰，故敢散居東關。凡攻敵必扼其喉而搯其心。夏口、東關，賊之心喉，若爲陸軍以向皖城，引權東下，爲水戰軍向夏口，乘其虚而擊之，此神兵從天而墜，破之必矣。天子並然之，復命帝屯於宛。」曹植此書，針對此而言。書係節録。見《藝文》五十九。

白馬篇〔一〕

白馬飾金羈〔二〕，連翩西北馳〔三〕。借問誰家子？幽并遊俠兒〔四〕。少小去鄉邑，揚聲沙漠垂〔五〕。宿昔秉良弓〔六〕，楛矢何參差〔七〕。控弦破左的〔八〕，右發摧月支〔九〕。仰手接飛猱〔一〇〕，俯身散馬蹄〔一一〕。狡捷過猴猿〔一二〕，勇剽若豹螭〔一三〕。邊城多警急，虜騎數遷移〔一四〕。羽檄從北來〔一五〕，厲馬登高堤〔一六〕。長驅蹈匈奴〔一七〕，左顧陵鮮卑〔一八〕。棄身鋒刃端〔一九〕，性命安可懷〔二〇〕！父母且不顧〔二一〕，何言子與妻！名在壯士籍〔二二〕，不得中顧私〔二三〕。捐軀赴國難，視死忽如歸〔二四〕。

〔一〕《銓評》：「《御覽》三百五十九作《遊俠篇》。」案《文選》作《白馬篇》，蓋以首句二字作篇名也。

〔二〕《文選》李注：「古《羅敷行》曰：青絲繫馬尾，黄金絡馬頭。《説文》曰：羈，絡頭也。」案《説文》：「馬絡頭也。」

〔三〕連翩，迅急貌。西北馳，《晉書·郭欽傳》：「魏初人寡，西北諸郡，皆爲戎居。」

〔四〕幽并，今河北與遼寧省之一部，即古幽州地。今河北中部之清苑、正定迤西至山西省北半部地區，即古并州地。遊俠兒，謂重義氣輕死生之青年男子。

〔五〕揚聲，《銓評》：「《藝文》聲作名。」案宋刊本《曹子建文集》亦作名。《文選》作聲。揚，《方言》郭注：「播揚也。」垂，邊也。

〔六〕秉，持也。良弓，《文選》李注：「《墨子》曰：良弓難張，然可以及高入深。」則良弓即硬弓。

〔七〕楛矢，《魏志·挹婁傳》：「矢用楛，長尺八寸，青石爲鏃，古肅慎氏之國也。」參差，不整齊之貌。

〔八〕控，引也。的，《文選》李注：「《毛詩》曰：發彼有的。的，射質也。」案今曰靶。

〔九〕右發，《銓評》：「《御覽》七百四十六作發矢。」案《文選》作右發，是也。月支，李注：「邯鄲淳《藝經》曰：馬射，左邊爲月支王枚，馬蹄二枚。」曹丕《典論·自叙》：「夫項發口縱，俯馬蹄而仰月支也。」

〔一〇〕接，李注：「凡物飛迎前射之曰接。」飛猱，猱，李注：「猨屬也。」飛，形容動作敏捷。

〔一一〕散，顏延年《赭白馬賦》：「徑玄蹄而雹散。」李注：「玄蹄，馬蹄也。射帖名也。言馬既良，射者亦中，故玄蹄雹散也。」散，分散之義。

〔一二〕狡，《廣雅·釋詁四》：「獪也。」猴猿，《銓評》：「《樂府》六十三作猨猴。」

〔一三〕剽，李注：「《方言》曰：剽，輕也。」螭，李注：「猛獸也。」案《漢書·楊雄傳》《音義》引韋昭：

「螭似虎而鱗。」

〔一四〕虜騎，《銓評》：「《文選》二十七作胡虜。」

〔一五〕羽檄，《漢書·高帝紀》：「吾以羽檄徵天下兵。」顔注：「檄者，以木簡爲書，長尺二寸，用徵召也。其有急事，則加以鳥羽插之，示速疾也。」《魏武奏事》：「今邊有警急，輒露檄插羽。」

〔一六〕厲，急也。

〔一七〕蹈，踐踏。匈奴，古代北方少數族。魏時分爲五部，雜居于今山西省北部。

〔一八〕陵，《文選》作凌。《禮記·檀弓篇》鄭注：「陵，躐也。」李注：「《蒼頡篇》曰：凌，侵也。」疑失曹意。鮮卑，少數族，魏時散居今河北、山西地區。《魏志·鮮卑傳》：「太和二年，(田)豫遣譯夏舍詣比能女壻鬱築鞬部，舍爲鞬所殺。其秋，豫將西部鮮卑蒲頭泄歸泥出塞討鬱築鞬，大破之。還至馬城，比能自將三萬騎圍豫七日。」

〔一九〕棄，《銓評》：「《藝文》作寄。」案《文選》作棄。

〔二〇〕懷，《詩經·將仲篇》鄭箋：「懷私曰懷。」

〔二一〕顧，李注：「鄭玄《毛詩箋》曰：顧，念也。」

〔二二〕名在壯士籍，《銓評》：「《藝文》作高名在壯籍。在《文選》作編。」案宋刊本《曹子建文集》作名在壯士籍。疑《藝文》誤，壯籍不詞。壯士籍，即兵卒名册。古代於一尺二寸之竹簡上，詳記兵卒年齡、籍貫、像貌。

〔三〕中，《禮記·文王世子》鄭注：「中，心中也。」

〔四〕如，《銓評》：「《藝文》作若。」李注：「《吕氏春秋》：管子云：平原廣城，車不結軌，士不旋踵；鼓之，三軍之士，視死若歸，臣不若王子城父也。」若、如義同。

曹叡時代，鮮卑强盛。部帥軻比能與蜀漢聯結，給曹魏西北邊防以强大壓力。而匈奴部族散居在長城之内，也予魏國安全以威脅，從郭欽、江統的言論得到證實。曹植鑒於當前客觀形勢於國家安危具有不利，因而叙述幽并游俠少年忠勇衛國、捐軀糜身的英雄形象，藉以抒寫自己爲國展力的宿願。此篇係雜曲歌辭齊瑟行。

乞田表〔一〕

乞城内及城邊好田，盡所賜百年力者〔二〕。臣雖生自至尊〔三〕，然心甘田野，性樂稼穡。

〔一〕《銓評》：「程缺。」

〔二〕百年力者，《魏志·三少帝紀》：「齊王正始元年，巡洛陽縣，賜高年力田各有差。」此百年即高年，力下脱田字，衍者字。《漢書·食貨志》補注：「周壽昌曰：力田，農官之屬。」

〔三〕至尊指皇室。

此表殘缺，然藉餘存表句，可以窺見魏代土地制度崖略。疑作於徙東阿時。

豫章行

窮達難豫圖〔一〕，禍福信亦然。虞舜不逢堯，耕耘處中田〔二〕。太公不遭文，漁釣終渭川〔三〕。不見魯孔丘，窮困陳蔡閒〔四〕。周公下白屋，天下稱其賢〔五〕。

〔一〕豫圖猶豫計。

〔二〕句謂舜不遇堯，惟畢生耕種隴畝。

〔三〕太公，呂尚。文，周文王。終，《銓評》：「《藝文》四十一作經。」終言終老，作經非。渭川即渭河。以上四句，提出窮達禍福不易預計之史例。

〔四〕魯孔丘，孔子魯國人，故曰魯孔丘。陳，春秋時國名，在今河南、安徽省接近地區。蔡亦春秋國名，在今河南省上蔡、汝南縣境。《莊子・讓王篇》：「孔子窮於陳、蔡之間，七日不火食，藜羹不糝，顏色甚憊，而絃歌於室……孔子曰：是何言也！君子通於道之謂通，窮於道之謂窮。今丘抱仁義之道以遭亂世之患，其何窮之爲！故内省而不窮於道，臨難而不失其德，天寒既至，霜雪既降，吾是以知松柏之茂也。陳蔡之隘，於丘其幸乎！」此二句說處窮通之理，不因遭遇困阨而更易其志。

〔五〕白屋，《韓詩外傳》：「周公踐天子之位七年，成王封伯禽於魯。周公誡之曰：無以魯國驕士！吾文王之子，武王之弟，成王叔父也，又相天下，吾於天下，亦不輕矣！然一沐三握髮，一飯三吐哺，猶恐失天下之士也。」此二句希望執政者如周公，甄拔隱淪，以鞏固政權之統治基礎。

《銓評》：「《樂府》三十四云：曹植擬豫章爲窮達。」

其二

鴛鴦自朋親〔一〕，不若比翼連〔二〕。他人雖同盟，骨肉天性然〔三〕。周公穆康叔〔四〕，管蔡則流言〔五〕。子臧讓千乘，季札慕其賢〔六〕。

〔一〕朋，《銓評》：「《藝文》作用。」案宋刊本《曹子建文集》亦作朋。用爲朋字之形誤，作朋字是。《後漢書·張衡傳》章懷注：「朋猶侶也。」朋親猶言乘居而匹處也。

〔二〕比翼，謂比翼鳥。見卷一《送應氏》詩注。句謂鴛鴦雖雌雄同居，朝夕不離，然不似比翼鳥，不比不飛。鴛鴦以喻朋友，比翼則象徵兄弟。

〔三〕同盟，如曹丕與司馬懿、陳群、吴質、朱鑠爲四友，此四人助丕繼承王位者。骨肉喻兄弟。天性猶天生也。前二句是比喻，用以説明此二句之涵義。

〔四〕穆，親厚之意。康叔名封，文王幼子，初封於康，故曰康叔。

〔五〕流言，已見前注。

〔六〕子臧，《左》襄十四年傳：「吴子諸樊既除喪，將立季札。季札辭曰：曹宣公之卒也，諸侯與曹人不義曹君，將立子臧，子臧去之，遂弗爲也，以成曹君。君子曰：能守節。君義嗣也，誰敢奸君！有國非吾節也。札雖不才，願附於子臧，以無失節。固立之，棄其室而耕於野。」

此二章俱屬相和歌辭清調曲。

丹霞蔽日行

紂爲昏亂，虐殘忠正〔一〕。周室何隆？一門三聖〔二〕。牧野致功〔三〕，天亦革命〔四〕。漢（祚）〔祖〕之興〔五〕，（秦階）〔階秦〕之衰〔六〕。雖有南面〔七〕，王道陵夷〔八〕。炎光再幽〔九〕，（忽）〔殄〕滅無遺〔一〇〕。

〔一〕《銓評》：「《藝文》四十一作殘忠虐正。」《韓非子·雜言篇》：「故文王説紂，而紂囚之。翼侯炙，鬼侯腊，比干剖心，梅伯醢。」

〔二〕三聖，謂文王、武王與周公也。

〔三〕武王伐紂，至商郊牧野。紂軍敗潰，紂自焚。牧野在商都朝歌南郊三十里地，今河南淇縣南。

〔四〕革命，《易經·革卦·爻辭》：「湯武革命，順乎天而應乎人。」革，改也。命，所受天命也。

〔五〕祚，《銓評》：「《藝文》作祖。」案宋刊本《曹子建文集》亦作祖。漢祖謂劉邦。作祖字是。

〔六〕秦階，《銓評》：「《藝文》作階秦。」案作階秦是。《小爾雅·廣詁》：「階，因也。」

〔七〕南面，《吕覽·士容》：「南面稱寡。」高注：「南面，君位也。」古帝王面南而坐，故以南面爲帝王之代詞。

〔八〕陵夷，《漢書·司馬相如傳》顔注：「謂弛替也。」

〔九〕炎光，象徵漢朝統治權力。幽，暗也。謂王莽代漢，董卓擅權，故曰再幽。

〔一〇〕忽，《銓評》：「張作殄。」案作殄是。殄滅即絶滅。遺，餘也。

《銓評》：「《詩紀》云：丹霞蔽日，采虹垂天。明帝《步出夏門行》亦云。」此篇相和歌瑟調歌辭。曹植採取周王朝之建立、秦漢之滅亡爲題材，諷刺魏統治者疏遠宗室，暗示將導致覆滅的危機。

卞太后誄有表〔一〕

大行皇太后資坤元之性〔二〕，體載物之仁〔三〕，齊美姜嫄〔四〕，等德任姒〔五〕。佐政内朝〔六〕，惠加四海。草木荷恩，含氣受潤〔七〕。庶鍾元吉〔八〕，（承育）〔永膺〕萬祚〔九〕。何圖一旦，早棄明朝。背絶臣庶〔一〇〕，悲痛靡告。臣聞銘以述德〔一一〕，誄尚及哀〔一二〕。是以冒越諒陰之禮〔一三〕，作誄一篇。知不足讚揚明明〔一四〕，貴以展臣蓼莪之思〔一五〕。憂荒情散〔一六〕，不足觀採〔一七〕。

率土噴薄〔一八〕，三光改度〔一九〕，陵頹谷踊〔二〇〕，五行錯互〔二一〕。皇室蕭條，羽檄四布〔二二〕。百姓欷歔，嬰兒號慕。若喪考妣〔二三〕，天下縞素〔二四〕。聖者知命〔二五〕，殉道寶名〔二六〕；義之攸在，亦棄厥生。〔二七〕敢揚后德〔二八〕，表之旐旌〔二九〕。光垂罔極〔三〇〕，以慰我情。乃作誄曰：

我王之生〔三一〕，坤靈是輔〔三二〕。作合於魏〔三三〕，亦光聖武〔三四〕。篤生文帝〔三五〕，紹虞之緒〔三六〕。龍飛紫宸〔三七〕，奄有九土。詳惟聖善〔三八〕，岐嶷秀出〔三九〕。德配姜嫄，不忝先哲〔四〇〕。玄覽萬機〔四一〕，兼才備藝〔四二〕。汎納容衆〔四三〕，含垢藏疾〔四四〕。仰奉諸姑〔四五〕，降接儔列〔四六〕。陰處陽（潛）〔觀〕〔四七〕，外明内察〔四八〕。及踐大位〔四九〕，母養萬國〔五〇〕。温温其（人）〔仁〕〔五一〕，不替明德〔五二〕。悼彼邊氓，未遑宴息〔五三〕。恒勞庶事，兢兢翼翼〔五四〕。親桑蠶館〔五五〕，爲天下式。樊姬霸楚，書載其庸〔五六〕；武王有亂，孔歎其功〔五七〕。我后齊聖〔五八〕，克暢丹聰〔五九〕，不出房闥，心照萬邦〔六〇〕。年踰耳順〔六一〕，乾乾匪倦〔六二〕。珠玉不玩〔六三〕，躬御綈練〔六四〕。日（旰）〔昃〕忘飢〔六五〕，臨樂勿讌〔六六〕。去奢即儉〔六七〕，曠世作（顯）〔檢〕〔六八〕。慎終如始，蹈和履貞〔六九〕。恭事神祇，昭奉百靈。跼天蹐地〔七〇〕，祇（異）〔畏〕神明〔七一〕。敬微慎獨〔七二〕，（報）〔執〕禮幽冥〔七三〕。虔肅宗廟，蠲薦三牲〔七四〕。降福無疆〔七五〕，祝云其誠〔七六〕。宜享斯祜〔七七〕，蒙祉自天〔七八〕。何圖凶咎〔七九〕，不（勉）〔免〕斯年〔八〇〕。嘗禱盡禮〔八一〕，有篤無痊〔八二〕。豈命有終？神食其言〔八三〕。遺孤在疚〔八四〕，承諱東藩〔八五〕。擗踊郊甸〔八六〕，灑淚中原。追號皇妣，棄我何遷〔八七〕！昔垂顧復〔八八〕，今何不然！空宮寥廓〔八九〕，棟宇無煙。巡省階塗〔九〇〕，髣髴櫺軒〔九一〕。仰瞻帷幄，俯察幾筵〔九二〕，物不毀故〔九三〕，而人不存。痛莫酷斯〔九四〕，彼蒼者天〔九五〕！遂臻魏都〔九六〕，游魂舊邑〔九七〕。大隧開塗〔九八〕，靈（魄）〔將〕斯戢〔九九〕。歎息霧興〔一〇〇〕，揮淚雨集。徘徊輀柩〔一〇一〕，號咷弗及。神光既幽，佇立以泣。

容車飾駕，以合北辰《銓評》：「《文選》顔延年《宋元皇后哀策文》李注引《上宣后誄表》。據《魏志》卞太后謚宣，故定爲此表佚句。」案丁補是。

〔一〕《銓評》：「《魏志·后妃傳》：卞太后，明帝太和四年五月薨。」案《明帝紀》：「（太和）四年六月戊子太皇太后崩。秋七月，武宣卞后祔葬於高陵。」潘眉曰：「推太和四年五月無戊子，當是《后妃傳》誤。」案潘説是。據《通典》太和四年六月武宣皇后崩，二十六日既葬除服。蓋葬距崩時二十六日，傳言七月合葬，則五實爲誤字。

〔二〕坤元，《易經》彖上傳：「至哉坤元。」《九家注》：「坤者純陰。」古人以坤象徵女性。坤元之性謂具柔順之品質。

〔三〕載物，《易經》彖上傳虞注：「坤所以載物。」坤爲地，地生長萬物。載物之仁謂備有仁愛之心性。

〔四〕姜嫄，已見卷一《姜嫄簡狄贊》注。

〔五〕任、姒，任，大任，文王之母；姒，太姒，文王之妻。

〔六〕内朝，《周禮·朝士》鄭司農注：「内朝在路門内。」謂後宮。

〔七〕含氣，謂生物，如鳥獸。潤，澤也，喻恩惠。

〔八〕鍾，當也。元吉，猶言大吉。

〔九〕承育，《銓評》：「《藝文》十五作永膺。」疑作永膺是。膺，《後漢書·班彪傳》章懷注：「猶受也。」萬祚，《國語·周語》韋注：「祚，福也。」

〔一〇〕背，棄字之意。臣庶，謂群臣、百姓。

〔一一〕銘，《銓評》：「程作名，從《藝文》。」案作銘字是。《文選·文賦》李注：「銘以題勒示後。」故紀述其德行。

〔一二〕及哀，《文選·文賦》李注：「誄以陳哀，故纏綿悽愴。」《文心雕龍》云：「詳夫誄之爲制，蓋遐言以録行，傳體而頌文，榮始而哀終。論其人也，瞬乎若可覿；送其哀也，悽焉如可傷，此其旨也。」

〔一三〕冒越，猶言干犯。諒陰，《論語·憲問篇》鄭注：「凶廬也。」《春秋繁露·竹林篇》：「《書》云：高宗諒闇，三年不言，居喪之義也。」

〔一四〕明明，《銓評》：「此二字程作名，張脱一明，從《藝文》。」《爾雅·釋訓》舍人注：「明明，言其明甚。」

〔一五〕展，《廣雅·釋詁四》：「舒也。」《蓼莪》，《詩經》篇名。「蓼蓼者莪，匪莪伊蒿。哀哀父母，生我劬勞。」即《蓼莪》之思也。

〔一六〕憂荒，思慮荒亂。情散，意志不集中。

〔一七〕《銓評》：「此下程原有左九嬪《上元皇后誄表》八十一字，非子建之文，係後人妄增。張本無，今删。」

〔一八〕率土，《詩經·北山篇》：「率土之濱。」毛傳：「率，循也。」嘖薄，見卷二《魏德論》注。

〔一九〕三光，日月星也。改度，改變運行之軌度。

〔二〇〕即《詩經·十月之交篇》「高岸爲谷，深谷爲陵」。言地貌發生劇烈變化。

〔二一〕錯互，《銓評》：「程作牙錯，《藝文》作互錯，從張本。」案牙當作㸦，㸦即互字之異體。當從《藝文》作互錯，與《文帝誄》五緯錯行義同。

〔二二〕羽檄，《漢書·息夫躬傳》顔注：「檄之插羽者也。」此指訃告，以羽檄宣佈之。

〔二三〕《尚書·堯典》:「放勳乃殂落,百姓如喪考妣。」考妣,父母也。

〔二四〕縞素,《小爾雅·廣詁》:「縞,素也。」縞素謂喪服。喪服白色。

〔二五〕聖者,指孔子。知命,《論語·爲政章》:「子曰:五十而知天命。」知命,謂了解生命壽夭之理。

〔二六〕殉道,《論語·泰伯章》「守死善道」之義。寶名,珍惜聲譽。

〔二七〕攸,所也;厥,其也。《孟子·告子章》「舍生取義」,蓋此句所本。

〔二八〕后德,嚴可均《全三國文》據《文選》謝希逸《宣貴妃誄》李注引作厚德。案厚德見《易經·坤卦》繇詞:「君子以厚德載物。」厚德象徵卞后卓異之操守。

〔二九〕旐旌,古代以死者不可識别,故以旗誌之,而别貴賤,且用表德。本鄭玄《士喪禮》注。

〔三〇〕光,《詩經·韓奕篇》鄭箋:「猶榮也。」罔極,即無極。

〔三一〕王,《銓評》:「《藝文》作皇。」我皇謂卞后。

〔三二〕坤,《銓評》:「《書鈔》二十三作水,係巛誤。」案《易·坤》《釋文》:「坤本作巛。」坤靈,地神。

〔三三〕作合,《詩經·大明篇》:「天作之合。」《爾雅·釋言》:「作,爲也。」合,毛傳:「配也。」《魏志·武宣卞后傳》:「年二十,太祖於譙納后爲妾。建安初,丁夫人廢,遂以后爲繼室。」

〔三四〕聖武謂曹操。

〔三五〕篤生,《詩經·大明篇》:「篤生武王。」毛傳:「篤,厚也。」《魏志·卞后傳》:「武宣卞太后,琅邪開陽人,文帝母也。」

〔三六〕紹，繼也。緒，業也。《魏志·文帝紀》裴注引《魏書》載曹丕《禪讓令》：「昔者大舜飯糗茹草，將終身焉，斯則孤之前志也。及至承堯禪，被珍裘，妻二女，若固有之，斯則順天命也。群公卿士誠以天命不可拒，民望不可違，孤亦曷以辭焉！」謂曹丕代漢而建魏國。

〔三七〕紫宸，《説文》：「宸，屋宇也。」紫宸猶紫宫。《淮南·天文訓》：「紫宫者，太一之居也。」此喻帝位。

〔三八〕聖善，《詩經·凱風篇》：「母氏聖善。」聖善見卷一《叙愁賦》注。案此與《文帝誄》「詳惟聖質」，語意正同。

〔三九〕岐嶷，見《文帝誄》注。秀出，《文選·七命》李注：「秀，出貌也。」則秀出猶言突出。

〔四〇〕忝，《國語·周語》：「不忝前人。」韋注：「忝，辱也。」

〔四一〕玄覽，《文選·東京賦》：「睿哲玄覽。」薛注：「玄，遠也。」玄覽即遠覽。

〔四二〕才，藝能。

〔四三〕汎，《廣雅·釋詁四》：「博也。」

〔四四〕《左》宣十五年傳：「山川藏疾，國君含垢。」賈注：「含，忍也。」服注：「垢，恥也。」藏，匿也。

〔四五〕姑，説文：「姑，夫母也。」諸姑，謂曹嵩衆妾。

〔四六〕儔列，謂曹操諸夫人。

〔四七〕潛，《銓評》：「《藝文》作觀。」案宋刊本《曹子建文集》作「陰陽觀潛」。疑當從《藝文》。陰處，猶言靜居。

〔四八〕外，《銓評》：「《藝文》作潛。」疑作潛字是。潛明謂明不外露。內察，內，心也；察，審也。

〔四九〕及，《銓評》：「張作乃。」案宋刊本《曹子建文集》仍作及。《魏志·卞后傳》：「二十四年拜爲王后。文帝即王位，尊后曰王太后。及踐阼，尊后曰皇太后，稱永壽宮。」

〔五〇〕母養，《説文》：「母，牧也。」母養言撫育蕃滋也。

〔五一〕温温，《詩經·抑篇》：「温温恭人。」毛傳：「温温，寬柔也。」其人，《銓評》：「人《藝文》作仁。」案作仁是。《莊子·天地篇》：「愛人利物之謂仁。」

〔五二〕替，廢也。明德，至德也。不替明德猶言至德不替，以協韻倒。

〔五三〕宴，安也。宴息即安息。

〔五四〕兢兢，《論語·述而篇》皇疏：「戒慎也。」翼翼，《詩經·大明篇》鄭箋：「恭慎貌。」

〔五五〕蠶館，育蠶之室。

〔五六〕樊姬，《列女傳》：「楚莊王樊姬者，楚莊王之夫人也。王嘗聽朝而罷晏。樊姬曰：何罷之晏也？王曰：今且與賢者語。樊姬曰：王之所謂賢者，諸侯之客與？將國中士也？王曰：虞邱子也。樊姬揜口而笑曰：妾幸得充後宮，妾所進者九人，今賢於妾者二人，與妾同列者七人。今虞邱子之相楚十餘年矣！今所薦者，非其子孫，則族昆弟，未嘗聞其進一賢而退不肖。夫知賢而不進，是不忠也；若不知賢，是無知也，豈可謂賢哉！莊王以告虞邱子。虞邱子乃薳孫叔敖爲令尹，數月，楚國大治。故記曰：莊王之霸，樊姬之力也。」庸，功也。

〔五七〕武王有亂，《論語·泰伯章》：「武王曰：予有亂臣十人。」《釋文》：「予有亂十人，本或作亂臣，非。」案古本《論語》無臣字，此誄亦稱有亂而無臣字，則《釋文》之説可信也。孔歎其功，《泰伯章》：「孔子曰：才難，不其然乎！唐虞之際，於斯爲盛，有婦人焉，九人而已。」亂，謂治政事者。婦人指太姒。

〔五八〕齊聖，《左》文十八年傳：「齊聖廣淵。」齊，中正。聖，通達。

〔五九〕丹聰，丹喻心；聰，智慧也。

〔六〇〕照，《廣雅·釋詁四》：「明也。」

〔六一〕耳順，見《武帝誄》注。卞太后於光和五年年二十，至太和四年死，計生年爲六十九歲。故曰踰。

〔六二〕乾乾，《吕覽·士容》高注：「進不倦也。」

〔六三〕《魏志·卞后傳》裴注引王沈《魏書》：「后性約儉，不尚華麗，無文繡珠玉，器皆黑漆。」

〔六四〕御，《文選·景福殿賦》李注引蔡邕《月令章句》：「凡衣服加於身曰御。」綈，厚繒。練，白絹。

〔六五〕日旰，《銓評》：「《藝文》旰作昃。」案宋刊本《曹子建文集》作昗，昃、昗一字。作昃是。《國語·楚語》：「文王至於日中昃，不遑暇食，用咸和萬民。」或植句所本。日昃，黄昏之時。

〔六六〕勿譏，《銓評》：「譏程作聽，從《藝文》。」案宋刊本《曹子建文集》亦作譏，與《藝文》同。《文選·東都賦》李注引《韓詩章句》:「飲酒之禮,下跣而上坐者謂之宴。」宴、讌古通。勿讌謂不聚飲也。

〔六七〕《魏志·卞后傳》裴注引《魏書》:「卞氏曰:吾事武帝四五十年,行儉日久,不敢自變爲奢。」

〔六八〕曠世,見卷二《洛神賦》注。作顯,案宋刊本《曹子建文集》顯字作檢,作檢是。檢含法度之意。

〔六九〕和,《廣雅·釋詁三》:「諧也。」貞,《廣雅·釋詁一》:「正也。」蹈、履俱踐也,即行字之意。

〔七〇〕跼天蹐地,《詩經·正月篇》:「謂天蓋高,不敢不跼;謂地蓋厚,不敢不蹐。」跼,《文選·東京賦》薛注:「傴僂也。蹐,累足也。」段玉裁《説文解字注》:「蹐,小步之至也。」跼蹐,含戒慎之意。

〔七一〕祇畏,案宋刊本《曹子建文集》畏字作畏。作畏字是。祇畏即敬畏。

〔七二〕敬微,《銓評》:「微程作惟,從《藝文》。」案宋刊本《曹子建文集》亦作微。《禮記·坊記》鄭注:「微,謂幽隱不著。」慎獨,《禮記·中庸篇》:「是故君子戒慎乎其所不覩,恐懼乎其所不聞,莫見乎隱,莫顯乎微,故君子慎其獨也。」鄭注:「慎其閑居之所。」

〔七三〕報禮,《銓評》:「報《藝文》作執。」案報當作執,形近致誤。《禮記·月令篇》《正義》:「執者操持營爲。」幽冥,《漢書·劉歆傳》顔注:「猶暗昧也。」謂隱僻之處。

〔七四〕蠲,潔也。薦,進也。三牲,牛羊豕,謂祭品。

〔七五〕無疆,言無限界。猶《詩經·執競篇》:「降福穰穰。」與此義同。

〔七六〕祝，《莊子・逍遥游》篇《釋文》：「傳鬼神語曰祝。」

〔七七〕祜，宋刊本《曹子建文集》作祐。祐，保佑。

〔七八〕蒙祉猶言受福。

〔七九〕凶咎謂禍災。

〔八〇〕不勉，勉字於此無義，疑當作免，免，避也。即今語避免之意。

〔八一〕嘗禱，《爾雅・釋詁》：「嘗，祭也。」《周禮・女祝》鄭注：「禱，疾病求瘳也。」盡禮，極禮也。極誠敬之意。

〔八二〕篤，厚也。猶言加重。痊，痊愈。

〔八三〕食言，《爾雅・釋詁》：「食，僞也。」則食言猶云假話。

〔八四〕在疚，《詩經・閔予小子篇》：「惸惸予在疚。」鄭箋：「在憂病之中。」《文選・寡婦賦》李注：「凡人喪曰疚。」

〔八五〕諱，凶問也。東藩，植時封東阿王，東阿在洛陽東，故曰東藩。

〔八六〕擗踊，見卷二《文帝誄》注。郊甸，《銓評》：「甸《藝文》作畛。」案宋刊本《曹子建文集》亦作畛。《楚辭・大招》王注：「畛，田上道也。」

〔八七〕遷，去也。

〔八八〕顧復，《詩經・蓼莪篇》：「顧我復我。」鄭箋：「顧，旋視也。」復，往來也。

〔八九〕寥廓，《禮記·檀弓篇》《正義》：「至大祥而寥廓，情意不樂而已。」寥廓，空虛貌。

〔九〇〕巡，《銓評》：「程作物，從《藝文》。」案宋刊本《曹子建文集》亦作巡。巡省即巡視。

〔九一〕髣髴，《説文》：「彷彿，相似，見不諦也。」櫺軒，謂窗也。言在窗間恍忽如見卞后之形容也。

〔九二〕瞻，視也。帷幄，《釋名·釋牀帳》：「帷，圍也，所以自障圍也。幄，屋也，以帛衣板施之，形如屋也。」俯察几筵，《説文》：「几，坐所以凭也。」筵，席也。《家語》：「俯察几筵，其器存不覩其人。」

〔九三〕毁，壞也。言器物未改變舊時之形狀。

〔九四〕酷，《文選·洞簫賦》李注：「猶甚也。」斯，此也。

〔九五〕《史記·屈原列傳》：「人窮則呼天。」即此意。

〔九六〕魏都，指鄴。曹操葬於鄴，卞后與之合葬。《魏志·卞后傳》：「七月合葬高陵。」

〔九七〕舊邑，亦謂鄴。

〔九八〕隧，墓道。開塗，猶言啓路。

〔九九〕靈魄，《銓評》：「《藝文》魄作將。」案宋刊本《曹子建文集》亦作將。作將字是。因未葬，故曰將。

〔一〇〇〕霧興，謂歎息之氣如霧之起，形容人多。

〔一〇一〕輀，《説文》：「輀，喪車也。」柩，《禮記·曲禮》：「在棺曰柩。」《釋名·釋喪制》：「輿棺之車曰輛。輛，耳也。懸于左右，前後銅魚摇絞之屬耳耳然也。」

案此誄文有佚逸。

當欲遊南山行〔一〕

東海廣且深，由卑下百川。五嶽雖高大〔二〕，不逆垢與塵〔三〕。良木不十圍〔四〕，洪條無所因〔五〕。長者能博愛，天下寄其身〔六〕。大匠無棄材〔七〕，船車用不均〔八〕。錐刀各異能，何所獨却前〔九〕。嘉善而矜愚，大聖亦同然〔一〇〕。仁者（各）〔必〕壽考〔一一〕，四座咸萬年！

〔一〕當，代字之意。

〔二〕五嶽，《周禮・大司樂》鄭注：「東曰岱宗，南曰衡山，西曰華山，北曰恒山，中曰嵩高山。」

〔三〕逆，《國策・齊策》高注：「拒也。」垢，滓也。《文選・上秦始皇書》：「是以太山不讓土壤，故能成其大；河海不擇細流，故能就其深；王者不却衆庶，故能明其德。」蓋植句所本。

〔四〕十圍，程瑶田《通藝録》：「圍皆具數于人之把。《喪服》傳：苴絰大搹。注云：盈手搹。搹，扼也。中人之扼圍九寸，《莊周書》言櫟社樹絜之百圍。《吴越春秋》言伍子胥腰十圍，然則十圍即十把也。」

〔五〕洪條，《廣雅・釋言》：「條，枝也。」所因，《吕覽・盡數》高注：「因，依也。」所因即可依。

〔六〕寄，託也。

〔七〕《淮南・主術訓》：「是故賢主之用人也，猶巧工之制木也……無大小修短，各得其所宜，規矩方圓，各有所施。」

〔八〕《淮南・齊俗訓》：「譬若舟車楯肆窮廬故有所宜也。」高注：「水宜舟，陸地宜車。」謂舟車之用，各具不同。

〔九〕錐刀，各具有不同之功能。却前猶進退，意謂何能有所軒輊。

〔一〇〕《論語・子張篇》：「子曰：嘉善而矜不能。」大聖謂孔子。

〔一一〕仁者，指曹叡。《銓評》：「各《藝文》四十二作必。」案《中論・夭壽篇》：「仁者利養萬物，萬物亦受其利矣，故必壽也。」疑作必字是。壽考，《論語・雍也篇》：「仁者壽。」末二句具頌禱之意，是樂府之常例。

此篇相和歌辭。曹植主張國家用人，應該使人在統治機構裏各盡其才能，不應有所偏廢。因爲國家管理工作，是多方面的。領導者之於人材，必需兼收並蓄，量材任使，無所偏廢。與《陳審舉表》内容大體是一致的。

當事君行

人生有所貴尚〔一〕，出門各異情〔二〕。朱紫更相奪色〔三〕，雅鄭異音聲〔四〕。好惡隨所愛憎〔五〕，追舉逐（聲）〔虚〕名〔六〕。百心可事一君〔七〕？巧詐寧拙誠〔八〕。

〔一〕貴尚，尊重之意。

〔二〕出門，猶言入社會。門謂家門。異情，不同之思想。

〔三〕朱紫，朱喻善美，紫喻醜惡。句意謂善惡混亂不明。

〔四〕雅，正聲；鄭，淫聲。《論語·陽貨篇》：「子曰：惡紫之奪朱也，惡鄭聲之亂雅樂也。」

〔五〕好惡隨所愛憎，《魏志·董昭傳》：「合黨連群，互相褒歎。以毁訾爲罰戮，用黨譽爲爵賞。附己者則歎之盈言，不附者則爲作瑕釁。」

〔六〕聲名，案宋刊本《曹子建文集》聲字作虚，疑是。《魏志·諸葛誕傳》：「言事者以誕颺等脩浮華，合虚譽，漸不可長。」裴注引《世語》曰：「是時當世俊士，散騎常侍夏侯玄、尚書諸葛誕、鄧颺之徒，其相題表：以玄、疇四人爲四聰，誕、備（輩）八人爲八達，中書監劉放子熙、孫資子密、吏部尚書衛臻子烈三人，咸不及比，以父居勢位容之爲三豫，凡十五人。帝以構長浮華，皆免官廢錮。」

〔七〕《銓評》：「《風俗通》引傳曰：一心可以事百君，百心不可事一君。」案《晏子春秋》：「百心不可事一君。」曹植此句蓋取反詰語式，猶云百心可事一君乎？

〔八〕巧詐寧拙誠，《銓評》：「《説苑・貴德篇》云：巧詐不如拙誠。」末二句俱本古語。案《説苑・談叢》云：「智而用私，不如愚而用公。故曰：巧詐不如拙誠。」《魏志・劉曄傳》裴注引《傅子》：「曄能應變持兩端如此。或惡曄於帝曰：曄不盡忠，善伺上意所趨而合之。陛下試與曄言，皆反意而問之，若皆與所問反者，是曄常與聖意也。復每問皆同者，曄之情必無所逃矣！帝如言以驗之，果得其情，從此疏焉……諺曰巧詐不如拙誠，信矣！」

《銓評》：「一句六言，一句五言合韻，别是一格。」案此篇雜曲歌辭。曹植鑒於魏明帝太和時代，統治集團内部出現着嚴重的朋黨營私、追逐虚名的政治方面不良風尚。因而提出拙誠不欺，專一奉國的道德標準。反映了魏王朝潛在危機。

社　頌有序〔一〕

余前封鄄城侯〔二〕，轉雍丘〔三〕，皆遇荒土〔四〕。宅宇初造〔五〕，以府庫尚豐，志在繕宫室〔六〕，務園圃而已〔七〕，農桑一無所營〔八〕。經離（十）〔七〕載〔九〕，塊然守空〔一〇〕，飢寒備嘗〔一一〕。聖朝愍之〔一二〕，故封此縣〔一三〕。田則一州之膏腴〔一四〕，桑則天下之甲第〔一五〕。故封此桑，以爲田社〔一六〕。乃作頌云：

於惟太社〔一七〕，官名后土〔一八〕。是曰勾龍〔一九〕，功著上古〔二〇〕。德配帝王〔二一〕，實爲靈主〔二二〕。克明播植〔二三〕，農正曰柱〔二四〕。尊以作稷〔二五〕，豐年是與。義與社同，方神北宇〔二六〕。建國承家，莫不攸叙〔二七〕。

〔一〕《銓評》：「程脱序。《御覽》五百三十二作《讃社文》。」

〔二〕鄄城，曹植黄初二年改封鄄城侯。鄄城在今山東省濮縣東二十里。

〔三〕雍丘，植黄初四年徙雍丘。雍丘在今河南省杞縣。

〔四〕遇荒土，《銓評》：「張作欲爲上，從《御覽》五百三十二。」張本誤。考漢末年，群雄混戰，鄄城、雍丘受兵禍極烈，人民流亡，土地荒蕪，故曰荒土。

〔五〕初造猶云始建。

〔六〕繕宫室，《銓評》：「張作善公夫，從《御覽》。」繕，《華嚴經音義》引《珠叢》：「凡治故造新皆謂之繕也。」見《毁鄄城故殿令》。

〔七〕園，《銓評》：「張作完，從《御覽》。」《轉封東阿王謝表》「園果萬株，枝條始茂」可證。

〔八〕農桑，謂種麥養蠶。一，《吕覽·貴直》高注：「猶皆也。」營，《小爾雅·廣詁》：「治也。」

〔九〕經離，猶經歷。十載疑當作七載。曹植自黄初二年至太和三年轉封東阿止計七年。漢代七與十字多形近致誤，説詳《陶齋藏石記跋》。

〔一〇〕塊，《銓評》：「張作瑰，從《御覽》。」案作塊字是。《漢書·陳湯傳》顔注：「塊然，獨處之貌。」空，《論語·先進》皇疏：「窮匱也。」

〔一一〕備，盡也。備嘗即盡嘗。

〔一二〕詳見《轉封東阿王謝表》。

〔一三〕此縣指東阿。在今山東省陽穀縣東北阿城鎮。

〔一四〕州，謂兖州。膏腴，肥沃之土。

〔一五〕甲第即甲等。《後漢書·郡國志》：「其地出繒縑，故秦王服阿縞。」徐廣曰：「齊之東阿縣，繒帛所出者也。」是東阿養蠶極盛。

〔一六〕東阿宜於種桑。《説文》：「社，地主也。《周禮》二十五家爲社，各樹其土所宜之木。」故植以桑爲社樹。

〔一七〕於惟，嘆辭。太社，祭地神之所。

〔一八〕后土，《左》昭二十九年傳：「土正曰后土。」平治水土之官。

〔一九〕勾龍，《左》昭二十九年傳：「共工氏有子曰勾龍，爲后土。」

〔二〇〕上，《銓評》：「《藝文》三十九作仁。」案作上字是。勾龍作土正，約當五帝之一顓頊之世，故曰上古。

〔二一〕王，《銓評》：「《藝文》作皇。」宋刊本《曹子建文集》與《藝文》同。帝皇謂五帝、三皇。

〔二二〕靈主即神主。《風俗通·十反》：「社，民神之主也。」勾龍勤於土功，死，百姓奉以爲神而祀之。句下疑有佚句。

〔二三〕植，《銓評》：「《初學記》十三作殖。」植、殖義同。

〔二四〕曰柱，《銓評》：「程作曰社，張作日舉，從《藝文》。」案《初學記》十二作日舉。嚴可均《全三國文》作具舉。考《左》昭二十九年傳：「有烈山氏之子曰柱，爲稷，自夏以上祀之。周棄亦爲稷，自商以來祀之。」則曰柱二字是。農正，農官也。

〔二五〕稷，蔡邕《獨斷》：「稷，五穀之長也，因以稷名其神也。稷神，蓋厲山氏之子柱也。」

〔二六〕北宇，案《初學記》十三北宇作此。蓋北、此形近致誤，作北字是。《禮記·郊特牲》謂社祭，君南鄉于北墉下。杜佑《通典·禮》：「社壇在東，稷壇在西，倶北面。」故曰北宇。

〔二七〕攸，《銓評》：「《藝文》作脩。」案《初學記》十三攸作修。疑作攸字是。《尚書·洪範》：「彝倫攸序。」攸，所也。序，次序也。

藉田説二首〔一〕

春耕於藉田〔二〕，郎中令侍寡人焉〔三〕。顧而謂之曰〔四〕：「昔者神農氏始嘗萬草，教民種植〔五〕。今寡人之興此田，將欲以擬乎治國，非徒供耳目而已也〔六〕。夫營疇萬畝〔七〕，厥田上〔下〕〔上〕〔八〕，經以大陌，帶以横阡〔九〕；奇柳夾路，名果被園；宰農實掌〔一〇〕，是謂公田〔一一〕，此亦寡人之封疆也〔一二〕。日殄没而歸館〔一三〕，晨未昕而即野〔一四〕，此亦寡人之先下也。菽〔藋〕〔藿〕特疇〔一五〕，禾黍異田，此亦寡人之理政也〔一六〕。及其息泉涌〔一七〕，庇重陰〔一八〕，懷有虞，撫素琴〔一九〕，此亦寡人之習樂也。蘭、蕙、荃、蘅〔二〇〕，植之近疇〔二一〕，此亦寡人之所親賢也〔二二〕。刺藜、臭蔚〔二三〕，棄之乎遠疆〔二四〕，此亦寡人之所遠佞也〔二五〕。若年豐歲登，果茂菜滋〔二六〕，則臣僕小大咸取驗焉〔二七〕。」

〔一〕《藉田説》，《銓評》：「《藝文》三十九、《御覽》八百二十一均作《藉田論》。」案《藝文》三十九、宋刊本《曹子建文集》藉俱作籍。《禮記·祭義》：「天子爲藉千畝。」鄭注：「藉，藉田也。」《詩經·載芟篇》鄭箋：「藉之言借也。借民力治之，故謂之藉田。」《文選·藉田賦》李注：「臣瓚《漢書注》曰：景帝詔曰：朕親耕，本以躬親爲義。藉，謂蹈藉之也。」考藉籍本當作耤。《廣雅·釋詁二》:「耤,稅也。」蓋借民力以耕而徵其稅也。

〔二〕案耕耤之禮,孟春祈穀後,乃擇元辰,故曰春耕。

〔三〕郎中令,《續漢書·百官志》:「皇子封王,其郡爲國。每國置郎中令一人,秩千石,掌王夫人郎中宿衛官也。」寡人,王侯自稱。

〔四〕謂之曰,《銓評》:「以上十七字,張脱。」

〔五〕見卷一《神農贊》注。

〔六〕供,《銓評》:「《藝文》三十九作娱。」案宋刊本《曹子建文集》亦作娱。《説文》:「娱,樂也。」

〔七〕營,《廣雅·釋詁一》:「度也。」

〔八〕上下,《銓評》:「《藝文》作上上。」《文選·西京賦》:「厥田上上。」當作上上是。即《社頌》所云「田則一州之膏腴」之義。

〔九〕阡陌,見卷一《送應氏詩》注。

〔一〇〕宰,《銓評》:「張作司。」宰農,主持農業之官,疑指屯田官吏。曹魏屯田屬大司農,見《魏志·曹爽傳》裴注引《魏略》。

〔一一〕公田,《銓評》:「以上十六字程脱,張於賦類别列營疇二句及此十六字,題爲《藉田賦》。今依《御覽》八百二十一移補。」公田,疑謂屯田。

〔一二〕封疆,《周禮·地官·大司徒》:「諸公之地,封疆方五百里,其食者半。」封疆謂疆界。

〔三〕歿，《説文》：「盡也。」没，《國語》韋注：「入也。」歿没，謂時已入夜。

〔四〕昕，《説文》：「旦明，日將出也。」未昕即未明。即野，就野。

〔五〕萩藿，藿字疑誤，字當作藿。《韓非子·説林》：「玉杯象箸，必不盛萩藿。」《延語》：「萩藿登年。」萩藿連文可證。藿，《爾雅·釋草》：「藿，芄蘭。」不與萩類。似應訂正。

〔六〕理政，《銓評》：「《藝文》作政理。」

〔七〕泉涌，《銓評》：「泉《藝文》作沸。」沸涌，蓋謂噴泉。東阿屬濟水流域，故有噴泉。

〔八〕庇，《爾雅·釋言》：「蔭也。」重陰已見《應詔》詩注。

〔九〕有虞，虞舜。《孔子家語》：「舜彈五弦之琴，歌《南風》之詩：南風之薰兮，可以解吾民之愠兮！南風之時兮，可以阜吾民之財兮！」

〔一〇〕蘭、蕙、荃、蘅皆香草，以喻賢者。

〔一一〕近疇，《銓評》：「以上十七字程脱，依《藝文》補。」近疇，指鄰近居室之田。

〔一二〕親賢，親近賢者。

〔一三〕刺蘩，《銓評》：「《藝文》作藜蓬。」案宋刊本《曹子建文集》仍作刺藜。刺藜形如赤根菜，子如細菱，三角四刺。實有仁。今曰刺蒺藜。臭蔚，亦名牡蒿，三月始生，七月開花，花如胡麻，色紫紅。八月生莢，莢似小豆，尖而長。

〔一四〕之乎，《銓評》：「程脱乎，從《藝文》補。」據此疑植之近疇之字下亦脱乎字。乎，於也。遠疆，蓋謂邊遠之地。

〔二五〕遠，《左》昭二十八年傳杜注：「疏，遠也。」佞，諂也。

〔二六〕歲登，《淮南·主術訓》：「歲登民豐。」高注：「登，成也。」菜滋，滋，益也。

〔二七〕小大，《銓評》：「大張作人。」案作人字誤。

又

封人有能以輕鑿修鉤去樹之蝎者〔一〕，樹得以茂繁〔二〕。中舍人曰〔三〕：「不識治天下者亦有蝎（者）乎〔四〕？」寡人告之曰：「昔三苗、共工、鯀、驩兜〔五〕，非堯之蝎歟？」問曰：「諸侯之國亦有蝎乎？」寡人告之曰：「齊之諸田〔六〕，晉之六卿〔七〕，魯之三桓〔八〕，非諸侯之蝎歟？然三國無輕鑿修鉤之任，終於齊簒魯弱〔九〕，晉國以分〔一〇〕，不亦痛乎！」曰：「不識爲君子者亦有蝎乎〔一一〕？」寡人告之曰：「固有之也〔一二〕。富而慢，貴而驕，殘仁賊義，甘財悦色，此亦君子之蝎也〔一三〕。天子勤耘，以牧一國〔一四〕；大夫勤耘，以收世禄〔一五〕；君子勤耘，以顯令德〔一六〕。夫農者，始於種，終於穫。澤既時矣〔一七〕，苗既美矣，棄而不耘，則改爲荒疇〔一八〕。蓋豐年者期於必收，譬修道亦期於歿身也〔一九〕。」

寡人御輦登於金商之館，察田夫之私者《銓評》：「《書鈔》三十九引《藉田論》。此疑篇首『春耕於藉田』下脱文。《藉田論》即《藉田説》，詳題下注。」

使習壤者相澤，仁才者播種《銓評》：「《書鈔》三十九引《藉田論》。」田修種理者，必賜之以巨觴；田蕪種穢者，必戮之以柔桑《銓評》：「《書鈔》三十九引《藉田論》。」案嚴可均《全三國文》將「寡人御輦」起至「必戮之以柔桑」止，列於「是爲公田」句下。今仍舊。名王親枉千乘於隴畝之中，執鋤钁於畦町之側；尊距勤於耒耜，玉手勞於耕耘者也《銓評》：「《書鈔》九十一引《藉田賦》。此條並下一條皆應屬賦類。然張本之《藉田賦》已據《御覽》定爲《藉田説》脱文。此二條皆不類賦語，疑亦《藉田説》佚句，故附於此。」

夫凡人之爲圃，各植其所好焉！好甘者植乎薺，好苦者植《銓評》：「植原作食，依上下文校改。」乎荼，好香者植乎蘭，好辛者植乎蓼。至於寡人之圃，無不植也《銓評》：「《御覽》八百二十四引《藉田賦》。」

〔一〕《銓評》：「篇首原有又曰，依張删。」封人，《荀子·堯問篇》楊注：「掌疆界者。」輕鑿，小鑿。修鉤，長鉤。蝎，《爾雅·釋蟲》：「桑蠹。」

〔二〕茂繁，《銓評》：「《藝文》作繁茂。」

〔三〕中舍人，諸侯王管理家務之官。

〔四〕治，《銓評》：「程脱治，從《藝文》補。」者，《銓評》：「張脱者。」案《藝文》無者字，疑應删，丁補或非。

〔五〕三苗，上古氏族之一。共工，見卷一《帝堯贊》注。鯀，禹之父，治水無功，爲舜所斥逐。驩兜，上古氏族之一。《尚書・堯典篇》：「流共工於幽州，放驩兜於崇山，竄三苗於三危，殛鯀於羽山。」

〔六〕諸田，謂齊國田氏世族，執齊國之政者。

〔七〕六卿，即趙、韓、魏、智、范、中行氏。此六家族世掌晉國統治權。

〔八〕三桓，即孟孫、叔孫、季孫氏，皆魯桓公子孫，專魯國之政，故曰三桓。

〔九〕齊篡，齊爲田常所篡。魯弱，三桓專政，富於公室，國力衰微，後爲齊所滅。

〔一〇〕晉國爲趙、韓、魏三家所分。

〔一一〕亦有，《銓評》：「程脱有，從《藝文》補。」

〔一二〕固有，《國語・周語》：「固有之乎？」韋注：「固，嘗也。」

〔一三〕甘，《尚書・五子之歌篇》孔傳：「嗜無厭足。」蝎也，《銓評》：「也《藝文》作乎。」

〔一四〕牧，《銓評》：「《藝文》作收。」案疑作牧爲是。《廣雅・釋詁一》：「牧，養也。」

〔一五〕世禄，趙岐《孟子》注：「官有世功者，其子雖未任居官，得世食其父禄。」

〔一六〕令德，《詩經・湛露篇》鄭箋：「令，善也。」德，《易經・文言》傳《正義》：「德行也。」

〔一七〕澤謂雨澤。時，《廣雅・釋詁一》：「善也。」

〔一八〕改，《銓評》：「《藝文》作故。」案故與固通。《國語・魯語》韋注：「固猶廢也。」

〔一九〕期，《尚書·大禹謨》《釋文》：「期，要也。」即今語要求之義。

疑此二段，同屬一篇，蓋從類書輯録而然，不是賦論兩種文體之文誤合。由於輯録者不審，還存在幾段佚文，未及補入，則此篇非全文可知。藉田在封東阿時，鄄城、雍丘，農桑一無所營可證。此兩段内容，和《陳審舉表》相近，因此疑作於太和四年或五年之春，故列於此，可與《陳審舉表》參閲。

薤露行

天地無窮極〔一〕，陰陽轉相因〔二〕。人居一世閒，忽若風吹塵。願得展功勤〔三〕，輸力於明君〔四〕。懷此王佐才〔五〕，慷慨獨不群〔六〕。鱗介尊神龍，走獸宗麒麟〔七〕。蟲獸（豈）〔猶〕知德〔八〕，何況於士人。孔氏删詩書〔九〕，王業粲已分〔一〇〕。騁我逕寸翰〔一一〕，流藻垂華芬〔一二〕。

〔一〕《送應氏》詩：「天地無終極。」此作窮，窮猶終也。

〔二〕因，依也。句謂寒暑運轉，交相更代。

〔三〕展，《廣雅·釋詁四》：「舒也。」勤，勞也。《左》僖廿八年傳杜注：「盡心盡力無所愛惜爲勤。」

〔四〕輸，《説文》：「委，輸也。」《求自試表》：「欲逞其才力，輸能於明君也。」與此意同。

〔五〕懷，抱也。王佐猶皇佐。

〔六〕慷慨，《銓評》：「慨《藝文》四十一作愷。」慨、愷韻同。獨不群謂卓然獨立，不同于流俗。

〔七〕宗，尊也。

〔八〕豈，《銓評》：「張作猶。」案作猶字是。作猶與下句何況一詞之意相應。此四句表達己尊奉皇帝之思想，以示無有二心。

〔九〕孔子删定《詩經》爲三百有六篇，《尚書》爲百篇。

〔一〇〕王業，王者之事業。粲，《廣雅·釋詁》：「明也。」

〔一一〕騁，《文選·射雉賦》李注引《韓詩章句》：「馳也。」翰，謂筆。

〔一二〕流，《文選·典引》李注：「演也。」藻，《七啓》李注：「文采也。」垂，布也。華芬，亦指文章。疑句意複。

此篇屬相和歌辭。曹植自認具備治理國家的才能，懷着輸力明君的熱烈願望。但由於政治上的因素，竟使他的意願，没有實現的機會。可是受着立名於世思想的支配，就一反青年時代對於文學創作的輕視態度，轉向藉著述求得垂名的宿願。《魏略》曾有「陳思王精意著作，食飲損減，得反胃疾」的紀載，而且可以從明帝詔令中，得到證實。

前録自序[一]

故君子之作也[二]，儼乎若高山[三]，勃乎若浮雲[四]。質素也如秋蓬[五]，摛藻也如春葩[六]。氾乎洋洋[七]，光乎皜皜[八]，與雅頌争流可也[九]。余少而好賦，其所尚也，雅好慷慨[一〇]，所著繁多。雖觸類而作[一一]，然蕪穢者衆[一二]，故删定别撰[一三]，爲前録七十八篇。

〔一〕《銓評》：「程缺。《藝文》五十五作《文章序》。」

〔二〕作，謂文章。

〔三〕儼乎，《説文》：「儼，昂頭貌。」引申有高義。

〔四〕勃乎，猶勃然，盛貌也。

〔五〕質謂内容。素，朴素。秋蓬，秋蓬開白花，故以喻文章内容之素朴。

〔六〕摛藻，《文選·答賓戲》：「摛藻如春華。」《廣雅·釋詁四》：「摛，舒也。」藻，文采也。

〔七〕氾，廣大。洋洋，美盛之貌，謂内容。

〔八〕光，明也。皜皜，《銓評》：「《藝文》五十五作暠暠。」案暠字誤，當作皜。《廣雅·釋器》：「白也。」謂形式。

〔九〕雅，指《詩經》大、小《雅》。頌，指《詩經》《周頌》、《魯頌》、《商頌》。流，《漢書·外戚傳》顔注：「謂等列也。」爭列即爭高下。

〔一〇〕雅，《史記·荆燕世家》《索隱》：「素也。」

〔一一〕觸類，接觸事物。

〔一二〕蕪指内容蕪雜。穢謂遣詞不簡潔。

〔一三〕删定，削除修改。别撰，猶另撰。

姚振宗《隋書經籍志考證》：「《陳思王傳》注引《典略》：植與楊修書曰：今往僕少小所著辭賦一通相與。修答書曰：猥受顧賜，教使刊定云云，與此録自序所言相印合，其即此録嘗以屬楊修點定者。建安十九年徙封臨淄之後事也。」案姚氏謂自序寫於建安十九年後，而且指出此七十八篇賦即屬楊修點定者。這一論點之成立，是以曹植與楊修書和修復書爲其論證的依據。考序句云：「所著繁多，蕪穢者衆，故删定别撰。」是曹植自刊定，和楊修没有必然的聯係，而又缺乏史實的根據。從序文所述，《前録》包括賦計七十八篇，既説是前録，則必有後録。可以推測，曹植編集的原則，根據文體以類相從，或許又以創作先後爲次第，而且手定目録，則寫序必在晚年。因此《前録自序》，不可能作於建安時期，姚氏的意見，或者不足爲定論。

求通親親表

臣植言：臣聞天稱其高者，以無不覆〔一〕；地稱其廣者，以無不載；日月稱其明者，以無不照〔二〕；江海稱其大者，以無不容〔三〕。故孔子曰〔四〕：「大哉堯之爲君！惟天爲大，惟堯則之〔五〕。」夫天德之於萬物〔六〕，可謂弘廣矣！蓋堯之爲教〔七〕，先親後疏，自近及遠。其《傳》曰：「克明峻德〔八〕，以親九族〔九〕，九族既睦，平章百姓〔一〇〕。」及周之文王〔一一〕，亦崇厥化〔一二〕。其詩曰：「刑于寡妻〔一三〕，至于兄弟，以御於家邦〔一四〕。」是以雍雍穆穆〔一五〕，風人詠之〔一六〕。昔周公弔管蔡之不咸〔一七〕，廣封懿親〔一八〕，以藩屏王室〔一九〕。《傳》曰〔二〇〕：「周之宗盟〔二一〕，異姓爲後。」誠骨肉之恩，爽而不離〔二二〕，親親之義，寔在敦固〔二三〕。「未有義而後其君，仁而遺其親者也〔二四〕。」伏惟陛下資帝唐欽明之德〔二五〕，體文王翼翼之仁〔二六〕，惠洽椒房〔二七〕，恩昭九親〔二八〕，群臣百僚〔二九〕，番休遞上〔三〇〕，執政不廢於公朝〔三一〕，下情得展於私室，親理之路通，慶弔之情展，誠可謂恕己治人〔三二〕，推惠施恩者矣。至於臣者，人道絶緒〔三三〕，禁錮明時〔三四〕，臣竊自傷也〔三五〕。不敢乃望交氣類〔三六〕，脩人事〔三七〕，敘人倫〔三八〕。近且婚媾不通〔三九〕，兄弟永絶〔四〇〕，吉凶之問塞〔四一〕，慶弔之禮廢，恩紀之違〔四二〕，甚於路人，隔閡之異，殊於〔吴〕〔胡〕越〔四三〕。今臣以一切之制〔四四〕，永無朝覲之望。至於注心皇極，結情紫闥〔四五〕，神明知之矣。然「天實爲之，謂之何哉〔四六〕！」退省諸王，常有戚戚具爾之心〔四七〕。願陛下沛然垂詔〔四八〕，使諸國慶問，四節得展〔四九〕，以叙骨肉之歡恩，全怡怡之篤義〔五〇〕。妃妾之家，膏沐之遺〔五一〕，歲得再通，齊義於貴宗，等惠於百司〔五二〕。如此，則古人之所歎，風雅之所詠，復存於聖世矣！臣伏自惟省〔五三〕，豈無錐刀之用〔五四〕。及觀陛下之所拔授，若以臣爲異姓，竊自料度，不後於朝士矣！若得辭遠遊〔五五〕，戴武弁〔五六〕，解朱組〔五七〕，佩青紱〔五八〕，駙馬、奉車〔五九〕，趣得一號〔六〇〕，安宅京室〔六一〕，執鞭珥筆〔六二〕，出從華蓋〔六三〕，入侍輦轂〔六四〕，承答聖問，拾遺左右〔六五〕，乃臣丹情之至願〔六六〕，不離於夢想者也。遠慕《鹿鳴》君臣之宴〔六七〕，中詠《棠棣》匪他之誡〔六八〕，下思《伐木》友生之義〔六九〕，終懷《蓼莪》罔極之哀〔七〇〕。每四節之會〔七一〕，塊然獨處，左右唯僕隸，所對惟妻子，高談無所與陳〔七二〕，發義無所與展〔七三〕，未嘗不聞樂而拊心，臨觴而歎息也。臣伏以爲犬馬之誠不能動人，譬人之誠不能動天，崩城隕霜〔七四〕，臣初信之，以臣心況〔七五〕，徒虚語耳！若葵藿之傾葉太陽〔七六〕，雖不爲之迴光，然終向之者誠也〔七七〕。臣竊自比葵藿〔七八〕。若降天地之施，垂三光之明者，寔在陛下。臣聞文子曰〔七九〕：「不爲福始，不爲禍先〔八〇〕。」今之否隔〔八一〕，友于同憂〔八二〕，而臣獨唱言者〔八三〕，何也〔八四〕？竊不願於聖代〔八五〕，使有不蒙施之物；有不蒙施之物〔八六〕，必有慘毒之懷〔八七〕。故《柏舟》有天只之怨〔八八〕，《谷風》有棄予之歎〔八九〕。伊尹恥其君不爲堯舜〔九〇〕。孟子曰：「不以舜之所以事堯事其君者，不敬其君者也〔九一〕。」臣之愚蔽，固非虞伊；至於欲使陛下崇光被時雍之美〔九二〕，宣緝熙章明之德者〔九三〕，是臣慺慺之誠，竊所獨守〔九四〕。寔懷鶴立企佇之心〔九五〕，敢復陳聞者，冀陛下儻發天聰而垂神聽也〔九六〕。

〔一〕以，用也，因也。《群書治要》卷二十六引無此四者字。《文選》有。

〔二〕《文選》李注：「《禮記》：子夏問曰：何謂三無私？孔子曰：天無私覆，地無私載，日月無私照，此之謂三無私。」

〔三〕《文選》李注：「《管子》曰：海不辭水，故能成其大。《墨子》曰：江河不惡小谷之滿己也，故能大。」

〔四〕見《論語·泰伯篇》。

〔五〕則，效法。

〔六〕《銓評》：「程、張脱之，據《魏志》本傳補。」案《文選》亦有之字。

〔七〕教，《賈子·大政》：「教者政之本也。」猶言政教準則。

〔八〕傳曰，《尚書·堯典》。峻，《銓評》：「《文選》三十七作俊。」案《堯典》作俊。鄭玄曰：「俊德，賢才兼人者。」《尚書義考》：「案《夏小正》，正月時有俊風。説曰：俊者大也。古字俊、駿通。

凡德行行事苟有所失，則如日月之蔽虧。克明者，言大德之昭顯，無或蔽虧也。」

〔九〕九族，上自高祖，下至玄孫，計九代，曰九族。睦，鄭玄曰：「親也。」

〔一〇〕平章，《史記·五帝紀》作便章。《索隱》：「今文作辯章。」鄭玄曰：「辯，别也。章，明也。」百姓，《詩經·天保篇》毛傳：「百姓，百官族姓也。」《國語·周語》韋注：「百姓，百官也。官有世功，受姓氏也。」

〔一一〕之，案宋刊本《曹子建文集》無之字。《文選》五臣本亦無。

〔一二〕《文選》李注：「鄭玄《禮記注》：崇，猶尊也。」化，謂教化。

〔一三〕其詩，《詩經·思齊篇》。毛傳：「刑，法也。寡妻，適妻也。」

〔一四〕御，《文選》李注：「鄭玄云：御，治也。文王以禮接其妻，至於宗族，又能爲政，治於家邦。」

〔一五〕雍雍、穆穆，《詩經·思齊篇》：「雍雍在宫，肅肅在廟。」《詩經》作肅肅，此表作穆穆，疑本《韓詩》。《漢書·楊雄傳》顔注：「雍、穆，和也。」李注引「天子穆穆」以證，則與「風人詠之」句意不相承，疑非。

〔一六〕風人即詩人。詠之，謂《思齊篇》。

〔一七〕《左》僖二十四年傳：「富辰曰：昔周公弔二叔之不咸。」杜注：「弔，傷也。咸，同也。」

〔一八〕懿親，《左》僖廿四年傳：「不廢懿親。」杜注：「懿，美也。」

〔一九〕藩屏，《説文》：「藩，屏也。」藩屏複義詞，言屏蔽也。

〔二〇〕《傳》曰，《左》隱十一年傳。

〔二一〕宗盟，《群書治要》卷二十六引宗字作同。服虔注：「宗盟，同宗之盟。」

〔二二〕《文選》李注：「《漢書》宣帝詔曰：蓋聞象有罪，舜封之。骨肉之親，粲而不殊。如淳曰：粲或爲散。《爾雅》曰：爽，差也。」段玉裁曰：「粲當作粲，本謂散米，引申之凡放散皆曰粲。曹植蓋本此詔而字作爽。案《大戴禮・夏小正》傳：爽猶疏也，與此義近。」

〔二三〕敦固，敦，厚也；固，《國語・周語》韋注：「一也。」

〔二四〕此二句見《孟子・梁惠王篇》。

〔二五〕伏，《銓評》：「程張脱伏，從《魏志》補。」案宋刊本《曹子建文集》有伏字，《文選》同，丁補是。資，《銓評》：「《文選》作咨。」案宋刊本《曹子建文集》亦作咨。咨與資通。《國語・晉語》韋注：「資，稟也。」猶今曰秉賦。帝唐謂唐堯。欽明，馬融曰：「威儀表備曰欽。照臨四方曰明。」德，品德。

〔二六〕翼翼，《詩經・大明篇》：「惟此文王，小心翼翼。」鄭箋：「翼翼，恭慎貌。」

〔二七〕洽，《一切經音義》引《蒼頡》：「徧徹也。」椒房，《文選》李注：「《漢舊儀》曰：皇后稱椒房。」

〔二八〕昭，明也。九親，《銓評》：「親《魏志》作族。」案《群書治要》卷二十六、宋刊本《曹子建文集》俱作親。《文選》李注：「九親猶九族。」是李所見本作親也。

〔二九〕臣，《銓評》：「《魏志》作后。」案《文選》亦作后。群后，謂列侯。

〔三〇〕番休，《文選》李注：「江偉上便宜曰：上下郎吏，計作四五番休。」番休，猶言輪番休息。遞上，言依次入值。

〔三一〕廢，停頓。

〔三二〕恕己治人，《文選》李注：「《三略》曰：良將恕己而治人。」《論語·里仁篇》皇疏：「恕謂忖我以度於人也。」

〔三三〕人道即人理。緒，《説文》：「絲耑也。」絶緒，猶今語斷絶聯繫。

〔三四〕禁錮，《文選》李注：「杜預曰：禁固，勿仕也。」明時，猶曰盛世。

〔三五〕竊，《銓評》：「程作切，從《魏志》改。」案《文選》作竊。竊猶私也。

〔三六〕乃，《銓評》：「《魏志》作過。」案宋刊本《曹子建文集》作乃，《文選》同。乃，急辭。氣類，見卷二《白鶴賦》注。

〔三七〕人事，謂親友交往之事。

〔三八〕人倫，《孟子·滕文公篇》趙注：「人倫者人事也。」《正義》：「人倫，君臣、父子、夫婦、兄弟、朋友是也。」

〔三九〕婚媾，《左》隱十一年傳：「如舊昏媾。」媾，《説文》：「重婚也。」猶言嫁娶。

〔四〇〕永絶，《銓評》：「《魏志》永作乖。」案《文選》作永，宋刊本《曹子建文集》與《文選》同。

〔四一〕問，《説文》：「訊也。」塞，謂杜絶也。

〔四二〕恩紀，見卷二《種葛篇》注。違，疏遠。

〔四三〕吴越，《銓評》：「《魏志》吴作胡。」案《文選》亦作胡。李注：「《淮南子》曰：自其異者視之，肝膽胡越。許慎曰：胡在北方，越在南方。」是吴實誤字，應據改。

〔四四〕一切，《文選》李注：「《漢書音義》曰：一切，權時也。」

〔四五〕注心，《國策·秦策》高注：「注，屬也。」皇極，《文選》李注：「《尚書考靈耀》曰：建用皇極。宋均曰：建，立也。皇，大；極，天也。」《晉紀總論》李注引宋均曰：「皇極，大中也。」結，繫束也。紫闥猶言天門。竊疑皇極紫闥相儷成文，若皇極釋爲大中，則與紫闥不相應。考《説文》：「極，棟也。」棟與闥俱爲屋宇之代詞，語同一例也。皇極、紫闥皆謂帝居，蓋假以爲喻。

〔四六〕語出《詩經·北門篇》。

〔四七〕退省，《銓評》：「省《魏志》作惟。」案宋刊本《曹子建文集》與《魏志》同。惟，思也。戚戚具爾，《詩經·行葦篇》：「戚戚兄弟，莫遠具爾。」毛傳：「戚戚，内相親也。」具爾，鄭箋：「具猶俱也。」

〔四八〕沛然，《漢書·禮樂志》顔注：「泛貌也。」垂詔猶下詔。

〔四九〕四節，謂立春、立夏、立秋與立冬。

〔五〇〕怡怡，《論語·子路篇》：「子曰：兄弟怡怡如也。」《集解》：「馬曰：怡怡，和順之貌。」案此怡怡疑爲兄弟之代詞。篤義，深厚情誼。

〔五一〕膏沐，《詩經・伯兮篇》：「豈無膏沐，誰適爲容。」案膏謂脂膏，沐，古甘漿之屬。遺，贈予。

〔五二〕百司，即百官。

〔五三〕惟省，《銓評》：「《文選》作思惟。」案《群書治要》卷二十六亦作思惟。

〔五四〕豈，《銓評》：「程、張脱豈，從《文選》補。」錐刀已見前注。

〔五五〕遠遊，冠名。董巴《漢輿服志》：「遠遊冠制如通天（徐廣《輿服雜注》曰：天子通天冠，高九寸，黑介幘，金博山），有展筩，横之于前，無山。」蔡邕《獨斷》曰：「遠遊冠者，王侯所服。」辭遠遊，即辭去王爵之意。

〔五六〕武弁，董巴《漢輿服志》：「武冠，一曰武弁，武官冠之。侍中、常侍加黄金璫，附蟬爲飾，謂之趙惠文冠。」

〔五七〕朱組，《廣雅・釋器》：「組，綬也。」《輿服志》：「王赤綬。」朱組即赤綬。

〔五八〕青紱，《廣雅・釋器》：「紱，綬也。」《漢書・百官公卿表》：二千石以上之官，皆銀印青綬。

〔五九〕《文選》李注：「《漢書》曰：奉車都尉，掌御乘輿車。駙馬都尉，掌駙馬。《説文》曰：駙，近也。」案《陳書・袁樞傳》：「駙馬都尉，置由漢武，或以假諸功臣，或以加於戚屬。是以魏曹植表：駙馬奉車，趣爲一號。」《齊職儀》：「凡尚主必拜駙馬都尉，魏晉以來，因爲瞻準。」

〔六〇〕趣，宋刊本《曹子建文集》作輒。《文選》作趣，《魏志》本傳同。《説文》：「趣，疾也。」一號，謂於奉車、駙馬得其一職也。

〔六一〕宅，居也。

〔六二〕執鞭，《文選》李注：「范曄《後漢書》：岑彭謂朱鮪曰：彭往者得執鞭侍從。」珥筆，李注：「戴筆也。《漢書》：趙卬曰：張安世持橐簪筆。張晏曰：近臣負橐簪筆從也。」

〔六三〕華蓋，見卷一《王仲宣誄》。

〔六四〕輦轂，李注：「胡廣《漢官解詁注》曰：轂下，諭在輦轂之下，京兆之中。」

〔六五〕《齊職儀》：「魏侍中掌儐贊，大駕出，則以直，侍中護駕。正直省侍中負璽陪乘，不帶劍，皆騎從。登御殿與散騎侍郎對接帝，侍中居左，常侍居右，備切問近對，拾遺補闕也。」（《初學記》卷十二引）

〔六六〕丹情，《銓評》：「《魏志》作誠。」案《淮南·繆稱訓》高注：「情，誠也。」丹情猶今語衷心之意。

〔六七〕《鹿鳴》，《詩經》篇名。李注：「《毛詩序》曰：《鹿鳴》，宴群臣嘉賓也。」其詩曰：「呦呦鹿鳴，食野之苹；我有嘉賓，鼓瑟吹笙。」

〔六八〕《棠棣》，《銓評》：「《魏志》棠作常。」陳啓源《毛詩稽古篇》：「常棣，常本如字，俗間乃有讀棠者。《示兒編》辨其誤，當矣！此誤大抵唐世以然。李商隱詩云：棠棣黄花發。近世有草，俗呼棣棠，華色黄，春末開，李詩定指此。意當時常字已有棠音，故顛倒俗呼以合雅花偁目，併改常下從木耳。曹子建《求通親親表》兩引詩皆作棠棣，傳寫之誤，不知始自何年，要皆因音誤而字誤也。」匪他，李注：「《毛詩序》曰：棠棣，燕兄弟也。《毛詩》曰：豈伊異人，兄弟匪他。」案二句見《詩經·頍弁篇》，非出自《常棣》詩篇。《頍弁》《小序》曰，當時貴族諷刺周幽王之詩。幽王不能宴樂同姓，親睦九族，孤危將亡，作此詩，故曰誡（《群書治要》卷二十六作戒。戒，儆也）。然植謂出於《常棣篇》，豈誤記，抑別有所據也。存參。

〔六九〕《伐木》，《詩經》篇名。友生，《詩》曰：「嚶其鳴矣，求其友生。矧伊人矣，不求友生。」李注：「《毛詩序》曰：《伐木》，燕朋友故舊也。」

〔七〇〕懷，藏也。《蓼莪》，《詩經》篇名。罔極，李注：「《毛詩·蓼莪》曰：父兮生我，母兮鞠我，欲報之德，昊天罔極。」何焯曰：「此謂太皇太后四年崩也。」

〔七一〕案：漢魏時，節氣日親族相聚讌樂，有會節氣之俗。

〔七二〕高談，猶高論。無所，所猶可也。

〔七三〕發義，闡述道理。展，發舒。

〔七四〕崩城、隕霜，事見卷二《精微篇》注。

〔七五〕況，比也。

〔七六〕葵藿，李注：「《淮南子》曰：聖人之於道，猶葵之與日，雖不能終始哉，其鄉之者誠也。」案鄭玄《儀禮》注：「藿，豆葉也。」《說文》：「葵，菜也。」朱駿聲曰：「《爾雅》：莃，兔葵。」郭注：「汋啖之滑。」《文選》潘安仁《閑居賦》李注引此表，陽字句絶。桂馥《說文義證》引此表，亦以陽字爲句，蓋本李注。

〔七七〕迴，旋轉也。然終，宋刊本《曹子建文集》無終字，《魏志》本傳同。《文選考異》：「茶陵本無然字。終下校語云：五臣作然，袁本無終字。校語云：善有終字。案《魏志》有然無終，疑茶陵所見得之。」

〔七八〕曹植意謂曹叡雖不顧，仍懷真誠愛戴之心，故以葵藿自喻也。

〔七九〕文子，李注：「范子曰：文子者，姓辛，葵丘濮上人也。稱曰計然，南游於越，范蠡師事。」

〔八〇〕福始、禍先，意謂不論致福或招禍，決不率先爲之。

〔八一〕否隔，《廣雅·釋詁一》：「否，隔也。」否隔複義詞。

〔八二〕友于，《尚書·君陳篇》：「友于兄弟。」友于爲兄弟一詞之歇後語，魏晉文士多用之。

〔八三〕唱言，《銓評》：「《魏志》唱作倡。」《國語·吴語》韋注：「發始爲倡。」

〔八四〕何也，案宋刊本《曹子建文集》無何也二字，《魏志》本傳同，《文選》有。

〔八五〕聖代，《銓評》：「代《魏志》作世。」案宋刊本《曹子建文集》亦作世。作代蓋唐人避太宗諱改。

〔八六〕有不蒙施之物，《銓評》：「程脱此六字，從《魏志》補。」案宋刊本《曹子建文集》有此六字。《文選考異》：「茶陵本云，五臣再有有不蒙施之物六字，袁本再有，云善無有不蒙施之物六字。案此初無，尤脩改添之。《魏志》再有，善亦當再有，傳寫脱去也。何校添，陳（景雲）云：重六字爲是。」丁校補此六字是也。

〔八七〕慘毒之懷，謂深切怨恨之情。

〔八八〕《柏舟》，《詩經》篇名。天只，李注：「《毛詩·柏舟》曰：母也天只，不諒人只。毛萇曰：諒，信也。母也天也，尚不信我也。」

〔八九〕《谷風》，《詩經》篇名。棄予，《谷風》詩曰：「將安將樂，女轉棄予。」

〔九〇〕《銓評》：「《魏志》伊上有故字。」案宋刊本《曹子建文集》無故字。不爲，《群書治要》卷二十六引爲字作如。爲、如草書形近致誤。《尚書·説命篇》：「昔先正保衡作我先王，乃曰：予弗克俾厥后惟堯舜，其心愧恥，若撻於市。」

〔九一〕孟子曰以下二句，見《孟子·離婁篇》。

〔九二〕光被，即廣被。時雍，《尚書義考》：「猶言斯和也。」

〔九三〕緝熙，見卷二《制命宗聖侯孔羨奉家祀碑》注。章明，顯明。

〔九四〕是臣，《銓評》：「臣《魏志》作爲。」案《文選》仍作臣，宋刊本《曹子建文集》與《文選》同，作臣字是。臣，曹植自謂。慺慺，謹敬貌。守，《易經·繫辭》鄭注：「持不惑曰守。」

〔九五〕企佇，企，《漢書·高帝紀》顔注：「謂舉足而竦身。」佇，立也。

〔九六〕儻，或也。聽，《廣雅·釋詁四》：「聽也。」天聽、神聽義同。天、神，古代臣下常以天或神字作尊崇帝王之飾詞。

《銓評》：「《魏志》本傳：太和五年，復上疏求存問親戚，因（《文選》李注作自）致其意。」案本傳：詔報曰：「蓋教化所由，各有隆弊，非皆善始而惡終也，事使之然！故夫忠厚仁及草木，則《行葦》之詩作；恩澤衰薄，不親九族，則《角弓》之章刺。今令諸國兄弟，情禮簡怠；妃妾之家，膏沐疏略；朕縱不能敦而睦之。王援古喻義，備（《治要》卷二十六引備下有矣字）悉矣，何言精誠不足以感通哉！夫明貴賤，崇親親，禮賢良，順少長，國之綱紀，本無禁固諸國通問之詔也，矯枉過正，下吏懼譴，以至於此耳！已勑有司，如王所訴。」此表怨而不怒，直抒胸臆，而文詞剴切，述理明確，故曹叡復詔推責下吏，且糾正對諸王苛酷法制，導致頒布五年秋召諸王朝之詔令。

陳審舉表〔一〕

臣聞天地協氣而萬物生〔二〕，君臣合德而庶政成。五帝之世非皆智，三季之末非皆愚〔三〕，用與不用，知與不知也。既時有舉賢之名，而無得賢之實，必各援其類而進矣〔四〕！諺曰：「相門有相，將門有將〔五〕。」夫相者，文德昭者也。將者，武功烈者也〔六〕。文德昭則可以匡國朝，致雍熙〔七〕，稷、契、夔、龍是（也）〔矣〕〔八〕。武功烈則可以征不庭〔九〕，威四夷〔一〇〕，南仲、方叔是矣〔一一〕。昔伊尹之爲媵臣，至賤也〔一二〕；吕尚之處屠釣，至陋也〔一三〕。及其見舉於（湯武）〔武湯〕、周文〔一四〕，誠道合志同，玄謨神通〔一五〕，豈復假近習之薦〔一六〕，因左右之介哉！書曰：有不世之君，必能用不世之臣；用不世之臣，必能立不世之功。殷周二王是矣〔一七〕。若夫齷齪近步〔一八〕，遵常守故，安足爲陛下言哉！故陰陽不和〔一九〕，三光不暢〔二〇〕，官曠無人〔二一〕，庶政不整者，三司之責也〔二二〕。疆埸騷動，方隅內侵〔二三〕，没軍喪衆，干戈不息者，邊將之憂也。豈可虚荷國寵而不稱其任哉！故任益隆者負益重，位益高者責益深。《書》稱「無曠庶官」〔二四〕，《詩》有「職思其憂」〔二五〕，此其義也。陛下體天真之淑聖〔二六〕，登神機以繼統〔二七〕，冀聞康哉之歌〔二八〕，偃武（行）〔修〕文之美〔二九〕。而數年以來，水旱不時〔三〇〕，民困衣食，師徒之發，歲歲增調〔三一〕。加東有覆敗之軍〔三二〕，西有殪没之將〔三三〕，至使蚌蛤浮翔於淮泗〔三四〕，鼲鼬讙譁於林木〔三五〕。臣每念之，未嘗不輟食而揮餐〔三六〕，臨觴而搤腕矣〔三七〕。昔漢文發代，疑朝有變〔三八〕。宋昌曰：內有朱虛、東牟之親〔三九〕，外有齊、楚、淮南、琅邪〔四〇〕，此則磐石之宗〔四一〕，願王勿疑。臣伏惟陛下遠覽姬文二號之援〔四二〕，中慮周成、召、畢之輔〔四三〕，下存宋昌磐石之固〔四四〕。昔騏驥之於吴坂，可謂困矣！及其伯樂相之，孫郵御之〔四五〕，形體不勞，而坐取千里〔四六〕。蓋伯樂善御馬，明君善御臣；伯樂馳千里，明君致太平，誠任賢使能之明效也。若朝（司）〔士〕惟良〔四七〕，萬機內理〔四八〕，武將行師，方難克弭〔四九〕，陛下可得雍容都城〔五〇〕，何事勞動鑾駕暴露於邊境哉〔五一〕！臣聞「羊質虎皮，見草則悦，見豺則戰」〔五二〕，忘其皮之爲虎也。今置將不良，有似於此。故語曰：「患爲之者不知，知之者不得爲也。」昔樂毅奔趙，心不忘燕〔五三〕；廉頗在楚，思爲趙將〔五四〕。臣生乎亂，長乎軍〔五五〕，又數承教於武皇帝〔五六〕，伏見行師用兵之要，不必取孫吴而闇與之合〔五七〕。竊揆之於心〔五八〕，常願得一奉朝覲〔五九〕，排金門，蹈玉陛〔六〇〕，列有職之臣，賜須臾之（問）〔閒〕〔六一〕，使臣得一散所懷，攄舒蘊積〔六二〕，死不恨矣！被鴻臚所下發士息書〔六三〕，期會甚急〔六四〕。又聞豹尾已建〔六五〕，戎軒騖駕〔六六〕，陛下將復勞玉躬，擾挂神思〔六七〕。臣誠竦息〔六八〕，不遑寧處〔六九〕。願得策馬執鞭，首當塵露〔七〇〕，（撮）〔握〕風后之奇〔七一〕，接孫吴之要〔七二〕，追慕卜商，起予左右〔七三〕，效命先（軀）〔驅〕〔七四〕，畢命輪轂〔七五〕，雖無大益，冀有小補。然天高聽遠〔七六〕，情不上通，徒獨望青雲而拊心，仰高天而歎息耳！屈平曰：「國有驥而不知乘，焉皇皇而更索〔七七〕。」昔管蔡放誅，周召作弼〔七八〕，叔魚陷刑，叔向匡國〔七九〕。三監之釁，臣自當之〔八〇〕。二南之輔，求不必遠〔八一〕，華宗貴族，藩王之中，必有應斯舉者。故《傳》曰：無周公之親，不得行周公之事，惟陛下少留意焉！近者漢氏廣建藩王，豐則連城數十〔八二〕，約則饗食祖祭而已〔八三〕。未若姬周之樹國，五等之品制也〔八四〕。若扶蘇之諫始皇〔八五〕，淳于越之難周青臣〔八六〕，可謂知時變矣〔八七〕。夫能使天下傾耳注目者，當權者是矣。故謀能移主〔八八〕，威能懾下〔八九〕，豪右執政〔九〇〕，不在親戚。權之所（在）〔存〕，雖疏必重〔九一〕；勢之所去，雖親必輕〔九二〕。蓋取齊者田族，非吕宗也〔九三〕；分晉者趙魏，非姬姓也〔九四〕，惟陛下察之！苟吉專其位，凶離其患者，異姓之臣也。欲國之安，祈家之貴，存共其榮，没同其禍者，公族之臣也。今反公族疏而異姓親，臣竊惑焉！臣聞孟子曰：「君子窮則獨善其身，達則兼善天下〔九五〕。」今臣與陛下踐冰履炭，登山浮澗，寒温、燥溼、高下共之〔九六〕。豈得離陛下哉！不勝憤懣〔九七〕，拜表陳情。若有不合，乞且藏之書府〔九八〕，不便滅棄〔九九〕。臣死之後，事或可思〔一〇〇〕。若有毫釐少掛聖意者，乞出之朝堂〔一〇一〕，使夫博古之士糾臣表之不合義者〔一〇二〕，如是則臣願足矣。

〔一〕《銓評》：「《藝文》五十三作《自試表》。程缺。」案《魏志》本傳云「植復上疏陳審舉之義」，似當作《陳審舉表》爲是。

〔二〕協氣，氣候適合。

〔三〕三季之末，謂夏、商、周之末代。

〔四〕援類，援引同類。指意氣相合、關係密切者。進，《荀子·大略篇》楊注：「仕也。」

〔五〕《史記·孟嘗君傳》：「文聞：將門必有將，相門必有相。」此或戰國時流傳之語，故曰諺。《廣雅·釋詁四》：「諺，傳也。」謂流傳俗語。

〔六〕文德，《尚書·大禹謨》：「帝乃誕敷文德。」孔傳：「遠人不服，大布文德以來之。」則文德蓋謂政治措施也。昭，《文選·東京賦》：「文德既昭。」薛注：「昭，明也。」猶顯著。烈，盛也，美也。

〔七〕雍熙，《文選・東京賦》：「上下共其雍熙。」薛注：「言富饒是同，上下咸悦，故能雍和而廣也。」

〔八〕稷契夔龍四人，佐舜治理國家者。《尚書・舜典》：「帝曰，棄，黎民阻饑，汝后（居）稷，播時百穀。帝曰：契，百姓不親，五品不馴，汝作司徒。帝曰：夔，命汝典樂教胄子。帝曰：龍……命汝作納言，夙夜出内，朕命惟允。」也，《銓評》：「《藝文》五十三作矣。」案作矣字是，與下句正相應。

〔九〕不庭，不朝也。見朱駿聲《説文通訓定聲》。

〔一〇〕威，畏也。

〔一一〕南仲，周宣王卿士。《詩經・出車篇》：「王命南仲，往城于方。出車彭彭，旂旐央央。天子命我，城彼朔方。赫赫南仲，玁狁於襄。」方叔，見《求自試表》注。

〔一二〕媵臣，《説苑・尊賢篇》：「鄒子説梁王曰：伊尹，故有莘氏之媵臣也。」《左》僖五年傳杜注：「送女曰媵。」

〔一三〕屠釣，吕尚屠於朝歌，釣於磻溪。陋，鄙小也。

〔一四〕湯武，案《魏志》本傳作武湯，作武湯是也。考《詩經・玄鳥篇》：「古帝命武湯。」《史記・殷本紀》：「于是湯曰吾甚武，號曰武王。」是成湯亦曰武湯。伊、吕爲殷湯、周文所選拔，與周武無涉。後人習見湯武聯文而罕識武湯之即成湯，遂加乙改。下文明云殷周二王，作湯、武、周文，則是三王，與上下文義不相承應矣，其誤的然，應訂正。

〔一五〕道合志同，東方朔《非有先生論》：「心合意同。」與此義同。玄謨神通，《宋書·符瑞志》：「伊摯將應湯命，夢乘船過日月之旁。湯乃東至洛，觀帝堯之壇，沈璧退立，黄魚雙涌，黑鳥隨魚止於壇，化爲黑玉。又有黑龜並赤文成字，言夏桀無道，湯當代之。」《史記·周本紀》：「太公望以漁釣奸周。西伯將出，占之，曰：所獲非龍非虎，非熊非羆，所獲霸王之輔。西伯果遇太公渭濱。」此即所謂神通也。

〔一六〕近習，《禮記·月令篇》鄭注：「天子所親幸者也。」

〔一七〕殷周二王，謂成湯、周文也。

〔一八〕齷齪，《史記·司馬相如傳》：「委瑣握齪。」《索隱》：「局促也。」近，迫也。

〔一九〕陰陽，寒暑也。

〔二〇〕暢，《史記·樂書》《正義》：「通也。」

〔二一〕曠，《尚書·臯陶謨》孔傳：「空也。」

〔二二〕三司，謂司徒、司馬、司空也。

〔二三〕方隅，猶方域也。指鄴國。

〔二四〕《書》稱，見《尚書·臯陶謨》。《論衡·藝增篇》：「毋空衆官，寘非其人。」與上文「官曠無人」意同。

〔二五〕《詩》有，《詩經·蟋蟀篇》。職，主掌其事。職思其憂，意謂鄰國侵略，是職掌其事者主要考慮之責任（説本鄭箋）。

〔二六〕真，《莊子·漁父篇》：「真者所以受於天也。」是天真猶言天性。句正言當云「體淑聖之天真」。淑聖，淑，善也；聖，《尚書·大禹謨》孔傳：「聖無所不通。」

〔二七〕神機，比喻帝位。統，業也。繼統，謂繼承帝業。

〔二八〕冀，希望。康哉之歌，《尚書·益稷篇》：「乃賡再歌曰：元首明哉，股肱良哉，庶事康哉！」康，安也。

〔二九〕行文，案《册府元龜》卷二百七十三引行字作修。疑作修字是。修文，修治文教。偃，息也，止也。

〔三〇〕不時，《魏志·明帝紀》：「太和二年五月大旱。四年九月大雨，伊、洛、河、漢水溢。五年三月，自去冬十月至此月不雨。」

〔三一〕增調，增加兵員徵召之人數。謂連年與吴、蜀作戰也。

〔三二〕指曹休戰敗事。已詳《求自試表》注。

〔三三〕《魏志·張郃傳》：「諸葛亮復出祁山，詔郃督諸將西至略陽。亮還保祁山，郃追至木門，與亮軍交戰，飛矢中郃右膝薨。」

〔三四〕蚌蛤，案《御覽》卷五十七引蚌字作蜂。疑非。蚌蛤，指吴。

〔三五〕鼲，王引之謂即今之灰鼠。説見《廣雅疏證》。鼬即今云黄鼠狼。此謂蜀。

〔三六〕揮，《禮記·曲禮》《正義》：「揮，振去餘也。」

〔三七〕搤腕，《史記·孝武紀》《集解》：「搤，執持也。」此二句形容内心憤激之貌。

〔三八〕漢文發代。漢文謂漢文帝劉恒；發，《廣雅·釋詁二》：「去也。」代，今山西平遥縣西北。朝，朝廷。變，言變化。

〔三九〕宋昌，人名，時任代國中尉。朱虚，朱虚侯劉章；東牟，東牟侯劉興居，章之弟，時俱在長安。

〔四〇〕齊，齊王劉肥；楚，楚王交；淮南，淮南王長；琅邪，琅邪王劉澤，皆劉邦兄弟或子。詳《漢書·孝文帝紀》。

〔四一〕磐石之宗，謂宗族堅巨如大石之不可移動也。

〔四二〕姬文，周文王姬姓。二虢，虢仲、虢叔。

〔四三〕召、畢，召公奭、畢公高。

〔四四〕存，《周禮·司尊彝》鄭注：「省也。」磐石，《銓評》：「張脱石，從《魏志》本傳補。」

〔四五〕孫郵，《銓評》：「郵《藝文》作子。」案孫郵即《左》哀二年之郵無恤，趙簡子御者。説詳梁履繩《左通補釋》。

〔四六〕坐，自然之詞。《張華》詩：「蘭膏坐自凝。」謂無故自凝也。

〔四七〕朝司，案《册府元龜》卷二百七十三引司作士。《求通親親表》：「不後於朝士矣。」疑作士字是。

〔四八〕内理猶内治。

〔四九〕克弭，克，能也；弭，止也。

〔五〇〕雍容，從容優游之貌。

〔五一〕鑾駕，猶鸞輅，謂天子之車。《吕覽·孟春》高注：「鸞鳥在衡，和在軾，鳴相應和。後世不能復致，鑄銅爲之，飾以金，謂之鸞輅也。」《禮記·明堂位》：「鸞車，有虞氏之路也。」暴露邊境，案《魏志·明帝紀》：「太和二年，蜀大將諸葛亮寇邊。丁未行幸長安。」據此表，曹叡親征，或不僅此一次。蓋史闕有閒，今無可考。

〔五二〕羊質虎皮三句，引自揚雄《法言·吾子篇》。此諷刺魏之邊防將帥貪婪而怯懦。《魏志·董昭傳》：「臧霸等既富且貴，無復他望，但欲終其天年保守禄祚而已。何肯乘危自投死地，以求僥幸。」

〔五三〕《史記·樂毅傳》：「樂毅伐齊，破之，下七十餘城，惟莒、即墨未下。燕昭王死，子立，爲燕惠王。惠王信齊間，疑樂毅，乃使騎劫代將而召毅。毅畏誅，遂西奔趙，趙以爲上卿。惠王恐趙用樂毅以伐燕也，爲書責之。毅乃報惠王書，示不背德，而往來燕趙。」

〔五四〕《史記·廉頗傳》：「廉頗爲趙將，伐齊大破之，拜爲上卿。趙孝成王卒，悼襄王立，使樂乘代之。頗怒，攻樂乘，遂奔魏之大梁。久之，魏王不能信用，而趙亦數困於秦兵。趙王思復得廉頗，廉頗亦思復用於趙。王以爲老，遂不召。」

〔五五〕生平亂，案曹植生於漢獻帝初平三年。時司徒王允與吕布共殺董卓，卓將李傕、郭汜等殺允攻布，布敗，東出武關，傕等擅朝政。長平軍，謂長於消滅割據豪强戰争之中。

〔五六〕承教，接受教誨。武皇帝謂曹操。

〔五七〕孫吴，謂孫武、吴起兵法之書。

〔五八〕揆，《爾雅·釋言》：「度也。」

〔五九〕一奉，朱駿聲《説文通訓定聲》：「一，發語之辭。」案一猶或也。

〔六〇〕楊雄《解嘲》：「歷金門上玉堂有曰矣。」排，《廣雅·釋詁二》：「推也。」《解嘲》李注：「應劭曰：待詔金馬門。」蹈，踐也。玉陛，玉階。

〔六一〕問，《群書治要》卷二十六、《册府元龜》卷二百七十三引問字俱作閒。案作閒字是。《左》昭五年傳杜注：「閒，暇也。」

〔六二〕攄舒，攄，申也；舒，展也。藴積，猶菀結。《詩經·都人士篇》：「我心苑結。」謂心情鬱積不能發抒之意。

〔六三〕被，案《册府元龜》卷二百七十三引作披。披，《漢書·薛宣傳》顔注：「發也。」疑作披字是。鴻臚，官名，見卷二《聖皇篇》注。士息，士家子弟。

〔六四〕期會，猶言時限。

〔六五〕豹尾，皇帝外出，隨行之車計八十一乘，而最後一車，上懸豹尾（《後漢書·輿服志》）。建，設也。

〔六六〕戎軒，兵車。鶩，疾也。

〔六七〕擾挂，擾，煩也；挂，懸也。

〔六八〕竦息，《漢書》叙傳：「吏民竦息。」憂懼不安之貌。

〔六九〕遑，暇也。寧處，安居也。

〔七〇〕塵露，《銓評》：「露《御覽》三百五十九作路。」案作露字是。謂蒙犯塵與露也，作路疑非。

〔七一〕撮，潘眉《三國志考證》：「撮字當作握。」奇，《老子》：「以奇用兵。」

〔七二〕接，《廣雅·釋詁》：「接，持也。」

〔七三〕追慕猶上慕。卜商，孔子弟子子夏，姓卜名商。起予，《論語·八佾篇》：「起予者商也。」起，今曰啓發。

〔七四〕先軀，案《魏志》本傳軀作驅。軀當屬驅字之形誤。

〔七五〕輪轂，謂輪轂之下。

〔七六〕天，象徵曹叡。

〔七七〕屈平曰，梁章鉅《三國志旁證》：「按此宋玉《九辯》第八章之詞，子建云屈平誤。」考《魏志·武帝紀》裴注引《魏武故事》載令曰：「捨騏驥而弗乘，焉遑遑而更求。」與此意同。

〔七八〕周公殺管叔而放蔡叔。《尚書·君奭》：「召公爲保，周公爲師，相成王左右。」

〔七九〕《左》昭十五年傳：「晉邢侯與雍子争鄐田，久而無成。士景伯如楚，叔魚攝理。韓宣子命斷舊獄，罪在雍子。雍子納其女於叔魚，叔魚蔽罪邢侯。邢侯怒，殺叔魚與雍子於朝。宣子問其罪於叔向。叔向曰：三人同罪，施生戮死可也。雍子自知其罪而賂以買直；鮒也鬻獄；邢侯專殺，其罪一也。己惡而掠美爲昏，貪以敗官爲墨，殺人不忌爲賊。《夏書》曰：昏墨賊殺。皋陶之刑也，請從之。乃施邢侯而尸雍子與叔魚於市。」

〔八〇〕三監，謂管叔、蔡叔、霍叔。釁，《左》宣十二年傳杜注：「罪也。」

〔八一〕二南，成王分陝以東之地，命召公主之；陝以西之地，命周公主之。《詩經》之《周南》、《召南》，即周公、召公之地民歌。故二南以喻周公、召公，亦以象徵曹姓諸王也，下文華宗貴族藩王之中必有應斯舉者，正承此而言。

〔八二〕《漢書・高帝紀贊》：「漢興，懲戒亡秦孤立之敗，於是封王子弟，大者跨州兼郡，小者連城數十。」

〔八三〕《漢書・景帝紀贊》：「景帝遭七國之難，抑損諸侯，諸侯唯得衣食租税，不與政事。」《史記・漢興以來諸侯王年表序》：「上足以奉貢職，下足以供養祭祀。」故僅能饗食祖祭而已，言其約也。

〔八四〕五等，謂公、侯、伯、子、男五等封爵。

〔八五〕扶蘇，始皇太子，爲李斯、趙高、胡亥所害。其諫始皇之封建諸侯言論，不見於《始皇本紀》，存參。

〔八六〕李慈銘《三國志札記》：「案博士齊人淳于越之難僕射周青臣事，見《史記·秦始皇本紀》。」考淳于越曰：「臣聞殷、周之主，封子弟功臣，千有餘歲。今陛下君有海内，而子弟爲匹夫，卒有田常六卿之臣，而無輔弼，何以相救！」植引此而謂之知時變，蓋借古語以申今情也。

〔八七〕時變，時代政治形勢之變化。

〔八八〕謂其智謀能改變主上之意旨。

〔八九〕威能懾下，即本卷《輔臣論·論司馬驃騎》「威嚴足憚」之意。

〔九〇〕豪右，《後漢書·明帝紀》章懷注：「大家也。」謂士族中之有權力者。

〔九一〕所在，案《南齊書·高祖十三王傳論》在字作存。疑作存者是。存猶在也。然作存，竊謂具「前有浮聲，則後需切響」之理，若作在、重，則異其韻趣矣。

〔九二〕勢即權勢，不用權，變文以避複也。

〔九三〕取齊者田族，已見本卷《藉田説》注。吕宗，吕太公望之姓。

〔九四〕分晉者趙魏，案趙韓魏三家分晉，而此獨稱趙、魏，李慈銘《三國志札記》：「不云三家者，以韓爲曲沃桓叔之後，本晉公族也。」

〔九五〕《孟子》曰，見《孟子·盡心章》。窮謂在政治上志願不能實現，則當獨自修飭己之品德。達謂政治上能實踐己之抱負，即應兼利天下之人。

〔九六〕意謂己與國休戚相關，同其禍福。

〔九七〕憤懣，言煩悶。謂意結於胸，不能發舒也。

〔九八〕書府，案《册府元龜》卷六百二十引：「魏武帝爲魏王，置祕書令及二丞，典尚書奏事，即中書之任也。兼長圖書祕記。」

〔九九〕不便，不即之意。

〔一〇〇〕思，念也。

〔一〇一〕朝堂，謂群臣治事之所。

〔一〇二〕博古之士，謂具有豐富歷史知識者。糾，《周禮·鄰長》鄭注：「舉察也。」

《文館詞林》載魏明帝《答東阿王論邊事詔》曰：「覽省來書，至於再三。朕以不德，夙遭閔凶。聖祖皇考，復見孤棄。武宣皇后，復即玄宫。重此哀煢，五内傷剥。又以眇身，闇於從政，是故二寇未誅，黔首元元，各不得所。雖復兢兢，坐而待旦，懼無云益。王俠輔帝室，朕深賴焉！何乃謙卑，自同三監。知吴蜀未梟，而海内虚耗爲憂；又慮邊將，或非其人，諸所開諭，朕敬德之，高謀良策，思聞其次。」梁章鉅《三國志旁證》：「按植集無《論邊事表》，或即是此篇。」

案司馬懿以他政治軍事才能，參與魏王繼承權的鬥争，取得曹丕信任，承受顧命。在太和時期，權力在統治集團中，取得進一步的發展，隱隱浮現着移奪政權的跡象。當時效忠魏王朝的大臣如高堂隆在他奏疏中，已明確指出「……宜防鷹揚大臣，於蕭牆之内……」曹植雖在藩國，也洞察王朝内部存在的危機，因此在表中直接提出强宗豪族對政權孕蓄着的危害性，而建議樹立以皇族成員爲骨幹的統治核心組織，藉以鞏固魏王朝統治地位。他提出的論點，有和曹冏《六代論》是一致的，但没有引起曹叡的注意，這和曹丕遺詔分不開的，終於導致司馬炎篡奪政權的事變發生，結束魏王朝的統治。曹植對於政治形勢的預見性，從表中已深切著明了。

又

昔段干木修德於閭閻〔一〕，秦師爲之輟攻，而文侯以安〔二〕。穰苴授節於邦境，燕晉爲之退師，而景公無患〔三〕。皆簡德尊賢之所致也。願陛下垂高宗傅巖之明〔四〕，以顯中興之功。

〔一〕閭閻，《文選·西都賦》李注：「字林曰：閭，里門也。閻，里中門也。」則閭閻猶言里巷。

〔二〕秦師，《銓評》：「《藝文》五十三師作軍。」《呂氏春秋·期賢篇》：「段干木者，魏文侯敬之，過其廬而軾之。其僕曰：干木布衣耳，而君軾其廬，不亦過乎？文侯曰：干木不趣俗役，懷君子之道，隱處窮巷，聲馳千里之外，未肯以己易寡人也。寡人光乎勢，干木富於義。勢不如德尊，財不如義高，吾安敢不軾乎！秦欲攻魏，而司馬康諫曰：段干木賢者而魏禮之，天下皆聞，無乃不可加乎兵？秦君以爲然，乃止。」

〔三〕授節，《後漢書·光武紀》章懷注：「節，所以爲信也。」授節，即任以爲將。邦境，即國内。《史記·司馬穰苴傳》：「司馬穰苴者，田完之苗裔也。齊景公以爲將軍，將兵扞燕晉之師。燕晉聞之遂退，而失地以復。」

〔四〕《尚書·説命篇》：「高宗夢得説，使百工營求諸野，得諸傅巖。」曹植希冀曹叡如殷武丁簡拔民間智能之士，以明中興之功。

《銓評》：「張作《請用賢表》。此篇，程本篇首有『五帝之世非皆智，三季之末非皆愚』以下一百三十九字，即下《陳審舉表》内之文，今删之，惟存篇末六十三字。然玩其文勢，疑即《陳審舉表》内脱文，張强立篇目似非。無文訂正，姑附于此。」嚴可均《全三國文校語》：「案篇首至此（五帝之世至任賢使能之明效也）與《魏志》本傳所載《陳審舉疏》文同。《藝文類聚》作又《求自試表》。考《文館詞林》載明帝答詔云：省覽來書，至於再三，則求自試似非一表。蓋《藝文》據植集本，因與本傳異耳，録之不嫌複出。」案嚴氏謂植《求自試表》不僅一通，其依據爲明帝答詔，至於再三一語，揆嚴氏之意，蓋誤解再三爲再表三表也。所謂再三之意，僅云再三閲覽，示鄭重之旨，無它義也。考曹叡答詔正與《陳審舉表》相應，如表云：「三監之釁，臣自當之。」答詔則云：「何乃謙卑，自同三監。」又如表云：「至使蚌蛤浮翔於淮泗，鼲鼬讙譁於林木。」詔云：「二寇未誅」，「吴蜀未梟。」表云：「數年以來，水旱不時，民困衣食，師徒之發，歲歲增調。」則答詔云：「海内虚耗。」表又云：「今置將不良，有似於此。」而答詔云：「又慮邊將，或非其人。」則嚴氏之説，未可信也，固應從丁校爲得。竊疑本傳所載，或爲陳壽所删節，非逕録原文也。此六十三字，恐係原文，故録附於《陳審舉表》後，而爲説明如右。

皇子生頌〔一〕

於(聖)〔皇〕我后〔二〕，憲章前志〔三〕。克纂二皇〔四〕，三靈昭事〔五〕。祇肅郊廟〔六〕，明德敬惠〔七〕。潛和積吉〔八〕，鍾天之釐〔九〕。嘉月令辰〔一〇〕，篤生聖嗣〔一一〕。天地降祥，儲君應祉〔一二〕。慶由一人〔一三〕，萬國作喜〔一四〕。喁喁萬國〔一五〕，岌岌群生〔一六〕，禀命我后〔一七〕，綏之則榮〔一八〕。長爲臣(職)〔妾〕〔一九〕，終天之經〔二〇〕。仁聖奕代〔二一〕，永載明明〔二二〕。同年上帝〔二三〕，休祥淑禎。藩臣作頌〔二四〕，光流德聲〔二五〕。吁嗟卿士，祇承予聽〔二六〕。

〔一〕《銓評》：「《藝文》四十五作《皇太子頌》。」

〔二〕聖我，《銓評》：「張作我聖。《藝文》四十五作我皇。」案《初學記》卷十引作「於皇我后」。疑是。於，發語詞。皇，大也。我后，謂曹叡。

〔三〕憲，《銓評》：「《藝文》作懿。」案作憲字是。《禮記·中庸篇》：「憲章文武。」《後漢書·班彪傳》章懷注：「憲章，法則也。」猶遵循效法之意。前志，《周禮·小史》：「掌邦國之志。」鄭司農注：「志謂記也。」前志，謂古代典籍。

〔四〕纂，《銓評》：「《藝文》作慕。」案宋刊本《曹子建文集》仍作纂，《初學記》卷十引與宋刊曹集同，疑作纂字是。纂，繼也。二皇，《銓評》：「二《初學記》十作三。」案二皇謂曹操、曹丕。《初學記》作三誤。

〔五〕三，《銓評》：「《初學記》作王。」案王係三字之形誤。三靈，日月星也。昭事，《詩經·大明篇》：「昭事上帝。」鄭箋：「昭，明也。」疑此以叶韻倒。

〔六〕祇肅，《尚書·太甲篇》：「社稷宗廟，罔不祇肅。」孔傳：「肅，嚴也。」祇，敬也。郊，祀天地。廟，祭祖先。

〔七〕明德，《尚書·康誥》：「克明德。」《左》成二年傳：「明德，務崇之之謂也。」《正義》：「務崇之，謂務欲崇益道德。」惠，《銓評》：「程作忌，從《藝文》。」案作惠字是。惠，仁愛。

〔八〕潛，《銓評》：「《藝文》作陽。」和，《銓評》：「《韻補》四作精。」吉，《銓評》：「程作石，從《藝文》。」案《密韻廔叢書·曹子建文集》與程本同。《論衡·量知篇》：「銅未鑄鑠曰積石。」孫詒讓《札迻》：「積爲磺朴之名。」疑此句意謂孕育男胎。

〔九〕鍾，聚集也。釐，謂幸福。

〔一〇〕嘉月令辰，《魏志·明帝紀》：「太和五年秋七月乙酉，皇子殷生，大赦。」

〔一一〕篤生，見卷二《責躬詩》注。聖嗣，夏侯玄《皇胤賦》：「在太和之五載，肇皇胤之盛始。時惟孟秋，和氣淑清，良辰既啓，皇子誕生。」

〔二〕應祉，《銓評》：「此二句程、張脱，從《書鈔》二十二補。」儲君，謂太子。時曹叡尚未有子，殷生，將立以爲嗣，故曰儲君。應祉，謂當此福也。

〔三〕一人，《尚書·君奭篇》孔傳：「天子也。」謂曹叡。

〔四〕喜，《銓評》：「程作嘉，從《藝文》。」案祉、喜協韻，作嘉則失韻，作喜是。作喜猶言造福。《尚書·吕刑篇》：「一人有慶，兆民賴之。」

〔五〕喁喁，《説文》：「喁，魚口上見。」《漢書·司馬相如傳》顔注：「喁喁，衆口向上也。」王筠《説文句讀》：「顔注實則以魚口譬人口也。」此形容百姓生活困苦、急望拯濟之貌。

〔六〕岌岌，《孟子·萬章篇》：「天下殆哉，岌岌乎！」趙注：「岌岌乎，不安貌也。」群生謂百姓。《魏志·華歆傳》：「如聞今年徵役，頗失農桑之業，爲國者以民爲基，民以衣食爲本，使中國無饑寒之患，百姓無離土之心，則天下幸甚！」又《杜恕傳》：「帑藏歲虚而制度歲廣，民力歲衰而賦役歲興。」

〔七〕稟命，《國語·晉語》：「將稟命焉。」韋注：「稟，受也。」命，死生曰命。謂百姓之死生實稟受於曹叡。

〔八〕綏之，安之。榮，言繁盛康樂。

〔九〕臣職，《銓評》：「職《藝文》作妾。」作臣妾是。《左》僖十七年傳：「男爲人臣，女爲人妾。」鄭玄曰：「臣妾，厮役之屬也。」

〔一〇〕天經，見本卷《惟漢行》注。

〔一一〕代，《銓評》：「《藝文》作世。」奕世，見卷二《責躬詩》注。

〔一二〕永載，永久尊奉。明明，形容尊貴至極之詞。

〔一三〕謂壽命與上帝相同。

〔一四〕藩臣，曹植自謂。

〔一五〕光流，猶言廣布。德聲，仁惠聲聞。

〔一六〕祇承，恭敬接受。聽，《吕覽·知士》高注：「許也。」予聽猶言許予。

太和時代，曹叡對吴蜀接連用兵，又大修宫殿，賦役繁重，勞民傷財，百姓極爲困苦。曹植在頌裏積極强調應給與百姓休養生息之時間，並提出百姓苦樂在於曹叡個人的措施。辭意婉約，劉勰《文心雕龍》稱之：「陳思所綴，以皇子爲標。」這是有識鑒的評論。

（誥）〔詰〕咎文有序〔一〕

五行致災，先史咸以爲應政而作〔二〕。天地之氣，自有變動，未必政治之所興致也〔三〕。於時大風，發屋拔木〔四〕，意有感焉！聊假天帝之命〔五〕，以（誥）〔詰〕咎祈福〔六〕。

〔其〕辭曰〔七〕：

上帝有命，風伯雨師。夫風以動氣〔八〕，雨以潤時〔九〕；陰陽協和〔一〇〕，庶物以滋〔一一〕。亢陽害苗〔一二〕，暴風傷條〔一三〕，伊周是（遇）〔過〕〔一四〕，在湯斯遭〔一五〕。桑林既禱，慶雲克舉〔一六〕。偃禾之復，姬公去楚〔一七〕。況我皇德，承天統民〔一八〕，禮敬川嶽，祈肅百神〔一九〕，享兹元吉，釐福日新〔二〇〕。至若炎旱赫羲〔二一〕，飈風扇發〔二二〕，嘉卉以萎〔二三〕，良木以拔。何谷宜填，何山應伐〔二四〕，何靈宜論〔二五〕，何神宜謫〔二六〕？於是五靈振悚〔二七〕，皇祇赫怒〔二八〕，招搖驚怯〔二九〕，欃槍奮斧〔三〇〕。河伯典澤〔三一〕，屏翳司風〔三二〕，迴（呵）〔訶〕飛廉〔三三〕，顧叱豐隆〔三四〕，息飈遏暴〔三五〕，元勑華嵩〔三六〕，慶雲是興，效厥年豐〔三七〕。遂乃沈陰坱圠〔三八〕，甘澤微微〔三九〕，雨我公田，爰暨（于）〔予〕私〔四〇〕。黍稷盈疇，芳草依依〔四一〕，靈禾重穗〔四二〕，生彼邦畿，年登歲豐，民無餒饑〔四三〕。

〔一〕誥咎，案《文選·洛神賦》李注引虞喜《志林》作詰咎。胡克家《文選考異》：「王伯厚嘗言曹子建《詰咎文》，假天帝之命，以詰風伯雨師，名篇之意顯然矣。」據此則誥實爲詰字之形誤。《藝文》卷一百引亦作詰。《廣雅·釋詁一》：「詰，責也。」

〔二〕五行，指金、木、水、火、土。致災，《漢書·公孫弘傳》顔注：「致引而至也。」先史，謂《左氏傳》及史籍中之《五行志》。應政而作，《淮南·時則訓》高注：「孟春木德用事，法當寬仁，如行大德，熱氣動於上，則致旱。」亦見《禮記·月令篇》。此古代五行家以相生相剋之迷信説在政治上之比附，希圖解釋天災形成之原因。

〔三〕曹植以爲天災有其自具之規律，決非政治治亂所能影響者，與《荀子》「天行有常，不爲堯存，不爲桀亡」之説相近。

〔四〕發，《廣雅·釋詁一》：「舉也。」

〔五〕聊，姑且。天帝，《銓評》：「天程作六，從《藝文》一百改。」案《公羊傳》何休注：「帝，皇天大帝，在北辰之中，主總領天地五帝群神也。」丁校是。

〔六〕詁，亦當作詁。

〔七〕辭曰，案宋刊本《曹子建文集》辭上有其字，《藝文》卷一百引同，似應據補。

〔八〕動氣，《釋名·釋天》：「風，放也。氣放散也。」此謂風促使氣候變化。

〔九〕潤時，適應節令之雨，草木受之而生長。

〔一〇〕陰陽，謂寒暑。

〔一一〕庶，《銓評》：「程、張作氣，從《藝文》。」庶物猶言萬物，作庶字是。以滋，因此繁茂。

〔一二〕亢陽，《廣雅·釋詁四》：「亢，高也。」謂高温。苗，《公羊》莊七年傳何注：「苗者禾也。生曰苗，秀曰禾。」

〔一三〕條，《説文》：「小枝也。」

〔一四〕伊，發語詞。周，謂周成王時。遇，《銓評》：「程作過，從《藝文》。」案作遇字是。詳本卷《怨歌行》注。

〔一五〕湯，成湯。遭猶遇也。

〔一六〕桑林，已見卷一《湯禱桑林贊》注。舉，與也。

〔一七〕周，姬姓，故周公或稱姬公。去，《銓評》：「《藝文》作走。」案《怨歌行》云居東，而此云走楚，似爲二事。宋翔鳳《書説》：「奔楚與居東實一事，傳記説之各異。」如宋説，則一事耳。

〔一八〕承天，承受上天意旨。

〔一九〕祈，《文選·東京賦》薛注：「求福也。」

〔二〇〕元吉，大吉。新，《左》僖二十年經《正義》：「言新以易舊。」

〔二一〕赫羲，見卷一《大暑賦》注。

〔二二〕颷風，《爾雅·釋天》孫注：「迴風從下上曰飆。」扇發，猶言猛烈吹動。

〔二三〕嘉卉，指禾。萎，《銓評》：「程、張作委，從《藝文》。」案作萎是。

〔二四〕伐，謂斫斷也。《左》昭十六年傳：「秋鄭大旱，使屠擊、祝疑、豎拊有事於桑山，斬其木，不雨。」或古代天旱，有斫伐森林求雨之事，故植云「何山宜伐」也。

〔二五〕靈，神也。論，《荀子·王制篇》楊注：「説賞罰也。」

〔二六〕謁，《漢書·百官公卿表》顔注：「應劭曰：謁，請也，白也。」

〔二七〕五靈，東方青帝靈威仰，南方赤帝赤熛怒，中央黃帝含樞紐，西方白帝白昭矩，北方黑帝協光紀（《周禮·太宰》《正義》）。振悚，震動恐懼。

〔二八〕皇祇，皇，天神；祇，地神。赫怒，《詩經·皇矣篇》：「王赫斯怒。」鄭箋：「赫，怒意。」

〔二九〕招摇，北斗第七星。古代天文家謂之備兵難之星。考《晉書·天文志》：「帝席北三星曰梗河，天矛也。其北一星曰招摇，一曰矛楯。鄭氏以北斗第七星摇光爲招摇，非也。」（本劉寶楠《愈愚録》）驚怯，《銓評》：「驚《藝文》作警。」

〔三〇〕欃槍，《爾雅·釋天》：「彗星爲欃槍。」奮斧之義未詳。

〔三一〕河伯，河神。典澤，主管降雨。

〔三二〕屏翳，見《洛神賦》注。

〔三三〕迴，《銓評》：「《藝文》作右。」案宋刊本《曹子建文集》同。呵，疑當作訶。《説文》：「訶，大言而怒也。」飛廉，《銓評》：「廉程作厲，從《藝文》。」《離騷》王注：「飛廉，風伯也。」曹植此文既以屏翳爲風伯，則飛廉疑爲雷神，惟乏確證，存參。

〔三四〕叱，責駡之意。豐隆，《銓評》：「豐程作風，從《藝文》。」《穆天子傳》：「天子升崑崙封豐隆之葬。」郭注：「豐隆，雲師，御雲得大壯卦，遂爲雷師。」竊疑豐隆雷聲，故以爲雷師也。

〔三五〕遏暴，遏，阻止；暴，謂暴雨。

〔三六〕元勑，首先勑戒。華、嵩，華山、嵩山。古謂山爲興雲降雨之神。

〔三七〕年豐，《銓評》：「程、張作豐年，從《藝文》。」案風、隆、嵩、隆四字協韻，作豐年則失韻，《藝文》是。

〔三八〕沈陰謂密雲。坱圠，《文選·鵩鳥賦》：「坱圠無垠。」應劭曰：「其氣坱圠，非有限齊也。」案此形容雨雲廣布天空之貌。

〔三九〕甘澤，謂雨。微微，謂細雨濛濛然。

〔四〇〕《詩經·大田篇》：「雨我公田，遂及我私。」此植句所本。于私，《銓評》：「《藝文》于作予。」案宋刊本《曹子建文集》同。于或予字之形誤。

〔四一〕芳草，疑謂農作物。依依，茂盛貌。

〔四二〕靈禾，神禾。重穗，即卷二《魏德論謳》之協穗。説見彼注。

〔四三〕餒，餓也。

箜篌引〔一〕

置酒高殿上，親友從我遊〔二〕。中厨辦豐膳〔三〕，烹羊宰肥牛〔四〕。秦箏何慷慨〔五〕，齊瑟和且柔〔六〕。陽阿奏奇舞〔七〕，京洛出名謳〔八〕。樂飲過三爵〔九〕，緩帶傾庶羞〔一〇〕。主稱千金壽〔一一〕，賓奉萬年酬〔一二〕。久要不可忘〔一三〕，薄終義所尤〔一四〕。謙謙君子德〔一五〕，磬折何所求〔一六〕。驚風飄白日，光景馳西流〔一七〕，盛時不再來〔一八〕，百年忽我遒〔一九〕。生存華屋處〔二〇〕，零落歸山丘〔二一〕。先民誰不死？知命復何憂〔二二〕。

〔一〕《銓評》：「《樂府》三十九作《野田黄雀行》。又云：晉樂奏東阿王置酒高殿上，始言豐膳樂飲，盛賓主之獻酬；中言歡極而悲，嗟盛時之不再；終言歸於知命而無憂也。《空侯引》亦用此曲。《樂府》載二首，云一曲晉樂所奏，一曲本辭。程、張僅收本辭，與《七哀詩》兼收晉樂者不一例。然晉樂所奏，乃晉人改以入樂，不關援引之異，難列於注。兹於本辭後附列晉樂，低一格别之。」案晉樂所奏，當如程、張本删之，不必羼入本集爲是，以復其舊。《文選》李注：「《漢書》曰：塞南越，禱祠太一后土，作坎侯。坎，聲也。應劭曰：使樂人侯調作之，取其坎坎應節也，因以其姓號名曰坎侯。蘇林曰：作箜篌。」案《事物原始》：箜篌形曲而長，二十三弦，抱於懷，雙手擗弄。

〔二〕友，《銓評》：「《樂府》三十九作交。」案宋刊本《曹子建文集》字作友，與《文選》同。

〔三〕膳，《銓評》：「《白帖》十五作饌。」《文選》李注：「鄭玄《周禮》注曰：膳之言善。」是善所見本固作膳也。

〔四〕宰，李注：「《聲類》曰：宰，治也。」

〔五〕慨，《銓評》：「《藝文》四十二作愷。」慨、愷同。卷一《贈丁廙》：「秦箏發西氣。」與此意同，説見彼注。

〔六〕《贈丁廙》：「齊瑟揚東謳。」亦見彼注。

〔七〕陽阿，李注：「《漢書》曰：孝成趙皇后，及壯，屬陽阿主家，學歌舞。」案《淮南·俶真訓》：「足蹀陽阿之舞。」高注：「陽阿，古之名倡也。」奏，《廣雅·釋詁三》：「進也。」奇，異也。

〔八〕京洛，曹丕建都洛陽，故稱洛陽爲京洛。謳，歌者。

〔九〕三爵，李注：「《禮記》曰：君子之飲酒也：一爵而色灑如；二爵而言言斯；三爵而油油以退。」案《左》宣二年傳：「臣侍君宴，過三爵，非禮也。」《正義》：「《玉藻》曰：君子之飲酒也：受一爵而色洒如也；二爵而言言斯禮已；三爵而油油以退。」鄭玄云：「禮飲過三爵則敬殺，可以去矣。」是三爵禮訖，自當退也。

〔一〇〕緩帶，《穀梁》文十八年傳何注：「優游之稱也。」傾，猶盡也。庶羞，李注：「《儀禮》曰：上大夫庶羞二十品。」案《周禮·膳夫》鄭注：「羞出於牲及禽獸以備滋味，謂之庶羞。」

〔一一〕稱，《爾雅·釋言》：「舉也。」千金壽，李注：「《史記》曰：平原君以千金爲魯仲連壽。」案《後漢書·明帝紀》章懷注：「壽者人之所欲，故卑下奉觴進酒，皆言上壽。」

〔一二〕奉，進也。酬，《儀禮·鄉射禮》鄭注：「勸酒也。」

〔一三〕久要，李注：「《論語》曰：「久要不忘平生之言，亦可以爲成人矣。」案何晏《集注》引孔傳：「舊約也。」《廣雅·釋詁一》：「約，好也。」是舊約猶舊好。

〔一四〕終，《銓評》：「《初學記》十七作我。」案李注：「《列子》曰：或厚之於始，或薄之於終。」則李見本作終，終字是。義，謂道義。尤，過也。

〔一五〕謙謙，李注：「《周易》曰：謙謙君子，卑以自牧。」案《周易·謙卦釋文》：「謙，卑退爲義，屈己下物也。」

〔一六〕磬，《銓評》：「程、張作罄，從《文選》。」案宋刊本《曹子建文集》亦作磬。《後漢書·馬援傳》章懷注：「磬折者屈身如磬之曲折。」蓋以示敬。何所，《銓評》：「《文選》作欲何。」

〔一七〕光景，日光。馳，喻急速。流，行也。

〔一八〕盛時，猶壯年。《太玄·元衝》范注：「盛，壯也。」再來，《銓評》：「《文選》作可再。」

〔一九〕遒，李注：「《毛詩》傳曰：遒，終也。」

〔二〇〕存，《銓評》：「《文選》作在。」案《晉書·樂志》在作存，疑是。華屋，采繪之屋。此句順言生存處華屋，此倒，或以音節故。

〔二一〕零落，李注：「《古董逃行》曰：年命冉冉我遒，零落下歸山丘。」零、落皆墜也。以草木之零落，比喻人之死亡。山丘，喻墳墓。

〔二二〕先民，《詩經·那篇》：「先民有作。」先民猶古人也。知命，謂知天命。李注：「《周易》曰：樂天知命故不憂。」

朱緒曾云：「劉履云：此蓋子建既封王之後燕享賓親而作。案子建在文帝時，雖膺王爵，『四時之會，塊然獨處。』至明帝時，始上疏求存問親戚，恐無燕享賓親事，然則此篇作於平原、臨菑侯時也。」案朱説近是，亦有不安者，植封平原、臨菑，蓋在壯年，正欲建功業，垂聲名，意氣風發，觀與楊修、吴質書可以知之，怎能有「盛時不再，百年我遒」的蕭索情緒呢！東阿物産豐饒，而曹叡下令放寬控制諸王的禁令，燕饗親友，才有可能。況且篇章音節，不似建安時期之高昂慷慨，而顯現抑鬱低沈了。因此疑作于太和五年上《求通親親表》後，故列於此。

當車以駕行〔一〕

歡坐玉殿，會諸貴客。侍者行觴〔二〕，主人離席。顧視東西廂〔三〕，絲竹與鞞鐸〔四〕。不醉無歸來〔五〕，明燈以繼夕。

〔一〕以，案宋刊本《曹子建文集》以字作已。

〔二〕行觴，猶奉觴。觴，酒杯。

〔三〕東西廂，《文選·東京賦》薛注：「殿東西次爲廂。」《魯靈光殿賦》：「西廂踟躕以閑宴，東序重深而奥祕。」張注：「閑，清閑也。可以宴會。」

〔四〕絲竹，謂相和歌。鞞，《銓評》：「程作鞞，從《樂府》六十一。」案《文選·藉田賦》李注：「鞞與鼙同。」《儀禮·大射儀》鄭注：「鼙，小鼓也。」《廣雅·釋器》：「鐸，鈴也。」此漢魏時代舞名，在燕饗之時演奏。

〔五〕《詩經·湛露篇》：「厭厭夜飲，不醉無歸。」

此篇雜曲歌辭。曹植叙記饗宴賓客情況，反映魏代燕享儀式，疑作于太和年間在東阿時。

諫取諸國士息表〔一〕

臣聞古者聖君與日月齊其明，四時等其信。是以戮凶無重，賞善無輕，怒若驚霆〔二〕，喜若時雨，恩不中絶，教無二可〔三〕。以此臨朝，則臣下知所死矣〔四〕！受任在萬里之外，審主之所以授官，必己之所以投命〔五〕，雖有搆會之徒〔六〕，泊然不以爲懼者〔七〕，蓋君臣相信之明效也。昔章子爲齊將，人有告之反者。威王曰：「不然。」左右曰：「王何以明之？」王曰：「聞章子改葬死母，彼尚不欺死父，顧當叛生君乎〔八〕！」此君之信臣也。昔管仲親射桓公，後幽囚，從魯檻車載〔九〕，使少年挽而送齊。管仲知桓公之必用己，懼魯之悔，謂少年曰：「吾爲汝唱，汝爲和聲，和聲宜走。」於是管仲唱之，少年走而和之，日行數百里，宿昔而至〔一〇〕，至則相齊。此臣之信君也〔一一〕。臣初受封策書曰：「植受兹青社〔一二〕，封於東土，以屏翰皇家〔一三〕，爲魏藩輔〔一四〕。」而所得兵百五十人，皆年在耳順〔一五〕，或不踰矩〔一六〕。虎賁官騎及親事凡二百餘人。正復不老，皆使年壯〔一七〕，備有不虞〔一八〕，檢校乘城〔一九〕，顧不足以自救，況皆復耄耋罷曳乎〔二〇〕！而名爲魏東藩，使屏翰王室〔二一〕，臣竊自羞矣！就之諸國，國有士子合不過五百人。伏以爲三軍益損，不復賴此。方外不定〔二二〕，必當須辦者，臣願將部曲〔二三〕，倍道奔赴〔二四〕，夫妻負襁〔二五〕，子弟懷糧，蹈鋒履刃，以徇國難，何但習業小兒哉〔二六〕！愚誠以揮涕增河，鼷鼠飲海〔二七〕，於朝萬無損益，於臣家計甚有廢損。又臣士息前後三送，兼人已竭〔二八〕，惟尚有小兒七八歲已上、十六七已還，三十餘人。今部曲皆年耆，臥在牀席，非糜不食〔二九〕，眼不能視，氣息裁屬者〔三〇〕，凡三十七人。（疲瘵風靡）〔罷癃風痹〕、疣盲聾聵者，二十三人〔三一〕。惟正須此小兒，大者可備宿衛，雖不足以禦寇，粗可以警小盜。小者未堪大使，爲可使耘鉏穢草，驅護鳥雀。休候人則一事廢〔三二〕，一日獵則衆業散，不親自經營則功不攝〔三三〕，常自躬親，不委下吏而已。陛下聖仁，恩詔三至，士子給國，長不復發，明詔之下，有若皦日〔三四〕。保金石之恩〔三五〕，必明神之信，畫然自固〔三六〕，如天如地。定習業者並復見送，晻若晝晦〔三七〕，悵然失圖〔三八〕。伏以爲陛下既爵臣百寮之右〔三九〕，居藩國之任，爲置卿士，屋名爲宮，冢名爲陵，不使其危居獨立，無異於凡庶。若（柏）〔伯〕成欣於野耕〔四〇〕，子仲樂於灌園〔四一〕。蓬户茅牖，原憲之宅也〔四二〕；陋巷簞瓢，顔子之居也〔四三〕。臣才不見效用，常慨然執斯志焉！若陛下聽臣悉還部曲，罷官屬，省監官〔四四〕，使解璽釋紱〔四五〕，追柏成、子仲之業，營顔淵、原憲之事，居子臧之廬，宅延陵之宅〔四六〕，如此雖進無成功，退有可守〔四七〕，身死之日，猶松喬也〔四八〕。然伏度國朝終未肯聽臣之若是，固當羈絆於世繩〔四九〕，維縶於祿位〔五〇〕，懷屑屑之小憂〔五一〕，執無已之百念〔五二〕，安得蕩然肆志〔五三〕，逍遥於宇宙之外哉！此願未從〔五四〕，陛下必欲崇親親〔五五〕，篤骨肉，潤白骨而榮枯木者〔五六〕，惟遂仁德〔五七〕，以副前恩〔五八〕。

〔一〕《銓評》：「程缺。《魏志》本傳注引《魏略》曰：是後大發士息、及取諸國士。植以近前諸國士息已見發，其遺孤稚弱，在者無幾，而復被取，乃上書。」

〔二〕驚霆猶急雷。

〔三〕教，謂教令。二可，《後漢書·皇甫規傳》章懷注：「可猶宜也。」二可即兩宜。

〔四〕所死，猶言如何死。

〔五〕投，《廣雅·釋詁一》：「棄也。」投命猶棄生。

〔六〕搆會之徒，謂挑撥離間者。

〔七〕泊然，《漢書·楊雄傳》：「泊如也。」顔注：「泊，安静也。」

〔八〕事出《戰國策·齊策》。

〔九〕檻車，囚車。《釋名·釋車》：「檻車上施闌檻，以格猛獸；亦囚禁罪人之車也。」

〔一〇〕宿昔言早晚也。

〔一一〕見《吕覽·順説篇》。

〔一二〕青社，古代諸侯受封，各割其方色土與之以作社，東方則與青色土，故曰青社。説詳《白虎通·社稷篇》。

〔一三〕屏翰，猶屏鄣。

〔一四〕藩輔，《漢書·武五子傳》：「世世爲漢藩輔。」藩輔，言扞衛助佐。

〔一五〕耳順，見《武帝誄》注。

〔一六〕不踰矩，《論語·爲政篇》：「七十而從心所欲不踰矩。」不踰矩於此作七十歲之代詞。

〔一七〕年壯，《禮記·曲禮篇》：「三十曰壯。」

〔一八〕不虞，《詩經·抑篇》：「用戒不虞。」毛傳：「非度也。」謂意料不及之事。

〔一九〕檢校，《後漢書·周黄徐姜申屠傳》章懷注：「檢，察也。」《漢書·衛青傳》顔注：「校者，營壘之稱。」乘城，《史記·高帝紀》：「堅守乘城。」《索隱》引韋昭：「乘，登也。」

〔二〇〕耄耋，八十、九十歲曰耄耋。罷曳，《後漢書·馮衍傳》：「年雖疲曳。」行動無力遲緩之貌。

〔二一〕王室，謂魏朝。

〔二二〕方外，《漢書·董仲舒傳》補注王先謙曰：「方外，殊域。」指吴蜀。

〔二三〕部曲，王侯家兵，即士家。

〔二四〕倍道，猶言兼程。

〔二五〕負襁，《匡謬正俗》五：「按孔子云：四方之人，襁負其子而至。謂以繩絡而負之。」《博物志》：「織縷爲之，廣八寸，長一尺二寸，以負小兒背上。」

〔二六〕習業謂學事。

〔二七〕鼷鼠，《莊子・逍遥遊篇》：「偃鼠飲河，不過滿腹。」《釋文》引李注：「偃鼠，鼷鼠。」《博物志》：「鼠之最小者，或謂之耳鼠。」增河、飲海以喻增損極微。

〔二八〕兼人，《論語・先進篇》注：「勝人也。」蓋謂壯健成年男子。

〔二九〕糜謂粥。

〔三〇〕裁屬，言僅續。

〔三一〕疲瘵，疑當作罷癃。《史記・平原君傳》《索隱》：「罷癃，背疾，言腰曲而背隆高也。」風靡，靡疑爲痹字之形誤。《靈樞・壽夭剛柔篇》：「病在陽者命曰風，病在陰者命曰痹，陰陽俱病曰風痹。」即四肢麻木不仁，俗謂中風。疣，《説文》：「顫也。」聵，《説文》：「生而聾也。」

〔三二〕候人，《詩經・候人篇》：「彼候人兮。」毛傳：「道路迎送賓客者。」

〔三三〕攝，收斂之意。

〔三四〕皦日，《詩經・大車篇》：「謂予不信，有如皦日。」毛傳：「皦，白也。」

〔三五〕金石，《漢書・韓信傳》顔注：「稱金石者，取其堅固。」言不可變易也。

〔三六〕畫然，界限分明之貌。

〔三七〕晻，《爾雅・釋言》：「闇也。」晝晦，晝暗也。

〔三八〕悵，《說文》：「望恨也。」失圖，《銓評》：「圖張作圓，從《魏志》本傳注改。」作圖字是。失圖，猶言失計。

〔三九〕右，《漢書・尹翁歸傳》顏注：「右猶上也。」

〔四〇〕柏成，案柏疑當作伯。《莊子・天地篇》：「堯治天下，伯成子高立爲諸侯。堯授舜、舜授禹，伯成子高辭爲諸侯而耕。禹往見之，則耕於野。」

〔四一〕子仲，《列女傳》作子仲。《高士傳》：「陳仲子名子終。」灌園，陳仲子之楚，楚王知其賢，欲厚與之禄，聘爲相。仲子與其妻謀，乃偕去爲人灌園（事詳《高士傳》）。

〔四二〕茅牖，諸書俱作甕牖。俟考。見本卷《曹休誄》注。

〔四三〕簞，《銓評》：「《志》注作單。」作單誤。亦見《曹休誄》注。

〔四四〕監官，指監國謁者。

〔四五〕謂辭去王爵。

〔四六〕延陵，謂吴季札，封於延陵，今江蘇武進縣，稱延陵季子。已詳本卷《豫章行》其二注。

〔四七〕可守，《詩經・鳧鷖》序《正義》：「主而不失謂之守。」

〔四八〕松喬，謂赤松子、王子喬也。

〔四九〕羈絆，言牽掛。世繩，謂社會存在之規章制度。
〔五〇〕禄位，謂俸禄爵位。
〔五一〕屑屑，《方言》：「屑屑，不安也。」
〔五二〕無已，無窮盡。百念，言憂慮非一，故謂百念。
〔五三〕蕩然，寬大之貌。肆志，《史記·魯仲連傳》《索隱》：「肆，放縱也。」
〔五四〕從，《小爾雅·廣言》：「遂也。」
〔五五〕崇，《詩經·烈文篇》鄭箋：「厚也。」親親，《周禮·大宰》鄭注：「若堯親九族也。」
〔五六〕猶言「白骨更肉，枯木生華」。
〔五七〕遂，《廣雅·釋詁三》：「竟也。」
〔五八〕前恩，《銓評》：「恩張作思，從《志》注。」案作恩字是。前恩，指前「士子給國，長不復發」之詔而言。

當來日大難〔一〕

日苦短，樂有餘，乃置玉樽辦東厨〔二〕。廣情故〔三〕，心相於〔四〕。闔門置酒，和樂欣欣〔五〕。游馬後來〔六〕，轅車解輪〔七〕。今日同堂，出門異鄉。别易會難，各盡杯觴。

〔一〕當，代字之意。《樂府》古辭《善哉行》首句：「來日大難。」曹植此篇取以命題，如云擬《善哉行》。

〔二〕東厨，古人設厨於東方，因稱厨爲東厨。

〔三〕情故，猶言情素。《列子·湯問篇》張注：「故猶素也。」情素即情實。

〔四〕於，《吕覽·不侵篇》高注：「於猶厚也。」則相於猶相厚之意。

〔五〕欣欣，歡樂貌。

〔六〕游馬，《周禮·師氏》鄭注：「游，無官司者。」游馬疑指貴游子弟所乘之馬。

〔七〕解輪，《後漢書·陳遵傳》：「遵好客，每宴會，輒取客車轄投井中。」投轄與解輪意近，皆喻主人殷勤留客之至意。

釋愁文

此篇相和歌辭瑟調曲。

予以愁慘〔一〕，行吟路邊〔二〕，形容枯悴〔三〕，憂心如（醉）〔焚〕〔四〕。有玄（靈）〔虚〕先生見而問之曰〔五〕：「子將何疾以至於斯〔六〕？」答曰：「吾所病者，愁也。」先生曰：「愁是何物，而能病子乎？」答曰：「愁之爲物，唯惚惟怳〔七〕，不召自來，推之弗往，尋之不知其際〔八〕，握之不盈一掌。寂寂長夜，或群或黨〔九〕，去來無方〔一〇〕，亂我精爽〔一一〕。其來也難退，其去也易追，臨餐困於哽咽〔一二〕，煩寃毒於酸嘶〔一三〕。加之以粉飾不澤〔一四〕，飲之以兼肴不肥〔一五〕，温之以〔金〕〔火〕石不消〔一六〕，摩之以神膏不希〔一七〕，授之以巧笑不悦〔一八〕，樂之以絲竹增悲〔一九〕。醫和絶思而無措〔二〇〕，先生豈能爲我蓍龜乎〔二一〕！」先生作色而言曰〔二二〕：「予徒辯子之愁形〔二三〕，未知子愁何由爲生〔二四〕，我獨爲子言其發矣〔二五〕。方今大道既隱〔二六〕，子生末季〔二七〕，沈溺流俗〔二八〕，眩惑名位〔二九〕，濯纓彈冠〔三〇〕，諮諏榮貴〔三一〕。坐不安席，食不終味〔三二〕，遑遑汲汲〔三三〕，或憔或悴。所鬻者名〔三四〕，所拘者利〔三五〕，良由華薄〔三六〕，凋損正氣。吾將贈子以無爲之藥，給子以澹薄之湯〔三七〕，刺子以玄虚之鍼〔三八〕，灸子以淳朴之方〔三九〕，安子以恢廓之宇〔四〇〕，坐子以寂寞之牀〔四一〕。使王喬與子〔遨遊而逝〕〔携手而遊〕〔四二〕，黄公與子詠歌而行〔四三〕，莊〔子〕〔生〕與子具養神之饌〔四四〕，老聃與子致愛性之方〔四五〕。趣遐路以棲迹〔四六〕，乘〔青〕〔輕〕雲以翱翔〔四七〕。」於是精駭魂散〔四八〕，改心回趣〔四九〕，願納至言〔五〇〕，仰崇玄度〔五一〕。衆愁忽然，不辭而去。

〔一〕愁慘，憂愁之意。

〔二〕行吟，《楚辭·漁父》：「行吟澤畔。」吟，歎也。且行且歎也。

〔三〕枯悴，《楚辭·漁父》：「形容枯槁。」王注：「癯瘦瘠也。」與此義同。

〔四〕醉，《銓評》：「《藝文》三十五作焚。」案疑作焚字是。《詩經·雲漢篇》：「憂心如熏。」毛傳：「熏，灼也。」焚、熏義同。

〔五〕玄靈，《銓評》：「《藝文》靈作虛。」《後漢書·仲長統傳》：「安神閨房，思老氏之玄虛。」玄虛先生蓋曹植假託道家之士，疑作玄虛爲是。

〔六〕將，且也。

〔七〕惚，《銓評》：「程、張作恍，從《藝文》。」悦，《銓評》：「程、張作惚，從《藝文》。」案宋刊本《曹子建文集》與《藝文》同，丁校是。悦與往、掌、黨爲韻，作惚則失其韻矣，當非。

〔八〕尋，《漢書·郊祀志》顔注：「就也。」際，《小爾雅·廣詁》：「界也。」

〔九〕黨，衆也，群也。

〔一〇〕方，《論語·里仁篇》《集解》引鄭注：「方，常也。」

〔一一〕精，《銓評》：「程、張作情，從《藝文》。」案宋刊本《曹子建文集》亦作精。《左》昭七年傳：「用物精多，則魂魄强，是以有精爽。」作精爽是。精爽猶言心神。

〔一二〕哽咽，謂不能進食也。

〔一三〕煩寃，憂愁之貌。毒於，《廣雅·釋詁四》：「毒，苦也。」毒於猶言苦如。酸嘶，《周禮·天官·疾醫》《正義》：「人患頭痛，則酸嘶而痛。」孫詒讓《正義》：「巢元方《諸病源候總論》作痠廝。

酸、瘠聲同，嘶、㾷亦聲相轉。」是酸嘶形容頭痛劇烈之貌。《詩經・小弁篇》：「心之憂矣，疢如疾首。」與此義同。

〔一四〕粉飾，《史記・滑稽列傳》：「共粉飾之如嫁女。」賈思勰《齊民要術》有傅面粉，亦即《七啓》所謂鉛華也。澤，《荀子・禮論》楊注：「顏色潤澤也。」

〔一五〕飲之，猶食之。兼肴，《文選・西京賦》薛注：「倍也。」肴，《楚辭・招魂》王注：「魚肉爲肴。」

〔一六〕金，《銓評》：「《藝文》作火。」疑金字於此無義，作火是。

〔一七〕摩，《銓評》：「程、張作麾，從《藝文》。」案宋刊本《曹子建文集》亦作摩，麾爲摩字之形誤，字作摩是。希，減少。

〔一八〕授，《銓評》：「《藝文》作受。」案作授字是。巧笑，《詩經・碩人篇》：「巧笑倩兮。」即《洛神賦》「明目善睞」之意。

〔一九〕增悲，增益感傷之謂。

〔二〇〕醫和，《左》昭元年傳：「晉侯求醫於秦，秦伯使醫和視之。」醫和春秋時名醫，故晉大夫趙孟謂之爲良醫。絶思，用盡心力。無措，案措借爲錯。《禮記・仲尼燕居篇》鄭注：「施行也。」

〔二一〕蓍龜，蓍，陸璣《草木疏》：「蓍似藾蕭，青色，科生。」古代用占吉凶。龜，用以卜。蓍龜既占示禍福，於此假喻明確指示。

〔二二〕作色，《禮記・哀公問篇》：「孔子愀然作色而對。」鄭注：「作，猶變也。」

〔二三〕辯，疑字應作辨，辨明也。

〔二四〕何由，何因。

〔二五〕我，《銓評》：「《藝文》作吾。」發，《淮南・主術訓》高注：「生也。」

〔二六〕方，案宋刊本《曹子建文集》無方字。大道，《周書・周祝》孔注：「天道也。」隱，消失。

〔二七〕末季，《廣雅・釋言》：「末，衰也。」則末季猶言衰世。

〔二八〕流俗，《禮記・射義》鄭注：「失俗也。」謂社會不良風尚。

〔二九〕眩惑，猶迷瞀。

〔三〇〕彈冠，見卷一《贈徐幹》詩注。

〔三一〕諏，《銓評》：「程、張作趣。」案趣字疑誤。《詩經・皇皇者華篇》：「周爰咨諏。」咨諏，謀也。榮貴，謂爵高禄厚者。

〔三二〕終，畢也。終味謂畢一餐。

〔三三〕遑遑、汲汲，俱匆迫貌。

〔三四〕憔，《銓評》：「《藝文》作慘。」案《詩經・月出篇》釋文：「憂貌。」悴，面容枯槁。承上文形容枯悴而言。鬻，《淮南・説山訓》高注：「買也。」今語曰追求。

〔三五〕拘，《淮南・氾論訓》高注：「檢也。」檢，《一切經音義》引《廣雅》：「檢，拈也。」拈，指取物也。見《列子・湯問篇》《釋文》。

〔三六〕良，甚也。華薄，虚浮不厚重。

〔三七〕澹薄，即淡泊。《東觀漢紀·鄭均傳》：「淡泊無欲，清静自守。」

〔三八〕鍼，《素問·血氣形志篇》：「形樂志樂，病生於肉，治之以鍼石。」王注：「夫衛氣留滿，以鍼寫之。」針即鍼字，古今字耳。

〔三九〕灸，《素問·異法方宜論》：「火艾燒灼謂之灸焫。」

〔四〇〕安，《左》文十一傳杜注：「處也。」恢廓，廣大貌。宇，屋室也。

〔四一〕牀，《釋名·釋牀帳》：「人所坐卧曰牀。」

〔四二〕遨遊，《銓評》：「《藝文》作携手。」逝，《銓評》：「《藝文》作遊。」疑當據《藝文》校正。

〔四三〕黄公，疑指黄石公，以太公兵法授張良者。見《史記·留侯世家》。

〔四四〕莊子，案宋刊本《曹子建文集》作莊生，疑是。與，《銓評》：「《藝文》作爲。」饌，《銓評》：「程、張作撰，從《藝文》。」案宋刊本《曹子建文集》與《藝文》同。考《論語·爲政篇》：「先生饌。」《集解》引馬注：「飲食也。」《詩經·卷阿篇》《釋文》：「饌本作撰。」是撰與饌通。

〔四五〕與，《銓評》：「《藝文》作爲。」爲，《吕覽·審爲篇》高注：「爲謂相爲之爲。」爲、與義同。愛性，愛惜生命。

〔四六〕遐，《銓評》：「程、張作避，從《藝文》。」《七啓》：「不遠遐路。」避字於此不詞，似非。棲迹，《廣雅·釋詁三》：「迹，止也。」棲迹即棲止。

〔四七〕青雲，案《藝文》卷三十五引青字作輕。宋刊本《曹子建文集》亦作輕，作輕是。翱翔，《銓評》：「翱《藝文》作高。」高翔即高飛。

〔四八〕魂散，《銓評》：「魂《藝文》作意。」案卷二《洛神賦》：「精移神駭，忽焉思散。」與此義近。

〔四九〕趣，《文選·東京賦》薛注：「意也。」回趣猶轉意。

〔五〇〕納，接受。至言，《周禮·考工記》鄭注：「至猶善也。」則至言即善言。

〔五一〕仰，下託上曰仰。崇，尊也。玄度，《銓評》：「度張作旨。」案作度字是。度，法也。玄度，妙法之意。

曹植政治上追求的「勠力上國，流惠下民」的宿願，處於絶望的邊緣，精神上的負担，是極爲沈重的。爲了擺脱名利的桎梏，在時代社會意識支配下，傾向於道家與方士合流的長生觀，企圖藉以排除憂患，消遣生涯。運用朴質的語言，宣洩内心積存的苦悶，是曹植思想感情遷化的標誌，應予以必要的注意。

秋思賦〔一〕

四節更王兮秋氣悲〔二〕，遥思惝怳兮若有遺〔三〕。原野蕭條兮煙無依〔四〕，雲高氣静兮露凝

（璣）〔衣〕〔五〕。野草變色兮莖葉稀〔六〕，鳴蜩抱木兮雁南飛〔七〕。西風悽悷兮朝夕臻〔八〕，扇箑屏棄兮絺綌捐〔九〕。歸室解裳兮步庭前，月光照懷兮星依天〔一〇〕。居一世兮芳景遷〔一一〕，松喬難慕兮誰能仙〔一二〕？長短命也兮獨何（愆）〔怨〕〔一三〕！

〔一〕《銓評》：「程、張秋作愁，依《初學記》三改。」案《御覽》卷二十五引亦作秋，作秋字是。

〔二〕四節，《銓評》：「《初學記》三節作時。」案《左》僖十二年傳杜注：「節，時也。」故四時亦可謂之四節。《文選·贈五官中郎將》：「四節相推斥，歲月忽欲殫。」王，《周禮·占夢》《正義》引《春秋緯》：「當時者王。」王，盛也。今作旺。秋，《銓評》：「程作愁，從《初學記》。」案《宋玉九辯》：「悲哉秋之爲氣也。」此賦句所本，當作秋字是。

〔三〕惝，《銓評》：「程作倘，從《藝文》三十五。」案《楚辭·遠游》：「怊惝怳而乖懷。」作惝字是。王注：「惆悵失望，志乖錯也。」《玉篇》心部：「惝怳，失志不悦貌。」遺，失也。謂如有所失。

〔四〕蕭條，見卷一《送應氏》詩注。依，倚也。煙無依，謂煙消失無形也。

〔五〕雲高氣静，《銓評》：「《初學記》作高雲静氣。」案宋玉《九辯》：「泬寥兮天高而氣清。」疑《初學記》誤。雲高謂秋天高朗。静，《文選·思玄賦》舊注：「清，静也。」曹植於此句，蓋易清爲静，清、静皆有潔義，則氣静猶氣潔也。璣，《銓評》：「《書鈔》一百五十三璣作衣。」案宋刊本《曹子建文集》、《御覽》卷二十五引同，似應據改。曹丕《善哉行》：「霜露沾人衣。」陶潛《歸田園居》：「夕露沾我衣。」疑作衣字是。

〔六〕變色，深秋既至，百卉枯黄，不如春日碧緑之色。莖葉稀，《九辯》：「草木摇落而變衰。」王注：「華葉隕零，肥潤去也。形體易色，枝枯槁也。」

〔七〕鳴蜩，《詩經・小弁篇》：「鳴蜩嘒嘒。」毛傳：「蜩，蟬也。」抱木，秋至蟬抱木而不鳴。故《九辯》曰：「蟬寂寞而無聲。」王注：「螗蜩斂翅，而伏藏也。」

〔八〕西風，秋風。悽悷，《漢書・外戚傳》：「秋風潛以淒淚兮。」顔注：「寒涼之意也。」悽悷、淒淚俱雙聲謰語。臻，至也。

〔九〕箑，扇也。屏，《廣雅・釋詁四》：「屏，藏也。」絺，細葛。綌，粗葛。捐，棄也。西風二句，《銓評》無，今據嚴輯《全三國文》補入。捐，嚴輯作損，據影宋本《御覽》卷二十五校正。臻、捐韻不協，疑臻下或有佚句，然無證以訂補。

〔一〇〕星依天，秋夜雲薄天高，星光晶瑩，如釘於碧空之象。

〔一一〕一世，《論衡・宣漢篇》：「一世，三十年也。」芳景，猶韶光，言人生少年時也。《詩經・巷伯篇》毛傳：「遷，去也。」

〔一二〕松喬見卷一《神龜賦》注。慕，《説文》：「慕，習也。」

〔一三〕長短，《銓評》：「短程作壽，從《藝文》。」案長短謂生命之長短，作壽字誤。愆，《銓評》：「《藝文》作怨。」案宋刊本《曹子建文集》愆作悲。案疑當從《藝文》作怨。怨與泉協，見宋玉《諷賦》。則先韻與願韻協，蓋古韻不分平仄也。怨，恨也。

案此賦係節録，而非全文，蓋宋人自類書輯録編集者。據賦中情感似作於太和時，故附於此。

謝入覲表〔一〕

臣得〔出〕〔去〕幽屏之城〔二〕，獲覲百官之美〔三〕，此一喜也。背茅茨之陋〔四〕，登閶闔之闥〔五〕，此二喜也。必以有靦之容〔六〕，瞻見穆穆之顔〔七〕，此三喜也。將以檮杌之質〔八〕，禀受崇聖之訓〔九〕，此四喜也。

〔一〕《銓評》：「程缺，《御覽》作《禮上表》。」

〔二〕出，《銓評》：「《御覽》四百六十七作去。」疑作去字是。《國策·齊策》高注：「去，離也。」幽屏，隱僻。

〔三〕覲，《爾雅·釋詁》：「見也。」

〔四〕背，棄去也。茅茨，茅蓋之屋。陋，《廣雅·釋詁一》：「陿也。」

〔五〕閶闔，《文選·西京賦》薛注：「天有紫微宫，王者象之。紫微宫門名曰閶闔。」《藉田賦》李注：「《洛陽宫舍記》曰：洛陽有閶闔門。」闥，《文選·西京賦》薛注：「宫中之門，小者曰闥。」

〔六〕有靦，《詩經·何人斯篇》：「有靦面目。」《後漢書·樂成靖王黨傳》章懷注：「靦，姡然無媿。」

〔七〕穆穆，《禮記·曲禮篇》：「天子穆穆。」《正義》：「威儀多貌也。」即嚴肅莊重之貌。

〔八〕檮杌，《左》文十八年傳：「顓頊氏有不才子，不可教訓，不知話言，告之則頑，舍之則嚚，傲狠明德，以亂天常，天下之民，謂之檮杌。」質，品質。

〔九〕崇聖，崇，尊也；聖，《左》文十八年傳《正義》：「聖者通也。博達衆務，庶事盡通也。」此以讚頌曹叡。訓，《廣雅·釋詁四》：「教也。」今曰教導。

此表係節録。嚴可均《全三國文》列於太和六年。按《魏志·明帝紀》：「太和五年八月詔曰：古者諸侯朝聘，所以敦睦親親，協和萬國也。先帝著令，不欲使諸王在京都者，謂幼主在位，母后攝政，防微以漸，關諸盛衰也。朕惟不見諸王，十有二載，悠悠之懷，能不興思，其令諸王及宗室公侯各將適子一人朝。」《陳思王植傳》：「其年冬，詔諸王朝。」《中山恭王衮傳》：「五年冬入朝。」《楚王彪傳》：「太和五年冬朝京都。」竊謂五年八月詔諸王朝，諸王於冬朝京師。此表疑寫於奉詔之後，未朝見之前，故有「將以」之句，應列於太和五年冬，嚴氏列於六年蓋誤。

謝明帝賜食表〔一〕

近得賜御食，拜表謝恩。尋奉手詔，愍臣瘦弱〔二〕。奉詔之日，涕泣橫流〔三〕。雖（文武）〔武文〕二帝所以愍憐於臣〔四〕，不復過於明詔。

〔一〕《銓評》：「程缺。」

〔二〕《銓評》：「《御覽》三百七十八引明帝手詔曰：王顔色瘦弱，何意耶？腹中調和不？今者食幾許米，又啖肉多少？見王瘦，吾驚甚，宜當節水加飡。」

〔三〕涕泣，《銓評》：「《御覽》三百七十八作泣涕。」案《詩經·氓篇》：「泣涕漣漣。」《一切經音義》引《字林》：「無聲而淚曰泣。」

〔四〕文武二帝，案《御覽》卷三百七十八引作武文，作武文是。武，曹操謚，文則曹丕謚也。後人習見文武聯文，而未細繹表意，遂逕改爲文武，蓋誤，應據乙。

此表亦節録，首尾不具。

謝周觀表〔一〕

詔使周觀：初玩雲盤〔二〕，北觀疏圃〔三〕，遂步九華〔四〕。神明特處〔五〕，譎詭天然〔六〕。誠可謂帝室皇居者矣！雖崑崙閬風之麗〔七〕，文昌之居〔八〕，不是過也。

〔一〕《銓評》：「程缺。」

〔二〕雲盤，即承露盤。雲，形容高。

〔三〕疏圃，《淮南·覽冥訓》高注：「疏圃在昆侖之上。」曹叡借以作殿名。《初學記》卷二十四引《洛陽宫殿簿》：「疏圃殿在華林園中。」

〔四〕九華，《魏志·文帝紀》：「黄初七年三月，築九華臺。」

〔五〕神明，神靈。特處，獨居。此贊頌之辭。

〔六〕譎詭，《文選·東京賦》薛注：「變化也。」天然，《廣雅·釋詁》：「然，成也。」天然猶言天成。

〔七〕閶風，《離騷》王注：「閶風，山名也，在崑崙之上。」

〔八〕文昌，天帝所居，亦贊頌之辭。

案此表亦屬節録。考《水經·穀水注》：「穀水又東枝分南入華林園，歷疏圃南。圃中有古玉井，井悉以珉玉爲之，以緇石爲口，工作精密，猶不變古，燦然如新。又逕瓊華宫南，歷陽山北。山有都亭，堂上結方湖，湖中起御坐石也。御坐前建蓬萊山。曲池接筵，飛沼拂席。南面射侯，夾席并峙。背山堂上則石崎嶇，巖嶂峻險。雲臺風觀，纓巒帶阜。游觀者升降阿閣，出入虹陛，望之狀凫没鸞舉矣。其中引水飛皋，傾瀾瀑布。或枉渚聲溜，潺潺不斷。竹柏蔭於層石，繡薄叢於泉側。微飇暫拂，則芳溢於六空，實爲神居矣！其水東注天淵池，池中有魏文帝九華臺，殿基悉是洛中故碑累之，今造釣臺於其上。」此雖酈道元述元魏當時之所見，但建築規模，猶存曹魏舊制，因表殘佚太甚，録之以資參證。

承露盤銘有序〔一〕

夫形能見者莫如高，物不朽者莫如金〔二〕，氣之清者莫如露〔三〕，盛之安者莫如盤〔四〕。皇帝乃詔有司鑄銅建承露盤〔五〕，在芳林園中〔六〕。莖長十二丈，大十圍〔七〕，上盤逕四尺九寸〔八〕，下盤逕五尺〔九〕。銅龍遶其根〔一〇〕。龍身長一丈，背負兩子。自立於芳林園〔一一〕，甘露（乃）〔仍〕降〔一二〕。使臣爲頌（銘）〔一三〕，銘曰〔一四〕：

（岧岧）〔苕苕〕承露〔一五〕，峻極太清〔一六〕。神（君）〔石〕礌磈〔一七〕，洪基嶽停〔一八〕。下潛醴泉〔一九〕，上受雲英〔二〇〕。和氣四充〔二一〕，翔風所經〔二二〕。匪我明君〔二三〕，孰能經營〔二四〕。近歷（躔）〔闡〕度〔二五〕，三光朗明。殊俗歸義，祥瑞混并〔二六〕。鸞鳳晨棲，甘露宵零。神（物）〔明〕攸（協）〔挾〕〔二七〕，高而不傾。（奉天戴巍）〔奉戴巍巍〕〔二八〕，恭統神器〔二九〕。固若露盤〔三〇〕，長存永貴〔三一〕。賢聖繼迹，奕世明德。不忝先功〔三二〕，保兹皇極〔三三〕。垂祚億兆〔三四〕，永荷天秩〔三五〕。弊之天壤，以顯元功《銓評》：「《文選》沈休文《安陸昭王碑文》李注引《露盤銘》。」

〔一〕《銓評》：「此篇程列於銘類。張既於頌類載之，注云一作銘，而又收入銘類，複沓未檢，今删，並注其異同。」

〔二〕金謂銅。《説文》：「金，五色金也，黄爲之長，久薶不生衣，百鍊不輕。」故曰不朽。

〔三〕《藝文》引《五經通義》：「和氣津凝爲露。」

〔四〕盛，《周禮·甸師》鄭注：「在器曰盛。」安，定也。猶言穩定。《銓評》：「以上二十九字程、張脱，依《御覽》十二補。」案《初學記》二引亦有此二十九字，丁校補是。

〔五〕皇，《銓評》：「程作明，從張本。」案作皇字是。明，乃曹叡死後謚號，此時何得有是稱謂，蓋淺人妄改。皇帝謂曹叡。乃詔有司，《銓評》：「程、張脱此四字。從《御覽》。」案《初學記》二引亦有此四字，應據補。銅建，《銓評》：「程、張脱此二字，從《御覽》。」案《初學記》二引同。《銓評》：「《魏略》云：中尚方純作玩弄之物，炫耀後園，建承露之盤。晏案《三輔黄圖》：長安洛城門，又名鸛雀臺門，外有漢武承露盤，在臺上。魏明帝仿之。」

〔六〕在芳林園中，《銓評》：「程、張脱此五字，從《御覽》七百五十八補入。」案宋刊本《曹子建文集》無此五字。則宋代編集時已脱逸矣，丁補是。

〔七〕莖，指露盤之柱。大十，《銓評》：「程及張銘類此二字誤合爲本，從張本。」案高似孫《緯略》引作大十二字。

〔八〕九寸，《銓評》：「程、張脱此二字，從《御覽》。」案《緯略》亦無九寸二字。

〔九〕五尺，《銓評》：「《御覽》尺作寸。」案作寸字誤，或有脱文。

〔一〇〕遶，《銓評》：「程及張銘類作達，從《御覽》。」案宋刊本《曹子建文集》作繞，達蓋遶字之形誤。《緯略》亦作遶。字當作繞，《説文》：「繞，纏也。」遶後出字。

〔一一〕芳林，《銓評》：「程及張銘類芳作上，從張本。」案宋刊本《曹子建文集》正作芳，作芳字是。

〔一二〕乃，《銓評》：「《藝文》九十八作仍。《初學記》二引魏明帝與東阿王詔曰：昔先帝時，甘露屢降於仁壽殿前，靈芝生芳林園中。自吾建承露盤已來，甘露復降芳林園仁壽殿前。」據此詔，則作仍字是。《小爾雅·廣詁》：「仍，再也。」

〔一三〕使臣，《銓評》：「臣，《藝文》作王。」案宋刊本《曹子建文集》亦作王。考此序曹植所寫，對曹叡不能自稱曰王也，作臣字爲允。爲頌銘，《銓評》：「張頌類脱銘。」案《緯略》引無銘字，疑是。

〔一四〕銘曰，《銓評》：「張頌類銘作頌。」

〔一五〕岧岧，案岧疑當作苕，《文選·西京賦》：「狀亭亭以苕苕。」薛注：「苕苕，高貌也。」

〔一六〕《詩經·嵩高篇》：「峻極於天。」峻極，高至之意。太清，《文選·吴都賦》劉注：「太清，天也。」

〔一七〕神君，案嚴可均《全三國文》君字作石，疑作石字是。礧磈或作磈壘，大石貌。

〔一八〕洪基，廣大基址。嶽停，嶽謂山嶽。停，《釋名·釋言語》：「停，定也，定於所在也。」

〔一九〕醴泉，《禮記·禮運篇》：「天降膏露，地出醴泉。」醴泉謂泉水味甘如醴。《尚書中候》：「俊乂在官，則醴泉出也。」

〔一〇〕雲英謂甘露。

〔一一〕和氣，謂陰陽沖和氣也。

〔一二〕祥風，《銓評》：「《藝文》七十三作鳳。」案《密韻廔叢書·曹子建文集》仍作風，作風字是。《文選·聖主得賢臣頌》：「恩從祥風翱，德與和氣游。」《禮斗威儀》：「君乘大而王，其政頌平，則祥風至。」宋均注：「即景風也，其來長養萬物。」如作鳳，則與下文「鸞鳳晨棲」語複，似非。經，《鬼谷子·抵巇》注：「經，始也。」

〔一三〕明君，《銓評》：「《藝文》君作后。」案《緯略》君亦作后。《易經》象傳虞注：「后，繼體之君。」

〔一四〕經營，《詩經·靈臺篇》：「經之營之。」鄭箋：「度始靈臺之基趾，而表其位。」則經營之義，猶今所謂規畫也。

〔一五〕近曆，《吕覽·執一》高注：「近，猶知也。」曆，《大戴禮·曾子天圖篇》：「聖人慎守日月之數，以察星辰之行，以序四時之順逆，謂之曆。」躔度，《銓評》：「躔《藝文》作闡。」案《緯略》躔亦作闡。《易經·繫辭》王注：「闡，明也。」作闡字是。度，《後漢書·明帝紀》章懷注：「謂日月星辰之行度也。」

〔一六〕混并，《文選·蜀都賦》：「冠帶混并。」混并，衆多之貌。

〔一七〕神物，《銓評》：「物《藝文》作明。」案宋刊本《曹子建文集》物亦作明。《緯略》作民。神物即神明。《漢書·終軍傳》顔注：「明者明靈，亦謂神也。」民或亦明字之音訛。協，《銓評》：「《藝文》作挾。」案挾，《廣雅·釋詁四》：「護也。」攸挾，謂所護，故云高而不傾。考《孝經》：「高而不危，所以長守貴也。」曹植意或本此。

〔二八〕奉天戴巍，《銓評》：「《藝文》作奉戴巍巍。」案宋刊本《曹子建文集》與《藝文》同，《緯略》亦同，《藝文》引是也。奉，《匡謬正俗》：「奉謂恭而持之。」戴，奉也。在上曰戴。巍巍，《論語·泰伯章》：「巍巍乎舜禹之有天下也。」皇疏：「高大之稱也。」

〔二九〕統，治理。神器，《文選·東京賦》薛注：「帝位也。」

〔三〇〕固，《銓評》：「張銘類作因。」案固字是。固，堅固。

〔三一〕長，常也。

〔三二〕《國語·周語》：「奕世載德，不忝前人。」此曹植銘句所本。韋注：「忝，辱也。」功謂王業。先功謂前人建立之王業。

〔三三〕皇極，《文選·晉紀總論》李注引《書考靈耀》宋注：「大中也。」案此喻帝位。

〔三四〕垂祚，《銓評》：「祚程、張作作，從《藝文》。」案宋刊本《曹子建文集》與《藝文》同。祚，福也。作祚字是。億兆，《尚書·泰誓》：「受有億兆夷人。」《左》昭二十年杜注：「萬萬曰億，萬億曰兆。」《御覽》卷七百五十引《風俗通》：「十萬謂之億，十億謂之兆。」此謂億兆年。

〔三五〕永荷，永久承受。天秩猶言天禄。

丁晏曰：「子建當明帝太和六年十一月庚寅薨，此銘作於太和之時。」是也。然《年譜》列此銘於太和三年，是錯誤的。案曹植于太和五年冬入朝，因得周觀苑囿，則此銘必作於五年冬，似無可懷疑的。曹植洞察當時政治潛伏着危機，初見曹叡不便於直抒所懷，藉此頌銘，運用傳統象徵的技巧，寓箴規於讚頌之中，要求曹叡「不忝先功，保兹皇極」，以利於鞏固魏政權統治。

妾薄命

攜玉手〔一〕，喜同車〔二〕，比上雲（閣）〔閤〕飛除〔三〕。釣臺蹇産清虚〔四〕，池塘（觀）〔靈〕沼可娱〔五〕。仰汎龍舟緑波〔六〕，俯擢神草枝柯〔七〕。想彼宓妃洛河〔八〕，退詠漢女湘娥〔九〕。

〔一〕玉手，女子之手，温潤如玉。

〔二〕同車，《詩經·有女同車篇》：「有女同車，顔如舜華。」

〔三〕比，《銓評》：「張作北。」案疑作比字是。比上謂並上。閣，《銓評》：「《藝文》四十一作閤。」案《藝文》是。閤，《説文》：「所以止扉也。」與閣音義俱隔，無緣假借，然唐後俱以閣代閤矣。雲閤，疑指陵雲臺，曹丕黄初二年建。《世説新語·巧藝篇》劉注：「《洛陽宫殿簿》：陵雲臺上壁方十三丈，高九尺；樓方四丈，高五丈；棟去地十三丈五尺七寸五分也。」楊龍驤《洛陽記》：

「高二十丈(《藝文》卷六十二、《御覽》卷一百七十七引俱作二十三丈),登之見孟津。」飛除,即卷一《節游賦》之飛陛。《元河南志》:「《晉城闕宫殿·古蹟》引《述征記》:臺有明光殿,西高八丈,累磚作道,通至臺上。登臺迴眺,究觀洛邑,暨南望少室,亦山岳之秀極也。」則飛陛即《述征記》之累塼爲道也。

〔四〕 釣臺,案《御覽》卷六十七引《晉宫闕名》:「靈芝池廣長五百五十步,深二丈,上有連樓飛觀,四出閣道釣臺……」蹇産,《文選·西京賦》:「既乃珍臺蹇産以極壯。」薛注:「形貌也。」《廣雅·釋訓》:「蹇産,詘曲也。」案蹇産、偃蹇俱疊韻謰語,《西都賦》:「遂偃蹇而上躋。」李注引《楚辭》王逸注:「偃蹇,高貌也。」東方朔《七諫》:「望高山之蹇嵼。」則崇高謂之蹇産。若釋爲詘曲,與下清虚之義不協矣,似未確。清虚,疑指天。

〔五〕 觀,《銓評》:「《藝文》作靈。」案疑作靈字是。靈沼蓋謂靈芝池,黄初五年曹丕所掘。

〔六〕 汎,浮也。渌,《銓評》:「《藝文》作淥。」案作渌字是。《説文》:「漉,浚也,从水鹿聲。或从录。」於此無義。

〔七〕 擢,引取。神草,疑謂靈芝。卷二《靈芝篇》:「靈芝生天池。」

〔八〕 宓妃,洛河女神,見《洛神賦》注。

〔九〕 漢女,漢水女神。湘娥,湘江女神。

此篇揭示太和五年冬應詔赴洛,游觀苑囿所見。曹叡征發民間少女,以充後宫(見《魏志》

高柔及楊阜傳）。偕同嬪妃登臨臺榭，泛舟作樂。曹植如實地勾勒曹叡荒淫生活的片斷，在《魏志・明帝紀》裴注引《魏略》取得實證。

其二

日（月）既逝〔矣〕西藏〔一〕，更會蘭室洞房〔二〕。華燈（步障）〔先置〕舒光〔三〕，皎若日出扶桑。促樽合座行觴〔四〕，主人起舞鎩盤〔五〕，能者穴觸別端〔六〕。騰觚飛爵闌干〔七〕，同量等色齊顏〔八〕。任意交屬所歡〔九〕，朱顏發外形蘭〔一〇〕。袖隨禮容極情〔一一〕，妙舞仙仙體輕〔一二〕。裳解履遺絕纓〔一三〕，俛仰笑喧無呈〔一四〕。覽持佳人玉顏〔一五〕，齊舉金爵翠盤〔一六〕，手形羅袖良難〔一七〕，腕弱不勝珠環〔一八〕。坐者歎息舒顏〔一九〕。御巾裛粉君傍〔二〇〕，中有霍納、都梁〔二一〕，雞舌、五味雜香〔二二〕，進者何人齊姜〔二三〕，恩重愛深難忘。召延親好宴私〔二四〕，但歌杯來何遲。客賦既醉言歸〔二五〕，主人稱露未晞〔二六〕。

齊歌楚舞紛紛，歌聲上徹青雲《銓評》：「張本。見《文選》左太冲《吴都賦》李注引。」

輜軿飛轂交輪《銓評》：「《文選》陸士衡《長安有狹邪行》李注引《妾薄命》。」

還行秋殿層樓，御輦□從好仇，□□入侍君王，□□玉闥椒房，丹帷楚組連綱《銓評》：「《書鈔》一百三十二引《妾薄命》。張收入補遺，作還行秋殿，入侍君王，椒房丹帷，楚組連綱。標爲古詞。今移附於此。」

〔一〕月既逝，《銓評》：「《藝文》作既逝矣。」案宋刊本《曹子建文集》與《藝文》同。西藏謂日，與月無關，時已入夜矣，當據《藝文》及宋刊《曹集》校改。

〔二〕更會，謂晝已歡宴，入夜復會，故曰更會。蘭室洞房，形容幽静深邃之屋。

〔三〕華燈，《銓評》：「《玉臺》作花燭。」案宋刊本《曹子建文集》作華燈。華燈謂彫刻精工之燈臺，疑即當時所謂九華燈。步障，《銓評》：「《藝文》作先置。障《玉臺》作帳。」案步障謂道路兩旁用布幅遮隔者。《世説新語·汰侈篇》：「(王)君夫作紫布步障，碧綾裏四十里，石崇作錦步障五十里以敵之。」是蘭室洞房之内無需步障也。疑當從《藝文》作先置爲得。謂洞房之内，華燈先置，吐布光輝如朝日之明也。舒光，《銓評》：「《玉臺》作輝煌。」舒光見卷一《慰子賦》注。

〔四〕樽，《銓評》：「《藝文》作酒。」案《史記·滑稽列傳》：「日暮酒闌，合尊促席。」東方朔《六言詩》：「合樽促席相娱。」左思《蜀都賦》：「合尊促席，引滿相罰。」諸篇俱作合樽，而《藝文》作合酒，疑誤。合，同也。促，《廣雅·釋詁三》：「近也。」行觴猶傳杯。

〔五〕謚盤即媻娑，亦《詩經·東門之枌篇》之婆娑，皆疊韻謰語。《爾雅·釋訓》：「婆娑，舞也。」形容回旋輕捷之舞姿。此句倒文以協韵。沈欽韓《三國志補注》：「《通典·樂五》云：前代宴樂必舞，魏晉以來尤重以舞相屬。謝安以屬桓温是也。案《後漢書·蔡邕傳》：徙朔方，赦還，太守王智餞之，起舞屬邕，邕不爲報，智銜之，是賓主歡洽之常態也。」

〔六〕能者指客人。穴觸，黄節《曹子建詩注》：「側則相觸。別端謂正則相分。」《淮南·齊俗訓》：「古者歌樂而無轉。」又《脩務訓》：「今鼓舞者，繞身若環。」此當時舞姿也。

〔七〕騰觚、飛爵，見卷一《酒賦》注。闌干，横斜之貌。

〔八〕量，《禮記·月令篇》鄭注：「斗斛曰量。」此應作酒量解。色、顔皆謂客、主面顔酒色。

〔九〕所歡，指女。

〔一〇〕形蘭，謂女子美好體態。蓋倒文以協韻。

〔一一〕禮容即體容。猶言姿態。情借爲精。句謂女子舞時，長袖婀娜，姿態極爲精妙。《七啓》：「長袖（原作裾，從宋本改）隨風。」即此意。

〔一二〕妙，《銓評》：「《藝文》作屢。」案《詩經·賓之初筵》篇：「屢舞僊僊。」仙仙即僊僊，仙爲僊之後出字。《廣雅·釋訓》：「僊僊，舞也。」

〔一三〕裳解，《銓評》：「《藝文》作解裳。」履遺，《史記·滑稽列傳》：「男女同席，舄履交錯，羅襦襟解，微聞薌澤。」或曹植句所本。絶纓，見本卷《求自試表》注。

〔一四〕無呈，案呈疑借爲程。《文選·魏都賦》李注：「程與呈通。」程，法也，度也。無呈，無法度之義。

〔一五〕覽疑借爲攬。《廣雅·釋詁三》：「攬，持也。」攬持複義詞。

〔一六〕翠盤，黄節《曹子建詩注》：「盤《藝文》作槃。」案盤本作槃。翠槃疑即張衡《四愁詩》之青玉案，《漢書·許后傳》：「許后朝皇太后，親奉案上食。」案即今所謂承槃，以玉爲飾，上陳食品。

〔一七〕黄節曰：「謂舞畢袖舉而手見。」良難，黄節謂「腕弱不勝也」。案如黄釋與下文意複，似非。良難，猶言甚難。句意手見於羅袖之外甚不易也。

〔一八〕句極意形容女子嬌羞之態。

〔一九〕坐者謂賓客。舒顔謂面色舒展，即笑貌。

〔二〇〕御，進也。褭粉，《銓評》：「《書鈔》一百三十五作粉於。」案作褭粉是。《文選》陶淵明《雜詩》李注：「《文字集略》曰：褭坌，衣香也。」

〔二一〕霍納即藿香。都梁，蘭花。

〔二二〕雞舌即丁香。五味疑即卷一《九華扇賦》之五香，説見彼注。

〔二三〕齊姜，疑借《詩經·碩人篇》「齊侯之子」作喻。比喻年輕而美之女。

〔二四〕宴私，或作燕私，《詩經·楚茨篇》：「備言燕私。」毛傳：「燕而盡其私恩。」案宴私竊謂指沈荒淫瀆之宴（本《論語集解》引孔傳）。

〔二五〕《文選·南都賦》：「客賦醉言歸。」李注：「《毛詩》曰：鼓咽咽，醉言歸。」

〔二六〕《文選·南都賦》：「主稱露未晞。」李注：「又曰：湛湛露斯，匪陽不晞。厭厭夜飲，不醉無歸。」晞，乾也。

此篇描寫太和五年入朝，所見權貴縱情歌舞，徵逐聲色的荒淫腐爛生活面貌。曹丕《典論》：「雒陽令郭珍，居財巨億。每暑夏召客，侍婢數十，盛裝飾，披羅縠，袒裸其中，使之進酒。」（見《御覽》四百七十二引）可作參證。朱嘉徵謂此篇「自傷不遇」，朱乾則説：「通首不言薄命，而薄命自見。」皆泥于標題《妾薄命》作如此解釋，不知《妾薄命》係《樂府》曲調名，和此篇内容缺乏聯繫，强作解説，反違原旨。

名都篇

名都多妖女〔一〕，京洛出少年。寶劍直千金〔二〕，被服麗且鮮〔三〕。鬭雞東郊道〔四〕，走馬長楸間〔五〕。馳（騁）〔驅〕未能半〔六〕，雙兔過我前。攬弓捷鳴鏑〔七〕，長驅上南山〔八〕。左挽因右發〔九〕，一縱兩禽連〔一〇〕。餘巧未及展〔一一〕，仰手接飛鳶〔一二〕。觀者咸稱善，衆工歸我妍〔一三〕。我歸宴平樂〔一四〕，美酒斗十千〔一五〕。膾鯉臇（胎）〔鮐〕鰕〔一六〕，炮鼈炙熊蹯〔一七〕。鳴儔嘯匹侶〔一八〕，列坐竟長筵〔一九〕。連翩擊鞠壤〔二〇〕，巧捷惟萬端〔二一〕。白日西南馳，光景不可攀〔二二〕。雲散還城邑〔二三〕，清晨復來還。

〔一〕名都，大都，謂洛陽。妖，《銓評》：「《藝文》四十二作麗。」案《文選》作妖。宋刊本《曹子建文集》同。《一切經音義》引《三蒼》：「妖，妍也。」

〔二〕《文選》李注：「《史記》曰：陸賈寶劍直千金。《論衡》曰：世稱利劍有千金之價。」

〔三〕麗，《銓評》：「《文選》二十七作光。」案宋刊本《曹子建文集》仍作麗。《廣雅·釋詁一》：「麗，好也。」鮮，《淮南·俶真訓》高注：「明好也。」

〔四〕東郊，《銓評》：「《藝文》作長安。」案《鄴都故事》：「魏明帝太和中築鬬雞臺。」此篇所述爲洛陽所見，無緣遠涉長安，疑《藝文》誤。

〔五〕走馬，《左》襄三十年傳杜注：「速疾之意也。」李注：「《漢書》：眭弘少時，好鬬雞走馬。」蓋貴游子弟驅馬並馳，以争勝負也。長楸，《銓評》：「《復齋漫録》：陳沈炯詩：彌意長楸道，金鞍背落暉。杜詩：頓驂飄赤汗，跼蹐顧長楸。《苕溪漁隱》云《文選》注：古人種楸於道，故曰長楸。」案《楚辭·哀郢》：「望長楸而太息兮。」王注：「長楸，大梓。」蓋古人於大道夾路種楸，故植曰長楸閒也。

〔六〕馳騁，《銓評》：「《藝文》作驅馳，《樂府》六十三作馳驅。」案宋刊本《曹子建文集》作馳驅。《文選》作馳馳。《考異》云：「茶陵本下馳字作騁，袁本亦作馳馳。案馳，行也，馳馳猶行行耳，騁字蓋後改之。」竊疑作馳驅爲得。《説文》：「馳，大驅也。驅，馬馳也。」則馳驅即疾馳之義。古書有馳驅連文，似未見馳馳爲詞者，且魏晉文士字有常檢，則《考異》校語，或未允也。

〔七〕捷，《銓評》：「《御覽》七百四十六作挾，張作揵。」李注：「《儀禮》曰：司射搢三挾一。鄭玄曰：搢，插也。」《考異》：「袁本、茶陵本插作捷，是也。今《儀禮》《釋文》亦誤改捷爲插，與此正同。」案宋潭州本《儀禮·士冠禮》《釋文》：「捷本又作插。」是捷、插古通。捷，《淮南·兵略訓》高注：「取也。」挾，《儀禮·鄉射禮》鄭注：「方持弦矢曰挾。」鳴鏑，李注：「《漢書》曰：匈奴冒頓乃作爲鳴鏑，習勒其騎射。《音義》曰鏑，箭也。如今鳴箭也。」

〔八〕案宋刊本《曹子建文集》作驅上彼南山。《文選》與今本同。南山，疑即大石山。《水經·伊水注》：「大石山……山在洛陽南面。」《一統志》：「大石山在河南府洛陽縣東南四十里。」

〔九〕因，就字之意。

〔一〇〕縱，《詩經·大叔于田篇》毛傳：「發矢曰縱。」兩禽，李注：「鄭玄《周禮注》曰：凡鳥獸未孕曰禽也。兩禽，雙兔也。」

〔一一〕及，《銓評》：「《御覽》作盡。」案《文選》作及。宋刊本《曹子建文集》與《文選》同，作及是。

〔一二〕接，見《白馬篇》李注。鳶，李注：「毛詩曰：鳶飛戾天。鄭玄曰：鴟之屬也。」

〔一三〕衆工，謂善射者。歸我妍，一致讚揚推崇射法之精妙。

〔一四〕我歸，《銓評》：「《藝文》作歸來。」案《文選》作我歸。李白《將進酒》：「陳王昔時宴平樂，斗酒十千恣歡樂。」疑李所見曹集作我，我，蓋植自謂也。平樂，觀名。漢明帝所建。《東京賦》薛注：「爲大場以作樂，使遠(人)觀之，謂之平樂。」在洛陽西門外。

〔一五〕斗十千，《野客叢書》引《典論》：「(漢)靈帝末年，百司湎酒，一斗直十千文。」太和時，酒價或亦如此，故植句云然。

〔一六〕膾鯉，《文選》李注：「毛詩曰：炮鼈膾鯉。」膾，《釋名·釋飲食》：「膾，會也。細切肉令散分，其赤白異切之已，乃會合和之也。」臇，李注：「《蒼頡解詁》曰：臇，少汁臛也。」案《説文》：「膗，肉羹也。」朱珔《文選集解》：「臛，俗膗字。」膗雖云肉羹，然不芼以菜，質較乾，似今俗所謂燜或燒之義也。胎，疑當作鮐。《説文》：「鮐，海魚名。」鰕，《説文》：「魵也。」即班魚。魚豢《魏略》：「濊國出班魚皮，漢時恒獻之。」（《御覽》卷九百三十九）

〔一七〕炮鼈，《銓評》：「《文選》炮鼈作寒鼈。李善注引《釋名》韓羊韓雞，本出韓國所爲，韓與寒古文通。《丹鉛總録》謂當作寒，然詩有炰鼈膾鯉，作炮亦通。」朱珔《文選集釋》：「《七啓》李注：寒今脠肉也。脠與鯖同，醬類也（中略），醬稱寒者，《廣雅》：䣼，醬也。䣼與涼通。」案方以智《通雅》謂爲今之凍肉。熊蹯，《左》文元年傳釋文：「蹯，掌也。」熊蹯即熊掌。

〔一八〕即卷三《洛神賦》「命儔嘯侶」之義，説見彼注。

〔一九〕長筵，見卷一《鬭雞》詩注。

〔二〇〕連翩，連續迅急之意。鞠，李注：「郭璞《三蒼解詁》：鞠，毛丸，可蹋戲。」《史記·衛將軍傳》《索隱》：「鞠戲以皮爲之，中實以毛，蹵蹋爲戲也。」似今之足毬。壤，《藝經》：「壤，以木爲之，前廣後鋭，長尺四，闊三寸，其形如履。將戲先側壤於地，遥於三四十步，以手中壤敲之，中者爲上。」（《御覽》卷七百五十五引）亦見周處《風土記》。

〔二一〕端，緒也。萬端，言巧捷不可方物也。

〔二二〕光景謂時間。攀，《廣雅·釋詁一》：「引也。」

〔二三〕傅毅《舞賦》：「雲散城邑。」李注：「中夜，車皆歸，城邑之中寂然而空，有同雲散也。」

此篇屬雜曲歌辭《齊瑟行》。考洛陽曹丕初建都時，郊外長着雜亂的林木（見《魏志·王昶傳》），經過十餘年的經營，一變荒涼殘破的面貌。曹叡又在郊外建鬭雞臺，爲娛樂場所。而魏國經濟取得進一步的發展，因此貴游子弟席豐履厚，追求華靡服飾，且日事於鬭雞走馬，射獵飲宴，日復一日地追求奢逸的生活。曹植運用細緻的筆觸，勾勒着貴游子弟生活片段，故疑此篇記録了太和入京之所見，因列於此。

謝賜柰表〔一〕

即〔日〕〔夕〕殿中虎賁宣詔〔二〕，賜臣等冬柰一奩〔三〕，詔使温啖〔四〕。夜非食時，而賜見及〔五〕。柰以夏熟，今則冬至〔六〕。物以非時爲珍，恩以絶口爲厚〔七〕，實非臣等所宜〔蒙〕荷〔之〕〔八〕。

〔一〕《銓評》：「《白帖》九十九作《謝賜冬至柰表》。」

〔二〕即日，《銓評》：「《藝文》八十六日作夕。」案宋刊本《曹子建文集》亦作夕，作夕字是，與下文

「夜非食時」意正相承，似應據改。

〔三〕臣等，考《魏志·武文世王公傳》，太和五年入朝有曹彪、曹衮等，故植稱臣等。冬柰，《漢書·地理志》：「甘州土貢冬柰。」柰即今蘋婆果。奩，《華嚴經音義》引《珠叢》：「凡底物小器皆曰奩。」

〔四〕詔，《銓評》：「詔下張衍賜，依《藝文》删。」案宋刊本《曹子建文集》無賜字，有賜於文爲複，丁校删是。温啖謂熱食。

〔五〕《銓評》：「以上十三字程脱，依《藝文》補。」

〔六〕冬至，案宋刊本《曹子建文集》至字作生。明帝詔曰：「此柰從梁州來。」作至字與此句相應，疑作至字是。

〔七〕《銓評》：「恩《御覽》九百七十作甘，程衍施，依《藝文》删。」案宋刊本《曹子建文集》亦無施字，丁删是。絶口，《銓評》：「程脱絶，從《藝文》補。」案宋刊本《曹子建文集》亦有絶字，丁補是。絶，止也。《吕覽·權勳》：「嗜酒甘而不能絶於口。」此絶口所本。

〔八〕實，《銓評》：「程、張脱實，從《御覽》。」荷之，《銓評》：「《御覽》作蒙荷。」案作蒙荷是。蒙荷，承受之意。

《銓評》：「《御覽》又引答詔曰：此柰從梁州來，道里既遠，（又東）來轉暖，故柰（中）變色（不佳耳）。」（《銓評》引《御覽》句有脱字，今據《初學記》卷二十八引補）案嚴可均列此表於太和六年。竊謂此表作於五年冬。

冬至獻襪履頌有表〔一〕

伏見舊儀：〔二〕國家冬至獻履貢襪，所以迎福踐長，先臣或爲之頌〔三〕。臣既玩其嘉藻〔四〕，願述朝慶。千載昌期〔五〕，一陽嘉節〔六〕，四方交泰〔七〕，萬物昭蘇〔八〕。亞歲迎祥〔九〕，履長納慶〔一〇〕。不勝感節〔一一〕，情繫帷幄〔一二〕，拜表奉賀，並獻（白）紋履七量〔一三〕，襪若干副〔一四〕。茅茨之陋，不足以入金門、登玉臺也〔一五〕。上獻以聞〔一六〕，謹獻〔一七〕。

玉趾既御〔一八〕，履和蹈貞〔一九〕。行與禄邁〔二〇〕，動以祥并〔二一〕。南闕北户〔二二〕，西巡王城〔二三〕。晷景舒長《銓評》：「《書鈔》一百五十六引《冬至獻襪履頌》。舒原作耶，校改。」翱翔萬域〔二四〕，聖體浮輕〔二五〕。

〔一〕《銓評》：「程脱履，依《御覽》六百九十七補。《御覽》作《賀冬表》。程、張均分表與頌爲二，今合之。」

〔二〕舊儀，沈約《宋書·禮志》：「冬至朝賀享禮，皆如元日之儀，又進履襪。」北魏崔浩《女儀》：

「近古率以冬至日上襪履於舅姑，踐長至之義也。」冬至獻履襪，自漢訖於元魏，其俗猶存。臣獻於君，民間則獻於舅姑。

〔三〕先臣，未知曹植所指，東漢崔駰製《襪銘》：「璣衡建子，萬物含滋。黄鍾育化，以養元基。長履景福，至於億年……」或即植頌所指，但植稱曰頌，而不曰銘，存參。

〔四〕玩，《文選》潘正叔《贈陸機詩》：「玩爾清藻。」李注：「玩猶愛也。」藻，文藻。

〔五〕昌期，吉慶之時。

〔六〕一陽，謂陽氣始生。《孝經援神契》：「冬至日，陽氣動。」

〔七〕交泰，《易經乾鑿度》：「泰者天地交通，陰陽用事，長養萬物也。」即天氣下降，地氣上騰，草木萌動之意。

〔八〕物，《銓評》：「《御覽》二十八作彙。」案《廣雅·釋詁三》：「彙，類也。」猶萬物。昭蘇，《禮記·樂記篇》：「蟄蟲昭蘇。」鄭注：「昭，曉也。蟄蟲以發出爲曉，更息爲蘇。」

〔九〕亞歲，沈約《宋書·禮志》：「魏晉冬至日，受萬國及百寮稱賀，因小會，其儀亞於歲朝也。」

〔一〇〕履長，《玉燭寶典》：「十一月建子，周之正月。冬至日，日極南，影極長，陰陽明，萬物之始，律當黄鍾，其管最長，故有履長之賀。」

〔一一〕感節，節謂節氣。

〔一二〕帷幄，謂帝居，不敢直言，故稱帷幄以代。

〔一三〕白，《銓評》：「程、張脱白，從《御覽》六百九十七補。」案《初學記》卷四無白字，疑是。紋履即繡有紋飾之履也。量，《銓評》：「《御覽》作緉。」案《初學記》卷四亦作緉，《御覽》卷二十八引則作量。《詩經·南山篇》：「葛屨五兩。」《正義》：「屨必兩隻相配，故以一兩爲一物。」則量、緉皆兩字之借。

〔一四〕若干，《銓評》：「此二字《御覽》作百，又作七。」案影宋本《御覽》仍作若干。

〔一五〕臺也，《銓評》：「以上十四字程脱，依《書鈔》一百五十六補。」金門、玉臺俱謂帝居。

〔一六〕上獻以聞，《銓評》：「獻《御覽》作表。」案《初學記》卷四仍作獻，影宋本《御覽》同。

〔一七〕謹獻，《銓評》：「此六字張脱。」案《初學記》卷四、《御覽》卷二十八有此六字。丁補是。

〔一八〕玉趾，《左》昭七年傳：「今君若步玉趾。」杜注：「趾，足也。」玉，尊稱之辭。御，《獨斷》：「凡衣服加於身曰御。」則履加於足亦云御也。

〔一九〕蹈、履皆踐也。和，和平。貞，正。

〔二〇〕邁，《銓評》：「《御覽》作遇。」案《廣雅·釋詁》：「邁，往也。」

〔二一〕祥，《銓評》：「《藝文》七十作福。」案祥、福義同。

〔二二〕闕，《方言》：「視也。」北户，日南郡（見《爾雅·釋地》《正義》）。

〔二三〕王城，指西王母國。約在今甘肅省境。

〔二四〕萬域，即萬國。

〔二五〕浮輕，劉勰《文心雕龍·指瑕篇》：「浮輕有似於胡蝶，施之尊極，豈有當乎？」竊審曹植遺詞之旨，似以浮輕象徵仙人，與《驅車篇》「餐霞漱沆瀣，毛羽被身形。發舉蹈虚廓，徑庭升窈冥。同壽東父年，曠代永長生」之意同，蓋祝曹叡永享遐齡耳。劉氏指摘，或失原旨。

案此表頌有佚句，非全章。《文心雕龍·指瑕篇》：「陳思之文，群才之俊也。而……《明帝頌》云：聖體浮輕。」據此頌作於太和五年冬至前。

請赴元正表〔一〕

欣豫百官之美，想見朝覲之禮〔二〕，耳存九成〔三〕，目想率舞〔四〕。

〔一〕《銓評》：「程缺。」元正，正月元日慶祝典禮。

〔二〕想見，謂彷彿如有所見。

〔三〕九成，《尚書·益稷篇》：「簫韶九成。」鄭注：「成猶終也。」樂隊奏終一曲曰成。九成謂多次演奏樂曲。

〔四〕率舞，《尚書·益稷篇》：「百獸率舞。」率，循也。率舞謂遵循樂曲節拍而舞。

此表殘捝太甚，僅存四句。曹植以舜比況曹叡，希望能參預正月元日朝會。

元會〔一〕

初歲元祚〔二〕，吉日惟良〔三〕。乃爲（佳）〔嘉〕會〔四〕，讌此高堂〔五〕。尊卑列叙，典而有章〔六〕。衣裳鮮潔，黼黻玄黄〔七〕。清酤盈爵〔八〕，中坐騰光〔九〕。珍膳雜遝〔一〇〕，充溢圓方〔一一〕。笙磬既設〔一二〕，筝瑟俱張〔一三〕。悲歌厲響〔一四〕，咀嚼清商〔一五〕。俯視文軒，仰瞻華梁〔一六〕。願保兹（喜）〔善〕〔一七〕，千載爲常〔一八〕。歡笑盡娱，樂哉未央〔一九〕！皇家榮貴〔二〇〕，壽考無疆〔二一〕。

〔一〕元會，《銓評》：「《御覽》二十九作正會。黄初元年。此詩程、張均收入詩類，張於補遺内又收之，較詩類增多八句，複沓未檢，今删并。」

〔二〕初歲，正月。元祚，《爾雅·釋詁》：「元，始也。」祚，福也。

〔三〕吉日，《周禮·太宰》鄭注：「吉，謂朔日。」即夏曆初一。良，《爾雅·釋詁》：「良，首也。」

〔四〕佳會，《銓評》：「《藝文》四佳作嘉。」案《初學記》卷四引與《藝文》同。本集卷一《送應氏》：「嘉會不可常。」嘉，美也，作嘉字是。

〔五〕高堂，疑指洛陽宫之建始殿。《魏志・王朗傳》：「今當建始之前，足用列朝會。」是建始殿曹叡時朝會群臣之所。

〔六〕典，謂禮制。章，謂程序。《銓評》：「此二句程脱，依《御覽》二十九補。」

〔七〕黼黻，《左》桓二年傳杜注：「白與黑謂之黼，形若斧。黑與青謂之黻，黻若兩已（阮元謂應爲兩弓。見郝懿行《爾雅義疏》引）相背也。」蓋謂用有色線繡斧、弓形圖案於衮服之上。於此黼黻作衮服之代詞。玄黄，玄，黑色，謂冕；黄，指裳。

〔八〕酤，《説文》：「一宿酒也。」《詩經・烈祖篇》：「既載清酤。」《西京賦》薛注：「清酤，美酒也。」爵，《左》桓二年傳杜注：「飲酒器也。」

〔九〕《銓評》：「此二句程脱，依《御覽》補。」騰光，謂光采浮蕩。

〔一〇〕珍膳，《文選・南都賦》：「珍羞琅玕。」《周禮・天官・序官・膳夫》鄭注：「膳之言善也，今時美物曰珍膳。」雜遝，《銓評》：「遝程作環，張作遶，從《藝文》。」案《初學記》卷四亦作遝，作遝是。環、遶或傳刻之形誤。雜遝見卷二《洛神賦》注。

〔一一〕圓方，《文選・南都賦》：「充溢圓方。」圓方謂食器。《淮南・泰族訓》高注：「器方中爲簠，圓中者爲簋也。」

〔一二〕笙磬，《儀禮・大射儀》：「笙磬西面。」《詩經・鼓鍾篇》：「笙磬同音。」毛傳：「笙磬，東方之樂也。」

〔一三〕箏，《銓評》：「張作琴。」案《楚辭・愍命》王注：「箏，小琴也。」張，《吕覽・先己篇》高注：「張，施也。」施、設義同。

〔一四〕厲響，謂高亢之音。

〔一五〕咀嚼，《文選・西京賦》：「嚼清商而却轉。」李注：「宋玉《笛賦》：吟清商。」是咀嚼具吟唱之義。清商，樂調名，爲周代房中樂之遺聲，散佚於唐代。《銓評》：「以上四句程脱，依《御覽》補。」

〔一六〕文軒，華梁，謂繪有彩色圖案之欄板與屋梁。

〔一七〕喜，《銓評》：「《藝文》作善。」案《初學記》卷四引亦作善，《古文苑》同。作善字是。善，《廣雅・釋言》：「佳也。」

〔一八〕爲猶如也。

〔一九〕未央，《廣雅・釋詁一》：「央，盡也。」未央，未盡也。

〔二〇〕皇家，《銓評》：「張作室家，《藝文》作皇室。」案宋刊本《曹子建文集》作皇家，《古文苑》家作室，與《藝文》同。本集《登臺賦》：「翼佐我皇家兮。」似作皇家爲允。榮貴，《銓評》：「《書鈔》一百五十五作華貴。」疑作榮貴是。

〔二一〕考無疆，《銓評》：「張作若東皇，《書鈔》作若東王。」案宋刊本《曹子建文集》作壽考無疆，與《藝文》同，疑是。

案古直《層冰堂曹子建詩箋》：「丁儉卿曰：黄初元年。直按《魏志》：文帝以延康元年冬十一月（當作十月）受禪，改元黄初。則黄初元年，不得有元會，丁説非也。又據《宋書·禮志》：魏元會實始黄初三年。」黄節《曹子建詩注》：「節按朱氏《考異》以爲此詩作於黄初五年，謂文帝惟五年正月朔在許故也。然考《魏志》：黄初五年秋七月幸許。八月循蔡、潁浮淮幸壽春。九月遂至廣陵。十月行還許昌宫。六年二月，遣使者循行許昌以東。三月幸召陵，乙巳還許昌宫。是五年十月還許昌宫後，至六年三月，方自許幸召陵，則六年正月朔，文帝亦在許，不獨五年也。此詩作于黄初五年或六年。」案朱、黄、古三家俱徵引《魏志》去探索《元會》詩寫作時日。由於都忽略了這一基本歷史情況，即《晉書·禮志》：「魏制藩王不得朝覲，明帝時有朝者由特恩。」《魏志·武文世王公傳》裴注引《袁子》：「……縣隔千里之外，無朝聘之儀，鄰國無會同之制。諸侯游獵不得過三十里，又爲設防輔監國之官以伺察之。」即使曹丕、曹叡舉行元會，没有詔令藩王參加，則藩王絶對不可能離開本國。歷史紀載，曹植赴洛陽計二次：一在黄初四年五月；另一在太和五年冬，至六年春反國，《元會》詩是曹植參加正月元日的朝宴而寫，則創作時日必在太和六年正月，是確然可信的。丁、朱、黄、古四家的結論都誤。

平原懿公主誄〔一〕

俯振地紀〔二〕，仰錯天文〔三〕。悲風激興〔四〕，霜猋雪雰〔五〕。凋蘭夭蕙〔六〕，良榦以泯〔七〕。於惟懿主〔八〕，瑛瑶其質〔九〕。協策應期〔一〇〕，含英秀出〔一一〕。岐嶷之姿，寔朗寔（極）〔一〕〔一二〕。（在生）〔生在〕十旬〔一三〕，察人識物〔一四〕。儀同聖表〔一五〕，聲協音律〔一六〕。驤眉識往〔一七〕，俛首知來〔一八〕，求顔必笑〔一九〕，和音則孩〔二〇〕。阿保接手〔二一〕，侍御充傍〔二二〕，常在繦褓〔二三〕，不停幃（牀）〔第〕〔二四〕。專愛一宫〔二五〕，取玩聖皇〔二六〕。何圖奄忽，罹天之殃〔二七〕！魂神遷移〔二八〕，精爽翱翔〔二九〕。號之不應，聽之不聆〔三〇〕。帝用吁嗟〔三一〕，嗚（呼）〔咽〕失聲〔三二〕。

嗚呼哀哉！憐爾早殁，不逮陰光〔三三〕；改封大郡，惟帝舊疆〔三四〕。建土開家〔三五〕，邑移藩王，琨珮惟鮮〔三六〕，朱紱斯煌〔三七〕。國號既崇，哀爾孤獨；配爾君子〔三八〕，華宗貴族〔三九〕。爵以列侯，銀艾優渥〔四〇〕。成禮于宫〔四一〕，靈輛交轂〔四二〕。生雖異室，殁（同山）〔乃同〕嶽〔四三〕。爰構玄宫〔四四〕，玉石交連〔四五〕；朱房皓壁〔四六〕，（日）〔暠〕曜電鮮〔四七〕。飾終備衛〔四八〕，法生象存。長埏繕修〔四九〕，神闈（掩）〔啓〕扉〔五〇〕。二柩並降〔五一〕，雙魂孰依？人誰不殁，憐爾尚微。阿保激感〔五二〕，上聖傷悲〔五三〕。城闕之詩，以日喻（歲）〔月〕〔五四〕；況我愛子，神光長滅。扃關一闔〔五五〕，曷（其）〔期〕復晰〔五六〕！

〔一〕平原懿公主，《銓評》：「平原張作平陽。公主程誤主公，依《藝文》十六改。《魏志·文昭甄皇后傳》：太和六年，明帝愛女淑薨，追封謚淑爲平原（懿）公主，爲之立廟。取后亡從孫黄與合葬，追封黄列侯。」

〔二〕振，《廣雅·釋詁一》：「動也。」紀，理也。地紀即地理。振地理謂山崩川竭自然現象。

〔三〕錯，《尚書·微子序》孔傳：「亂也。」天文，日月星辰運行規律。此二句如《文帝誄》之天震地駭，崩山隕霜，陽精薄景，五緯錯行四句意。

〔四〕激興猶言急發。

〔五〕猋與飆同。雪雰，《詩經·信南山篇》：「雨雪雰雰。」陳奂《毛詩傳疏》：「雰雰猶紛紛。」謂雪飄落之貌。

〔六〕夭蕙，《銓評》：「夭程作天，從《藝文》十六。」案宋刊本《曹子建文集》亦作夭，天係夭之形誤，作夭字是。《國語·魯語》韋注：「草木未成曰夭。」蘭蕙，象徵曹淑優秀品質。

〔七〕良榦，亦喻曹淑。泯，滅也。

〔八〕於惟，案《初學記》卷十惟作維。惟維古通。於惟，悲歎之辭。懿主，《銓評》：「主程作王，從《藝文》。」案《初學記》卷十引同。懿主，即懿公主之簡稱。

〔九〕瑛瑶，玉名。謂曹淑天資如玉之瑩潔無瑕也。

〔一〇〕協策，協，同也；策，《國策·秦策》高注：「蓍也。」蓍謂占筮。應期，應，當也；期，運也。

〔一一〕含英，《淮南·原道訓》高注：「含，懷也。」《廣雅·釋詁一》：「英，美也。」秀出，《文選·七命》李注：「秀，出貌也。」猶今語曰突出。

〔一二〕寔極，《銓評》：「極，《初學記》十作一。」案宋刊本《曹子建文集》極作貴。失韻疑誤。疑字當作一，一與質、出、物、律韻協。一，《淮南·説山訓》高注：「情專也。」寔，語中助詞。

〔一三〕在生，《銓評》：「《藝文》作生在。」案作生在是，謂生存之期。十旬，《宋書·禮志》：「淑涉三月而夭。」十旬，百日，與《宋書·禮志》合。

〔一四〕察人，謂能認識人。

〔一五〕儀，形容。聖表，曹叡體貌。

〔一六〕句謂發聲合於音樂節奏。

〔一七〕驤眉，揚眉。

〔一八〕俛首，《銓評》：「《藝文》首作瞳。」《一切經音義》引《埤蒼》：「瞳，目珠子也。」

〔一九〕求，《禮記·學記》鄭注：「謂招來也。」顏，《説文》：「眉目之間也。」

〔二〇〕孩，《銓評》：「程、張作該，從《藝文》。」案《初學記》卷十引作即孩。《説文》：「孩，小兒笑也。」作孩字是。

〔二一〕阿保，《後漢書·崔寔傳》章懷注：「即傅母。」接手，抱持在手。

〔二二〕侍御，女侍。

〔二三〕褓，《銓評》：「《藝文》作抱。」案《漢書·賈誼傳》：「昔者成王幼在繈抱之中。」張華《博物志》：「繈，織縷爲之，廣八寸，長丈二，以約小兒於背上。」褓，《説文》：「小兒衣也。」《吕覽·明理篇》高注：「褓，小兒被也。」

〔二四〕幃牀，《銓評》：「幃《藝文》作第。」案宋刊本《曹子建文集》亦作第，《初學記》卷十引同。第，牀席。作第是。

〔二五〕一宫，《禮記·内則》：「異爲孺子室於宫中。」鄭注：「特掃一處以處之。」

〔二六〕取玩猶取愛。聖皇謂曹叡。

〔二七〕罹，《銓評》：「《初學記》作惟。」案作罹是。罹，遭也。

〔二八〕遷移，《禮記·祭義》《正義》：「人生時形體與氣合共爲生。其死則形與氣分。」故曰魂神遷移。

〔二九〕翱翔，《銓評》：「《藝文》翱作翾。」《荀子·不苟篇》楊注：「翾，小飛也。」《祭義·正義》：「其氣之精魂發揚升於上爲昭明者，言此升上爲神靈高明也。」精爽即靈魂。

〔三〇〕不聆，《銓評》：「不《藝文》作莫。」

〔三一〕用，因也。吁嗟，歎息聲。

〔三二〕嗚呼失聲，《銓評》：「程張脱此四字，從《藝文》。」案《初學記》卷十亦有此四字，惟呼字作咽。疑作嗚咽是。嗚咽或作歍唈，雙聲謰語。《淮南·覽冥訓》：「孟嘗君爲之增欷歍唈。」高注：

「歔唈，失聲也。」謂氣壅喉頭不覺噭然而哭也。

〔三三〕陰光，《銓評》：「《初學記》作光陰。」案陰與上下文疆、王、煌韻不協，《初學記》誤，仍作陰光爲得。《釋名·釋形體》：「陰，蔭也。」光，《太玄經》范注：「光謂公侯也。」意謂尚未接受曹叡之封爵。

〔三四〕大郡，謂平原郡。今山東省樂陵、長清、平原諸縣境。《魏志·明帝紀》：黄初三年封爲平原王。平原爲曹叡舊日封邑，故曰舊疆。

〔三五〕建土，猶云建國。開家，創立家庭。

〔三六〕琨，《銓評》：「《藝文》作緄。」案宋刊本《曹子建文集》作琨，作琨是。説見卷一《七啓》注。鮮，明也。

〔三七〕朱紱，案紱爲韍之借，字或作芾。《詩經·采芑篇》：「朱芾斯皇。」芾，蔽膝，今曰圍裙。煌，光明貌。

〔三八〕君子，《銓評》：「《初學記》作名才。」案《藝文》卷十六作名子，宋刊本《曹子建文集》同。名子謂甄黄。

〔三九〕甄黄，曹叡母甄皇后之從孫，於魏爲親貴外戚。

〔四〇〕銀艾，銀，謂銀印；艾，緑色繫印之綬。優渥猶優厚。

〔四一〕成禮，舉行婚禮。

〔四二〕靈輀，喪車。交轂即接轂，並列前行。

〔四三〕同山，《銓評》：「《初學記》作乃同。」案《詩經·大車篇》：「穀則異室，死則同穴。」此曹植句所本。疑當從《初學記》作歿乃同嶽，與上句相儷。

〔四四〕玄宫，即《文帝誄》之玄宇。謂墳墓中置棺之室。

〔四五〕玉石交錯砌成墓室。

〔四六〕皓壁，《銓評》：「壁程作璧，從《藝文》。」案宋刊本《曹子建文集》亦作壁。《初學記》卷十引同。程本誤。

〔四七〕日曜，《銓評》：「日程、張作皓，《藝文》作皜，從《書鈔》九十四。」案宋刊本《曹子建文集》字作皜，疑作皜字是。《文選·魯靈光殿賦》：「皓壁皜曜以月照。」皜曜，白貌。丁氏從《書鈔》校作日，似未確。電鮮，《淮南·俶真訓》高注：「鮮，明好也。」電鮮，如電光之耀目。

〔四八〕飾終，考《魏志·陳群傳》：「後皇女淑薨，追封謚平原懿公主。群上疏曰：……八歲下殤，禮所不備，況未期月，而以成人禮送之，加爲制服，舉朝素衣，朝夕哭臨，自古已來，未有此比。而乃復自往視陵，親臨祖載，願陛下抑割無益有損之事，但悉聽群臣送葬，乞車駕不行。」備衛，《銓評》：「衛程作泣，從《藝文》。」案宋刊本《曹子建文集》衛字作位。程作泣，疑爲位字之形誤。《周禮·太宰》鄭注：「位，爵次也。」

〔四九〕長埏，《文選·楊武仲誄》李注引《聲類》：「埏，墓隧也。」繕，《廣雅·釋詁三》：「治也。」繕修複義詞。

〔五〇〕神闈，謂墓門。掩，《銓評》：「《初學記》作啓。」案作啓字是，故下句云二柩並降。作掩則句意不相承，作掩或非。

〔五一〕柩，《廣雅·釋器》：「柩，棺也。」《小爾雅·廣名》：「有屍謂之柩。」二柩謂曹淑、甄黄之柩也。

〔五二〕激感，《銓評》：「感《藝文》作摧。」案激，感也。摧，《易經·晉卦》虞注：「憂愁也。」

〔五三〕上聖，案《藝文》卷十六引作聖上，謂曹叡。

〔五四〕城闕，《詩經·子衿篇》：「佻兮達兮，在城闕兮；一日不見，如三月兮。」喻，《銓評》：「程、張作踰，從《藝文》。」案丁校改是。喻，比喻。歲疑當從《詩經》作月，與下句滅、晰協韻，作歲則失韻矣，似應訂正。

〔五五〕扃關，指墓門。

〔五六〕曷其，案其字疑誤。《武帝誄》：「曷時復形。」語意正同，其或當作期，蓋殘脱致誤。

答明帝詔表〔一〕

奉詔並〔二〕見聖恩〔三〕所作故平原公主誄。文義相扶〔四〕，章章殊興〔五〕，句句感切；哀動神明，痛貫天地。楚王臣彪等聞臣爲讀〔六〕，莫不揮涕〔七〕。

〔一〕《銓評》：「程缺。」

〔二〕並，《銓評》：「張脱並，從《御覽》五百九十六補。」

〔三〕見聖恩，《銓評》：「張脱此三字，從《書鈔》一百二補。」

〔四〕句意謂誄之詞藻與情意取得相互輝映之效果。

〔五〕章章謂每一段各具不同情感内容。

〔六〕臣彪等，謂曹彪、曹衮等。讀，《廣雅・釋詁二》：「説也。」即解釋之義。馬融曾從班昭受《漢書》讀可證。

〔七〕揮涕，《銓評》：「以上二十一字張脱，依《御覽》補。」

《銓評》：「《御覽》五百九十六引明帝詔云：吾既薄才，至於賦誄特不閑，從兒陵上還，哀懷未散，作兒誄，爲田家公語耳。」案《魏志・楊阜傳》：「帝愛女淑未期而夭，帝痛之甚，追封平原公主，立廟洛陽，葬於南陵，將自臨送。阜上疏曰：文皇帝、武宣皇后崩，陛下皆不送葬，所以重社稷備不虞也，何至孩抱之赤子而可送葬也哉！帝不從。」此篇係節録，首尾不具。

改封陳王謝恩章

臣既弊陋〔一〕，守國無效〔二〕，自分削黜〔三〕，以彰衆誡〔四〕。不意天恩滂霈〔五〕，潤澤横流〔六〕，猥蒙加封〔七〕，茅土既優〔八〕，爵賞必重〔九〕。非臣虚淺〔一〇〕，所宜奉受。非臣灰身〔一一〕，所能報答〔一二〕。

〔一〕弊陋，弊，罷也；陋，鄙小也。

〔二〕效，《廣雅·釋言》：「效，驗也。」

〔三〕削黜，《銓評》：「程作出削，從《藝文》五十一。」案程本作出，出或黜字之形誤。削，謂削減食邑户數。黜，謂降封爵等級。或謂具有罷免、斥逐之義。

〔四〕彰，明也。今曰顯示。衆誡，《銓評》：「誡程作誠，從《藝文》。」案丁校是。誡，譏惡爲誡。見《越絶書》。猶今曰警告。

〔五〕滂霈，廣大貌。雙聲謰語。

〔六〕潤澤，謂雨露，以喻恩惠。横流，偏布之意。

〔七〕加封，《魏志·陳思王植傳》：「太和六年二月，以陳四縣封植爲陳王。」

〔八〕茅土，《後漢書·鮑永傳》：「我受漢茅土之封。」章懷注：「王者封五色土爲社。封諸侯則各割其方面之土與之，燾以黄土，苴以白茅，使歸立社也。」優，謂封以陳郡四縣地。

〔九〕爵賞，爵謂由縣王晉封郡王，賞謂食邑三千五百户。

〔一〇〕虚淺，空虚浮淺。

〔一一〕灰身與糜軀同意。糜軀，見卷二《聖皇篇》注。

〔三〕報答，案《藝文》卷五十一答字作塞。塞有答義，見《漢書·終軍傳》顔注。考《漢雜事》：「凡群臣之書通於天子者四品：一曰章。章者，需頭稱稽首上以聞，謝恩、陳事、詣闕通者也。」

謝妻改封表〔一〕

璽書〔二〕：今以東阿王妃爲陳王妃，并下印綬，因故上前所假印，（以）其〔以某〕拜授〔三〕。書以即日到。臣輒奉詔拜〔四〕。（其）〔某〕才質底下〔五〕，謬同受私〔六〕，遇寵素餐〔七〕，臣爲其首。陛下體乾坤育物之德〔八〕，東海含容之大〔九〕，乃復隨例〔一〇〕，顯封大國〔一一〕。光揚章灼〔一二〕，非臣負薪之才所宜克當〔一三〕，非臣穢釁所宜蒙獲〔一四〕。夙夜憂（歎）〔勤〕〔一五〕，念報罔極〔一六〕。洪施遂隆〔一七〕，既榮枝幹〔一八〕，猥復正臣妃爲陳妃〔一九〕。光曜宣朗〔二〇〕，非妾婦惷愚〔二一〕，所當蒙被〔二二〕。葵藿草物〔二三〕，猶感恩養；況臣含氣〔二四〕，銜珮弘惠〔二五〕，没而後已，誠非翰墨屢辭所能報答〔二六〕。

〔一〕《銓評》：「張作《謝妻改封陳妃表》。」

〔二〕璽書，《國語·魯語》：「追而與之璽書。」韋注：「璽封書也。」《獨斷》：「秦以來，天子獨以印稱璽，又獨以玉，群臣莫敢用也。」

〔三〕以其拜受，疑當作其以某拜受。其，漢魏詔令常用語，詳《風俗通》。《漢書·高祖紀》：「其以沛爲朕湯沐邑。」是其證。某，曹植妻姓代詞。《禮記·曲禮》《正義》：「某者是氏。」

〔四〕奉詔拜，《銓評》：「程脱拜，從《藝文》五十一補。」案丁校補是。

〔五〕案其字亦當作某，與上文以其之其字誤同。某亦爲植妻姓氏之代詞。底，《銓評》：「程作伍，從《藝文》。」案宋刊本《曹子建文集》底作伍，疑爲低字之形誤。《釋名·釋地》：「地者底也，其體底下載萬物也。」底下，複義詞。

〔六〕受私，《儀禮·燕禮》：「寡君之私也。」鄭注：「私，獨受恩厚也。」

〔七〕遇，《文選·出師表》李注：「遇謂以恩相接也。」寵，《漢書·匡衡傳》顏注：「踰也。」素餐，見本卷《求自試表》注。

〔八〕乾坤，天地。育物，長養萬物。

〔九〕含，容也。含容複義詞。

〔一〇〕隨例，古制妻以夫貴，故曰隨例。《説文》：「例，比也。」

〔一一〕顯封猶榮封。大國指陳國。

〔一二〕光揚猶榮耀。章灼，顯著也。

〔一三〕負薪，《左》昭七年傳：「其父析薪，其子弗克負荷。」比喻才能薄弱。

〔一四〕非臣，《銓評》：「程脱此二字，從《藝文》補。」案宋刊本《曹子建文集》與《藝文》同，此脱，文義不具，丁校補是。穢，謂行爲蕪穢。釁，謂罪釁。即監國謁者灌均希指奏植醉酒悖慢，劫脅使者。故植於表申言之。

〔一五〕憂歎，案歎疑當作勤。《詩經·卷耳序》：「朝夕思念，至於憂勤也。」《吕覽·古樂篇》高注：「勤，憂也。」此蓋曹植句所本。

〔一六〕罔極，《詩經·蓼莪篇》：「欲報之德，昊天罔極。」言無窮竟也。

〔一七〕洪施猶大恩。隆，《史記·禮書》《索隱》：「隆猶厚也。」

〔一八〕枝榦，案曹植《封二子爲公謝恩章》：「既榮本榦，枝葉并蒙。」榦，植自喻；枝，以喻其子。

〔一九〕正，《周禮·宰夫》鄭注：「正猶定也。」

〔二〇〕光曜，《銓評》：「《藝文》作熠燿。」案《一切經音義》引《字林》：「熠燿，盛光照也。」宣朗猶顯明。

〔二一〕惷愚，《淮南·氾論訓》：「愚夫惷婦。」高注：「惷亦愚無知之貌也。」

〔二二〕蒙被，承受。

〔二三〕草物，《國語·晉語》：「如草木之産也各以其物。」韋注：「物，類也。」草物即草類。

〔二四〕含氣，已見含氣受潤句注。

〔二五〕銜珮，謂銜之於口，珮之於身，具身受之意。

〔二六〕報答，《銓評》：「程脱此二字，從《藝文》補。」案《密韻廔叢書·曹子建文集》與《藝文》同，丁補是。

感節賦

攜友生而遊觀，盡賓主之所求。登高墉以永望〔一〕，冀消日以忘憂〔二〕。欣陽春之潛潤〔三〕，樂時澤之惠休〔四〕。望候雁之翔集，想玄鳥之來游〔五〕。嗟征夫之長勤〔六〕，雖處逸而懷愁〔七〕。懼天河之一回，没我身乎長流〔八〕。豈吾鄉之足顧，戀祖宗之靈丘〔九〕。唯人生之忽過，若鑿石之〔末〕〔未〕燿〔一〇〕。慕牛山之哀泣，懼平仲之我笑〔一一〕。折若華之翳日〔一二〕，庶朱光之常照〔一三〕。願寄軀於飛蓬〔一四〕，乘陽風之遠飄〔一五〕。亮吾志之不從，乃拊心以歎息。青雲鬱其西翔〔一六〕，飛鳥翩而止匿〔一七〕。欲縱體而從之〔一八〕，哀余身之無翼。大風隱其四起〔一九〕，揚黄塵之冥冥〔二〇〕。鳥獸驚以來群〔二一〕，草木紛其揚英〔二二〕。見遊魚之涔灂〔二三〕，感流波之悲聲。内紆曲而潛結〔二四〕，心怛惕以中驚〔二五〕。匪榮德之累身〔二六〕，恐年命之早零〔二七〕。慕歸全之明義〔二八〕，庶不忝其所生〔二九〕。

商風入帷《銓評》：「《書鈔》一百五十三引《感節賦》。」

〔一〕永，《詩經·白駒篇》鄭箋：「久也。」

〔二〕冀，希望。

〔三〕陽春，《詩經·七月篇》：「春日載陽。」《爾雅·釋天》：「春曰青陽。」潛潤見本卷《求自試表》注。

〔四〕時澤，時雨。惠休，惠，《詩經·燕燕篇》毛傳：「順也。」休，美也。

〔五〕候雁，《周禮·太宗伯》鄭注：「雁取其候時而行。」故曰候雁。玄鳥，《禮記·月令篇》鄭注：「玄鳥，燕也。」

〔六〕征夫，《詩經·皇華篇》毛傳：「行人也。」長勤，常勤。曹叡征吴伐蜀，人民勤苦，不得休息。

〔七〕處逸而懷愁，曹植自謂。

〔八〕天河，《詩經·雲漢篇》毛傳：「雲漢，天河也。」一回，一，或也；回，《雲漢篇》：「昭回於天。」毛傳：「回，轉也。」長流謂天河。

〔九〕顧，念也。靈丘指墳墓。

〔一〇〕末燿，案《古樂府》句云：「鑿石見能幾時。」《抱朴子·勤求篇》亦云：「鑿石有餘焱，年命已雕頹。」與此意同。疑末燿當作末燿，末燿即餘光也。

〔一一〕牛山，在今山東臨菑縣南。平仲，齊景公相晏嬰字。《晏子春秋》：「景公游於牛山，北臨齊國，流涕曰：若何去此而死乎！艾孔、梁丘據皆泣，晏子獨笑。公收涕而問之？晏子曰：使賢者常守，則太公、桓公有之；使勇者常守，則莊公有之，吾君安得有此，而爲流涕，是不仁也。見不仁之君一，諂諛之臣二，所以獨笑也。」

〔二〕若華，《山海經》：「灰野之山，有樹青葉赤華，名曰若木，日所入處。」《離騷》：「折若華以拂日。」李注：「拂，蔽也。以若木蔽日，使不得過。」案蔽翳義同。

〔三〕朱光喻日。常，宋刊本《曹子建文集》作長。《藝文》卷二十八引同。

〔四〕飛蓬，陸佃《埤雅》：「蓬末大於本，遇風輒拔而旋。」案蓬菊科植物，花如球，遇風連根吹起，故曰飛蓬。

〔五〕陽風，東風。之，《銓評》：「《藝文》二十八作而。」案作而字是。

〔六〕鬱其，猶鬱然，密雲滃鬱之貌。

〔七〕止匿，《銓評》：「《藝文》止作上。」案宋刊本《曹子建文集》仍作止，作止字是。止匿謂棲息隱藏也。

〔八〕縱體，《淮南·精神訓》：「故縱體肆意而度制。」高注：「縱，放也。」

〔九〕隱其，猶隱然。《文選·蜀都賦》劉注：「隱盛也。」

〔一〇〕揚，《廣雅·釋詁一》：「舉也。」《列子·黄帝篇》《釋文》：「揚猶颺，物從風也。」冥冥，昏暗之貌，謂黄塵蔽天，日光暗淡也。

〔二〕鳥，《銓評》：「《藝文》作野。」案作野字是。來群，《銓評》：「《藝文》來作求。」案宋刊本《曹子建文集》亦作求。王粲《登樓賦》：「獸狂顧以求群兮。」曹植《贈白馬王彪》詩：「孤獸走索群。」索求義同，應據改。

〔三〕紛其猶紛然。《離騷》王注：「紛，盛貌。」揚英，猶今曰揚花。

〔三〕涔濶即瀺灂，雙聲謰語。《文選·閑居賦》：「游鱗瀺灂。」李注：「瀺灂，出没貌。」惲敬《大雲山房筆記》：「瀺灂讀如彈拍，魚開合口貌。」

〔四〕紆曲，猶紆鬱。雙聲謰語。潛結，不舒暢之貌。

〔五〕怛惕，驚懼貌。中驚即心驚。上言心，下言中，變文以避複。

〔六〕榮德累身，即《諫取諸國士息表》句「維縶於禄位」之意。

〔七〕早零，言早終。

〔八〕歸全，《禮記·祭義篇》：「父母全而生之，子全而歸之，可謂孝矣。」《正義》：「不虧其體，不辱其身，可謂全者矣。非直體全，又須善名得全也。」即歸全之義。明義，《廣雅·釋詁一》：「明，通也。」

〔九〕忝，《爾雅·釋言》：「辱也。」其，《銓評》：「《藝文》作乎。」所生，謂父母。《詩經·小宛篇》：「無忝爾所生。」

門有萬里客

門有萬里客，問君何鄉人？褰裳起從之〔一〕，果得心所親〔二〕。挽衣對我泣〔三〕，太息前自陳：本是朔方士〔四〕，今爲吴越民〔五〕。行行將復行，去去適西秦〔六〕。

〔一〕褰裳，《廣雅·釋言》：「褰，摳也。」《禮記·曲禮篇》《正義》：「摳，提挈也。」

〔二〕親，愛也。

〔三〕衣，《銓評》：「《藝文》二十九作裳。」案《密韻慶叢書·曹子建文集》亦作裳。挽裳猶牽裳。

〔四〕朔方，見卷一《送應氏》詩注。

〔五〕吴越民，指魏國遣戍備吴之士卒。

〔六〕西秦，謂禦蜀。

此篇相和歌辭瑟調曲。曹叡連年伐吴禦蜀，東西用兵。人民担負沉重兵役，奔走道路。此篇藉役者之口，傾訴當時人民遭受的苦難，不作結語，言簡意深，更易激起對窮兵黷武者之憎惡情緒。

臨觀賦

登高墉兮望四澤〔一〕，臨長流兮送遠客〔二〕。春風暢(而)〔兮〕氣通靈〔三〕，草含幹兮木交莖〔四〕。邱陵崛兮松柏青〔五〕，南國夔兮果載榮〔六〕。樂時物之逸豫〔七〕，悲予志之長違〔八〕。歎《東山》之愬勤〔九〕，歌《式微》以(訴)〔詠〕歸〔一〇〕。進無路以効公〔一一〕，退無隱以營私〔一二〕，俯無鱗以游遁，仰無翼以翻飛〔一三〕。

〔一〕澤，《風俗通・山澤》：「水草交厝名之曰澤。」今曰湖泊。

〔二〕長流謂河。

〔三〕暢，《文選・西京賦》李注：「條暢也。」而，《銓評》：「《藝文》六十三作兮。」案作兮字是，則上下文一致。氣，氣候。通，暢達。靈，淑和。

〔四〕含幹，謂野草萌發。交莖，謂生長新枝。形容草木茂盛之狀。

〔五〕崛，高貌。

〔六〕夔，竹木茂密貌。果載榮，果樹發花。載，語中助詞。

〔七〕時物，指上文所言節令氣候及樹果繁茂。逸豫，《詩經・十月之交篇》鄭箋：「逸，逸豫也。」逸豫，複義詞，逸樂也。

〔八〕違，《廣雅・釋詁二》：「背也。」

〔九〕《東山》，《詩經》篇名。之，《銓評》：「《藝文》作以。」愬，《銓評》：「程作朔，從《藝文》。」案宋刊本《曹子建文集》與《藝文》同。愬即訴字。愬勤，《東山》詩序：「君子之於人，序其情而閔其勞。」其詩云：「我徂東山，慆慆不歸。我來自東，零雨其濛。我東曰歸，我心西悲。制彼裳衣，勿士行枚。蜎蜎者蠋，烝在桑野。敦彼獨宿，亦在車下。」詩凡四章。

〔一〇〕《式微》，《詩經》篇名。訴歸，《銓評》：「《藝文》訴作詠。」案作詠是，作訴與上句愬意複，詠訴蓋涉形近而誤。其詩云：「式微式微胡不歸？微君之故，胡爲乎中露？」詩凡二章。詩人見服役者，長久辛苦勞動，往反道路，不遑寧處，爲之發歸家之呼籲。

〔一一〕効公，《銓評》：「公，程、張作功，從《藝文》。」公謂國家。効公，即《求自試表》「欲逞其才力，輸能於明君」之意。

〔一二〕無隱，謂不能隱身潛居。營私，即《諫取諸國士息表》「追伯成子仲之業，營顏淵原憲之事」之意。

〔一三〕鱗謂魚，翼謂鳥，言不能如魚鳥之翱翔浮游，而進退維谷也。

（自試表）〔請招降江東表〕〔一〕

臣聞士之羨永生者〔二〕，非徒以甘食麗服〔三〕，宰割萬物而已〔四〕。將有補益群生〔五〕，尊主惠民，使功存於竹帛〔六〕，名光於後嗣〔七〕。今臣文不昭於俎豆〔八〕，武不習於干戈〔九〕，而竊位藩王，尸禄東夏〔一〇〕。消損天日〔一一〕，無益聖朝。淮南尚有山竄之賊〔一二〕，吴會猶有潛江之虜〔一三〕，使戰士未獲歸於農畝，五兵未得收於武庫〔一四〕。蓋善論者不恥謝〔一五〕，善戰者不羞走〔一六〕。夫凌雲者，泥蟠者也〔一七〕；後申者，先屈者也〔一八〕。是以神龍以爲德，尺蠖以求申〔一九〕。昔湯事葛〔二〇〕，文王事犬夷〔二一〕，固仁者能以大事小。若陛下遣明哲之使〔二二〕，繼能陸賈之蹤者〔二三〕，使之江南，發愷悌之詔〔二四〕，張日月之信〔二五〕，開以降路，權必奉承聖化〔二六〕，斯不疑也。

〔一〕《銓評》：「《藝文》五十二作《降江東表》。張作《請招降江東表》。」案今本標題誤，從張本或是。

〔二〕羨，《廣雅・釋詁一》：「欲也。」永生，長生。

〔三〕甘食，美食也。

〔四〕宰割，《漢書·叙傳》：「宰割諸夏。」《廣雅·釋言》：「宰，制也。」割，《廣雅·釋詁二》：「割，裁也。」則宰割猶言制裁。

〔五〕群生，《漢書·宣帝紀》：「養育群生。」王先謙補注：「群生，庶物也。」案群生謂百姓。

〔六〕竹帛，《墨子·明鬼篇》：「故書之竹帛，傳遺後世子孫。」竹謂簡册，帛謂縑素。

〔七〕光，明也，顯也。

〔八〕俎豆，《論語·衛靈公章》：「俎豆之事，則嘗聞之矣。」皇疏：「俎豆，祭器也。」不昭俎豆，猶言不明曉政教。

〔九〕干戈，武器，以喻軍旅之事。

〔一〇〕尸禄，見《求自試表》注。

〔一一〕消損，猶言消耗。天日，時日。

〔一二〕淮南指今安徽合肥地區。山竄之賊指山越。

〔一三〕吴會，指江、浙二省地。潛江之虜，謂孫權。

〔一四〕五兵，指矛、戟、鉞、楯、弓矢五種武器。收，《銓評》：「《藝文》作戢。」案宋刊本《曹子建文集》亦作戢。《詩經·思文篇》：「載戢干戈。」《左》宣十二年傳杜注：「藏也。」

〔一五〕善論，《銓評》：「程脱善，從張本補。」案丁補是。善論與善戰語正相儷。論，辯説。謝，《説文》：「辭去也。」謂善於辯説者，不以辭屈而慙愧。

〔一六〕不羞走，《銓評》：「不程作之，走作去，從《藝文》。」案程本誤。不羞走，言不以退却爲恥辱。

〔一七〕淩，《文選·東京賦》薛注：「升也。」淩雲即升雲。泥蟠，即蟠於土中，謂龍。

〔一八〕後申先屈，案《易·繫辭》：「尺蠖之屈，以求信也。」

〔一九〕尺蠖，《爾雅翼》：「尺蠖，屈申蟲也，狀如蠶而絶小，行則促其腰，使首尾相就，乃能進步，屈中有伸，故曰屈伸。」求申，《銓評》：「《藝文》作昭義。」案宋刊本《曹子建文集》與《藝文》同。昭義即明理。

〔二〇〕葛，夏代諸侯，其地約在今河南葵丘縣東。湯事葛，湯，成湯，事見《孟子·梁惠王章》。

〔二一〕犬夷，《孟子·梁惠王章》作昆夷。昆、犬一聲之轉。古代西方少數族之一，地約在今陝西鳳翔北境。亦見《梁惠王章》。

〔二二〕陛下謂曹叡。明哲即明智。

〔二三〕陸賈，漢高祖時辯士。繼蹤猶繼迹。趙佗據番禺稱王，劉邦遣陸賈往説之，佗乃許稱臣奉漢約。孝文帝劉恒時，佗又稱皇，復遣賈之番禺，勸佗去黄屋稱制，比諸侯，佗亦接受（事詳《漢書》陸賈及南越傳）。

〔二四〕愷悌，《詩經·泂酌篇》：「愷悌君子，民之父母。」《漢書·刑法志》顔注：「言君子有和樂簡易之德，則其下尊之如父，親之如母也。」

〔二五〕張，《銓評》：「張作明。」案張，《廣雅·釋詁三》：「開也。」猶展示。日月，喻明確。

〔二六〕 權，孫權。聖化，《説文》：「化，教行也。」聖謂曹叡。

案《魏志·劉放傳》：「太和末，吴遣將周賀浮海詣遼東，招誘公孫淵，帝欲邀討之，朝議多以爲不可。」疑此表作此時。曹植在京，洞察政權存在的危機，反國後，知人民苦於兵役，而曹叡外勤征役，年穀饑儉，因此上表勸沮曹叡用兵，建議遣使去吴，不必勞師遠征，耗損民力。此表似未全，有佚句。

諫伐遼東表

臣伏以遼東負阻之國〔一〕，勢便形固，帶以遼海〔二〕。今輕車遠攻〔三〕，師疲力屈〔四〕，彼有其備〔五〕，所謂以逸待勞〔六〕，以飽待饑者也〔七〕。以臣觀之，誠未易攻也。若國家攻（之）而必克〔八〕，屠襄平之城〔九〕，懸公孫之首，得其地不足以償中國之費，虜其民不足以補三軍之失，是我所獲不如所喪也。若其不拔，曠日持久，暴師於野。然天時（不）〔難〕測〔一〇〕，水潦無常〔一一〕。彼我之兵，連於城下〔一二〕，進則有高城深池，無所施其功〔一三〕；退則有歸途不通，道路瀸洳〔一四〕。東有待釁之吴，西有伺隙之蜀。吴起東南〔一五〕，則荆揚騷動〔一六〕；蜀應西境〔一七〕，則雍涼（三）〔參〕分〔一八〕。兵不解於外〔一九〕，民罷困於内〔二〇〕。促耕不解其饑〔二一〕，疾蠶不救其寒[二二]。夫渴而後穿井，飢而後殖種，可以圖遠[二三]，難以應卒也[二四]。臣以爲當今之務[二五]，在於省徭役[二六]，薄賦斂[二七]，勤農桑[二八]。三者既備，然後令伊管之臣得施其術[二九]，孫吳之將得奮其力。若此，則太平之基可立而待，康哉之歌可坐而聞[三〇]，曾何憂於二敵[三一]，何懼於公孫乎！今不（息）〔恤〕邦畿之內[三二]，而勞神於蠻貊之域[三三]，竊爲陛下不取也。

〔一〕遼東，漢代遼東郡，今遼寧省地。負阻即恃險。

〔二〕帶，《廣雅·釋詁三》：「束也。」遼海，即今渤海。

〔三〕輕車，《銓評》：「《藝文》二十四作輕軍。」

〔四〕力屈，《吕覽·安死篇》高注：「屈，盡也。」力屈即力盡。

〔五〕彼謂公孫淵。

〔六〕逸，《吕覽·重己篇》高注：「安也。」

〔七〕待饑，《銓評》：「待，《藝文》作制。」《國策·秦策》高注：「制，御也。」今曰控制。

〔八〕攻之，案宋刊本《曹子建文集》無之字，《藝文》引同，疑應删去。

〔九〕襄平，約在今遼寧遼陽縣北。爲公孫淵政權駐地。

〔一〇〕不測，《銓評》：「不《藝文》作難。」案作難字是。難測，不易揣測。

〔一一〕《魏志·明帝紀》:「會連雨十日,遼水大漲,詔(毌丘)儉引軍還。」又《公孫度傳》:「會霖雨三十餘日,遼水暴漲。」而杜佑《通典·兵》云:「會霖潦大水,平地數尺,三軍恐懼,欲移營。」足以證表語非誣。

〔一二〕連,結也。《魏志》:「宣王曰:賊堅營高壘,欲以老吾兵也,攻之正如其計。」(見《御覽》卷二百八十五引)與曹植表語可相證。

〔一三〕功,力也,施功,猶展力也。

〔一四〕瀸洳,《銓評》:「程作纖好,從《藝文》改。」案作瀸洳是。《一切經音義》引《通俗文》:「淹漬謂之瀸洳。」

〔一五〕起,《銓評》:「程作越,從《藝文》。」案作起字是。起,發動之義。

〔一六〕則,《銓評》:「程脱則,從《藝文》補。」案丁補是。荆揚,荆指湖北長江以北之地,揚謂今合肥、廬江等地,魏屬揚州刺史所治。

〔一七〕應,響應。《吴志·吴主傳》:「黄龍元年:若有害漢,則吴伐之;若有害吴,則漢伐之。」謂吴起兵伐魏,蜀則興師響應於西也。

〔一八〕雍涼,雍今陝西,涼今甘肅。三分,案《藝文》三字作參,作參字是。《荀子·成相篇》楊注:「參,錯雜也。」

〔一九〕不解,《儀禮·大射儀》鄭注:「解猶釋也。」

〔二〇〕罷即疲字。

〔二一〕促，急也。解，《易經·雜卦傳》：「緩也。」

〔二二〕疾蠶，《詩經·召旻篇》鄭箋：「疾猶急也。」疾蠶，急於育蠶。

〔二三〕圖遠，《爾雅·釋詁》：「圖，謀也。」

〔二四〕應卒，《漢書·辛慶忌傳》：「則亡以應卒。」顏注：「謂暴也。」則卒指猝然出現之事。

〔二五〕務，事也。

〔二六〕徭役，《魏志·王肅傳》：「夫務畜積而息疲民，在於省徭役而勤稼穡。」

〔二七〕賦斂，猶今日税收。

〔二八〕勤農桑，《銓評》：「勤《藝文》作勸。」案宋刊本《曹子建文集》仍作勤，疑作勸字是。考《魏志·楊阜傳》：「方今二虜合從，謀危宗廟，十萬之軍，東西奔赴，邊境無一日之娱，農夫廢業，民有饑色，陛下不以是爲憂，而營作宫室，無有已時。」與此表意同。

〔二九〕伊，伊尹；管，管仲。

〔三〇〕康哉之歌，《尚書·益稷篇》：「元首明哉，股肱良哉，庶事康哉！」

〔三一〕二敵謂吴蜀。

〔三二〕不息，《銓評》：「息《藝文》作恤。」案作恤是。恤，憂也。

〔三三〕蠻貊之域，指公孫淵。

《銓評》：「《魏志·明帝紀》：景初元年，遣幽州刺史毌丘儉屯遼東南界。公孫淵發兵反，儉進軍討之。二年，詔司馬宣王帥衆討遼東。」丁晏引此，以此表寫於景初元、二年間。考景初時，曹植死已四、五年，怎能上此表呢？嚴可均《全三國文》引此表列於《求自試表》與《轉封東阿王謝表》之間，蓋謂此表作於太和二、三年間，也不足信。考《魏志·蔣濟傳》裴註引司馬彪《戰略》：「太和六年，明帝遣平州刺史田豫乘海渡，幽州刺史王雄陸道，并攻遼東。」竊以此表因此戰役而上，當作於太和六年。又據蔣濟諫語：「得其民不足益國，得其財不足爲富。」與此表語：「得其地不足以償中國之費，虜其民不足以補三軍之失。」意正相同，更足證此表作於太和六年。此表分析敵我形勢，政治狀況，俱極深刻、真實、正確，語言亦簡練有力，可以說這一篇是曹植現存的最後之政治性的文章。

曹植集校注卷四

曹植作品有不能推究創作時期者，彙編於此。

雜詩

悠悠遠行客〔一〕，去家千餘里。出亦無所之〔二〕，入亦無所止〔三〕。浮雲翳日光〔四〕，悲風動地起〔五〕。

〔一〕《詩經·載馳篇》毛傳：「悠悠，遠貌。」

〔二〕所，猶可也。之，往也。

〔三〕入，謂反家。止，《詩經·相鼠篇》毛傳：「止，所止息也。」

〔四〕《古詩》：「浮雲蔽白日。」

〔五〕動地起，《銓評》：「程作起動地，從《藝文》二十七。」案從《藝文》校改是，若從程本，則失其韻矣。

又 程缺

美玉生磐石〔一〕，寶劍出龍淵〔二〕。帝王臨朝服，秉此威百蠻〔三〕。□□歷見貴〔四〕，雜糅□刀閒〔五〕。

〔一〕磐石，大石。

〔二〕龍淵，案浙江龍泉縣南五里溪水，取以淬劍，刃極鋒利。

〔三〕服，《呂覽・孟春紀》高注：「服，佩也。」《廣雅・釋詁三》：「秉，持也。」

〔四〕歷見貴三字上，原脱二字。

〔五〕糅下原脱一字。《銓評》：「此二句張脱，依《書鈔》一百二十二補。」

失題

皇考建世業〔一〕，余從征四方。櫛風而沐雨〔二〕，萬里蒙露霜。劍戟不離手，鎧甲爲衣裳。

〔一〕皇考謂曹操。世業即大業。

〔二〕櫛，《説文》：「梳比之總名也。」句猶言風吹雨洗，謂辛苦。

此篇見《太平御覽》卷三百三十九，句有遺脱。

失題 程缺

雙鶴俱遨遊，相失東海旁；雄飛竄北朔，雌驚赴南湘〔一〕。棄我交頸歡〔二〕，離别各異方。不惜萬里道，但恐天網張〔三〕。

〔一〕赴，《銓評》：「《詩紀》作越。」

〔二〕交頸，《莊子·馬蹄篇》：「喜則交頸相靡。」此喻親暱。

〔三〕天網喻法制。

寶刀銘

造兹寶刀，既礱既礪〔一〕。匪以尚武〔二〕，予身是衛。麟角(是)〔匪〕觸〔三〕，鸞距匪蹶〔四〕。

〔一〕礱，《廣雅·釋詁三》：「磨也。」礱、礪義同。

〔二〕尚，《國語·晉語》韋注：「好也。」

〔三〕是，《銓評》：「《藝文》六十作匪。」案作匪字是。觸，《説文》：「牴也。」今曰牴觸。

〔四〕距，《淮南·原道》高注：「爪也。」蹶，《文選·羽獵賦》李注：「踏也。」

閨情〔一〕

攬衣出中閨〔二〕，逍遥步兩楹〔三〕。閒房何寂寞〔四〕，緑草被階庭。空穴自生風〔五〕，百鳥翔南征〔六〕。春思安可忘？憂戚與君并〔七〕。佳人在遠道〔八〕，妾身單且煢〔九〕。歡會難再逢〔一〇〕，芝蘭不重榮〔一一〕。人皆棄舊愛，君豈若平生〔一二〕。寄松爲女蘿〔一三〕，依水如浮萍。齎身奉衿帶〔一四〕，朝夕不墮傾〔一五〕。儻終顧盼恩〔一六〕，永副我中情〔一七〕。

〔一〕《玉臺新詠》題作雜詩。

〔二〕攬，《廣雅·釋詁》：「持也。」閨，《爾雅·釋宫》：「宫中之門謂之闈，其小者謂之閨。」

〔三〕兩楹，《楚辭·愍命》王注：「兩楹之間，户牖之前，尊者之所處也。」

〔四〕閒房，宋刊本《曹子建文集》作閑房。閒、閑古通用。《楚辭·招魂》王注：「空寬曰閒。」寞，

《銓評》：「《藝文》三十二作寥。」《楚辭·九歎·憂苦》王注：「寂寞，無人聲也。」

〔五〕空穴，《銓評》：「穴張作室。」案宋刊本《曹子建文集》作穴。《文選·風賦》：「空穴來風。」李注：「司馬彪《莊子》注：「門穴孔空，風善從之。」

〔六〕翔，《銓評》：「《藝文》作翩。」案宋刊本《曹子建文集》作翩。翩，疾飛貌。

〔七〕憂戚，憂懼之意。君，《銓評》：「張作我。」黄節《曹子建詩注》：「《玉臺》作我，《藝文》作君。」并，《説文》：「相從也。」

〔八〕佳人，猶良人。

〔九〕單煢，猶孤煢，謂孤獨也。

〔一〇〕逢，《銓評》：「《藝文》作遇。」案宋刊本《曹子建文集》作逢。

〔一一〕榮，謂華。《爾雅·釋草》：「草謂之榮。」

〔一二〕平生，謂少年時。

〔一三〕寄，《廣雅·釋詁四》：「依也。」爲，與如同義。女蘿，《詩經·頍弁》：「蔦與女蘿，施於松柏。」陸璣《詩疏》：「女蘿，今兔絲，蔓連草上生，黄赤如金。」

〔一四〕齊，《儀禮·聘禮記》鄭注：「猶付也。」齊身猶言委身。奉，《廣雅·釋詁二》：「進也。」衿，《詩經·子衿》《正義》：「領之别名。」

〔一五〕墮，《後漢書·列女傳》章懷注：「廢也。」傾，《淮南·原道》高注：「覆也。」

〔一六〕盼，《銓評》：「《藝文》作眄。」宋刊本《曹子建文集》作眄。顧，旋視。眄，斜視。眷戀之意。

〔一七〕永，猶言永久。副，《漢書·禮樂志》顔注：「稱也。」今語曰符合。中情，内心感情。

其二

有一美人〔一〕，被服纖羅〔二〕。妖姿艷麗〔三〕，蓊若春華〔四〕。紅顔韡曄〔五〕，雲髻嵯峩〔六〕。彈琴撫節〔七〕，爲我絃歌。清濁齊均〔八〕，既亮且和〔九〕。取樂今日，遑恤其他〔一〇〕。

〔一〕一美，《銓評》：「《藝文》十八作美一。」《詩經·野有蔓草》：「有美一人。」

〔二〕被服，古詩：「被服羅裳衣。」

〔三〕妖姿，妍美之姿容。

〔四〕蓊，盛貌。

〔五〕韡曄，光彩盛貌。

〔六〕雲形容繁多。髻，《一切經音義》十三引《字林》：「紒髮也。」嵯峩，《銓評》：「藝文作峩峩。」嵯峩，高聳貌。

〔七〕撫節，猶擊拍。

〔八〕清濁，謂聲之長短輕重。齊，《國語·楚語》韋注：「一也。」均，《楚辭·惜誓》王注：「調也。」

〔九〕亮，謂聲音明亮。和，謂節拍協調。

〔一〇〕遑，《詩經·谷風》鄭箋：「暇也。此言不暇。」恤，《説文》：「憂也。」

詰紂文〔一〕

崇侯何功〔二〕？乃用爲輔。西伯何辜〔三〕？囚之囹圄〔四〕。囹圄既成，負土既盈〔五〕，興立炮烙〔六〕，賊害忠貞〔七〕。

〔一〕《銓評》缺，據嚴可均《全三國文》引《封氏聞見記》六補。

〔二〕崇侯謂崇侯虎。

〔三〕西伯謂周文王。辜，罪也。《史記·周本紀》：「崇侯虎譖西伯於殷紂曰：西伯積善累德，諸侯皆嚮之，將不利於帝。紂乃囚西伯於羑里。」

〔四〕囹圄，《禮記·月令》鄭注：「囹圄，所以禁守繫者，若今别獄矣。」應劭《風俗通》：「周曰囹圄，令囹舉也。言人幽閉思愆，改惡爲善，因原之也。」

〔五〕《唐語林》卷八引《詰紂文》云：「觀此意，見文王所囚之地，紂使負土實此城也，未詳子建所據。

今按此，東頓丘、臨黄諸縣，多有古小城，周一里或二百步，其中皆實。郭緣生《述征記》云：彭城東有秺城，云是崇侯冢。自淮迄於河上，城而實中謂之秺，邱壠可阻謂之固，然則城小而實，皆古人因依立冢，以爲保固。子建所謂『負土既盈』，或承流俗之傳耳。」

〔六〕炮烙，案當作炮格（本王念孫説）。《吕氏春秋·過理篇》高注：「格以銅爲之，布火其下，以人置上，人爛墮火而死。」

〔七〕忠貞，如比干、邢侯等。

螢火論〔一〕

《詩》云：熠燿宵行〔二〕。章句〔三〕以爲鬼火，或謂之燐〔四〕。未爲得也〔五〕。天陰沈數雨〔六〕，在於秋日，螢火夜飛之時也，故云宵行〔七〕。然腐草木得濕而光，亦有明驗，衆説並爲熒火，近得實矣。

〔一〕《銓評》缺，張文虎《舒藝室雜著》據《詩經·東山篇》《正義》引補。

〔二〕熠燿，光亮閃灼之貌。《東山篇》毛傳：「熠燿，燐也。燐，螢火也。」

〔三〕章句，疑指薛君《韓詩章句》。

〔四〕《説文》:「粦,兵死及牛馬之血爲粦。粦,鬼火也。」

〔五〕得,《禮記·大學篇》鄭注:「謂得事之宜也。」

〔六〕陰沈,天色昏暗。

〔七〕郝懿行《爾雅義疏》:「螢火有二種:一種飛者,形小頭赤;一種無翼,形似大蛆,灰黑色,而腹下火光大於飛者,乃詩所謂宵行。然兩者隨地皆有,飛亦行也。」

仁孝論〔一〕

且禽獸悉知愛其母,知其孝也。唯白虎〔通〕麒麟稱仁獸者〔二〕,以其明盛衰知治亂也〔三〕。孝者施近〔四〕,仁者及遠〔五〕。

〔一〕《銓評》:「程缺。」

〔二〕《銓評》虎下有通字。案《御覽》卷四百十九引無通字,是,應據删。白虎即騶虞。《瑞應圖》:「白虎,義獸也。白虎黑文,不食生物,有至信之德應之。一名騶虞。」(《白帖》卷九十八引)麒麟或云即今之長頸鹿。古代稱之爲不傷害生物之仁獸。

〔三〕白虎、麒麟亂世隱匿不見,太平則出,謂其知國家之盛衰。

〔四〕施近，《詩經·六月篇》毛傳：「善父母爲孝。」孝者只及父母，故曰施近。《廣雅·釋詁三》：「施，予也。」

〔五〕及遠，《莊子·天地篇》：「愛人利物謂之仁。」故曰及遠。

征蜀論〔一〕

今將以謀謨爲劍戟〔二〕，以策略爲旌旗〔三〕，師徒不擾，藉力天師。下壘成雷〔四〕，榛殘木碎。干戈所拂，則何虜不崩；金鼓一駭，則何城不登。《銓評》：「《書鈔》一百十七引《征蜀論》。」

〔一〕《銓評》：「程缺。」

〔二〕謀謨謂戰略。

〔三〕策略，案嚴可均《全三國文》作仁義。校語：「一本作策略。」《淮南子·兵略訓》：「脩政於境內，而遠方慕其德；制勝於未戰，而諸侯服其威。」此或曹植句所本。

〔四〕此二句亦見《左》襄十年傳《正義》引陳思王《征蜀論》。下壘指曹操所製發石車。見《魏志·袁紹傳》裴注。

九詠〔一〕

芙蓉車兮桂衡〔二〕，結萍蓋兮翠旌〔三〕；駟蒼虬兮翼轂〔四〕，駕陵魚兮驂鯨〔五〕。（茵）〔菌〕蔦兮蘭席〔六〕，蕙幬兮（苓）〔荃〕牀〔七〕。抗南箕兮簸瓊蕊〔八〕，挹天河兮滌玉觴〔九〕。靈既降兮泊靜默〔一〇〕，登文階兮坐紫房〔一一〕。服春榮兮猗靡〔一二〕，雲裾繞兮容裔〔一三〕；冠北辰兮岌峩〔一四〕，帶長虹兮陵厲〔一五〕。蘭肴御兮玉俎陳〔一六〕，雅音奏兮文（虞）〔虡〕羅〔一七〕。感《漢廣》兮羡游女〔一八〕，揚《激楚》兮詠湘娥〔一九〕。（臨）〔乘〕回風兮浮漢渚〔二〇〕，目牽牛兮眺織女〔二一〕。交有際兮會有期〔二二〕，嗟痛吾兮來不時。來無見兮進無聞，泣下雨兮歎成雲。先后悔其靡及，冀后王之一悟〔二三〕；猶搦轡而繁策〔二四〕，馳覆車之危路。群乘舟而無檝〔二五〕，將何川而能度？何世俗之蒙昧〔二六〕！悼邦國之未靜。（焚）〔任〕椒蘭其望治〔二七〕，（由）〔猶〕倒裳而求領〔二八〕。尋湘漢之長流，採芳岸之靈芝。遇游女於水裔〔二九〕，采菱華而結詞〔三〇〕。（野蕭條以極望〔三一〕，曠千里而無人〔三二〕。民生期於必死，何自苦以終身！寧作清水之沈泥〔三三〕，不爲濁路之飛塵。）

蔓葛滋兮冒神宇《銓評》：「《文選》潘安仁《寡婦賦》李注引《九詠》。」

何孤客之可悲《銓評》：「《文選》謝靈運《七里瀨詩》李注引《九詠》。」

皇祇降兮潛靈舞《銓評》：「《文選》顔延年《三月三日曲水詩序》李注引《九詠》。」

雲龍兮銜組，流羽兮交横《銓評》：「《文選》顔延年《三月三日曲水詩序》李注引《九詠》。」

停舟兮焉待？舉帆兮安追《銓評》：「《書鈔》一百三十八引《九詠》。」

温風翕兮煎沙石，鳥罔竄兮獸無蹤《銓評》：「《御覽》三十四引《九詠》。」

乘逸嚮（響）兮執電鞭，忽而往兮怳而旋《銓評》：「《御覽》三百五十九引《九詠》。」

越江兮刈蘭，暮秋兮薄寒，被簑兮戴笠，置露兮踐歡《銓評》：「《御覽》七百六十五引《九詠》。」

徒勤躬兮苦心《銓評》：「《文選》王簡栖《頭陀寺碑文》李注引《擬九詠》。」

抗玉手吹簫《銓評》：「《書鈔》一百十一引《九歌詠》。」

瞍文詳《銓評》：「三字疑。」□素箏，抗玉桴兮駭鼉鼓《銓評》：「《書鈔》一百八引《九歌詠》。又一百二十一引作《楚辭》。」

過穴兮清泠，木鳴條兮動心《銓評》：「《書鈔》一百五十八引《七詠》。」

踐丹穴兮觀鸞居，通朱雀兮息南巢《銓評》：「書鈔》一百五十八引《七詠》。」

運蘭櫂以速往，□迴波之容與《銓評》：「《書鈔》一百三十八引《擬楚辭》。」

建五旗兮華采占，揚雲麾兮龍鳳《銓評》：「《書鈔》一百二十引《擬辭》。」

愬流風兮上邁，貝船兮荷蓋《銓評》：「《書鈔》一百三十七引《擬辭》。」

《銓評》：「以上十六條，引爲《九詠》者僅八條，外《擬九詠》一條，《九歌詠》二條，《七詠》二條，《擬楚辭》一條，《擬辭》二條。子建蓋擬《楚辭》之《九歌》爲《九詠》，故稱目錯出。前正文《九詠》篇首，芙蓉車兮桂衡二句，《書鈔》一百四十一即作《擬楚辭》，是其證也。其稱七詠者，文誤耳。兹掇舉明引《九詠》者於前，而餘八條附之。」

〔一〕九詠，《銓評》：「《御覽》九百七十五作《九愁》。」

〔二〕芙蓉，荷花。衡，《釋名·釋車》：「衡，横也，横馬頸上也。」

〔三〕結，《楚辭·逢紛》王注：「結猶聯也。」翠旌，翠羽爲旌。

〔四〕駟，《銓評》：「程作四，從張本。」《詩經·清人篇》鄭箋：「駟，四馬也。」蒼虯即青龍。翼轂，夾轂也。

〔五〕陵魚，海中魚，面及手足皆似人，惟身仍魚形（見《山海經·海内北經》）。驂鯨，《詩經·大叔于田篇》鄭箋：「在旁曰驂。」謂鯨在轅之側。

〔六〕茵，《銓評》：「《藝文》五十六作菌。」案作菌字是。《素問·方盛表論》王注：「菌，香草。」朱駿聲謂即七里香，亦名零陵香。」（見《説文通訓定聲》）薦，坐褥。蘭，《銓評》：「《書鈔》一百三十三作芷。」

〔七〕幬，《銓評》：「《書鈔》作帷。」案《爾雅·釋訓》：「幬謂之帳。」荃，《銓評》：「《書鈔》作荃。」案作荃字是。荃，香草。

〔八〕抗，舉也。南箕，《詩經・大東篇》：「維南有箕，不可以簸揚。」《爾雅・釋天》郭注：「箕，龍尾。」朱駿聲《説文通訓定聲》：「東方蒼龍七宿，箕四星，形如簸箕，大口向西。」

〔九〕挹，猶今語舀字之義。滌，洗也。

〔一〇〕靈，《離騷》王注：「靈猶神也。」泊，寂然清静之貌。

〔一一〕文階，刻有圖案之石階。紫房，猶言紫宫。

〔一二〕春榮，春華。猗靡，《漢書・司馬相如傳》：「扶輿猗靡。」劉奉世曰：「猗靡，衣裳稱美之貌耳。」猗靡疊韻謰語。

〔一三〕雲裾，《銓評》：「裾程作居，從《藝文》。」案作裾字是。容裔，飄浮往還之貌。容裔雙聲謰語。

〔一四〕北辰，北斗星。岌峩，《文選・魯靈光殿賦》：「層櫨磥垝以岌峩。」岌峩，高貌。

〔一五〕長，《銓評》：「《藝文》作晁。」宋刊本《曹子建文集》亦作晁。案晁疑當作宛。《七啓》「垂宛虹之長綏」可證。晁虹不辭。陵厲，蜿蜒之貌。雙聲謰語。

〔一六〕蘭肴，《九歌・東皇太一》：「蕙肴蒸兮蘭藉。」蘭肴即蕙肴。王逸曰：「蕙肴，以蕙肴蒸肉也。」玉俎，《銓評》：「《書鈔》一百四十二俎作藥。」案作俎字是。《一切經音義》引《字書》：「俎，四脚小盤也。」陳，《廣雅・釋詁一》：「列也。」

〔一七〕文虞，案宋刊本《曹子建文集》虞作虡。作虡字是。《説文》：「虡，鍾鼓之柎也，飾爲猛獸。」故曰文虡。羅，列也。虞、虡蓋以形近致誤。

〔一八〕羡，《銓評》：「《藝文》作美。」案宋刊本《曹子建文集》仍作羡，作羡字是。羡，《文選·思玄賦》舊注：「慕也。」游女，《詩經·漢廣篇》：「漢有游女，不可求思。」《韓詩》：「游女，漢神也。」

〔一九〕《激楚》，《楚辭·招魂》：「發《激楚》些。」王注：「激，清聲也。復作激楚之聲，以發其音也。」案《激楚》古曲名，見《後漢書·邊讓傳》章懷注。湘娥，湘水女神，即舜二妃娥皇、女英。

〔二〇〕臨，《銓評》：「《書鈔》一百五十五作乘。」疑作乘字是。回風，《楚辭·悲回風》：「悲回風之摇蕙兮。」王注：「回風謂之飄風。」漢，《銓評》：「《書鈔》作海。」

〔二一〕目，《左》桓元年傳杜注：「目者極視睛不轉也。」牽牛，《文選》曹丕《燕歌行》李注引曹植《九詠注》：「牽牛爲夫，織女爲婦，織女、牽牛之星，各處一旁，七月七日，得一會同矣。」

〔二二〕際，《小爾雅·廣言》：「際，界也。」期，《史記·萬石張叔傳》《正義》：「期猶常也。」

〔二三〕后王，《銓評》：「王，程作土，從《藝文》。」案宋刊本《曹子建文集》與《藝文》同。悟，猶言或悟。

〔二四〕搦轡，《文選·江賦》：「舟子於是搦棹。」李注：「搦，捉也。」搦轡即捉轡。繁策，《淮南·原道訓》：「箠策繁用者，非致遠之術也。」高注：「繁，數也。」

〔二五〕乘，《銓評》：「程作秉，從《藝文》。」案作乘字是，乘、秉形近致誤。檝，橈也。

〔二六〕蒙昧，《廣雅·釋詁四》：「昧，冥也。」謂蒙蔽無知也。

〔二七〕焚，《銓評》：「《藝文》作任。」案作任字是。《周禮·牛人》鄭注：「任猶用也。」椒蘭，椒指楚懷王大夫子椒，蘭，楚懷王少弟令尹子蘭。屈原《離騷》：「余既以蘭爲可恃兮，羌無實而容長；委厥美以從俗兮，苟得列乎衆芳。椒專佞以慢慆兮，榝又欲充夫佩幃。既干進而務入兮，又何芳之能祗！」此蓋植引古以喻當時在朝媒蘖其短之人。

〔二八〕由疑當作猶。《爾雅·釋言》：「猶，若也。」倒裳求領，喻毫無可能。

〔二九〕水裔，《廣雅·釋言》：「裔，邊也。」

〔三〇〕采，《銓評》：「張作探。」案探或採字之形譌，宋刊本《曹子建文集》正作採。然上文採芳岸之靈芝，而此曰采菱華，兩用採字犯複，存疑。結詞，《楚辭·逢紛》王注：「結猶聯也。」今曰致詞。

〔三一〕案自此至以下五句，已見《九愁賦》，疑係錯簡而誤收者，似應訂正。

〔三二〕而，《銓評》：「《藝文》作以。」案《九愁賦》作而。

〔三三〕沈，《銓評》：「《藝文》作汙。」案《九愁賦》作沈。

案《九詠》規摹屈原《九歌》而作，其體製當與之相應，但今本既從類書輯録，已非舊式。而類書所存尚有溢於今本之外者，且與《九愁賦》相亂，是掇拾者之疏也。《文選》李注引曹植《九詠注》，嚴可均《全三國文》列爲植作；古人雖有自注之例，然輒定爲植作，究乏確證。又《九詠》句有先后、后王之語，疑謂操、丕。而假椒蘭以比況魏朝臣誹謗植者，故疑此篇或作於黄初之際，惜史實難徵，姑附於三卷之末。

髑髏説

曹子遊乎陂塘之濱〔一〕，步乎蓁穢之藪〔二〕，蕭條潛虚〔三〕，經幽踐阻〔四〕。顧見髑髏，塊然獨居〔五〕。於是伏軾而問之曰〔六〕：子將結纓（首）〔手〕劍殉國君乎〔七〕？將被堅執鋭斃三軍乎？〔八〕將嬰兹固疾命隕傾乎〔九〕？將壽終數極歸幽冥乎〔一〇〕？叩遺骸而歎息〔一一〕，哀白骨之無靈〔一二〕；慕嚴周之適楚，儻託夢以通情〔一三〕。於是（伻）〔砰〕若有來〔一四〕，怳若有存〔一五〕，景見容隱〔一六〕，厲聲而言曰：子何國之君子乎？既枉輿駕〔一七〕，愍其枯朽〔一八〕，不惜咳唾之音〔一九〕，而慰以（若）〔苦〕言〔二〇〕，子則辯於辭矣！然未達幽冥之情〔二一〕，識死生之説也〔二二〕。夫死之爲言歸也〔二三〕。歸也者，歸於道也。道也者，身以無形爲主〔二四〕，故能與化推移〔二五〕。陰陽不能更〔二六〕，四時不能虧〔二七〕。是故洞於纖微之域〔二八〕，通於怳惚之庭〔二九〕，望之不見其象〔三〇〕，聽之不聞其聲；挹之不（充）〔冲〕〔三一〕，注之不盈〔三二〕，吹之不凋〔三三〕，嘘之不榮〔三四〕，激之不流，凝之不停〔三五〕，寥落冥漠〔三六〕，與道相拘〔三七〕，偃然長寢〔三八〕，樂莫是踰〔三九〕。

曹子曰：予將請之上帝，求諸神靈，使司命輟籍〔四〇〕，反子骸形。於是髑髏長呻，廓然歎曰〔四一〕：甚矣！何子之難語也。昔太素氏不仁〔四二〕，無故勞我以形，苦我以生〔四三〕。今也幸變而之死，是反吾真也〔四四〕。何子之好勞，而我之好逸乎〔四五〕？子則行矣〔四六〕！予將歸於太虚〔四七〕。於是言卒響絶，神光霧除〔四八〕。顧命旋軫〔四九〕，乃命僕夫：拂以玄塵〔五〇〕，覆以縞巾〔五一〕，爰將藏彼路濱〔五二〕，覆以丹土，翳以緑榛〔五三〕。夫存亡之異勢〔五四〕，乃宣尼之所陳〔五五〕，何神憑之虚對，云死生之必均〔五六〕。

〔一〕曹子，曹植自稱。陂塘，《國語·周語》：「陂唐汙庳。」韋注：「畜水曰陂。唐，隄也。」陂塘即陂唐。

〔二〕蓁穢，野草灌木。藪，叢生之地。

〔三〕潛虚，幽静之意。

〔四〕謂通過僻静荒野，踏上崎嶇之路。

〔五〕髑髏，頭骨。塊然，《楚辭·初放》王注：「獨處貌。」

〔六〕軾，車前横木。伏軾，用以示敬。

〔七〕將，即今語或許之意。結纓，《左》哀十五年傳：「衛渾良夫與太子入，舍於孔氏之外圃，欲劫孔悝而納太子。季子曰：太子無勇，若燔臺半，必舍孔叔。太子聞之懼，下石乞、盂黶敵子路，以戈擊之，斷纓。子路曰：君子死，冠不免。結纓而死。」首劍疑即手劍。《莊子·達生篇》《釋文》：「首本作手。」《公羊》莊十二年傳何注：「手劍，持拔劍。首手古通用。」宋大夫仇牧聞閔公被弒，即入宮，至門外，遇弒閔公者宋萬，手劍而叱之。萬側手擊之，腦碎，齒著於門闔（事見《公羊》莊十二年傳）。

〔八〕堅謂鎧甲，鋭謂刀矛。斃三軍，指在戰争中死亡。

〔九〕疾，《銓評》：「程作命，從《藝文》十七。」案宋刊本《曹子建文集》亦作疾。固疾，久病也。《説文》作痁。作命誤。命，《銓評》：「程作疾，從《藝文》改。」案宋刊本《曹子建文集》亦作命，蓋程本命疾二字誤乙也。隕傾，隕或作殞，《後漢書·隗囂傳》章懷注：「殞，絶也。」《文選》孫子荆《征西官屬詩》李注：「傾，猶盡也。」命隕傾，喻死亡。

〔一〇〕數極，謂壽數已盡。幽冥，《楚辭·招魂》王注：「幽都，地下后土所治也。地下幽冥，故稱幽都。」是幽冥爲地下之代詞。

〔一一〕叩，擊也。遺骸，即餘骸。

〔一二〕靈，神也。無靈，猶言無知。

〔一三〕嚴周即莊周。《莊子·至樂篇》：「莊子之楚，見空髑髏，髐然有形，撽以馬捶，因而問之，曰：夫子貪生失理，而爲此乎？將子有亡國之事，斧鉞之誅，而爲此乎？將子有不善之行，愧遺父母妻子之醜，而爲此乎？將子有凍餒之患，而爲此乎？將子之春秋故及此乎？於是語卒，援髑髏，枕而卧。夜半，髑髏見夢曰……」

〔一四〕伻若，案伻字疑誤。《爾雅·釋詁》：「伻，使也。」於此無義。字或當作砰，《廣雅·釋詁四》：

「砰，聲也。」與下句厲聲相應。

〔一五〕怳若，猶怳然，彷彿之貌。

〔一六〕景見，即影現。容隱，形容隱蔽。

〔一七〕聲，《銓評》：「《藝文》作響。」枉，《銓評》：「程作往，依《藝文》改。」案《密韻樓叢書·曹子建文集》與《藝文》同。作枉字是。枉，《楚辭·遠游》王注：「屈也。」輿駕，謂車，此爲代人之謙詞。

〔一八〕愍，《銓評》：「程作閒，依《藝文》改。」案宋刊本《曹子建文集》愍作閑，疑爲閔字之形誤，閔，《詩經·汝墳序》《釋文》：「憂傷也。」愍、閔古通。

〔一九〕咳唾，《文選》盧諶《贈劉琨書》：「錫以咳唾之音，慰其違離之意。」李注：「《莊子》：孔子謂漁父曰：丘竊待於下風，幸聞咳唾之音也。」咳唾則爲語言之代詞，且含尊重之意。

〔二〇〕若言，《銓評》：「若，《藝文》作苦。」案作苦字是。《文選·弔屈原文》李注引應劭曰：「苦，勞苦。」苦、若形近致誤。

〔二一〕幽冥，《淮南·説山訓》：「視之無形，聽之無聲，謂之幽冥。」

〔二二〕識，《銓評》：「程張脱，依《藝文》補。」説，《銓評》：「程作設，從《藝文》正。」案宋刊本《曹子建文集》正作説，作説字是。

〔二三〕《淮南·精神訓》：「死，歸也。」《説苑·反質》：「且夫死者，終生之化而物之歸者。」

〔二四〕身，猶今語本質之意。《説苑·反質》：「其真冥冥，視之無形，聽之無聲，乃合道之情。」

〔二五〕化，自然之規律。推移，猶言適應。

〔二六〕陰陽，謂寒暑。更，《後漢書·郎顗傳》章懷注：「猶變改也。」

〔二七〕四時，《銓評》：「時，《藝文》作節。」虧，毁損。

〔二八〕纖微之域，即細小之境。

〔二九〕怳，《銓評》：「《藝文》作恍。」怳、恍古通。怳惚即恍忽。《素問·靈蘭祕典論》王注：「恍惚者若有若無也。」

〔三〇〕象，形象。

〔三一〕充，《銓評》：「《藝文》作冲。」案作冲字是。《淮南·道應訓》：「冲而不盈。」高注：「冲，虚也。」

〔三二〕注，《銓評》：「《藝文》作滿。」案《説文》水部：「注，灌也。」

〔三三〕吹，《聲類》：「出氣急曰吹。」《老子》：「或呴或吹。」注：「吹寒也。」彫，《吕氏春秋·辯土》：「寒則凋。」高注：「雕，不實也。」

〔三四〕噓，《聲類》：「出氣緩曰噓。」劉琨遺石勒書：「吹之則寒，噓之則温。」榮，華也。

〔三五〕凝，《廣雅·釋詁四》：「定也。」

〔三六〕寥落，虚静之貌。冥漠，幽深之貌。

〔三七〕拘，《後漢書·王霸傳》章懷注：「猶限也。」

〔三八〕偃然，《莊子·至樂篇》成疏：「安息貌。」長寢，即長眠。

〔三九〕莫，《銓評》「《書鈔》九十二作无。」是踰，《銓評》：「張於詩類又列此四句爲髑髏詩。寥作牢，漠作寞，拘作驅，偃作隱，末句作其樂無踰。今删。」

〔四〇〕司命，主宰人壽命之神。輟，止也。籍，謂名簿也。猶言鬼籙。

〔四一〕廓然，《銓評》：「然，《藝文》作皆。」案皆，眼眶。

〔四二〕《銓評》：「程張脱昔，依《藝文》補。」太素氏，《列子·天瑞篇》：「太素者，質之始也。」張湛注：「質，性也。」

〔四三〕無故，《銓評》：「程、張脱此二字，依《藝文》補。」形，《銓評》：「《御覽》一作體。」

〔四四〕《説苑·反質篇》：「歸者得至，而化者得變，是物各反其真。」《漢書·楊王孫傳》：「以反吾真。」顔注：「真者自然之道也。」

〔四五〕《銓評》：「張脱乎。」案宋刊本《曹子建文集》有乎字，當據補。

〔四六〕子則行矣，《銓評》：「程脱此四字，從《藝文》補。」

〔四七〕太虚，《素問·天元紀大論》：「空元之境。」《文選·游天台山賦》：「太虚遼廓而無閡。」李注：「太虚謂天也。」

〔四八〕霧除，謂如霧之散去也。

〔四九〕軫，《周禮・考工記》鄭注：「輿也。」旋軫猶言回車。

〔五〇〕玄塵，黑色拂塵。

〔五一〕縞巾，《後漢書・順帝紀》章懷注：「縞，皓也，繒之精白者曰縞。」

〔五二〕藏，《禮記・檀弓》：「藏也者，欲人之弗得見也。」是藏、葬義同。

〔五三〕覆，《銓評》：「《藝文》作壅。」《詩經・無將大車篇》鄭箋：「壅猶蔽也。」翳，《廣雅・釋詁三》：「障也。」榛，《禮記・曲禮》鄭注：「木名，榛實似栗而小。」《淮南・原道訓》：「隱於榛薄之中。」高注：「藂木曰榛。」

〔五四〕勢，《銓評》：「程張作世，從《藝文》。」《周禮・考工記》鄭司農注：「勢，謂形勢。」

〔五五〕宣尼，《漢書・平帝紀》：「元始元年，追謚孔子曰褒成宣尼公。」《説苑・辨物》：「子貢問孔子，死人有知無知也？孔子曰：吾欲言死者有知也，恐孝子順孫妨生以送死者。欲言無知，恐不孝子孫棄不葬也。賜欲知死人有知將無知乎？死，徐自知之，猶未晚也。」陳，《文選・古詩》：「歡樂難具陳。」李注：「陳猶説也。」

〔五六〕《左》僖五年傳賈注：「均，同也。」《莊子・至樂篇》郭注：「所謂齊者，生時安生，死時安死，生死之情既齊，則無爲當生而憂死。」此與曹植意同。

案《隋書・經籍志》、《唐書・藝文志》俱載曹植《列女傳頌》一卷，不編於集。宋人掇緝曹集，始事合并，非舊式也。今别録，附於集後。

列女傳頌

尚卑貴禮，來世作程。

此頌僅存二句，見《文選·新刻漏銘》李注引。

母儀頌〔一〕

殷湯令妃〔二〕，有莘之女〔三〕，仁教内修，度儀以處〔四〕。清謐后宫〔五〕，九嬪有序〔六〕。伊爲媵臣，遂作元輔〔七〕。

〔一〕《銓評》：「《藝文》十五引此並下《明賢頌》，均次於成公綏詩後，未繫作者姓名，《初學記》十引爲植作。張作《湯妃頌》。」案舊志俱載曹植《列女傳頌》一卷，此必爲植作無疑。《母儀》本《列女傳》舊題，張作《湯妃頌》，恐以臆改。

〔二〕令，《詩經·閟宫篇》：「令妻壽母。」鄭箋：「令，善也。」

〔三〕有莘，有，發語詞；莘，夏代氏族之一。《括地志》：「古莘國在汴州陳留縣東五里，故莘城是也。」案約在今山東省曹縣北。《列女傳》：「湯妃有莘氏之女。」

〔四〕儀，《銓評》：「《藝文》十五作義。」案《左》昭廿四年傳：「同德度義。」杜注：「度，謀也。」

〔五〕后，《銓評》：「《藝文》作後。」案《禮記·曲禮》鄭注：「后之言後也。」后、後古通。後宫，妃嬪所居。清謐猶言寧静。

〔六〕九嬪，古代天子一后、三夫人、九嬪。《周禮·天官·序官》：「九嬪掌婦學之法，以教九御者也。」序，《禮記·中庸篇》鄭注：「序猶次也。」

〔七〕伊，《銓評》：「《藝文》作尹。」媵，《爾雅·釋言》：「媵、將，送也。」媵臣，《史記·殷本紀》：「伊尹名阿衡，……乃爲有莘氏媵臣。」猶今云陪送奴隸。元輔，首輔。即後代丞相。

明賢頌〔一〕

於鑠姜后〔二〕，光配周宣〔三〕。非（禮）〔義〕不動〔四〕，非禮不言。晏起失朝〔五〕，永巷告愆〔六〕。王用勤政，萬國以虔〔七〕。

〔一〕《銓評》：「《藝文》十五作《賢明頌》，張作《姜后頌》。」案賢明，《列女傳》舊題，當據《藝文》訂正，張本誤改。

〔二〕於鑠，贊美之辭。姜后，《列女傳》：「周宣王姜后者，齊侯之女，宣王之后也。」

〔三〕光，《廣雅・釋詁四》：「明也。」

〔四〕禮，《銓評》：「《藝文》十五作義。」案疑作義字是。《左》隱三年傳《正義》：「動合事宜乃謂之義。」作義避複。《列女傳》：「事非禮不言，行非禮不動。」

〔五〕失，《銓評》：「《藝文》作早。」案作失字是。

〔六〕永巷，《後漢書・馬后紀》章懷注：「宮中署名也。」愆，過也。《列女傳》：「宣王常夜卧而晏起，后夫人不出於房。姜后既出，乃脱簪珥，待罪於永巷，使其傅母通言於王曰：妾不才，妾之淫心見矣！故君王失禮而晏朝。」

〔七〕虔，《廣雅・釋詁一》：「敬也。」

曹植集校注卷五

宋人纂輯《曹植集》，其文有非植所撰，而誤收入集者。今録原文，附前賢考證於後，以資參證，置於本集之末。

愁霖賦

夫何季秋之淫雨兮〔一〕，既彌日而成霖。瞻玄雲之晻晻兮，聽長空之淋淋〔二〕。中宵卧而歎息〔三〕，起飾帶而撫琴。

〔一〕《銓評》：「篇首程有又曰，依張删。程、張脱何字，依《藝文》補。」

〔二〕空，《銓評》：「《藝文》作霤。」

〔三〕卧，《銓評》：「《藝文》作夜。」

嚴可均《全三國文》校語：「案前明刻《子建集》，既載前賦（指迎朔風而爰邁兮篇，見集中），復載一賦云：『夫何季秋之淫雨兮』凡六句，張溥本亦如此，蓋據《藝文類聚》連載兩賦也。考《文選》曹植《美女篇》注、張協《雜詩》注，知第二賦是蔡邕作，《類聚》誤編耳，今删。」

代劉勳妻王氏見出爲詩

人言去婦薄，去婦情更重。千里不唾井，况乃昔所奉。遠望未爲遥，踟躕不得共。

《銓評》：「程大昌《演繁露》。晏案：《演繁露》引此詩，謂據《玉臺新詠》。又釋之云：觀此意興，乃爲常飲此井，雖舍而去之千里，知不復飲矣，然猶以嘗飲乎此，而不忍唾也，况昔所嘗奉以爲君子乎！李太白又采用此意爲《平虜將軍妻詩》曰：古人不唾井，莫忘昔纏綿。李濟翁《資暇録》：諺云：千里井，不反唾。唾當爲莝。莝，草也。言嘗有經驛舍，反馬莝於井，後經此井，汲水爲莝所哽也。姚令威著《殘語》，太白此詩，亦引濟翁不莝井語，不以曹植詩爲證也。今檢《玉臺》刻本無此詩，程氏所引，蓋《玉臺》足本也。」如上所述，疑此篇非植所製，或後人依託也。

善哉行

來日大難，口燥脣乾。今日相樂，皆當喜歡。經歷名山〔一〕，芝草翩翩。仙人王喬，奉藥一丸。自惜袖短，内手知寒。慚無靈輙〔二〕，以救趙宣〔三〕。月没参横，北斗闌干。親友在門〔四〕，饑不及餐〔五〕。歡日尚少，戚日苦多，以何忘憂，彈筝酒歌。淮南八公，要道不煩，参駕六龍，游戲雲端〔六〕。

如彼翰鳥，或飛戾天《銓評》：「張本。見《文選》潘安仁《悼亡詩》李注引《善哉行》。」

〔一〕《銓評》：「《藝文》四十一經作徑。」

〔二〕《銓評》：「《藝文》輙作輒。」

〔三〕《銓評》：「救，《宋書·樂志》作報。」

〔四〕友，《銓評》：「《宋書》作交。」

〔五〕饑不及，《銓評》：「《御覽》四百十作忘寢與。」

〔六〕《銓評》：「以上八句程脱，依《樂府》三十六補。」

《銓評》：「此篇張無之。《樂府》三十六，《御覽》四百十均作古辭，程誤收入，提要已加駁正，惟《藝文》四十一引爲植作，今姑存之。然細味詩意，乃漢末賢者憂亂之詩，似非子建作也。」

倉舒誄

建安十二年五月甲戌，童子曹倉舒卒。乃作誄曰：

於惟淑弟，懿矣純良。誕豐令質，荷天之光。既哲且仁，爰柔克剛。彼德之容，慈我聿行。猗歟□□，終然允臧。宜逢分祚，以永無疆。如何昊天，凋斯俊英。嗚呼哀哉！惟人之生，忽若朝露，促促百年，亹亹行暮。矧爾既夭，十三而卒；何辜于天，景命不遂。兼悲增傷，侘傺失氣。永思長懷，哀爾罔極，貽爾良妃，襚爾嘉服。越以乙酉，宅彼城隅。增丘峩峩，寢廟渠渠。姻媾雲會，充路盈衢。悠悠群司，岌岌其車；傾都蕩邑，爰迄爾居；魂而有靈，庶可以娛。嗚呼哀哉！

《銓評》：「《魏志·鄧哀王冲傳》：字倉舒，少聰察岐嶷。年十三，建安十三年疾病，太祖親爲請命。及亡，哀甚，爲娉甄氏亡女與合葬。又《邴原傳》：原女早亡，時太祖愛子倉舒亦殁。太祖欲求合葬，原辭，太祖乃止。案此篇《古文苑》九、《藝文》四十五皆引爲魏文帝作。今玩其詞氣，清幽文秀，實與丕他作相類，不似陳思之樸茂。且誄内有『宜逢分祚，以永無疆』之句，亦非陳思所宜出。疑張因《藝文》所引，與陳思《任城王誄》相連而誤采也。以舊本所有，姑附存之而正其誤。《古文苑》視此仍增多數十句，亦不取以校補。」嚴可均《全三國文》：「張溥本有《倉舒誄》，乃文帝作，誤收之耳。」案今據《古文苑》補足，用資比較。既確定爲曹丕文，故不加注。

君子行

君子防未然，不處嫌疑閒。瓜田不納履，李下不整冠〔一〕。叔嫂不親授，長幼不並肩。和光得其柄，謙恭甚獨難。周公下白屋，吐哺不及餐；一沐三握髮，後世稱聖賢〔二〕。

〔一〕整，《銓評》：「《藝文》四十一作正。」

〔二〕世，《銓評》：「《藝文》作人。」

《銓評》：「張缺。《文選》二十七、《樂府》三十二均作古辭。惟《藝文》四十一引爲植作。」案《文選》卷二十八《君子行》李注引「君子防未然」二句云《古君子行》。是李氏未定爲曹植作，或是，當從之。

附録

一、逸文

悲命賦《文選》江文通《别賦》李注。

哀魂靈之飛揚。

感時賦《文選》鮑明遠《苦熱行》李注。

惟淫雨之永降，曠三旬而未晞。

宴樂賦《書鈔》一百十三。

神龜歌舞異俗，猨戲索上尋橦。

慰情賦《書鈔》一百五十六。

黄初八年正月雨，而北風飄寒，園果墮冰，枝幹摧折。

案此疑賦序。黄初無八年，疑字誤。

洛陽賦《書鈔》一百五十八。

狐貉穴於紫闥兮，茅莠生於禁闥。本至尊之攸居，□於今之可悲。

案《銓評》以脱字在今字之下，此據嚴可均《全三國文》訂正。

射雉賦《初學記》三。

暮春之月，宿麥盈野，野雊群飛。

案亦賦序。

扇　賦《初學記》十九。《御覽》三百八十一。

情駘蕩而外得〔一〕，心悦豫而内安。增吴氏之姣好，發西子之玉顔。

〔一〕《銓評》：「《初學記》駘誤駒，依《御覽》改。」《銓評》：「此疑爲《九華扇》挩文，然無文訂之。」

遥　逝《書鈔》一百五十八。

晨秋氣之可悲兮，涼風肅其嚴厲。神龍盤於重泉兮，騰蛇蟄於幽穴。

案嚴可均《全三國文》引晨字作哀，疑是。

妬

嗟爾同衾，曾不是志〔一〕，寧彼冶容，安此妬忌。

〔一〕《銓評》：「《藝文》三十五不作弗。」

芙蓉池

逍遥芙蓉池，翩翩戲輕舟。南楊雙栖鶴〔一〕，北柳有鳴鳩。

〔一〕《銓評》：「雙栖《藝文》九作栖雙。」

言志

慶雲未時興，雲龍潛作魚。神鸞失其儔，還從燕雀居。

雜詩

離思一何深。

《銓評》：「《文選》陸士衡《赴洛詩》李注引《雜詩》。」

離別詩

人遠精神近，寤寐夢容光。

曹植詩《文選》謝玄暉《和王主簿怨情詩》李注引。

一顧千金重，何必珠玉錢。

案《銓評》錢字作賤。

長歌行程缺

墨出青松之煙〔一〕，筆出狡兔之翰。古人感鳥迹，文字有改判。

〔一〕《銓評》：「張脱之，據《書鈔》一百四補。」案判，《御覽》六百五引曹植樂府作刊。

苦熱行《文選》鮑明遠《苦熱行》李注引。程缺。

行遊到日南，經歷交趾鄉，苦熱但暴露，越夷水中藏。

案《文選》李注引露字作霜。

結客篇《文選》鮑明遠《結客少年場行》李注引。程缺。

結客少年場，報怨洛北荒。

案《文選》李注引《結客篇》北荒作北芒。

利劍手中鳴，一擊兩尸僵。

《銓評》：「《文選》張景陽《雜詩》李注引《結客篇》，此疑報怨洛北荒句下脱文。」

陌上桑程缺

望雲際，有真人，安得輕舉繼清塵。執電鞭，馳飛麟〔一〕。

〔一〕《銓評》：「《御覽》三百五十九馳作騁。」

天地篇程缺

俱爲時所拘，羈紲作微臣。

樂府歌程缺

膠漆至堅，浸之則離；皎皎素絲，隨染色移。君不我棄，讒人所爲。

樂　府程缺

市肉取肥，沽酒取醇。交觴接杯，以致殷勤。

樂府歌詞程缺

所齎千金之寶劍〔一〕，通犀文玉間碧璵〔二〕。翡翠飾雞璧，標首明月珠。

〔一〕《銓評》：「張脱之寶二字，據《書鈔》一百二十二引補。」

〔二〕文玉，《銓評》：「張脱此二字，據《書鈔》補。」間，《銓評》：「《書鈔》作繫。」

樂府歌《御覽》八百三十六引。程缺。

巢許蔑四海，商賈爭一錢。

歐冶表程缺

昔歐冶改視，鉛刀易價；伯樂所盼〔一〕，駑馬百倍。

〔一〕《銓評》：「《御覽》三百四十六盼作眄。」

作車帳表程缺

欲遣人到鄴，市上黨布五十匹，作車上小帳帷，謁者不聽。

七　咨《銓評》：「程缺。《初學記》十作七忿。」

素冰象玉，難可磨蕩；結土成龍，遭雨則傷。

寡婦詩《文選》謝靈運《廬陵王墓下作》李注。

高墳鬱兮巍巍，松柏森兮成行。

述　仙《文選》謝靈運《入華子岡詩》李注。

遊將升雲煙。

失　題《書鈔》一百五十八。

遊鳥翔故巢，狐死反丘穴。我信歸舊鄉，安得憚離别。

失　題《文選》謝靈運《擬鄴中集詩》李注。

高談虚論，問彼道原。

失　題《書鈔》一百十。

彈箏奮逸響，新聲妙入神。

《銓評》：「此二句見《古詩十九首》，《書鈔》引爲植作，當别有據，姑附録以廣異聞。」

失　題《書鈔》一百三十二。

華屏列曜，藻帳垂陰。

失　題《書鈔》一百四十五。

寒鶬蒸麑。

失　題《書鈔》一百五十四。

秋商氣轉微涼。

失　題《御覽》三百四十六。

長鋏鳴鞘弓。

亟出行《文選》謝玄暉《和王著作八公山詩》李注。

蒙霧犯風塵。

對酒行《文選》任彦昇《到大司馬記室牋》李注。

含生蒙澤，草木茂延。

秋胡行《文選》顔延年《宋元皇后哀策文》李注。

歌以永言，大魏承天璣。

對酒歌《文選》沈休文《安陸昭王碑文》李注。《銓評》：「《書鈔》三十五引作賦。」

蒲鞭葦杖示有刑。

《銓評》：「《書鈔》作葦杖示刑。」

忿　志《書鈔》四十五。

舜流共工。

西儀篇《初學記》六。

帝者化八極，養萬物，和陰陽。陰陽和，鳳至河洛翔。

案西儀或係兩儀之形誤。

樂　府《書鈔》一百四十二。

口厭常珍，乃購麟凰。熊蹯豹胎，百品異方。蕙肴蘭藉，五味雜香。

失　題《文選》江文通《望荆山詩》李注。

金樽玉杯，不能使薄酒更厚。

失　題《書鈔》一百十。

烏鳥起舞，鳳凰吹笙。

失　題《書鈔》一百四十二。

魴腴熊掌，豹胎龜腸。

失　題《御覽》九百七十一。

橙橘枇杷，甘蔗代出。

王陵贊《韻補》四。

從漢有功，少文任氣。高后封吕，直而不屈。

黻　贊《韻補》四。

有皇子登，是臨天位。黻文字裳，組華于黻。

王霸贊《韻補》四。

壯氣挺身奮節，所征必拔，謀顯垂惠。

《銓評》：「此有脱字。」

孔甲贊《韻補》四。

行有順天，龍出河漢，雌雄各一，是擾是豢。

罷朝表《文選》陸士龍《大將軍讌會詩》李注。

覲玉容而慶薦，奉懽宴而慈潤。

失　題《文選》潘安仁《西征賦》李注。

情注於皇居，心在乎紫極。

案在字疑當作存。

失　題《書鈔》一百四十四。

諸公熙朝之輔，每作粥食之候，餚惟蔬薤。

失　題《書鈔》一百三十六。

即日奉油囊之賜。

《銓評》：「奉原作表，校改。」

失　題《書鈔》一百三。

即日奉手詔，驚喜踴躍也。

失　題《書鈔》十九。

賜邁越紐縠。

失　題《文選》潘安仁《河陽縣詩》李注。

身輕蟬翼，恩重泰山。

失　題《文選》張茂先《答何劭詩》李注。

爵重才輕。

求習業表《文選》曹子建《責躬詩》李注。

雖免大誅，得歸本國。

求出獵表同上

臣自招罪釁，徙居京師，待罪南宮。

辨問《銓評》：「所采皆零句，故分注所出於各句下。」

赫然而日曜之《文選》潘安仁《關中詩》李注。君子隱居以養真也。衡門茅茨《文選》陶淵明《還江陵詩》李注。游説之士，星流電耀《文選》劉孝標《廣絶交論》李注。子徒苞懷仁義，鋭精詩書《書鈔》九十七。

全集遺句《銓評》：「編校此集，凡群書所引，有篇題可標者，均附歸各類。其無標題，不知於詩文何屬者，悉萃於此。」

明鏡於三光《書鈔》七。探海出珠，舉網羅鳳《書鈔》十一。群士慕響，俊乂來仕《書鈔》十一。鱗集帝宇《書鈔》十一。奇才美藝，通微入神《書鈔》十二。至治洞和《書鈔》十五。國静民康，充實殷富《書鈔》十五。泰階夷清《書鈔》十五。仁聖相襲《書鈔》十七。天罔不矜《書鈔》二十一。離宮觀畫《書鈔》二十五。野無旨酒，進茲行潦《書鈔》八十九。《銓評》：「此二句上原有鹿生公三字，不可解，今删。」

二、板本卷帙

直齋書録解題卷十六

《陳思王集》二十卷。

魏陳王曹植子建撰，卷數與前《通考》引作唐是也。志合，其間亦有采取《御覽》、《書鈔》、《類聚》諸書中所有者，意皆後人附益，然則亦非當時全書矣！其間或引摯虞《流別集》。此書國初已亡，猶是唐人舊傳也。

郡齋讀書志卷四

《曹植集》一卷。《銓評》：「以《通考》所引校之，一卷當作十卷。後同。」

右魏曹植子建也。太祖子，文帝封植爲陳王，卒年三十一，《銓評》：「陳王卒年四十一，此誤》。」謚曰思。年十餘歲，誦讀詩論及辭賦數十萬言。善屬文，援筆立成。自少至終，篇籍不離於手。景初中，撰録植所著賦頌詩銘雜論凡百餘篇。今集僅二百篇，通爲一卷。《銓評》：「《通考》引作《隋志》《植集》三十卷，《唐志》《植集》二十卷。今集十卷，比隋唐本有亡逸者，而詩文近二百篇，近溢於本傳所載，不曉其故。」

四庫全書提要

《曹子建集》十卷。

魏曹植撰。案《魏志》植本傳：景初中，撰録植所著賦、頌、詩、銘、雜論凡百餘篇，副藏内外。《隋書·經籍志》載《陳思王集》三十卷，《唐書·藝文志》作二十卷，然復曰又三十卷。蓋三十卷者隋時舊本，二十卷者爲後來合併重編，實無兩集。鄭樵作《通志略》亦併載二本。焦竑作《國史經籍志》，遂合二本卷數爲一，稱《植集》爲五十卷，謬之甚矣！陳振孫《書録解題》亦作二十卷。然振孫謂其閒頗有采取《御覽》、《書鈔》、《類聚》中所有者，則捃摭而成，已非唐時二十卷之舊。《文獻通考》作十卷，又併非陳氏著録之舊。此本目録後有嘉定六年癸酉字，猶從宋寧宗時本翻雕，蓋即《通考》所載也。凡賦四十四篇，詩七十四篇，雜文九十二篇，合計之得二百十篇。較《魏志》所稱百餘篇者，其數轉溢。然殘篇斷句，錯出其閒。如《鷂雀》、《蝙蝠》二賦，均采自《藝文類聚》。《藝文類聚》之例，皆標某人某文曰云云，編是集者遂以曰字爲正文，連於賦之首句，殊爲失考。又《七哀詩》，晉人採以入樂，增減其詞，以就音律，見《宋書·樂志》中，此不載其本詞，而載其入樂之本，亦爲舛錯。《棄婦篇》見《玉臺新詠》，亦見《太平御覽》。《鏡銘》八字，反覆顛倒，皆叶韻成文，實爲回文之祖，見《藝文類聚》，皆棄不載。《銓評》：「謹案今本《藝文類聚》七十三，有殷仲堪《酒盤銘》八字，顛倒成文，並無《鏡銘》，未知所據何本。」而《善哉行》一篇諸本皆作古辭，乃誤爲植作，不知其下所載《當來日大難》，即當此篇也。使此爲植作，將自作之而自擬之乎？至於《王宋妻詩》，《藝文類聚》作魏文帝，邢凱《坦齋通編》據舊本《玉臺新詠》稱爲植作，今本《玉臺新詠》又作王宋自賦之詩，則衆説異同，亦宜附載，以備參考。《銓評》：「謹案今本《藝文類聚》二十九有魏文帝代《劉勳出妻王氏詩》，别無《王宋妻詩》，未知所據何本。《演繁露》引《玉臺新詠》曹植《代劉勳妻王氏見出詩》，與《藝文》全異，今已收入逸文。」乃竟遺漏，亦爲疏略，不得謂之善本。然唐以前舊本既佚，後來刻《植集》者，率以是編爲祖，别無更古於斯者，録而存之，亦不得已而思其次也。

三、舊序

李　序

李夢陽曰：予讀植詩，至《瑟調怨歌》、《贈白馬》、《浮萍》等篇，暨觀《求試》、《審舉》等表，未嘗不泫然出涕也。曰：嗟乎植！其音宛，其情危，其言憤切而有餘悲，殆處危疑之際者乎？予於是知魏之不競矣！先王之建國也：重本以制外，敦睦以叙理；然後疎戚有等，治具可張。故曰：「九族既睦，平章百姓。」又曰：「至於兄弟，以御於家邦。」曹操以雄詐智力，盗取神器。丕席父業，逼禪據尊。乃不趁時改行，效重本敦族之計；而顧凋翦枝榦，委心異族。有弟如植，俾之危疑禁錮，睹事扼腕，至於長歎流涕，轉徙悲歌不能自已。嗟乎，予於是知魏之不競矣！且以植之賢，稍自矜飭，奪儲特反掌耳。而乃縱酒剷晦，以明己無上兄之心。善乎，文中子曰：「陳思王達理者也，以天下讓而猶衷曲莫白，窘迫殞身。」至今萁豆之吟，吁嗟之歌，令人慘不忍讀，丕之於兄弟誠薄矣！嗟乎，此魏之所以爲魏也矣。按植《審舉表》云：「權之所在，雖疏必重；勢之所去，雖親必輕。」予嘗撫卷嘆息，以爲名言。其又曰：「取齊者田族，分晉者趙魏。」意若暗指司馬氏者。叡號明主，乃竟亦不悟，卒使植憤悶發疾以死，悲夫！而或以爲扶蘇殺而秦滅，季札藏而吴亂，天之意非爲扶蘇、札，將以滅秦而亂吴也。若是則魏之不能用植，固亦天棄之矣。然予又獨怪操之能生植焉，豈亦所謂不係世類者哉！北郡李夢陽譔。

《銓評》：「晏案此序不爲空談，明人之有學識者，極有關係之文，北地第一篇文字，其理勝也。」

題辭

余讀陳思王《責躬》、《應詔》詩，泫然悲之，以爲伯奇《履霜》、崔子《渡河》之屬。既讀《昇天》、《遠游》、《僊人》、《飛龍》諸篇，又何翩然遐征，覽思方外也。王初蒙寵愛，幾爲太子，任性章疊，中受拘攣，名爲懿親，其朝夕縱適，反不若一匹夫徒步，慷慨請試，求通親戚，賈誼奮節於匈奴，劉勝低首於聞樂，斯人感槩，豈空云爾哉！司馬氏睥睨神器，魏忽不祀，彼所綢繆者藩防，而取代者他族，思王之言不再世而驗，然則《審舉》諸文，固魏宗之磐石也。集備群體，世稱繡虎，其名不虚。即自然深致，少遜其父；而才大思麗，兄似不如。人但見文帝居高，陳王伏地，遂謂帝王人臣，文體有分，恐淮南、中壘不爲武、成受屈也。黄初二令，省愆悔過，詩文怫鬱，音成於心。當此時而猶泣金枕，賦《感甄》，必非人情。論者又云：禪代事起，子建發服悲泣，使其嗣爵，必終身臣漢。若然，則王之心其周文王乎！余將登箕山而問許由焉。婁東張溥題。

吴序

詩自漢魏以來，卓然大家，上追《騷》《雅》，爲古今詩人之冠，陳思王其首出也。隋、唐志集皆著録，久佚不傳。其傳者皆掇拾叢殘，僅存其略。明張溥集本訛脱頗夥。自來未有注家，亦無善本。山陽丁儉卿先生年逾七旬，耄而好學，譔《銓評》十卷，於是思王集始可讀矣。余初宰清河，即與先生交契。迨奉命督漕河，駐節淮上，延主麗正書院講席。先生教士有方，士之膺選拔，舉優行，登賢書，捷南宫，官薇省，館芸閣者若而人。余刻《望三益齋叢書》，皆經先生手訂。每得古書，乞爲序引，談藝論文，深資就正。先生著書等身，已刻《頤志齋叢書》數十種，此集特其一臠之味耳。後之讀思王集者，得此爲先路之導，如出隘巷而適康莊，勝于舊刻多多矣。昔之稱陳思王者，大抵目爲才人。陳壽稱其文才富艷，魚豢稱其華采，思若有神。惟先生此書，發明忠孝大節，獨具精鑒，度越前賢，匪獨《曹集》之功臣，抑亦思王之知己也。同治五年仲冬盱眙吴棠序。

丁序

《隋書·經籍志》《魏陳思王集》三十卷，唐志二十卷，原本久佚。今《四庫》著録集十卷，據宋嘉定翻刻之本，賦四十四篇，詩七十四篇，雜文九十二篇。余所見者，明萬曆休陽程氏刻本十卷。其賦、詩篇數與宋本同，雜文較宋本多三篇。余以《魏志》傳注、《文選》注、《初學記》、《藝文類聚》、《北堂書鈔》、原注：「影宋本，未經陳禹謨竄改者。」《白帖》、《太平御覽》、《樂府解題》、馮氏《詩紀》諸書校之，脱落舛譌，不可枚舉。《寶刀賦》、《離繳雁賦》各脱數句，《孔羨碑》僅存頌語，《左嬪誄》誤入晉辭，皆誤之甚者也。《文選》以《獻責躬詩表》併詩連載，程本分寘前後。《冬至獻襪履頌》有表，《卞太后誄》有表，皆當併合爲一，以省兩讀，程本俱分爲二，非也。程本《七哀詩》，《藝文》引此爲曹植《閨情詩》。程本又有《怨歌行》七解，略與《七哀》同。《詩紀》云：晉樂所奏，《七哀詩》是此篇本辭。《宋書·樂志》明月一篇，云東阿王詞，即此《七哀詩》也。程本《善哉行》「來日大難」，《樂府解題》以爲古辭，郭氏云：「曹植擬《善哉行》爲日苦短。」《藝文》引陳思王《善哉行》「君子防未然」，《文選》以爲古辭。《藝文》四十一引曹植《君子行》，《詩紀》云《子建集》有。明人所見《曹集》，載此詩也。程本有《箜篌引》、《野田黄雀行》，前後分載二篇。《樂府解題》稱《野田黄雀行》，郭云：右一曲晉樂所奏，一曲本辭。《藝文》引魏陳思王《箜篌引》，即此詩也。又明季張溥《百三家集》本，據《樂府解題》增《鼙舞》五篇；據《玉臺新詠》增《棄婦》一篇，補缺正誤，視程氏爲優，然肊改沿訛，亦復不少。如程本《自試》末一表：「五帝之世非皆智，三季之末非皆愚」云云，與張本《陳審舉疏》文同。表末有云：「昔段干木修德於閭閻，秦師爲之輟攻，而文侯以安；穰苴授節於邦境，燕魯爲之退師，而景公無患，皆簡德尊賢之所致也。願陛下垂高宗傅岩之明，以顯中興之功」，此六十三字，張本别爲《請用賢表》。《藝文類聚·薦舉》引曹植《自試表》與程本同，張本非也。程本《相論》後云：「《荀子》曰：以爲天不知人事邪？則周公有風雷之災，宋景有三舍之福。以爲知人事邪？楚昭有弗禜之應，魏文無延期之報。由是言之，則天道之與相占，可知而疑，不可得而無也」，此六十七字，張本無，而《藝文·相術》引曹植論有之，與程本悉同，張本脱也。余編校《曹集》，依程氏十卷之本。張本亦掇拾類書，非其原本。兹乃兩本讎校，擇善而從。《曹集》嚮無注本，其已見《文選》李善注，家有其書，不復殫述。義或隱滯，略加表明。取劉彦和「銓評昭整」之言，撰次十卷，併以余舊所撰詩序年譜，附載於後。庶後之讀陳王集者，有所資而考焉。同治四年九月朔旦山陽丁晏叙。

劉　跋

右《曹集銓評》十卷，《逸文》一卷，山陽丁儉卿先生所纂集也。先生與湘鄉曾相國爲文字交。同治戊辰冬，相國移督畿輔，道出山陽晤先生，詢所未刊書。先生出是集相質。相國讀而善之，爲謀授梓。壽曾與校字，既蕆事，先生屬跋尾。謹案：先生初校是集，係據休陽程氏本，嗣得婁東張氏本參校。凡集中詩古文辭，程、張兩收者，題下皆不注。程無而張有者則注程缺，張無而程有者則注張缺，新增詩文爲程、張所失收者，另編爲《逸文》，附全集後。其正誤之例：凡程、張字句與群書異而義得通者，皆仍而不革，但注群書異文。其顯然譌舛者，乃校改之，並注所據書名於字句下。其補脱之例：凡程、張所脱字句，見於群書徵引者，必涉及上下文，乃據以補入，注曰依某書補。其單辭斷句，雖審知其脱佚之處，以無證驗，槩不補入，另於本篇後，亞一格録之，注曰某書引某篇，以示區别。

又以程、張誤脱字句，既據群書補正其誤脱，必當標明，故凡程、張均誤者，則注程、張作某；程、張均脱者，則注以上若干字、若干句程、張脱；或程誤而張與群書同者，但注程作某；或程無此篇，及張與程違而不審出何書者，但注張作某，補脱亦然。其義例可謂矜慎詳密矣！此集久無善本。四庫著録雖據宋嘉定舊本，《提要》猶惜唐以前舊本之佚，謂不得已而思其次。聞上元朱氏述之校注是集，所據宋刻，不止一本。顧閣本、宋本，先生均未得見；其據程、張兩本，意若深有歉者！然所據校，多唐、宋以前之書，正誤補脱，實遠出程、張兩本上，其致力之勤，似校宋刻之難尤倍蓰也。先生爲江淮宿儒，著述刊行者已數十種。其《頤志齋四譜》、《詩禮七編》，曾屬先君子校字。壽曾檮昧，未能纘述先業，承命跋尾，感與懼并。惟念先生此書《自序》作於乙丑秋，距今已四年，其閒續有修改，義例稍變，有《自序》所未詳者，謹補著之於右，以諗讀者。若夫思王忠孝大節，得先生論定，粲然别白，與日月争光。相國之樂於表章，固將扶翼世教，毗贊政化，非徒供考古者拾誦之資而已。掛名簡末，有榮幸焉！同治己巳冬十月儀徵後學劉壽曾識。

四、舊評

《世説新語》：「曹子建七步成章，世目爲繡虎。」

《宋書·謝靈運傳論》：「子建、仲宣以氣質爲體，並標能擅美，獨映當時。是以一世之士，各相慕習。原其飆流所始，莫不同祖《風》《騷》；徒以賞好異情，故意製相詭。」

又云：「子建函京之作，仲宣灞岸之篇，子荆零雨之章，正長朔風之句，並直舉胸情，非傍詩史。正以音律調韻，取高前式。」《銓評》：「晏案函京之作，子建《贈丁儀王粲》云：從軍度函谷，驅馬過西京。」

《文心雕龍·明詩》云：「暨建安初，五言騰踴。文帝、陳思，縱轡以騁節；王、徐、應、劉，望路而爭驅。並憐風月，狎池苑，述恩榮，叙酣宴，慷慨以任氣，磊落以使才。造懷指事，不求纖密之巧；驅辭逐貌，唯取昭晰之能，此其所同也。」

又云：「若夫四言正體，雅潤爲本；五言流調，清麗居宗，華實異用，唯才所安。故平子得其雅，叔夜含其潤，茂先凝其清，景陽振其麗，兼善則子建、仲宣，偏美則太冲、公幹。」

《樂府》云：「凡樂辭曰詩，詩聲曰歌，聲來被辭，辭繁難節。故陳思稱李延年閑於增損古辭，多者則宜減之，明貴約也。觀高祖之詠大風，孝武之歎來遲，歌童被聲，莫敢不協。子建、士衡，咸有佳篇，並無詔伶人，故事謝絲管。」案《銓評》此段上有論魏世三祖樂府一節，似與子建無涉，故删去。

《雜文》云：「陳思《客問》，辭高而理疏。」晏案《客問》今不傳。

又云：「陳思《七啓》，取美於弘壯。」

《諧隱》云：「魏文、陳思，約而密之。」

《章表》云：「陳思之表，獨冠群才。觀其體贍而律調，辭清而志顯，應物製巧，隨變生趣，執轡有餘，故能緩急應節矣。」

《神思》云：「子建援牘如口誦。」

《聲律》云：「若夫宫商大和，譬諸吹籥；翻迴取均，頗似調瑟。瑟資移柱，故有時而乖貳；籥含定管，故無往而不一。陳思、潘岳，吹籥之調也；陸機、左思，瑟柱之和也。」

《練字》云：「陳思稱揚馬之作，趣幽旨深。讀者非師傳不能析其辭，非博學不能綜其理。豈直才懸，抑亦字隱。」

《時序》云：「魏武以相王之尊，雅愛詩章；文帝以副君之重，妙善辭賦；陳思以公子之豪，下筆琳琅，並體貌英逸，故俊才雲蒸。」

《才略》云：「魏文之才，洋洋清綺，舊談抑之，謂去植千里。然子建思捷而才儁，詩麗而表逸。子桓慮詳而力緩，故不競於先鳴。而樂府清越，《典論》辨要，迭用短長，亦無懵焉！但俗情抑揚，雷同一響，遂令文帝以位尊減才，思王以勢窘益價，未爲篤論也。」此下舊有丁氏議論，言多迂拘，似未瞭彦和立言旨趣，故未掇録。

《知音》云：「陳思論才，亦深排孔璋。敬禮請潤色，歎以爲美談，季緒好詆訶，方之於田巴，意亦見矣！」

鍾嶸《詩品》云：「曹公父子，篤好斯文；平原兄弟，鬱爲文棟；劉楨、王粲，爲其羽翼。次有攀龍托鳳，自致於屬車者，蓋將百計，彬彬之盛，大備於時矣！」

又云：「陳思爲建安之傑，公幹、仲宣爲輔；陸機爲太康之英，安仁、景陽爲輔；謝客爲元嘉之雄，顔延年爲輔；斯皆五言之冠冕，文詞之命世也。」

又云植詩：「其源出於《國風》。骨氣奇高，詞采華茂，情兼雅怨，體被文質，粲溢今古，卓爾不群。嗟乎！陳思之於文章也，譬人倫之有周孔，鱗羽之有龍鳳，音樂之有琴笙，女工之有黼黻，俾爾懷鉛吮墨者抱篇章而景慕，映餘輝以自燭。故孔氏之門如用詩，則公幹昇堂，思王入室，景陽、潘、陸自可坐於廊廡之間矣。」

又云：「昔曹劉殆文章之聖，陸謝爲體貳之才。鋭精研思，千百年中，而不聞宫商之辨，四聲之論。或謂前達偶然不見，豈其然乎？嘗試言之：古曰詩頌，皆被之金竹，故非調五音，無以諧會。若「置酒高堂上」，「明月照高樓」，爲韻之首。故三祖之詞，文或不工，而韻入歌唱，此重音韻之義也，與世之言宫商異矣！」

又云：「陳思贈弟，仲宣《七哀》，公幹思友，阮籍《詠懷》，子卿雙鳧，叔夜雙鸞，茂先寒夕，平叔衣單，安仁倦暑，景陽苦雨，靈運《鄴中》，士衡《擬古》，越石感亂，景純詠僊，王微風月，謝客山泉，叔源離宴，鮑照戍邊，太冲《詠史》，顔延入洛，陶公《詠貧》之製，惠連《擣衣》之作，斯皆五言之警策者也。所謂篇章之珠澤，文采之鄧林！」

《文中子·事君篇》云：「陳思王可謂達理者也，以天下讓，時人莫之知也。」

又云：「君子哉！思王也。其文深以奥。」

《魏相篇》云：「謂陳思王善讓也，能汙其迹，可謂遠刑名矣！人謂不密，吾不信也。」

《法苑珠林》：「陳思王曹植嘗遊魚山，忽聞空中梵天之響，清雅哀婉，其聲動心。獨聽良久，乃摹其聲節，寫爲梵唄，撰文製音，傳爲後式。」

李白云：「子建之牢籠群彦，士衡之籍甚當時；並文苑之羽儀，詩人之龜鑑。」

元稹《杜甫墓志》云：「建安之後，天下文士遭罹兵戰。曹氏父子鞍馬閒爲文，往往横槊賦詩。故其遒文壯節，抑揚怨哀，悲離之作，尤極於古。」

李商隱詩：「宓妃愁坐芝田館，用盡陳王八斗才。」

又東阿王詩云：「國事分明屬灌均，西陵魂斷夜來人；君王不得爲天子，半爲當時賦洛神。」《銓評》：「晏案義山此詩，殆以感甄爲真有其事耶？然當時媒蘖之辭，讒誣之語。《洛神》自仿楚《騷》，於甄何與？辨見本賦篇下（今删）。義山又有詩云：『宓妃留枕魏王才』，亦用甄后賚枕事，何義門已辨之矣！」

皎然《詩式》云：「鄴中七子，陳王最高。劉楨辭氣偏正得其中。不拘對屬，偶或有之，語與興驅，勢逐情起，不由作意，氣格自高。與《十九首》其流一也。」

《宣和書譜》：「曹植甫十歲，善屬文，若素構。自詩道云亡，風流掃地。而植以八斗之才擅天下，遂以詞章爲諸儒倡。」

《釋常談》：「謝靈運嘗曰：天下才有一石，曹子建獨占八斗，我得一斗，天下共分一斗。」

敖陶孫《詩評》云：「魏武帝如幽燕老將，氣韻沈雄；曹子建如三河少年，風流自賞。」

陳繹曾《詩譜》云：「陳思王斲削精潔，自然沈健。」

《藝苑巵言》云：「子建天才流麗，雖譽冠千古，而實避父兄。何以故？才太高，辭太華。」

又云：「子建才敏於父兄，然不如其父兄質。漢樂府之變，自子建始。」

又云：「子建『謁帝承明廬』，『明月照高樓』，非鄴中諸子可及。仲宣、公幹遠在下風。吾每至謁帝一章，便數十過不可了，悲惋弘壯，情事理境，無所不有。」

《談藝録》云："「曹丕資近美媛，遠不逮植。然植之才不堪整栗，亦有憾焉！子建骨氣奇高，詞采華茂，情兼雅怨，體被文質。嗣宗言在耳目之内，情寄八荒之表。子桓之雜詩二首，子建之雜詩六首，可入《十九首》，不能辨也。若仲宣、公幹，便覺自遠。子建真可稱建安才子，其次文舉，又其次爲公幹、仲宣。」

胡應麟《詩藪》内編曰："「陳王才藻宏富，骨氣雄高，八斗之稱，良非溢美。」

沈德潛《古詩源》例言："「蘇李以後，陳思繼起，父兄多才，渠尤獨步，故應爲一大宗。鄴下諸子，各自成家，未能方埒也。」

五、曹植年譜

漢獻帝初平三年壬申（公元一九二）　曹植生

曹植字子建，曹操弟四子，曹丕同母弟。

按《魏志·武帝紀》：初平二年，袁紹表太祖爲東郡太守，治東武陽。三年，鮑信與州吏萬潛等至東郡迎太祖，領兖州牧。則曹操或徙家由東武陽而居鄄城。

按《武紀》：夏四月，司徒王允與吕布共殺（董）卓。卓將李傕、郭汜等殺允攻布，布敗，東出武關，傕等擅朝政。故植表云「生乎亂」也。

按《武紀》：追黄巾至濟北乞降。冬，受降卒三十餘萬，男女百餘萬口，收其精鋭者號爲青州兵。何焯曰：「魏武之强自此始。」

四年癸酉（公元一九三）　二歲

《武紀》：「春，軍鄄城。」

興平元年甲戌（公元一九四）　三歲

《魏志·荀彧傳》：「太祖征陶謙，任彧留事。」是時荀彧與程昱共守鄄城。

二年乙亥（公元一九五）　四歲

《武紀》：「秋八月，圍雍丘。冬十月，天子拜太祖兗州牧。……兗州平。」

建安元年丙子（公元一九六）　五歲

《武紀》：「太祖遂至洛陽，衛京都。洛陽殘破，董昭等勸太祖都許。天子拜公司空。……是歲用棗祗、韓浩等議，始興屯田。」裴注引《魏書》：「是歲乃募民屯田許下，得穀數（據《御覽》八百二十一引補）百萬斛……征伐四方，無運糧之勞，遂兼滅群凶（據《御覽》八百二十一引改），克平天下。」家屬由鄄城徙許。

二年丁丑（公元一九七）　六歲

《武紀》：「公到宛，張繡降，既而悔之，復反。公與戰，軍敗，爲流矢所中，長子昂、弟子安民遇害。」

三年戊寅（公元一九八）　七歲

《武紀》：「春正月，公還許，初置軍師祭酒。……九月，公東征（吕）布。……生擒布、宫，皆殺之。」

四年己卯（公元一九九）　八歲

《武紀》：「袁紹將進軍攻許。公進軍黎陽。十二月公軍官渡。袁術病死。」「劉備至下邳，遂殺徐州刺史車胄，舉兵屯沛。」

阮瑀入魏。

按《金樓子》：「劉備叛走，曹操使阮瑀爲書與備。」是劉備去操時，阮瑀已入操幕府矣。

五年庚辰（公元二〇〇）　九歲

劉楨入魏。

《武紀》：公東征備，備奔袁紹。公還官渡。紹衆大潰。紹及譚棄軍走。

考謝靈運《擬魏太子鄴中集詩》：「北渡黎陽津。」是操戰袁紹時，劉楨入操幕府。

應瑒入魏。

考謝靈運《擬魏太子鄴中集詩》：「官度厠一卒。」可證。

六年辛巳（公元二〇一）　十歲

《魏志·陳思王植傳》：「年十餘歲，誦讀詩論及辭賦數十萬言，善屬文。」

七年壬午（公元二〇二）　十一歲

《武紀》：進軍官渡。紹自軍破後，發病歐血，夏五月死。

八年癸未（公元二〇三）　十二歲

《武紀》：「夏四月，進軍鄴。五月，公還許。八月，公征劉表，軍西平。」

九年甲申（公元二〇四）　十三歲

陳琳入魏。

《武紀》：「尚懼，遣（據何焯説補）故豫州刺史陰夔及陳琳乞降。鄴定。家屬遷居鄴。」

十年乙酉（公元二〇五）　十四歲

《武紀》：「正月，攻譚破之，斬譚，誅其妻子，冀州平。冬十月，公還鄴。」

十一年丙戌（公元二〇六）　十五歲

《武紀》：「秋八月，公東征海賊管承，至淳于。植從征。」《求自試表》：「東臨滄海。」指此。

十二年丁亥（公元二〇七）　十六歲

《武紀》：「春正月，公自淳于還鄴。夏五月，北征三郡烏桓，至無終。」植從征。《求自試表》：「北出玄塞。」即指此行。

徐幹入魏。

《魏志·王粲傳》：「幹爲司空軍謀祭酒掾屬。」裴注引《先賢行狀》：「建安中，太祖特加旌命，以疾休息。」

十三年戊子（公元二〇八）　十七歲

《武紀》：「正月，公還鄴。作玄武池以肄舟師。夏六月，以公爲丞相。秋七月，公南征劉表。九月，公到新野，琮遂降。」

曹植從征。

按《求自試表》：「南極赤岸。」趙一清曰：「赤岸，赤壁也。赤壁亦作赤岓，岓或爲圻字之形誤，謂征劉表。」

王粲入魏。

按《魏志·王粲傳》：「表卒，粲勸表子琮令歸太祖。太祖辟爲丞相掾，賜爵關内侯。」

孔融死。

按《魏志·崔琰傳》裴注引《魏氏春秋》：「十三年，融對孫權使有訕謗之言，坐棄市。」《後漢書·孔融傳》：「曹操既積嫌忌，而郗慮復構成其罪，遂令丞相軍謀祭酒路粹狂狀奏融。書奏，下獄棄市。」

十四年己丑（公元二〇九）　十八歲

《武紀》：「春三月，軍至譙。作輕舟治水軍。秋七月，自渦入淮，出肥水，軍合肥。十二月軍還譙。」

曹丕作《浮淮賦》。疑植亦從征。

十五年庚寅（公元二一〇）　十九歲

《武紀》：「春，下令曰：自古受命及中興之君，曷嘗不得賢人君子與之共治天下者乎！及其得賢也，曾不出閭巷……今天下得無有被褐懷玉而釣於渭濱者乎？又得無盜嫂受金而未遇無知者乎？二三子其佐我明揚仄陋，唯才是舉，吾得而用之。冬作銅爵臺。」

曹植作《七啓》，見集。

十六年辛卯（公元二一一）　二十歲

《武紀》：「春正月，天子命公世子丕爲五官中郎將，置官屬爲丞相副。」裴注引《魏書》：「封植爲平原侯，邑五千户。」

《魏志·邢顒傳》：「是時，太祖諸子高選官屬。令曰：侯家吏，宜得淵深法度如邢顒輩。遂以爲平原侯植家丞。顒防閑以禮，無所屈撓，由是不合。庶子劉楨書諫植曰：家丞邢顒，北土之彦，少秉高節，玄静澹泊，言少理多，真雅士也！楨誠不足同貫斯人，並列左右。而楨禮遇殊特，顒反疏簡。私懼觀者將謂君侯習近不肖，禮賢不足，採庶子之春華，忘家丞之秋實，爲上招謗，其罪不小，以此反側。」

《晉書·司馬孚傳》：「爲魏陳思王植文學掾。植負才淩物，孚每切諫，初不合意，後乃謝之。」

《武紀》：「秋七月，公西征。」

曹丕《感離賦》：「建安十六年，上西征，余居守，老母諸弟皆從。」植從征，作《離思賦》，見集。

十七年壬辰（公元二一二）　二十一歲　阮瑀死。

《武紀》：「春正月，公還鄴。冬十月，公征孫權。」曹丕《登臺賦序》：「建安十七年春，上游西園，登銅爵臺，命余兄弟并作。」

《魏志·陳思王植傳》：「時鄴銅爵臺新成，太祖悉將諸子登臺，使各爲賦。植援筆立成，可觀，太祖甚異之。」《登臺賦》見集。　植從征孫權。

十八年癸巳（公元二一三）　二十二歲

《武紀》：「正月，進軍濡須口。乃引軍還。夏四月至鄴。五月，天子策命公爲魏公。以冀州之河東、河内、魏郡、趙國、中山、常山、鉅鹿、安平、甘陵、平原凡十郡封君爲魏公。」

曹丕《臨渦賦序》：「上建安十八年至譙，余兄弟從上拜墳墓，遂乘馬游觀東園，遵渦水，相佯乎高樹之下。」植當亦偕游也。

九月，作金虎臺。」

《武紀》：「秋七月，天子聘公三女爲貴人，少者待年於國。」植作《叙愁賦》，見集。

《魏志·梁習傳》：「建安十八年，使於上黨取大材，供鄴宫室。」擴建鄴宫或始此。

十九年甲午（公元二一四）　二十三歲

《魏志·陳思王植傳》：「十九年，徙封臨菑侯。太祖征孫權，使植留守鄴。戒之曰：吾昔爲頓丘令，年二十三，思此時所行，無悔於今。今汝年亦二十三矣，可不勉與。植既以才見異，而丁儀、丁廙、楊修等爲之羽翼。太祖狐疑，幾爲太子者數矣。」

同上傳裴注引《文士傳》：「廙少有才姿，博學洽聞。初辟公府。建安中，爲黄門侍郎。廙嘗從容謂太祖曰：臨菑侯天性仁孝，發於自然，而聰明智達，其殆庶幾。至於博學淵識，文章絶倫。當今天下之賢才君子不問少長，皆願從其游而爲之死，實天所以鍾福於大魏，而永受無窮之祚也。欲以勸動太祖。太祖答曰：植，吾愛之，安能若卿言！吾欲立之爲嗣何如？」

《魏志·王粲傳》裴注引《魏略》：「時五官將博延英儒，亦宿聞（邯鄲）淳名，因啓淳，欲使在文學官屬中。會臨菑侯植亦求淳，太祖遣淳詣植。植初得淳，甚喜。延入坐，不先與談。時天暑熱，植因呼常從取水自澡訖，傅粉（《書鈔》卷三十五、《御覽》卷七百十九引作以粉自傅）。遂科頭拍袒，胡舞五椎鍛，跳丸，擊劍，誦俳優小説數千言訖，謂淳曰：邯鄲生何如邪？於是乃更着衣幘，整儀容，與淳評説混元造化之端，品物區别之意，然後論羲皇以來，賢聖名臣烈士優劣之差；次頌古今文章賦誄及當官政事宜所先後；又論用武行兵倚伏之勢。乃命厨宰，酒炙交至，坐席默然，無與伉者。及暮，淳歸，對其所知歎植之材，謂之天人。」

楊脩《出征賦》：「公命臨菑，守於鄴城。侯懷大舜，乃號乃慕。」

二十年乙未（公元二一五） 二十四歲

《武紀》：「三月，公西征張魯。」植從行。

植作《贈丁儀王粲》詩、《三良》、《述行賦》。

《武紀》：「夏四月，公自陳倉以出散關至河池。」

按《求自試表》：「西望玉門。」蓋指此役。

二十一年丙申（公元二一六） 二十五歲

《武紀》：「二月，公還鄴。夏五月，天子進公爵爲魏王。」

《魏志·崔琰傳》：「植，琰之兄女婿也。」裴注引《世語》：「植妻衣繡，太祖登臺見之，以違制命，還家賜死。」

《武紀》：「冬十月治兵，遂征孫權。十一月至譙。」

《魏志·后妃傳》裴注引《魏書》：「二十一年，太祖東征，武宣皇后、文帝及明帝、東鄉公主皆從，時后以病留鄴。」則植未從行，亦未在鄴，疑時在孟津也。存參。

二十二年丁酉（公元二一七）　二十六歲

《武紀》：正月，王軍居巢。二月進軍屯江西郝谿，權退走。三月，王引軍還。

《魏志·王粲傳》：「二十二年春，道病卒。幹、琳、瑒、楨二十二年卒。」

曹丕《與吴質書》：「昔年疾疫，親故多離其災，徐、陳、應、劉一時俱逝，痛可言耶！」

《魏志·陳思王植傳》裴注引《世語》：「（楊）脩與丁儀兄弟皆欲以植爲嗣。太子患之，以車載廢簏，内朝歌長吴質與謀。脩以白太祖，未及推驗。太子懼，告質。質曰：何患。明日復以簏受絹車内以惑之，脩必復重白，重白必推而無驗，則彼受罪矣。世子從之。脩果白而無人，太祖由是疑焉。脩與賈逵、王淩並爲主簿，而爲植所友。每當就植，慮事有闕，忖度太祖意，豫作答教十餘條，勅門下，教出以次答。教裁出，答已入。太祖怪其捷，推問始泄。太祖遣太子及植各出鄴城一門，密勅門不得出，以觀其所爲。太子至門，不得出而還。脩先戒植：若門不出侯，侯受王命，可斬守者。植從之。」

《武紀》：「冬十月，以五官中郎將丕爲魏太子。」《魏志·賈詡傳》：「是時文帝爲五官將，而臨菑侯植才名方盛，各有黨與，有奪宗之議。文帝使人問詡自固之術。詡曰：願將軍恢崇德度，躬素士之業，朝夕孜孜，不違子道，如此而已。文帝從之，深自砥礪。太祖又嘗屏除左右問詡，詡默然不對。太祖曰：與卿言而不答，何也？詡曰：屬適有所思，故不即對耳！太祖曰：何思？詡曰：思袁本初、劉景升父子也。太祖大笑。於是太子遂定。」

《魏志·陳思王植傳》：「二十二年，增植邑五千，并前萬户。」

二十三年戊戌（公元二一八）　二十七歲

《武紀》：「正月，漢太醫令吉本與少府耿紀、司直韋晃等反，攻許。秋七月，治兵，遂西征劉備。」

《魏志·王粲傳》裴注引《世語》：「魏王嘗出征，世子及臨菑侯植並送路側。植稱述功德，發言有章，左右屬目，王亦悦焉。世子悵然自失，吴質耳曰：王當行，流涕可也。及辭，世子泣而拜，王及左右咸歔欷。於是皆以植辭多華而誠心不及也。」

二十四年己亥（公元二一九）　二十八歲

《武紀》：「三月，王自長安出斜谷，軍遮要以臨漢中，遂至陽平。夏五月，引軍還長安。八月，漢水溢灌（于）禁軍，軍没，羽獲禁，遂圍仁。冬十月，軍還洛陽。」

《魏志·陳思王植傳》：「二十四年，曹仁爲關羽所圍。太祖以植爲南中郎將行征虜將軍，欲遣救仁，呼有所勅戒。植醉不能受命，於是悔而罷之。」

裴注引《魏氏春秋》：「植將行，太子飲焉，偪而醉之。王召植，植不能受王命，故王怒也。」同上傳：「植嘗乘車行馳道中，開司馬門出。太祖大怒，公車令坐死，由是重諸侯科禁，而植寵日衰。」裴注引《魏武故事》載令：「始者謂子建，兒中最可定大事。」又令：「自臨菑侯植私出，開司馬門至金門，令吾異目視此兒矣！」又令：「諸侯長史及帳下吏知吾出，輒將諸侯行意否？從子建私開司馬門來，吾都不復信諸侯也。恐吾適出，便復私出，故攝將行，不可恒使吾爾（以）誰爲心腹也。」

《水經·穀水注》：「渠水自銅駝街東，逕司馬門南，自此南直宣陽門。經緯通達，皆列馳道，往來之禁，一同兩漢。曹子建嘗行御街，犯門禁，以此見薄。」

戴延之《西征記》：「金瀍谷二水合處有千金堨，即魏陳思王所立，引水東注，民今賴之。」（見《御覽》卷七十三引）植立堨，《魏志》無徵，姑附於此。

《魏志·陳思王植傳》：「太祖既慮終始之變，以楊脩頗有才策，而又袁氏之甥也，於是以罪誅脩。植益内不自安。」

裴注引《典略》：「至二十四年秋，公以脩前後漏泄言教，交關諸侯，乃收殺之……。脩死後百餘日，而太祖薨。」

《續漢書》：「人有白脩與臨菑侯曹植飲，醉共載從司馬門出，謗訕鄢陵王彰。太祖聞之，大怒，故遂收殺之，時年四十五矣。」（《後漢書·楊彪傳》注引）疑此史實有誤，姑録以廣異聞。

二十五年庚子（公元二二〇）　二十九歲

《武紀》：「春正月，至洛陽。庚子，王崩於洛陽。二月丁卯，葬高陵。」有《武帝誄》見集。

《魏志·賈逵傳》：「太祖崩洛陽，逵典喪事。時鄢陵侯彰行越騎將軍從長安來赴，問逵先王璽綬所在。逵正色曰：太子在鄴，國有儲副，先王璽綬，非君侯所宜問也。遂奉梓宫還鄴。」

《魏志·任城威王彰傳》：「太祖至洛陽，得疾。驛召彰，未至，太祖崩。」裴注引《魏略》：「彰至，謂臨菑侯植曰：先王召我者，欲立汝也。植曰：不可，不見袁氏兄弟乎！」

陸機《弔魏武帝文序》：「持姬女而指季豹以示四子，曰以累汝，因泣下。」

《文帝紀》：「嗣位爲丞相、魏王。改建安二十五年爲延康元年。」

《陳思王植傳》：「文帝即王位，誅丁儀、丁廙，并其男口。植與諸侯并就國。」

《魏志·陳矯傳》：「矯曰：王薨於外，天下惶懼，太子宜割哀即位，以繫遠近之望。且又愛子（指曹植）在側，彼此生變，則社稷危矣！即具官備禮，一日皆辦。明旦，以王后令，策太子即位。」

植於丕即王位後，改封鄄城，史未言，蓋略也。《植集》有《鄄城上九尾狐表》可證。《文紀》：「冬十月庚午，王升壇即阼，百官陪位。事訖降壇，視燎成禮而反。改延康爲黄初。」

《魏志·蘇則傳》：「初，則及臨菑侯植聞魏氏代漢，皆發服悲哭。文帝聞植如此，而不聞則也。」

裴注引《魏略》：「初則在金城，聞漢帝禪位，以爲崩也，乃發喪。後聞其在，自以不審，意頗默然。臨菑侯植自傷失先帝意，亦怨激而哭。」

植作《上慶文帝受禪表》、《魏德論》見集。

黄初二年辛丑（公元二二一）　三十歲

《陳思王植傳》：「二年，監國謁者灌均希指，奏植醉酒悖慢，劫脅使者。有司請治罪。」

曹植《上責躬詩表》李注引《求出獵表》：「臣自招罪釁，徙居京師，待罪南宫。」植集：「博士等議：可削爵土，免爲庶人。」復徙鄴。《九愁賦》：「恨時王之謬聽，受姦枉之虚辭。揚天威以臨下，忽放臣而不疑。登高陵而反顧，心懷愁而荒悴。」丕本欲殺之。《魏志·周宣傳》："時帝欲治弟植之罪，偪於太后，但加貶爵。"《陳思王植傳》裴注引《魏書》載詔曰："植，朕之同母弟。朕於天下，無所不容，而況植乎！骨肉之親，捨而不誅，其改封植。"復由鄴反洛陽。植集載詔曰："知到延津，遂復來。"植表曰："行至延津，受安鄉侯印綬。"

《陳思王植傳》："其年改封鄄城侯。"

《黄初六年令》："吾昔以信人之心無忌於左右，深爲東郡太守王機、防輔吏倉輯等枉所誣白，獲罪聖朝。反旋在國，揵門退掃，形影相守，出入二載。機等吹毛求瑕，千端萬緒，然終無可言者。"

三年壬寅（公元二二二）　三十一歲

《文紀》："三月乙丑，立帝弟鄢陵公彰等十一人皆爲王。夏四月戊申，立鄄城侯植爲鄄城王。"錢大昕曰："鄄城王植以四月戊申封，與任城諸王不同日，且是縣王，非郡王，故不在此數。"

有《毁鄄城故殿令》，見集。

四年癸卯（公元二二三）　三十二歲

《陳思王植傳》："四年，徙封雍丘王。其年，朝京都。"

《文選·洛神賦序》:「黄初三年,余朝京師。」李善注:「《魏志》及諸詩序並云四年朝,此作三年,誤。」

《文選·贈白馬王彪詩》李善注引植集:「黄初四年五月,白馬王、任城王與余俱朝京師,會節氣。」

《陳思王植傳》裴注引《魏略》:「初植未到關,自念有過,宜當謝帝。乃留其從官著關東,單將兩三人微行,入見清河長公主,欲因主謝。而關吏以聞,帝使人逆之,不得見。太后以爲自殺也,對帝泣。會植科頭負鈇鑕徒跣詣闕下,帝及太后乃喜。及見之,帝猶嚴顔色,不與語,又不使冠履。植伏地泣涕,太后爲不樂,詔乃聽復王服。」

《應詔詩》:「爰暨帝室,税此西墉;嘉詔未賜,朝覲莫從。」

任城王彰薨於邸。

《世説新語·尤悔》:「魏文帝忌弟任城王驍壯,因在卞太后閤,共圍棋,並噉棗。文帝以毒置諸棗蒂中,自選可食者而進。王弗悟,遂雜進之。既中毒,太后索水救之。帝豫敕左右毁瓶罐。太后徒跣趨井,無以汲,須臾遂卒。復欲害東阿。太后曰:汝已殺我任城,不得復殺我東阿。」

《文選·贈白馬王彪詩》李注引植集:「至七月,與白馬王還國。後有司以二王歸藩,道路宜異宿止，意毒恨之！蓋以大别在數日，是用自剖，與王辭焉，憤而成篇。」又植集：「於圈城作。」

《社頌序》：「余前封鄄城侯，轉雍丘，皆遇荒土。宅宇初造，以府庫尚豐，志在繕宫室，務園圃而已。」

五年甲辰（公元二二四）　三十三歲

集有《黄初五年令》。

六年乙巳（公元二二五）　三十四歲

《文紀》：「十二月，行自譙過梁。」

《陳思王植傳》：「六年，帝東征，還過雍丘，幸植宫，增户五百。」

集有《黄初六年令》。

七年丙午（公元二二六）　三十五歲

《文紀》：「三月，築九華臺。夏五月丙辰，帝疾篤。丁巳，帝崩於嘉福殿。」

有《文帝誄》見集。

太和元年丁未（公元二二七）　三十六歲

《陳思王植傳》：「太和元年，徙封浚儀。」

二年戊申（公元二二八）三十七歲

《明紀》：「春正月丁未，行幸長安。夏四月丁酉，還洛陽宮。秋九月，曹休率諸軍至皖，與吴將陸議戰於石亭，敗績。庚子，大司馬曹休薨。冬十月，詔公卿近臣舉良將各一人。」

《明紀》裴注引《魏略》：「是時譌言，云帝已崩，從駕群臣迎立雍丘王植，京師自卞太后群公盡懼。及帝還，皆私察顏色。卞太后悲喜，欲推始言者。帝曰：天下皆言，將何所推！」

《陳思王植傳》：「二年，復還雍丘。植常自憤怨，抱利器而無所施，上疏求自試。」裴注引《魏略》：「植雖上此表，猶疑不見用。故曰：夫人貴生者，非貴其養體好服，終竟年壽也，貴在其代天而理物也。夫爵禄者，非虚張者也，有功德然後應之，當矣！無功而爵厚，無德而禄重，或人以爲榮，而壯夫以爲恥。故太上立德，其次立功。蓋功德者所以垂名也。名者不滅，士之所利，故孔子有夕死之論，孟軻有棄生之義。彼一聖一賢豈不願久生哉？志或有不展也。是用喟然求試，必立功也。嗚呼！言之未用，欲使後之君子知吾意者也。」

曹植表稱詔曰：「皇帝問雍丘王，先帝昔常非於漢氏諸帝積貯衣被，使敗於函篋之中，遺詔以所服衣被賜王公卿官僚諸將。今以十三種賜王。」《初學記》卷二十引。

三年己酉（公元二二九）　三十八歲

《陳思王植傳》：「三年，徙封東阿。」

《轉封東阿王謝表》見集。

《會稽典録》：「虞歆字文肅，歷郡守，節操亢厲。魏曹植爲東阿王，東阿先有三十碑銘，多非實，植皆毁除之；以歆碑不虚，全焉。」《北堂書鈔》卷一百二引。

四年庚戌（公元二三〇）　三十九歲

《明紀》：「四年，六月戊子，太皇太后崩。秋七月，武宣卞后祔葬於高陵。」

《卞太后誄》見集。

《魏略》：「陳思王精意著作，食飲損減，得反胃病。」《太平御覽》卷三百七十六引。

《廣弘明集》：「植每讀佛經，輒流連嗟玩。以爲至道之宗極也。遂製轉讀七聲，升降曲爲之響，故世之諷誦感弘章焉。嘗游魚山，聞空中梵音之讚，乃摹而傳於後。」

五年辛亥（公元二三一）　四十歲

《明紀》：「秋七月乙酉，皇子殷生。」

《皇子生頌》見集。

《陳思王植傳》：「五年，復上疏求存問親戚，因致其意。」《明紀》：「八月，詔曰：古者諸侯朝聘，所以敦睦親親，協和萬國也。先帝著令，不欲使諸王在京都者，謂幼主在位，母后攝政，防微以漸，關諸盛衰也。朕惟不見諸王，十有二載，悠悠之懷，能不興思！其令諸王及宗室公侯各將適子一人朝。」《陳思王植傳》：「其年冬，詔諸王朝。」案《紀》言八月，指頒詔之時，冬謂入朝之日，中山王袞、楚王彪傳俱言冬朝京師可證，非《紀》《傳》記叙有異也。

《謝入覲表》

《謝賜食表》

魏明帝手詔曹植：「王顔色瘦弱，何意耶？腹中調和不？今者食幾許米，又啖肉多少？見王瘦，吾驚甚，宜節水加飡。」《太平御覽》卷三百七十八引。

《謝周觀表》

《謝賜柰表》

報陳王植等詔：「此柰從梁州來，道里既遠，又東來轉暖，故柰中變色不佳耳！」《初學記》卷二十八引。

《冬至獻襪履頌》見集。

《請赴元正表》

六年壬子（公元二三二） 四十一歲

《元會詩》

《明紀》：「春二月，詔曰：其改封諸侯王，皆以郡爲國。」

《陳思王植傳》：「二月，以陳四縣封植爲陳王，邑三千五百户。」

《改封陳王謝恩章》見集。

《諫伐遼東表》

《魏志·蔣濟傳》裴注引司馬彪《戰略》：「太和六年，明帝遣平州刺史田豫乘海渡，幽州刺史王雄陸道，并攻遼東。蔣濟諫曰：凡非相吞之國，不侵叛之臣，不宜輕伐。伐之而不制，是驅使爲賊。故曰：虎狼當路，不治狐狸；先除大害，小害自已。今海表之地，累世委質，歲選計考，不乏職貢。議者先之，正使一舉便克，得其民不足益國，得其財不足爲富；儻不如意，是爲結怨失信也。帝不聽，豫行竟無成而還。」

《明紀》：「十一月庚寅，陳思王植薨。」

《陳思王植傳》：「植每欲求别見獨談，論及時政，幸冀試用，終不能得。既還，悵然絶望。時法制待藩國既自峻迫，寮屬皆賈豎下才。兵人給其殘老，大數不過二百人。又植以前過，事事復減半。十一年中而三徙都，常汲汲無歡，遂發疾薨，時年四十一。」《陳思王植傳》：「以小子志保家之主也，欲立之。子志嗣。」《晉書・曹志傳》：「志字允恭。陳思王植孽子，立以爲嗣。」

葬魚山。

《陳思王植傳》：「初植登魚山，臨東阿，喟然有終焉之心，遂營爲墓。」《述征記》：「魚山臨清河，舊屬東阿。東阿王曹植每升此山，有終焉之志。植之所游，池沼溝渠悉存。既葬於山西，有二石柱猶存也。」《太平御覽》卷五百五十六引。《陳思王植傳》：「景初中，詔曰：陳思王昔雖有過失，既克己慎行，以補前闕。且自少至終，篇籍不離於手，誠難能也！其收黄初中諸奏植罪狀，公卿已下議，尚書、祕書、中書三府、大鴻臚者，皆削除之。撰録植前後所著賦、頌、詩、銘、雜論凡百餘篇，副藏内外。」

六、曹植文學成就及其對後代的影響

一

東漢末年，漢王朝内部爆發了外戚宦官肉血相搏的火併。黄巾農民軍領導者張角兄弟在人民生活瀕於絶境的年代裏，號召起義，展開了如火如荼的階級鬭争。豪門士族企圖保全生命和財産，就把所控制的農奴，編勒成軍，修築堡塢，和革命武裝對壘拒抗。袁紹、袁術、劉表等地方士族，趁着漢政權不能控制的機會，佔據州郡，聚兵儲糧，爲建立自己的新王朝作好準備。當時形勢，正如曹丕《典論·自序》所述：

「山東大者連郡國，中者嬰城邑，小者聚阡陌，以還相吞滅。會黄巾盛於海嶽，山寇（指黑山）暴於并冀，乘勝轉攻，席卷而南。鄉邑望烟而奔，城郭覩塵而潰，百姓死亡，暴骨如莽。」

曹操是豪族地主集團中，乘時崛起的一人。

曹操既是在劇烈階級鬭争浪潮中成長起來，從嚴酷的政治鬭争現實中，吸取了不少經驗和教訓。利用農民革命暫時轉入低潮之際，誘騙青州黄巾軍百餘萬人歸其節制。終於倚靠這支革命武裝，推行農戰政策，逐漸統一黄河南北廣闊地區。漢末凋敝的農村經濟，農民在較爲安寧的境遇裏，從事於辛勤農業生産勞動，有了初步的恢復，這就給曹魏政權提供了豐厚的生活資源，客觀上爲建安文學繁榮奠定了物質基礎。

曹操消滅雄據四州的袁紹，在鄴建立政治中心。長期轉徙流離的知識分子，因曹操殷勤招邀，聚集鄴城。曹植以貴公子之尊，和他們締結深厚的友情。如《文心雕龍·明詩篇》所説：

「暨建安初，五言騰踊。文帝、陳思，縱轡以騁節；王、徐、應、劉，望路而争驅。並憐風月，狎池苑，述恩榮，叙酣宴，慷慨以任氣，磊落以使才。造懷指事，不求纖密之巧；驅辭逐貌，唯取昭晰之能，此其所同也。」

由於他們在文酒之會中，相互奬藉，相互探索，又相互評論，曹植文學造詣具備了提高的條件。

陳壽指出，曹植十歲餘誦讀詩、論及辭賦數十萬言，顯然是善屬文的基本因素，這與杜工部「讀書破萬卷，下筆如有神」同一旨趣。所以楊修曾驚歎地説：「若成誦在心，借書於手。」這就充分揭示敏捷才華的生動形象。但必須指出，他在晚年，爲了不讓蕪穢作品遺留給後世，曾付出巨大的椎煉推敲的辛勤勞動。即使犯了沈重的反胃病，也没有挫傷他删定别撰的頑强意志。曹植之所以取得卓越的成就，是以優異才能及其艱辛地創作實踐密切結合的産物。

曹植文學成就，固如上述，試再進行探索，則還繫於他對現實生活之深刻觀察與了解。比如詩篇大部分叙述他的經歷和感受。由其真摯地抒吐心靈深處的情感，而又善於從人生旅程中捕捉事物的特徵，極意形容，在一定程度上客觀地反映了社會現實。他在長期播遷的生活體驗中，窮困遭遇折磨中，不合理的現實的刺激中，觀察越發深邃，表達技巧從不倦的藝術實踐裏，更日進於精湛之境，創作態度又嚴肅認真，將漢代樸質的五言詩體推向前所未有的藝術高峰。

二

曹植常從紛雜的社會現象裏，選取具有典型性的題材，通過縝密的構思，精巧的刻畫，平常事物，一經其翦裁渲染，便賦予不朽的藝術生命，而展示他内心世界的活動，表達了複雜的愛憎感情。如《名都篇》，他着意反映洛陽貴游子弟淫靡逸豫的生活面貌。詩篇發端首將他們炫耀服飾、追求娛樂的思想和行動作了概括的提示，接着驅使工緻的筆觸，展開游獵的情景。插入觀者讚美，衆工阿諛，有力地烘托環境氣氛，暈染着貴游子弟在一片奉承聲裏洋洋自得的驕矜神態。曹植運用民歌鋪叙手法，精意地給這豪華奢侈的宴會以出色的描繪。呼嘯喧譁，擊壤蹋鞠的形象，也就如同浮雕似的呈現於紙上。精煉的語言，勾勒着他們恣意嬉戲的心靈狀態。結尾悠然含蓄，調動聯想，豐富補充，增强感染的藝術效果，完滿地達成主題的譴責目的。

曹植以浪漫主義的描寫技巧，發抒他理想與願望。奇麗的幻想是建築在現實生活基礎之上的，具着豐富的情感内容。正如周揚同志所説：

「他們在揭示現實的種種不合理現象的時候，總是把他們的社會理想、强烈的愛憎和明確的褒貶體現在作品中所描寫的人物的性格和關係上；同時他們的昂揚熱情和崇高理想又總是由於現實的不合理的現象所激發，植根於生活的土壤的〔一〕。」

曹魏對待藩國制度，把侯王行動限制在三十里範圍之内〔二〕。曹植《文帝誄》作了這樣的叙述：「顧衰經以輕舉兮，念關防之我嬰。欲高飛而遥憩兮，憚天網之遠經。」而日常生活

〔一〕《我國社會主義文學藝術的道路》。一九六〇年《文藝報》第十三、四期。

〔二〕《魏志·武文世王公傳》裴注引《袁子》。

又受謁者嚴密監視，於是他從幻想中去追求自由的樂園。如《仙人篇》：

「四海一何局，九州安所如？韓終與王喬，要我於天衢。萬里不足步，輕舉凌太虛。」

而《五遊詠》：

「九州不足步，願得凌雲翔。逍遥八紘外，遊日歷遐荒……」

曹植以他酣暢的筆觸，縱情地描畫想象中奇幻縹緲的仙境，襯托所遭受的殘酷現實，從而表現沈重壓迫之下的反抗精神。但因他對統治者還寄予幻想，懷着「入金門、登玉陛」的希望。他有時描寫的是天上宫闕和群仙宴樂：

「迴駕觀紫微，與帝合靈符。閶闔正嵯峨，雙闕萬丈餘。玉樹扶道生，白虎夾門樞。」

於《五遊詠》裏又作了這樣的描述：

「徘徊文昌殿，登陟太微堂。上帝休西櫺，群后集東廂。帶我瓊瑶佩，漱我沆瀣漿。踟蹰玩靈芝，徙倚弄華芳。」

他以豐富的想象精製理想的樂園，然而這理想中的樂園，却彷彿現實宫庭生活的倒影。可以説曹植思想從優美的幻景中，仍然回復到現實中來。

曹植拈取同一主題，從各個角度抓着它典型部份，運用不同的表現形式和技巧，而把情景交融的韻趣納入藝術構思中，顯示着藴藉與明快的風格。《雜詩》「微陰翳陽景」篇，因物起興，唤起他對役夫長年不歸、男女怨曠的聯想，而直抒惻愴心情。《雜詩》「西北有織婦」篇，塑造了煩憂總萃的思婦形象，從細膩的雕鏤中，曲折地傳達思婦婉孌的柔情，紛亂的愁思，伶仃寂寞的無盡哀怨。飛鳥索群，感物傷心，渲染惦念深摯的心境，激發願化作日光的奇妙幻想，愈突出會合相依的迫切願望。樂府之「門有萬里客」篇，則用粗放的線條，勾畫着仆仆風塵、不得寧居的征夫神態。因作者與征夫生活感受統一了，情感相互滲透溶合了，故能使用精煉而性格化的語言，表述征夫之憤怒情緒，從而顯示隱藏在心的反抗力量。基於此，便不再借助於隱喻、比擬與補充的形容語來增强表現力。

上述詩篇與樂府，俱以揭發殘酷的徭役制度爲其主題。但篇中藴蓄的情感，清楚反映着浮淺沉深的差異。這固然基於他所感受深度廣度不同，更重要的則還系於他的思想意識的變化，是可以肯定的。

三

文學形式是適應着作品内容而産生，有了豐富的内容，然後才可能有完美的表現形式。離開完美形式，即使有豐富的内容，也不能完滿地表達出來。因爲作者的思想感情，必須通過藝術形式才能傳達給讀者感官的。因之内容與形式之密切配合和渾然的統一，而後乃能産生優秀的作品。詩的表現形式，正如劉勰《明詩篇》所指出：

「四言正體，雅潤爲本；五言流調，清麗居宗。」

曹植詩篇以四言表述的，如《應詔》、《責躬》、《元會》、《矯志》等篇，是對君上申明己意爲其内容特徵，因此要求體製平正，詞義典雅，氣息雍和淵懿，而蓄具《雅》《頌》的情韻。至於抒寫感情，刻畫風物，採用五言，才能達致「婉轉附物，怊悵切情」的境界。曹植因注意於形式之精確運用，就使内容充分地表達出來，從而取得積極的藝術效果。宋代詩人顔延之在他撰述的《庭誥》裏，作了如此的評價。他説：

「五言流靡，則劉楨、張華；四言側密，則張衡、王粲，若夫陳思王可謂兼之矣〔一〕！」

似非過情之譽吧！

詩人雖具豐沛的感情，恰當的藝術形式，如果蔑視言語在詩歌裏所起的巨大作用，而要求作品蘊蓄感染力量，是難以設想的。須知語言是增强作品藝術力的主要組成部分，

〔一〕《宋書·顔延之傳》。

同時又是作者傳達思想感情的工具，完全不能忽視其作用。詩歌既受嚴密格式之制約，故必須以最洗鍊、最精彩的語言，表達複雜的思想感情。所以詩人選詞用字，自有一定的整鍊階段，章無虚語，句無冗詞，叙事抒情都取得凝鍊和概括，表現優美的意境。曹植語言選擇費過一翻探索的功夫，創造了真摯動人的詩篇。如：

「飛觀百餘尺，臨牖御櫺軒，遠望周千里，朝夕見平原。」（《雜詩》之一）

豪放雄渾的語言，反映着宏闊的意境，悲壯的情懷。

「餙高念皇家，遠懷柔九州。撫劍而雷音，猛氣縱横浮。」（《鰕䱇篇》）

這是豪邁激昂的心聲，表現着蔑視一切的凌厲氣概。

「人皆棄舊愛，君豈若平生！寄松爲女蘿，依水如浮萍。」（《閨情》）

惻愴委婉的細語，傾吐着内心的哀怨。曹植語言由其遣詞精切，語貴創造，而又俱從生活中來，形成了獨特的風格。

他以鋭敏深刻的觀察力，獵取生活事物的形象。有如蘇軾所説：「作詩火急追亡逋，清景一失後難摹〔一〕。」曹植從儲備豐富的語言寶庫裏，選擇唯一的詞彙，力爭把事物的形

〔一〕蘇軾《蜡日游孤山訪惠勤惠思二僧》詩句。

色、意趣最完整、最貼切地體現着。如：

「明月澄清景，列宿正參差。秋蘭被長坂，朱華冒緑池。」（《公宴詩》）

綺麗的語言，繪出西園絢爛的秋色。而被字與冒字把茂密的物象形容極致。對偶精工，置之於唐人律體，也並不遜色。

「員闕出浮雲，承露概太清。」（《贈丁儀王粲》）

這展示帝京景物壯麗的特色，而出、概二字形象地突現器物凌雲的偉觀。

因此，若果只贊譽曹植「詞采華茂」，而忽視遺詞精切的特質，則對他藝術成就的認識，可能不够全面吧！

詩歌語言，必須具有强烈的音樂感，詠之適口，聽之忘倦，長歌恬吟，從抑揚頓挫的和諧音節裏，領受詩篇孕蓄的情感。所以，詩歌諧適韻律，成爲我國詩人勞精殫思、畢生追求的目的，矻矻孜孜，務窮祕藴，不惜精力和時日。杜工部曾説：「新詩改罷自長吟。」又自詡：「晚節漸於詩律細[一]。」可見詩人於此是如何寄思了。

驗聲之術，在漢魏已前，審聲定韻，全憑耳治，而無準則作依據。要求詩歌必具「清濁

〔一〕杜甫《解悶》、《遣悶戲呈路十九曹長》詩句。

齊均，既亮且和」的美感，是不容易達到的。若果輕視而不講求，必然會使喉舌蹇礙而脣吻告勞。曹植取得精邃的音樂素養〔一〕，接受民歌的韻律，又可能受印度文學之影響。鳩摩羅什論印度文學時説過：

「天竺國俗，甚重文制，其宫商體韻，以入管弦爲善。凡覲國王，必有贊德，經中偈頌，皆其式也〔二〕。」

而僧徒相傳，曹植曾倣製梵唄：

「陳思王嘗登魚山，臨東阿。忽聞巖岫有誦經聲，清遒深亮，遠谷流響，肅然有靈氣，不覺斂衿祇敬，便有終焉之志，即效而則之。今之梵唱，皆植依擬所造〔三〕。」

釋慧皎《高僧傳·十三經師論》也説：「梵唄之起，肇自陳思。」暫置不論僧徒紀録是否真確，但可以肯定曹植爲了增進詩歌語言的諧和美，確曾吸取衆長，豐富詩篇的韻律。如他寫：

〔一〕《魏志·武帝紀》裴注引《魏書》：「及造新詩，被之管弦，皆成樂章。」曹植當受此影響。

〔二〕《晉書·鳩摩羅什傳》。

〔三〕杭世駿《三國志補注》引《異苑》。

「始出嚴霜結，今來白露晞。」（《雜詩》）

「孤魂翔故域，靈柩寄京師。」（《贈白馬王彪》）

平仄調協，音節鏗鏘，給詩歌聲律化奠定了堅實基礎。

詩之需要押韻，不僅使語言本身具有抗墜急徐的韻致，而且還有助於情感之宣洩與抑制。西晉詩人陸雲對於押韻深感困難，故在他給陸機信裏，不只一次地透露着急苦的心情。如：

「《喜霽賦》：俯順習坎，仰熾重離，以下重得數語爲佳，思不得韻，願兄爲益之〔一〕。」

「徹與察皆不與日韻，思惟不能得，願賜此一字〔二〕。」

曹植遣詞叶韻，成爲西晉詩人的準則。陸雲給陸機信，曾經提到：

「李氏云：雪與列韻，曹便復不用。人亦復云：曹不可用者，音自難得正〔三〕。」

〔一〕嚴可均《全晉文》卷一百二陸雲。

〔二〕同前。

〔三〕同前。

曹植押韻既這樣謹嚴，而爲詩人所遵守。但還須知他利用字音之高低、平仄的特質，來表達情緒的變化，而非一韻終始，無有更易。如《雜詩》：「轉蓬離本根」，至「薇藿常不充」，俱用平聲字押韻，可是末句，却突然改用上聲的老字作韻脚。我們知道，平聲之字，高亢舒揚，用以體現激昂的情韻，是適當的。上聲之字，則具着淒厲的音色，用它入韻，確能表達抑鬱愁苦的心境。曹植以老字押韻，結束全章，更襯出怨憤已深的決絶情緒。又如《浮萍篇》，自「浮萍寄清水」至「君恩儻中還」句，中雖换韻，然都用平聲字協，而「慊慊仰天歎」以下，押韻俱易仄聲，也是同一思致。顧炎武《音論》說：

「古之爲詩，主乎音者也；江左諸公之爲詩，主乎文者也。文者一定而難移，音者無方而易轉。」

可知曹植協韻，聲隨情變，何曾斤斤墨守一般格律呢！

曹植詩中，往往使用雙聲疊韻的複音詞，符合鍾嶸《詩品》提示的「清濁通流，口吻調利」的調聲原則。例證繁多，無須列舉。

曹植賦今集中紀載的，共計四十四篇。除《洛神》等三四篇外，多數是殘缺不全。可是明代文學家李獻吉卻不明乎此，竟說：

「凡作賦者以巨麗爲主。子建諸篇不數言輒盡，讀之者忘其短，但覺嫋嫋有餘韻。」

這樣論點，是不符合歷史實際的。今僅就遺存部分的表象觀察，約略可分爲三類：抒情如《節遊》、《愍志》、《懷親》諸賦；效物則有《芙蓉》、《鸚鵡》、《寶刀》等篇。至於《洛神賦》，兼具兩類的特點。抒情情感真摯，詞旨婉約。宋末逸民劉會孟評《釋思賦》説：「臨菑篤於友于，故隨所寄詠，無不剴切。」而效物刻畫精工，曲盡物態。明人蔣仲舒歎賞《九華扇賦》形容的工緻，不禁寫出「字字圓通，中釀異采。其縷折九華之妙，雖未經目，恍如見之」的評語。可見不論抒情、效物，達到了一定的藝術水平。但是二者不是對立而是相互滲透的。效物等賦之圖繪物象，原藉以寄寓理想，抒發懷抱，絶對不是單一地就物寫物爲其主要目的。例如《蟬賦》，曹植賦予蟬以人類意識和感情，宣示與物無求而含和獨樂的處世態度，可是在現實社會裏，却處處遭遇着死亡的威脅。

「苦黄雀之作害兮，患螳蜋之勁斧。冀飄翔而遠托兮，毒蜘蛛之網罟。欲降身而卑竄兮，懼草蟲之襲予。」

影射周遭密布衆多的賊害者，生動地寫着動與禍鄰的恐怖環境，企圖尋求安静地方。於是

「遥遷集乎宫宇，依名果之茂陰兮，托修幹以静處。」

復不自料遇着狡童。極意摹繪狡童捕捉的舉動、心理，暗示賊害者的卑劣意圖及其陰狠手段，則更突出艱危境遇之難於趨避，這就形象地把可憎恨的人與人的社會關繫，具體地顯現在眼前，使讀者感到驚人的藝術魅力。

曹植各賦，以較漢人所作，篇幅簡短，情韻不匱，和詩保持着千絲萬縷的聯繫，自然與漢賦之鋪陳堆砌，迥異其趣，而開六朝小賦的先聲。

曹植各表，以其飽滿的政治熱情，輔之精密觀察，洞悉魏王朝内部潛伏的危機。運用表這種散文形式向曹叡揭露權臣營私危國的陰謀，而力爭宗室取得自由生活和政治權力的享有。在叙説裏，驅使樸質平易的語言，洋洋灑灑，將隱微事理表達得十分明暢，不受任何形式的範制。亦莊亦諧，或駢或散，一任思想之自由發抒，而巧妙地運用比喻與象徵的技巧，將抽象概念具體化，形象鮮明，感情充沛，因此具有巨大的説服力。例如：

「臣聞羊質虎皮，見草則悦，見豺則戰，忘其皮之爲虎也。今置將不良，有似於此〔一〕。」

〔一〕《陳審舉表》。

曹植借用楊雄《法言》的話，輕輕一提，曹魏大將貪懦無能的行爲，便清楚地顯現出來。

「高鳥未絓於輕繳，淵魚未懸於鉤餌者，恐釣射之術或未盡也〔一〕。」

高鳥淵魚象徵蜀吴。委婉地指摘應付蜀吴戰略的錯誤，着墨不多，詞意含蓄。

「臣伏以爲犬馬之誠不能動人，譬人之誠不能動天，崩城隕霜，臣初信之，以臣心況，徒虚語耳！若葵藿之傾葉太陽，雖不爲之迴光，然終向之者誠也。臣竊自比葵藿〔二〕。」

用葵藿之向日性，説明擁護曹叡政權的真誠與決心，同時曲折地暗示曹叡對他的冷漠態度，貼切、生動，充分表述自己的情緒。又如：

「臣竊感先帝早崩，威王棄世，臣獨何人，以堪長久。常恐先朝露，填溝壑，墳土未乾，而聲名並滅〔三〕。」

傾瀉沈痛的感情和迫切要求立功的願望。

〔一〕《求自試表》。
〔二〕《求通親親表》。
〔三〕《求自試表》。

「臣伏自惟省，豈無錐刀之用。及觀陛下之所拔授，若以臣爲異姓，竊自料度，不後於朝士矣[一]！」

這多麽深刻尖鋭的諷刺。所以劉勰對他寫作的表，給了很高的評價。他説：

「陳思之表，獨冠群才。觀其體贍而律調，辭清而志顯，應物制（據《御覽》改）巧，隨變生趣，執轡有餘，故能緩急應節矣[二]！」

充分指明曹植散文的藝術性及其優越的表現技巧，不必再事辭費了。

四

曹植創作，影響後世最深的，莫如詩歌。這裏舉出幾件故事，藉以説明。

「羊曇爲（謝）安所愛重。安薨後，輟樂彌年，行不由西州路。嘗因石頭大醉，扶路唱樂，不覺至州門。左右白曰：此西州門。曇悲感不已，以馬策扣扉，誦曹子建詩

［一］《求通親親表》。
［二］《文心雕龍·章表篇》。

曰：『生存華屋處，零落歸山丘（《箜篌引》句）。』慟哭而去〔一〕。」

「成帝召（桓）伊飲讌，（謝）安侍坐。帝命伊吹笛。伊神色無迕，即吹爲一弄，乃放笛云……伊便撫箏而歌《怨詩》曰：『爲君既不易，爲臣良獨難。忠信事不顯，乃有見疑患。周旦佐文武，金縢功不刊。推心輔王政，二叔反流言。』聲節忼慨，俯仰可觀。安泣下沾襟，乃越席而就之，捋其鬚曰：使君於此不凡！帝甚有愧色〔二〕。」

「乃與夫人妃嬪已下決，莫不欷歔掩涕。嬪趙國李氏誦陳思王詩云：『王其愛玉體，俱享黃髮期（《贈白馬王彪》句）。』皇后以下皆哭〔三〕。」

南北朝士大夫和宫庭妃嬪都能背誦曹植詩句，可見流播的廣泛性。明代文學家王弇州誦讀《贈白馬王彪》詩，回環往復數十遍，猶不能自休〔四〕。足證曹植詩中，藴蓄着豐富而真摯的情感，而這種情感在封建社會裏帶有普遍性，因此有人藉它來表達其所感受的悲憤，彷彿是自己從内心發洩出的。可見詩篇感人之深了。

〔一〕《晉書·謝安傳》。

〔二〕《晉書·桓宣傳》。

〔三〕《魏書·嬪妃傳》。

〔四〕王世貞《藝苑卮言》。

陳壽在《魏志》本傳對此作了正確的評語：「文才富艷，足以自通後葉。」西晉已下的詩人，很多倣效其體製。比如左思《詠史·主父篇》，用八句叙述四件史實，以收八句結論窮通之理，正和《豫章行》同一結構。《贈白馬王彪》詩，用次章的首句蟬連上章之末句，顔延之《秋胡行》便規摹而作。至於《雜詩》「僕夫早嚴駕」篇的組織形式，爲杜甫的《潼關吏》與《新安吏》的先導。北周詩人王褒詩：「鬬雞横大道，走馬出長楸。」顯然承用《名都篇》之「鬬雞東郊道，走馬長楸間」的詞意。《贈白馬王彪》詩的警語：「丈夫志四海，萬里猶比鄰。」却爲初唐詩人王勃所本，而寫出了「海内存知己，天涯若比鄰」的名句。

綜上所述，曹植文學給與後代的影響，無疑地是深且巨的。「自通後葉」的結論，陳壽早已予以肯定了。

再版後記

先父《曹植集校注》寫成於上世紀五十年代。一九八四年由人民文學出版社出版。出版後受到學術界關注，有多篇評介文章發表。他們有：

楊蘇宜：《曹植集校注》獻疑，《文學遺産》一九八五年第四期。

熊清元：《曹植集校注》志疑一則，《學術研究》一九八六年第五期。

江殷：《曹植集校注》得失評，《文學遺産》一九八七年第四期。

鄧安生：《曹植集校注》質疑，《天津師範大學學報》（社會科學版）一九九一年第三期。

熊清元：《曹植集校注》商兑，《古籍整理研究學刊》一九九七年第一期。

陳長華：《曹植集校注》獻疑，《古籍整理研究學刊》二〇〇四年第五期。

梁春勝：曹植集詞語校釋，《古籍研究》二〇〇五第一期。

梁春勝：《曹植集校注》札記，《安慶師範學院學報》（社會科學版）二〇〇五年第五期。

梁春勝：曹植佚文輯考，《古籍整理研究學刊》二〇〇八年第五期。

應超：論趙幼文《曹植集校注》的箋注特色——兼談與黄節《曹子建詩注》的比較，《新餘學院學報》二〇一三年第三期。

李修餘、宋潔：曹植集流傳整理説略，《社科縱横》二〇一三年第三期。

先父在世，讀楊蘇宜、熊清元、江殷、鄧安生諸先生論文，曾語振鐸曰：「書出版了，有人寫文章評論，説明它有社會影響，應該是一件好事。論文裏面有一些意見值得重視，下次再版時應該考慮采納。」終因疾病纏身，未能如願，振鐸亦因課務繁重，不遑及此。今已年近九旬，健康狀況日益不佳，手足不仁，耳目不聰明，無力伏案寫作，每憶及此，如芒刺背，抱恨終身，愧對先父於九泉。

中華書局編輯部建議重印此書，談及雖存在以上諸文指出的一些遺憾，然創始者難爲力，作爲第一部通注曹集的撰著，「開闢之功，至爲鉅大」。至其訓釋簡浄，文辭樸茂，所引書證，但求切當，深得訓詁家清通簡要之旨，尤爲今日失於別擇，不重心裁，注書事同抄書，洋洋千言而不止者所當鏡鑒，至今仍不失爲一部閲讀曹集、進入曹植精神世界的優秀讀本。至於校勘、繫年、注釋、輯録等方面的疏漏，讀者可與以上諸文相參讀，則思過半矣。

此次再版，中華書局編輯部覆核底本，又改正了初版的一些訛錯，並將先父於校勘記中確然校正、刊落之字，均采用增删符號體現在曹集正文中，給讀者極大方便。謹此對上提諸位先生的匡正，對中華書局編輯部和責任編輯朱兆虎先生爲再版此書所付出的勞動，深致謝忱。

振鐸謹記，時年八十有八